3:32

Nichts wie weg aus Deutschland: Die Journalistin Karina wittert in Rom ihre große Chance und wird schwer enttäuscht. Auf der Suche nach der erhofften Karriere landet sie in L'Aquila.

Dort, in den Bergen der Abruzzen, nordöstlich von Rom, lebt die zweifache Mutter Viola in Angst und Schrecken. Seit Monaten erschüttern Erdbeben ihr Dorf Onna.

Nachdem ein umstrittener Seismologe eine Katastrophe angekündigt hat, tagt Italiens Risikokommission in L'Aquila und gibt trotz der anhaltenden Erdbebenserie Entwarnung. Viele glauben den Experten, auch Viola – ein fataler Irrtum.

Als es keiner mehr erwartet, verwüstet nachts um 3:32 Uhr ein verheerendes Erdbeben die ganze Region um L'Aquila.

Karina rast in Violas völlig zerstörtes Dorf, um von der Tragödie zu berichten, und erlebt dort Unfassbares. Inmitten der Trümmer trifft sie auf verzweifelte Betroffene, stille Helden und alte Bekannte. Dabei kommt sie einem ungeheuren Skandal auf die Spur.

Die Autorin

wurde 1986 in Münchberg geboren, studierte Medien- und Kulturwissenschaften und arbeitet seit 2008 als Journalistin für Zeitungen, Online-Portale und Magazine. Von klein auf von Italien fasziniert, kam sie über Freunde nach L'Aquila. Nach ausgiebigen Recherchen vor Ort schrieb sie unter dem Pseudonym Sara More den Roman »Irrtum 5,8«.

SARA MORE

IRRTUM 5,8
Trümmer von L'Aquila

Fact-Fiction-Verlag
Tobias Schaller

Originalausgabe
Erstauflage April 2014

Umschlaggestaltung: graphiscope concept + design
unter Verwendung von Motiven von © daboost/www.fotolia.com und © cyberok/www.fotolia.com
Druck und Bindung: Konrad Triltsch GmbH, Ochsenfurt
Printed in Germany

ISBN 978-3-945194-00-3

Besuchen Sie uns im Internet:
www.fact-fiction-verlag.de

»Helft uns, dass wir
nicht vergessen werden«,
flehte eine Bewohnerin L'Aquilas
im Herbst 2013.

VORWORT
von Giustino Parisse

April 2014

Mitten in Italien, in einer kleinen grünen Talsohle – eingefasst vom Tyrrhenischen und Adriatischen Meer, genau im Zentrum des Stiefels – lag einmal ein kleines Dorf. Es nannte sich Onna. Eine Hand voll Häuser, eine schöne Kirche, die mit Stolz ihren Glockenturm zur Schau stellte, dreihundert Einwohner, so ruhige Gassen, dass man nachts im Halbschlaf das Rattern der Züge und das Tröpfeln des Wassers hören konnte, das über die Straßen des Dorfes in die Bäche floss. Das Wasser, das die Gärten bewässerte, war der wahre Reichtum dieser Ecke des Paradieses.

Dort habe ich mit meiner Familie gelebt: mit meinen Eltern Domenico und Maria, meinem Bruder Renzo, meiner Frau Dina und unseren beiden Kindern Domenico und Maria Paola, 18 und 16 Jahre alt.

Am 6. April 2009 kam der furchtbare Erdstoß. Der Schein des Mondes wurde um 3:32 Uhr vom Staub der Trümmer verdunkelt. Die Nacht wurde zerfetzt, die Häuser endeten im Abgrund. Selbst der Fluss des Wassers schien für einen Augenblick zu stoppen.

Als sich der Vorhang des Dramas öffnete, war die Szene leer, schwarz, verworren. Lautes Geschrei, nur für einen Moment. Dann folgte erneut Stille und im gespenstischen Hintergrund begann der Wettlauf gegen die Zeit, der schon verloren war.

Dort hat mein Leben aufgehört. Meine Kinder und mein Vater wurden weggerissen und schwebten davon im Dunkel, dem der Mond machtlos und höhnisch gegenüberstand.

Während ich die Seiten des Buches von Sara More las, habe ich noch mehr gezittert als in jener Nacht.

Die Geschichten der Menschen sind getaktet wie eine Sinfonie: Da sind die nackten und grausamen Fakten, da ist die Verzweiflung derer, die zum Leben verurteilt sind. Dann sind da die Berichte der Zeitungen, die im Laufe der Zeit

Geschichte schreiben. Und schließlich ist es die Literatur, die die Fakten aufgreift und sie in einem universellen Kreis abbildet, in dem sich Menschen jeder Epoche wiederfinden – mit ihren Freuden, mit ihrem täglichen Kampf auf der Suche nach Glück, das man nie zu erreichen scheint, und mit dem Einschreiten des Todes, der die Lebenden bis tief ins Mark trifft. Der sie so verletzt, dass sie nie mehr aufhören zu bluten.

Mein Dorf Onna ist gezeichnet vom Tod: Während des Zweiten Weltkrieges war es das Massaker 1944, bei dem 17 unschuldige Dorfbewohner erschossen wurden, 2009 war es das Erdbeben, das 40 Menschen in den Tod riss. Zwei Ereignisse, die letztlich Sinn ergeben: Diejenigen, die getötet haben, helfen heute; sie helfen, wieder aufzubauen. Es ist die Geschichte, die sich wendet und neue Straßen des gemeinsamen Zusammenlebens sucht.

Der Roman von Sara More findet den passenden Schlüssel, um eine universale Tragödie zu erzählen, in der die große Gesinnung immer die Nöte des Alltags übersteigt. Onna wird in der literarischen Fiktion mit Feingefühl und Aufmerksamkeit skizziert, wie es ein Schmuckkasten verlangt, der einen unendlichen Schmerz birgt.

Ich lebe in jenem Schmerz.

Ich träume davon, eines Tages unbeschwert zu sterben: während ich spazieren gehe zwischen neuen Häusern und Straßen aus Stein und Bäumen, zu denen die Vögel zurückkehren, um ihre Nester zu bauen. Und so will ich davongehen: mit dem Geschrei fröhlicher Kinder im Ohr.

Giustino Parisse
April 2014

FACT-FICTION

»*Fact*«

In diesem Fact-Fiction-Roman sind Ereignisse, die tatsächlich passiert sind, *kursiv* dargestellt. Zu jeder der genannten »*Facts*« sind exemplarisch Quellen aufgeführt, die es ermöglichen, tiefer in das Thema einzutauchen. Eine Übersicht aller Quellen ist ab Seite 533 zu finden.

»Fiction«

Abgesehen von den gekennzeichneten »*Facts*« erzählt dieser Roman eine fiktive Geschichte, die sich in dieser Form nie ereignet hat. Übereinstimmungen mit reellen Personen, Situationen und Ereignissen sind rein zufälliger Natur.

PROLOG

L'Aquila, Italien, 9. April 2009

Allen Warnungen und Bruchbuden zum Trotz lief Karina vorbei an den Absperrgittern ins zerstörte Zentrum von L'Aquila. Was sollte jetzt, da die halbe Stadt schon eingestürzt war, noch passieren?

Sie verließ die breite Hangstraße und bog in eine der engen, von Geröll belagerten Gassen ab, obwohl das Gitter mit dem Schild »Zona Rossa« den Zutritt klar untersagte. Niemand bemerkte, wie sie sich durch den Spalt zwischen Zaun und demolierter Hauswand zwängte.

Mit zusammengekniffenen Lippen inspizierte Karina die immense Zerstörung und drang immer weiter in das zertrümmerte Herz der Geisterstadt vor, bis ihr ein Schuttberg den Weg versperrte. Sie starrte auf das benachbarte Häuserwrack, das nur noch auf brüchigen Betonpfeilern ruhte.

Gerade als sich Karina fragte, ob die Bewohner des nicht mehr vorhandenen Hauses lebend entkommen waren, fingen plötzlich die Mauerreste an zu wackeln. Eine Sekunde verharrte ihr Blick auf den schwankenden Ruinen, als ob sie damit die brüchigen Gebäude halten könnte. Schon schlugen direkt neben ihr Mauerstücke auf den Asphalt, eine Glasscheibe krachte zu Boden und zersplitterte. Karina drehte sich um und stürzte davon. Ihr Puls raste, während sie einen sicheren Weg durch den Trümmerregen suchte.

Da fiel er ihr wieder ein – der Jäger der Erdbeben. Wie oft hatte sie sein Warnsystem als Hirngespinst abgetan und sich über ihn lustig gemacht. Doch das war vor dem unfassbaren Gespräch im düsteren Keller gewesen.

KAPITEL 1

Nürnberg, April 2008

Die Entscheidung, die Karina mitten in die Katastrophe führte, fiel an einem verregneten Dienstagmittag.

An jenem 8. April 2008 kämpften sich nur wenige Fußgänger den steilen Weg zur Nürnberger Kaiserburg hinauf, die auf dem Burgberg am Rande der Altstadt thront. Der heftige Wind wehte den zwei jungen Frauen, die über das Pflaster stiefelten und sich gemeinsam unter einen grünen Schirm quetschten, Regen ins Gesicht. Die Größere, brünett mit Brille, zog ihre Daunenjacke weiter zu, ehe sie ihrer Kollegin zuraunte: »Lass uns umdrehen, Karina.«

Doch ihre blonde Begleiterin, die trotz höherer Absätze deutlich kleiner war und nie ohne Make-up und passende Garderobe auf die Straße trat, hielt den Schirm und bestimmte somit die Richtung. »Die Mittagspause ist viel zu schade, um sie im Büro abzusitzen, Tamara. Jetzt sind unsere Füße sowieso schon nass.«

»Na gut, gönnen wir uns noch eine Regendusche auf dem Burgberg«, gab Tamara nach.

»Von wegen Berg! Nur weil den Touristen die Puste ausgeht, wird ein Hügel nicht zum Mount Everest!«

Gerade als Tamara ansetzte, den Burgberg zu verteidigen – schließlich war er Nürnbergs Wahrzeichen und die höchste Anhöhe der Halbmillionenmetropole – bog eine Böe den Regenschirm um. Als ein weiterer Windstoß den Stäben den Rest gab, packte Karina ihren nutzlosen Schirm und warf ihn in den nächsten Abfalleimer. Jetzt hatte auch sie genug. Auf Dauerregen, das berufliche Drama bei ihrer Zeitung

»Stadtblatt« und Deutschland an sich konnte sie verzichten. Als die Glocken 13 Uhr schlugen, war Nürnberg endgültig aus dem Rennen.

Zurück in der Zentrale des Stadtblatt-Verlags offenbarte Karina ihren Entschluss Tamara, deren Augen sich vor Erstaunen hinter der schwarzen Hornbrille weiteten.

»848 Kilometer für ein Vorstellungsgespräch als Journalistin in Rom? Du bist verrückt!«

Karina lächelte zufrieden, sie tanzte gern aus der Reihe.

»Wieso verrückt? Rom bietet bessere Perspektiven als dieser Saftladen.«

Tamara schüttelte immer noch den Kopf, als beide ihr stickiges Büro im dritten Stock betraten, das kaum größer als eine Garage war. Im Zimmer stank es wie so oft unerträglich. Sieben Rechner, Röhrenmonitore und die dazugehörigen rauchenden Köpfe verpesteten Tag für Tag die Luft. Schnurstracks rannte Karina zur Fensterreihe und gab sich erst zufrieden, als durch alle Fenster frischer Wind und Sprühregen in den Raum wehten. Sie stellte sich direkt in den Luftstrom und atmete tief ein, während ihr Blick vom vermüllten Innenhof zu den überladenen, staubigen Schreibtischen im Büro wanderte.

»Ich habe es satt, ständig ausgebremst zu werden. Und in Rom riecht es sicher nicht wie im Stinktiergehege.« Trotzig stemmte Karina die Hände in die Hüften.

Tamara nickte fröstelnd und verschränkte die Arme. Die Aussichten im Stadtblatt-Verlag waren in der Tat bescheiden. Seit Monaten diskutierte das Team über die Talfahrt der Zeitung, die jahrzehntelang als beliebteste in der Region aufgetrumpft hatte. Mit der Auflage ging es stetig bergab. Kürzlich hatte die Verlagsspitze ein neues Sparprogramm beschlossen, das die Belegschaft auf die Hälfte reduzieren sollte. Viele Kollegen verschickten Berge von Bewerbungen – meist ohne Erfolg. Frustration machte sich breit.

Tamara hatte Glück; als Schwiegertochter des Chefs musste sie nicht um ihren Job fürchten. Für sie galten Sonderregeln. Trotzdem zeigte sie sich solidarisch und schimpfte mit. Dagegen hatte Karina als Chirurgentochter und überzeugter Single keine Privilegien im Verlag. Ihr Trauerspiel endete in vier Monaten. Ein neuer Job musste her, und zwar schnell.

Rom war nicht ihre erste Wahl, bis es Absagen aus ganz Deutschland hagelte, was den Job in der Ewigen Stadt immer attraktiver machte. »Figata« – Knüller – nannte sich Karinas Hoffnung, die in Rom nahe dem Trevibrunnen sechsmal pro Woche Schlagzeilen produzierte. Der Posten, das Telefonvorgespräch und Roms Wetter klangen vielversprechend. Drei Wochen musste sich Karina gedulden, bis der ersehnte Anruf kam. »Wir möchten Sie kennenlernen.«

✯✯✯✯

Karinas Vater fiel beinahe die Kaffeetasse aus der Hand, als sie ihm die Nachricht bei einem Spontanbesuch servierte.

»Wie bitte? Bist du noch bei Trost?« Als Chefarzt war Berthold Kork Überraschungen gewohnt, aber die Rom-Botschaft auf nüchternen Magen verdarb ihm gehörig den Tag. Seit der Scheidung, die seine Familie halbiert hatte, hing der kühle Chirurg mehr an seiner älteren Tochter, als er zugab. Ihre Pläne gingen ihm gegen den Strich.

»Was machst du, wenn sie dich nehmen?«

Zwar rechnete er kaum damit, dass Karina die Stelle bekam, aber Italienern war alles zuzutrauen. Das Schicksal seiner Schwester Regina hatte ihm gezeigt, wohin es führte, wenn sich ein weiblicher Single auf den Stiefel im Mittelmeer wagte. Bei ihrem Sprachkurs war sie in den Fängen eines Mailänder Modemachers hängen geblieben und fügte sich seither dem Urteil »lebenslänglich Italien«.

Karina war noch dazu blond und eine Augenweide, die selbst prüden Deutschen den Kopf verdrehte – eindeutig seine guten Gene. Wie die Römer auf sein Prachtexemplar von Tochter reagierten, wollte Kork sich gar nicht vorstellen. Dass der 59-jährige Chirurg oft selbst kurzen Röcken hinterherjagte, fand er dagegen legitim. Er war schließlich Arzt und Studien des weiblichen Körperbaus gehörten zu seinem Beruf.

»Wenn sie mir den Job anbieten, nutze ich natürlich die Chance!« Karinas Entschluss stand längst fest.

»Das tust du natürlich nicht!«

Wenn Vater und Tochter stritten, fanden sie selten einen Kompromiss. Zwei Dickköpfe prallten aufeinander. In der Klinik bestimmte stets der Chefarzt. Zu Hause stieß sein Befehlston, einer der Gründe für seine gescheiterte Ehe, dagegen stets auf erbosten Widerstand.

»Wieso nicht?« Wie gewohnt blieb Karina stur.

»Weil ich dir dann den Geldhahn zudrehe!«

»Das stört mich nicht«, log sie. Ohne Papas Kleingeld würde sie auf einige lieb gewonnene Gewohnheiten verzichten müssen, vor allem auf ausgiebige Shoppingtouren. Für die neueste Mode gab sie regelmäßig ein Vermögen aus. Das gegenüber ihrem Sponsor zuzugeben wäre jedoch unklug. Stattdessen versuchte sie, ihren Vater mit seinen eigenen Waffen zu schlagen.

»Auslandserfahrung ist heutzutage ein absolutes Muss, wie du selber immer sagst!« Sie machte eine Pause, bevor sie alle denkbaren Vorteile des Jobs in Rom aufführte.

»Okay«, lenkte Kork schließlich ein. »Aber das Ausland besteht nicht nur aus Italien. Norwegen und Schweden bieten viel bessere Chancen.« Das kühle Nordeuropa zog er stets dem wilden Süden vor.

»Überleg dir gut …« setzte Kork an. Doch wie so oft beendete der Piepser abrupt ihr Gespräch, ein Notfall. Karinas Vater hastete davon. »Das besprechen wir noch«, murrte der dauergestresste Chirurg, während er sich den Autoschlüssel schnappte, die Jacke überwarf und zur Haustür hetzte.

Noch hatte seine Tochter den Job bei dieser Zeitung nicht. Er würde alles daran setzen, dass sie nicht im Medienimperium des italienischen Ministerpräsidenten landete.

✯✯✯✯

Neben einer Vielzahl an Zeitungen und TV-Sendern besitzt der 1936 in Mailand geborene Medienmogul Berlusconi, der 2008 zum vierten Mal das Amt des italienischen Ministerpräsidenten antrat, eine Reihe von Internet-, Multimedia- und Werbeanstalten sowie den Fußballverein AC Mailand.

Seine Karriere begann der geschäftstüchtige Sohn eines Bankangestellten nach dem Jurastudium in der Baubranche, bevor er seinen Eroberungsfeldzug in Italiens Medienwelt startete. Als Keimzelle seines Konzerns »Mediaset« gilt der lokale TV-Sender »Milano 2«, den er 1974 in der von ihm gebauten, gleichnamigen Trabantenstadt auf Sendung schickte. In atemberaubendem Tempo baute er sein Medienreich aus, das 25 Jahre später bereits 4.600 Mitarbeiter zählte und mehr als zwei Milliarden Euro Jahresumsatz machte. Doch »die Herkunft der immensen Finanzmittel des Selfmade-Unternehmers liegt bis heute teilweise im Dunkeln«.[1] [Vgl. Hachmeister/Rager: Wer beherrscht die Medien?]

✯✯✯✯

Einmal Erfolg, Einkaufen und zurück, wünschte sich Karina, als sie an ihrem großen Tag die Flugzeugtreppe hinaufstöckelte. Dass ihr Vater ihr kein Glück für das Vorstellungsgespräch wünschte, störte sie weniger als die eklige Brise, die ihr Haar verwehte. In Nürnbergs feuchtkaltem Morgenwind fröstelte sie in ihrem Minirock, doch in Rom regierte laut Wetterbericht bereits der Frühling. Karina konnte es kaum erwarten und schritt zügig in den Bauch der Boeing.

Sie ließ sich am Fensterplatz nieder und breitete die neueste Figata-Ausgabe aus. Das Boulevardblatt mit knalligen Titeln, großen Fotos, Klatsch und Tratsch passte zu ihr wie die Faust aufs Auge. Es war wild und lebenslustig – ein Blickfang, der täglich neu die Aufmerksamkeit auf sich zog.

Das Flugzeug rollte zur Startbahn – jetzt gab es kein Zurück mehr. Genießen konnte Karina das Alpenpanorama und die verschneite Gipfelwelt nicht, da ihr sowohl der Fensterplatz mit Blick auf die Tragfläche als auch ihr Kopfkino den Flug vermiesten. Hatte sie an alles gedacht und vor allem stimmte ihr Outfit? »Kleider machen Leute« war Karinas Lebensmotto. Oft verbrachte sie Stunden vor ihrem unerschöpflichen Kleiderschrank. Bluse oder nicht, schwarz oder weiß, das war am Morgen die große Frage gewesen. Ihre Wahl war auf den schwarzen Minirock und eine blaue Bluse mit passendem Blazer gefallen. Damit ihr frisch gewaschenes Outfit auch sauber blieb, orderte sie bei der Stewardess nur Wasser statt Tomatensaft.

Die italienische Sprache machte Karina weniger Sorgen. Immerhin hatte ihre Tante Regina, die seit 18 Jahren in Mailand lebte, sie schon früh in die Schimpforgien und Wortergüsse der Stiefelbewohner eingeführt – entsprechend passabel war ihr Italienisch. Aber würde es reichen, um sich gegen Personaler zur Wehr zu setzen?

Italiens Hauptstadt enttäuschte nicht. Anders als in Nürnberg herrschten Ende April am Tiber und auf den sieben Hügeln bereits 25 Grad Celsius, die Sonne spitzte durch die löchrige Wolkendecke. Statt Kälte bot Rom andere Dauergäste wie ohrenbetäubenden Lärm. Allein auf der Busfahrt vom Flughafen zum Hotel erlebte Karina ein Hupkonzert, das für zehn deutsche Hochzeiten gereicht hätte.

Ihre Freude an Rom bekam einen Dämpfer, als Karina das schlichte Hotelzimmer nahe dem Forum Romanum bezog – von außen top, von innen ein Flop. Der plätschernde Brunnen vor dem Eingang, die sauberen Fassaden und schönen Balkone täuschten über die verschmutzten Flure und hellhörigen Wände hinweg. Selbst bei geschlossenen

Fenstern brummte der Verkehr so laut, dass an eine Siesta nicht zu denken war. Rasch lud Karina ihr Gepäck ab und entfernte die Spuren der Reisestrapazen aus ihrem Gesicht.

Hergerichtet trat sie hinaus in die Sonne, die wie die Touristen den Stadtkern flutete. Nach einem Abstecher zur Piazza della Repubblica blieb Karina bei der Kirche »Santa Maria degli Angeli« hängen, in deren Kreuzgewölbe sich Michelangelo verausgabt hatte. Sie bestaunte die Baukünste des 16. Jahrhunderts, insbesondere den in den Kirchenboden eingearbeiteten Meridian aus Bronze. Diesen brachten täglich um zwölf Uhr mittags die Sonnenstrahlen, die durch ein Mauerloch in gut 20 Meter Höhe fielen, zum Leuchten.

Noch hatte Karina drei Stunden bis zum Vorstellungsgespräch. Die Aufregung stieg und sie ging im Geiste nochmals potenzielle Fragen durch. Wenn das Gespräch erfolgreich verlief, konnte sie dies mit einem Einkaufsbummel feiern; wenn nicht, würde sie sich mit Frustshopping trösten. Denn wider Erwarten hatte sogar ihr Vater akzeptiert, dass sie drei Tage Urlaub anschloss.

Als sich Karina dem pompösen Verlagsgebäude näherte, mehrten sich ihre Zweifel. Hatte sie hinter den weißen Mauern als Nichtitalienerin überhaupt eine Chance? Noch ein letzter Blick in den blauen Himmel und den Schminkspiegel, dann wurde es ernst.

»Buongiorno Signora. Sie sind früh dran«, empfing sie die Sekretärin, führte Karina in den zweiten Stock und lud sie im Konferenzraum ab, dessen Mobiliar im Gegensatz zum historischen Gemäuer jugendlich wirkte. An den Wänden prangten die Titelseiten der letzten Figata-Ausgaben. Karinas Absätze klackten, als sie durch den Raum lief und die Titel studierte.

Einen Kaffee lehnte Karina nicht ab, obwohl ihre Hände bereits vor Aufregung zitterten. Kurz darauf kehrte die Sekretärin mit einem Espresso zurück. Karina hätte fünf Espressi in Zeitlupe auslöffeln können, bis sich die Prüfer schließlich in den Raum bequemten. Die moderne Folter begann. Drei Personen galt es, von ihren Kompetenzen zu überzeugen: eine Dame Ende vierzig mit rotbrauner Hochsteckfrisur, einen italienischen Brad-Pitt-Verschnitt sowie ein männliches Modell »attraktives Mittelalter«, das krampfhaft versuchte, sein wahres Baujahr zu verstecken. Mit Ausnahme der Frau, die ebenfalls Bein zeigte, war das Prüferkomitee für die Vorzüge von Karinas Minirock empfänglich. Die unbekannten, deutschen Schenkel lenkten die Männer derart ab, dass das Gespräch zur Nebensache wurde. Karina klopfte sich innerlich auf die Schulter: »Buona scelta! Gute Kleiderwahl!«

Die Aufgabe der Dame im Prüfertrio war klar: die Versäumnisse des Testosteron-Duos ausgleichen. Sie glänzte in der Rolle des Scheusals: »Wie lange sind Sie schon auf Stellensuche? In Deutschland haben Sie wohl nichts gefunden?«

Auf fiese Fragen hatte sich Karina vorbereitet. Sie hielt einen überzeugenden Kurzvortrag darüber, was sie an Italien faszinierte, und endete mit dem Satz: »Ich freue mich auf neue Herausforderungen!«

Die Dame kritzelte auf den Block vor sich und packte die nächsten Fallen aus. »Wie gehen Sie mit schwierigen Kollegen um?«

Karina meinte, einen Seitenblick auf die Herren zu erkennen und begann: »Wichtig ist Kompromissbereitschaft und gemeinsam mit den Kollegen Lösungen zu erarbeiten.« Sie kam sich vor wie eine Politikerin im Wahlkampf, die mit Floskeln auf Stimmenfang ging.

Die Dame lehnte sich zurück, schlug ihre gebräunten Beine übereinander und das Brad-Pitt-Double, der überraschend junge Chef der Zeitung, übernahm: »Warum sollten wir gerade Sie einstellen?«

Karinas vorgefertigte Antwort folgte prompt. »Ich habe internationale Erfahrungen, spreche vier Sprachen, bin motiviert und kreativ.« Das Italienisch floss problemlos aus

Karinas Mund und sie entschärfte mit unerwarteter Routine weitere Stolperfallen.

Schließlich läutete ein Handy die letzte Runde ein. Der junge Chef zog das plärrende Gerät aus der Tasche und brachte es zum Schweigen. War das ein gutes Zeichen? Karina blickte die Prüfer fragend an.

Schlagartig löste sich die Anspannung im Raum. Der Chef klatschte in die Hände und wechselte zum Du.

»Willkommen im Team! Wann kannst du anfangen?«

Als Karina das Gebäude verließ, wusste sie: Ihre Stunde hatte geschlagen. Der Verkehr und das Sprachenwirrwarr klangen jetzt wie Musik in ihren Ohren. Willkommen in der geilsten Lärmarena der Neuzeit. Beflügelt vom Adrenalin und der Sonne schwebte sie über das dicht bevölkerte Pflaster, auf dem etliche Stadtführer ihre Schafe um sich scharten. Karina reihte sich in den Touristenstrom ein, der zur Fontana di Trevi floss. Dort drängte sie sich an blitzenden Kameras vorbei und beförderte einige Centstücke ins Wasser. Denn wer laut altem Brauch Münzen in den Trevibrunnen wirft, kehrt zurück nach Rom. Neun Cent sollten reichen.

Die erste Anmache ließ nicht lange auf sich warten. »Darf ich die Signora auf ein Eis einladen?« Eine Sonnenbrille verdeckte die Augenpartie des Schönlings, aber nicht dessen übergroßes Ego. Trotzdem ließ sich Karina ausführen. Auf Kosten des Römers wählte sie zur Feier des Tages eine Waffel mit Amarena- und Schokoladeneis, die herrlich schmeckte. Um den Macho loszuwerden, suchte sie die nächstbeste Toilette auf und kam so schnell nicht wieder. Der Trick funktionierte. Doch wenig später kam der nächste Kandidat um die Ecke. Allein, blond, bestens gelaunt – diese Kombination zog Römer an. Beim dritten Flirtversuch – soviel Gratiskaffee und Eis brauchte niemand – hatte Karina genug und suchte Zuflucht in einem Schuhladen. In Roms

Modeoasen verflog die Zeit. Erst nach Ladenschluss und einem Amoklauf ihrer Kreditkarte kehrte Karina vollbepackt ins Hotel zurück. Vor ihrem Rückflug, drei Tage später, musste sie noch einen zweiten Koffer kaufen.

Kaum in Nürnberg gelandet, begann Karina ihre deutschen Zelte abzubrechen, obwohl sie nur eine mündliche Zusage hatte. Mode, Dolce Vita und Meer – das klang zu verlockend. Aber eine erste Schattenseite der Südländer kam bald zum Vorschein: Mit dem versprochenen Arbeitsvertrag ließen sich die Italiener reichlich Zeit. Die Wochen rasten ins Land und Karinas Ende beim Stadtblatt rückte näher.

Erst Ende Juni erlöste Karina die sehnsüchtig erwartete Mail, die die Zusage bestätigte. Dass sie noch keinen Vertrag hatte, hielt sie nicht davon ab, zu verkünden: »Ab Oktober bin ich römische Reporterin!«

Karinas Vater hatte dazu nur ein Wort übrig: »Nein.«

Seine Antwort war nicht verhandelbar, Karinas Entschluss ebenfalls nicht. Die Diskussion der beiden Sturköpfe zog sich tagelang hin, bis sich sogar Karinas Mutter einmischte, die sich sonst wenig für ihre Tochter interessierte. Die erste Gemeinschaftsaktion der Geschiedenen seit Jahren bestand darin, Karina am Abflug zu hindern. Während der Vater die harte Tour fuhr, versuchte die Mutter es auf der emotionalen Schiene. »Sei vernünftig, Kind. Was in Rom alles passieren kann! Taschendiebe, Räuber und …«

Karina dachte nicht daran, zurückzurudern. Erstens trieben Diebe überall ihr Unwesen, zweitens war sie längst kein Kind mehr, sondern erwachsen und eigenständig, zur Not auch ohne Papas Finanzspritze. Außerdem hatte sie ihr Ziel, ihre Karriere in Italien, vor Augen. Euphorisch stürzte sich die Wahlrömerin in den Bürokratie-Dschungel: Ämter abklappern, Flug buchen, Wohnung organisieren – auf ins Abenteuer »Arbeiten im Ausland«.

KAPITEL 2

Im Herzen Italiens ragt in der Provinz Abruzzen ein weitläufiges Gebirge empor, der Gran Sasso – der »Große Fels«. Obwohl dessen Skigebiete und Nationalparks nur eine Autostunde nordöstlich von Rom liegen, ist die Bergkette um Europas südlichsten Gletscher »Ghiacciaio del Calderone« und den mit 2.912 Metern höchsten Gipfel der Apenninen, Corno Grande, in Deutschland kaum bekannt.

Zwischen Bergrücken liegt im Tal des Flusses Aterno das kleine Dorf Onna, ein Vorort der Provinzhauptstadt L'Aquila. In alten Steinhäuschen, die sich in engen Gassen um die Dorfkirche schmiegten, lebten Menschen und Tiere jahrhundertelang unter einem Dach; oben die Familien, unten im Stall die Vierbeiner.[2] [Vgl. Parisse: Quant'era bella la mia Onna]

Onna, Italien, Juli 2008

Wie viele ihrer Nachbarn war auch die 35-jährige Viola Inventati ganz vernarrt in ihr Dorf. Die zweifache Mutter mit den schwarzen Locken und daueraktiven Händen liebte die Dorfgemeinschaft und den traumhaften Blick auf die Gipfel. Morgens weckte sie meist der Nachbarshund oder ihr Ehemann Riccardo, der ins Bad schlurfte. Der 39-Jährige stand für seine Joggingrunden freiwillig in aller Frühe auf – im Gegensatz zu Nachteule Viola, die sich lieber spätabends noch eine Zigarette auf ihrem Minibalkon gönnte. Dort genoss sie die Zeit für sich, wenn ihr zehnjähriger Sohn Manuele und die fast fünfjährige Tochter Clarissa endlich schliefen und die Sonne hinter den Bergen versank.

An jenem Juliabend auf dem Balkon hatte Viola wenig Sinn für Naturschauspiele. Der jüngste Streit mit Riccardo spukte durch ihren Kopf. Dass sie und ihr Mann stritten, war nichts Neues. Gründe für hitzige Debatten gab es bei den verheirateten Gegensätzen zuhauf. Sie war emotional veranlagt, Langschläferin, hasste Ballsport und ging in ihrer Familie auf. Er, der Rationale, verlor dagegen nur im Fußballstadion, dem FKK-Strand der maskulinen Gefühlswelt, die Kontrolle über seine Emotionen. Als Ausgleich zum Schreibtischjob in der Präfektur, der Provinzverwaltung, raste Riccardo oft mit dem Motorrad durch die Berge.

Diesmal war der Streit der Inventatis jedoch anders, der Ton härter, die Krise tief greifender. Zum ersten Mal stellte Viola ihre Ehe grundsätzlich infrage.

Es hatte harmlos angefangen. Nach dem Abendessen räumte Viola gerade den Tisch im Esszimmer ab und die Spülmaschine ein, als Riccardo dem Klappern in die Küche folgte. »Ich gehe vor der Sportschau noch kurz in die Garage«, kündigte er müde an und drehte sich Richtung Tür. Viola ließ das Geschirr sinken.

»Schon wieder? Lass uns einen Spaziergang machen.«

Riccardo hielt inne, lehnte aber ab. »Ich muss abschalten.«

»Nie willst du was mit mir machen! Immer haust du mit dem Motorrad ab oder sitzt vor der Glotze«, raunte ihm seine Gattin enttäuscht zu und kreuzte ihre Arme vor der Brust. »Ich rede mehr mit der Nachbarin als mit meinem Mann. Sie hört mir besser zu als du!«

Das konnte Riccardo nur bestätigen. »Sie ist auch schwerhörig«, fügte er in Gedanken hinzu, sagte aber nichts. Auch seinen Kummer – das Fiasko in der Arbeit – fraß er wie üblich in sich hinein.

Sein Schweigen reizte Viola noch mehr. »Du würdest es doch nicht einmal merken, wenn ich ausziehe.«

»Aber natürlich, Schatz.« Die Familienkasse wäre dann nicht so leer. Viola fand andere Gründe.

»Stimmt, dann bekocht und bedient dich niemand mehr. Wie blöd, dass deine Haushälterin mehr von dir will, mit dir reden zum Beispiel.« Erzürnt verfluchte sie die Reste des verwöhnten Muttersöhnchens, das da vor ihr stand. Trotz zwölf Jahren Ehe fand sich Viola nicht damit ab, dass Riccardo im Haushalt keinen Griff mehr tat als nötig. Dass er sich um alle Finanzdinge kümmerte, ab und zu sehr charmant sein konnte und bei handwerklichen Aufgaben die treibende Kraft war, fiel ihr längst nicht mehr auf.

Riccardo machte einen Schritt Richtung Tür. »Mein Tag war echt bescheiden. Also lass mich bitte in Frieden.«

»Sicher, ich komme morgen zum Kochen wieder!«

Viola schleuderte das Besteck in die Spüle und rauschte wütend aus der Küche. Wieso hatte sie dieses Exemplar Mann nur geheiratet? Ohne ihre Kinder wäre sie spätestens jetzt abgehauen. Doch Clarissa und Manuele hielten sie zurück, sodass ihre Flucht mal wieder auf dem Balkon endete. Sie schnaubte verärgert und zündete sich eine Zigarette an. Eigentlich wollte sie sich das Rauchen längst abgewöhnt haben – zu ungesund, zu teuer. Doch bisher siegten Sucht und Gewohnheit.

Ihre Gedanken schweiften zurück in eine Zeit, als sie noch ganz vernarrt in Riccardo gewesen war; wie heiß und innig hatten sie sich geliebt. Im Laufe der Jahre war die Leidenschaft einer bequemen Routine gewichen, dennoch ergänzte sich das junge Paar im Alltag zunächst gut. Sie kochte, er aß. Sie brachte die Rechnungen heim, er wertete sie aus und sorgte für Geldnachschub.

Vor einigen Monaten hatten sie über ein drittes Kind gesprochen. Riccardo wollte warten, Viola sofort Nachwuchs und drängte: »Wir sind nicht mehr die Jüngsten.«

»Ich bitte dich. Du bist 35, ein junger Hüpfer! Aber überleg mal, was ein Kind kostet! Vor dem nächsten Schreihals muss mehr Geld aufs Konto«, analysierte Riccardo trocken. Rasch mündete ihre Debatte in eine Grundsatzdiskussion.

Die Sonne verschwand hinter den Bergen, Viola blickte ihr vom Balkon aus hinterher und nahm einen letzten Zug von der Zigarette. Eine Chance verdiente ihre Ehe noch, sie sollte mit ihrem Mann reden – am besten sofort. Sie fand Riccardo vor dem Fernseher, die Fußballschau hatte ihn aus der Garage zurückgeholt. »Wir müssen reden, Riccardo.«

»Ja, okay. Gib mir noch fünf Minuten.« Er musste erst noch den unfähigen Stürmern seiner Elf die Leviten lesen.

»Das ist doch nur eine Spielwiederholung von gestern!«

»Nein, das ist eine wichtige Spielanalyse mit Interviews!«

Viola musste sich zusammenreißen. Sie holte tief Luft und schnappte sich ihren neuesten Roman.

Aus den fünf Minuten wurden neunzehn, bis sich Riccardo vom Fernseher trennen konnte. Den Ausschaltknopf am TV-Gerät fand er jedoch erst, als Viola ihn zurechtwies.

»Kannst du die Kiste auch ausmachen?«

»Sicher, wie du willst.«

Erst als das Bild schwarz war, begann Viola. »So geht's nicht weiter.«

»Sicher, Lazio hätte beinahe verloren.«

»Das meine ich nicht.« Mit angespanntem Nacken kämpfte sie gegen das Verlangen zu schreien. »Wir streiten ständig, Riccardo. Das ist zum Kotzen. Was hast du?«

Es dauerte eine gefühlte Ewigkeit, bis er endlich mit der Sprache herausrückte. Es lief wirklich nicht gut in seiner Arbeit, beichtete Riccardo. »Der Idiot vom Büro gegenüber will mir den Job wegschnappen.« Seit Monaten arbeitete Riccardo auf den besser bezahlten Abteilungsleiterposten hin, den er bisher sicher in der Tasche geglaubt hatte. Violas Stimmung kippte augenblicklich von Frust zu Verständnis. »Sag es doch gleich«, meinte sie besänftigt und beunruhigt zugleich. »Das heißt, mit dem Geld wird es eng?«

Riccardo nickte stumm und starrte an die Wand. Es war ihm peinlich. Sie hatten seine Gehaltserhöhung bei den Ausgaben der letzten Wochen voll mit eingeplant. Zwar nagte

Familie Inventati nicht am Hungertuch, aber sie besaß auch keine Reichtümer. Ihr Häuschen war, wie bei vielen in der Gegend, ihr einziges Vermögen. Schon Riccardos Urgroßeltern hatten darin gelebt. Daher hatten sie es vor einigen Jahren gemäß neuester Erdbebenstandards renovieren lassen; eine teure Aktion, die sie aus eigener Tasche gezahlt hatten – staatliche Hilfe Fehlanzeige.

Noch dazu hatte die Familie ein schlechtes Jahr hinter sich. Ohne es selbst zu verschulden, hatten sie innerhalb von fünf Monaten zwei Autos geschrottet. Nummer eins hatte ausgerechnet an der Stelle geparkt, an der ein Lkw-Fahrer nicht mehr bremsen konnte. Der zweite Wagen war nach dem Winter nicht mehr angesprungen, der Motor tot und die Karre reif für die Schrottpresse. Als hätte das Pech mit den Spritfressern nicht genügt, hatte wenig später der Fernseher den Geist aufgegeben. Nach drei Tagen ohne Fußball, Liebesfilme und Kindercomics hatte der Familiensegen derart schief gehangen, dass Riccardo die nächstbeste, überteuerte Glotze gekauft hatte. Ein Haushalt ohne TV-Welt funktionierte im 21. Jahrhundert einfach nicht.

»Komm.« Viola hatte eine Idee. Sie zog Riccardo ins Schlafzimmer, wo neben dem Bett die Zentrale der familiären Finanzbücher zu finden war. »Gemeinsam finden wir eine Lösung.«

Nach und nach stellte das Ehepaar Inventati alle Ausgaben auf den Prüfstand. Als Geldfresser entpuppten sich das Auto, Violas Einkäufe und das Rauchen – Viola beschloss, endgültig aufzuhören. Auch Riccardos Hobbys und die der Kinder belasteten die Familienkasse. Doch die Eltern waren sich einig, dass sie bei Manueles Fußballkarriere und Clarissas Musikunterricht an der falschen Stelle sparen würden; zumal der Musiklehrer ihre Tochter für sehr begabt hielt, weil sie nach drei Monaten der Geige Töne entlockte, für die andere Jahre brauchten.

Kurz spielte Viola mit dem Gedanken, das Auto auszusortieren. Doch allein die Tage, bis ihr neuer Gebrauchtwagen vor der Tür gestanden hatte, hatten gezeigt, dass kein Auto keine Lösung war. Plötzlich hatte sie die Idee: »Lass uns den Urlaub streichen!« Wenig später bereute Viola ihr Vorpreschen – auf die zwei Wochen Abschalten an der Adria wollte sie ungern verzichten. So sehr sie ihr Dorf in den Bergen liebte, den Sommer verbrachte sie gern am Meer.

»Gute Idee«, fand Riccardo. Der Vorschlag schmerzte ihn wenig und bei den Hotelpreisen in der Hochsaison würden sie einiges sparen.

Eines hatten die Eltern jedoch nicht bedacht: den Aufstand der Sprösslinge. Clarissa und Manuele sahen nicht ein, warum sie wegen hässlicher Euroscheine auf Abenteuer im Sand verzichten mussten. Sofort verbündeten sich die zankenden Geschwister und starteten ihre Ferien-Kampagne. »Urlaub ist wichtig! Wieso fahren wir nicht?«

»Es ist zu teuer«, seufzte Finanzwächter Riccardo.

»Aber Papa, im Meer schwimmen kostet nichts«, sagte die aufgeweckte Tochter, die Violas impulsive Art geerbt hatte und ihr wie aus dem Gesicht geschnitten war. Riccardo erklärte der Kleinen, dass Baden zwar gratis war, aber nicht das Ferienhaus, die Fahrt zum Meer und das Essengehen.

»Dann zelten wir eben und angeln Fische«, fiel ihm sein Sohn ins Wort.

»Du isst Fisch, Manuele? Das ist ganz was Neues«, stellte Viola fest. »Im Meer schwimmen keine fertigen Fischstäbchen, mein Lieber.« Nachdem Riccardo gescheitert war, versuchte nun Viola ihr Glück. »Ein neues Ferienabenteuer wartet auf euch: Urlaub daheim! Wir erobern die Gipfel, erkunden die Grotten und gehen Eisessen in L'Aquila!«

Die Zwerge verzogen das Gesicht. Sie wollten Sand und Strand, nicht Höhlen und Berge. Trotz des Widerstandes blieben in diesem Sommer die Koffer der Familie Inventati in der Abstellkammer.

Der Urlaub zu Hause begann mit Sonne und 35 Grad Celsius. Trotzdem hatte sich Viola den August daheim nicht so vorgestellt. Die Kinder machten mit ihren Freunden das Dorf unsicher, während sich Riccardo entweder zu einem Kumpel oder seinem Motorrad verzog. Nur zum Gottesdienst in der Dorfkirche brach die Familie gemeinsam auf.

Nach einer Woche folgte Viola ihrem Mann in die Garage und zeigte ihren Unmut: »Riccardo, wir müssen den Kindern mehr bieten!«

»Aber ihnen gefällt's doch. Sie spielen gern mit ihren Freunden.« Er drehte sich zu Viola und erkannte an ihrem Gesicht, dass sie andere Ideen hatte. »Was schlägst du vor?«

»Wir könnten zum Beispiel nach L'Aquila fahren!«

Riccardo ließ fast den Schraubenzieher fallen, mit dem er am Motorrad hantiert hatte. »Nach L'Aquila? Da bin ich schon jeden Tag, wenn ich arbeite. Jetzt habe ich Urlaub!«

»Lass uns doch eine Schnitzeljagd machen, an Orte, die du bestimmt nicht kennst!« Viola hatte in den drei Semestern, bevor sie ihr BWL-Studium abbrach, mehr das Stadtleben genossen, als Vorlesungen an L'Aquilas Uni besucht.

»Meinetwegen fahren wir hin, aber keine Schnitzeljagd«, gab Riccardo nach. Vielleicht traf er in der Altstadt einen seiner Fußballkumpel.

Von Bergen umrahmt, thront L'Aquila 100 Kilometer nordöstlich von Rom auf einem 720 Meter hohen Plateau. Übersetzt bedeutet L'Aquila »Der Adler«, was sich mit dem Wappentier Kaiser Friedrichs II. erklären lässt, der die Stadt um 1240 gründete. Andere führen den Namen auf »Aqua« – Wasser – zurück, weil sich laut Legende 99 Gemeinden samt ihrer Brunnen zur Stadt L'Aquila zusammenschlossen. Im Laufe der Jahrhunderte wuchs auf dem Hügel um den Dom ein einzigartiges Zentrum voller versteckter Juwelen und Kunstschätze. Seit den 90er Jahren bringen Studenten – 2008 machten sie etwa ein Drittel der 72.000 Einwohner aus – Leben in die Universitätsstadt.

Doch die traumhafte Lage L'Aquilas inmitten der Apenninen hat auch Schattenseiten. Da dort tektonische Plattengrenzen verlaufen, hinterließen Erdbeben bereits mehrfach eine Spur der Verwüstung, etwa 1349, 1461, 1703 aber auch 1915.[3] [Vgl. Becht/Talaron: Abruzzen]

Die Fahrt ins nur acht Kilometer entfernte L'Aquila dauerte keine zehn Minuten, die Parkplatzsuche dafür umso länger. Während Riccardo die Familienkutsche in eine winzige Lücke manövrierte, klapperte Viola mit den Kindern bereits den ersten Spielplatz ab. Nächste Station bei 33 Grad Celsius im Schatten war die Fontana 99 Cannelle – ein Brunnen in Hufeisenform, der rundherum mit Wasser spuckenden Köpfen bestückt ist. Clarissa planschte, während Manuele konzentriert die Wasserspeier ablief. Schmunzelnd fotografierte Viola ihre Kinder, bis der Sohn entrüstet auf sie zulief.

»Papa, Mama! Die haben sich vertan«, rief Manuele empört. »Es sind nur 95 Wasserspeier!«

Nachdem auch Riccardo gezählt hatte und auf 93 kam, beendete Viola die Zahlenspiele, weil Clarissa schon ein tropfnasses Kleid hatte. »Einigen wir uns darauf, dass es keine 99 sind und gehen zur Eisdiele am Domplatz!«

Das ließen sich Manuele und Clarissa nicht zweimal sagen und stürmten den steilen Hügel hinauf, Viola schnaufte den Kindern und ihrem Mann hinterher.

»Riccardo, pass auf die Kinder auf. Hier fahren Autos«, rief sie ihm besorgt nach. Er wandte den Kopf: »Sicher.«

Viola holte ihre Truppe am Rande des historischen Zentrums wieder ein, das an diesem Sommertag nur so vor Leben sprühte. Manuele nutzte die engen Gassen, um die Schwester zu erschrecken oder sich zu verstecken. Kurz vor dem Domplatz stellte Viola auf einmal fest, dass ihr Junge ganz weg war. »Wo ist Manuele?«

Riccardo hatte das Verschwinden seines Sohnes noch nicht bemerkt. »Ist er nicht bei dir?«

»Dann würde ich kaum fragen«, meinte Viola unruhig.

»Er taucht schon wieder auf.«

»Das ist dein Sohn, Riccardo. Er taucht nicht von selbst wieder auf!«

Während die Eltern diskutierten, ging auch Clarissa ihre eigenen Wege. Sie hatte einen kleinen Hund entdeckt, der die Kleine so begeisterte, dass sie Mama und Papa lange nicht vermisste.

»Dir gefällt meine Hündin?«, fragte die Besitzerin. Clarissa nickte und strich dem Terrier über sein weiches Fell.

»Wenn sie Welpen bekommt, schenke ich dir einen.«

Zuerst leuchteten Clarissas Augen auf, dann wurden sie auf einmal traurig. »Ein Hund ist teuer, oder? Dann darf ich keinen haben.« Das Mädchen ließ den Kopf hängen. »Papa sagt, wir haben kein Geld. Wir können nicht mal Urlaub machen.«

»Wirklich?« Die alte Dame schaute Clarissa mitleidig an, hielt dem Kind die Hundeleine hin und nahm es an der anderen Hand. »Wo sind deine Eltern?«

Außer sich vor Sorge hetzte Viola durch die Gassen und fand keines ihrer Kinder. »Die kommen schon wieder«, dachte sich Riccardo und ergriff, unter dem Vorwand am Domplatz zu suchen, die Flucht. Ein Eis ließen sich seine Kinder nicht entgehen. Nahe der Eisdiele positionierte er sich im Schatten des Doms, beobachtete die Massen, die über den Platz schlenderten, und wartete.

Nach einer halben Stunde tauchte Manuele auf und spitzte in die Truhen der Eisdiele. Riccardo pirschte sich an. »Na, kleiner Mann, wo kommst du her?«

Manuele erschrak kurz, ehe er seinem Papa erleichtert in die Arme fiel. An diesem Tag wich der Junge ihm nicht mehr von der Seite.

Wiederum eine Viertelstunde später kam Clarissa von der anderen Seite angelaufen und strahlte über das ganze Gesicht.

In der linken Hand trug sie ein unbekanntes Plüschtier, in der rechten eine Eiswaffel. Als sie ihren Papa entdeckte, hielt sie ihm stolz ihre Errungenschaften unter die Nase.

»Schau mal, Papa! Ich habe jetzt einen eigenen Hund.«

Streng blickte Riccardo sein Kind an. »Wo hast du das her? Du darfst nicht einfach mitnehmen, was dir gefällt!«

Die Kleine machte traurige Augen. »Papa, ist Futter für Stofftiere auch zu teuer?« Eine Träne kullerte aus ihren Augen, als sie von der alten Dame erzählte, die ihr das Plüschtier geschenkt hatte.

»Dann darfst du den Hund natürlich behalten«, versicherte Riccardo. »Und sie hat dir auch ein Eis gekauft?«

Clarissa nickte. »Ja, weil wir so arm sind und keinen Urlaub machen.«

Erleichtert entdeckte Viola vor dem Dom ihre wiedervereinte Familie, die an ihren Eistüten schleckte. Viola war die Lust auf Eis und weitere Ausflüge inzwischen vergangen. Trotzdem brach Familie Inventati tags darauf zu einem Wanderausflug am Gran Sasso auf.

Als Clarissa hörte, dass ihr Auto zu Hause blieb, zog sie eine Schnute. »Ich kann nicht so weit laufen, Mama!«

Ihre Mutter hätte nachgegeben, doch der Papa blieb hart. »Es sind nur 13 Kilometer, habt euch nicht so, Kinder!« Für ihn war der Anstieg bis zur Talstation der Seilbahn ein Klacks. Nur für den Rückweg genehmigte er den Bus.

»13 Kilometer?«, rief Viola entrüstet. »Willst du die Kinder foltern?«

Riccardo griff zu einer List, um seine lauffaule Familie zu motivieren. Er bestellte seine trainierte Schwester Roberta samt Hund als Begleiter und schon war Clarissa begeistert.

Bereits am Vorabend hatte die Familie ihre Rucksäcke gepackt, eine Stunde nach Sonnenaufgang passierte die fünfköpfige Wandergruppe das Ortsschild von Onna. Der Vater und Roberta pfeifend voraus, die Kinder mit dem Hund hinterher, Viola bildete müde das Schlusslicht. Nach einer halben Stunde ging den Kleinen die Kraft aus.

»Ich kann nicht mehr«, stöhnte Nesthäkchen Clarissa.

Viola bestach ihren Nachwuchs mit Schokoriegeln und griff in die Trickkiste Kinderlieder. Summend und trällernd wanderten die fünf weiter. In Assergi, dem letzten Ort vor der Talstation, gönnten sie sich in einem kleinen Lokal eine Pizzapause. Für den letzten Anstieg nach dem Bergdorf – von 880 ging es auf 1.115 Meter hinauf – kostete es Riccardo nochmals große Überredungskunst seine Kinder und Viola zur Seilbahn zu treiben. Dort reihten sich in die Schlange derer ein, die zum Gipfel wollten.

Oben angekommen waren die Mühen des Aufstiegs vergessen. Auf den Höhen rund um die Gipfel des Gran Sasso trotzte der Sonne noch ein Rest Schnee, gerade genug für eine Schneeballschlacht mit Grasbeilage. Während Roberta mit den Kindern und dem Hund herumtollte, genossen die Eltern die Aussicht über die weite Gebirgslandschaft. Riccardo schloss seine Frau in die Arme und drückte ihr einen Kuss auf die Wange. »Ist die Bergtour so schlimm?«

»Schlimmer!« Sie lächelte ihrem Mann zu und erwiderte seinen Kuss.

Von der Beschwerdeliste blieb am Ende des Urlaubs wenig übrig. »Das waren tolle Ferien«, stimmten die Kinder überein. Die finanzielle Rechnung der Familie Inventati ging jedoch nur zum Teil auf. Heimaturlaub war definitiv günstiger als Strandreisen in der Hauptsaison. Trotzdem blieb die Geldnot ihr steter Begleiter.

Doch Viola wusste, dass sie etwas Unbezahlbares gewonnen hatten: neuen Schwung für eine eingeschlafene Ehe. Riccardo und sie waren trotz aller Gegensätze und Wortgefechte noch ein tolles Team. Ihre Streitereien legten sich – bis im Herbst eine Erdbebenserie begann.

KAPITEL 3

Rom, September 2008

Schwül, schweißtreibend und schrill war noch untertrieben. Als Karina am 5. September in der Mittagshitze aus dem überfüllten, aber immerhin klimatisierten Flughafen-Shuttlebus vor Roms Kopfbahnhof Termini stieg, erschlug sie fast die Kombination aus Hitze, Lärm und Hektik. Neben ihr seufzte eine Schweizerin mit hochrotem Gesicht: »Es gibt Städte, die sollte man sich besser aus der Luft anschauen. Rom gehört definitiv dazu.«

Das war der vorerst letzte deutsche Satz, der an Karinas Ohr drang. Schon während sie ihre Koffer aus dem Chaos vor dem Bus rettete, lief ihr der Schweiß herunter. Keuchend schleppte sie sich zur Metro. Den ersehnten Temperatursturz suchte sie im U-Bahn-Schacht vergeblich.

Völlig erschöpft erreichte Karina die Basisstation ihres neuen Lebens, einen fünfstöckigen gelben Wohnkasten mit Lärmgarantie an der viel befahrenen Via Catania im Stadtteil Nomentano, drei Kilometer östlich der Spanischen Treppe. Ausgerechnet an diesem Tag hing am einzigen Aufzug ein Schild »fuori servizio« – außer Dienst.

»Oh nein!« Karinas Schrei schallte durch das stickige Treppenhaus bis in Etage vier. Dort lag die Dreizimmerwohnung, die sie fortan mit zwei Italienerinnen teilte, die unterschiedlicher kaum sein konnten. Die eine hieß Aurora, war 28 und angehende Juristin mit lauter Stimme. Sie hatte kurzes, braunes Haar und einen wachen Geist und machte sich wenig aus Mode. Als sie Karinas Schrei hörte, eilte sie ihr in einer zerfransten Jeans entgegen und begrüßte sie stürmisch. »Che piacere di rivederti! Schön, dich wiederzusehen! Kann ich dir helfen?«

»Sicher!« Karina hievte den leichtesten Koffer zu Aurora.

Die andere Mitbewohnerin, Gianna, 29, Langzeitstudentin und verwöhntes Einzelkind reicher Eltern, saß derweil im abgedunkelten WG-Wohnzimmer neben einem surrenden Ventilator. Sie rührte sich erst vom Fleck, als Karina vor ihr stand. »Willkommen in Roms Hitze«, stieß sie hervor und erhob sich höflich zur Begrüßung. Mit ihrer schmalen Statur, den blond gefärbten Haaren und dem neuesten Designeroutfit wirkte Gianna zerbrechlich wie eine Porzellanpuppe.

»Du hättest ruhig mit anpacken können«, schnauzte Aurora sie an.

»Mir geht's heute nicht so gut«, erwiderte Gianna wehleidig und ließ ihren dürren Körper wieder aufs Sofa sinken. Aurora rollte mit den Augen. Dass sich beide nicht ausstehen konnten, war nicht zu übersehen. In diesem Moment ahnte Karina, warum ihre Vorgängerin ausgezogen war.

Geschafft, aber glücklich bezog Karina das für Roms Verhältnisse große Studentenzimmer, das sie sich wie angekündigt mit Aurora teilte.

»Ich bin die meiste Zeit an der Uni«, erklärte Aurora und verabschiedete sich. Karina ließ sich aufs Bett fallen und begann zügig ihre drei Koffer auszupacken. Dabei fiel ihr die Mitgift ihrer Nürnberger Ex-Kollegen in die Hände: ein Sammelsurium aus Zeitschriften und Zeitungen – mit kritischen Artikeln über das Medienimperium des italienischen Ministerpräsidenten. »Damit du weißt, worauf du dich einlässt«, hatte Tamara auf die beigefügte Karte geschrieben.

Dass der Ministerpräsident über einen Großteil von Italiens Medien regierte, einschließlich der Zeitung »Figata«, wusste Karina. Dennoch glaubte sie, dass alle, die für ihre Ideale eintraten, überall den kritischen Journalismus stärken konnten.

Kritische Journalisten gibt es in Italien durchaus. Doch sie haben keinen leichten Stand – noch dazu, wenn sie sich mit der Mafia anlegen, wie Roberto Saviano. 1979 in Neapel geboren, wurde der Sohn eines Arztes und einer Lehrerin schon als Kind mit der Mafiaorganisation Camorra konfrontiert. Er studierte Philosophie und arbeitet seither als Journalist und Schriftsteller, prangert Missstände an und deckt die Machenschaften des organisierten Verbrechens auf. Seit sein Buch »Gomorrha – Reise in das Reich der Camorra« erschien, lebt Saviano mit Morddrohungen und unter Polizeischutz. In einem Interview sagte er: »Er kann mich mal, der Erfolg.« Er wünsche sich nur ein normales Leben, in dem er ohne Leibwächter durch Städte laufen könne.[4] [Vgl. Süddeutsche Zeitung (17.5.2010)]

★★★★

Selbst die Septembernächte empfand Karina als unerträglich heiß – von 38 Grad Celsius und stickiger Luft in den Häuserschluchten tagsüber ganz zu schweigen. In der Stadt suchte sie daher oft in klimatisierten Läden oder in einer von Roms zahlreichen, kühlen Kirchen Zuflucht.

Mit der Zeit entwickelte Karina eine wirksame Kühlstrategie: nasse Haare, viel Fruchteis und kalte Füße. Bei ihren morgendlichen Joggingrunden hielt sie ihre Glieder gern in die Brunnen des Stadtgartens »Villa Torlonia«, der wegen seiner verwunschenen Häuschen, Palmen, sanften Hügeln und Obelisken wie aus einem Märchen entführt wirkte. Bevor die Hitze, Mückenscharen und Touristen über den 13 Hektar großen Park und ihr Viertel Nomentano herfielen, trat sie den Rückzug an.

Mehr als die Hitze nervte Karina bald die Tatsache, dass der seit Langem zugesicherte Arbeitsvertrag noch immer auf sich warten ließ. Als sie am Montag, zwei Wochen vor ihrem Arbeitsbeginn bei der Boulevardzeitung Figata, in die Küche trat, saß dort ihre Mitbewohnerin Aurora und trank ihren Kaffee. Ein Stapel Briefe türmte sich neben ihrer Espressotasse.

»Ist was für mich dabei?«, schrie Karina gegen den Ventilator an. Aurora schüttelte den Kopf. Enttäuscht senkte Karina den Blick und beschloss persönlich zum Verlag zu marschieren. Doch soweit kam sie nicht.

Als sie gerade in ihre neuesten Sandalen schlüpfen wollte, klingelte ihr Telefon. Die rauchige Stimme des Figata-Chefs redete nicht lange um den heißen Brei herum: »Deine Stelle ist uns leider entwischt. Sehr schade angesichts deiner Talente, aber das Geld fehlt.« Anders gesagt, gegen die Finanzkrise kamen selbst ihre makellosen Beine nicht an.

Karina fiel aus allen Wolken. »Wie bitte? Das fällt euch aber früh ein!« Sie schleuderte ihr Handy auf die Couch und stampfte wütend durch die Wohnung, bis ein Nachbar gegen die Decke klopfte. Nicht nur der Job, ein ganzer Lebenstraum hatte sich soeben in Luft aufgelöst. Zurückzufliegen schied trotz allem aus; so leicht gab Karina nicht auf. Außerdem wollte sie den Irrsinn rund um Wohnung und Visum nicht umsonst organisiert haben. Es blieb noch die Chance bei der Konkurrenz einzusteigen, und bis das klappte, fand sie sicher einen Aushilfsjob.

»Ich mache alles«, erklärte sie großspurig.

»Alles?«, fragte Aurora skeptisch.

»Naja, fast alles außer Metzger und Putzfrau«, erklärte die überzeugte Vegetarierin. Beim Blick in die Stellenanzeigen schrumpfte die Zahl akzeptabler Jobs schnell, dafür kam der Geistesblitz – ein Aufbaustudium. Dieser Notfallplan überzeugte sogar ihren Vater, dem sie eine geschönte Version der Ereignisse erzählt hatte. Karina machte sich auf zu Roms Universität »La Sapienza«, deren Gebäude über die halbe Stadt verteilt sind. Mit 130.000 Studenten, 60 Fachbereichen und elf Fakultäten gilt sie als die größte Universität Europas und zählt zugleich zu den ältesten. Karina landete bei einem auf Karriereverrückte zugeschnittenen Studium, das Kontakte in Chefetagen öffnen sollte und viel Freiraum ließ, da es für Berufstätige ausgelegt war. Die üppigen Studiengebühren störten kaum, ihr Vater zahlte – nicht ohne Hintergedanken. Würde er den Geldfluss stoppen, müsste Karina zurückkommen, dachte er.

Vor Studienbeginn ergatterte Karina noch ein Praktikum bei einer Werbeagentur – ein Reinfall. Sie war so frustriert, dass sich die Amokläufe ihrer Kreditkarte bedrohlich häuften. Um diese zu finanzieren, versuchte sie sich als Ladenaushilfe. Dabei unterlief ihr ein Patzer, der ihr zu ungewollter Bekanntheit verhalf.

Er stand im Supermarkt gleich hinter der Kasse, unauffällig und unscheinbar. Die meisten würdigten ihn keines Blickes. Nur selten blieb ein Mann vor ihm stehen und griff zu. Kurzum, der Rasierschaum fristete ein trauriges Dasein, bis Karina frischen Wind in die Regale brachte und alte Produkte neu platzierte. So stellte einer der älteren Stammkunden eines Tages fest, dass ein neues Grün in der Rasierschaumreihe leuchtete. Die Dose mit dem knalligen Aufdruck landete prompt in seinem Einkaufskorb. Da sein Geruchssinn und Augenlicht so spärlich wie die Haare auf seinem Schädel waren, wunderte sich der Herr kaum, dass der vermeintliche Rasierschaum nach Vanille roch und nur duftende Luft ausstieß.

Über das verirrte Deo im Rasierschaumregal hätte die Marktleiterin hinweggesehen. Aber dann schwärmte eine Seniorin vom rätselhaften neuen Dosengulasch, das sich als Hundefutter entpuppte. Als sich herausstellte, dass die deutsche Aushilfe die Lagerbestände falsch eingeräumt hatte, war die Queen der Marktkette nicht amüsiert. Karina flog hochkant hinaus und blieb einige Tage die Lachnummer ihrer Fakultät. »Warum weiß eigentlich jeder Bescheid?« Ganz bewusst knüpfte sich Karina ihre Mitbewohnerin Gianna vor. Letztere gab zwar nichts zu, zog aber eine verdächtig unschuldige Miene. Fortan überlegte sich Karina gut, was sie ihr erzählte.

Immerhin öffnete ihr die Peinlichkeit die Tür zum Restaurant »Trattoria da Eros«. Gerade als das Hundefuttergulasch die Runde machte und Karina händeringend nach Einnahmequellen suchte – Papa anzubetteln war der letzte Notanker –, herrschte in der Trattoria Personalnot. Ein glücklicher Zufall namens Luca saß im Hörsaal drei Reihen hinter ihr und passte sie ab.

»Hi. Du bist doch auf Jobsuche? Ich wüsste da etwas.«

»Ach, wirklich?«, fragte Karina und blickte verwundert zu dem unbekannten Riesen empor, dem sie trotz ihrer Absätze gerade bis zur Schulter reichte.

»Am besten kommst du mit in die Trattoria und stellst dich vor.« Luca hatte keine Zweifel, dass sein Cousin und zugleich Trattoria-Chef den attraktiven Deutschlandexport als neue Kellnerin einstellte.

Karina kniff die Augen zusammen. Sie hatte den Kerl mit den dunklen Augen bisher nicht bemerkt, geschweige denn das »Du« angeboten. Höchste Zeit, ihn in seine Schranken zu verweisen.

»Ich kann Sie gerade nicht einordnen. Kennen wir uns?«

»Nicht direkt.« Er sei halb Dozent, halb Student und nur gelegentlich im Kurs. »Ich habe zufällig von deiner Gulaschgeschichte gehört.«

Karinas Gesicht gefror. Ihr Kollege in spe begriff nichts oder wollte nicht begreifen, kannte aber alle peinlichen Details. Das fing ja gut an.

»Keine Sorge«, legte Luca grinsend nach. »In der Trattoria gibt's weder Gulasch noch Hundefutter, also keine Verwechslungsgefahr.«

Kurz lächelte Karina zurück, ehe sie loslegte. »Sie sind ja ein Multitalent von Mann. Nicht nur Student und Dozent, sondern auch Kellner und Klugscheißer!« Damit war der Schlagabtausch eröffnet. Luca zog die Augenbrauen hoch, die kleine Blonde hatte Pfeffer. Abgesehen vom harten Tonfall hatte sie angenehm verschmitzte Züge. Ihre schlagfertige Art gefiel ihm. »Danke für Ihr Kompliment, Signora. Aber hier ist duzen üblich.«

Karina stemmte ihre Hände in die Hüften. »Wo genau ist diese Trattoria, in der sich alle duzen?«

Sein Blick sprach Bände. »Piazza Navona, ziemlich versteckt in einer Seitengasse, schwer zu finden. Ich kann dich hinbringen.«

»Nein, danke. Ich kenne mich aus«, entgegnete Karina und wandte sich ab. Auf die Begleitung von »Mister Übergroß« konnte sie verzichten.

Trotz Stadtplan und zweibeinigen Wegweisern blieb die Trattoria unauffindbar. Karina irrte fast eine Stunde um die ovale, barocke Platzanlage Piazza Navona. Kein einziger der Straßennamen, die an den Hauswänden standen, waren in ihrer Karte eingetragen.

»Übrigens, der Eingang liegt in einer Art Innenhof. Wenn du also meinst, du bist falsch, bist du richtig«, hatte Luca nebenbei bemerkt.

Karina war am Verzweifeln, als sie endlich die Seitengasse mit dem beschriebenen Tor entdeckte. Reichlich verspätet öffnete sie die Tür, neben der acht Minitische die Hauswand belagerten. Ein herrlicher Geruch empfing sie, während sie die Stufen in das halb im Keller gelegene Lokal hinabstöckelte. Hier konnte man es aushalten.

Versehentlich erwischte Karina nicht den Eingang zum Gastraum, sondern zur Küche. Dort waren der Koch und seine Gehilfin zugange. Die beiden, höchstens 35 Jahre alt, dünsteten Fleisch und Gemüse und richteten Antipasti an. Die Quelle der Genüsse glich einer Abstellkammer, gerade groß genug, dass ein Herd, Spülbecken, Steinofen und maximal drei Menschen mit wenig Körpermasse Platz fanden. Das Küchenteam unterbrach die Arbeit und blickte den blonden Eindringling verwundert an. »Bist du die neue Kollegin?«

Karina nickte und stellte sich kurz vor, da spitzte Luca herein. »Welche Überraschung! Wir dachten schon, du kommst nicht mehr. Verlaufen?« Er setzte ein spitzbübisches Grinsen auf. »Das Essen hast du verpasst. Aber wir haben dir, nett, wie wir sind, etwas übrig gelassen.«

Hungrig zu bedienen konnte man keinem Kellner zumuten, war die Devise des Chefs Eros – der Mann gefiel Karina schon, bevor sie ihn das erste Mal sah. Daher pflegte man in der Trattoria die edle Tradition, gemeinsam und auf Kosten des Hauses das Tagesmenü zu testen, bevor die Gäste eintrudelten und sich das Team in die Arbeit stürzte.

Der Koch Nicola setzte der neuen Deutschen sogar eine Auswahl sämtlicher Genüsse vor. Doch mit Fleisch konnte man Karina jagen, also verschmähte sie einen Großteil des Tellerinhalts.

»War das Essen nicht gut?«, fragte Nicola beleidigt.

»Doch, sogar sehr. Aber ich bin Vegetarierin«, besänftigte Karina den Koch, dessen Gesichtszüge sich entspannten. Während der verspätete Neuling die fleischlosen Reste verputzte, bereiteten die anderen Kellner schon das Lokal für den Gästeansturm vor. Da kam ein selbstbewusster Mann auf Karina zu. Nach den Beschreibungen der Kollegen musste er der Chef sein. Er war es und musterte sie, ehe er ihr die Hand entgegenstreckte: »Ich bin Eros, der Boss. Hat's geschmeckt?«

Nickend schluckte Karina hinunter. Ohne ein Wort hatte sie den Job, ihr Äußeres reichte. Der Chef redete sowieso am liebsten selbst. »Willkommen im Team! Unsere Trattoria lockt übrigens Genießer aus ganz Italien an. Tag für Tag zaubern wir das Beste auf die Teller.« Verzückt küsste Eros seine Fingerspitzen und zählte allerlei Köstlichkeiten auf: »Saltimbocca alla Romana, Tagliatelle al Tartufo, Insalata di Scampi – einfach fabelhaft!« Der selbstgefällige Junggunternehmer hatte es weit gebracht, wie er stolz ausführte: Er besäße ein Luxuscabrio, mehrere Immobilien und gönnte sich ein Leben in Saus und Braus.

»Eros ist okay«, bestätigte Karinas neue Kollegin Natalia bei einer Zigarette vor dem Lokal. »Er ist fair, solange er den Löwenanteil abbekommt. Nur übertreibt er gern!« Aber das Essen sei super und der Verdienst okay; vor allem das Trinkgeld floss reichlich.

»Klingt gut«, erwiderte Karina und trat aus dem Qualm. Natalia hielt ihr zum zweiten Mal eine Zigarette hin.

»Und du rauchst gar nicht?«, fragte sie erstaunt.

»Nein. Ich bin Hobbysportlerin, Rauchen schadet der Kondition.«

Kaum war der Satz in der Gasse verhallt, sprang die Tür auf und Luca stürmte heraus. »Los, los. Die Arbeit ruft! Dass ihr Frauen ständig rauchen und quatschen müsst.«

»Witzbold«, rief ihm Natalia zu und huschte nach drinnen. Karina sah nicht ein, sich herumkommandieren zu lassen. Demonstrativ blieb sie stehen. »Dass ihr Männer ständig Unsinn reden müsst! Frauen tauschen wichtige Infos aus und längst nicht alle rauchen«, konterte sie. »Merk dir das, Herr Schlaumeier!«

Überrascht von ihren Widerworten runzelte Luca die Stirn und folgte dem blonden Zwerg nach drinnen. Das konnte heiter werden.

Um acht Uhr kamen die ersten Gäste, gegen halb zehn war das Lokal gerammelt voll – drinnen wie draußen. Mit den Getränken hatte Karina kaum Probleme, die randvollen Teller stellten sie jedoch vor eine Herausforderung. Sich damit zwischen eng gestellten Tischen durch nicht vorhandene Gänge zu quetschen, weil in dem Lokal jeder Zentimeter ausgenutzt war – das grenzte an eine Meisterleistung. Dabei sah das bei Natalia und Luca alles so leicht aus. In Rekordzeit balancierten sie Teller, Platten und Gläser, als wären sie mit Geschirr auf dem Arm zur Welt gekommen. Karina bewegte nur halb soviel Genussmasse wie die alten Hasen, rannte aber tapfer durch den Abend.

Nach elf Uhr waren die meisten Gäste beim Nachtisch angelangt, es wurde ruhiger. Die Phase nutzte Luca, der Neuen ein paar Tipps aufzuzwängen, wie man Teller richtig trug. »Heute gewähren wir dir noch einen Anfängerbonus. Aber ab morgen geht's richtig los.« Ernst meinte er das nicht, aber es hörte sich so an. »Wenn du vier statt zwei Teller nimmst, musst du nur halb so oft rennen mit deinen kurzen Beinen.« Er setzte einen mitleidigen Blick auf, der ihren Rock hinunter wanderte.

Karina ließ sich ungern belehren und von Besserwissern, die ihre Beine anstarrten, erst recht nicht. »Ich habe zwar kleinere Hände, aber ich weiß, wann man die Klappe hält.«

Luca stöhnte leise. »Oh Mann, Frauen.« Also doch eher die zickige Gattung Weib. Hoffentlich war es kein Fehler, diesen kurzbeinigen Schminkkoffer mit begrenzter Ladekapazität ins Team der Trattoria zu holen. Mit dem aufgetakelten Zwerg konnte er sich nicht normal unterhalten. Das lag definitiv an ihr. Sie war regelrecht auf Krawall gebürstet.

Der Chef Eros sah das anders. »Die kleine Blonde macht sich gut«, raunte er seinem Cousin zu.

»Ihr fehlt deutlich die Praxis«, gab Luca zu bedenken und ärgerte sich, dass er sie angeschleppt hatte.

Karinas Fazit nach dem Abend war gespalten. Die Trattoria gefiel ihr – bis auf Luca. Sie kannte diesen Kerl erst zwölf Stunden, geriet aber ständig mit ihm aneinander. Das lag eindeutig an ihm. Er war ein unbelehrbarer Besserwisser.

Als Natalia bei der nächsten Zigarettenpause fragte, ob sie wiederkäme, zögerte Karina. Der Chef war angetan; sie hatte den Job, wenn sie wollte. Schließlich siegten die Vorteile, vor allem das Trinkgeld und das geniale Essen – darum würde sie kein Besserwisser der Welt bringen.

KAPITEL 4

Kaum ein Tag verging in jenem Winter, ohne dass die Erde in den Abruzzen bebte. Ab Dezember nahm die Intensität der Stöße zu. Auch wenn der Boden meist nur kurz ruckelte, wuchs die Angst vor einem verheerenden Erdstoß. Die Lokalzeitung befragte immer wieder Experten, wie sie die Lage beurteilten – ohne Ergebnis.

Dass die Region um L'Aquila Erdbebenrisikogebiet war, wussten sowohl Seismologen als auch Politiker. Obwohl Spezialisten L'Aquila 2004 in die oberste der vier Gefahrenzonen eingestuft hatten, tauchte die Stadt auch bei neuen Risikokarten nur in der zweitstärksten Kategorie auf – ein bewusst gesteuerter Entschluss, um die Gefahr herunterzuspielen.[5] [Vgl. Torelli: Sangue e Cemento (Il film)]

Onna, Dezember 2008

Als Viola Inventati an jenem Dezembermorgen aus dem Fenster schaute, rieb sie sich erstaunt die Augen. Mehrere Zentimeter Neuschnee belagerten Onnas Straßen und Gassen. »Es hat geschneit«, weckte Viola ihre Kinder, die ungewöhnlich schnell aus den Betten krochen. Aufs Schneemannbauen waren sie ganz heiß. Familie Inventati blickte zwar häufig auf schneebedeckte Gipfel, unten im Tal schaute die weiße Pracht aber seltener vorbei.

Viola stellte gerade eine Packung Kekse und drei Tassen für das Frühstück auf den Esszimmertisch – Riccardo war wegen des Schnees eher zur Arbeit aufgebrochen –, als das Telefon schellte. Sie nahm den Espressokocher vom Herd und griff zum Hörer. Am anderen Ende meldete sich ihre Freundin Marlena, die mit ihrem Mann Luigi und den fünfjährigen Zwillingen Monica und Martina im Nachbarort Paganica lebte.

»Pronto, Viola. Hast du schon aus dem Fenster geschaut?« Im Hintergrund hörte Viola Marlenas Töchter um eine Puppe streiten.

»Natürlich! Hier ist Winter. Und bei euch?« Nicht nur der lockere Umgangston machte die Freundschaft besonders, sondern auch die Seltenheit, dass sich ihre Männer ebenfalls bestens verstanden.

»Bei uns ist tiefster Winter! Hast du schon Pläne für heute?« Marlena hatte spontan entschieden, ihre übermütigen Sprösslinge nicht in den Kindergarten, sondern in den Schnee zu schicken. Viola gefiel die Idee, also verabredeten sich die Frauen zum Spaziergang. Ihr Sohn Manuele stapfte störrisch zur Bushaltestelle. Der Sechstklässler hätte den Vormittag auch lieber mit Schneemännern als mit Lehrern verbracht.

Durch Clarissas Vorfreude auf den Schnee und ihre Freundinnen dauerte das Frühstück nicht lange. Flink schlüpfte sie in ihren Schneeanzug, während ihre Mutter die Fotokamera in die Jackentasche packte.

Die Luft war kühl und klar, gelegentlich rieselten Flöckchen vom Himmel. Wie Puderzucker bestäubte der Schnee Onnas Straßen. Übermütig sprangen die drei Mädchen durch das verschneite Dorf, die Schneeballschlacht ließ nicht lange auf sich warten. Gleich Clarissas zweiter Wurf landete mitten in Martinas Gesicht. Wie auf Kommando plärrte die Fünfjährige los. Marlena hatte Mühe, ihre heulende Tochter zu beruhigen und gleichzeitig die schmelzenden Ballreste aus ihrem Kragen zu entfernen. Zwei Schneehaufen weiter waren die Tränen getrocknet und ein Rachegeschoss verfehlte nur knapp Clarissas Kopf.

Am Fluss Aterno stoppte Viola und hielt die Kinderspiele samt Winteridylle mit ihrer Kamera fest. Eine feine Schneeschicht überzog die Bäume am Ufer, Eiszapfen hingen von den Ästen und die Wasserströme im Fluss glitzerten in der Sonne wie Edelsteine.

Als die fünf auf den schneebedeckten Uferweg abbogen, blieben die Mütter ein Stück zurück. Marlena brachte ein ungeliebtes Thema zur Sprache: »Wie gefällt dir nun dein neuer Job?«

Bis vor Kurzem hatte Viola halbtags als Bürokraft im Industriegebiet von Bazzano gearbeitet, das direkt hinter Onnas Ortsschild begann. Überraschend hatte die Firma Insolvenz angemeldet und ihr gekündigt. Dass Viola händeringend eine neue Stelle brauchte, hatte sich schnell herumgesprochen und bald suchte der halbe Ort nach einem neuen Job für sie. Die Lösung lag am anderen Dorfende bei der 72-jährigen Witwe Donatella, die sie spontan als Haushaltshilfe engagierte.

»Eigentlich ist der Job super. Ich habe es nicht weit und Donatella ist sehr nett«, erwiderte Viola zögernd und spielte an ihrem Ehering herum. Marlena kannte ihre Freundin lange genug, um deren Nervosität richtig zu deuten.

»Das hört sich gut an. Wo liegt der Haken?«

Abrupt blieb Viola stehen, dafür wirbelten ihre Hände umso wilder durch die Luft. »Das Problem ist: Ich arbeite weniger. Dadurch habe ich zwar mehr Zeit für die Kinder, aber uns fehlt das Geld.«

Wie die Familie mit dreihundert Euro weniger im Monat auskommen sollte, darüber zerbrach sich Viola täglich den Kopf.

»Wenn ihr etwas braucht, gebt Bescheid«, bot Marlena großzügig an. Bei Familie Potesi war die Situation gerade anders herum. Luigis beruflicher Aufstieg bescherte ihm ein üppiges Gehalt, minderte jedoch die Familienzeit. Häufig musste er wegen wichtiger Termine verreisen, sodass die

Töchter ihren Vater selten zu Gesicht bekamen. Marlena hätte viel Geld gegeben für mehr gemeinsame Zeit.

»Ich weiß, dass ihr uns immer unterstützt.« Viola lächelte dankbar. »Aber im Moment geht es, wenn wir den Gürtel enger schnallen.«

✯✯✯✯

Am nächsten Tag ließ die Freude am Schnee nach. Besonders die Berufstätigen, die sich ins Verkehrschaos stürzen mussten, fluchten, weil Wintersportler die Straßen in Richtung der Skigebiete verstopften. Nur die Kinder waren nach wie vor begeistert. Clarissa bestand darauf, ihren Schneemann vom Vortag zu begutachten, bevor ihr Papa sie im Kindergarten und ihren Bruder in der Schule im Nachbarort ablieferte.

Auch Violas Alltag wirbelte der Schnee durcheinander. Eigentlich standen der Wocheneinkauf und die Wäsche auf dem Plan. Doch Donatella bat um eine Extraschicht Schneeräumen und Putzen, weil sich ihre Tochter und deren Mann angekündigt hatten.

Kaum waren die Kinder ausgeflogen, brach Viola auf. Draußen war es ungewöhnlich still, der Schnee hielt wie ein Schallschutz den Lärm von der nahen Staatsstraße ab. Viola genoss die Ruhe, während sie durch die Straßen spazierte und über das Dorf und seine Urgesteine nachdachte.

Seit sie nach der Hochzeit zu ihrem Mann nach Onna gezogen war, hatte sich wenig verändert. Wer einmal innerhalb der zwei Ortsschilder gelandet war, blieb in der Regel bis zum Ende. Einzige Ausnahme in ihrer Straße war der Senior Victor Anziani, der wegen eines Klinikaufenthalts seiner Frau sein Dorf hatte verlassen müssen.

Mit den anderen Nachbarn verstand sich Viola bestens, vor allem mit Irena, die gegenüber wohnte. Die feinfühlige Dame Mitte fünfzig teilte ihre Freude für Blumen, sodass sich beide gegenseitig anspornten, Jahr für Jahr eine noch größere Pflanzenpracht auf ihre Fenster und Balkone zu zaubern. Riccardo hatte dafür wenig Verständnis; seiner Meinung nach taugte Grünzeug nur in einer Form – als Fußballrasen. Ein weiteres Bindeglied zwischen Familie Inventati und Irena war ihre Nichte Valenzia, die in L'Aquila Architektur studierte. Sie besuchte ihre Tante oft und sprang gerne als Babysitter für Clarissa und Manuele ein.

Als Viola bei Donatellas Haus ankam, empfing sie die betagte Dame aufgewühlt. »Meine Tochter hat angerufen: Sie kommt schon heute statt morgen!« Mit fuchtelnden Händen untermalte Donatella die Dringlichkeit. Das Schneeräumen könne warten, der Kuchen ging vor, bestimmte die ehemalige Lehrerin und trieb ihre Haushaltshilfe in die Küche. Zur Not dürfe der Schwiegersohn die Schaufel in der Einfahrt ausführen.

Mit vereinten Kräften brachten sie die Mandeltorte in die Backform und bald strömte ein feiner Geruch durch das Haus. Vom Ergebnis war Donatella hingerissen: »Die Torte sieht fantastisch aus.«

Nun folgte die Putzorgie, die länger dauerte als geplant. Viola wischte gerade den Boden, als plötzlich die Schränke knackten, mehrere Schubladen auffuhren und der Boden vibrierte. Nach drei Sekunden legte sich das Zittern. Viola hielt inne, bis die Geräusche verstummten.

Es war bereits nach zwölf Uhr, als Viola sich verabschiedete. Sie wollte zu Hause sein, bevor die Kinder heimkamen, und wählte den schnellsten Weg durch den Ort. Wenn sie Zeit hatte, brauchte sie für den kurzen Fußweg oft Stunden; hier ein Plausch mit den Nachbarn, dort ein spontaner Besuch bei Bekannten. Das Dorfleben zeigte ihr stets neu, wie wenig ein Mensch brauchte, um glücklich zu sein.

Hastig überquerte Viola den Dorfplatz »Piazza San Pietro«. Im Sommer saß vor der gleichnamigen Kirche oft der halbe Ort in der Sonne, doch der Schnee hatte den Treffpunkt in der Ortsmitte leer gefegt. Als Viola in ihre Straße einbog, die Via dei Angeli, empfing sie ihre Nachbarin Irena. Seit Wochen klagte die empfindliche Dame über die Erdbeben, selbst kleinste Stöße rissen sie aus dem Schlaf.

»Hast du das Beben vorhin gespürt, Viola? In diesem Winter sind es mehr Beben als in anderen Jahren und sie werden stärker«, seufzte die sensible Dame und machte ein besorgtes Gesicht. Sie habe bereits Risse in ihrem Haus entdeckt.

Am Abend vor dem Fernseher bemerkte Viola erneut ein seltsames Grollen, das nicht zum Liebesfilm passte. Erschrocken wandte Viola den Kopf, konnte jedoch das Geräusch nicht orten. Noch während sie nach der Quelle des Lärms suchte, begann wieder der Boden unter ihren Füßen zu wanken. Sie hatte das Gefühl, als würde ein Riese ihr Haus durchschütteln. Reflexartig sprang Viola auf. Sie hatte keinen Zweifel: Es war erneut ein Erdstoß – einer, der ungewohnt lange anhielt.

KAPITEL 5

Rom, Dezember 2008

Ausgerechnet als Karinas Kollegin Tamara sie Anfang Dezember in Rom besuchte, kam die Sintflut. Regen ohne Ende verwandelte die Ewige Stadt binnen weniger Tage in eine Flusslandschaft.

»Und du bist wegen des Wetters ausgewandert«, neckte Tamara die Freundin bei ihrer Ankunft in Italiens überschwemmter Hauptstadt.

»Warum kommst du auch im Winter? Im Herbst war es traumhaft mild«, verteidigte Karina ihre neue Wahlheimat. »Aber wir machen einfach das Beste daraus!« Von einer Städtetour, bei der es einem allerlei Unrat vor die Füße schwemmte, konnten schließlich nur die wenigsten Rombesucher berichten. Da Tamara nicht für Hochwasser gerüstet war, führte ihr erster Weg in einen Laden mit Gummistiefeln.

Wetterfest verpackt machten sich beide auf die Jagd nach spektakulären Flutbildern. Motive fanden sie am Sumpf, der sonst die Uferpromenade markierte, zuhauf. Die ungewohnt hohen Tiberwellen spülten Räder, Zelte und sogar Schiffe gegen die Brücken. Autos verkeilten sich ineinander und verstopften die Straßen, sodass ein Huporchester das Plätschern übertönte.

Ein solches Hochwasser wie im Dezember 2008 hatte Rom seit Jahrzehnten nicht erlebt. Regenmassen und Hagel prasselten auf die Metropole und Sturzbäche flossen von den Hügeln, sodass der Tiber immer neue Pegelhöchststände erreichte. Die

Flut forderte sogar Tote, darunter ein irischer Tourist, der in den Tiber stürzte und ertrank.

Obwohl der Zivilschutz den Menschen riet, ihre Häuser nicht zu verlassen, trieb die Neugier Tausende zum Flussufer. Vor den Augen der Schaulustigen zersägten Feuerwehrleute ein 20 Meter langes Hausboot, das sich in einem Bogen der Engelsbrücke verfangen hatte. Über 600 Hilfskräfte waren tagelang im Einsatz und evakuierten unter anderem eine Klinik und mehrere Wohnhäuser am Tiber.[6] [Vgl. Neue Züricher Zeitung (14.12.2008)]

Die Idee, einen Flutartikel für das Nürnberger »Stadtblatt« zu schreiben, kam Karina am nächsten Tag. Die erste betroffene Nürnbergerin hatte sie schon: Tamara, die ihr gern die Arbeit und das Zeilenhonorar überließ. »Viel Spaß Regenkorrespondentin, ich bade derweil.« Nur den Anruf in der Redaktion übernahm Tamara. Geübt drängte sie ihrem Schwiegervater, dem Chefredakteur, den Artikel auf. Er hatte miese Laune, der neue Verlagsberater hatte durchgesetzt, im ohnehin stark geschrumpften Team weitere Stellen zu kürzen. Auch Tamara war entrüstet; kaum fuhr sie ein paar Tage weg, würden nach ihrer Rückkehr wieder zwei Kollegen fehlen.

Nach dem Telefonat informierte Tamara ihre Gastgeberin über die schlechten Neuigkeiten aus Nürnberg. »Wenigstens du hast den Absprung geschafft und kletterst die Karriereleiter empor.«

Karina druckste herum und gestand zögernd, dass vieles nicht so gut lief, wie sie vorgab. Kleinlaut berichtete sie von ihren Misserfolgen.

Nachdem sie sich bei diversen Verlagen vorgestellt hatte, die ambitionierten Ausländern nur unbezahlte Praktika anboten, war sie zur Strategie »Vitamin B« gewechselt: Beziehungen aufbauen. Dank des Teilzeitstudiums blieb Zeit, eigensinnige Hunde und Kinder von Entscheidern zu hüten. Doch die zwei Jobs, die Karina ergattert hatte, brachten sie nicht weiter. Sie traf nur die Haushälterin, überfrachtete Kinderzimmer sowie deren verwöhnte Bewohner an. Das Karrieresprungbrett suchte sie vergebens.

Tamara war baff, davon hatte Karina bisher keinen Ton gepfiffen. »Ich dachte, es läuft alles bestens?«

»Tut es ja auch, solange mein Vater das denkt und zahlt«, packte Karina aus. Dank ihres Kellnerjobs kam sie gut über die Runden und konnte sich ihre Einkaufsbummel leisten.

»Du jobbst in einer Trattoria?« Tamara bestand darauf, das Lokal und vor allem Karinas neue Kollegen kennenzulernen. Bis das Team in der Trattoria antanzte, hatten sie noch Zeit für einen Umweg über den Petersdom, den ebenso viele Schirmverkäufer wie Touristen belagerten. Obwohl die Schlange am Eingang nicht gerade kurz war, wollte Tamara unbedingt in den Dom. Als Katholikin war sie von der deutschen »Wir sind Papst«-Euphorie ergriffen. Karina gab nach, auch wenn sie wenig von der Kirche hielt, die Armut und Enthaltsamkeit predigte, aber ihre Gotteshäuser mit Gold und Prunk ausschmückte.

Auf dem Rückweg zur Trattoria lief ihnen zufällig ein bekannter Riese über den Weg. Luca identifizierte die kleine Kollegin unter dem gelben Regenmantel erst auf den zweiten Blick und konnte sich einen Kommentar nicht verkneifen: »Ist deine Frisur wetterfest, gelber Zwerg?«

»Na klar, Regenriese. Du siehst doch: Mein Haarspray hält, was es verspricht.«

»Musstest du die ganze Stadt fluten, um das zu testen?«

»Wieso ich? Ich dachte, du spielst Auto versenken«, konterte Karina und stellte ihren Besuch vor. »Tamara, eine Freundin aus Nürnberg.«

»Willkommen im Tibermeer.«

Nach einem kurzen Wortwechsel verabschiedete sich Luca, er hatte es eilig. Tamara hatte zwar nur einen Bruchteil verstanden, staunte aber über den gut aussehenden Riesen. »Wow, habt ihr einen Umgangston. Ist das dein Freund?«

»Definitiv nicht. Er ist ein Kollege und ein Besserwisser!« Dann ließ sich Karina über Luca aus, mit dem sie ständig über alles Mögliche diskutierte, vor allem über typisch deutsche und italienische Eigenarten. Karina vertrat inzwischen die Ansicht, dass Italien ein Land der Notstandserprobten wäre, die im Spektakel erst richtig aufblühten. Mit wenigen Tröpfchen Regen waren sie überfordert, aber mit Sturzbächen, Erdrutschen und anderen Katastrophen kämen sie bestens klar. Wenn Karina eines von Italienern gelernt hatte, war es nicht aufzugeben. Wen Staat, Politiker und Behörden enttäuschten, der konnte sich auf Bekannte und Verwandte verlassen, die stets zusammenhielten.

»Und wie erklärst du den Fahrstil der Italiener?«, fragte Tamara und zeigte auf eine Kollision vor ihren Augen.

»Das ist Autoskooter für Fortgeschrittene. Der Alltag wäre ohne Spektakel zu langweilig«, meinte Karina trocken. Das konfuse Gewusel folgte aus ihrer Sicht einem klaren Motto: Ein Tag ohne Stoßstangenkontakt ist ein verlorener Tag. Auch Ampeln und Verkehrsschilder verstanden die Köpfe hinter dem Steuer nur als Denkanstoß. An einer Kreuzung bei Rot oder einem Stoppschild anzuhalten, machte manchmal Sinn, oft aber auch nicht – erst denken, dann bremsen. Tamara schüttelte über Karinas Ansichten nur den Kopf.

Nachdem sie die Trattoria von außen begutachtet hatten – wegen Wasser im Keller öffnete das Lokal später –, hatten sie genug vom Regen und kehrten zu Karinas Wohnung zurück. Kurz vor der Haustür rief ihre Mitbewohnerin Gianna an. »Pronto, Karina. Läufst du mit deiner Freundin gerade vor unserem Haus vorbei?«

»Ja«, murrte Karina.

Giannas Anrufe hielt sie für mehr als überflüssig. Doch das sollte sich nach Tamaras Abreise bald ändern.

* * * *

Die Erdbeben in den Abruzzen sorgten in der »Trattoria da Eros« nur ein einziges Mal für Gesprächsstoff. Es war der Tag, bevor Luca verschwand. An jenem feuchtkühlen Februarabend dampften drinnen Trüffelrisotto und Lachslasagne, während draußen dunkle Wolken den Himmel über Rom belagerten. Nachdem sich die letzten Gäste verabschiedet hatten, die Küche wieder glänzte, gönnten sich Karinas nikotinsüchtige Kollegen eine Zigarette vor der Trattoria.

»Ich gehe trotzdem Ski fahren«, schallte Nicolas Stimme durch die verlassene Gasse, als Karina ins Freie trat. Da das Wort »Ski« ihre Neugier weckte, gesellte sie sich zu dem qualmenden Duo.

»Ich sehe in ganz Rom kein Körnchen Schnee! Wo wollt ihr bitte Ski fahren?« Fragend blickte Karina von einem zum andern, bevor ihre Augen den schwach beleuchteten Straßenzug absuchten.

Nicola wandte den Kopf. »In den Abruzzen natürlich!«

Karina runzelte zweifelnd die Stirn. Obwohl Luca Ähnliches berichtet hatte, glaubte sie, die Herren wollten ihr einen Bären aufbinden.

»Na dann viel Spaß beim Schneesuchen!«

»Den Schnee musst du nicht suchen. In den Skigebieten liegen locker zwei Meter«, tönte plötzlich Lucas Stimme. Karina drehte sich nicht um, es reichte ihr, Mister Übergroß zu hören. Nach einem Vierteljahr Trattoria voller Teller-Balanceakte, wilden Grundsatzdebatten und unaufgeforderten Sprachkorrekturen, kannte sie Luca besser, als sie wollte. Mit keinem fetzte sie sich öfter. Für seine harte, aber effektive Sprachschule war sie ihm insgeheim dankbar, hätte das aber nur unter Folter zugegeben.

»Zwei Meter Schnee?« Karina stellte sich gerade vor, wie eine Busladung deutscher Sandalenträger die falsche Autobahnabfahrt nahm und statt im römischen Verkehr im Schnee stecken blieb, da unterbrach Natalia ihre Gedanken. »Mir ist das zu heikel mit den Erdbeben.«

»Ma dai, non ti preoccupare. Ach komm, mach dir keine Sorgen!« Das war Nicolas Standardsatz. Der talentierte Koch spielte generell alle Gefahren außerhalb des Verdauungstraktes herunter und wäre ohne Zögern in einen Atomreaktor gezogen, wenn dort die Küche stimmte.

Luca verzog das Gesicht. »Man sollte die Beben nicht unterschätzen. In diesem Jahr sind sie heftiger als sonst. Seit Dezember waren …«

»Verschone uns bitte«, fiel ihm Karina ins Wort und spottete: »Sei doch froh, Erdbeben bringen Spaß auf die Kinderpisten!«

Mit finsterer Miene und in einem Tonfall, als hätte sie die italienische Nationalelf beleidigt, wies sie Luca zurecht: »Da irrst du dich aber gewaltig! Man merkt, dass du nie dort gewesen bist!«

Sein Humor war verschwunden. Karina machte einen Schritt zurück, sie hatte wohl ein heikles Thema angeschnitten. Nicola rettete die Situation.

»Komm doch einfach mit zum Campo Felice und überzeuge dich selbst!«

Eines von vielen Skigebieten in den Abruzzen ist »Campo Felice«. Rund 2.000 Meter über dem Meeresspiegel gelegen und bei Bedarf künstlich beschneit, bietet es mehr als 29 Pistenkilometer für Wintersportler aller Könnerstufen. Zwei Schlepp- und neun Sessellifte transportieren bis zu 18.000 Menschen pro Stunde die Berge hinauf.[7] [Vgl. Abruzzo Turismo]

Kurzzeitig spielte Karina mit dem Gedanken mitzufahren. Aber da sie Rom bisher nicht mit Wintersport in Verbindung gebracht hatte, fehlte ihr die Ausrüstung. »Ich habe weder Ski noch Outfit!«

»Das kannst du dir alles an der Talstation leihen. Es geht ums Skifahren, nicht um die Wahl zur Miss Pista.« Grinsend schüttelte Luca den Kopf, seine gute Laune kehrte zurück.

»Und selbst wenn, für den Titel wärst du sowieso zu klein!« Er ärgerte Karina gern, sie regte sich immer so schön auf.

»Ich stoße mir zumindest nicht überall den Schädel an«, erwiderte sie missmutig. »Fahrt ohne mich, das nächste Mal vielleicht.«

»Auch gut.« Luca war überzeugt, dass jeder Ausflug ohne den wandelnden Schminkkoffer entspannter verlief. Bis nach einem Sturz ihre Frisur wieder saß, fuhr er die Piste fünfmal hinunter. Ansonsten war sie nett, aber ihr Schönheitswahn nervte genauso wie ihr Trotzkopf.

Als Karina aufbrechen wollte, tröpfelte der Regen los. Beim Durchwühlen ihrer Handtasche stellte sie fest: »Oh nein, kein Regenschirm.«

»Für was schleppst du so ein Ungetüm herum, wenn nichts drin ist?« Für diesen Kommentar erntete Luca einen bösen Blick. Großzügig bot er an: »Okay, ich fahr die Schirmlosen heim.«

Natalia hatte zwar einen Knirps in der Tasche, nutzte das Angebot trotzdem gern und zwinkerte Karina zu, als wollte sie sagen: »Wenn es darauf ankommt, kann man auf Luca zählen.« Es war nicht das erste Mal, dass er die Kolleginnen vor dem Regen rettete. Nicolas verdreckten Motorradsitz verschmähten die Damen lieber.

Als Erstes hielt Lucas Fiat vor einer Mietskaserne und setzte Natalia ab. Obwohl sie nur fünf Straßen zur Trattoria hatte, ging die 30-Jährige mit der Vorliebe für extreme Absatzschuhe ungern zu Fuß.

Danach preschte der grüne Fiat zum nächsten Ziel.

»Jetzt ras doch nicht so!«, mahnte Karina. Bis zur nächsten Kreuzung hielt sich Luca zurück, danach heulte der Motor erneut auf. Bald hatte er mehrere Strafzettel verdient: zu schnell unterwegs, Stoppschilder missachtet und eine rote Ampel überfahren.

»Welches Haus darf es heute sein?« Luca hätte Karina durchaus bis vor die Haustür gefahren, aber sie verschwieg ihre genaue Adresse. Seit ihrem ersten Tag in Rom praktizierte sie ein striktes Motto: Kein Mann brauchte zu wissen, wo sie wohnte, Luca erst recht nicht. Statt der Via Catania nannte Karina stets den Park Villa Torlonia als Ziel.

»Such dir etwas aus«, sagte sie knapp.

Prompt hielt Luca an. »Wie du willst.« Das Diskutieren mit deutschen Sturköpfen hatte er längst aufgegeben. »Dann gute Nacht und gute Dusche!«

Im Rückspiegel blickte er Karina nach, wie sie zum nächsten Hauseingang stürzte und sich unterstellte, bis er davongebraust war. Eines musste Luca ihr lassen: Sie war konsequent, konsequent stur.

Patschnass kam Karina in der WG an, als die Küchenuhr Viertel nach eins schlug. Ihre Kleider tropften, als wäre sie im Tiber geschwommen. Sie freute sich auf eine heiße Dusche, doch das Bad war bereits belagert. Karina klopfte an die Tür und schrie gegen den Föhn an: »Gianna!«

Keine Reaktion. Erst beim dritten Versuch verstummte der Föhn.

»Wie lange brauchst du noch, Gianna?«

»Fünf Minuten«, antwortete die Mitbewohnerin durch die Tür. Karina seufzte, bei Gianna konnten fünf Minuten lang dauern.

»Beeil dich bitte. Ich bin tropfnass und brauche dringend eine Dusche.«

»Okay.« Die monotone Geräuschkulisse des Föhns startete erneut. Kurz darauf belagerten Karinas Klamotten sämtliche Heizkörper der Wohnung. Sie wickelte sich in eine Decke ein und wartete. Nach einer Weile machte sie sich Tee und schaltete den Fernseher ein.

Der Tee war kalt und Karina eingenickt, als Gianna endlich die Festung Bad freigab. Herausgeputzt wie für eine Hochzeitsfeier spazierte sie ins Wohnzimmer. Ihr Blick blieb an der schlummernden Gestalt auf dem Sofa haften.

»Oh, regnet es?«

Karina schreckte hoch. »Ach, nicht der Rede wert.« Sie gähnte und blinzelte ungläubig. »Was hast du vor, Gianna?«

»Ein Typ will mit mir ausgehen.«

»Das ist nicht dein Ernst! Erstens hast du einen Freund, Gianna! Zweitens: Warum habt ihr um zwei Uhr nachts ein Date?«

»Erstens haben wir uns getrennt. Zweitens ist das Date morgen um 19 Uhr. Aber ich muss prüfen, ob ich zum Friseur muss! Was meinst du?«

Für Schönheit hatte Karina durchaus Verständnis, aber das ging zu weit. Sie erfror und Gianna machte sich die Haare schön. Wütend schnaubte sie: »Es sieht gut aus, aber rechtfertigt keine Stunde im Bad!« Wären die Wände nicht so dünn gewesen, hätte Karina die Tür zugeknallt. Sie verstand Karina immer besser, warum Aurora ihre Mitbewohnerin nicht leiden konnte.

KAPITEL 6

Allein von Dezember 2008 bis Februar 2009 suchten Hunderte Erdstöße die Gegend um L'Aquila heim. An manchen Tagen bebte die Erde sogar mehrfach.

Giustino Parisse, Journalist der Tageszeitung »il Centro« und Leiter der Lokalredaktion L'Aquilas, erinnert sich: »Meine Zeitung hat drei Monate lang jeden Tag über die Erdstöße berichtet und fast täglich haben wir Seismologen und vermeintliche Experten interviewt.« Als Antwort kam stets: Die Schwarmbeben müssen kein starkes Erdbeben zur Folge haben. »Im Nachhinein deckte man auf«, so Parisse, »dass 1703, als L'Aquila am 2. Februar dem Erdboden gleichgemacht wurde, mehr oder weniger die gleiche Häufigkeit von Erdbeben aufgetreten war.«[8] [Vgl. Parisse: Quant'era bella la mia Onna]

Onna, März 2009

Beim Frühstück überraschte Viola der erste Erdstoß des Tages, der den Kaffee in ihrer Tasse zum Überlaufen brachte. Der Zweite folgte am Nachmittag, als sie mit ihrer Tochter Clarissa an der Supermarktkasse stand. Trotz des Einkaufstrubels spürte Viola den Fußboden vibrieren. Beunruhigt kehrten Mutter und Tochter nach Hause zurück.

»Mama, kommt heute noch ein Beben?«, wollte das Mädchen wissen.

»Ich denke nicht«, erwiderte Viola und tätschelte beruhigend die Locken ihres Kindes. Am Abend kam Erdstoß Nummer drei, zum Glück schlief Clarissa bereits. Oberflächlich blieb auch er ohne Folgen. Die Tageszeitung listete alle Erdstöße auf und ordnete ihnen ihre genaue Stärke zu. 2,3 bis 2,7 auf der Richterskala – diese Stärken stuften Seismologen als leichte Beben ein.

Den vorläufigen Höhepunkt der Erdbebenserie erlebten die Bewohner in Onna in der Nacht zum 12. März. Viola schreckte aus dem Tiefschlaf auf. Zunächst glaubte sie an einen Traum, in dem sie in einer Koje auf hoher See lag. Als sie die Augen aufschlug und sich in ihrem vom Mond erhellten Schlafzimmer umblickte, schwankte das Bett tatsächlich. Riccardo erwachte ebenfalls und blickte auf den Radiowecker. 23:55 Uhr, keine Zeit zum Aufstehen, dachte er nur und schlief weiter. Da das vorerst stärkste Beben seit Dezember keine zerstörerischen Andenken hinterließ, hatte es Riccardo am nächsten Morgen verdrängt – im Gegensatz zu seiner Frau. Sie lag in der Nacht noch lange wach und grübelte.

An den folgenden Tagen versuchte Viola, sich mit viel Arbeit und teils überflüssigen Aufgaben von den Erdstößen abzulenken. Sie begann damit, ihre Blumentöpfe zu säubern und tatsächlich startete der Frühling eine erste Offensive. Doch eine Woche später kam der Winter mit allen Schikanen zurück.

Riccardo blickte gerade in die Schneewolken, als plötzlich sein Chef, ein kleiner Glatzkopf mit großem Bauch, mit einem Aktenstapel in seinem Büro stand und ihm das Projekt übertrug, das bisher Riccardos größter Konkurrent verantwortet hatte.

»Ab sofort sind Sie der Projektleiter«, hatte der Vorgesetzte im Befehlston verkündet und dem verblüfften Riccardo die Ordnermasse auf den Schreibtisch geknallt. Einen Moment herrschte Stille. Zuerst dachte Riccardo an einen Scherz und starrte seinen Boss an, als wäre er ein in die Wüste verirrter Schneemann.

In der Tat hatte der Vorgesetzte lange gezögert, bis er Riccardo ausgewählt hatte. Im Vergleich zum gescheiterten Vorgänger, einem geübten Selbstdarsteller, stufte der Chef ihn als kompetenter ein, aber auch als weniger bestechlich und damit unbequemer. Doch irgendjemand im Amt musste das Mammutprojekt stemmen. Der Glatzkopf streckte sich zu seiner überschaubaren Größe und unterstrich: »Die Aufgabe ist mit vielen Überstunden und Problemen verbunden. Damit kommt nicht jeder klar.«

Ein versteckter Seitenhieb, dachte Riccardo. Die Gerüchte, dass sein Konkurrent einen Fehler begangen hatte, stimmten also. Er hatte es immer gesagt: Alles fliegt eines Tages auf und am Ende siegt die Gerechtigkeit.

»Wenn Sie das erfolgreich zu Ende bringen, können Sie in ein paar Monaten in mein Büro wechseln«, zwinkerte der Boss, der seine Tage bis zum Ruhestand zählte, seinem neuen Opfer zu. Er war äußerst froh, dass er für die heiklen Pläne nicht selbst den Kopf hinhalten musste.

»Ich fühle mich der Aufgabe gewachsen und werde Sie nicht enttäuschen«, betonte der frischernannte Projektleiter hocherfreut. Im Karrierekicker lag Riccardo nun klar vorne; der Gegner hatte nach mehrfachem Foul endlich die verdiente rote Karte bekommen. Auf dem Platz wäre das Spiel entschieden. Jedoch musste auch Riccardo aufpassen: Er durfte nicht in die gleichen Fallen tappen wie sein Vorgänger. Gerade Bauaufträge mit solchen Investitionssummen waren heiß begehrt. Generell lehnte Riccardo es zwar ab, immer neue Betonriesen aus dem Boden zu stampfen, anstatt bestehende Gebäude zu sanieren. Aber für Letzteres gab es kein Geld aus den Fördermitteltöpfen.

Als er weiter die Akten durchblätterte, hörte Riccardo einige berüchtigte Organisationen schon an seine Tür klopfen und ihm unmoralische Angebote unterbreiten. Doch er hatte es bisher geschafft, sich dem Sog der Bestechlichkeit zu entziehen, und würde weiter dafür kämpfen.

Über das Projekt ärgern konnte er sich später – jetzt war Feiern angesagt. Er griff zum Telefon und wählte die Nummer seiner Frau.

****

»Du bist ein Schatz, Valenzia!« Viola umarmte die Studentin, die wieder spontan als Babysitterin einsprang. Bei Valenzia wussten die Eheleute Inventati ihre zwei Racker bestens aufgehoben, während sie in ihrem Stammlokal in L'Aquila Riccardos Etappensieg feierten.

»Heute achten wir zur Feier des Tages nicht aufs Geld«, bestimmte Riccardo lächelnd, nahm Violas Hand und orderte das volle Programm – vom edlen Rotwein bis zum erlesenen Trüffeldessert. In wenigen Monaten würde er im Chefbüro sitzen. Sie erwiderte sein Lächeln.

In letzter Zeit waren sie selten ausgegangen; der Sparzwang hatte ihre Gewohnheiten angegriffen. Umso mehr erlebte das Paar den gemeinsamen Abend ohne Kinder wie ein Fest. Viola schloss die Augen, genoss jeden Bissen und jede Sekunde. Sie konnte kaum glauben, dass sich ihre Geldprobleme bald in Luft auflösen würden. Es war fast zu schön, um wahr zu sein. Noch dazu lief ihr Mann zur Höchstform auf und offenbarte fast vergessene Gentleman-Qualitäten.

»Darf ich der wunderschönen Dame nachschenken?«

»Gern.« Viola nickte und neckte ihn: »Erinnerst du dich, als du deinem Chef beim Jubiläum den Wein über den Anzug gekippt hast?«

Riccardo grinste. Inzwischen konnte er über das Missgeschick lachen. »Ich hoffe, du verzeihst mir, wenn ich heute darauf verzichte.«

»Ausnahmsweise.«

Sie scherzten über Banalitäten und schmiedeten Pläne. Die Zukunft bot plötzlich tausend neue Chancen. Die ausgelassene Stimmung bekam einen Dämpfer, als die Rechnung auf ihren Tisch flatterte. Riccardo zahlte stirnrunzelnd und trat wortlos aus dem Lokal. Draußen in der kalten, aber traumhaften Winternacht kehrte das Hochgefühl zurück. Hand in Hand schlenderten beide durch die belebte, nächtliche Altstadt von L'Aquila. Aufgeheizt vom reichen Mahl, Wein und Emotionen spürten sie die Kälte kaum. Als sie vorbei an den Schneehaufen durch die Torbögen an der Piazza Paganica schritten, fühlte sich Viola dreizehn Jahre zurückversetzt. Unter dem letzten Bogen vor dem verschneiten Platz blieb sie stehen, wie damals, und hauchte: »Weißt du noch?«

Riccardo sagte »Ja«, ohne zu wissen, was seine Frau eigentlich meinte.

»Unser erster Kuss.« Viola würde diesen Moment nie vergessen, er hatte die Weichen für ihre Ehe gestellt. Anders gesagt: Wäre Riccardo an dem Abend nicht zu Potte gekommen, hätte sie den gut aussehenden Fußballfreak, der sich, gelinde gesagt, doof angestellt hatte, endgültig abgeschrieben. Vor dem Altar wären sie sicher nicht gelandet.

Wie vor dreizehn Jahren führte ihr Weg in dieser Nacht vom Herzen der Stadt den Hügel hinunter, zum Park vor der Kirche Santa Maria de Collemaggio, den der Schnee in ein Wintermärchen verwandelte. Das Licht war perfekt, die Stimmung berauschend. Erst lange nach Mitternacht kehrten sie nach Hause zurück.

Auf Ausschlafen am nächsten Tag hatte Viola vergeblich gehofft. Dank ihrer quirligen Kinder stand sie noch vor halb acht senkrecht im Bett. Zudem beschleunigte ein Anruf aus Rom ihren Kampf gegen die Bettanziehungskraft. Das Telefon schellte um 7:36 Uhr. Wer konnte das sein?

Die vertraute Stimme ihres einstigen Nachbarn Victor Anziani meldete sich. Ob er vorbeikommen könne, fragte der 80-jährige Witwer mit schwacher Stimme. Nur ungern hatte er vor Jahren sein Heimatdorf verlassen und war gezwungenermaßen zur Familie des Sohnes nach Rom gezogen. Gern nutzte er die Chance, dass seine Enkelin am Gran Sasso Skifahren wollte, um für einen Besuch zurückzukommen.

»Selbstverständlich. Du bist bei uns immer herzlich willkommen«, erwiderte Viola. »Wann können wir mit dir rechnen?« Ihre Freude, Victor wiederzusehen, war groß. Sie schätzte den weisen Mann mit dem wachen Geist, der trotz seines Alters stets für Überraschungen gut war.

Die Enkelin sei dabei ihre Sachen zu packen, das konnte dauern. »Wir kommen nicht vor Mittag«, meinte Victor.

»Mittag.« Viola zuckte zusammen; jetzt musste sie sich beeilen. Die Herrscherin über das Familienchaos spannte alle verfügbaren Kräfte fürs Aufräumen, Putzen und Kuchenbacken ein. Da der Sohn keine Lust hatte sein Zimmer aufzuräumen, floh er in den Schnee. Derweil schnappte sich Riccardo den Einkaufszettel. Leider brachte er nur die Hälfte der aufgezählten Posten mit. »Wenn man dich einkaufen schickt«, seufzte Viola und griff zum Notfallplan. Statt der Mandeltorte, die der erwartete Gast so liebte, rührte sie einen Schokoladenkuchen zusammen. Ihre Tochter half beim Teignaschen, bis ihr schlecht wurde.

Am späten Vormittag hielt ein roter Kleinwagen mit römischem Kennzeichen und Skiern vor Violas Küche. Langsam stieg eine vermummte, gebückte Gestalt aus. Erst auf den zweiten Blick erkannten die neugierigen Augenpaare, die aus diversen Fenstern starrten, wer im Wintermantel steckte und drängten nach draußen. Keine fünf Minuten später war der auf den Gehstock gestützte Victor von einer Horde Menschen umringt.

Viola schickte ihr Trio ebenfalls nach draußen und brachte das Nötigste allein zu Ende. Ihr Sohn flog als Erster seinem Ersatzopa in die Arme, der oft auf ihn aufgepasst hatte. Riccardo und Clarissa begrüßten den geschwächten Alten weniger stürmisch.

»Schön, euch zu sehen«, presste Victor heraus und stellte stolz seine Enkelin vor, die ungeduldig Hände schüttelte. Sie wollte zum Skifahren und verschwand bald.

Nachdem der Kuchen verzehrfertig auf dem Tisch stand, gesellte sich auch Viola zum Menschenauflauf vor ihrem Haus. Sie umarmte den Senior. »Wie geht's dir, Victor?«

Obwohl sie sich seit seinem Umzug nach Rom nur noch selten sahen, standen sie sich sehr nahe. Ein Lächeln huschte über Victors schmerzverzerrtes Gesicht.

»Mir geht's mal gut, mal schlecht. Du weißt schon Viola, das Alter.« Der Senior nahm ihre Hand und drückte sie. 80 Jahre gingen eben auch an einer intelligenten Kämpfernatur nicht spurlos vorüber. Seit dem letzten Besuch im Vorjahr war er sichtlich gealtert. Zahlreiche Falten zeigten sich in seinem Gesicht und die Hände zitterten. Für den Rundgang durch sein Dorf fehlte ihm die Kraft. Nur die Straße »Via dei Angeli«, in der er mehr als sieben Jahrzehnte gewohnt hatte, beehrte der geschwächte Mann mit Krückstock. Nach wie vor schmiegten sich dort ein- bis zweistöckige, alte Häuschen aneinander. Nach wie vor parkten die Autos so, dass jede Durchfahrt zum Abenteuer wurde.

»Eigentlich hat sich nichts verändert«, stellte Victor mit einer Mischung aus Freude und Melancholie fest, während er mit zusammengebissenen Zähnen über den Schnee humpelte. Nach zwanzig Metern war Schluss. Er müsse sich setzen, die Kälte mache ihm zu schaffen, entschuldigte sich Victor. »Leider bin ich nicht mehr gut zu Fuß.« Ihm selbst machte es am meisten zu schaffen, dass sein Körper streikte.

»Zeit für einen Schokokuchen«, lud Viola die Runde ins warme Haus ein.

Große Tafeln war Victor Anziani gewohnt; bei seiner Familie in Rom lebten dreizehn Köpfe unter einem kleinen Dach. Unter den 24 Ohren fand sich jedoch selten eines, das ihm wirklich zuhörte. Umso mehr genoss er den Nachmittag und spannte sein Publikum mit unglaublichen

Geschichten aus seinem ereignisreichen Leben auf die Folter. Im Gegensatz zu seinen Gliedern arbeitete sein Hirn vorbildlich und hütete jede Einzelheit, zur Freude und zum Leid des alten Herrn. Manches Grauen hätte er lieber aus seinem Gedächtnis gelöscht, wie das Massaker vom 11. Juni 1944. Mit 15 Jahren musste er miterleben, wie Freunde und Nachbarn als Vergeltung für einen Partisanenangriff starben. Um ein Haar hätte es ihn selbst getroffen. Bevor die wütende Meute weiterzog, sprengte sie noch ein Dutzend Gebäude des winzigen Ortes in die Luft. Zurück ließ sie ein Bild des Grauens.

Victor wartete bis heute auf Gerechtigkeit, für die er ein Leben lang gekämpft hatte. Nie wurde jemand verurteilt, nicht einmal ein Prozess geführt. Nur eine Steintafel in der Straße der Märtyrer »Via dei Martiri« erinnerte an die Nazi-Tyrannei.

Während die kleine Clarissa ein Stück auf ihrer Geige vorspielte, wanderten seine Gedanken zurück in jene Zeit, die wie eine Last auf seinen Schultern lag.

Im Herbst 1943 rückten deutsche Truppen in die Abruzzen vor, um den gestürzten Diktator Mussolini zu befreien, der in einem Hotel am Gran Sasso gefangen war. In Onna richteten die NS-Soldaten ein Kompanielager ein. Acht Monate lang funktionierte das Zusammenleben der Dorfbewohner und Deutschen gut – bis zum Juni 1944.

Auf der Flucht vor den Amerikanern wollten sich deutsche Soldaten am 2. Juni einiger Pferde bemächtigen. Doch die Besitzer gaben ihre Tiere nicht einfach auf. Im Streit um die Pferde kam es zum Handgemenge und Schusswechsel – ohne Tote und Verletzte. Dennoch verbreitete sich das Gerücht, ein Deutscher wäre gestorben. Die Rache folgte prompt: Noch am selben Tag starb ein 17-jähriges Mädchen und am 11. Juni 1944 erschossen die NS-Soldaten 16 weitere Dorfbewohner und sprengten mehrere Häuser in die Luft.[9] [Vgl. Parisse/Scimia: Indagine su un massacro]

Victor hatte mehrmals versucht, darüber zu sprechen. Reden befreite, das spürte er. Doch das Grauen vom Juni 1944 kam nicht über seine Lippen. Er erzählte leicht verdauliche Kriegsgeschichten und ergänzte sie mit heiteren, römischen Alltagsschlachten der Neuzeit. Gebannt lauschte sein Publikum, allen voran Viola. Sie war immer wieder baff, wenn der Senior auspackte. Von wegen früher war alles besser gewesen.

Schon um 17 Uhr hupte Signor Anzianis Enkelin vor der Tür und beendete die Erzählstunde abrupt. Schade, dachte Viola und auch der Rest der Familie Inventati verabschiedete den begnadeten Erzähler ungern.

»Ein schöner Nachmittag wie in alten Zeiten«, meinte Victor, bevor er ins Auto stieg. Dort ließ er die Enkelin seine Adresse notieren und reichte Viola den Zettel. »Kommt mich in Rom besuchen!«

Viola ahnte nicht, wie dankbar sie bald für das Angebot sein würde.

KAPITEL 7

Rom, Freitag, 20. März 2009

An manchen Tagen wäre es besser, gar nicht erst aufzustehen. Dass der als Freitag getarnte 20. März zu dieser Kategorie zählte, merkte Karina, lange bevor ihre WG-Mitbewohnerin Gianna mit der unglaublichen Neuigkeit herausrückte. Die Serie von Pleiten, Pech und Pannen begann direkt nach dem Aufstehen.

Nach einer unruhigen Nacht mit wenig Schlaf und viel Husten quälte sich die erkältete Karina müde ins Bad. Aus der erquickenden, heißen Morgendusche wurde nichts, weil der Boiler streikte und sein Komplize namens Duschkopf nur kalte Tropfen ausspuckte.

In der Metro gelang es einem gewieften Langfinger, Karinas Portemonnaie aus der Handtasche zu klauen. Als sie den Diebstahl bemerkte, war der Täter längst über alle sieben Hügel. Schnurstracks ging die Bestohlene zur Polizei, die ihr jedoch wenig Hoffnung machte, den Geldbeutel mit Kreditkarte, Ausweis und rund 80 Euro Bargeld wiederzubekommen. Der Uniformträger hinter der Glasscheibe betonte stolz: »Wissen Sie, wir haben in Rom nur noch 11.480 Diebstähle statt 14.480. Das sind fast 20 Prozent weniger als im Vorjahr!«

»Das ist nicht Ihr Ernst! Toll«, erwiderte Karina voller Sarkasmus. »Nur noch 11.480 Diebstähle? Pro Tag?«

»Natürlich nicht an einem Tag, sondern in zehn Monaten.«

»Wie aufbauend! Am besten Sie tapezieren die U-Bahn-Schächte mit diesen Erfolgsquoten.«

Die Idee gefiel dem Polizisten. »Das ist gar keine schlechte Idee, Signora.«

Nach diesem Vorfall mied Karina die Diebesarena Metro wann immer möglich. Um ohne U-Bahn auszukommen, wollte sie sich eine Vespa zulegen. Vorher stand jedoch eine Ämterodyssee inklusive endloser Warteschlangen und nervenaufreibender Diskussionen mit unmotivierten Beamten an.

Zu ihrer Vorlesung kam die Bestohlene hoffnungslos zu spät. Das machte jedoch nichts. So spannend das Thema »Der Einfluss der Medien« klang, so einschläfernd war es aufbereitet. Außer Atem erreichte Karina den Hörsaal und ließ sich auf einen knarrenden Klappstuhl in der hintersten Reihe fallen. Drei Reihen vor ihr entdeckte sie zwei Studenten, die sich der Länge nach über mehrere Sitze ausgebreitet hatten und schliefen, während der Professor eine Menge unnützes Wissen absonderte. Das Studium führte leider nicht auf die Überholspur des ersehnten Erfolges.

Als zwei junge Kommilitonen vor Karina unauffällig ihre Sachen packten und sich leise zur Tür schoben, überlegte sie nicht lange und schloss sich an. Damit stellte sie einen neuen Negativrekord auf: sechs Minuten Anwesenheit im Hörsaal. Sie hoffte nur, dass Luca ihre Flucht nicht mitbekam, sonst zog er sie wieder Tage lang damit auf. Doch er war überhaupt nicht im Raum.

Um ihre Laune aufzupeppen, konnte nur noch ein ausgiebiger Einkaufsbummel helfen. Als Karina ihre Lieblingsboutique nahe der Spanischen Treppe betrat, hellte sich ihre Stimmung auf. Die Verkäuferin befreite für sie eine Schaufensterpuppe von einem schicken Kleid – das letzte Stück, genau in ihrer Größe. Doch beim Anprobieren wurde ihr ein unumgängliches Problem bewusst: Sie konnte den schwarzen Traum, der wie angegossen saß, nicht zahlen. Nach dem Diebstahl besaß sie weder Geld noch Kreditkarte.

Zurücklegen schied auch aus, selbst bei Stammkunden, bedauerte die Verkäuferin. »Das geht leider nicht, weil gerade Ausverkauf-Wochen sind.«

Also kehrte Karina ohne Kleid und noch genervter in die WG zurück, wo sie eine bestens gelaunte Gianna empfing. Der dürre Frohsinn rückte nicht sofort mit der Sprache heraus, sondern bewunderte erst einmal Karinas Outfit, was einem Stich in die offene Wunde gleichkam.

»Gut siehst du aus! Warst du einkaufen?«

»Ja und nein.« Genervt klärte sie Gianna über ihren Pannentag auf.

»Das ist ja doof. Bestimmt findet jemand dein Portemonnaie und bringt es zurück.« Diese Aussage machte Karina noch wütender. Als abgebrühte Realistin rechnete sie eher damit, dass ihr Ausweis in Kürze einen illegalen Flüchtling über Ländergrenzen schleuste.

Dann ließ Langzeitstudentin Gianna die Katze aus dem Sack. Ihre Wahnsinnsbotschaft markierte den absoluten Tiefpunkt des bescheidenen Tages: »Ich habe einen Job. Ab Montag arbeite ich bei der Zeitung Figata.«

Karina glaubte, ihren Ohren nicht zu trauen. Was für ein schlechter Scherz. »Non mi prendere in giro! Nimm mich nicht auf den Arm!«

Es war kein Witz, sondern die absurde Wahrheit. Genau diejenigen, die Karina in letzter Sekunde abserviert hatten, stellten nun eine Person ein, die keinerlei Begabung fürs Schreiben, aber reiche Eltern hatte. Karina schöpfte den Verdacht, dass Giannas Vater seine Beziehungen angezapft hatte. Erbost über ihre anhaltende Pech- und Giannas Glückssträhne, stürmte Karina aus dem Haus und lief sich in den lauten Straßen ihren Frust herunter. Nach einer halben Stunde landete Karina in der Trattoria da Eros – viel zu früh, da sie für die Spätschicht eingeteilt war. Ihr als Übergangslösung gedachter Aushilfsjob entpuppte sich immer mehr als Rettungsanker.

Als Karina durch die knarrende Tür der Trattoria trat, stieß sie mit einer überraschten Natalia zusammen. »Wieso bist du schon hier, Karina?«

Ein paar Schritte weiter führte der Chef, halb fluchend ein Telefonat. Ehe sich Karina versah, hatte Eros ihr das Telefon ans Ohr gedrückt. »Du kommst wie gerufen! Da ist ein Deutscher dran.«

Der Anruf der Touristengruppe war ein harter Brocken. Dass Eros nichts verstanden hatte, wunderte Karina wenig. Selbst als Deutsche hatte sie Probleme, aus dem Dialekträtsel das Wichtigste herauszufiltern. »Ein Bus mit 50 Leuten kommt gleich«, übersetzte sie knapp. Eros nickte zufrieden, Busse ließen in der Regel viel Geld da.

Nicht gleich, sondern zwei Stunden später stand die Gruppe vor der Tür und das Chaos begann. Die wuchtige Truppe tappte in sämtliche Fettnäpfchen: In Strandklamotten – sie dachten, in Italien wäre ab März Sommer – stürmten sie das Lokal. Entgegen italienischer Sitte warteten sie nicht, bis sie Tische zugewiesen bekamen, sondern rutschten die Stühle solange umher, bis Essig- und Ölflaschen zu Boden fielen. Eros anfängliche Freude über freigiebige Fremde kippte endgültig ins Gegenteil, als die Touristen Pommes frites verlangten.

Für das Benehmen der Trattoria-Besetzer schämte sich Karina zutiefst und gab das Übersetzen auf. Sie sah schon die römischen Zeitungen mit der Schlagzeile »Deutsche Chaoten ruinieren römisches Edellokal« vor sich.

Natalia hätte sich fast geweigert zu bedienen. Doch sie wagte es nicht, auch ein nerviger Gast war schließlich König. Mehrfach seufzte sie: »Luca würde den Mund aufmachen. Wie dumm, dass er nicht da ist.«

»Der kommt früh genug wieder«, kommentierte Karina, der Natalias erfolglose Flirtversuche nicht entgangen waren. Schmunzelnd titelte sie in ihren kopfinternen Trattoria-News: Kellnerriese flüchtet vor aufdringlicher Schuhfetischistin. Obwohl Luca seit über einer Woche verschwunden war, machte sich Karina keine Gedanken. Auch wenn sie ihn als Kumpel inzwischen schätzte, sein Besserwisser-Gen vermisste sie nicht. Nur seine flinken Hände fehlten beim Servieren.

Geschafft sank die Kellnercrew am Ende des verkorksten Tages auf die Stühle vor dem Eingang. Die Raucher fanden selbst das Zigarettenhalten im Stehen zu anstrengend. Karina hatte Blasen an den Füßen. Mitleidig raunte ihr der Koch Nicola zu: »Du Arme. Jetzt wundert es mich nicht, dass du aus Deutschland geflohen bist.«

»Keine vorschnellen Schlüsse, bitte! Nicht alle Deutschen sind wie dieser Businhalt«, stellte Karina klar.

Natalia fand deutliche Worte: »Che giornata di merda!«

Karina stimmte ihr zu: »Was für ein sch... Tag!«

✯✯✯✯

Italiens Ministerpräsident dürfte im Frühjahr 2009 ebenfalls mehrere Tage in die Kategorie »Giornata di merda« eingestuft haben. Nachdem die Justiz einen seiner Freunde und Mitbegründer seiner 1993 entstandenen Partei wegen Verbindungen zur Mafia verurteilt hatte, sah sich auch Berlusconi mit heftigen Vorwürfen konfrontiert. Zudem fiel die internationale Presse – allen voran eine spanische Zeitung – über ihn her und verbreitete Skandalfotos seiner Silvesterparty, die ihn nackt mit jungen Damen in seiner Luxusvilla in Sardinien zeigten. Die Bilder wurden zu einem ungünstigen Zeitpunkt publik: Gerade im Vorfeld der Europawahlen im Juni 2009 verlor er in Umfragen zunehmend an Beliebtheit. Um das Wahldebakel abzuwenden, musste etwas passieren.[10] [Vgl. Guzzanti: Draquila]

KAPITEL 8

In der zweiten Märzhälfte wurden die Erdstöße stärker und die Menschen besorgter. Aus Furcht vor Einstürzen verbrachten viele trotz Kälte die Nächte im Auto statt in ihren Häusern, zumal ein Seismologe vor einem verheerenden Beben warnte.[11] [Vgl. Caporale: L'Aquila non è Kabul]

Onna, Donnerstag, 26. März 2009

Ausgerechnet ein leichter Erdstoß wie hundert andere in den Monaten zuvor, erschütterte Viola an jenem Morgen mehr als alle bisherigen.

Als sie und ihr Sohn um sieben Uhr wie gewohnt das Haus verließen, war Viola noch gut gelaunt. Hingegen trottete Manuele, der kürzlich seinen elften Geburtstag gefeiert hatte, mit gesenktem Kopf neben seiner Mutter zur Bushaltestelle. Er hatte keine Lust auf Schule, sondern wünschte sich mehr Fußball auf dem Stundenplan, vor allem da er dem Spiel am Wochenende gegen die Rivalen aus dem Nachbarort entgegenfieberte.

»Bald sind Osterferien«, ermunterte Viola ihren lustlosen Sohn und schob ihn in den Bus.

Zwar war Manuele hochintelligent und hatte in der fünfstufigen Grundschule bereits eine Klasse übersprungen, aber er langweilte sich schnell. Manuele hatte zu den Jahrgangsbesten gezählt, bis er im Herbst auf die Mittelschule in Paganica gewechselt war. Dort war der Elfjährige der Kleinste der Klasse, galt als Streber und hatte es seitdem doppelt schwer.

Gut zwei Stunden, nachdem der Schulbus eine Handvoll Kinder eingesammelt hatte, suchte erneut ein Erdstoß der Stärke drei Onna heim. Viola spürte das Beben, machte sich aber keine Sorgen, bis ihr Sohn gut gelaunt und viel zu früh in der Haustür stand. Es war noch nicht einmal elf Uhr. Streng wies ihn seine Mutter zurecht: »Manuele, was soll das? Wieso bist du nicht in der Schule?«

»Die Lehrer haben uns heimgeschickt.«

Viola kannte ihren Frechdachs genau, die Lehrer berichteten ihr oft genug von seinen Streichen. »Hör auf mich zu veräppeln! Was hast du angestellt, Manuele?«

»Nichts, Mama! Morgen haben wir auch schulfrei!« Fröhlich hüpfte er durchs Zimmer.

»Mach keine Scherze, Manuele. Wieso solltet ihr morgen freihaben?«

»Die Schule ist eingestürzt.«

Viola rutschte das Herz in die Hose. »Wie bitte?« Da fiel es ihr wie Schuppen von den Augen – die Erdbeben natürlich. Besorgt suchte sie ihren Sohn nach Kratzern und Schrammen ab. »Hast du dich verletzt?«

Der Elfjährige schüttelte den Kopf.

Plötzlich sprang die Haustür auf und Riccardo trat herein. Er hatte Manuele abgeholt und ihn ins Haus geschickt, während er noch den Wagen parkte. Riccardo war die Ruhe selbst.

»Nicht die Schule, nur die Decke über einer Treppe ist eingestürzt«, klärte er seine Frau auf, ging auf sie zu und drückte ihr einen Kuss auf die Wange. Doch Viola wich zurück und starrte ihren Mann fassungslos an.

»Was soll das heißen: ›Nur‹ die Decke ist eingestürzt? Wie kannst du da so ruhig bleiben?«, fragte sie erzürnt. »Wie viele Verletzte gab es?«

Riccardo kannte seine Frau lange genug und wusste, dass sie sich offenbar von Zeit zu Zeit aufregen musste. Ein Patentrezept, um ihre Ausbrüche zu verhindern, hatte er selbst nach zwölf Jahren Ehe nicht gefunden. Manchmal half es, wenn er möglichst wenig sagte; in anderen Fällen war es fatal, auf ihre Fragen, selbst die unausgesprochenen, nicht zu antworten. Riccardo entschied, dass er diesmal mit Variante zwei besser fuhr, und startete eine ausführliche Erklärung.

»Verletzte gibt es keine. Nur ein paar Eltern und Lehrer stehen unter Schock. Aber alle Kinder sind mit einem Schrecken davongekommen.« Sofort, nachdem der Putz von der Decke gebröckelt war, hatte der Direktor die etwa 200 Schüler, Lehrer und sonstige Beschäftigte evakuiert und die Eltern informieren lassen. »Manueles Lehrerin hat bei mir im Büro angerufen und ich bin sofort ins Auto gesprungen.«

»Warum hast du mich nicht angerufen?«

Trotz Violas vorwurfsvollem Ton erwiderte Riccardo mit ruhiger Stimme: »Das habe ich mehrfach, aber es war belegt.«

In der Tat hatte Viola sowohl mit ihren Eltern als auch mit Marlena telefoniert. Beides waren keine Dreiminutengespräche gewesen.

Zitternd versuchte die besorgte Mutter, ihre Gedanken zu ordnen. Für sie stand fest, dass der Einsturz eine logische Konsequenz der Beben der vergangenen Monate war. Sie hatten sicherlich die Stabilität der Konstruktion geschwächt, sodass am Ende ein leichter Erdstoß genügt hatte, um das Gebäude zu zerstören. Nun fragte sich Viola voller Angst, welches Haus als Nächstes zusammenbrechen würde. Sie schickte ihren Sohn in sein Zimmer. Kaum war Manuele aus dem Raum, platzte es aus ihr heraus: »Jetzt sind wir also soweit, dass Schuldächer einstürzen. Aber das ist dir offenbar völlig egal!«

»Übertreib nicht, Viola! Du machst dich nur selbst verrückt. Außerdem steht das Dach noch, nur Treppenteile sind abgefallen«, wiederholte Riccardo nüchtern. Die übertriebene Sorge seiner Gattin konnte er kaum nachvollziehen.

»Jetzt wird umso gründlicher geprüft, ob Einsturzgefahr besteht. Das ganze Gebäude ist auf jeden Fall bis Montag gesperrt. Erst wenn die Gefahr gebannt ist, geht der Unterricht weiter. Also reg dich nicht unnötig auf!«

»Ich rege mich nicht auf! Aber ich finde es äußerst beängstigend, dass leichte Erdbeben solche Folgen haben«, entgegnete Viola aufgebracht.

»Aber Viola, noch weiß niemand, ob die Erdbeben den Einsturz verursacht haben.« Riccardo hatte hinter vorgehaltener Hand erfahren, dass bei der erst kürzlich abgeschlossenen Renovierung der Treppe womöglich schlampig gearbeitet worden war.

»Ach so, schlampige Arbeit, das ist ja noch schlimmer. Stell dir vor, es kommt ein wirklich starkes Erdbeben und dann bricht alles in der Stadt ein, was schlampig gebaut wurde«, rief Viola erzürnt.

Wie allgemein bekannt war, diente »schlampige« Bauweise dazu, Kosten zu sparen. Bisher hatte Viola jedoch erfolgreich verdrängt, welche verheerenden Folgen in einer Erdbebenregion zu befürchten waren. Erstmals wurde ihr wirklich bewusst, wie groß die Gefahr war.

Riccardo bemühte sich ein weiteres Mal, die Sorgen seiner Gattin zu zerstreuen: »Der Direktor hat ausdrücklich erklärt, dass Fachleute jetzt alles genau unter die Lupe nehmen.«

»Das sagen die Verantwortlichen doch immer!«

Nun hatte Riccardo genug. Er hatte versucht, seine Frau zu beruhigen, jedoch ohne Ergebnis. Während sie sinnlos diskutierten, wuchsen in seinem Büro die Berge von Arbeit. Trotz seiner ständigen Überstunden hinkte er den Fristen seines Projekts weit hinterher.

Riccardo gab seiner Frau einen Abschiedskuss, er müsse wieder in die Präfektur. Dort stünde am Nachmittag eine wichtige Besprechung an, die er noch vorbereiten müsse.

Viola sagte nichts mehr.

200 Schüler und Lehrer der Mittelschule »Dante Alighieri« in Paganica kamen mit einem Schrecken davon, als am Donnerstag, 26. März 2009, während des Unterrichts Teile einer Treppendecke einstürzten. Techniker der Kommune untersuchten daraufhin das Gebäude. Der Unterricht fiel den Rest der Woche aus.[12] [Vgl. Abruzzo24Ore.tv (26.3.2009)]

Auch die Grundschule »Scuola De Amicis« in L'Aquilas Stadtzentrum wies deutliche Baumängel auf. Dauerhaft schließen konnte sie der Bürgermeister jedoch nicht, weil er keinen Ausweichort für deren Hunderte Schulkinder fand. Daher bat der Bürgermeister einen befreundeten Hobbyseismologen aus der Stadt, eine Station seines selbst konstruierten Erdbebenwarnsystems im Schulkeller zu installieren. Immer wenn der Forscher Alarm schlug, schloss die renovierungsbedürftige Schule unter dem Vorwand von Bauarbeiten, um tags darauf wieder zu öffnen.[13] [Vgl. Caporale: L'Aquila non è Kabul]

Nachdem Riccardo weggefahren war, blieb Viola allein und tief besorgt zurück, schutzlos ihren Gedanken ausgeliefert. Bei diesem Einsturz hatten alle Beteiligten einen Schutzengel gehabt, doch wie würde es beim nächsten Erdstoß aussehen?

Schließlich hielt sie ihre Grübeleien nicht mehr aus und wählte wieder die Nummer ihrer besten Freundin Marlena. »Hast du Zeit? Ich brauche dringend jemanden zum Reden.«

Wenig später saß Viola bei Familie Potesi im Wohnzimmer und schüttete Marlena ihr Herz aus. Marlena konnte Violas Ängste nur zu gut nachvollziehen, immerhin sollten ihre Zwillinge im nächsten Jahr in die Schule kommen. Viola war erleichtert, dass ihr jemand zuhörte und ihre Sorgen ernst nahm. Doch auch das zweistündige Gespräch änderte nichts an der eingestürzten Treppe und den Erdbeben. Die Angst lastete auf Viola wie ein zentnerschweres Joch.

Mehrmals hatte Familie Inventati aus Furcht vor einem verheerenden Beben in den letzten Wochen im Auto geschlafen. Das war jedoch keine Dauerlösung. Die Nächte waren eiskalt; im Bergland der Abruzzen fielen die Temperaturen oft noch im April unter den Gefrierpunkt.

Riccardos Gedanken wanderten, kaum dass er hinter dem Lenkrad saß, wieder zu den Herausforderungen seiner Arbeit, die seine volle Konzentration erforderte. Er blieb gelassen, bis die Stadt Sulmona Schlagzeilen machte.

KAPITEL 9

Rom, Sonntag, 29. März 2009

Ein so tolles Wochenende hatte Karina nicht erwartet, als sie mit ihrer Tante Regina in das Bergstädtchen Tivoli aufbrach. Zuerst musste Regina ihre Nichte mit einem Einkaufsbummel locken, um ihr den Besuch der Villa d'Este schmackhaft zu machen. Als Karina jedoch die Wasserspiele, Irrgärten und Laubengänge des prunkvollen Hanganwesens erkundete, war ihre Skepsis verflogen. Das Weltkulturerbe in Tivoli punktete mit einer Vielzahl von Brunnen, darunter die Wasserorgel »Fontana dell'Organo«, in der eine versteckte Apparatur musikartige Klänge erzeugt. Nicht ohne Grund hatten Adelige in ganz Europa die Kunstwerke des berühmten Barockgartens kopiert.

»Das nächste Mal kommst du uns in Mailand besuchen«, schlug Regina beim abschließenden Kaffeeplausch vor. Karina hatte nichts dagegen, sie genoss die Gesellschaft ihrer unkomplizierten und lebenslustigen Tante, die so ganz anders war als Karinas Vater.

Erst am Abend traten die beiden Frauen die Rückfahrt nach Rom an. Karina hatte das erste Mal seit Monaten ein ganzes Wochenende keine Trattoria-Schicht und war daher bester Laune, bis die Tante das leidige Thema Deutschland anschnitt. Regina hatte mitbekommen, dass ihre Nichte den für Ostern geplanten Flug gecancelt hatte.

»Du fliegst nicht nach Deutschland?«

Das Familiendrama stieß Karina sauer auf. »Es hat keiner Zeit«, erwiderte sie knapp. Ihren Vater beschlagnahmte ein Medizinerkongress, ihre Großeltern gönnten sich eine

Kreuzfahrt und ihr überschaubarer Freundeskreis hatte sich für Ostern in Prag entschieden. Es kam ihr vor, als hätte die deutsche Truppe sie bereits abgeschrieben. Von ihrer Mutter hatte sie gar nichts gehört. Nur ihre kleine Schwester Susi hatte sich gemeldet – sie plante eine Romreise.

Regina spürte, wann man Themen besser ruhen ließ.

Nach zehn Minuten Autofahrt – Karina hatte gerade das Ostertief verdrängt – holte sie der WG-Alltag in Form eines Anrufes ein. An der Strippe hing eine aufgeregte Gianna.

»Pronto, Karina. Was ist mit unserem Festnetz los? Meine Mutter wollte mich anrufen, aber es ist andauernd besetzt. Wieso das?«

»Weil jemand telefoniert, würde ich sagen.«

»Aber seit einer Stunde? Wer spricht denn so lange?«

Das sagte die Richtige, dachte Karina. Wenn Gianna mit ihrer Mutter debattierte, war ein einstündiges Gespräch erst das Vorspiel. Nun war Telefonanalyse für Fortgeschrittene gefragt. »Also, Gianna, weder du noch ich nutzen gerade das Festnetz. Wer bleibt da übrig, wenn wir die Einbrecher, die gerade unsere Bude ausräumen, außen vor lassen?«

»Ja klar, Aurora. Aber mit wem telefoniert sie so lange?«

Karina konnte es ihr nicht sagen. »Wie du weißt, war ich bis gerade eben in Tivoli und bin frühestens in einer Stunde wieder in Rom.«

Diese Randbemerkung löste bei Gianna offenbar einen Geistesblitz aus. »Ich bin in der Bar um die Ecke. Ich fahr sofort in die WG.«

»Mach das!«, seufzte Karina. Da hätte Gianna gleich hinfahren und sich das Gespräch sparen können. Kopfschüttelnd packte Karina ihr Handy in die Tasche, stellte es aber nicht lautlos. Irgendwie ahnte sie, dass etwas nicht stimmte.

Schon im Treppenhaus – Karina verzichtete inzwischen freiwillig auf die Transportdienste des veralteten Fahrstuhls – hörte sie wütende Schreie aus Etage vier. Als sie sich der

Wohnungstür näherte, bestätigte sich der Verdacht, dass das Geschrei aus ihrer Damen-WG kam. Mutig platzte Karina in die Gladiatorenarena und urplötzlich verstummten die Kämpferinnen. Dass sich Gianna und Aurora heftig gefetzt hatten, zeigten ihre vor Zorn geröteten Gesichter.

Beim Streit ging es keineswegs nur um ein Telefonat, sondern ums Prinzip und die WG-Vorherrschaft. Karina versuchte zu vermitteln – erst mit Optimismus »Mädels, es ist Sonntag und die Sonne scheint!« dann mit Diplomatie »Ihr seid doch beide erwachsen«. Beides fand kein Gehör, stattdessen rauschte Gianna wütend aus dem Raum.

Erst nach und nach kam heraus, was genau Sache war. Aurora hatte eine Telefonstandleitung zu ihren Verwandten in Sulmona aufgebaut, einer Kleinstadt 120 Kilometer südöstlich von Rom. Nur wartete Gianna gerade auf den Anruf eines Verehrers, der lediglich ihre Festnetznummer hatte und sie nun nicht erreichen konnte.

Als sie den Grund für Auroras Dauergespräche erfuhr, schlug sich Karina auf deren Seite. Eine akute Erdbebenwarnung versetzte Sulmonas Bewohner, darunter Auroras Großcousinen, Tante und Onkel, in Panik. Natürlich musste ihre Mitbewohnerin ständig aktuelle Lageberichte der Betroffenen abfragen.

»Wie lange geht das schon so?« Karinas Frage trat eine Lawine los. Nach einem heftigen Erdstoß am Vormittag müssten die Bewohner Sulmonas bis zum Abend mit einem katastrophalen Beben rechnen, erklärte Aurora. Sie war so aufgeregt, dass sie eine Menge wirres Zeug redete. Sie faselte etwas von ausströmendem Gas, einem vom Parteitag geflohenen Bürgermeister und dem Erdbebenalarm eines Technikers.

Karina ließ sich nicht beirren und versuchte die relevanten Fakten zu filtern. »Wer hat Alarm geschlagen?«

»Ein Forscher, der ein Gas misst, das aus der Erde strömt.« Gas war das Stichwort. Schlagartig schlossen sich die Lücken in Karinas Gedächtnis. »Ach so, der Radongas-Typ.« Nur der Name des Erdbebenpropheten, über den sie kürzlich einen TV-Bericht gesehen hatte, war ihr entfallen. Seine knallbunte Regenjacke und seine Bleikästen hatten sich jedoch eingeprägt.

»Genau der«, bestätigte Aurora, während sie zum erneut schellenden Telefon hechtete. Langsam kehrte Karinas Erinnerung zurück.

Sein Name war Giuliani, Giampaolo Giuliani. Er arbeitete als technischer Assistent im nuklearphysischen Institut »LNGS« am Gran Sasso und seine private Mission war die Erdbebenvorhersage. Im Jahr 2000 hatte der Italiener begonnen, Beben zu jagen. Dazu nutzte er Bleikästen, die er in stickigen Kellern deponierte und mit Rechnern verkabelte, um den Radon-Ausstoß aus der Erdkruste zu messen. Aus den gesammelten Daten mehrerer Stationen könne er herauslesen, wann und wo das nächste Erdbeben drohe.[14] [Vgl. Caporale: L'Aquila non è Kabul]

Nach dem Fernsehbericht hatte sich Karina gefragt, ob Italiens Fernsehen jeden Schwachsinn verbreitete. Zufällig war ihr kurz darauf ein Zeitungsartikel in die Hände gefallen, in dem renommierte Wissenschaftler jenes Warnsystem als untauglich einstuften. Nun hatte der umstrittene Forscher also Alarm geschlagen, dachte Karina. So eine sensationsheischende Aktion passte zum Erdbebenjäger mit den grauen Bleikästen.

Sulmona, Sonntag, 29. März 2009

Rund um Sulmona brach an jenem Sonntag Panik aus, nachdem sich der Erdbebenalarm wie ein Lauffeuer verbreitet hatte. Hektisch packten viele der 25.000 Einwohner Sulmonas das Wichtigste zusammen oder schleppten sogar Matratzen aus ihren Häusern. Aus Angst, Kirchen könnten über ihren Köpfen einstürzen, schickten Priester ihre Gemeinden ins Freie. Einige Familien versammelten sich in Turnhallen, andere flohen aus der Stadt. Der Bürgermeister der Kleinstadt, in der bereits die Vorbereitungen für die Passionsspiele auf Hochtouren liefen, verließ überstürzt den Parteitag seiner Partei in Rom.[15] [Vgl. Corriere della Sera (1.4.2009) und Caporale: L'Aquila non è Kabul]

Auroras 72-jährige Großcousine blieb trotz der angekündigten Katastrophe zu Hause. Sie würde nicht flüchten, sagte sie mit fester Stimme. »Das ist meine Heimat. Hier bin ich geboren, hier lebe und sterbe ich. Außerdem wäre das nicht das erste Erdbeben, das ich überstehe, so Gott will.« Keiner würde sie von ihrem Entschluss abbringen.

Auch Auroras Tante und Onkel entschieden nach langem Abwägen, zu bleiben und im Pkw zu nächtigen. Bis zum Abend verbrachte das Paar unruhige Stunden auf der Terrasse hinter dem Haus, allzeit fluchtbereit. Stündlich telefonierte Aurora mit ihrer Tante.

»Was ist los in Sulmona?«

»Nichts ist los. Wir sitzen wie auf heißen Kohlen und zucken bei jedem Geräusch zusammen«, rief die Tante aufgebracht. »So einen irren Sonntag habe ich noch nie erlebt: erst Panik und jetzt Totenstille. Unsere ganze Straße ist wie ausgestorben!«

»Du solltest dein Hörgerät prüfen«, neckte Aurora sie.

»Sehr witzig. Ich fürchte, das ist die Ruhe vor dem Sturm.«

Eine gute Stunde später wiederholte sich das Spiel. Die Dämmerung kam und die Fluchtbereiten warteten weiter auf die angekündigte Katastrophe. Mit jedem Anruf merkte Aurora, wie ihre Tante nervöser wurde. Als die Nacht hereinbrach und noch nichts passiert war, verlor die erschöpfte Frau völlig ihre Fassung: »Immer noch nichts! Außer, dass ich wahnsinnig werde!«

Als die Temperaturen ins Minus sanken, überredete Auroras Tante ihren Mann im Haus zu warten, draußen sei es zu kalt. »Ich lass mich lieber im Schlaf von Steinen erschlagen als zu erfrieren«, meinte sie zynisch. Dabei war an Schlaf nicht zu denken. Albträume von einstürzenden Dächern brachten die Tante um ihre Nachtruhe. Auch lange nach Mitternacht brannte im Haus noch Licht.

✯✯✯✯

In jener Nacht drückten viele Bewohner Sulmonas kein Auge zu. Was würde mit der Kleinstadt am Rande des Majella-Nationalparks, den Häusern und Menschen geschehen? Noch erzählten schmucke Plätze, Paläste und Kirchen von der römischen Geschichte der Stadt, die in einem weiten Tal vor einer malerischen Bergkulisse lag. All das sollte ein Erdbeben binnen 24 Stunden zerstören? Voller Furcht rechneten sie mit dem Schlimmsten.

KAPITEL 10

L'Aquila, Montag, 30. März 2009

Palazzo del Governo – Palast der Regierung – prangte in Großbuchstaben über den vier markanten Säulen am Haupteingang der Präfektur im Stadtzentrum von L'Aquila. Hinter den rosafarbenen Mauern der Verwaltungsbehörde, die den Zentralstaat in den Provinzen vertrat, fielen wichtige Entscheidungen, die sich auf die ganze Region vom Gran-Sasso-Massiv im Norden bis zum Majella-Nationalpark im Süden auswirkten.

Da Frühaufsteher bei der Parkplatzsuche vor der Präfektur in der Regel die besseren Karten hatten, brach Riccardo an jenem Montag zeitig zur Arbeit auf. Der ungewöhnliche Andrang zu so früher Stunde wunderte ihn, als er sein Auto in die letzte Lücke zwängte. Riccardo stieg aus und steuerte auf den Seiteneingang neben dem Balkon zu, auf dem die italienische und die EU-Flagge flatterten.

Wie vermutet, schallten hitzige Diskussionen über die Flure; der Erdbebenalarm von Sulmona war das große Thema. Schließlich lag das prophezeite Epizentrum nur 50 Kilometer Luftlinie von L'Aquila entfernt und der Hobbyseismologe, der Alarm geschlagen hatte, war in der Präfektur kein Unbekannter. Die Meinungen gingen weit auseinander. Da Riccardo von Spekulationen wenig hielt, verzichtete er darauf, sich an uferlosen Debatten zu beteiligen und marschierte geradewegs zu seinem Büro. Seufzend ließ er sich hinter seinem Schreibtisch nieder. Immerhin war es ihm bisher gelungen, Sulmonas Panik von Viola fernzuhalten. Früher oder später würde sie davon erfahren – er konnte ihr schlecht verbieten, den Fernseher einzuschalten, aber jeder Aufschub war es wert. Sulmona würde ihre Unruhe ins Unermessliche steigern. Riccardo machte sich ernsthaft Sorgen: Wenn seine Frau überreagierte, erreichte das schnell krankhafte Zustände.

Viola hatte an diesem Morgen andere Probleme. Clarissa hatte sich im Kindergarten die Masern eingefangen und war noch anstrengender als sonst. Als fürsorgliche Mutter las sie Geschichten vor, bis ihre Tochter einschlief. Doch nach einer Stunde erwachte die Kleine wieder und wollte fernsehen.

»Ausnahmsweise«, gab Viola entgegen ihrer Vorsätze nach und schaltete die Glotze ein. Beim Durchzappen zum Kinderkanal streiften sie einen Bericht über Sulmona.

»Der Erdbebenforscher wird wegen falschen Alarms angezeigt. Er hatte ein starkes Beben für Sulmona angekündigt, das nicht eingetroffen ist.«

Viola starrte auf die Bilder panischer Menschen. Ihr Finger weigerte sich das Programm zu wechseln, bis Clarissa vehement nach Zeichentrickfiguren verlangte. Während sich ihre Tochter amüsierte, hing die Mutter gedanklich in Sulmona fest. Das Wesentliche hatte sie verstanden. Jetzt wollte sie Details zum Erdbebenalarm.

Zwei Comicfolgen musste Viola durchstehen, bis die Müdigkeit ihr krankes Kind wieder packte und sie zum Regionalsender wechseln konnte. Dort schlugen erzürnte Bürger von Sulmona verbal auf den Hobbyforscher ein und der Moderator diskutierte mit Fachleuten über die Erdbebenserie der letzten Monate. Viola hielt den Atem an. Ein ihr unbekannter Experte fachsimpelte über Schwarmbeben und darüber, dass Erdstöße in den Abruzzen nichts Ungewöhnliches wären.

Ob ungewöhnlich oder nicht war Viola herzlich egal. Sie wollte nicht länger die Nächte im Auto verbringen, sondern wissen, wann der Spuk vorüber war. Ihr Wunsch, für ein paar Wochen aus dem Tal der Beben zu verschwinden, wuchs stetig. Allerdings musste sie ihren Mann noch davon überzeugen. Sie sprach Riccardo auf die Mailbox – auf störende Anrufe im Büro reagierte er zurzeit allergisch – und wartete auf seinen Rückruf. Das konnte dauern.

Manuele kam um halb drei von der Schule, zog aber gleich weiter zum Spielplatz. Dort träfe er sich mit Georgia aus dem Dorf, seine Hausaufgaben mache er später. Viola ließ ihn ziehen. Riccardo hatte noch immer nicht zurückgerufen, als sich um 15:38 Uhr etwas ereignete, was alles Bisherige in den Schatten stellte.

Viola spielte gerade mit ihrer Tochter im Wohnzimmer Memory. Das sonst so aufgeweckte Mädchen lehnte müde in eine Decke gewickelt auf dem Sofa und zockte seine Mutter trotz Masern ab.

»Du bist dran«, musste Viola ihre matte Tochter wiederholt erinnern. Während sie auf Clarissas nächsten Zug wartete, ließ sie den Blick durch den Raum schweifen. Der Couchtisch war zu klein, die zusammengewürfelten Schränke überfüllt, das Sofa verbraucht. Neue Möbel waren dringend fällig, sobald es das Konto erlaubte.

Beim Knarren dachte Viola noch an nichts Schlimmes. Ihr Haus war nicht das jüngste – angeblich Hunderte Jahre alt, mehrfach umgebaut und zuletzt vor gut zehn Jahren gemäß neuesten Erdbebenstandards renoviert. Die Mauern sonderten gelegentlich seltsame Geräusche ab.

Erst als der Fußboden ruckelte, Gläser klirrten und die Lampe an der Zimmerdecke baumelte, ergriff Viola Panik. Wie vom Blitz getroffen sprang sie auf, packte Clarissa und rannte so schnell sie konnte ins Freie. Schluchzend klammerte sich das geschockte Mädchen an seine Mama.

Draußen starrte Viola ungläubig auf die vertrauten Häuserreihen, die wackelten und bedrohlich schwankten. Dann war wieder Ruhe. »Hab keine Angst. Ich bin bei dir«, flüsterte sie und drückte Clarissas zitternden Körper an sich. Wo war nur ihr Sohn?

Seit dem Deckeneinsturz an Manueles Schule wuchs Violas Furcht vor einem fatalen Erdbeben, das ganze Dörfer und Städte zerstörte. Beinahe täglich dachte sie an die Katastrophe vor 94 Jahren.

Am 13. Januar 1915 hatte ein Beben der Stärke 7,0 auf der Richterskala weite Teile der Abruzzen zerstört. 30.000 Menschen starben. Besonders heftig hatte es damals die Gegend um die Stadt Avezzano getroffen.[16] [Vgl. Becht/Talaron: Abruzzen]

Fröstelnd registrierte Viola, dass sie in der Eile nur die Decke für ihre Tochter, aber keine Jacke für sich mitgenommen hatte. Zurück ins Haus zu gehen, kam nicht infrage, solange sie nicht wusste, wo ihr Sohn steckte. Viola hüllte ihre Tochter enger in die Decke und hetzte zum Spielplatz. Wie ein Scanner suchte sie besorgt jeden Winkel der überschaubaren Grünfläche ab und vergewisserte sich, dass sich ihr Junge hinter keinem Gestrüpp duckte – Fehlanzeige. Auf direktem Weg stürmte Viola zum Haus von Manueles Spielgefährtin. Mehrere beunruhigte Gesichter kamen ihr entgegen. Das halbe Dorf schien auf der Straße.

»Habt ihr Manuele gesehen?«, fragte sie jeden, den sie traf. Allgemeines Kopfschütteln, keinem war der klein gewachsene Elfjährige begegnet. Er war wie vom Erdboden verschluckt. Clarissa presste sich an ihre Mutter, der vom Tragen schon die Arme wehtaten. Doch allein zurücklassen würde sie ihre Tochter auf keinen Fall.

An ihrem Ziel angekommen traf Viola nur Georgias ältere Schwestern und erfuhr, dass die Achtjährige ebenfalls verschollen war. Auch deren Mutter streifte suchend durchs Dorf. Der Ort war zwar klein, bot jedoch für Kinder unzählige Verstecke. Viola rannte weiter zum zentralen Dorfplatz vor der Kirche. Irgendwer musste Manuele und Georgia gesehen haben.

Als sie auf die Straße zum Dorfplatz einbog, von dem sie laute Stimmen hörte, fing es wieder an. Die Diskussionen verstummten schlagartig. Einen Moment glaubte Viola an eine Halluzination. Das konnte nicht sein, nachdem seit dem letzten Beben kaum zehn Minuten vergangen waren. Ein Aufschrei drang an ihr Ohr. Vor Schreck und Sorge um ihren Sohn bemerkte Viola nicht mehr, wie sie fror. Sie blickte zu den Mauern rechts und links, die bedrohlich wankten, während sich Clarissas Hände in ihren Rücken krallten.

Endlich kehrte Ruhe in den Boden zurück. Viola rannte weiter zur Kirche, vor der sich etliche Menschen versammelt hatten und aufgeregt durcheinander brüllten, als wollten sie mit ihren Schreien die Angst und die Erdstöße aus dem Dorf jagen. Um sich in der aufgewühlten Menge Gehör zu verschaffen, schrie Viola aus vollem Halse: »Wer hat meinen Sohn gesehen?«

Nach einer kurzen Stille setzte leises Gemurmel ein.

»Auf der Wiese hinter der Pferdekoppel«, rief ein Mann. Viola wollte gerade losstürmen, als eine hohe Stimme plärrte: »Da sind sie!«

Und tatsächlich: Hand in Hand und in aller Ruhe spazierten die zwei Kinder durch den schmalen Torbogen, der zum Kirchplatz führte. Manuele hatte seinen Fußball unter den Arm geklemmt und blickte verwundert in aufgeregte Gesichter. Viola stürzte, mit Clarissa auf dem Arm, auf ihren Sohn zu. Ihre Glieder und Nerven waren am Ende.

»Wo warst du, Manuele?« Unsanft packte Viola ihren Sohn, zog ihn an sich und umarmte ihn. »Du hast mir einen Riesenschreck eingejagt!« Jetzt war das Maß endgültig voll. Sie würde keine Sekunde länger warten.

✯✯✯✯

Dem nationalen Zivilschutz lagen umfangreiche Informationen zur Erdbebengefahr in den Abruzzen vor. Besonders alarmierend war eine Studie, die der Zivilschutz 2007 vom nationalen Forschungsrat CNR (Consiglio Nazionale delle Richerche) erhalten hatte. Laut dieser Studie war ein Erdbeben mit einer Magnitude größer als 5,3 in der Gegend von L'Aquila zwischen 2008 und 2012 höchstwahrscheinlich.[17] [Vgl. Travaglio/Vauro: Sangue e Cemento]

Als am 30. März 2009 die bis dato stärksten Erdstöße L'Aquila erschütterten, traten an einigen Gebäuden deutliche Schäden auf, die von Rissen bis zu abgestürzten Putzbrocken reichten. Die Rufe nach Evakuierungsplänen und -übungen wurden lauter. Doch der Zivilschutzchef beließ es dabei, die staatliche Risikokommission zum Krisentreffen nach L'Aquila zu schicken, weil die Zivilschutztruppe damit beschäftigt war, den für Juli geplanten G-8-Gipfel auf Sardinien vorzubereiten.[18] [Vgl. Caporale: L'Aquila non è Kabul]

✯✯✯✯

Nach den zwei heftigen Beben, die seine Besprechung abrupt beendet hatten, rief Riccardo seine Frau zurück. »Ciao, Amore. Alles okay?«

Was für eine Frage! Viola, kaum durch die Haustür gekommen, war völlig aufgelöst und verzweifelt. Sie brüllte ihren Mann an: »Clarissa ist krank, Manuele war plötzlich verschollen und dazu die zwei Monsterbeben. Aber sonst ist alles bestens!«

Riccardo schnaufte, wenigstens er sollte einen kühlen Kopf bewahren. »Beruhige dich, setz dich erst einmal!«

Doch die ruhige Stimme ihres Mannes steigerte Violas Hysterie erst recht.

»Ich sitze bereits. Verstehst du nicht? Wir müssen weg, und zwar sofort!«

Womit hatte er das nur verdient, fragte sich Riccardo. Heute traf es ihn knüppeldick. Erst der bescheidene Büroalltag und jetzt sein hysterisches Weib am Rande des Nervenzusammenbruchs. Er startete einen neuen Versuch, seine Frau zu beruhigen.

»Viola, Panik bringt jetzt gar nichts! Wir leben in einer Risikoregion, da kommen Erdstöße vor. Wir können bleiben und die Beben ertragen oder wir wandern aus – und ziehen auf ein Hausboot.«

Seine Frau war nicht zum Scherzen fähig. »Du nimmst mich nicht ernst. Dir ist die Sicherheit deiner Familie völlig egal, oder was?«

»Das stimmt nicht, Sicherheit geht immer vor! Aber wir dürfen jetzt nicht vor Hysterie den Verstand ausschalten!« Nach dem Schuleinsturz bestand Riccardo auch in seiner Arbeit darauf, alle Gebäude nochmals zu überprüfen.

»Ich habe wieder einen Riss entdeckt«, legte Viola nach.

Das sah ihr ähnlich, Schadensinspektion mit der Lupe, dachte Riccardo, biss sich aber auf die Zunge. »Risse gibt es in jedem Haus.«

Ein Kollege trat in Riccardos Büro und legte ihm das Fax mit den neuesten Erdbebenwerten auf den Tisch. Das Beben um 15:38 Uhr brachte es auf die Stärke 4,1 auf der Richterskala, das um 15:43 Uhr auf 3,4.

»Aber der Riss! Bist du noch da, Riccardo?«

»Ja. Wir können gern neu bauen, sobald an deinen Geranien Geldscheine wachsen.« Er schnaufte tief durch. »Sorgen ändern nichts, sie verlängern das Leben um keine einzige Minute, Viola.«

Noch sah Riccardo keinen Grund zu flüchten. Doch das änderte sich schlagartig, als er bald darauf Zeuge eines ungeheuren Gesprächs wurde.

KAPITEL 11

Sulmona, Montag, 30. März 2009

»Kommt das angekündigte Erdbeben heute?« Diese Frage sorgte auch am Montag, einen Tag nach dem Alarm, in der Kleinstadt Sulmona noch für Aufruhr. Auroras Tante war bei Weitem nicht die Einzige, die bei jedem Geräusch und jeder Erschütterung aufschreckte. Wenn die angekündigte Katastrophe doch käme, wäre sie vorbereitet. Vielleicht hatte sich der Forscher, der Alarm geschlagen hatte, nur zeitlich vertan. Aus Vorsicht warteten einige Geflüchtete auch den Montag noch ab, bevor sie erschöpft heimkehrten. Die Erleichterung, dass sie verschont geblieben waren, hielt nicht lange an, sondern verwandelte sich schnell in Empörung.

Nach der ausgebliebenen Katastrophe fand Sulmonas Bürgermeister deutliche Worte: »Es ist ein Unding, dass jemand herumläuft und Panik verbreitet.« Dieser Sonntag wäre der schlimmste Tag seines Lebens gewesen, nachdem ihn ein gewisser Forscher aus L'Aquila angerufen habe. »Ich wusste nicht, was ich tun sollte: eine Evakuierung anordnen oder nichts tun im Bewusstsein, dass sich gleich eine Tragödie ereignen könnte?«

Am Vortag, als ihn der Alarm erreichte, sei der Bürgermeister bei einer wichtigen Sitzung seiner Partei in Rom gewesen. »Ich musste alles stehen und liegen lassen und in aller Eile zurück nach Sulmona hetzen.« Beruhigt habe ihn erst ein Gespräch mit dem Zivilschutz-Vizechef, der versicherte, dass die Wahrscheinlichkeit für ein Erdbeben in Sulmona die gleiche wäre wie in jedem anderen Risikogebiet der Welt. Daraufhin kündigte Sulmonas Bürgermeister Konsequenzen an. »Ich wer-

de nicht zulassen, dass die Geschichte verhallt: Ich warte noch auf einen Bericht der Kommunalpolizei und Carabinieri [...], dann werde ich entsprechend handeln.«[19] [Vgl. Rete5.tv (30.3.2009)]

Rom, Montag, 30. März 2009

»Sulmona zeigt den Hobbyseismologen an«, schallte es am Nachmittag aus dem Fernseher. Karina horchte auf, wagte aber nicht, die schlafende Aurora zu wecken. Diese hatte wegen der Zitterpartie um ihre Verwandten in der Nacht kein Auge zugetan. Erst als sie Gewissheit hatte, dass es allen gut ging, gönnte sich Aurora eine Siesta. Hätte der Erdbebenprophet an der Tür geklingelt, die Jurastudentin hätte ihn zweifellos vor Gericht gezerrt.

»Panik wegen nichts und wieder nichts«, hatte Aurora geflucht, ehe ihr Schimpfen in Schnarchen überging.

Karina hatte es gleich geahnt, der Wirbel war völlig unnötig gewesen. An der Stelle des Bürgermeisters hätte sie zur Sicherheit noch ein oder zwei Tage gewartet. Schließlich hatte in Italien vieles Verspätung – die Busse und Bahnen, die Post – warum nicht auch die Erdstöße.

»Verspätete Beben, so etwas kann nur eine überkorrekte Deutsche sagen«, blökte die wiedererwachte Aurora missmutig. Ironie verstand sie nach dieser Nacht bei diesem Thema nicht mehr. Dagegen stimmte sie mit Karina überein: »Die Anzeige geschieht dem Typen im Grunde recht.«

Erst nachts kamen Karina Zweifel, ob sie den Berichten so einfach glauben sollte. Zu oft hatte sie erlebt, dass offizielle Erklärungen nicht immer der Wahrheit entsprachen.

✯✯✯✯

Dass seine Stadt gegen den umstrittenen Forscher aus L'Aquila Anzeige erstattete, begründete der Bürgermeister so: »Die Geologen, die ein mögliches Beben in Sulmona ankündigen, sind

Terroristen!« Hätte ein Wissenschaftler wirklich eine solche Entdeckung gemacht, wäre er damit nicht an die Presse gegangen, sondern hätte sie unmittelbar an zuständige, sachkundige Einrichtungen wie die Präfekturen oder den Zivilschutz weitergegeben.[20] [Vgl. Abruzzoblog.it (13.4.2009)]

Die Anzeige traf den Erdbebenpropheten hart. Die Schelte des Bürgermeisters war das eine, die gerichtliche Verwarnung das andere. Sie drohten ihm, wenn er wieder Alarm schlagen würde, müsse er hinter Gitter. Der Forscher bekam keine Möglichkeit, seine Version der Geschichte zu erzählen. Die meisten Medien kehrten seine Aussagen, die dem Bürgermeister Sulmonas widersprachen, unter den Teppich. Andere stellten es so dar, als ob er nach dem falschen Alarm versuche, seinen Kopf aus der Schlinge zu ziehen.

Als der Erdbebenprophet wiederholt betonte, er hätte nicht Alarm geschlagen, hörten ihn nur wenige. »Unser System hat das Beben am Sonntagmorgen aufgezeichnet«, schilderte er seine Sicht der Dinge. Auf die Bitte von L'Aquilas Bürgermeister hin habe er am späten Vormittag mit dem Stadtoberhaupt von Sulmona telefoniert und dieser habe ihn um eine Prognose gebeten. »Ich habe ihm gesagt, wir müssen noch Daten überprüfen.« Später habe er Entwarnung gegeben, dass kein größeres Beben bevorstehe.

Trotz der Anzeige setzte der ins Kreuzfeuer geratene Seismologe die Arbeit fort. Seine Familie und Freunde – einige waren Zeugen des Telefonats mit Sulmonas Bürgermeister – standen hinter ihm.

★★★★

Aus dem Hintergrund beobachteten einige das Geschehen genau. Ihnen war der umstrittene Erdbebenforscher schon länger ein Dorn im Auge. Es war höchste Zeit, ihn in seine Schranken zu weisen.

KAPITEL 12

»Ich bringe euch die Experten nach L'Aquila. [...] Das ist eher eine Medienoperation, verstehst du? [...] Die maßgeblichen Erdbebenexperten des Landes werden verkünden: ›Es ist eine ganz normale Situation‹ [...]«, sagte der damalige Zivilschutzchef am 30. März 2009 in einem Telefonat.[21] [Vgl. Tribunale di L'Aquila]

L'Aquila, Montag, 30. März 2009

Nach dem Telefonat mit seiner Frau eilte Riccardo missmutig über die Pflasterdecke vor dem Palazzo del Governo. Er musste sich dringend die Füße vertreten und durchatmen. Dass er eine Stunde länger wegblieb als angekündigt, fiel an diesem irren Tag niemandem auf.

Im Zentrum von L'Aquila herrschte Ausnahmezustand. Bei den kräftigen Beben um 15:38 und 15:43 Uhr hatten Tausende reflexartig ihre Büros und Häuser verlassen. Die Menschen und Seismografen stimmten überein: In vier Monaten Erdbeben hatte es bisher keine so heftigen Stöße gegeben.

Zügig schritt Riccardo zur Piazza del Duomo. Wenn es etwas zu sehen und zu hören gab, würde er es auf diesem zentralen Platz erfahren. In der Tat hatte sich dort fast die halbe Stadt versammelt. Viele dachten wohl, falls beim nächsten Erdstoß Mauern einstürzten, war die Verschüttungsgefahr auf dem fußballfeldgroßen Platz geringer als in der sonst so dicht bebauten Altstadt.

Als Riccardo den Domplatz umrundete, quetschte ein Fernsehteam Redewillige aus. In der Scuola De Amicis habe es Steine von der Decke geregnet sowie Risse und Schäden gegeben, hörte er im Vorbeigehen.

Quasi im Fünfminutentakt bekam die Erde neue Zitteranfälle. Neun Stöße innerhalb von 50 Minuten zeichneten die Seismografen am Nachmittag des 30. März 2009 auf. Jede Erschütterung schürte neue Angst.[22] [Vgl. Tribunale di L'Aquila]

Dass die Mauern der Grundschule De Amicis eine Zeitbombe waren, wusste Riccardo aus verlässlicher Quelle. Also überlegte er nicht lange, sondern marschierte direkt zur maroden Lehranstalt, die an die Kirche San Bernardino grenzte. Neben dem eingerüsteten Gebäude parkte der Fernsehwagen, der ihm schon am Domplatz aufgefallen war. Offenbar filmten sie im Schulhaus, zu dem der Allgemeinheit der Zugang verwehrt blieb. Trotzdem drängte sich eine aufgeregte Menschentraube vor dem baufälligen Gebäude – zu viele Augen, um unbemerkt einzusteigen. Riccardo entschied später wiederzukommen und kehrte mit Unbehagen zur Präfektur zurück. Dort empfing ihn die rosa Fassade, bei der er sich stets fragte, wie viele Erdbeben diese Wände noch aushalten würden.

Erst vor wenigen Jahren hatten Fachleute die Stabilität der öffentlichen Gebäude in L'Aquilas Altstadt untersucht – mit erschreckenden Ergebnissen: Beunruhigend viele schnitten extrem schlecht ab, eines davon war die Präfektur. Doch die Studie verschwand in tiefen Schubladen.[23] [Vgl. Caporale: L'Aquila non è Kabul]

Im Flur fing ein Kollege Riccardo ab. Er solle sich umgehend bei der Bezirkschefin des regionalen Zivilschutzes melden, die ihn dringend sprechen müsse. Auf dem Weg zu deren Büro rätselte Riccardo, was ihn dort erwartete. Da die Erdbebenserie intensiver wurde, griff sicher der Zivilschutz ein, vermutete er. Schließlich war die Institution für das Management von Katastrophen zuständig. In Gedanken ging Riccardo bereits Szenarien durch – vom Aufstellen einiger Notzelte für besorgte Bürger, bis zur Evakuierung der gesamten Stadt.

✯✯✯✯

Wegen Korruptionsverdacht hörte die Staatsanwaltschaft von Florenz mehrere Telefonate ab. Am 30. März 2009 wurde ein Gespräch aufgezeichnet, bei dem der damalige Zivilschutzchef einer Mitarbeiterin Anweisungen zum Treffen der staatlichen Risikokommission »Commissione Grandi Rischi« in L'Aquila gab. Dieser Anruf diente im späteren Prozess gegen die Kommission als Beweismaterial.[24] [Vgl. Tribunale di L'Aquila]

Es war nicht Riccardos Absicht zu lauschen. Doch er fand keine Vorzimmerdame, die ihm hätte sagen können, wann die Bezirkschefin für ihn Zeit hatte. Unschlüssig stand er hinter der angelehnten Bürotür – gehen oder bleiben? Riccardo zögerte und hörte derweil mit, wie die Bezirkschefin telefonierte und eine energische Stimme aus dem Lautsprecher schallte. Am anderen Ende der Leitung saß offenbar der Zivilschutzchef. Letzterer genoss hohes Ansehen, weil er routiniert Herausforderungen wie die Müllkrise in Neapel oder den G-8-Gipfel auf Sardinien bewältigte.

»*Hör zu, dich wird gleich mein Vertreter [...] anrufen*«, begann der Zivilschutzchef und Riccardo entschied abzuhauen. Doch die nächste Aussage stoppte ihn abrupt. »*Er soll wegen dieser Sache mit den anhaltenden Schwarmbeben eine Versammlung bei euch in L'Aquila abhalten, um sofort jedweden Schwachkopf zum Schweigen zu bringen, Spekulationen zu unterdrücken und Sorgen zu besänftigen ...* «

Riccardo spitzte ungläubig die Ohren, was hatte er da gerade gehört?

»*Ich danke dir*«, erwiderte die Bezirkschefin.

»Aber du musst deinen Leuten eintrichtern, dass sie nicht bekannt geben, wo weitere Erdstöße erwartet werden oder nicht, weil jene Vorhersagen Mist sind. Man sagt solche Sachen nie, wenn es um Erdbeben geht.«

»Natürlich«, erwiderte sie kleinlaut.

»Es ist schon nach draußen gedrungen [. . .]!«, rügte der Zivilschutzchef die Bezirkschefin, die sogleich um Schadensbegrenzung bemüht war.

»Davon wusste ich nichts. Ich entschuldige mich für meine Leute, weswegen ich in diesem Moment vom Ausschuss zurücktrete.« Dass die Signora den Rückzug antrat, kaum das es heikel wurde, kam Riccardo bekannt vor. Ihr Gesprächspartner hingegen war ein anderes Kaliber und fuhr im Befehlston fort, dass dies kein Grund für einen Rücktritt wäre.

»Ich bitte dich! Kein Problem. Aber sag ihnen, wenn sie etwas bekannt geben müssen, sollen sie mit meinem Pressebüro sprechen, das [. . .] im Notfall weiß, wie man sich verhält, um einen Bumerang zu vermeiden. Stell dir vor, es gäbe in zwei Stunden einen Erdstoß, was sagt man dann?«

Riccardo stand wie gefesselt neben der angelehnten Tür und starrte die Wand an. Ihm gefiel gar nicht, was er hörte. In ihm wuchs der Verdacht, dass die Verantwortlichen einen Plan ausheckten, der keineswegs dem Wohl der Bürger diente. Der Zivilschutzchef riss ihn aus seinen Gedanken.

»Das Wichtige ist der morgige Tag, weswegen dich gleich [mein Vertreter] anrufen wird. [. . .] Dann überlegt ihr, wo ihr diese Versammlung abhalten wollt. Ich selber komme nicht, aber es werden Italiens größte Erdbebenexperten da sein [. . .].« Ausgerechnet die Namen, die der Zivilschutzchef aufzählte, verstand Riccardo nicht, weil auf dem Gang eine Tür zuschlug.

»Ich bringe euch die Experten. Ich bringe sie euch nach L'Aquila, zu dir oder in die Präfektur, mir ist das völlig egal wohin. Entscheidet ihr, wo es passt. Das ist eher so eine Medienoperation, verstehst du?«

Riccardo fiel die Kinnlade herunter. Ein bewusst gesteuertes Medienspektakel, eine Farce unter dem Deckmantel einer neutralen Expertenkommission. Das waren deutliche Ansagen von oben.

»*Ja, ja*«, stimmte die Bezirkschefin zu.

»*Die maßgeblichen Erdbebenexperten des Landes werden also verkünden: Es ist eine ganz normale Situation, es handelt sich um Phänomene, die wir untersuchen. Besser 100 Beben der Stärke vier auf der Richterskala als einfach nur Stille. Denn 100 Beben dienen dazu, Energie freizusetzen. So wird es nie zu dem einen großen Beben kommen, das wehtut, verstehst du?*«

Riccardo vergaß zu atmen. Im Klartext hieß das: Die Verantwortlichen redeten eine offensichtliche Gefahr klein, statt den absehbaren Ernstfall vorzubereiten. Dabei wussten sie genauso wie er, wie viele Gebäude in L'Aquila einem starken Erdstoß nicht standhalten würden. Nichts zu tun und sogar vorzutäuschen, es gäbe keine Gefahr, grenzte an fahrlässige Tötung. Das konnte nicht sein! Sicher hatte er nur falsche Schlüsse gezogen und ein starkes Erdbeben war wirklich auszuschließen.

»*Okay, ich ziehe mich zurück und versuche, weitere Pressemeldungen zu unterbinden*«, antwortete die Untergebene.

»*Nein, nein, nein. Das habe ich schon gemacht, das übernehmen meine Leute. Du sprichst jetzt mit [meinem Vertreter] und ihr entscheidet, wo ihr diese Versammlung morgen abhalten werdet. Und dann gebt ihr offiziell bekannt, dass die Versammlung stattfinden wird.*« Mit Nachdruck betonte der Zivilschutzchef: »*Und zwar nicht, weil wir erschrocken und besorgt sind, sondern weil wir die Bevölkerung beruhigen wollen. Und das sage nicht ich oder du, sondern das lassen wir die besten Wissenschaftler auf dem Gebiet der Seismologie sagen!*«

Die Worte fegten Riccardo fast um. Er hatte Mühe sich auf den Füßen zu halten.

»*Wunderbar*«, erwiderte die Bezirkschefin.

»*Okay?*«, hakte der Zivilschutzchef noch einmal nach.

»Sehen wir uns morgen Nachmittag in Rom? Der Präsident [...] hat mir gesagt, dass dort das Treffen zum Sportevent ›Giochi del Mediterraneo‹ stattfinden wird«, wechselte seine Gesprächspartnerin das Thema.

»Hm, nein, da werde ich nicht hingehen. Da geht [einer meiner Vertreter] hin, ich bin morgen in Neapel.«

»Okay, ich schicke dir dann einen Bericht darüber, was vorgefallen ist«, fügte die Bezirkschefin noch hinzu.

»Gut. Perfekt!«

»Danke dir [...]. Tschüss und einen schönen Abend.«[25] [Vgl. Tribunale di L'Aquila]

Riccardo blickte starr geradeaus. Bisher hatte er den Zivilschutzchef als fähig und krisenerprobt geschätzt. Nun wusste er nicht mehr, was er denken sollte. Riccardo wollte nur noch verschwinden, doch die Bezirkschefin hatte ihn schon bemerkt.

»Was tun Sie hier?«, fauchte sie ihn an.

»Sie selbst haben mich bestellt«, entgegnete Riccardo tonlos. Kurz herrschte Stille, ehe die Bezirkschefin ihn zusammenstauchte, weil er angeblich Erdbebenwarnungen nach außen getragen habe.

Riccardo ließ den Wortschwall über sich ergehen, ehe er sich wehrte. Wie sie wisse, konnte er nicht der schuldige Schwätzer sein, weil er in Besprechungen festgesessen habe. Damit drehte er sich zur Tür und stürmte hinaus. Aufgebracht brüllte die Bezirkschefin hinterher: »Wenn nur ein Wort dieses Telefonats nach draußen dringt, werde ich dafür sorgen, dass Sie ihre Karriere vergessen können!«

✯✯✯✯

Viola wartete weder mit dem Essen noch mit dem Schlafengehen auf ihren Mann. Nachdem die Kinder im Bett waren, beobachtete sie durchs Fenster, wie ein Paar aus der

Nachbarschaft Decken und Kissen zu ihrem Kleinwagen schleppte. Gern hätte Viola es den beiden gleich getan und die Nacht zur Sicherheit wieder im Auto verbracht. Aber ihr Wagen stand noch vor dem Palazzo del Governo in L'Aquila.

Voller Verzweiflung tat Viola etwas, von dem sie genau wusste, dass es fatal sein konnte. Sie nahm zwei Schlaftabletten – trotz der Gefahr im Ernstfall nicht rechtzeitig aufzuwachen.

✯✯✯✯

Dass die Erde im Laufe des Abends mehrmals bebte, bemerkte Riccardo kaum. Sein Projekt, in dem er immer mehr Ungereimtheiten entdeckte, beschäftigte ihn zu sehr. Wer hatte erlaubt, das Gebäude so zu bauen und in diesem Zustand zu eröffnen? Wenn die Daten stimmten, war der Trakt eine Zeitbombe. Schließlich legte Riccardo die Akten beiseite; er hatte genug.

Als er spätnachts heimkam, entdeckte er im Wohnzimmer eine Zeitung. Eine Seite über den Erdbebenpropheten war aufgeschlagen. Nun wusste Viola also Bescheid.

Leise schlüpfte er unter die Bettdecke, um seine Frau nicht zu wecken. Doch diese schlief ohnehin tief und fest. Diesmal lag Riccardo noch lange wach. Er haderte mit sich, ob und wie er Viola von diesem Telefonat erzählen sollte. Die Sprengkraft des Gehörten musste er selbst erst verarbeiten und begreifen.

Kurz vor Mitternacht schreckte ihn ein heftiger Erdstoß auf. Riccardo sprang aus dem Bett und brüllte: »Viola, wach auf!« Doch seine Frau reagierte nicht.

KAPITEL 13

Rom, Dienstag, 31. März 2009

Die heftigen Erdstöße von L'Aquila drangen bis nach Rom in die Via Catania – zumindest glaubte Aurora, die Erschütterung bis in ihre Wohnung zu spüren. Noch lange nach Mitternacht nervte sie ihre Zimmermitbewohnerin Karina, die nichts als schlafen wollte, mit verbalen Nachbeben.

»Merkst du nicht, wie es vibriert?«

»Nein! Wenn mich etwas erschüttert, sind das der Lärm und deine nervigen Fragen!« Karina gähnte und zog sich die Decke über den Kopf. Erst nach langem Kampf siegte der Schlaf, hielt aber nicht lange an. Der Erdbebenprophet spukte zu sehr in ihrem Kopf herum. Um halb fünf gab sie trotz Müdigkeit auf, verließ das Bett und packte ihren Laptop aus. Sie ließ sich damit auf dem Sofa nieder und startete ihre längst überfällige Recherche über den Erdbebenpropheten.

Die erste, wenig hilfreiche Erkenntnis hatte die geübte Faktenfahnderin nach drei Minuten gewonnen: Der Mann mit den tiefen Ringen unter den Augen war oft furchtbar angezogen. Den Großteil seiner Kleider hätte Karina sofort in den Restmüll entsorgt; der Gipfel war eine abgewetzte Regenjacke, die mehrere Missgeburten des Farbspektrums vereinte. Der Erdbebenprophet war das krasse Gegenteil zu all den Makellosen, die sonst durch Italiens Fernsehwelt spazierten; allen voran der Ministerpräsident, der angeblich bei Topchirurgen Dauergast war. Der Landesvater trat stets »in optima forma«, in Bestform, ins Rampenlicht und beherrschte es perfekt, alle verfügbaren Medienkanäle zum eigenen Vorteil zu nutzen. Als Journalistin kannte Karina die Mechanismen der Medien und würde nicht darauf reinfallen, war sie überzeugt. Dass sie exakt in jene Medienfallen tappte, etwa vom Äußeren auf die Kompetenz einer Person zu schließen, fiel ihr nicht auf.

Ihre zweite Erkenntnis brauchte mehr Zeit und stürzte Karina zunächst in einen Konflikt. Während sie die digitale Welt und die umfangreiche Webseite des Erdbebenpropheten durchforstete, wuchsen in ihr Zweifel, ob er wirklich nur ein vorlauter Trottel war. Denn er hatte eine Stiftung ins Leben gerufen, um Geld für sein Warnsystem zu sammeln und publizierte auf seiner Homepage kontinuierlich Aktuelles und Hintergründe zu Erdbeben weltweit. Offenbar hatte der Erdbebenprophet sogar Mitstreiter gefunden, weil er stets im Plural sprach. Nach mehrstündiger Recherche kam Karina zu dem Ergebnis: Er mochte ein guter Jockey sein, hatte aber leider aufs falsche Pferd gesetzt. Solange er dem Trugschluss aufsaß, Beben berechnen zu können, würde sein Gaul nie in die Nähe des Ziels kommen. Die heftige Kritik, die ihm aus den Reihen der Wissenschaft entgegenkam, bestärkte Karina. Laut belehrte sie die Möbel und Wände des Wohnzimmers: »Er ist vielleicht kein Volltrottel, aber Erdbeben sind trotzdem nicht vorhersehbar!«

Bei nächster Gelegenheit wollte sich Karina einen Fachmann krallen und ihn über das Thema Erdbeben ausquetschen, über das sie zugegebenermaßen wenig wusste.

✯✯✯✯

»Eine große Staubwolke der Polemik wurde vor dem 6. April bezüglich Giampaolo Giuliani aufgewirbelt«, erinnert sich der Journalist Giustino Parisse. Mit selbst geschaffenen Mitteln, die auf Radon-Analysen basieren, hatte der Hobbyforscher Giuliani ein Erdbeben einer stärkeren Magnitude vorausgesagt und wurde aufs Stärkste kritisiert. »Mir fehlen die Fachkenntnisse,

um zu beurteilen, ob er recht hatte oder nicht«, so Parisse. Aber eines könne er definitiv sagen: »Wenn Giuliani inkompetent ist, sind es auch diejenigen, die Monate lang alle in Sicherheit gewogen haben. Alle – angefangen bei uns von der Presse, die ihnen Fragen gestellt haben und Sachen zu hören bekamen, die an Banalität grenzten.«[26] [Vgl. Parisse: Quant'era bella la mia Onna]

✯✯✯✯

Kurz vor neun Uhr morgens wackelte Gianna müde ins Wohnzimmer, ihre Arbeit rief. Am Vorabend war sie aus gewesen, was sie extrem anstrengte, seitdem sie täglich bei der Zeitung Figata antanzen durfte. Entrüstet entdeckte Gianna auf dem ausrangierten Designersofa ihrer Eltern die Schuhe und den Laptop der auf dem Bauch schlummernden Karina. Wütend schüttelte Gianna die Schlafende wach.

»He, was tust du da?«

Karina richtete sich auf und seufzte: »Was ich tue? Ich gähne!« Als sie Giannas grimmige Miene sah, erkannte sie deren Problem: ihre Schuhe auf dem Sofa. Schnell stellte Karina ihre Füße auf den Boden und murmelte: »Entschuldige.« Giannas Gesichtszüge entspannten sich.

Nun zwinkerte Karina ihrer Mitbewohnerin zu. »Außerdem tue ich das, was eigentlich dein Job wäre – recherchieren.« Seit Kurzem konnte sie über das Thema Arbeit wieder lachen. Das Blatt hatte sich überraschend gewendet.

Es war erst eine Woche her, als Gianna ihr einen irren Deal angeboten hatte. »Pass auf: Du korrigierst und schreibst mir ab jetzt die Artikel und ich bezahle dich dafür!«

Zuerst meinte Karina, sich verhört zu haben.

»Das ist absurd, das fliegt doch sofort auf! Wie soll das funktionieren?«

»Smartphone und E-Mails machen es möglich!« Gianna lächelte verschmitzt. Sie hatte längst alles ausgelotet. Das

Zeitfenster von einigen Stunden, das sie in der Regel pro Artikel hatte, reichte locker, um die Texte »extern« korrigieren oder zuliefern zu lassen. Am Smartphone würde es ebenfalls nicht scheitern, versicherte Gianna.

»Ich zahle dir jedes Modell, das du willst, mit Vertrag und inklusive Flatrate natürlich.«

Karina zögerte, obwohl es verlockend klang, das allerneueste, teuerste Smartphone-Modell zu besitzen. Sie gab zu bedenken: »Ich bin keine Italienerin.«

»Aber du kannst so toll schreiben! Und deine wenigen Fehler bessere ich aus«, entkräftete Gianna den Einwand. Sie beherrschte es, mit ihren Schmeicheleien jeden zum gewünschten Ziel zu manövrieren.

Je länger Karina nachdachte, desto besser fand sie den Deal. Letztlich profitierten beide: Karina konnte schreiben und mit dem Zusatzverdienst unbegrenzt shoppen, während Gianna das Geld nicht vermisste, die ersehnten Lorbeeren erntete und ihre Eltern mit der Tochter, der großen Journalistin, prahlen konnten.

Karina sagte unter einer Bedingung zu: Gianna müsse verraten, wie sie an die Stelle gekommen sei und woher ihr Zerwürfnis mit Aurora rührte.

Die Jobfrage war schnell geklärt. Giannas Vater, erfolgreicher Bankier, habe beste Kontakte und kenne den Figata-Verleger persönlich. Bei Frage zwei musste Gianna ausholen.

»Die Bude hier gehört meinem Opa.« Da er die Wohnung nicht brauchte, ließ er seine Lieblingsenkelin darin wohnen – allein, bis eine andere Enkelin ihren Anspruch meldete, weil sie nach ihrem Studienortswechsel nach Rom keine Bleibe fand. Auf Drängen der Familie musste Gianna fortan mit ihrer Cousine Aurora, die sie nie hatte leiden können, die Zimmer teilen.

»Ihr seid Cousinen?«, fragte Karina erstaunt.

»Leider!« Gianna erwähnte es ungern. »Dann kam Aurora die Schnapsidee mit der WG.«

Insgeheim versuchte jede Cousine die andere rauszuekeln – ohne Erfolg. Beide waren zickig und zäh. Nun war auch klar, warum Aurora ihr Schlafzimmer freiwillig mit Karina teilte: um sie im Cousinenkampf auf ihre Seite zu ziehen.

Die Antworten stellten Karina zufrieden. »Gut, der Deal ist gebongt.« Gianna fiel ihr um den Hals und köpfte eine Flasche Prosecco, um mit ihrer Ghostwriterin anzustoßen.

»Auf gute, geheime Zusammenarbeit!«

Der Dienstag, an dem Gianna ihre Artikellieferantin mit Schuhen auf dem Sofa erwischte, war ihr vierter Tag mit Ghostwriter. Im Großen und Ganzen war der Start geglückt, keiner schöpfte Verdacht. Meist teilte Gianna per SMS nach der Redaktionskonferenz mit, was sie bis wann brauchte, zum Beispiel: »Bitte 60 Zeilen zur Ausstellung Kaiser Vespasian bis 15 Uhr, danke!«

Schnell spielte sich Routine ein und kryptische Codes ersetzten die Höflichkeit. Der neuste Auftrag lautete: »Touri-Invasione, 80 righe, 16:30, tel«. Wie angekündigt, rief Gianna kurz darauf an und informierte genauer über den Artikel zur Touristeninvasion mit 80 Zeilen, den sie bis 16:30 Uhr liefern sollte. Der Chef verlangte dazu einige Fotos von Touristen – eine Aufgabe, die Gianna zusätzlich abtreten wollte, weil das nach viel Aufwand klang. Doch Karina wagte erstmals, ihrer Geldquelle zu widersprechen.

»Das fällt auf, wenn ich die Bilder mache. Da musst du schon selbst losziehen.«

Beide diskutierten wild, bis Gianna brüllte: »Entweder du machst die Bilder oder keiner!«

Karina sagte nichts mehr, es war sinnlos. Letztlich hatte nicht sie den Job zu verlieren, sondern Gianna. Zwar hegte Karina die Hoffnung, dass ihr der Deal zum bisher verwehrten Durchbruch verhalf, doch dafür musste sie sich beeilen: Es war nur eine Frage der Zeit, bis jemand den heimlichen Buchstabenhandel entlarvte.

★★★★

Als die Erdstöße in den Abruzzen intensiver wurden, gab es durchaus Wissenschaftler, die Besorgnis äußerten. Nachdem etwa der Direktor der Universität L'Aquila von der Versammlung der staatlichen Risikokommission am 31. März gehört hatte, stellte er eine Anfrage. Er schlug vor, dass dort auch zwei Dozenten für Geologie und Seismologie der Universität L'Aquila ihr Wissen einbringen durften, weil sie sich intensiv mit den Schwarmbeben der letzten Monate und möglichen Gefahren beschäftigt hatten. Wie der Direktor später in einem TV-Interview sagte, wurde er abgewiesen.[27] [Vgl. RAI Tre, »Presa diretta« (13.9.2009)]

KAPITEL 14

L'Aquila, Dienstag, 31. März 2009

Die Pillenschachtel auf dem wackelnden Nachttisch stach Riccardo sofort ins Auge. Schlaftabletten – wie viele davon hatte Viola geschluckt? Sein Puls raste und sein Körper zitterte. Während die Schränke unter der Wucht der Stöße ächzten, versuchte Riccardo seine Frau wachzurütteln, doch die Schlafende war in unerreichbar tiefe Traumwelten gesunken. Riccardo fluchte. Ihre Hysterie nahm sehr gefährliche Züge an. Sein Gehirn klapperte in Sekundenbruchteilen alle denkbaren Notfallstrategien ab.

Riccardo sprang aus dem Bett und stürzte zu den Zimmern seiner Kinder, scheuchte beide aus ihren Betten und trug dann seine Frau ins Freie. Da ließ das Zittern nach, die ächzenden Schränke verstummten.

Ihm fiel ein Stein vom Herzen. Nichts war passiert, trotz Violas Leichtsinn – Gott sei Dank.

»Was hast du dir dabei gedacht?«, stellte er seine Frau am nächsten Morgen zur Rede. Viola wich ihm aus. Sie wusste selbst, dass sie einen Fehler begangen hatte.

Riccardo hingegen führte die Pillenaktion den Ernst der Lage neu vor Augen. Fortan wollte er mehr für seine Familie und weniger für die Arbeit da sein. Das Umsetzen dieses Vorhabens scheiterte jedoch gleich am nächsten Nachmittag, obwohl er ungewöhnlich früh Feierabend machte. Das fiel sogar seinem Kollegen auf. »Hat sich deine Frau beschwert?«

»Auch«, erwiderte Riccardo knapp. »Und ich habe noch etwas Wichtiges vor.«

Wenig später kurvte der Wagen der Familie Inventati in den Westen der Stadt. Einen halben Kilometer vom Palazzo Silone in der Via Leonardo da Vinci entfernt parkte Riccardo den Wagen, versteckt in einer Seitenstraße. Den Rest des Weges ging er zu Fuß. Je näher er dem imposanten Bau mit Glasfront kam, desto mehr wuchs seine Anspannung. Aber er musste es tun. Das belauschte Telefonat ließ ihm keine Ruhe – und keine Wahl. Riccardo musste das angekündigte Medienspektakel der Commissione Grandi Rischi direkt vor Ort verfolgen.

Dass der Palazzo Silone den Zuschlag für das außerplanmäßige Treffen der staatlichen Risikokommission bekommen hatte, wunderte Riccardo nicht. Der mächtige Glasbau war Hauptsitz der Regionalverwaltung der Abruzzen und taugte gut als Kulisse einer wichtigen Pressekonferenz. Außerdem hatte er anders als die Präfektur genug Parkplätze für den erwarteten Medienansturm vor der Tür.

Aus sicherer Entfernung beobachtete Riccardo, wie die bestellten Vertreter der Risikokommission anrückten – sieben an der Zahl. Die Forschergrößen schmückten sich allesamt mit langen Titeln. Nur einer der sieben hatte keine steile Wissenschaftskarriere vorzuweisen: der Zivilschutz-Vizechef, der dafür als eloquenter Redner punktete und damit, dass er selbst aus den Abruzzen stammte.

L'Aquilas Bürgermeister begrüßte die renommierten Experten der Erdbebenforschung, als wären sie die Retter in der Not und der Trupp verschwand rasch im Glasbau. Zwei der Experten wechselten dabei auffallend viele Blicke. Der eine war der 70-jährige Vorsitzende der Risikokommission, der als Professor an Roms Hochschule La Sapienza lehrte. Der andere war der 67-jährige Leiter des Geophysik- und Vulkanologie-Instituts INGV am Gran Sasso. Beide hatten im Rahmen einiger Studien eng zusammengearbeitet. Über eine davon würden sie an diesem Abend kein Wort verlieren, das war beiden klar.

Als die Luft rein war, betrat Riccardo den Palazzo Silone und hielt sich hinter einer Säule versteckt, bis die Kommission samt Bürgermeister und der Zivilschutz-Bezirkschefin abgezogen war. Riccardo bezweifelte nicht, dass der Expertentrupp die Vorstellung am Abend glatt über die Bühne bringen würde – so wie von mächtigen Nichtanwesenden gewollt. Doch er würde nicht tatenlos zusehen.

Nachdem die Mitglieder der Kommission im Saal verschwunden waren, stellte sich Riccardo einem Fernsehreporter in den Weg, der ebenfalls auf den Saal zusteuerte. »Signore, warten Sie.«

****

Die Unruhe und Neugier bei den Menschen in und um L'Aquila waren groß. Tausende Ohren warteten gespannt, welche Botschaft aus dem Palazzo Silone dringen würde. Wie schätzten die großen Experten die Gefahr der anhaltenden Beben ein? Wenn jemand wusste, was unter der Erdkruste Italiens los war, dann waren sie es.

Auch Viola und Valenzia versprachen sich viel vom Treffen der Experten. Von ihren Männern allein gelassen – so wie Riccardo war auch Valenzias Freund Salvatore an diesem Abend außer Haus – saßen die zwei Frauen im Wohnzimmer der Familie Inventati vor dem Fernseher. Beide sehnten den Moment herbei, in dem die Experten mit der Sprache herausrückten. Deren Einschätzung entschied, ob die Frauen endlich wieder ruhig schlafen konnten oder mit dem Schlimmsten rechnen mussten.

****

Um 18:30 Uhr begann in L'Aquila die Versammlung der »Commissione Nazionale per la Previsione dei Grandi Rischi«. Deren offizieller Titel »Nationale Kommission für die Vorhersage großer Risiken« umfasste bereits ihren Auftrag, diverse Ge-

fahren von Umwelt- bis zu Atomkatastrophen vorzubeugen, einzuschätzen und vorherzusehen – zum Wohle des Volkes. »Ziel ist es, den Bürgern alle Informationen zu präsentieren, die der Wissenschaftsgemeinschaft zur seismischen Aktivität der letzten Wochen vorliegen.«[28] [Vgl. Tribunale di L'Aquila]

Die Pressekonferenz schloss an die Expertentagung an. Die zahlreich angerückten Medienvertreter belagerten mit gezückten Stiften und aufnahmebereiten Kameras die roten Sitzreihen im abgedunkelten Saal. Am gefragtesten waren die Klappsitze nahe dem Podium. Dort saßen und sprachen neben L'Aquilas Bürgermeister und der Bezirkschefin des Zivilschutzes noch der Zivilschutz-Vizechef und der Kommissionsvorsitzende. Die anderen Vertreter der Risikokommission hatten in den Zuschauerreihen Platz genommen.

Die hinteren Sitzplätze blieben so gut wie leer. Das war einer der Gründe, weshalb Riccardo sich nicht setzte, sondern im Dunkel neben der Tür verharrte. Er hielt es für besser, wenn ihn keiner bemerkte – vor allem nicht die Bezirkschefin. Trotz der Distanz glaubte Riccardo zu sehen, wie sie nervös an den Fingern herumspielte.

Nach einigen Minuten überfrachteter Wissensflut war den Gesichtern im Saal die Anstrengung anzusehen. Das Kritzeln auf die Blöcke ließ nach, selten blitzten noch Kameras. Die Situation wirkte angespannt, während die Experten lange Monologe hielten. Demnach könnten in den Abruzzen an jedem Wochentag und zu jeder Tageszeit Erdbeben auftreten. Was für eine bahnbrechende Erkenntnis, dachte Riccardo und starrte gähnend auf die Wandprojektion hinter dem Podium. Er hatte Mühe den Rednern zu folgen. Die Fernsehleute waren ebenfalls abgelenkt, sie bereiteten die Interviews für ihre Sender vor, bis der Zivilschutz-Vizechef endlich das ersehnte Fazit zog.

Es bestünde weder eine akute Gefahr noch gäbe es Möglichkeiten, um Erdbeben vorherzusehen. Das Einzige, was man tun könne, wäre: vorbeugen, erdbebensicher bauen und auf die Anweisungen des Zivilschutzes hören, der die Gefahr am besten einschätzen könne. Die Organisation wäre kompetent, die Koordination im Ernstfall zu übernehmen, der aber höchstwahrscheinlich nicht eintreten werde.[29] [Vgl. Tribunale di L'Aquila]

Nachdem der offizielle Teil beendet war, drängten sich die Kameraleute um die Experten, um sich Exklusivinterviews zu sichern. Riccardo hoffte auf den Reporter, den er vor der Pressekonferenz beiseite gezogen und ermutigt hatte, kritisch nachzuhaken. Die Herrschaften seien nicht aus Glas, die Sache sehr zwielichtig. »Die Hintergründe kann ich hier nicht nennen«, hatte er dem Journalisten zugeflüstert und ihm seine Privatnummer gegeben. »Rufen Sie mich an.« Genau jener Reporter führte nun ein Interview mit dem Vorsitzenden der Risikokommission.

»Die zeitliche Vorhersage von Erdbeben ist unmöglich. Wer behauptet, er habe dafür Instrumente, der erzählt Blödsinn, prahlt mit Dingen, die nicht existieren, betrügt und ruft Panik in den Menschen hervor.«

Der Reporter hakte nach: *»Welchen Betrug in Anführungszeichen hat dieser Forscher begangen, der durch Grafiken Beben vorhersieht?«*

Bravo, dachte Riccardo und hoffte auf weitere Fragen.

»Wenn ein Forscher vertrauenswürdig ist und glaubt, er hätte ein solches Instrument, müsste er es entsprechend publizieren, Meinungen von Kollegen einholen und einer Institution vorlegen, zum Beispiel dem Zivilschutz«, erwiderte der Kommissionsvorsitzende. Das wäre das A und O. Ein Forscher, der das nicht täte, wäre nicht ernst zu nehmen.[30] [Vgl. Tribunale di L'Aquila]

Danach plätscherte das Interview vor sich hin. Der Journalist ließ sich mit Propaganda abspeisen. Riccardo war enttäuscht, er ahnte bereits, dass ihn der Reporter nicht zurückrufen würde. Dafür fiel Riccardo ein anderes bärtiges Gesicht auf. Zuordnen konnte er den muskulösen Mann zuerst nicht, der gerade an seinem Kamerastativ herumspielte. Als Riccardo die markante Kette mit Anker sah, die um den Hals des Kameramanns baumelte, erinnerte er sich wieder. Der Mann gehörte zum Fernsehteam, dem er am Vortag an der Scuola De Amicis begegnet war.

Als sich Riccardo näherte, diskutierte der Muskulöse mit seinen Kollegen bereits über die Rückfahrt nach Rom. Riccardo blieb also wenig Zeit, er ging in die Offensive.

»Ihr wart doch gestern bei der Scuola De Amicis?«

Der Kameramann nickte zögernd, machte einige Schritte zur Seite und blickte sich um. Ein innerer Kampf zeichnete sich auf seinem Gesicht ab. Offenbar wollte er etwas sagen, doch aus seinem Mund kam kein Ton.

Riccardo hakte nach: »Was war denn in der Schule los?«

»Also ...«, setzte der Kameramann an. Ausgerechnet in diesem Moment bog der Zivilschutz-Vizechef um die Ecke und der Muskulöse verstummte schlagartig. Er müsse weiter, die Pflicht rief. Doch dann drehte er sich überraschend um und drückte Riccardo seine Visitenkarte in die Hand. »Lassen Sie uns telefonieren.«

Das Interview mit dem Zivilschutz-Vizechef brachte wenig Neues. Auch er war bemüht, die aufgebrachte Bevölkerung zu beruhigen. Auf die Frage, ob die Erdbebenserie nicht ungewöhnlich lang andauere, antwortete er ausweichend.

Zu diesem Territorium gehörten Erdbeben nun einmal dazu. Man müsse lernen, damit zu leben und wachsam zu bleiben, ohne in Panik zu verfallen – im Wissen, dass der Zivilschutz bereitstünde und, falls nötig, mit maximaler Unterstützung einschreiten würde.[31] [Vgl. Tribunale di L'Aquila]

★★★★

Extra wegen der Risikokommission hatte Viola ihre Kinder früher ins Bett gebracht. Ihrem Sohn passte das gar nicht;

ihre kranke Tochter schlief dagegen ohnehin den Großteil des Tages. Kurz vor Beginn des ersehnten Fernsehberichts begann Clarissa laut zu weinen. Ungern ging ihre Mutter ins Kinderzimmer, nachdem ihr Valenzia gerade gestanden hatte, dass ihre Beziehung mit Salvatore nicht gut lief. Viola wollte mehr darüber erfahren, aber als sie zurück ins Wohnzimmer kam, lief der TV-Bericht bereits.

»Du hast nichts verpasst«, erklärte Valenzia und rannte wie ein aufgescheuchtes Huhn hinter dem Sofa auf und ab. Ein Reporter habe den Bürgermeister nach seinem Fazit gefragt, der viel geredet, aber wenig gesagt habe. »Er hat sich bei der Kommission, dem Zivilschutz, Gott und der Welt bedankt.«

Viola ließ sich auf der Couch nieder und befahl ihrem Kindermädchen, es ihr gleich zu tun.

»Jetzt setz dich doch endlich. Dein Gerenne macht mich ganz verrückt.«

Widerwillig nahm Valenzia Platz und stöhnte. »Politiker und ihre endlosen Monologe. Komm endlich zum Punkt!« Nur langsam tastete sich der Bürgermeister zum Kern vor.

»Es handelt sich um eine Erdbebenserie, die vor allem dadurch gekennzeichnet ist, dass viele Stöße mit geringer Stärke auftreten. Das soll heißen, Menschen empfinden sie als sehr intensiv. Wir spüren alle Stöße, selbst bei relativ schwachen Magnituden, und erschrecken. Aber die Schäden an Gebäuden sind gering.«

»Wie bitte?«, fragte Viola erbost. »Warum stürzen dann in Schulen Decken ab, wie bei meinem Sohn?«

»Sei still«, flüsterte Valenzia. »Er spricht es gerade an.«

Nur Gebäude mit sehr steifen Bauten wären gefährdet, wie an der Grundschule De Amicis, fuhr der Bürgermeister fort. Dies sei bei bestimmten Überbauten und Zwischendecken der Fall, die in der Gegend kaum vorkämen. Daher bestünde kein Risiko. »Doch es zeigt sich wieder, wie wichtig die Bauweise ist.«[32] [Vgl. Tribunale di L'Aquila]

Viola wollte sich gerade über Politiker aufregen, die Missstände schön redeten, da erschien ein alter Herr mit lichtem Haar auf dem Bildschirm, den auch sie als Experten akzeptierte: der Vorsitzende der Risikokommission. Viola und Valenzia hingen an seinen Lippen, während er sprach.

»Man kann Erdbeben nicht vorhersehen, zumindest wenn man mit ›Vorhersehen‹ meint, im Voraus sagen zu können, wo, wann und mit welcher Stärke das nächste Beben auftreten wird«, betonte der Kommissionsvorsitzende. Man könne lediglich studieren, mit welcher Häufigkeit und maximaler Energie Erdbeben aufgetreten waren und daraus Rückschlüsse ziehen. »Trotz tausender Studien, Versuche und Messungen gibt es bislang keine Technik, mit der sich Erdbeben vorhersagen lassen.«[33] [Vgl. Tribunale di L'Aquila]

»Das heißt also, er hält die Radonforschung für Unsinn«, fasste Valenzia zusammen. Sie vertrat außerdem die Ansicht, wenn der Zivilschutzchef nicht selbst erschien, sondern nur den Vize schicke, wäre das ein gutes Zeichen. Dann drohe wirklich keine Gefahr.

Weitere Interviews folgten. Eines, bei dem der Zivilschutz-Vizechef klare Worte fand, prägte sich Viola besonders ein.

»Die Situation ist günstig, wie die führenden Experten Italiens bestätigen, weil sich die Energie kontinuierlich abbaut. Hunderte schwache Beben sind besser als Ruhe. So wird es kaum Schäden geben, auch wenn sich die Erdbebensequenz länger hinzieht. Ich bitte die Bürger daher ruhig zu blieben und sich gegenseitig beizustehen.«

Der Reporter, der ihn interviewte, zog ein sehr einprägsames Fazit: *»Derweil öffnen wir einen guten Wein aus Ihrer Heimat Ofena…«*

»Absolut, absolut, einen Montepulciano, einen von bester Qualität!«[34] [Vgl. Tribunale di L'Aquila]

Nach dem Bericht schaltete Viola erleichtert den Fernseher aus. Die Kernaussage der Risikokommission »keine Gefahr« war Balsam für verängstigte Seelen.

✯✯✯✯

Die Entwarnung der Experten, die die Medien auf allen Kanälen verkauften, ließ eine ganze Region aufatmen. Bereitwillig nahmen die Bewohner der Abruzzen die Botschaft auf. Das Beste, was man jetzt tun könne, sei ruhig bleiben und abwarten, die Erdbeben aussitzen, sich zurücklehnen und Wein trinken. Wer dagegen die große Katastrophe ankündige, sei ein Schwachkopf und verbreite unnötige Panik, wie sich tags zuvor in Sulmona gezeigt hätte.

Reihenweise kehrten Verängstigte daraufhin in ihre Häuser zurück – egal, wie oft die Erde bebte. Die meisten schenkten der Risikokommission uneingeschränktes Vertrauen, nur wenige trauten dem Frieden nicht. Riccardo war einer von ihnen. All die besänftigenden Worte konnten ihn nicht beruhigen – im Gegenteil, sie stürzten ihn sogar in Gewissenskonflikte. Er dachte ständig an das belauschte Telefonat und hätte am liebsten in die TV-Kameras gebrüllt: »Das ist alles nur eine Medienshow, ein Schwindel!«

Andererseits verbot ihm die Logik, dass sieben hochintelligente Männer Propaganda machten, wenn sie damit ihren eigenen Ergebnissen widersprechen würden. Damit würden sie ihre Berufsehre aufs Spiel setzen. Eine weitere Tatsache blieb: Der umstrittene Erdbebenforscher, der eine Katastrophe angekündigte, hatte am Vortag eine Anzeige kassiert.

✯✯✯✯

Dass ihr Mann spät nach Hause kam, störte Viola an diesem Abend nicht. Sie war nach dem Auftritt der Risikokommission mehr als erleichtert – endlich hatten die Zeit der Angst und die Nächte im Auto ein Ende. Gemeinsam mit Valenzia leerte sie eine Flasche Rotwein.

Erst kurz vor Mitternacht verabschiedete sich die Studentin und Viola schlüpfte in ihren Pyjama. Das erste Mal seit Langem dachte sie beim Einschlafen nicht an Erdbeben.

KAPITEL 15

Rom, Dienstag, 31. März 2009

Die Mission eines Trattoria-Fernsehers ist es, Fußballspiele zu übertragen. Daran ließ der Chef keinen Zweifel und schaffte gleich zwei überdimensionale Exemplare für sich und sportsüchtige Gäste der »Trattoria da Eros« an. Dass am Abend des 31. März keine Torhelden in kurzen Hosen über den Fernseher stürmten, sondern ein Lokalsender der Abruzzen sein Programm abspulte, hatte zwei Gründe. Erstens waren weder der Chef noch Fußballfreak Luca da. Zweitens wollte ein Stammgast, der viel in der Trinkgeldkasse ließ, das Fazit der Commissione Grandi Rischi hören und sehen.

Als der angekündigte Bericht über die Risikokommission endlich anlief, hob besagter Gast gerade sein drittes Glas Rotwein und Karina beförderte vier Suppenteller zu den Tischen. Nach einem halben Jahr harter Gastroschule meisterte sie derartige Balanceakte. Während sie flink die Teller servierte, gaben Italiens führende Experten Entwarnung: Die Erdbebenserie um L'Aquila sei eine normale Situation. Es gäbe keine Hinweise, dass ein starkes Beben drohe.

Karina hielt inne und starrte auf das TV-Gerät. Die Gäste mussten warten, bis der betagte Vorsitzende der Kommission fertig war. Als er den Erdbebenpropheten als Panikmacher beschimpfte, nickte Karina ihm triumphierend zu. Das hatte sie doch gleich gesagt: Das dubiose Warnsystem des Hobbyforschers war ein Reinfall. Dass sie für die Servierpause eine Rüge vom gestressten Koch kassierte – »Du wirst nicht fürs Fernsehgaffen bezahlt!« – war es ihr wert.

Nach ihrer Trattoria-Schicht nahm sich Karina die Risikokommission und den Zivilschutz nochmals genauer vor. Einer der Gäste hatte heftige Kritik an der Institution geäußert, die in Notsituationen das Regiment im Land übernahm. Karinas Recherche brachte so manches ans Licht.

Die Commissione Grandi Rischi, abgekürzt CGR, untersteht als Beratergremium dem nationalen Zivilschutz »Protezione Civile« – Italiens mächtiger Superbehörde, die auch Polizei, Carabinieri, Heer und Feuerwehr, Rotes Kreuz, Bergwacht und Freiwilligendienste vereint.

Da Italien häufig von Naturkatastrophen getroffen wird, garantiert seit 1992 das Gesetz 225 dem Zivilschutz, dass er schnell eingreifen kann und sich im Notfall nicht an Gesetze halten muss. Anders gesagt: Wenn die Regierung den Notstand ausruft, darf der Zivilschutz eigentlich alles. Dass die Regierung zu »Emergenza«, Notfall, noch »Grande Evento«, Großereignis, ergänzen ließ, zog gravierende Folgen nach sich. Seither ist es dem Zivilschutz nicht nur in Notfällen, sondern bei jedem zum »Grande Evento« erklärten Ereignis erlaubt, Gesetze zu ignorieren.[35] [Vgl. Guzzanti: Draquila und vgl. Protezione Civile: Legge 225]

Was Karina herausgefunden hatte, gefiel ihr gar nicht. Gegen Gesetze vorstoßen zu dürfen, wenn es ums nackte Überleben ging, war vertretbar. Aber dass die Bürger bei jedem Großereignis keine Rechte mehr hatten, ging definitiv zu weit.

Rom, Mittwoch, 1. April 2009

Die Chance tiefer in die Materie »Erdbeben« einzutauchen, bekam Karina früher als erwartet. Ausgerechnet am nächsten Tag, dem 1. April, war ihr in der Metro ein Flyer in die Hände gefallen. Mit dem Aufdruck »Massenkarambolage unter Italien – so entstehen Erdbeben« warb der Papierfetzen für einen Vortrag am Freitag an der Universität. Karina fing sofort Feuer, zweifelte aber, ob der Vortrag womöglich nur ein geschickt kaschierter Aprilscherz war. Bevor sie ihre Trattoria-Schicht deswegen tauschte – damit würden sie die Kollegen ewig aufziehen –, marschierte sie zur genannten Fakultät und löcherte dort zwei Studenten. Die Veranstaltung wäre kein Aprilscherz, versicherte ihr der eine. Aber sie solle nicht viel erwarten, da der Redner Journalist und der Inhalt wenig fundiert wäre. »Damit kann ich leben«, meinte Karina voller Neugier auf den Vortrag.

Gut gelaunt spazierte sie zurück zur Metro, der Tag hatte vielversprechend begonnen. Die Sonne lachte, das gesuchte Wissen fiel ihr quasi vor die Füße, sie musste es nur noch aufheben.

Über ihr Tagessoll als Giannas Ghostwriterin konnte sie ebenfalls nicht klagen: 60 Zeilen zu verrückten Aprilscherzen, die Italiener als Fische »Pesce d'Aprile« tarnten. Bei der Recherche amüsierte sich Karina köstlich, zum Beispiel über Spaghetti, die in der Schweiz angeblich auf Bäumen wuchsen. Am Zentralbahnhof Termini überführte sie einige Täter, die abgelenkten Opfern Papierfische an den Rücken klebten und fragten: »L'hai visto? Hast Du ihn gesehen?« – »Chi? Wen?« – »Il pesce d'aprile! Den Aprilfisch!«

Bisher entpuppte sich Karinas Deal mit Gianna als lukrativ und spannend, während der Aufwand überschaubar war. Am meisten Zeit und Nerven kostete es sie, Giannas verkorkste Texte zu glätten. Ohne deren unbrauchbare Vorlagen hatte Karina die Buchstabenpakete deutlich schneller geschnürt. Noch während sie auskunftsfreudige Römer über ihre ungewöhnlichsten Erlebnisse am ersten April ausquetschte, kam Giannas Hilferuf.

»Der Chef besteht darauf, dass ich eine Umfrage mache.« Die Betonung lag auf dem Wort »ich«.

»Wo liegt das Problem, Gianna? Du ziehst mit einem

Fotografen los. Er fotografiert, du fragst.« Für Karina waren Umfragen Routine, für Gianna eine Farce.

»Aber was frage ich? Und wen? Und wie?«

Karina stöhnte, freute sich aber zugleich. Wer auch immer Gianna dazu beauftragt hatte, hatte einen Orden verdient.

»Okay, pass auf«, begann Karina und spulte ihr Einmaleins des Journalismus ab wie die Gebrauchsanleitung für eine neue Kaffeemaschine. Zuerst müsse Gianna eine Vorauswahl treffen, das ersparte viel Zeit. Dann solle sie das erwählte Opfer mit Fragen überfallen, den Schockmoment nutzen, seinen Namen, Alter und – ganz wichtig – das Bild sichern, die Antwort einholen oder sie ihm zur Not geschickt in den Mund legen. Grazie, ciao. Der Nächste, bitte!

»Kannst nicht du …«, bettelte Gianna.

»Nein!« Karina blieb hart. »Fotografen sind in der Regel nicht blind. Das fällt auf, wenn ich aufkreuze. Da musst du allein durch!«

Gianna fluchte, gab sich aber dem Schicksal der Reporterin, die Fragen stellen musste, geschlagen. Doch schon nach elf Minuten sandte sie den nächsten Notruf ab: »Die Leute wollen nicht!«

Karina legte mit Tipps aus der Praxis nach. Mit der Zeit hatte sie einen geschulten Blick für geeignete Umfrageopfer entwickelt. Verzichtbar waren Gestresste, die blieben nicht stehen; Genervte sonderten nur verbalen Müll ab; Gesichtsbaracken wollte keiner in der Zeitung sehen. Schönheiten dagegen zierten sich oft beim Fotografieren, ihnen verkaufte man das Bild am besten als Vorrecht: »Sie sind auserwählt, neben Sophia Lauren, Luca Toni und Obama in unserer Zeitung zu erscheinen!« Anders als Filmstars, Fußballprofis und andere Prominente tauchten die Befragten nur im Kleinformat ohne Retusche auf. Das zu erwähnen war unnötig; die Befragten sahen es tags darauf selbst.

Giannas Umfragetortur zog sich in die Länge. Mehrmals belästigte sie Karina mit Telefonaten, E-Mails und SMS. Die

Laune der Ghostwriterin verschlechterte sich zusehends, bis sie zum Frustshopping aufbrach und ihren Aprilscherzverdienst verschleuderte.

Abseits des Touristenstroms stöckelte Karina über die römische Pflasterbuckelpiste, die einem Laufsteg für Fortgeschrittene glich. Nach einem Abstecher im Schuhgeschäft, in dem sie ein Prachtexemplar Sandalen erstand, schlug sie zwei Straßen weiter erneut zu und ergatterte ein sexy Frühlingskleid. Mit ihrer Beute in der Tüte schlenderte sie auf Umwegen zur Trattoria und kam trotzdem zu früh an.

Die Tür war angelehnt, aber niemand zu sehen. Karina ging die Treppe hinunter. »Hallo, wo seid ihr?«

Obwohl die Fenster im Gastraum offen standen, fehlte vom Chef und den Kollegen jede Spur. Ab und zu drang Gelächter aus der Gasse nach drinnen. Karina stellte ihre Einkäufe ab, als sie aus dem Nebenraum, dem Privatzimmer des Chefs, auf einmal eine feurige Diskussion hörte. Die Stimmen klangen nach Eros und Luca. Zu gern hätte sie gewusst, was hinter dessen rätselhaftem Verschwinden gesteckt hatte, nachdem Natalia Seltsames angedeutet hatte. Karina blickte sich um und drückte ihr Ohr an die Tür.

Anfangs konnte sie sich keinen Reim aus dem Gehörten machen. Luca faselte: »Das Thema ist durch!« Er klang mürrisch und enttäuscht, bis Eros irgendwelche neuen Aufträge erwähnte, woraufhin sich Lucas Laune deutlich besserte. Auf einmal fiel ihr Name. Sie horchte auf.

»Ja, Karina«, wiederholte Eros. »Da läuft doch was zwischen euch!«

»Quatsch! Ich bin nicht du.« Lucas Empörung konnte sich Karina nur anschließen. Was für eine Frechheit, so etwas zu unterstellen.

»Wo genau hast du sie noch einmal aufgetrieben?«

»An der Uni. Die Geschichte mit dem Hundefuttergulasch kennst du doch!« Auf Lucas Kommentar folgte zweistimmiges Gelächter. Karina kochte vor Wut und hätte den beiden, die sich auf ihre Kosten amüsierten, am liebsten den Kopf gewaschen.

»Du stehst doch auf blonde Frauen«, ließ Eros nicht locker.

»Aber nicht auf sture Esel«, wetterte Luca. Als Karina das hörte, hatte sie Mühe, sich zu beherrschen. Ausgerechnet in diesem Moment zog draußen in der Gasse eine Horde Touristen ihre Koffer vorbei. Nachdem sich der Geräuschpegel endlich wieder reduziert hatte, schnappte Karina noch genau ein Wort von Luca auf: »Wette.«

»Gebongt! So machen wir es.« Eros stimmte zu.

»Gut. Wer verliert, muss die Rückspielkarten besorgen«, bestimmte Luca und sein Cousin willigte ein.

»Wenn dir eine Niederlage nicht reicht, bitte. Wir werden sehen, wer hier wen aufs Kreuz legt«, betonte Eros siegesgewiss.

Mit hochrotem Kopf starrte Karina auf die leeren Tische vor sich. Sie wollte nicht glauben, was sie da gerade gehört hatte. Erst die Beleidigung »sturer Esel«, dann stiftete Luca den Chef zu einer Wette an und dieser ließ sich allen Ernstes darauf ein. Um was die beiden gewettet hatten, war für Karina klar, auch wenn sie nur einen Bruchteil des Gesprächs aufgeschnappt hatte. Sie konnte eins und eins zusammenzählen: die Wette und Eros' Kommentar. Das passte wunderbar ins Bild; deshalb hatte Luca ihr also den Job in der Trattoria verschafft. Wenn dieser Kerl glaubte, dass kein weibliches Wesen seinem Charme widerstehen könnte, hatte er sich gewaltig getäuscht. Der würde ihren Sturkopf erst noch kennenlernen.

KAPITEL 16

Onna, Mittwoch, 1. April 2009

Die beruhigende Botschaft der Risikokommission wirkte wie Valium auf Viola. Gleich am nächsten Tag schob sie sämtliche Betten, die sie, wie empfohlen, unter die tragenden Stützen des Hauses gerückt hatte, zurück an die alten Plätze.

Der Alltag kehrte im Hause Inventati wieder ein – trotz der Vielzahl neuer Beben. Besänftigt durch die Garantie »keine Gefahr« fand sich Viola damit ab, dass Onna am Tag nach der Entwarnung etwa alle drei Stunden zitterte. Verglichen mit den Stößen bis zur Stärke 4,1 am Montag waren die anhaltenden »Minibeben« kaum der Rede wert. Aussitzen statt abhauen lautete Violas neue Devise. Wenn überhaupt, schnitt sie heikle Themen bei ihrer Freundin Marlena an. Als diese verriet, dass sie wieder schwanger war, hatten beide Frauen Wichtigeres zu bereden, als sich über Erdbeben den Kopf zu zerbrechen.

»Auguri! Glückwunsch!«, gratulierte Viola.

»Danke.« Marlena lächelte gequält, sie kämpfte mit Übelkeit und schlechter Laune. Dass ab Herbst im Hause Potesi wieder das Windelwechseln anbrach, spornte Viola an, nachzuziehen. Dieses Vorhaben verhinderte ausgerechnet ihr Mann, der kaum zu Hause oder enorm gestresst war. Sein seltsames Verhalten schob Viola auf die Arbeit, die dem ehrgeizigen Projektleiter zu viel Zeit und Kraft raubte. Stutzig wurde Viola, als Riccardo am Mittwoch, dem ersten April, plötzlich vorschlug, die Koffer zu packen.

»Du wolltest doch wegfahren«, begann er, kaum zur Tür herein. »Wie wäre es, wenn wir morgen starten?«

Am Tag zuvor wäre seine Frau ihm glatt um den Hals gefallen, nun machte sie große Augen. Nachdem die Risikokommission ihre Fluchtgedanken quasi gelöscht hatte, war Abhauen für Viola jedoch kein Thema mehr. Hinzu kam, dass eine alte Bekannte, die mittlerweile in Australien lebte, ein Ostertreffen in L'Aquila plante.

»Du willst weg?«, fragte Viola misstrauisch. Die plötzliche Kehrtwende passte gar nicht zu Riccardo. Da für den Aprilscherz der Papierfisch auf ihrer Kleidung fehlte, wuchs in ihr der Verdacht, dass er ein schlechtes Gewissen hatte. Die neue Praktikantin mit der verführerischen Stimme, die sie kürzlich beim Anruf in Riccardos Büro am Telefon gehabt hatte, tauchte auf einmal in Violas Kopf auf.

✯✯✯✯

Die Lokalzeitung »il Centro« hatte die Kommune mehrmals gedrängt, Informationen über einen Notfallplan bereitzustellen, erinnert sich Giustino Parisse, Leiter der Lokalredaktion L'Aquila. Auf konkrete Fragen, wie man die Stadt evakuieren und wohin man die Personen bringen wolle, habe er nur oberflächliche Antworten erhalten. »Als ich einen Verwalter gefragt habe, warum die Kommune keine Pressekonferenz einberufe, um den Plan im Einzelnen zu beleuchten«, so Parisse, »musste ich mir anhören: Wir wollen keine Panik hervorrufen. Diese Antwort stimmte nur zur Hälfte. Denn jener Plan war in Wirklichkeit nur eine schöne Formulierung und hat sich in der Praxis als Flop herausgestellt.«[36] [Vgl. Parisse: Quant'era bella la mia Onna]

Onna, Donnerstag, 2. April 2009

Zwei Tage schleppte Riccardo sein erdrückendes Geheimnis still mit sich herum. Ihm war klar, dass er seine Frau einweihen musste. Nur wie, wo und wann war der richtige

Zeitpunkt? Riccardo war hin- und hergerissen. Je schneller er mit der Sprache herausrückte, desto besser; vor allem, falls wirklich eine Katastrophe bevorstand. Aber wer wusste das schon? Er wollte neutrale Wissenschaftler zum Ernst der Lage befragen, wusste jedoch nicht, wem er trauen konnte; die steckten doch alle unter einer Decke. Auch hielten ihn Violas mögliche Panikanfälle zurück; er brauchte nur an die Pillen auf dem Nachttisch zu denken.

Nach dem Medienspektakel der Commissione Grandi Rischi hatte er sofort reinen Tisch machen wollen. Aber als Riccardo zu Hause angekommen war, hatte Viola schon fest geschlafen. Er schob das unangenehme Gespräch auf, bis ihm der Kameramann Ivan, der ihm bei der Pressekonferenz seine Karte zugesteckt hatte, am Donnerstag in ein Geheimnis einweihte. In der Scuola De Amicis gäbe es gravierende Schäden, weshalb der Bürgermeister die Schule wiederholt geschlossen hatte. Riccardo wollte mehr wissen und stattete der evakuierten Lehranstalt noch am selben Nachmittag einen Besuch ab. Zwar war der Haupteingang abgeriegelt, doch es gab andere Wege, in das eingerüstete Gebäude einzudringen.

Der Kameramann hatte nicht übertrieben. Ungläubig starrte Riccardo auf das Chaos vor seinen Füßen. Putz- und Steinbrocken belagerten den Boden, als wäre ein Orkan durch die Schule gefegt. An einigen Ecken waren Mauerstücke herausgebrochen, beunruhigend breite Risse klafften in den Decken und Wänden. An der Tür eines Schulzimmers klebte ein handgeschriebener Zettel:

»Suono intermittente – ripararsi sotto il banco, Suono lungo – uscire dall'edificio. Bei kurzen Tonsignalen unter die Bänke ducken, bei langem Ton das Gebäude verlassen.«[37] [Vgl. Byoblu.com]

Im Inneren der Klassenzimmer sah es nicht besser aus. In offenen Schultaschen sammelte sich abgebröckelter Putz. Vor einem Computer entdeckte Riccardo ein faustgroßes

Betonstück, das in die Tastatur eingeschlagen hatte. Ein regelrechter Putzregen war auf die Holztische niedergegangen, auf denen aufgeschlagene Hefte, Stifte und Brotzeitboxen lagen. Über den Stuhllehnen hingen noch Jacken; die Kinder mussten Hals über Kopf aus dem Raum gestürzt sein. Riccardo lief über verlassene Flure und Treppen in den Keller. Dass er dort ebenfalls alles so vorfand, wie vom Kameramann beschrieben, räumte seine Zweifel aus. Ivans Bericht stimmte wohl – leider.

Am Tag der starken Erdstöße war Ivans TV-Trupp nach L'Aquila aufgebrochen, um am Domplatz aufgeregte Menschen zu interviewen und die beschädigte Scuola De Amicis zu filmen. Im Keller der Grundschule seien sie auf jenen Hobbyforscher aus L'Aquila gestoßen, der ihnen anhand der dort stationierten Bleikästen sein Erdbebenwarnsystem erklärt hatte, berichtete Ivan. Mehrfach betonte er beim Telefonat: »Er hat klipp und klar gewarnt, dass ein desaströses Erdbeben bevorsteht.« Wegen der Anzeige gegen ihn habe der Erdbebenprophet erst jedes Interview verweigert. Am Ende sprach er doch in die Kamera. Das Team raste daraufhin zurück nach Rom, weil der Beitrag noch am selben Abend im TV laufen sollte. Doch im Sender waren inzwischen einige Telefonate eingegangen. Die Anrufer, wichtige Leute, hatten untersagt den Beitrag auszustrahlen. »Kurze Zeit später war die Videokassette verschwunden«, offenbarte Ivan und klang so aufgebracht, als würde er gleich im Sender randalieren. Als Riccardo zur Rückfrage ansetzte, plärrte einer von Ivans Kollegen dazwischen und das Telefonat fand ein abruptes Ende.

Zügig verließ Riccardo den Keller der Schule. Beim Hinausgehen bückte er sich und hob einen abgestürzten Brocken auf. Er drehte das Mauerstück, groß wie ein Kinderschuh, hin und her. Eines stand außer Frage: Ein TV-Beitrag mit Bildern aus dieser Schule und dem Forscher, der Alarm schlug, hätte eine neue Panik ausgelöst.

✮✮✮✮

Da L'Aquilas Bürgermeister über die Zustände in der Scuola De Amicis Bescheid wusste, hatte er nach den starken Erdstößen am Montag, 30. März 2009, einen Hilferuf abgesetzt. Er schickte ein Telegramm an die Verantwortlichen – den Ministerpräsidenten, den Zivilschutz und die Präfektur. »Angesichts der anhaltenden Erdbebenserie seit dem 16. Januar, mit mehr als 200 Erdstößen [...] beantrage ich angemessene Finanzmittel für erste Evakuierungen sowie den Notstand auszurufen.« Der Bürgermeister betonte ausdrücklich, dass bei einigen öffentlichen und privaten Gebäuden Instandsetzungsmaßnahmen dringend notwendig wären. Bei zwei Häusern, in denen 500 Kinder untergebracht seien, gäbe es bereits gravierende Schäden.

Die einzige Antwort, die der Bürgermeister bekam, war die Versammlung der Risikokommission.[38] [Vgl. Caporale: L'Aquila non è Kabul]

✮✮✮✮

In Onna hellte die Frühlingssonne Violas Stimmung auf, während sie ihre Zimmerpflanzen umtopfte.

»Mama, wann kommt Papa endlich?«, quengelte Manuele und ballerte seinen Fußball ungeduldig gegen die Hauswand. Sein Vater hatte versprochen, mit ihm zum Bolzplatz nach Paganica zu fahren. Seit Riccardo sein Projekt hatte, lebte dieses Ritual kaum noch auf.

»Dein Papa sitzt bestimmt schon im Auto und ist gleich zu Hause.« Viola hatte nicht die geringste Ahnung, was ihr Mann gerade im Schulkeller trieb. Doch dann schellte das Telefon.

»Es wird leider später«, kündigte Riccardo an. Ihm sei etwas Wichtiges dazwischen gekommen.

Viola war wütend. »Das erklärst du deinem Sohn bitte selbst«, fauchte sie in den Hörer und zitierte Manuele ans Telefon. »Dein Vater.«

Der Frust bei Mutter und Sohn war groß, auch wenn Riccardo hoch und heilig versprach, das Fußballtraining nachzuholen. Enttäuscht stapfte Manuele in sein Zimmer im Obergeschoss. Als es wenig später schepperte, stürzte Viola die schmale Treppe hinauf. Ihre Vermutung, dass ihr Sohn mit dem Ball wütete, bestätigte sich.

»Manuele! Du sollst hier nicht Fußball spielen! Du zerschießt noch die Fenster!« Viola erschrak selbst über die Aggression in ihrer Stimme. »Deine Schwester schläft doch nebenan«, ergänzte sie leise. Dann nahm sie den kleinen Mann in die Arme, er konnte nichts für den verdorbenen Nachmittag. Schuld war nur Riccardo. Dafür, dass ihr Mann wieder spät heimkam, fand Violas Fantasie viele üble Erklärungen. Je länger sie nachdachte, desto abwegiger wurden die Szenarien und desto mehr hasste sie die Praktikantin.

Als Riccardo die Haustür aufschloss, war das Essen längst kalt und seine Frau stinksauer. Er entschuldigte sich mehrmals und versuchte, ihr die Gründe zu erklären. Aber Viola hörte ihrem Mann gar nicht zu.

»Ich muss etwas Wichtiges mit dir besprechen.«

»Jetzt nicht! Ich muss zu Clarissa. Sie hat noch Fieber, hörst du nicht, wie sie weint?« Viola sprang auf, an der Treppe hielt sie kurz inne. »Heute will ich gar nichts mehr von dir hören! Und Clarissa schläft heute bei mir. Du darfst zwischen Kinderbett und Sofa wählen.«

Onna, Freitag, 3. April 2009

Den Wecker hätte Riccardo nicht gebraucht. Auf dem Sofa, dessen verbogene Federn sich in seinen Rücken bohrten, lag er ohnehin den Großteil der Nacht wach.

Außerdem katapultierte ihn um 5:44 Uhr ein kräftiges Beben in den Tag. Knall auf Fall sprintete er ins Obergeschoss, doch das Grollen hatte nur seinen Sohn aufgeschreckt. Viola und die kranke Clarissa schliefen trotz vibrierender Wände weiter. Auf ein Beben der Stärke 3,0 gemäß Richterskala tippte Riccardo und landete damit einen Volltreffer, wie er später im Büro erfuhr.

Das heftige Gerüttel hielt nicht einmal zehn Sekunden an, reichte aber, um das halbe Dorf zu wecken. Riccardo schlüpfte in seinen Anzug und deckte den Frühstückstisch, um seine Frau nach dem Streit am Vortag zu besänftigen. Gegen halb sieben Uhr verließ er das Haus – je eher er anfing, desto eher kam er aus dem Büro. Viola sollte staunen und das tat sie auch.

Schon kurz nach 16 Uhr hupte ihr Auto vor dem Haus. Ihr Sohn stürmte die Treppe hinunter und auf Riccardo zu, der gerade durch die Tür kam.

»Bereit für das Rückspiel, mein Großer?«, fragte der Vater und drückte seiner verdutzten Frau einen Kuss auf die Wange. Er klopfte Manuele auf die Schulter und beide verschwanden, Viola blickte ihnen nach. Im Jogginganzug sah Riccardo geradezu athletisch aus, was sicher auch andere Frauen bemerkten.

Das Fußballspiel bescherte Violas Männern zwei geniale Stunden im Matsch. Fröhlich kehrten sie heim, wo Viola ihre Ferkel seufzend mit dem Essen empfing. Sie verstand nicht, wie vier Beine so viel Dreck anschleppen konnten, und schickte beide unter die Dusche.

Beim Abräumen der leeren Teller wagte Riccardo einen zweiten Gesprächsversuch, aber Viola blickte ungeduldig auf die Uhr.

»Keine Zeit, Marlena kommt gleich vorbei.« Kurz darauf schellte die Klingel.

Nachdem das Damenduo zwei Stunden später das ausufernde Geschnatter beendet und Marlena endlich die Haustür gefunden hatte, schien die Gelegenheit für Riccardo günstig. Es war höchste Zeit, sein Geheimnis zu enthüllen. Er musste es Viola jetzt endlich sagen. Seine Eltern hatten es ihm immer vorgelebt: Ehrlich währt am längsten.

Riccardo blickte seiner Frau tief in die Augen und rang nach den richtigen Worten.

KAPITEL 17

Rom, Freitag, 3. April 2009

In ihrer Wohngemeinschaft pfiff Karina von ihrem Lauschangriff keinen Ton. Als sie sich am Freitagmorgen Kaffee kochte, erschien Gianna in der Küche.

»Vergiss nicht: Heute ist der Erdbebenvortrag«, erinnerte Karina ihre Mitbewohnerin an ihr gemeinsames Abendprogramm. »Wo treffen wir uns?«

Gianna lehnte sich gegen die Tür und verschränkte die dürren Arme über der Wespentaille. »Gut, dass du das ansprichst«, begann sie, »ich komme nicht mit!« Ihr Chef gewähre ihr keinen Ausgleich für Abendtermine und mit Überstunden fange sie gar nicht erst an. Außerdem habe sie als Promi-Reporterin keinen Bock auf Erdbeben.

Karina seufzte. Für spannende Storys hatte sie selbst Mitternachtseinsätze in Kauf genommen. Für Gianna war dagegen kein Thema gut genug. Fast jeden Tag regte sie sich auf, dass sie wieder das ekligste, ätzendste Feld beackern musste.

»Wenn dir der Job nicht zusagt, warum machst du ihn dann?«, fragte Karina, obwohl sie die Antwort eigentlich kannte. Gianna wollte ihre Eltern nicht enttäuschen, angeben und Privilegien genießen. Den eigenen Namen in der Zeitung zu lesen, Gratiseintritte und Blicke hinter die Kulissen waren nur einige Vorzüge des Journalistendaseins.

»Es macht mir ja Spaß.« Gianna zögerte und warf ihre geglätteten Haare über die Schulter. »Nur ist die Arbeit so anstrengend.«

»Arbeit«, murmelte Karina. So nannte Gianna also die Kunst, Aufgaben auf andere abzuwälzen. Sollte die geübte

Alltagsschauspielerin Themen angehen, die sie nicht an ihre Ghostwriterin weiterreichen konnte, kamen weibliche Waffen und ihre Mitleidstour zum Einsatz.

Einen letzten Versuch, Gianna zum Vortrag zu überreden, startete Karina noch – mit Erfolg. Als sie mit einem Lieferstopp ihrer Artikel drohte, gab Gianna nach.

Den Rest des Vormittags verbrachte Karina im Internet und am Telefon. Trotz des Studiums sowie ihres Trattoria- und Ghostwriter-Jobs war das Energiebündel nicht ausgelastet und versuchte oft, ihren deutschen Zeitungskontakten Italienthemen zu verkaufen. Gelegentlich hatte sie dabei Erfolg. Diesmal pries Karina neben dem G-8-Gipfel-Countdown auch einen Artikel über die Erdbebenserie an. Ihr Exchef lehnte beides ab. Alles, was seine Redaktion zum G-8-Gipfel auf Sardinien brauche, bekäme er bequem von den Presseagenturen und für Erdbeben könne sich das Stadtblatt keine Auslandsreporter leisten.

»Ohne krasse Bilder interessiert das die Leser nicht«, meinte er. Karina hatte verstanden. Bis das Thema für das Nürnberger Stadtblatt taugte, müssten erst Hotels über deutschen Urlaubern einstürzen oder ein gewaltiges Beben eine Stadt zerfetzen.

Mittags stürzte sich Karina ins ratternde Kurzzeitgefängnis namens Metro. Die geballte Masse schwitzender Römer raubte ihr den Atem; den abartigen Gestank übertraf nur das Gedränge. Karina hasste es, wenn ihr Wildfremde auf die Pelle rückten. Nachdem die Metromeute von Halt zu Halt mehr verschmolz, ergriff sie zwei Stationen vor der Uni die Flucht. Besser ein Sprint im Regen als zwischen Langfingern und Stinkern dahinzusiechen.

Durchnässt und außer Atem erreichte Karina den Hörsaal, vor dem einige Studenten Neuigkeiten austauschten. Einen Schlaumeier hörte sie schon von Weitem palavern: Luca, der eine Gruppe Studentinnen um sich scharte. Warum das Großmaul Weiber magisch anzog, blieb ihr ein Rätsel. Karina war noch stinksauer wegen der Wette und darauf erpicht, dem Wettkönig eins auszuwischen. Als Luca zum Reden ansetzte, erkannte Karina ihre Chance. Sie würde ihm ständig ins Wort fallen, das konnte er gar nicht leiden.

Erst als seine Zuhörerinnen den blonden Eindringling musterten, wandte auch Luca den Kopf und grinste Karina kurz zu, bevor er sich wieder seinen Damen und den Erdbeben widmete. Nun kam Karinas Einsatz. Ohne genau zugehört zu haben, platzte sie ins Gespräch: »Wäre es nicht an der Zeit, eure uralten Richtlinien zu aktualisieren? Die stammen sicher aus der Antike.« Sie hatte so ihre Vorurteile.

Luca zog die Augenbrauen hoch und entgegnete: »Da liegen Sie falsch, Frau Erbsenzählerin. An aktuellen Bauvorschriften mangelt es nicht. Das Problem ist, dass sich keiner daran hält.« Wie erwartet, untermauerte er seine Aussagen mit einem ausführlichen Beispiel: »Nach dem Erdbeben in San Giuliano di Puglia 2002 …«

Bevor er weiter auf das Dorf 200 Kilometer südöstlich von Rom eingehen konnte, fuhr Karina ihm erneut über den Mund.

»Wow, da hat jemand wohl ganze Lexika und die Weisheit mit Löffeln gefressen!«

Die Zuhörerinnen warfen der taktlosen Plaudertasche verärgerte Blicke zu, Luca aber ließ sich zunächst nicht stören. Doch je mehr Gefallen Karina an ihrer Rache fand, desto mehr waren er und sein Publikum genervt. Die ersten Umstehenden entschuldigten sich rasch, sie müssten weiter. Eine der Verbliebenen wies Karina zurecht: »Sei still oder zisch ab, wenn es dich nicht interessiert!«

Karina ignorierte den Tadel und schnitt Luca wiederholt das Wort ab. Um ihren aufgestauten Frust abzulassen, musste auch der Erdbebenprophet herhalten. »Zum Glück gibt es die Risikokommission und den Zivilschutz, die für Notfälle bereitstehen und Schwachköpfen wie diesem Hobbyseismologen einen Denkzettel verpassen!«

An dieser Stelle hörte für Luca der Spaß auf. Dass er keinen Satz beenden konnte, nervte. Wütend machte ihn jedoch, dass Karina todernste Themen so spöttisch abhandelte und sich noch dazu auf die falsche Seite schlug. »Was weißt du schon? Du hast keine Ahnung«, blaffte er sie an. Sie hatte noch kein richtiges Beben erlebt – im Gegensatz zu ihm.

Die einzige verbliebene Zuhörerin versuchte, das Gespräch zu besänftigen. »Was war denn nun in San Giuliano di Puglia?« Ihre Frage stieß Lucas Monolog neu an. Karina hörte nur mit einem Ohr hin.

Am 31. Oktober 2002 erschütterte ein Beben der Stärke 5,3 auf der Richterskala das Dorf San Giuliano di Puglia in Süditalien. Dabei stürzte das Dach der Dorfschule ein und begrub 26 Erstklässler samt ihrer Lehrerin unter sich. Verzweifelte Eltern bangten stundenlang um ihre Kinder. Am Ende trauerte das Dorf um 29 Tote. Die Lehrerin und zwei weitere Frauen starben, keiner der 26 Schüler überlebte.

Kritiker erhoben schwere Vorwürfe gegen Behörden und den Zivilschutz, der Hilfskräfte aus ganz Italien in die Unglücksregion schickte. Allerdings trafen die Retter erst spät ein, unter anderem, weil einigen Wagen Benzin fehlte und die Verantwortlichen Machtkämpfe ausfochten. Wut richtete sich auch gegen die Prüfer, die zuvor die Unglücksschule als erdbebensicher eingestuft hatten, ohne die Decken zu untersuchen, die die Kinder erschlugen. Zudem hatte man illegal ein weiteres Stockwerk auf das Schulhaus aufgesetzt.[39] [Vgl. Spiegel (1.11.2002)]

Karina stockte der Atem, was Luca erzählte, war heftig. Wie gut, dass in Deutschland so etwas nicht passieren konnte. Dort gab es keine Erdbeben und in der Heimat des Baugesetzbuches galten definitiv andere Baumaßstäbe. Doch als ihr Blick am Aushang »Neuer Hockeykurs« haften blieb, kamen plötzlich die Bilder der eingestürzten Eishalle wieder hoch – von wegen Deutschland war vor Unglücken geschützt.

Am 2. Januar 2006 – nach Wochen ungewöhnlich starken Schneefalls – brach die Eishalle in Bad Reichenhall unter der weißen Last zusammen. Es war Montagnachmittag, während des Publikumslaufs, als über 50 Schlittschuhläufer in der Halle waren. Im Anschluss war das Training des örtlichen Eissportvereins angesetzt. Obwohl die Schneelast unter der Grenze lag, die das sofortige Räumen erfordert hätte, entschied der Eismeister das Vereinstraining abzusagen und die Halle mit Ende des Publikumslaufs um 16 Uhr zu sperren, weil weiterer Schnee angekündigt war. Wenige Minuten vor der Hallenräumung stürzte das Dach überraschend zusammen und begrub 49 Menschen unter sich. Neben 34 Verletzten forderte der Einsturz 15 Tote, darunter zwölf Kinder.[40] [Vgl. Süddeutsche Zeitung (25.1.2008)]

Karina hätte das Thema damit auf sich ruhen lassen. Doch als sich die letzte Studentin verabschiedet hatte, stellte Luca sie zur Rede. »Wieso mischt du dich in Dinge ein, von denen du keine Ahnung hast?«

Da musste sich Karina wehren. »Ich weiß mehr als du denkst!« Als sie sich Richtung Hörsaal schob, schaute Luca ihr verärgert nach. Mit ihrer überheblichen Ignoranz passte Karina in die Reihen gewisser Gestalten. Vielleicht hatte sie nur große Töne gespuckt oder sie steckte längst in den Fängen einer mächtigen Maschinerie.

✯✯✯✯

Als Erste schöpfte Aurora Verdacht. Eigentlich wollte die vergessliche Studentin am Freitagabend längst im Zug nach Bologna sitzen, doch sie hatte ihren Ausweis liegen lassen und kehrte nochmals in die Wohnung zurück. Aurora stürzte genau in dem Moment in den Raum, als Gianna am Telefon lautstark debattierte.

»Wir haben einen Deal«, schrie Gianna ins Handy. »Das ist dein Job!«

Aurora spitzte die Ohren und stellte ihre Cousine, kaum dass diese aufgelegt hatte, zur Rede. »Mit wem und was dealst du bitte schön?«

Gianna versuchte die Kurve zu kriegen, kam aber in Erklärungsnot.

✩✩✩✩

Am nächsten Abend in der Trattoria wechselten Luca und Karina kein Wort. Sie behandelte ihn wie Luft, er ignorierte sie ebenfalls und doch glaubte Karina, dass sein verstohlener Blick sie überwachte. In einer Raucherpause zog Natalia ihre Kollegin beiseite und fragte: »Habe ich etwas verpasst? Was ist los mit dir und Luca?«

Er vertrage nicht, wenn man ihm Widerworte gebe, meinte Karina nur und ließ Natalia stehen. Sie hatte keine Lust die Kollegin einzuweihen.

Neben anstrengenden Gästen, einem Trio aus Irland, beschäftigte Luca vor allem Karina. Logisch betrachtet gab es zwei Möglichkeiten. Entweder sie verkaufte sich gut, obwohl sie keinen blassen Schimmer von Sulmona und den wirklichen Hintergründen hatte oder sie wusste tatsächlich viel mehr als er. Nach ihrem Auftritt vor dem Hörsaal tippte er auf Letzteres.

KAPITEL 18

Onna, Sonntag, 5. April 2009

Bis Sonntag scheiterten Riccardos Versuche gnadenlos. Es war wie verhext – entweder war Viola sauer oder eines der Kinder brüllte. Jedes Mal, wenn er ansetzte, um seiner Frau das Geheimnis zu enthüllen, funkte ein Störenfried dazwischen. Wenn die familiären Störquellen versagten, klopften Nachbarn an der Haustür oder das Telefon schellte.

Am Sonntagmorgen wie schon am Freitagabend übernahm die Schwiegermutter die Rolle des Übeltäters. Riccardo staunte stets neu über deren Talent, sich im falschen Moment zu melden.

»Ich muss dir etwas sagen, Viola«, hatte er gerade begonnen. »Im Büro ist am Montag etwas vorgefallen.« Seine Stimme stockte, er rang nach Worten. »Ich hatte nicht die Absicht, aber die Tür stand offen.«

»Sicher.« Viola wich einen Schritt zurück. Sie meinte bestens zu wissen, was kam. Auf Details konnte sie verzichten und flüchtete dankbar zum klingelnden Telefon.

»Ciao Mama!« Prompt ließ sich Viola zu einem Osterbesuch bei ihren Eltern überreden, obwohl sie genau wusste, dass ihr Mann wenig davon hielt.»Wir kommen gern ein paar Tage zu euch in die Toskana.«

Riccardo stöhnte. Wie befürchtet, fand das Telefonat kein Ende. Nach zwanzig Minuten krallte er sich die Zeitung und verschwand im Schlafzimmer. Er war kurz davor seine Enthüllungsmission aufzugeben. Zwei Herzen schlugen in seiner Brust. Das eine wollte aus Bequemlichkeit schweigen, zumal die Karriere lockte. Das andere wählte die unbequeme

Wahrheit mit unabschätzbaren Folgen. Zwar hatte Riccardo einen sicheren Job, aber er ahnte, dass sein Beruf zur Hölle werden würde, falls er die unsaubere Medienoperation publik machte. Noch mehr fürchtete er die Reaktion seiner Frau, die bisher das trügerische Versprechen der Risikokommission ruhigstellte. Entweder Viola würde durchdrehen und in noch größere Hysterie verfallen oder ihn für verrückt erklären. Er wusste nicht, was schlimmer war.

Seinen Kumpel Luigi zu warnen, war dagegen ein Kinderspiel. Die beiden Fußballfreaks hatten sich am Vorabend zum passiven Abendsport vor dem Fernseher getroffen. In Kürze war der Freund bestens informiert und völlig schockiert. Auf Riccardos Bitte hin versprach Luigi, dass Viola weder von ihm noch von Marlena davon erfuhr. Riccardo wollte es seiner Frau unbedingt selbst sagen.

✯✯✯✯

Im Stadion von L'Aquila schmiegen sich die Zuschauertribünen in den Hang. Das Gelände um das Fußballfeld ist so hügelig, dass Fahrgäste in den auf der Hügelkuppe vorbeihuschenden Stadtbussen über die Stadionmauern hinweg schwitzende Sportler beobachten können. Umgekehrt soll es Fußballfrevler geben, die statt des Spielgeschehens lieber den Blick auf verschneite Gipfel bevorzugen.

Viola gehörte meist zur Gruppe der Abtrünnigen, nicht jedoch an diesem Sonntagnachmittag, an dem keine unbekannte Horde über den Rasen stürmte, sondern jene Matschtrikots, die im Zehnwochenrhythmus ihre Waschmaschine verstopften. Das dreckigste Trikot besaß ihr Sohn Manuele, der sich wieder mit vollem Körpereinsatz in die Zweikämpfe warf. Am Spielfeldrand tobten ebenso harte Gefechte wie zwischen den Toren.

»Hol dir den Ball, Manuele! Da geht noch was«, schrie Riccardo, als müsste er das wuchtige Stimmvolumen von

Manueles Opa und Oma, Tante und Onkel ersetzen, die abgesagt hatten. Für Violas Eltern waren 400 Kilometer Anreise aus der Toskana zu weit – selbst für ein Fußballspiel ihres Enkels. Die Tante, Riccardos Schwester, wohnte in der Nähe, musste aber, genauso wie ihr Mann, wegen eines Infekts passen. Riccardos Eltern lebten beide nicht mehr. Daher stockten die Freunde Luigi und Marlena sowie ihre Zwillingstöchter Manueles Fangemeinde auf.

»Hast du das gesehen? Diese traumhafte Flanke in den Strafraum!«, brüllte Riccardo und boxte Viola, die gerade in ihrer Handtasche wühlte, vor Begeisterung in die Seite.

»Jetzt hat es auch der Papst in Rom gehört«, erwiderte sie und versuchte erfolglos, seine Schreianfälle zu bremsen. Viola verstand nicht, wie man sich in Sport so hineinsteigern konnte, und tauschte mit Marlena vielsagende Blicke.

Als ein Mitspieler ihm den Ball zuspielte, stürmte Manuele los. Unter lauten Zurufen seines Vaters trippelte der kleine Stürmer in den Strafraum, ließ mehrere Abwehrspieler alt aussehen und näherte sich dem Tor.

»Mach ihn rein«, grölte Riccardo. Beim Abschluss fehlte Manuele jedoch die Präzision, der Ball flog zwei Meter neben dem Pfosten vorbei. Ein enttäuschtes Murren durchfuhr die Zuschauerreihen.

Als der Pausenpfiff ertönte, hatte noch kein Team das Tor getroffen. Riccardo und Luigi nutzten die fünfzehn Minuten, um sich mit Getränkenachschub einzudecken, während ihre Frauen samt den Zwillingen die Toilette aufsuchten. Dabei telefonierte Viola mit Valenzia, die auf die Masernpatientin Clarissa aufpasste.

Luigi nutzte die Abwesenheit der Damen für die große Frage: »Hast du Viola endlich eingeweiht?«

»Es ist wie in einem schlechten Film. Sie hört mir nie zu«, seufzte Riccardo. »Aber heute erfährt sie es.«

»Hoffentlich hält Marlena dicht«, murmelte Luigi, der seine Frau eingeweiht und zum Schweigen verdonnert hatte.

Während die Schlangen vor den Stadion-Toiletten langsam schrumpften, hätte sich Marlena fast verplappert. »Flüchtet, äh, fahrt ihr eigentlich über Ostern zu deinen Eltern?«

Viola wandte irritiert den Kopf. »Ja, am Mittwoch oder Donnerstag.« Ihrer Freundin aus Australien, die vorher ihren Besuch angekündigt hatte, wollte Viola auf keinen Fall absagen. »Aber was meinst du mit ›flüchten‹?«

Ihre Tochter Martina ersparte Marlena die Antwort.

»Mama, ich muss mal ganz dringend!« Die Fünfjährige verzerrte das Gesicht, presste die Beine zusammen und quengelte so lange, bis sie sich an den Anstehenden vorbeidrängeln durfte. Marlena verschwand mit dem WC-Notfall in der nächsten freien Kabine und blieb Viola die Antwort schuldig.

Die zweite Halbzeit begann hervorragend. Unter Beifallsstürmen der Fangemeinde versenkte Manuele den Ball links unten. Riccardo war außer sich vor Freude.

»Tor, Tor! Klasse!« Der stolze Papa spuckte große Töne, als hätte er selbst das Tor geschossen. Jedem in Reichweite band er auf die Nase, dass sein Sohn den Führungstreffer erzielt habe und auf dem Weg zum Profifußballer sei. »Was für ein erstklassiger Angriff! Er hat es drauf, mein Sohn! Mit meinem Jungen werden wir 2014 Weltmeister!«

»Aber dann ist Manuele gerade mal 16«, entgegnete Viola.

Ihr Mann ließ sich nicht beirren und brüllte weiter: »Jetzt haue ihn rein! Das ist das 2:0!« Doch diesmal fand das Leder nicht den gewünschten Weg, sondern landete in den Armen des Torwarts.

In der 89. Minute kippte das Spiel überraschend.

»Oh nein, falsche Seite«, fluchte Riccardo und verfolgte den gegnerischen Stürmer mit bösen Blicken. Entsetzt musste er zusehen, wie die Tragödie ihren Lauf nahm und bald die Erzrivalen über den Ausgleichstreffer jubelten. Aus Riccardos Mund floss ein Schimpfwörterstrom. Damit nicht genug: Kurz darauf brüllten die Gegner erneut, und zwar so laut, dass sich Viola vor Schreck die Ohren zuhielt.

Nachdem Manueles Team knapp vor Spielende zwei Tore kassiert hatte und als Verlierer nach Hause fuhr, war Riccardo den Tränen nahe. »Che giorno brutto! Was für ein furchtbarer Tag!«

✯✯✯✯

Als sich der 5. April zu Ende neigte, schreckten die Messergebnisse den umstrittenen Forscher in L'Aquila auf. In Interviews erklärte er später, dass sich am Sonntag die Katastrophe bereits angedeutet hätte, weil sein System ungewöhnlich starke Radon-Ausstöße registriert hatte.

Als er am Abend mit dem Bürgermeister telefonierte, befand sich der Seismologe im Zwiespalt. Seitdem ihn die Stadt Sulmona wegen Panikmache angezeigt hatte, wurde sein Telefon überwacht und ihm war gerichtlich untersagt, Alarm zu schlagen. Wenn er trotzdem weiter vor Katastrophen warnte, würde er im Gefängnis landen. Also versuchte der Seismologe seine Befürchtung versteckt auszudrücken, ohne das Wort »Erdbeben« zu nutzen. Der Bürgermeister erkannte den Ernst der Lage nicht und beschloss nur, am nächsten Tag die beschädigte Scuola De Amicis wieder zu schließen.[41] [Vgl. Stern (9.4.2009) sowie vgl. Giuliani/Fiorani]

✯✯✯✯

Das gemeinsame Pizzaessen mit Familie Potesi konnte den Abend nur zum Teil retten, so schwer lastete das Fußballfiasko auf Violas Männern, die lustlos auf ihrer Pizza herumkauten. Selbst dem Wirt entging die dramatische Niederlage nicht und er versuchte, seine Stammgäste aufzuheitern. Er servierte Eisbecher auf Kosten des Hauses und den neuesten Klatsch, erreichte aber nur ein gequältes Lächeln.

Ungewöhnlich früh verließen die beiden Familien die Pizzeria wieder. Die Stimmung war noch immer im Keller, sodass sich die fußballgeschädigten Herren schnell in ihre Häuser zurückzogen.

Ihr erster Weg führte Viola zur kranken Tochter, der Valenzia gerade eine Geschichte vorlas. »Ihr seid aber früh zurück«, stellte die Studentin erstaunt fest. Viola informierte sie kurz über das Spiel und schlug vor: »Bleib doch noch auf ein Glas Wein. Mit Riccardo ist nach der Niederlage sowieso nichts mehr anzufangen.«

»Heute nicht, aber übermorgen ginge«, erwiderte Valenzia. Sie hatte einer Freundin versprochen, im Studentenwohnheim vorbeizukommen. Diese machte sich Sorgen wegen wachsender Risse in den Wänden und bat die Architekturstudentin Valenzia um ihre Einschätzung. Die Frauen verabschiedeten sich bis zum Dienstag.

Nachdem sich Viola überzeugt hatte, dass beide Kinder unter der Bettdecke lagen, verschwand auch sie selbst im Schlafzimmer. Beinahe wäre sie über den vollen Koffer hinter der Tür gefallen. Verwundert inspizierte Viola den Inhalt, der eindeutig aus Riccardos Schrank stammte. Dass ihr Mann, der Last-minute-Packer schlechthin, ohne Zeitdruck einen Koffer füllte, ließ bei Viola die Alarmglocken schellen und schürte neues Misstrauen. Einerseits wollte sie ihn auf der Stelle zur Rede stellen, andererseits ließ sie die Angst vor der Wahrheit verstummen. Ihr Mann nahm ihr die Entscheidung ab.

»Ich muss endlich mit dir reden«, begann Riccardo, während er ins Schlafzimmer kam und zu seiner Frau unter die Bettdecke schlüpfte. Viola, die bereits den Einschlafmodus erreicht hatte, blinzelte verschlafen aus den Augen.

»Das hat doch sicher bis morgen Zeit!«

»Nein, hat es nicht!« Riccardo hatte lange genug gezögert. »Es ist ohnehin längst überfällig.«

Seufzend rieb sich Viola die Augen und murmelte: »Na gut, wenn es sein muss.« Bevor Riccardo fortfahren konnte, sprang die Zimmertür auf, ihre Tochter schoss herein und kroch mit verweinten Augen und ihrer Puppe Maxi ins Bett der Eltern. Die kleine Kranke war zwar auf dem Weg der Besserung, hatte aber immer noch leichtes Fieber.

»Mama, dürfen Maxi und ich bei euch schlafen?«

Viola überlegte, während sie in die großen bittenden Kinderaugen blickte, bei deren Blick wohl keine Mutter »Nein« sagen konnte. Riccardo passte der kleine Gast überhaupt nicht. Nochmals betonte er, dass er dringend mit Viola sprechen müsse – und zwar allein.

»Lass uns morgen reden«, gab seine Frau zurück. Sie war zu müde für Enthüllungen jeglicher Art und kuschelte sich an ihre Tochter.

»Viola, ich will dich seit Tagen sprechen! Nie hast du Zeit dafür!«

»Was meinst du, wie oft ich auf dich warten musste, seitdem du dieses Projekt hast«, erwiderte sie und bestand darauf, dass die Kleine bleiben durfte. »Jetzt merkst du mal, wie es mir in den letzten Wochen ging!«

Als Clarissa zu weinen begann, wies die gereizte Viola ihrem Mann die Schuld zu.

»Siehst du, was du angerichtet hast?«

»Soll ich wieder auswandern?«

»Nur zu, es hält dich niemand auf!«

Nun war auch Riccardo richtig sauer. Er packte seine Bettdecke und stapfte frustriert aus dem Raum.

KAPITEL 19

Rom, Sonntag, 5. April 2009

Auf dem gepflasterten Ei namens Piazza Navona haben Antike und Barock ihre Spuren hinterlassen. Von Gauklern und Künstlern aller Art überflutet, von Touristen aller Länder abgelichtet, zeigt der von prachtvollen Fassaden und engen Gassen umgebene Platz Auszüge von Roms besten Seiten und höchsten Preisen.

»Müssen wir uns unbedingt dort treffen?«

Aurora hielt nichts von diesem Treffpunkt, den Karina für ihr Vieraugengespräch vorschlug. Bei Wucherpreisen hörte ihr Humor auf. Dass gerade die Gastronomen an der Piazza Navona beim Abkassieren glänzten, war bekannt und leicht erklärt: Sie verlangten Zuschlag für spontane Liveshows von Musikern und Künstlern, weil die Gäste den Eintritt ins Varieté sparten.

»Wir können uns auch am Petersdom treffen, aber jeder Zusatzkilometer zur Trattoria kostet Zeit«, erwiderte Karina, deren Kellnerjob klare Fristen setzte. Aurora lenkte ein und sie ließen sich auf der Piazza am Brunnen »Fontana del Moro« nieder, wo Karina ihr bewährtes Tartufoeis schleckte. Statt der Kalorienbombe mit kandierten Kirschen und Schokostücken beschränkte sich Aurora auf Kaffee zum Mitnehmen.

»Probier mal!« Karina hielt ihren Becher der Freundin hin, die zwei Löffel kostete.

»Hm, sehr gut. Aber für Eis ist mir noch zu kalt!«

Karina schüttelte den Kopf, sie empfand die angebliche Frühlingskälte von 19 Grad Celsius als sehr mild. Bei ihrer Großtante in »Bayerisch Sibirien«, auch Oberfranken genannt, hatte der Sommer oft nicht mehr zu bieten.

»Was hast du am Wochenende getrieben?« Karinas Neugier wuchs. Sie wunderte sich, dass Aurora nach ihrem Wochenendausflug auf ein Gespräch fernab der WG bestanden hatte, nachdem sie sich nur zwei Tage nicht gesehen hatten.

»Also«, spannte Aurora sie auf die Folter. »Gianna hat am Freitag ein seltsames Telefonat geführt. Es klang, als würde sie krumme Geschäfte drehen. Von einem Deal war die Rede. Weißt du was?«

Karina schnappte nach Luft. Der Tag X kam früher als erwartet, aber noch war die Ghostwriterin nicht enttarnt. Also mimte sie die Unwissende und lenkte schnell ab.

»Keine Ahnung. Ich weiß nur, dass Gianna abends mit mir bei einem Erdbebenvortrag war! Du glaubst nicht, was unter unseren Füßen abgeht!« Voller Eifer ließ sich Karina darüber aus, dass Italien in der Knautschzone einer geologischen Massenkarambolage stecke. »Der Untergrund ist an vielen Stellen zum Zerreißen gespannt. Nur ein paar Kilometer unter uns reiben sich die Erdplatten.«

Irritiert senkte Aurora den Blick. Sie wollte keine Tektonik-Horrorshow, sondern nur eines wissen: »Wieso hat sich Gianna das angehört?« Das passte nicht zu ihrer chronisch unmotivierten Cousine.

»Wegen ihres Jobs«, meinte Karina nur und versteifte sich wieder auf den Vortrag. »Wusstest du, dass Italien eines Tages zerreißen wird?«

Aurora kippte den letzten Schluck Kaffee hinunter. Sie hob den Finger, um den Monolog zu unterbrechen, doch Karina redete weiter.

Wie eine Schraubzwinge nehmen Erdplatten Italien in die Zange. Von Osten schiebt die Adriatische, im Westen drückt die Europäische und von Süden presst die Afrikanische Platte das Land in den Kontinent und quetscht den Meeresboden unter Süditalien, sodass Wasser aufsteigt. Das Wasser senkt den Schmelzpunkt unterirdischen Gesteins, was mit der Reibungswärme der aneinander vorbeischrammenden Platten das Gestein zum Schmelzen bringt. Dadurch steigt Magma auf und staut sich wenige Kilometer unter der Oberfläche zu gigantischen brodelnden Magma-Seen. Deren 1.000 Grad Celsius heiße Suppe speist Vulkane wie den Vesuv oder Ätna.

Durch den Druck der Erdplatten rückt Korsika pro Jahr etwa drei Millimeter näher an den Stiefel heran und die Alpen heben sich mehrere Zentimeter.[42] [Vgl. Süddeutsche Zeitung (7.4.2009)]

Mit dem Rührstab stocherte Aurora in ihrem Becher herum. »Bei dem Vortrag ist Gianna sicher bald abgezischt?«

Karina nickte. »Sie hat ihre Fingernägel lackiert und als die Farbe getrocknet war, hatte sie genug. Aber außer ihr ist keiner gegangen«, verteidigte Karina den Referenten. Alle hatten gebannt gelauscht, wie der Journalist auf dem Podium übersetzte, was sonst oft in wissenschaftlichem Kauderwelsch verpackt blieb. Karina hatte noch auf Gianna eingeredet, dass Wissen und Interesse in ihrem Job Pflicht seien und sie erneut eine Topchance vergebe. »Du kannst nicht alles auf andere abwälzen«, hatte Karina geschimpft. Alles nicht, das Schminken für die Disco übernehme sie schon selbst, hatte Gianna geflötet, ehe sie wie eine Diva den Saal verließ.

Aurora spitzte die Ohren und hakte nach: »Wie meinst du das, nicht alles auf andere abwälzen?«

Nun erst wurde Karina bewusst, dass sie laut gedacht hatte. Erschrocken fuhr ihre Hand zum Mund.

»Äh, ich meine nur, wenn sie …«, stammelte sie und versuchte, die Kurve zu kriegen. »Würde Gianna weniger motzen und mehr machen, wäre das eine Wohltat für alle!«

Mit dieser Antwort gab sich Aurora nicht zufrieden. Sie würde alles daran setzen, bis das falsche Spiel ihrer verhassten Cousine aufflog. Doch bevor sie Karina weiter auf den

Zahn fühlen konnte, fiel diese wieder über Italiens Tektonik her. »Im Gegensatz zu Gianna weiß ich jetzt, was bei einem Erdbeben passiert!«

»Und zwar?« Aurora tat gelangweilt, aber insgeheim interessierten sie die Spannungen in der Erdkruste sehr wohl.

»Unter unseren Füßen sind kilometerdicke Erdplatten, die auf dem flüssigen Erdmantel schwimmen. Verschieben sie sich gegeneinander, bersten Millionen Tonnen Gestein und eine immense Spannung baut sich auf. Wenn sich diese entlädt, fährt ein gewaltiger Ruck durch das Land – und wir haben das Erdbeben!«

»Was ihr Journalisten doch alles ausgrabt«, stichelte Aurora und stellte ihren leeren Kaffeebecher auf den Brunnenrand.

»Ihr Juristen mit eurem Paragrafendschungel braucht gar nichts zu sagen«, konterte Karina.

»Was sollen Juristen deiner Meinung nach tun? Die Afrikaner verklagen, weil sie ihre Erdplatten nicht unter Kontrolle haben?«

»Keine schlechte Idee«, rief Karina und sprang auf, um die leeren Becher in den nahen Abfalleimer zu befördern.

Der deutsche Ordnungstick hatte durchaus Vorteile, dachte Aurora und stand ebenfalls auf, während ihr Kaffeebecher ohne ihr Zutun den Weg in den Müllsack fand.

»Bereust du schon, dass du in einer Chaosstadt mitten im Erdbebenrisikogebiet gelandet bist?«, neckte sie Aurora.

»Nicht direkt«, erwiderte Karina. Eine Sekunde lang wirkte Skandinavien wirklich attraktiv. Aber spätestens, als ihr Blick über die belebte Piazza mit ihren Architekturjuwelen schweifte, die Jongleure und Feuerspucker zur Freilichtbühne erklärten, hatte der Norden verloren.

»Nein, ich bereue nichts.« Kein Land machte Italien ernsthaft Konkurrenz. Nirgends hatte Karina so tolle, wenn auch teure Klamotten gefunden, nirgends solche faszinierenden, wenn auch oft eigenartigen Menschen getroffen. Nirgends war das Dolce Vita präsenter als zwischen Lebenskünstlern und hartnäckigen Porträtzeichnern, die mutige Touristen bis ins Unkenntliche verschönerten.

»In ganz Europa gibt es Gebiete mit erhöhter Erdbebengefahr, selbst in Deutschland.«

»Ach, echt?« Aurora war überrascht.

»Im Rheingraben zum Beispiel oder im Erzgebirge«, erklärte Karina. In Italien wäre die Gefahr natürlich größer. Dort wäre es laut Experten nur eine Frage der Zeit, bis das nächste Unglück passiere.

»Zur Erdbebenvorhersage hat der Referent nichts gesagt?«

»Schwieriges Thema«, murmelte Karina und schnippte eine Fliege vom T-Shirt, die sich dort in einer Falte einnisten wollte. »Es steht fest, dass ganz Italien mit wenigen Ausnahmen wie Sardinien stark gefährdet ist. Aber Vorhersagen machen nur Hampelmänner.«

Die Anspielung auf den Erdbebenpropheten verstand Aurora sofort. »Anders gesagt: Das nächste Beben kann übermorgen oder in zehn Jahren kommen?«

»Esatto! Genau!«

KAPITEL 20

Am späten Abend des 5. April meldete sich die Erdbebenserie mit voller Wucht zurück. In den Tagen zuvor hatten die Menschen in der Bergregion um L'Aquila nur leichte Beben der Stärke zwei bis drei erlebt. Nun war die Schonfrist abgelaufen. Die Erdstöße der Stärke 3,9 und 3,5 auf der Richterskala sollten erst der Anfang sein.[43] [Vgl. Parisse: Quant'era bella la mia Onna]

Onna, Sonntag, 5. April 2009

Die wiedererwachte Bestie – so nannte die fünfjährige Clarissa die Erdstöße – tobte Sonntagnacht im Aterno-Tal und auf den umliegenden Hügeln und Bergen. Sie brachte Häuser zum Zittern, Menschen zum Erstarren und einen Mann an den Rand der Verzweiflung, weil er mehr wusste als die meisten anderen. Riccardo bereute es, dass er bisher nur wenige gewarnt hatte. Die lächerliche Zahl 3,9 auf der Richterskala sagte nichts über die Qualen aus, die er in den Sekunden des Bebens durchmachte. Riccardo hoffte nur, seine Chance noch nicht verspielt zu haben.

Wie ein Blitz schoss er in die angrenzenden Schlafzimmer und brüllte seine Familie aus den Betten. »Los schnell! Raus!«

Die Angst saß ihm im Nacken. Während das Haus weiter wackelte, packte Riccardo seine kreischende Tochter auf die Schulter, zerrte den verschreckten Sohn aus dem Bett und jagte ihn nach draußen. Viola hetzte als Letzte in die frostige Nacht. Dort bebte der Boden weiter. Ein heftiger

Wind pfiff durch die Gasse und erstickte Schreie, die aus der Ferne drangen. Nachbarn liefen wie aufgescheuchte Hühner umher, Türen knallten, Nerven lagen blank.

Nach wenigen Sekunden verließ die Bebenbestie Onna. Zurück blieben Eiseskälte und Angst. Die Kinder bibberten regelrecht, am stärksten fror Clarissa. Ihre Mutter nahm das zierliche Mädchen auf den Arm und drückte es an sich.

»Wir verbringen den Rest der Nacht im Auto«, bestimmte der Vater.

»Bei der Kälte? Sicher nicht! Wir sind hier in den Bergen und nicht in Rom! Außerdem hat Clarissa Fieber.« Viola dachte nicht im Traum daran, bei vier Grad Celsius im Freien zu bleiben, zumal die Heizung ihres Autos eher schlecht als recht funktionierte. Ein Blick zu den zitternden Kindern genügte und der Vorschlag war abgelehnt.

»Es gibt Decken und warme Kleider.« Riccardo ließ sich nicht abbringen. Viola hob die Augenbrauen, ausgerechnet ihr Mann war zum Fluchttier mutiert, irgendwas stimmte nicht. »Du kannst gern draußen schlafen, aber ich und die Kinder gehen wieder rein.«

Die Mutter schob den frierenden Sohn zurück zum Haus. An der Tür drehte sie sich um. Ihr Mann machte keine Anstalten zu folgen, sondern redete beschwörend auf ein Paar aus der Nachbarschaft ein, das bald darauf Decken, Kissen und eine Auslese ihres Hausrats zum Auto schleppte. Erst zwängten sie den Ballast, dann sich selbst in die Klapperkiste. Sie hatten inzwischen Übung.

Zurück im Haus stachen Viola sofort die Risse über der Treppe ins Auge. Kaum hatte die Mutter beide Kinder erfolgreich unter ihre Bettdecken befördert, inspizierte sie die wachsenden Sprünge in der Wand. Jedes Mal, wenn sie die Risse beäugte, hatten sie sich weiter durch das Mauerwerk gefressen. Sie war so vertieft, dass sie Riccardo nicht bemerkte. Erschrocken fuhr sie herum, als er auf sie einredete.

»Ich muss dir etwas sagen, Viola. Es ist verdammt ernst!«

Es war noch vor zwölf. Diesmal hatte seine Frau keine Ausflüchte. Riccardo redete nicht lange um den heißen Brei herum, sondern bombardierte sie gleich mit der Wahrheit über die unsaubere Medienoperation der Commissione Grandi Rischi.

Seiner Frau verschlug es die Sprache. Bislang hatte sie den Experten bedingungslos vertraut und keinen Moment an deren Botschaft gezweifelt. Dass die Kommission absichtlich getäuscht hatte, wollte sie Riccardo nicht glauben.

»Hältst du dich für klüger als Wissenschaftler?«

»Nein! Aber …« Er sah seine Frau eindringlich an. Dann weihte er sie in alle Details ein – vom belauschten Telefonat bis hin zur Scuola De Amicis. »Verstehst du? Der Auftritt der Risikokommission war ein abgekartetes Spiel«, fasste er zusammen. »Es war ein Medienspektakel, um den umstrittenen Erdbebenforscher als Trottel abzustempeln und die Bevölkerung ruhigzustellen!«

Viola sank aufs Sofa. »Das kann nicht sein! Das sind Wissenschaftler, keine Politiker!« Sie hätte nicht für möglich gehalten, dass etwas noch schlimmer war als ihre These mit der Praktikantin.

»Aber ich habe es mit meinen eigenen Ohren gehört!«

»Warum sagst du das erst jetzt?« Viola starrte ihn an. »Wie oft wollte ich weg und du hast mich wie eine Hysteriekranke behandelt!«

Riccardo biss sich auf die Lippe. Leise gab er zu, dass er sich geirrt und die Gefahr unterschätzt habe. Bis zum jüngsten Beben hatte er die Prognosen des Erdbebenpropheten als Fehlalarm eingestuft. Nun wog Riccardo auf seine typische, rationale Art die Vor- und Nachteile ab und kam zu dem Schluss: abhauen oder zumindest im Auto schlafen, war der sicherste Weg. Wenn nichts passierte, verloren sie nichts. Wenn jedoch das große Beben kam, war es das einzig Richtige.

Wie in Trance starrte Viola in die Luft. Sie musste die nüchterne Männerlogik erst verarbeiten.

»Das heißt«, fragte sie, »du willst auf der Stelle raus aus dem Haus?«

Riccardo nickte. »Richtig.«

Viola zögerte. »Jetzt, wo unsere Kinder endlich schlafen?«

»Ich trage sie zum Auto, dann können sie weiterschlafen!«

»Du hast leicht reden«, murrte Viola. »Clarissa wird trotzdem aufwachen und die ganze Nacht im eiskalten Auto brüllen. Und dein Sohn ist eine ebenso geübte Nervensäge. Du bekommst das nur nie mit, weil du im Büro bist, wenn die Kinder schreien und streiten. Was ist eigentlich mit deiner Arbeit, wenn wir verschwinden?«

»Eure Sicherheit ist wichtiger als alles andere«, betonte Riccardo. »Wir müssen draußen schlafen!«

»Wir müssen gar nichts! Du kannst gern allein im Auto pennen!«

»Und euch lasse ich hier drinnen? Sicher nicht!«

Viola geriet ins Zweifeln. Die Situation war grotesk. Sie verstand die Welt nicht mehr, fühlte sich müde, ausgelaugt und brauchte Zeit zum Nachdenken. Auch Riccardo gähnte.

»Siehst du, wir sind beide völlig übernächtigt«, meinte Viola. »Wir fahren heute besser nirgends mehr hin!«

Riccardo nahm ihre Hand. »Aber morgen?«

»Lass uns das morgen besprechen.« Viola zog ihre Hand zurück und rieb sich die Arme.

»Ist dir noch kalt?« Riccardo zog seine Frau an sich. Immerhin einen Etappensieg hatte er erreicht. Viola war eingeweiht und hatte die Nachricht erstaunlich gut aufgenommen, zumindest äußerlich.

»Ja, mir ist richtig kalt«, erwiderte Viola. Aber sie hätte da eine Idee, wie einem wärmer werde. Sie zog ihren Mann zum Sofa. Das ließ er sich nicht zweimal sagen. Diese Einheizmethode war Riccardo eine der liebsten – und längst überfällig.

✯✯✯✯

Die vor Mitternacht einlaufenden Datenwerte übertrafen alle Befürchtungen des Hobbyseismologen. Er hatte keinen Zweifel mehr, die Werte sprachen eine eindeutige Sprache. Bald würde ein schweres Beben über L'Aquila hereinbrechen.

Nur zwei Stunden nach dem ersten Erdstoß bebte der Boden erneut. Dass dieses Beben der Magnitude 3,5 noch nicht alles war, davon war der Hobbyseismologe überzeugt. Er überlegte, was er tun sollte. Die Anzeige hatte sowohl seine Fürsprecher als auch ihn selbst stark verunsichert. Also warnte er nur seine Familie, Freunde und Nachbarn. Bis zuletzt hoffte er, dass der Bürgermeister die Stadt evakuierte.[44] [Vgl. Giuliani/Fiorani: L'Aquila 2009 und vgl. Stern (9.4.2009)]

✯✯✯✯

Nach Mitternacht setzte ein lautes Krachen Violas Nachtruhe endgültig ein Ende. Sie schreckte auf. Nicht schon wieder. Adrenalin katapultierte sie aus dem Bett. Ihr Körper war auf Flucht programmiert.

Am späten Abend waren sie und ihr Mann vom Sofa wieder ins Schlafzimmer umgezogen, in dem Clarissa zufrieden geschlummert hatte. Ein paar Minuten später war Riccardo schnarchend in die Traumwelt eingetaucht, nur Viola hatte kein Auge zugedrückt. Angst und bange Fragen raubten ihr den Schlaf. Wem konnte sie noch vertrauen? Wie groß war die Gefahr wirklich? Lag ihr Mann richtig oder hatte er sich nur verhört?

Das Scheppern zerfetzte ihre Gedankenstränge, als die Bebenbestie erneut über ihr Dorf herfiel und das Haus der Familie Inventati schüttelte. Auch wenn Messinstrumente diesen Erdstoß der Stärke 3,5 fünfmal schwächer als das vorausgehende Beben einstuften, nahm ihn Viola viel heftiger wahr. Sie kannte jetzt die Wahrheit und hoffte doch, dass alles nur ein Missverständnis war.

Wie bei einem erneuten Bombenangriff packten Mutter und Vater ihre Kinder und stürzten aus dem Zimmer. Wieder hetzten sie von Panik getrieben aus ihrem Haus, das bedrohlich wackelte. Wieder hörte die Erde nicht auf zu zittern und die Kinder schrien vor Angst.

Atemlos kamen sie draußen in der vier Grad Celsius kalten Nacht an. Erst nach unendlich lang erscheinenden Sekunden hörte das Krachen auf. Kurz kehrte Stille ein, die ein lauter Heulkrampf der Tochter ablöste. Ihr Bruder blinzelte müde und verstört aus den Augen. Sein Vater strich dem Elfjährigen über den Kopf. Was nun?

Riccardo beharrte trotz Kälte darauf, den Rest der Nacht im Auto zu verbringen. Seine Frau fröstelte schon beim Gedanken daran. Sie war hin und hergerissen. Einerseits spürte sie den Drang zu flüchten, andererseits hielten sie die frostige Luft und ihr krankes Kind zurück. Plötzlich wehte eine Windböe durch die Gasse. Viola berührte die Stirn ihrer Tochter, die Kleine hatte noch starkes Fieber. Das machte ihr den Entschluss leicht.

»Wir müssen wieder rein. Es ist zu kalt!«

Riccardo kämpfte mit allen Mitteln der Mimik, Gestik und Sprache, aber sein Überzeugungstalent wirkte nicht.

»Na gut, dann fahren wir morgen«, gestand Viola zu.

»Aber morgen kann es zu spät sein.« Inzwischen nahm er sogar das Reiseziel »Schwiegereltern« gern in Kauf – Hauptsache weg aus L'Aquila.

»Die eine Nacht werden wir noch überstehen.«

»Aber dann fahren wir morgen früh!« Riccardo hatte vor, sich krankzumelden. Eigentlich konnte er gleich kündigen, wenn herauskam, dass er die Medienoperation publik gemacht hatte.

»Morgen Nachmittag«, berichtigte Viola und verschränkte die Arme, weiter gab sie nicht nach. Sie müsse erst noch packen und Medikamente für Clarissa besorgen.

»Morgen ist besser als übermorgen«, gab Riccardo nach

und rannte ins obere Stockwerk, um Nägel mit Köpfen zu machen. Irritiert rief ihm Viola hinterher: »Was tust du?«

»Ich trage unsere Koffer zum Auto.« Nach der Fußballniederlage hatte er seinen Sohn zum Kofferpacken animiert, während Viola mit ihrer Mutter telefoniert hatte. Vom Fenster des warmen Schlafzimmers aus, verfolgte Viola, wie ihr Mann mit zwei Koffern durch die Kälte huschte, um sie im Auto zu verstauen. Als er aus dem Blickfeld verschwand, schlüpfte sie zu ihrer Tochter unter die warme Bettdecke.

»Wir packen morgen, Clarissa.«

✯✯✯✯

Die Verantwortlichen der Präfektur, der Zentrale der Notfallkoordination des Zivilschutzes, hatten bereits nach dem starken Erdstoß um Mitternacht die Flucht aus dem Gebäude ergriffen. Allerdings informierte niemand die Bevölkerung von L'Aquila, dass der Kapitän das sinkende Schiff verlassen hatte. Weder die Passagiere – die Bewohner der Stadt – noch die Crew – die Zivilschutzmitarbeiter – wussten Bescheid. Letztere hatten die Menschen auch nach dem Beben um Mitternacht zurück in ihre Häuser geschickt, berichteten Augenzeugen.[45] [Vgl. Travaglio/Vauro: Sangue e cemento]

✯✯✯✯

Von allen Seiten attackierten Viola auf einmal Fußbälle. Schweißgebadet schreckte sie hoch. Ihre Tochter boxte sie unsanft mit den Füßen.

Die letzten Wochen und erst recht diese Nacht mit den wiederkehrenden Erdstößen und Riccardos Geständnis waren einfach zu viel. Die endlose Streiterei rund um die Beben machte Viola fast wahnsinnig. Noch dazu hatte sie kaum geschlafen. Als sie auf ihren Wecker blickte, zeigte er 1:54 Uhr an. Doch sie war zu aufgewühlt, um liegen zu bleiben. Sie sehnte sich nach Ruhe und einer Zigarette. Einen Moment überlegte sie Riccardo zu wecken, um noch einmal mit ihm zu sprechen. Seine Enthüllungen waren abstrus. Aber sie musste erst ihre eigenen Gedanken ordnen, eine weitere anstrengende Diskussion packte sie nicht. Außerdem hinderte sie die Zigarette. Viola hatte versprochen endgültig aufzuhören, schaffte es aber nicht und rauchte heimlich.

Viola senkte ihre Füße auf den Boden und stieg leise aus dem Bett. Bevor sie aus dem Zimmer schlich, hielt sie inne und beobachtete ihren Mann und die friedlich schlafende Tochter mit der Puppe im Arm. Bei diesem Anblick wurde ihr warm ums Herz. Dann löschte sie das Licht.

Der Durst trieb sie in die Küche, wo sie sich ein Glas Wasser einschenkte. Als sie die Balkontür öffnete, wehte ihr ein eiskalter Lufthauch entgegen. Sie nahm ihre Zigarette und schloss sich auf der Toilette ein. Riccardo brauchte es nicht zu wissen. Mit Parfum und Deo versuchte sie, den Nikotingeruch zu vertuschen.

Ihre Gedanken fuhren weiter Achterbahn, bis Viola zu lesen begann. Nach ein paar Minuten sank ihr Kopf auf die Seiten. Bald schreckte sie wieder auf. So verging die nächste Stunde, bis sie das Buch weglegte und auf der Couch eindöste. Als die Wohnzimmeruhr 3:30 Uhr schlug, wachte Viola erneut auf und beschloss, wieder ins Bett zu gehen. Müde streckte sie ihre Glieder und erhob sich vom Sofa.

Plötzlich kam ein starker Wind auf und rüttelte an den Fenstern.

KAPITEL 21

»Wie schön war mein Dorf Onna vor diesem fürchterlichen Erdstoß. Der Mond erleuchtete die Gassen Via dei Calzolai, Via dei Martiri [...]. Darin tausend Jahre Geschichte und Millionen von Geschichten: Männer und Frauen, die dieses kleine Dorf im Aterno-Tal gebaut und geliebt haben. In jener furchtbaren Nacht haben wir alles verloren: die Menschenleben, die Häuser, unser Dorf.«[46] Giustino Parisse, Journalist aus Onna [Vgl. Parisse: Quant'era bella la mia Onna]

Onna, Montag, 6. April 2009, 3:32 Uhr

Das fatale Erdbeben suchte die Abruzzen in der Nacht zum 6. April 2009 um 3:32 Uhr heim. Trotz Hunderter Erdstöße in den Monaten zuvor gab es keinerlei Alarm, keine Vorsichtsmaßnahmen und keinerlei Hilfe von offizieller Seite. Im Moment der Tragödie waren die Menschen völlig unvorbereitet und schutzlos der Katastrophe ausgeliefert.[47] [Vgl. Guzzanti: Draquila]

Das Scheppern und Pfeifen lotste Viola zum Fenster. Was konnte das nur sein? Sie kam nicht mehr dazu, nachzusehen. Zwei Schritte fehlten ihr noch. Da begann die Erde so heftig zu beben, dass sich Viola nicht mehr auf den Füßen halten konnte. Ihre Hand suchte nach Halt, griff jedoch ins Leere. Sie stürzte zu Boden.

Der Aufprall ließ Viola schmerzhaft spüren, dass die Stärke dieses Bebens alle bisherigen übertraf. Die Mauern ihres Hauses krümmten sich, Scheiben zerbrachen und Steine hagelten von der Decke. Um sich vor dem niederprasselnden Putz zu schützen, duckte sie sich und legte die Hände über ihren Kopf. Ihr Herz raste, sie schnappte nach Luft. Auf das Aufwachen aus dem üblen Albtraum wartete Viola vergeblich. Diesmal war es kein Traum.

Unweit von L'Aquila, südwestlich des Ortes Onna, hatten sich Platten der Erdkruste verkeilt. Dabei staute sich eine enorme Energie auf – bis in der Nacht des 6. April 2009 der Boden der Spannung nicht mehr standhielt. Der Plattensprung löste ein Beben aus, das bis nach Rom spürbar war. Ganz Mittelitalien zitterte bei dem heftigen Erdstoß, der die Wucht einer Atombombe besaß.[48] [Vgl. Süddeutsche Zeitung (7.4.2009)]

Nach Sekundenbruchteilen, die ihr endlos vorkamen, gelang es Viola endlich, sich aufzurappeln. Entsetzt beobachtete sie, wie der Couchtisch inmitten des Trümmerregens von einer Raumecke in die andere rutschte. Noch einmal legte der Erdbebenschub an Wucht zu. Die erste Außenmauer des Hauses brach weg und kalte Nachtluft flutete das Wohnzimmer.

Dann versagte das Licht, Stromausfall. Schlagartig war alles dunkel, stockdunkel. Viola sah nicht mehr, dass die Wanduhr – ein Erbstück von Riccardos Oma – an der aufgerissenen Zwischenwand um 3:32 Uhr stoppte. Selbst die Zeit schien aus der bebenden Finsternis zu fliehen.

Der Gewalt des Erdbebens hatte Viola nichts entgegenzusetzen. Es gelang ihr nicht einmal, sich auf den Füßen zu halten, weil das Haus so heftig wackelte. Erneut knallte ihr Körper auf den harten Fußboden. Sie stöhnte, konnte nicht fassen, was da passierte. Wieder versuchte sie sich aufzurichten und zur Treppe zu hasten, die zu den Schlafzimmern im Obergeschoss führte. Von dort hörte sie Manueles und Clarissas Schreie.

Viola war nicht fähig, einen klaren Gedanken zu fassen, ihr Körper reagierte einfach. Sie wusste nur, dass sie ihre

Kinder retten musste. Doch sie kam nicht voran, obwohl sie mit aller Kraft kämpfte.

»Ich muss es schaffen. Ich muss«, hörte Viola sich selbst schreien, während das Haus entsetzlich krachte. Die ächzenden Pfeiler schienen zu brüllen: Du hast nicht mehr viel Zeit. Von Sekunde zu Sekunde schwand Violas Hoffnung, lebend aus dem Haus zu kommen. Todesangst lähmte ihren Körper. Sie hatte im Frühjahr ihren 36. Geburtstag gefeiert, ihre beiden Kinder waren fünf und elf Jahre alt – das war doch kein Alter zum Sterben.

Das Stehregal fiel als Erstes um, dann kippte der Schrank samt Wand. Mit einem lauten Knall krachten Möbel und Mauer dicht neben Viola herunter. Geschirr, Gläser und Steine rasselten auf den Boden und zerbrachen in tausend Stücke. Ein Geschoss streifte sie am Arm. Viel hatte nicht gefehlt und der voll beladene Schrank hätte sie erwischt, das erkannte sie trotz der fast schwarzen Nacht. Was passiert wäre, wenn das Ungetüm auch nur einen Teil ihres Körpers unter sich begraben hätte, malte sie sich besser nicht aus. Ihre Schutzengel hatten gut aufgepasst.

Viola mobilisierte nochmals all ihre Kräfte. Maximal fünf Schritte fehlten ihr bis zur Treppe, die nach oben zu den Kindern führte. Gegenüber von den Stufen lag die Haustür. Wohin? Die knirschenden Wände kündigten Schlimmes an. Lange würden sie nicht mehr halten.

Noch einmal warf der Erdstoß Viola zu Boden, ihre Beine knickten um wie Streichhölzer. Angstschreie hallten durch die Nacht und das Beben wütete weiter. Wann würde das schreckliche Monster, das gerade ihr Dorf verschlang, endlich verschwinden?

Viola sah ihr Leben wie einen Film an sich vorbeiziehen: ihre unbeschwerte Kindheit nahe der Rivieraküste, der erste Familienurlaub im Ausland, die Klassenfahrt an Frankreichs Atlantikküste. Im Zeitraffer durchlebte sie noch einmal ihr erstes Date, wilde Partys, ihre Hochzeit und den Umzug nach Onna, die Geburt ihres Sohnes, die Taufe ihrer Tochter und das Weihnachtsfest im Kreis der Familie.

Da krachte die nächste Außenwand auf die Erde. Viola zweifelte nicht mehr daran, dass binnen Sekunden das ganze Haus einstürzte. Sie musste jetzt handeln. In der kurzen Zeit, die ihr noch blieb, konnte kein Mensch die Treppe hinaufhechten, geschweige denn die Schlafzimmer erreichen und ihre Kinder retten. Zu spät. Diese Erkenntnis brach ihr fast das Herz. Trotzdem wollte sie das Unmögliche versuchen, selbst wenn sie dabei ihr eigenes Leben riskierte.

Viola schickte ein Stoßgebet gen Himmel, rappelte sich auf und hastete zur Treppe. Dass sie geradewegs durch die weggebrochene Wand ins Freie laufen konnte, interessierte sie nicht.

Genau in dem Augenblick, in dem Violas Hand das Treppengeländer berührte, setzte das Erdbebenmonster seine Zitterschübe fort. Das gab der gebeutelten Hauskonstruktion den Rest. Hinter, über und neben ihr krachte alles zusammen. Die herabstürzenden Trümmer brachten Viola zu Fall. Sie hatte das Gefühl, in ein tiefes Loch zu stürzen.

KAPITEL 22

»Der Boden zuckt, als wäre das hier kein massiv gebautes siebenstöckiges Mietshaus, sondern der vor- und zurückrollende Teppich einer Geisterbahn, als würde eine U-Bahn durchs Stockwerk unter uns rattern.«[49] Alexander Smoltczyk, Spiegel-Korrespondent [Spiegel.de (6.4.2009)]

Rom, 6. April 2009, 3:32 Uhr

Das rätselhafte Rumpeln riss Karina aus ihren Träumen. Erschrocken schlug sie die Augen auf und schimpfte schlaftrunken auf die Nachbarn über ihnen, die oft ohne Rücksicht polterten. Doch diesmal übertrafen Krach und Gerüttel die sonstigen Zankereien des Paares. Bisher hatten die Streithähne keine Wände zum Wackeln gebracht. Im Dunkel ihres schwankenden Schlafzimmers schaukelte sogar die Lampe, als ob ein Affe darauf herumturnte.

Draußen plärrten auf einmal die Alarmanlagen mehrerer Autos los. Hundegebell vermischte sich mit Gekrächze, als würden Vögel vom Himmel stürzen. Karina verstand nicht, was da passierte. Die Erleuchtung kam erst, als der Spuk vorbei war. Sie hatte die Ausläufer eines Erdbebens erlebt, das einhundert Kilometer östlich von Rom tobte. Die unheimliche Premiere weckte unbekannte Fluchtinstinkte in ihr. Eigentlich stufte sich Karina nicht als Angsthase ein, umso mehr überraschte sie die eigene Reaktion: Herzrasen und Furcht. Sie tastete nach dem Lichtschalter und rüttelte ihre Mitbewohnerin wach. Als das Licht brannte, richtete sich Aurora langsam auf und rieb sich die Augen.

»Che c'è? Was ist los?«

»Ein Erdbeben … wir müssen sofort raus!« Karina hatte bereits Hose und Pulli übergestreift und stand fluchtbereit an der Tür. Da hörte das Zittern auf.

Aurora schreckte hoch und lauschte. »Ich merke nichts«, seufzte sie verschlafen. Nach einem Kontrollblick auf ihr Smartphone kippte die professionelle Schlafsportlerin wieder in Wettkampfposition.

»Ich gehe raus«, rief Karina ihr zu, bevor sie das Licht löschte und aus dem Raum huschte. Nach ein paar Schritten stoppte sie an Giannas offenstehender Zimmertür. Dort blieb ihr Blick an der akkurat gefalteten Bettdecke haften. Die Herrin des unbenutzten Bettes war wohl noch bei ihrem Freund, mit dem sie jüngst zweimal Schluss gemacht und sich wieder versöhnt hatte.

Während Karinas Gedanken weiter um Liebesdramen und Erdbeben kreisten, taumelte sie zum Wohnzimmerfenster und zog es auf. Die Luft war frisch, es hatte unter zehn Grad Celsius. In dieser Kälte wollte sie ungern rausgehen, stattdessen schnappte sich Karina eine Saftschorle. Sie hatte sicher überreagiert; vieles verlor mit etwas Abstand seinen Schrecken. Während die Kohlensäure aus der Flasche zischte, beobachtete Karina die vierspurige Straße vor dem Haus, auf der nur wenige Autos und ein Krankenwagen durch die Nacht schossen. Die Ambulanz lenkte ihre Gedanken zu den Anfängen ihrer Reporterzeit zurück.

Gleich die erste Nacht mit dem Redaktions-Notfallhandy, das lokale Polizei- und Feuerwehreinsätze meldete, hatte ihr aufregende Stunden beschert. Der nervigste aller Polizeidiener, den sie und ihre Kollegen abwechselnd hüteten, hatte sie um Mitternacht zu einem Großbrand am Stadtrand geführt. Als Karina eingetroffen war, hatte die Ambulanz gerade eine Verletzte abtransportiert. Das Schluchzen einer Nachbarin und das Knistern der Flammen, die sich durch das Wohnhaus fraßen, hatten sie einige Nächte verfolgt. Das würde ihr heute nicht mehr passieren. Sie hatte eine harte Schale entwickelt, die Unglücke und Opfer auf Distanz hielt. Ihre Neugier war dagegen ungebrochen. Am besten sofort wollte sie wissen, was diese Nacht in Rom passiert war. Da ihr in Italien der direkte Draht zur Polizei fehlte, musste sie andere Wege nutzen. Sie griff zur Fernbedienung. Es dauerte nicht lange, bis erste Trümmerbilder den Fernseher belagerten. Im Schatten der Nacht liefen aufgebrachte Menschen über Straßen, auf denen Schutt und Steine lagen.

✯✯✯✯

Kurz nach vier Uhr erreichte Gianna ihr Zuhause in der Via Catania und schritt durch den verdreckten Flur. Der Aufzug war wieder defekt, was zu diesem seltsamen Tag passte. Stundenlang hatte sie mit ihrem Ex-Freund diskutiert, kurz nach Mitternacht war es endgültig aus. Er, der langweilige Betriebswirt, der stets neuen Bauchspeck anlegte, passte einfach nicht mehr zu ihr.

Traurig über die Trennung war Gianna kaum; jetzt konnte sie sich in neue Abenteuer stürzen. Ohne Eile stapfte sie die Treppen zur Wohnung empor. Im ersten Stock verfluchte sie den kaputten Fahrstuhl, im zweiten die unbequemen Schuhe und endlich im vierten angekommen den widerspenstigen Schlüssel. Erst nach mehreren Anläufen sprang die Tür auf und Gianna trat in den Flur. Seltsame Geräusche drangen aus dem angrenzenden Wohnzimmer, während ihre Hand den Lichtschalter suchte.

Auf einmal tönte eine vertraute Stimme aus dem Dunkeln: »Wo kommst du denn her?«

»Hast du mich erschreckt.« Gianna zuckte zusammen, als das Licht anging und Karina mit verzogener Miene vor ihr stand. »Ich war bei meinem Ex-Freund.«

»Ex? Ihr habt euch wieder getrennt?«

»Nein, nicht wieder – diesmal ist es endgültig aus!«

»Sicher?« Karina hegte schon länger den Verdacht, dass einer von Giannas neuen Kollegen das Aus beschleunigte.

»Absolut sicher!« Ruckartig warf Gianna ihre Haare über die Schultern und trottete ins Wohnzimmer, wo ihr Blick zum Fernseher wanderte, der gruselige Szenen aussandte. »Du schaust einen Horrorfilm?«

»Leider nicht. Das ist eine Sondersendung zum Erdbeben. Hast du es vorhin nicht gespürt?«

Verstört blickte Gianna auf den Fernsehbildschirm und seufzte: »Oh nein.«

»Terremoto in Abruzzo: danni e morti – Erdbeben in den Abruzzen: mit Schäden und Toten«. Bald hatten alle Fernsehsender nur noch das eine Thema. Die Bilder aus L'Aquila waren nichts für zarte Gemüter. Mit blutigen Gesichtern und verstaubten Haaren stolperten Verletzte über Trümmer und Rettungswagen rasten durch dunkle Straßen. Dass es Tote gab, stand bald außer Frage. »La situazione è grave. Die Lage ist ernst«, wiederholten die Nachrichtensprecher mehrmals.[50] [Vgl. RaiNews24 (6.4.2009, 5:42 Uhr)]

Gebannt verfolgten Karina und Gianna die Fernsehberichte – noch war die Reichweite der Katastrophe unvorstellbar. Nach einer halben Stunde verabschiedete sich Gianna gähnend. »Das ist so furchtbar, ich pack es nicht mehr. Ich muss schlafen. Was ist mit dir?«

Karina blickte sie kurz an und schüttelte nur den Kopf, dann hob sie die Hand und winkte. An Schlaf war nicht mehr zu denken.

»Wie du meinst«, murmelte Gianna und hoffte, dass nicht das eintraf, was sie befürchtete.

KAPITEL 23

»Der gebrochene Schrei: ›Papa, Papa.‹ – ›Domenico, Domenico, ich komme, ich komme. Halte durch, halte durch!‹ Staub, Steine, Verzweiflung. Von der anderen Hausseite schreit die Mama: ›Maria Paola ist hier, ich fühle sie.‹ Ein Hoffnungsschimmer.«[51] Giustino Parisse [Vgl. Parisse: Quant'era bella la mia Onna]

Onna, 6. April 2009, 3:37 Uhr

Als Viola ihre Augen wieder aufschlug, sah sie nichts. Alles um sie herum war stockdunkel. Staub kitzelte in ihrer Nase, aber immerhin konnte sie atmen. Außerdem schmeckte sie Blut und spürte Schmerzen, unter anderem im rechten Fuß – das hieß, sie lebte. Instinktiv hatte sie die Hände schützend über den Kopf gehalten, als das Haus auf sie herabgestürzt war und sie unter sich begraben hatte.

Im ersten Moment war Viola unfähig, sich zu bewegen. Sie lag zusammengekauert auf dem Bauch und lauschte in die Nacht. Gedämpfte Schreie aus der Ferne drangen an ihr Ohr. Sie wollte um Hilfe rufen, aber ihr Mund war wie zugeklebt; kein Ton kam heraus.

Ihr rechter Fuß, der in eine unbequeme Position gezwängt war, hing wie ein Fremdkörper an ihrem Unterschenkel und schmerzte heftig. Vorsichtig tastete Viola in der Finsternis ihre Umgebung ab, bis zur Quelle des stechenden Schmerzes. Sie fühlte zermalmte Mauerreste, Betonstücke und eine spitze Kante. Brocken und Steine übersäten den Grund unter ihr, der bis vor Kurzem der Fußboden ihres Wohnzimmers gewesen sein musste. Über ihr verschlossen sich Trümmer aus Beton, Holz und Mauerwerk zu einer instabilen Decke. Viola lag in einer Art Hohlraum – geschützt und gefangen.

Zumindest konnte sie außer ihrem eingeklemmten Fuß alle Körperteile bewegen. Viola richtete sich auf, stieß dabei aber mit dem Kopf gegen eine Holzplatte. Trotz dröhnendem Schädel versuchte sie, weiter in den flachen Hohlraum vorzudringen und ihren Fuß zu befreien. Sie musste schnellstmöglich raus und ihre Familie retten. Der Wille verlieh ihr ungeahnte Kräfte. Angestrengt zog und schob sie an dem Brocken herum, der ihren Fuß festhielt. Erst stemmte sie sich vorsichtig, dann kräftiger gegen den Schutt. Tatsächlich gelang ihr nach einer Weile der erhoffte Ruck und ihr Fuß war frei.

Nach einer Verschnaufpause startete der nächste Teil des Überlebenskampfes, der Kampf gegen die Trümmer. Stück für Stück arbeitete sich Viola voran und suchte nach einem Weg nach draußen. Immer wieder regnete es Staub und Steine auf sie herab. Sie musste husten. Zuerst löste sie die lockeren Bruchstücke, dann kämpfte sie gegen die festeren Fragmente.

Obwohl Viola den ungleichen Gegner, der sie einsperrte, kaum sehen konnte, gelang ihr irgendwie das Wunder. Aus eigener Kraft befreite sie sich aus dem Trümmergefängnis.

Mühsam rappelte sie sich in der eiskalten Nacht auf. Sie fror entsetzlich, sämtliche Wärme war aus ihrem Körper entwichen.

Es dauerte, bis sich ihre Augen an das Dunkel gewöhnten und sie die Umrisse des entsetzlichen Berges vor sich wahrnahm. Die Ansammlung aus Schutt und Steinen erhob sich genau an der Stelle, an der vor wenigen Stunden noch ihr Häuschen in die Höhe geragt hatte.

Einen Moment stand Viola einfach nur da, bewegungslos. Sie wartete und hoffte, dass auch ihr Mann und die Kinder von selbst aus den Trümmern kriechen würden. Aber nichts geschah. Endlich fand sie ihre Stimme wieder: »Riccardo! Clarissa! Manuele! Wo seid ihr?«

Hatte es da nicht gerade unter den Brettern und Brocken geraschelt? Das Geräusch verschwand so unmerklich, wie es gekommen war. Viola ließ nicht locker. »Sagt doch etwas! Wo seid ihr?« Noch immer kein Lebenszeichen. Aus der Ferne näherten sich Blaulichter und Martinshorn. Vom anderen Ortsende hörte sie einen erbärmlichen Schrei, gefolgt von erdrückender Stille. Den gedämpften Ruf ihrer Tochter, der diese Stille durchbrach, hielt Viola erst für eine Halluzination. »Mama, Mama.«

L'Aquila, 6. April 2009, Notrufzentrale

In der Erdbebennacht fluteten Angst, Hilflosigkeit und Verzweiflung die Notrufzentrale der Carabinieri in L'Aquila. Nach dem entsetzlichen Erdstoß, der die friedlich schlummernde Abruzzen-Hauptstadt bis ins Mark getroffen hatte, klingelten in der Notrufzentrale die Telefone ununterbrochen. 112 war in jener Nacht eine der meistgewählten Nummern.

»Pronto. Hallo«, meldete sich der Carabinieri.

»Pronto. Hören Sie, hier ist …, es ist ein Desaster«, schrie die aufgeregte Stimme eines Mannes.

»Dove? Wo?«

»Im ersten Stock unseres Hauses, da ist noch eine Frau drin. Ich sehe sie … «

»Wo? Wo? Wo?«

»Via Venti Settembre, 52, Studentenwohnheim der Universität.« Der Koordinator wiederholte: »Venti Settembre 52.«

»Wir schaffen es nicht die Tür aufzumachen, sie ist blockiert!«

Flott, aber mit der Ruhe eines Profis, informierte der Carabinieri die Einsatzkräfte über das demolierte Wohnheim. Es war nicht der einzige Albtraum in der Via Venti Settembre.

»Ein ganzer Wohnkomplex mit fünf Etagen ist runtergekommen. Es liegt mindestens eine Frau darunter [...]«, meldete einer der Retter. »Mehrere Menschen sind unter Trümmern eingeschlossen, auch kleine Kinder!«

»Haltet uns auf dem Laufenden«, befahl die Zentrale.

Die Notrufe ließen den Carabinieri in L'Aquila keine Sekunde Pause. An den Hörern und Handys spielten sich Szenen der Verzweiflung ab.

»Hier sind zwei Mädchen. Wir sind unter dem Schreibtisch, wir bitten Sie, schicken Sie wen, der uns raus bringt«, wimmerte ein Teenager.

»Ihr müsst selber raus und weg von dem Haus. Was macht ihr noch drinnen unter dem Schreibtisch?«, fragte der Carabinieri.

»Langsam. Wir sind im zweiten Stock. Die Tür ist eingestürzt, der Türbogen, überall die Trümmer«, antwortete eines der Mädchen, während die andere schluchzte. »Wie sollen wir das machen, wie sollen wir raus kommen?«

»Weinen bringt jetzt niemandem etwas. Habt ihr schon alles versucht, um rauszukommen? Versucht es noch mal, so wie es alle anderen gemacht haben. Wir können es alle schaffen!«

»Aber«, wieder übertönte das Schluchzen der einen die Worte der anderen. »... verletzt, ihr geht's schlecht, sie liegt unter Trümmern. Wir versuchen rauszukommen, aber es geht nicht.«

»Wartet kurz.« Lautes Tuten – der Carabinieri funkte die Kollegen an. »802, wir brauchen eine Ambulanz direkt ins Zentrum von L'Aquila [...], da ist eine Frau, eingeschlossen, der geht es schlecht.« Wieder tutete es. Der Carabinieri wandte sich an die Mädchen: »Woher ruft ihr an?«

Sie nannten ihre Adresse und der Carabinieri wiederholte sie. »In welchem Stock?«

»Zweiter Stock«, erwiderte die eine, während die andere lauter weinte. »Der letzte Stock von unserem Haus, der [...] bitte holt uns raus!«

»Okay, die Ambulanz kommt.«

Kaum hatte er aufgelegt, brüllte der nächste Anrufer los. Dieser hatte zusammen mit Nachbarn versucht, Verschüttete aus einem eingestürzten Haus zu befreien – vergeblich.

»Wir haben keine Leiter, keine Apparate, um sie da rauszubekommen. Wir brauchen Bagger, Schaufeln … «

»Ich habe verstanden, verstanden! Wir unternehmen alles, was nur irgendwie möglich ist! Bleiben Sie ruhig!«

Wieder schickte der Carabinieri die Retter los.

In jener Nacht ging ein Notruf in den nächsten über und bildete eine schier endlose Kette aus unzähligen ergreifenden Einzelschicksalen, die zu einer unfassbaren Tragödie verschmolzen.

»Hallo, wir brauchen die Feuerwehr, ich erinnere mich nicht mehr an die Nummer«, die schwache Frauenstimme versagte.

»115! 115! Aber sie ist überlastet.«

»Sie müssen jemanden befreien, können Sie sie alarmieren?«

»Ja, wo befinden Sie sich?«

Während der Carabinieri sich die Adresse geben ließ, nahmen seine Kollegen weitere Notrufe entgegen. Ein Stimmenchaos brach aus.

»Siamo in trappola. Wir stecken in der Falle.«

»Hallo, ich rufe aus L'Aquila an. Wir haben keine Treppe mehr. Und im Haus strömt Gas aus […].«

»Gas strömt aus?«

»Ja, das Treppenhaus ist eingestürzt, es riecht nach Gas, […] wir sehen keine Möglichkeit, es abzustellen. Wir brauchen … «

»Ich schicke jemanden […].«

Beim Brunnendenkmal 99 Cannelle war ein ganzes Wohnhaus mit vier Stockwerken eingestürzt.

»Vier Stockwerke sind heruntergebrochen. Es ist wirklich völlig eingekracht … «, rief ein Mann fassungslos.

Die Carabinieri behielten trotz des Chaos einen kühlen Kopf. Sie koordinierten, was unkoordinierbar schien, und sie schickten Lebensretter in Todeszonen, in denen nichts mehr zu retten schien. Dabei waren sie nur ein winziger Teil einer Armee aus Helden, die über sich hinauswuchsen. Am 6. April 2009 gingen Tausende Menschen an die Grenzen ihrer Belastbarkeit. Sie leisteten Übermenschliches und brachten so Licht in eine tiefschwarze Nacht.[52] [Vgl. RaiNews24 (ausgestrahlt am 13.4.2009)]

Onna, 6. April, die erste Stunde danach

Das Dorf Onna hatte das Beben besonders schlimm getroffen. In den ersten Stunden nach dem starken Erdstoß verbarg die frostige Frühlingsnacht das Ausmaß der Katastrophe. Während Finsternis und Kälte am Rande des Flusses Aterno herrschten, wehte ein Hauch der Hoffnung durch die zerstörten Dorfstraßen: die Hoffnung auf Leben unter den Trümmern.[53] [Vgl. Parisse: Quant'era bella la mia Onna]

»Mama, Mama!« Viola folgte der gequälten Stimme ihrer Tochter und trat näher an den Schutt heran.

»Clarissa, wo bist du?«

»Mama, hier.«

»Ich komme, ich hole dich raus«, rief Viola hoffnungsvoll und wollte sofort losstürmen, um Hilfe zu holen, doch sie kam nicht weit. Egal, in welche Richtung sie lief, nach wenigen Metern musste Viola stoppen. Es war wie im Albtraum. Sie war umringt von unüberwindbaren Trümmerbergen, die wie aus dem Nichts emporwuchsen. Selbst die Straße war so von Schutt überschwemmt, dass sie völlig verschwand. Zu den Nachbarruinen vorzudringen, schien unmöglich.

Viola blendete aus, was sie im Mondschein erspähte. Sie musste sofort handeln und schleunigst die Feuerwehr rufen. Doch da kam die ernüchternde Erkenntnis: Sie hatte kein Telefon, um die Retter zu alarmieren und ihre Notlage zu schildern. Auch ihr Handy lag wie der Rest ihres Lebens unter einem in Dunkelheit gehüllten Schutthaufen.

Sie hatte nur das, was sie am Leib trug – Pullover, Hose, Unterwäsche, Socken – und fror entsprechend bei den eisigen Temperaturen. Woher und wie sollte sie nur Hilfe holen? Wo war ihr Mann? Riccardo wusste doch immer Rat.

»Riccardo, Manuele, sagt doch was! Wo seid ihr?«, rief Viola verzweifelt, sank zu Boden und lauschte. Doch das erhoffte Lebenszeichen der beiden blieb aus.

Da spürte sie neue Energie in ihrem müden Körper. Auch wenn sie auf sich allein gestellt war, würde sie kämpfen. Die Hoffnung und der Wille, ihre Familie aus den Trümmern zu retten, gaben ihr Kraft. So schnell und vorsichtig wie im Dunkeln möglich kletterte Viola auf den Schuttberg und schob sich dorthin, wo ihre Tochter schrie.

»Clarissa, ich bin gleich bei dir.« Leises Wimmern drang unter dem Schutt hervor. »Aua, Mama, aua.«

»Was tut dir weh, mein Schatz?«

»Mein Arm, mein Bauch …« Ihr Jammern wirkte kraftlos und weit weg.

Viola rutschte näher an die Stelle, an der sich ihre Tochter meldete, und begann, mit bloßen Händen zu graben. Ihre kalten Finger schmerzten, während sie ein Gestänge aus dem Schutt zog. Mit der Kraft einer Löwin trug sie Steine und leichtere Betonbrocken ab. Auf einmal war Schluss, sie kam nicht mehr weiter. Sie stieß auf etwas Hartes, an dem sie hievte und zerrte, doch nichts bewegte sich. Offenbar kämpfte sie mit einer Platte des Daches, das keinerlei Ähnlichkeit mehr mit einem Dach hatte. Sie fluchte, krabbelte weiter und versuchte es von der anderen Seite.

»Clarissa, bist du noch da? Sag doch etwas!«

»Aua, aua, Mama …«

Von der neuen Position gelang es Viola, die verkeilte Dachplatte zu umgehen. Sie fand eine Stelle, wo Steine und Mauerstücke lockerer saßen, warf sie zur Seite und schaufelte mit bloßen Händen weiter. Ganz langsam drang sie in das Innere des zerstörten Hauses ein.

Von Zeit zu Zeit stöhnte die verzweifelte Mutter auf, weil ihre Arme, ihr Fuß und Rücken so sehr schmerzten. Am meisten taten ihre Hände weh. Trotzdem machte sie weiter, für Jammern war keine Zeit. Sie musste ihre verschüttete Familie befreien. Es war noch nicht zu spät – solange Clarissa schluchzte, lebte sie noch.

KAPITEL 24

»Das Geschaukel heute Nacht war tatsächlich ein schweres Erdbeben, das ganz Mittelitalien durchgerüttelt hat.«[54] Stefan Ulrich, SZ-Korrespondent [aus: Ulrich: Arrivederci, Roma!, Ullstein Verlag]

Rom, 6. April, vor dem Morgengrauen

»So nah ran wie möglich und bitte sofort«, schnauzte eine gestresste Männerstimme aus dem Telefon Gianna an. Karina, die gut einen Meter entfernt stand, wich reflexartig zurück und staunte über den rauen Ton, der fast das Gebrüll in der Trattoria übertroffen hätte.

»Aber Erdbeben, das ist gar nicht mein Gebiet«, lamentierte Gianna und zog Grimassen, die der Grobian am anderen Ende der Leitung leider nicht sehen konnte. Sie hatte es ja befürchtet, ausgerechnet sie schickte die Redaktion in die Katastrophe. Ihr eingeübtes Schauspiel, das sonst immer zog – leidendes Lächeln, leutseliges Gelaber und bittender Hundeblick – nutzte diesmal nichts. Aber Gianna hatte längst eine andere Idee, um sich das Inferno zu ersparen.

Kaum war der Anrufer abgewürgt, verschwand Gianna aus dem Wohnzimmer. Karina blickte ihr nach. Ihr war sofort klar, dass ihre Mitbewohnerin alles tun würde, um der Erdbebenregion zu entkommen und ihre heimliche Schreibkraft vorzuschicken. Daher drehte Karina den Fernseher wieder lauter und machte sich Notizen, wo eingestürzte Häuser standen. Sie rechnete mit vielem – auch damit, dass sie lange umherirrte, bis sie die Stellen fand. Einige Filmsequenzen kannte sie nach zwei Stunden Katastrophen-TV fast auswendig, dennoch verloren die Bilder aus L'Aquila ihren Schrecken nicht.

Autoschlangen kurvten durch schuttbelagerte Straßen, über die aufgeregte Leute stürzten, teils verletzt, teils leichenblass. Einige gruben mit bloßen Händen in Trümmerhaufen.

In den Nachrichten um 5:35 Uhr gab eine Architektin aus L'Aquila ihre Einschätzung ab. Das historische Zentrum rund um den Domplatz wäre verwüstet und L'Aquilas Kulturschätze schwer getroffen. Auch Teile der bekannten Basilika Santa Maria di Collemaggio wären eingestürzt. Viele Menschen bibberten im Pyjama bei vier Grad Celsius, nachdem sie Hals über Kopf aus ihren Häusern gestürzt waren. Feuerwehr, Polizei und Zivilschutz waren im Dauereinsatz. Die Suche nach Verschütteten lief auf Hochtouren. Der Moderator ergänzte, dass der Ministerpräsident mit dem Zivilschutzchef in Kontakt stehe.[55]

[Vgl. RaiNews24, (6.4.2009)]

Gianna wirkte extrem blass, als sie mit besorgter Miene ins Wohnzimmer zurückkehrte – diesmal war es nicht gespielt. »Ich fühle mich so schlecht«, seufzte Gianna und deutete mit dem Kopf zum Fernseher. »Mein Chef erwartet, dass ich mit dem Fotografen nach L'Aquila fahre und eine Reportage schreibe. Aber ich habe so etwas noch nie gemacht, an so einem Ort.«

Karina sagte nichts, sondern blickte sie erwartungsvoll an. Sie ahnte, welche Frage Gianna gleich stellen würde: »Kannst du nicht hinfahren?«

»Das ist schlecht«, seufzte Karina. »Ich bin gerade knapp bei Kasse und kann mir keine Ausflüge leisten.« Die Ebbe in ihrem Portemonnaie war nicht gelogen, weil ihr »Dolce Vita« deutlich teurer kam als erwartet.

»Kein Problem, ich zahle dir das Taxi«, bot Gianna an und wurde zunehmend nervöser. Was war, wenn sich die Autorin ihrer Artikel weigerte? Selbst nach L'Aquila fahren zu müssen, war Giannas größter Albtraum. Sie hatte als Kind ein Erdbeben erlebt, das reichte.

»Aber der Fotograf wird doch misstrauisch werden, wenn wir beide dort sind«, gab Karina zu bedenken. Sie ließ sich nicht anmerken, dass sie sich schon auf den Einsatz in der zertrümmerten Stadt vorbereitete, der ihr trotz aller Routine Angst machte. Was würde sie dort erwarten?

»Ich habe arrangiert, dass ich unabhängig vom Fotografen losziehen kann«, tönte Gianna. Den L'Aquila-Ausflug ganz zu streichen, war ihr trotz aller Überredungskunst nicht gelungen. »Mitfahren kann ich leider nicht. Ich muss noch etwas Wichtiges erledigen und komme nach.«

Karina setzte ihr Pokerface auf. »Lass mich überlegen.« Wenn sie einmal vor Ort war und Artikel fabrizierte, konnte sie die gleich weiterverwerten – für ein wenig Übersetzungsaufwand ein netter Zusatzverdienst. Wegen ihr konnte Gianna zu Hause bleiben, weil sie die Unmotivierte mehr als Klotz am Bein denn als Hilfe empfand. Ihre Texte waren meist mittelmäßig bis Totalschaden, was Karina der Höflichkeit halber für sich behielt. Andererseits durfte Gianna ruhig einmal arbeiten, statt wieder alles abzuschieben. Der Ausflug würde dem verwöhnten Einzelkind nicht schaden. Schließlich gab Karina nach: »Okay, ich fahr mit dir nach L'Aquila.«

Gianna fiel ihr vor Freude um den Hals. »Du bist meine Rettung!« Sie tauschten noch Informationen zur gewünschten Reportage aus, dann verließ Gianna den Raum und atmete erleichtert auf. Gott sei Dank blieb ihr das Erdbeben erspart. Sie würde definitiv nicht nach L'Aquila fahren. Aber Karina sollte ruhig glauben, dass sie nachkäme. Bevor die Schrecken der Erinnerungen zurückkehrten, flüchtete Gianna sich in ihre Tagespläne: ein Friseurtermin sowie ein Besuch im Nagel- und Fitnessstudio standen an.

An sich schlüpfte Karina gern in die Rolle der rasenden Reporterin, dennoch überkam sie diesmal ein seltsames Gefühl. An Rom war das Erdbeben spurlos vorübergegangen, in L'Aquila hatte es dagegen Trümmer geregnet.

Immer neue Schreckensbilder füllten den Fernseher. Die Videos von Menschen, die mit bloßen Händen in Schuttbergen wühlten, waren Wahnsinn – keine Frage. Aber auch Kameramänner hatten ihre Tricks, um Schlimmes noch schlimmer aussehen zu lassen. Vielleicht war die Situation gar nicht so furchtbar, wie sie dargestellt wurde. Wie oft hatte Karina verfolgt, dass Medien eine Sache so verfremdeten, dass sie am Ende mit der Realität wenig gemein hatte. Wer wollte schon Durchschnitt lesen? Superlative waren gefragt – die Größten, Schnellsten, Verrücktesten.

Noch ahnte Karina nicht, was ihr bevorstand.

KAPITEL 25

»In jener Nacht umarmen sich ein Vater und eine Mutter, auf einem Hausdach, das kein Dach mehr ist. Jenes Haus, das zu einem Grab wird, zu einem Grab der Träume, einem Grab deiner Kinder, für die du gekämpft hast. Und dann entdeckst du in jener Nacht, dass du sie nur in den Abgrund geführt hast.«[56] Giustino Parisse [aus: Parisse: Quant'era bella la mia Onna]

Onna, 6. April, Morgengrauen

Das Wort Morgengrauen bekam für Viola eine neue Bedeutung, als am 6. April die Dämmerung die Finsternis verdrängte. Erst jetzt begriff sie, welches Grauen die Nacht versteckt hatte; jene furchtbare Nacht, in der kein einziges Licht mehr Onnas zerstörte Gassen erhellt hatte.

Der Anblick der vertrauten Straße, die keine Straße mehr war, traf Viola wie ein Stich ins Herz. Statt der schmucken zweistöckigen Häuser ragten in der Via dei Angeli nur noch Schuttberge empor. Geröll überflutete die schmale Fahrbahn, sodass es unmöglich war, dort noch durchzukommen. Nur vereinzelt trotzten Mauern dem Trümmermeer. Als einziges Überbleibsel eines verschwundenen Obergeschosses ragte ein auf ein verbeultes Rohr gestützter Heizkörper in die Luft.

Violas Blick wanderte zurück zu den Resten ihres Eigenheims, einem trostlosen Geröllhaufen, den eine verbeulte Dachhälfte bedeckte. Ihr Haus wiederum war nur eine kleine Ruine inmitten eines gigantischen Trümmerfeldes. Über die Hälfte der Gebäude im Dorf hatte das Monster dem

Erdboden gleichgemacht. Onna existierte nicht mehr. Ungläubig starrte Viola ins Nichts.

Stundenlang hatte Viola ohne Pause gegraben, gewühlt und trotz der Finsternis versucht zu ihrer Tochter vorzudringen. Jetzt konnte sie nicht mehr. Der Kampf gegen die Steine, Bretter und Betonbrocken raubte ihr sämtliche Kräfte, erhitzte aber ihren ausgekühlten Körper, sodass sie nach kurzer Pause weiterwühlte. Die Kälte und der Wille der Verzweiflung, dass jeder Handgriff sie dem unerreichbaren Ziel näherbrachte, trieben sie an. Immer wieder verharrte Viola, in der Hoffnung neben Clarissa auch ihren Mann oder Sohn zu hören. Vielleicht ertönte ein zaghaftes Rufen oder Flüstern, vielleicht ein leises Kratzen oder ein Klopfen – Hauptsache ein Lebenszeichen. Doch nichts von alledem drang an ihr Ohr. Trotzdem rief sie immer wieder: »Riccardo, Manuele, wo seid ihr?«

Ein einziges Mal war es, als ob aus dem Schutt eine gedämpfte Stimme wisperte, ganz schwach, dem Tod näher als dem Leben. Dann kam nichts mehr. War es nur ein Gespinst der Hoffnung, ein Wunschtraum? Viola klammerte sich an jeden Strohhalm. Bei ihrer Tochter war sie dagegen absolut sicher, ihre gedämpften Rufe waren definitiv real.

»Mama, aua, aua. Es tut so weh.«

»Clarissa, versuche an etwas Schönes zu denken!«

»Mama, aua«, drang die schwache Kinderstimme hervor.

Unaufhörlich forderte Viola von Clarissa Lebenszeichen. Die verzweifelte Mutter wollte um jeden Preis verhindern, dass die Kleine das Bewusstsein verlor. »Gleich bin ich bei dir«, ermutigte Viola ihr Kind, obwohl sie genau wusste, dass die Befreiungsaktion noch lange dauern würde. Grub sie an der richtigen Stelle? Sie schickte Stoßgebete zum Himmel. Sie fühlte sich so schwach, ohnmächtig und hilflos, als suche sie eine Nadel im Heuhaufen. Mehrmals hörte sie in unerreichbarer Ferne Stimmengewirr, Handyklingeln oder Martinshorn. Auf einer Anhöhe sah sie ab und zu Blaulicht aufblitzen, das bald wieder ihrem Sichtfeld entschwand. Wann kam endlich die Feuerwehr oder irgendjemand, der ihr half?

✯✯✯✯

Die Einsatzkräfte in L'Aquila waren völlig überfordert. Nur ein Dutzend Feuerwehrmänner hatten in jener unfassbaren Nacht Dienst. Sie konnten sich unmöglich um alle Notfälle gleichzeitig kümmern – zu viele Verletzte, zu viele Verschüttete, zu viele Unglücksorte. Ständig kamen neue Brennpunkte hinzu. Wo war die Gefahr am größten? Wer brauchte die Retter am dringendsten? Es wirkte wie ein Abwägen zwischen Pest und Cholera. Angesichts der Vielzahl der Tragödien, die sich in L'Aquila und den umliegenden Orten abspielten, hätten sich die Hilfskräfte zerteilen müssen. Die dringend nötige Verstärkung war angefordert. Bis jedoch die Retter eintrafen, verging viel Zeit – für einige zu viel Zeit.[57] [Vgl. Guzzanti: Draquila]

Ein Drama spielte sich am Südrand der Altstadt L'Aquilas in der Via Venti Settembre 46/52 ab, dem stadtbekannten Studentenwohnheim. Mehrere Notrufe lotsten die Feuerwehr zum demolierten Casa dello Studente, das auf dem Hügel über dem Fluss Aterno thronte. Den Einsatzkräften bot sich ein schreckliches Bild: Große Lücken klafften in den Wänden des dreiteiligen Komplexes, dem Zuhause auf Zeit von 120 jungen Menschen. Am schlimmsten hatte es den nördlichen der drei baugleichen Flügel getroffen. Mehrere Stützpfeiler waren weggebrochen, weitere abgeknickt. Als die Rettungskräfte den Schaden inspizierten und hinter die schiefe Fassade blickten, erlebten sie einen Schock.[58] [Vgl. Saviano: Vieni via con me]

✯✯✯✯

Die Sonne ging zwischen Wolken auf und erhellte die zerstörten Straßen Onnas. Mit dem Sonnenlicht kam die Verzweiflung, die Viola beinahe erdrückte. Ihr kleiner Ort war binnen einer Minute zur Heimat von Obdachlosen und zum Grab ganzer Familien geworden. Sie war kurz vor dem Zusammenbruch, als sie Schritte hörte. Jemand kletterte über die Trümmerhaufen – endlich Hilfe.

»Viola!« Die vertraute Stimme ihrer Freundin Marlena ließ sie herumfahren. Die Frauen umarmten sich.

Marlena erkannte sofort, dass die Freundin am Ende war. »Wo sind die Kinder und Riccardo?«

»Da drinnen«, hauchte Viola mechanisch und deutete auf die Trümmer ihres Hauses. Noch immer war sie wie in Trance, unfähig das Unfassbare zu begreifen.

Marlenas Gesicht gefror. »Oh, nein! Wo bleibt nur die Feuerwehr?«

In wenigen Worten schilderte Viola nüchtern die trostlose Lage und ihren hilflosen Kampf gegen die Trümmer. Noch während sie sprach, zerrte Marlena ihr Handy aus der Tasche und wählte die Notrufnummer. Es kam kein Freizeichen, weil das Telefonnetz außer Gefecht gesetzt war. Verbissen presste Marlena ihr Handy ans Ohr und starrte auf Violas verschrammte, blutige Hände und die zerrissene Hose. Sie verstand ohne Worte.

»Ich hole Hilfe!« Marlena wollte gerade davon stürmen, da packte sie Viola. »Warte! Was ist mit den Zwillingen und Luigi?«

Wie ein Sturm brach es aus Marlena heraus. Sie hatten die Nacht zum Glück nicht im eingestürzten Haus, sondern im Pkw verbracht. Selbst auf ihr Auto war ein regelrechter Steinhagel niedergegangen, der ihre Tochter Martina verletzt habe. Sie blutete und schrie. Die Türen waren teils verschüttet, teils so verbeult, dass sie sich nicht öffnen ließen. Nachbarn hätten sie schließlich befreit und sofort ins Krankenhaus nach L'Aquila kutschiert, weil Martina wie am Spieß gebrüllt hatte. »Es ist absolut furchtbar. Selbst ein Teil der Klinik ist eingestürzt«, seufzte Marlena und ballte die

Fäuste. Ihre andere Zwillingstochter stünde unter Schock, aber sie sei genauso wie ihr Mann unverletzt. Luigi gab nun alles, um möglichst viele Verschüttete herauszuholen. Marlenas Stimme verstummte schlagartig, als ein heftiges Nachbeben erneut an Onnas brüchigen Fundamenten rüttelte. Ein letzter »Mama«-Schrei drang aus den Trümmern und ein weiteres verschüttetes Lebenslicht erlosch.

✯✯✯✯

Dutzende Nachbeben fielen im Laufe des Vormittags über Onna und die Umgebung her. Wer noch ein Haus besaß, blieb diesem fern, denn immer wieder gaben geschwächte Mauern nach. Viola wurde Zeugin mehrerer Einstürze. Als sich ein weiteres Haus verabschiedete, starrte sie stumpf auf die fallenden Steine und Brocken. Seit Clarissa nicht mehr antwortete, schlug die Zeit gegen sie.

»Nein, nein. Wach auf. Es kann nicht sein. Es ist nicht wahr!« Der entsetzte Ruf aus der Nachbarschaft ermahnte Viola weiter zu wühlen. Sie hatte lange genug pausiert.

»Komm Marlena«, rief sie ihrer Freundin zu und die Frauen gingen wieder ans Werk. Die Feuerwehr war mittlerweile alarmiert, doch noch fehlte von den Rettern jede Spur. Viola spürte keine Müdigkeit, sondern nur diese innere Leere. Sie hatte jegliches Zeitgefühl verloren. Irgendwann gesellten sich Nachbarn zu ihnen und unterstützten sie beim Wühlen. Viola wandte nur kurz den Kopf, nickte dankbar und grub weiter, wie hypnotisiert. Irgendwann brannte die Sonne auf die Haut, doch Viola ignorierte es. Sie zerrte immer neue Trümmer beiseite und wuchtete Brocken weg. Trotzdem hatte sie das Gefühl, nicht voranzukommen und auf der Stelle zu treten. Dazwischen rief sie immer wieder nach ihrem Mann, ihrem Sohn und ihrer Tochter. Doch keiner der drei antwortete. Ruhelos kämpfte sich Viola weiter durch den Schutt. Auf einmal glitten mehrere Steine herab und prallten gegen ihr Knie. Reflexartig wich sie aus und rutschte zur Seite, wo sich die scharfe Spitze eines abgerissenen Gestänges in ihre Wade bohrte. Viola ignorierte den pochenden Schmerz.

Die Frauen gruben stumm, bis endlich ein Hilfstrupp anrückte. Die anfängliche Freude wich schnell Widerstand, als sie Viola von der Gefahrenzone, ihrem eigenen Haus, wegbringen wollten.

»Nein!«, wehrte sie sich lautstark. Viola konnte den Trümmerberg unmöglich verlassen, bevor sie wusste, was mit Riccardo und ihren Kindern war. »Mein Mann, mein Sohn und meine Tochter sind da drin!«

»Ja, sicher. Aber sie müssen sich dringend verarzten lassen!« Der Feuerwehrmann deutete auf Violas Unterschenkel. Ihre Hose war aufgerissen und rot verfärbt. Erst jetzt bemerkte sie das Blut, das an ihrem Bein hinunterfloss. Doch Schmerzen spürte Viola kaum, ihr Körper war wie betäubt.

»Wir übernehmen jetzt die Suche«, bestimmte der Mann resolut. Die Feuerwehrleute befragten Viola noch, wer sich in welchem Zimmer befunden hatte. Dann brachten sie Viola, die sich heftig wehrte, mit sanfter Gewalt weg. Widerwillig ließ sie sich von Marlena zum Ortsrand führen, wo Helfer erste Zelte aufbauten. Der Gang durch die zerstörten Straßen wirkte surreal – wie ein Horrorfilm in tiefster Vertrautheit. Das ganze Dorf war übel zugerichtet. Drüben in der Straße, in der Georgias Familie gewohnt hatte, sah es nicht besser aus. Georgias Mutter musste zusehen, wie sie zwei ihrer drei Kinder tot bargen. Manueles Spielgefährtin war eine von ihnen.

»Sie hat noch geschrien, aber wir kamen einfach nicht an sie ran.« Georgias Mutter kämpfte mit jedem Wort. »Wir haben alles versucht.«

KAPITEL 26

»Wohl jeder Journalist kennt diese Momente [...]. Eben war noch alles ruhig, Routine. Und dann stürzt plötzlich die Welt zusammen. [...] Doch diesmal ist mein Problem vor allem ein ganz anderes: Ich weiß, dass es in den Abruzzen Tote gegeben hat, ich weiß, dass ich Menschen sehen werde, die verzweifelt nach ihren Angehörigen graben. Wie soll ich da einfach meine Arbeit machen?«[59] Stefan Ulrich, SZ-Korrespondent [aus: Ulrich: Arrivederci, Roma!, Ullstein Verlag]

Rom, 6. April, früher Vormittag

Dass Roms Taxifahrer kräftig abkassierten, wusste Karina seit einer großen Shoppingtour. Nachdem sie mehrere rabattwütige Läden überfallen hatte, gönnte sie sich und ihrer Tütentruppe einen Chauffeur für den Heimweg, was sie zwei Kilometer, eine Stunde und 50 Euro später bereute. Es sollte ihre einzige Fahrt bleiben, bis L'Aquila rief.

Diesmal spielte der Preis keine Rolle, weil Gianna die Fahrt in die Katastrophe zahlte. Der Taxifahrer nervte Karina trotzdem, und zwar bevor er aufkreuzte. Mit einer Stunde Wartezeit müsse sie rechnen, verkündete die übertrieben nette Dame aus der Zentrale. Eine Frechheit fand die deutsche Kundin. Normalzustand meinte dagegen die erprobte Römerin Gianna, ehe sie aus der Wohnung verschwand. In der Tat war der Verkehr, »Traffico«, in Rom ein überall akzeptiertes Alibi fürs Zuspätkommen. Karina besänftigte das nicht – im Gegenteil, sie wurde nur nervöser. Sie wollte endlich los und mit eigenen Augen sehen, was in den Abruzzen los war. Katastrophen waren für Karina kein Neuland. In ihren Jahren beim »Stadtblatt« hatte sie oft über Dramen, Gewalttaten, Unfälle und andere Gräuel berichten müssen. Besonders fies waren jene Tage, die so unschuldig begannen und plötzlich ins Gegenteil umschlugen. Ein Anruf oder eine Sirene reichten und das totale Chaos brach aus; was eben noch als wichtig galt, spielte keine Rolle mehr.

Nach zwei Stunden fehlte vom Taxi weiter jede Spur. Karina war genervt. »Hoffentlich kommt das Trödeltaxi heute überhaupt noch!« Inzwischen hatte sie dreimal ihre größte Handtasche umgepackt, die trotz ihres immensen Stauraums rasch an ihre Grenzen geriet. Noch schwieriger als ihre Sachen in die Tasche zu pressen, fiel die Schuhsuche. Karina besaß Dutzende Paare, aber kein Modell, das für alle Eventualitäten passte. Schweren Herzens machte sie angesichts der Katastrophe, bei der keiner auf ihre Absätze achten würde, eine Ausnahme und wählte Turnschuhe.

Um die Wartezeit auf das Taxi zu überbrücken, pflanzte sich Karina wieder vor den Fernseher. Erneut zeigten sämtliche Sender schockierenden Schutt aus L'Aquila. Die Szenen waren furchtbar und doch ertappte sich Karina beim Gedanken – gute Fotomotive. Auf einem der seltsamen Schrottberge ragte ein unversehrtes Dach empor.

Anfangs hieß es noch, das Erdbeben hätte drei bis vier Todesopfer gefordert, inzwischen stieg die Zahl im Zehnminutentakt.

Von 17 Opfern war um 7:47 Uhr die Rede. Zwei Stunden später waren offiziell 27 tot, um 11 Uhr waren bereits 40 Leichen geborgen. Die Moderatoren betonten mehrfach, dass die Zahlen noch steigen würden. »I numeri stanno salendo.«[60] [Vgl. Zeit Online [6.4.2009]]

Mit jedem Toten wuchsen Karinas Zweifel. Wenn die Lage so schlimm war, wie sie fürchtete, hatten Überlebende definitiv Wichtigeres zu tun, als Interviews zu geben. Sollte sie Menschen, die alles verloren hatten und nach ihren Angehörigen suchten, mit Fragen quälen? Wie würden sie reagieren? Sollten Reporter sich nicht besser nützlich machen, statt zu berichten? Aber ohne Medien würden nur wenige von den Katastrophen erfahren und sich keine Wellen der Hilfsbereitschaft lösen. Nur wer von einer Tragödie wusste, zeigte Solidarität. Medien hatten nicht ohne Grund die Aufgabe zu informieren, komplexe Zusammenhänge zu erklären und anzuprangern, was falsch lief.

Während Karina noch über Sinn und Unsinn des Mediendaseins grübelte, ereilte Italiens TV-Publikum eine wichtige Nichtigkeit: Wegen einer Erdbebensondersendung musste die Realityshow »Grande Fratello«, kurz GF, weichen. Der Sender bat um Verständnis, dass die italienische Version von »Big Brother« erst am Folgetag wieder Höhepunkte aus der 24-Stunden-Überwachung freiwilliger Irrer zeigte. Sogar die GF-Teilnehmer hatten Ausläufer des Bebens aufgeschreckt.

Karina schüttelte den Kopf. Wer wollte bitte ein konstruiertes Trauerspiel sehen, in dem bezahlte Idioten mit Streiten und Nichtstun die Zeit vertrödelten, wenn sich einhundert Kilometer weiter eine wirkliche Tragödie abspielte? Der absurde Beitrag wirkte wie ein Zuspruch für die zweifelnde Reporterin. Ihr Einsatz war nötig, jemand musste Nachrichten recherchieren, damit nicht nur seichte Quotenfänger das TV-Programm bestimmten. Auf die Idee, dass auch die reale Katastrophe für andere Zwecke missbraucht wurde, kam sie nicht.

Einige Drahtzieher verstanden es, die Tragödie zum gesteuerten Medienspektakel zu machen und so für sich selbst zu nutzen. Vor allem für einen Politiker, der wegen seines skandalreichen Privatlebens ins Kreuzfeuer der Justiz und Medien geraten war, hätte der Zeitpunkt des Bebens kaum günstiger sein können. Die Katastrophe kam wie gerufen: L'Aquilas Absturz half nicht nur seinen eigenen Fall zu bremsen, sondern sollte ihm auch eine erfolgreiche Wahlkampagne bescheren.[61] [Vgl. Guzzanti: Draquila]

Der Fernseher lief, bis das Taxi vor der Tür hupte. Als Karina einstieg und ihr Ziel nannte, blickte sie der Mann hinter dem Steuer verwirrt an. »Nach L'Aquila? Sind Sie sicher? Da war ein Erdbeben!« Der osteuropäische Akzent des Fahrers war nicht zu überhören. Karina runzelte die Stirn, verstand der gute Mann kein Italienisch?

»Genau deshalb muss ich hin – und zwar schnell!«

Als habe er nur auf diese Ansage gewartet, legte der Taxifahrer den Gang ein und preschte los. Es hatte Vorzüge, einen Chauffeur zu haben, dachte Karina: Sie konnte telefonieren, nachdenken, dösen. Soweit die Theorie, in der Praxis hatte der Osteuropäer einen unersättlichen Sprachbedarf: eine Portion Wetter, ein Happen Politik und der Fahrgastcheck. »Kommen Sie aus Rom? Was tun Sie beruflich?« Das Augenpaar gaffte in den Rückspiegel und musterte die Kundin.

Karina hatte keine Lust auf Small Talk und griff zum Handy. Höchste Zeit ihre Telefonoffensive zu starten, um ihre ungeschriebenen Artikel zu verkaufen. Mit dem Stadtblatt fing sie an. Als nicht der Chef, sondern Tamara abnahm, schwatzten sie eine Weile, bis die Freundin von selbst fragte, ob sie wegen des Erdbebens anrufe. Tamara würde dafür sorgen, dass der Chef den Artikel orderte.

Der Anruf bei diversen »Provinzblättern« ernüchterte. Die Nürnberger Prärie hatte weder Bedarf noch Budget und nutzte statt eigener Auslandsreporter ausschließlich die Flatrate der Presseagenturen.

Das Taxi hatte Roms Randgebiete verlassen und schob sich die ansteigende Autobahn hinauf, vorbei an Weinbergen und Obstplantagen, die nach und nach in karges Gehölz übergingen. Die zahlreichen Tunnel und die Wetterkontraste – Sonne, Wolken, Regen – erinnerten Karina an diverse Alpentouren. Von Röhre zu Röhre wurde auch das Gelände steiler und wilder. Teils blieben als Zeichen der Zivilisation nur Strommasten, die wie Streichhölzer wirkten. Teils streckten sich einsame Dörfer dem Himmel entgegen. Die raue Hügellandschaft versprühte ihren eigenen Charme. Von Erdbebenschäden war dagegen nichts zu sehen.

Die Hügel und Berge flogen vorbei, bis etwa 30 Kilometer vor L'Aquila ein Konvoi aus Hilfstransportern die Tunnel verstopfte. Der Taxifahrer überholte auf dem Standstreifen und murmelte: »Wenig los heute.«

»Wie bitte?« Karina starrte den Mann am Steuer an. Trotz der Hilfskonvois sprach er von wenig Verkehr, dieser Taxifahrer hatte ein Problem mit dem Kopf oder den Augen.

»Ich meine die Pkw-Flotte, die sonst hier unterwegs ist«, erklärte er. Autos fand Karina auf der Pendelstrecke zwischen Rom und L'Aquila tatsächlich kaum. Dafür rollten mehrere Feuerwehr- und Rettungswagen über den Asphalt, dazu mischten sich Polizei- und Militärfahrzeuge.

Etwa 25 Kilometer vor L'Aquila war für alle Schluss mit der Autobahn. Die Carabinieri sperrten die Fahrbahn, weil das Erdbeben an Brücken, Straßen und in den Tunnelröhren allerlei Schäden angerichtet hatte. Da brachte auch ein Presseausweis nicht weiter. Es blieb nur die überfüllte Landstraße, auf der sich die Blechschlange im Schritttempo voranquälte.

»Kennen Sie keinen schnelleren Weg?«, wandte sich Karina seufzend an den Fahrer.

»Tut mir leid, Signorina. Das ist der Schnellste.«

Den Eindruck hatte Karina angesichts der wenigen Zufahrten in die Abruzzen leider auch. Sie hatte gehört, dass manche Städte und Dörfer durch ihre Gebirgslage Jahrhunderte lang abgeschottet gewesen waren.

Als ihr Telefon surrte, rechnete Karina mit Gianna. Doch die Nummer gehörte ihrem Exchef aus Nürnberg. Er erkundigte sich kurz nach der Lage, ehe er die Reportage bestellte – aber bitte mit deutschen Augenzeugen. »Kein Problem«, versicherte Karina. Sie würde schon einen Deutschen auftreiben.

Rom, 6. April, Vormittag

Die Ruhe in Rom war für Gianna schnell vorbei. Ihr Kollege saß ihr im Nacken, wann sie erste Berichte aus L'Aquila liefern würde. Sie vertröstete ihn und versuchte vergebens Karina zu erreichen – dauerbesetzt.

Gerade als Gianna im Fitnessstudio am Tiber in die Dusche spazieren wollte, rief Karina endlich zurück. Um zu verschleiern, dass sie gar nicht in L'Aquila war, brach Gianna vor gespielter Verzweiflung in Tränen aus. »Es ist furchtbar und der Chef will sofort Infos.« Die Durchsage zu neuen Fitnesskursen fiel Gianna nicht auf, aber Karina.

»Keine Panik«, rief Karina empört ins Telefon. »Das Fitnessstudio wird nicht über dir einstürzen!«

L'Aquila, 6. April, Vormittag

Die verschneiten Gipfel und die atemberaubende Landschaft begeisterten Karina sofort. Bei diesem Bergpanorama entzog sie dem Nürnberger Burgberg endgültig seinen Namen. Weite Gebirgsketten, kein Haus, keine Menschenseele – Karina verstand sofort, warum eingeengte Römer in diesem weiten Paradies Zuflucht suchten. Auch am erstklassigen Skigebiet zweifelte sie nicht mehr.

Es war absurd. Nichts, aber auch gar nichts außer der Fahrzeugkolonne wies auf ein verheerendes Erdbeben hin, dessen Epizentrum nur einen Steinwurf entfernt liegen sollte. Der Verkehr rollte langsam und Karina blieb viel Zeit, die grandiose Landschaft zu bewundern und sie nach Spuren des Bebens zu durchforsten. Erst nach Kilometern teils kerzengerader, teils in Serpentinen verlaufender Bergstraße tauchte eine Hüttenreihe neben einer Art Sprungschanze und dem Wegweiser »Campo Felice« auf. Nur wenige Fahrzeuge bogen ab.

Bald führte die Straße nur noch bergab. Mehrere Häuser zeigten nun tatsächlich Risse, Steine lagen herum, aber noch lagen Welten zwischen der Realität und den Fernsehbildern. Als L'Aquila nach einer Kurve vor den Gipfeln des Gran Sasso auftauchte, fühlte sich Karina endgültig im falschen Film. Aus der Ferne wirkte die Stadt, die stolz auf einer Hochebene thronte, wie ein Idyll unter tiefblauem Himmel.

Doch als sich das Taxi dem Stadtrand näherte, mehrten sich die Schuttberge in den Einfahrten und immer größere Risse wuchsen in den Mauern. Bald fehlten Häusern ganze Wände und Stockwerke.

Bei der Straßensperre am Stadtrand stieg Karina aus.

»Aber Signora, das ist weit bis ins Zentrum«, warnte der Taxifahrer.

»Kein Problem. Ich bin fit«, erwiderte Karina. Sie saß schließlich nicht den ganzen Tag hinter dem Lenkrad. Als er den unverschämten Preis nannte, schluckte sie und zahlte – mit Giannas Geld. Sie musste weiter.

Jetzt galt es möglichst viele Geschichten und Informationen zu sammeln, zu sortieren und am Ende alles in einen verständlichen, ansprechenden Text zu verpacken. Dass diese Aufgabe Giannas Job war, störte Karina kaum. Dass diese sie eiskalt belogen hatte, kotzte sie an. Das hatte sie Gianna deutlich gesagt: »Noch so eine Aktion und du kannst dir jemanden anderes suchen!«

Karinas Ärger verflog, als sie die Straßensperre passiert hatte und weiter ins zertrümmerte Herz der Stadt vorrückte. Sie musste zugeben, diesmal hatte das Fernsehen nicht übertrieben. Je weiter sie vordrang, desto mehr rang Karina nach Luft. So etwas hatte sie noch nicht gesehen.

KAPITEL 27

»Meine Kinder sind heraus aus den Trümmern. Nicht einmal den Mut habe ich, sie anzuschauen. Der Tod darf kein Gesicht haben. Das Leben muss siegen: die Erinnerung an ihr Lächeln, ihre vor Freude leuchtenden Augen, nicht das tödliche Grinsen eines zerstörten Gesichts. Mama hat sich gerettet, das blutverschmierte Gesicht erkenne ich nicht wieder. Papa ist noch unter einem Gebirge aus Trümmern begraben.«[62] Giustino Parisse [aus: Parisse: Quant'era bella la mia Onna]

Onna, 6. April, 10:35 Uhr

Sieben Stunden nach dem furchtbaren Erdbeben hatte Viola traurige Gewissheit. Die Hilfskräfte zogen Riccardo aus den Trümmern ihres Hauses. Viola erstarrte beim grauenhaften Anblick und schaffte es erst nach einer Weile, sich über den leblosen, zerquetschten Körper zu beugen. Ein letztes Mal küsste sie ihren Mann auf die Stirn. Seine Haut war kalt und staubig. Als die Feuerwehrleute ihn wegbrachten, war es, als würde ihr ein Teil des Herzens entrissen. Sie konnte und wollte nicht begreifen, dass Riccardo tot war – so unerwartet. Nie wieder würde er sie in die Arme schließen, nie wieder mit ihr über Fußball streiten, nie wieder mit den Augen rollen, wenn er nachdachte. Nie wieder.

Ihre Tochter befreiten die Retter eine Stunde später aus den Trümmern. Ihr Herz hatte ebenfalls aufgehört zu schlagen. Die Kleine habe bei ihrem Vater gelegen, zusammengekauert wie ein Säugling. »Riccardo muss sich schützend über sie geworfen haben. Es tut mir so leid, Viola«, flüsterte

Luigi und umarmte Viola. Auch ihm, dem routinierten Polizisten, fiel es sichtlich schwer, von seinem engsten Freund und dessen Tochter Abschied zu nehmen.

Viola rang nach Luft. Wären sie nur früher zu Clarissa und Riccardo vorgedrungen, hätten sie ihren Mann und ihre Tochter noch retten können. Wie oft hatte ihr Mädchen gerufen, bis ihre Stimme schließlich verstummte. Bevor die Rettungskräfte ein weißes Leinentuch über die kleine zerschundene Gestalt deckten und sie aus dem Dorf trugen, hätte Viola Abschied nehmen können, doch sie schaffte es nicht. Die Kleine wäre schlimm anzusehen, hatte man sie gewarnt. Viola wollte wenigstens ihre Tochter als quirliges, fröhliches Mädchen in Erinnerung behalten.

Clarissa war die 28. Lebensgeschichte, die in den Ruinen des einstigen 300-Seelen-Dorfes Onna am 6. April viel zu früh ein abruptes Ende fand. Es gab keine Straße, in der sie keine Leiche geborgen hatten. Jeder Nachbar, den Viola traf, teilte mit ihr den Verlust von Angehörigen. Jeder Zehnte im Ort war bereits tot und die Suche nach Verschütteten lief weiter auf Hochtouren, weil die Ruinen noch etliche Menschen gefangen hielten. Angehörige und Feuerwehr schufteten ohne Pause, um sie zu befreien. Endlich rückten die ersten Bagger an.

Eine der roten Maschinen nahm auf der Suche nach Violas Sohn die verschlungenen Trümmer ihres Hauses auseinander und fraß sich wie ein hungriger Dinosaurier durch die Ruine. Obwohl das Beben Manuele im Kinderzimmer überrascht haben musste, nur wenige Meter neben seinem Vater und seiner Schwester, blieb der Junge unauffindbar. Viola überfielen seltsame Gedanken. Ihr Sohn hatte von klein auf gern Verstecken gespielt, diesmal jedoch den falschen Ort und Zeitpunkt gewählt.

Plötzlich baute sich einer der Hilfskräfte vor ihr auf. »Sie müssen weg aus der Gefahrenzone!« Wie angewurzelt blieb Viola stehen. »Ich muss nur eines: Meinen Sohn retten!«

Sie wehrte sich gegen die zwei Muskelpakete, die sie packten und von den Hausresten wegzogen. »Lassen Sie mich los! Fassen Sie mich nicht an.« Doch der Griff der Männer lockerte sich nicht.

Auf den Wiesen an Onnas Ortsrand parkten verstaubte Autos. Dort bauten Helfer zwischen Bäumen blaue Zelte mit der Aufschrift »Ministro del Interno« auf, während einer der Sanitäter nochmals die Wunde an Violas Bein reinigte. Rasch wuchsen um die ungeduldige Patientin Gestänge und Planen zu Behelfsunterkünften. Die überschaubaren Zelte waren ein Anfang, aber trotz Onnas verheerender Todesbilanz würden sie unmöglich für alle reichen, das war klar. Aber noch dachte keiner an die nächste Nacht. Die meisten Überlebenden sammelten sich in kleinen und großen Gruppen, um miteinander nach Verschütteten oder beieinander Trost zu suchen. Sie stützten sich gegenseitig und erkundigten sich flüsternd nach den Familien der anderen.

Fast alle Dorfbewohner waren aus ihren eigenen Häusern verbannt. Da stets neue heftige Nachbeben an Onnas brüchigen Resten rüttelten, sperrten bald rot-weiße Plastikbänder immer mehr Dorfstraßen ab, auch die Via dei Angeli. Viola ließ sich vom flatternden Band nicht abhalten und hechtete, kaum dass der Sanitäter sein Werk vollendet hatte, schnurstracks zurück zu Manueles Trümmerversteck. Nichtstun trieb sie in den Wahnsinn. Niemand konnte ihr verbieten, ihr eigenes Leben zu riskieren, wenn es um das Leben ihres Kindes ging. Da ertönte eine vertraute Stimme: »Viola, warte!« Ihre Freundin Marlena hüpfte mit dem Handy am Ohr hinter ihr her.

»Weißt du etwas von Valenzia?« Marlena blickte sie betroffen an. Sie hätte gerade eine besorgte Freundin am Apparat, die über alle denkbaren Wege versuchte Valenzia aufzuspüren – bisher jedoch ohne Erfolg.

»Ich weiß nichts Neues«, antwortete Viola kopfschüttelnd. Nach dem Babysitten bei Familie Inventati war die

Studentin von Onna zurück nach L'Aquila gefahren. Das hatte sie Marlena schon gesagt.

»Warte, eins fällt mir noch ein«, seufzte Viola. »Sie wollte nicht direkt in ihre Wohnung, sondern erst noch bei einer Freundin im Studentenwohnheim vorbeischauen.«

Marlena hielt die Luft an und nahm das Handy vom Ohr.

»Wohnte diese Freundin im Nordflügel?«

»Ich glaube schon.« Viola ahnte nicht, was das bedeutete.

»Oh nein.« Marlena schloss die Augen. Erst nach einer langen Stille begann sie leise.

Den Nordflügel, der an die Via Venti Settembre grenzte, hatte es am schlimmsten erwischt. Binnen Sekunden waren Teile der fünf Etagen eingebrochen und bis zur Mensa im Erdgeschoss abgestürzt. Von der Straße aus verbarg noch die schiefe Fassade das Elend. Dahinter kämpften Rettungskräfte stundenlang gegen den Trümmerberg, der mehrere Studenten gefangen hielt. Der Großteil der Bewohner war zum Glück wegen der Beben zuvor geflüchtet. Nur wenige waren in den Zimmern geblieben. Da Kurse und Klausuren anstanden, wollten sie keine schlaflose Nacht auf der Straße verbringen – ein fataler Entschluss.

Der Informatikstudent Alessio war einer der Ersten, den sie aus den Trümmern zogen. Als sein Vater vom Einsturz des Wohnheims hörte und Alessios Handy nicht mehr klingelte, fuhr er sofort nach L'Aquila. Dass ein ganzes Haus auf seinen Sohn gestürzt war, konnte er sich nicht vorstellen, bis er in der Via Venti Settembre ankam. Dort blieb ihm nichts übrig, als zu warten.

Zuerst bargen die Feuerwehrleute Alessios Computer. Als Nächstes brachten sie seinem Vater eine Tasche mit persönlichen Dingen und Fotos seiner Freundin. Schließlich überreichten sie ihm Alessios Geldbeutel mit den Papieren. »Und wann bringt ihr mir meinen Sohn?« Dem Feuerwehrmann versagten die Worte. Er umarmte den Mann und drückte ihn an sich.[63] [Vgl. Saviano: Vieni via con me]

Nach dieser Hiobsbotschaft fiel es Viola noch schwerer, die kurze Nummer ihrer Schwägerin in Marlenas Handy einzutippen. Ihr Zeigefinger erwischte mehrmals die falschen Tasten. Als das Freizeichen ertönte, presste Viola das Telefon ans Ohr, während sie im Stillen flehte: »Bitte keine weiteren Horrornachrichten.«

Immerhin Violas Eltern, die trotz der 400 Kilometer Distanz die Ausläufer des Bebens um 3:32 Uhr bis in die Toskana gespürt hatten, waren verschont geblieben und jagten nun ihr Auto Richtung Onna.

Als ihre Schwägerin Roberta den Hörer abnahm, stockte Viola der Atem. Was hatte das Beben in deren Bergdorf angerichtet? Erleichtert vernahm sie, dass zwar mehrere Gebäude des Ortes verwüstet, die meisten Menschen aber nur leicht verletzt waren. Roberta und ihrem Mann war nichts geschehen, obwohl das Nachbarhaus auf ihres gestürzt war.

»Riccardo hatte uns gewarnt, sonst hätten wir die Nacht sicher nicht im Auto verbracht. Ich bin ihm so dankbar«, betonte Riccardos Schwester. »Wir hatten wirklich einen Schutzengel! Wie geht es euch?«

Viola hatte einen Kloß im Hals. Jede Menge Fragen schossen ihr durch den Kopf. Wo waren die Schutzengel von Riccardo und Clarissa in dieser Nacht gewesen? Wieso hatte ihr Mann seine Schwester gerettet, aber nicht sich selbst? Warum hatte das passieren müssen?

Mit schwacher Stimme presste Viola die erschütternde Erdbebenbilanz ihrer vierköpfigen Familie heraus: zwei Tote, ein Vermisster. Robertas entsetzlicher Schrei vermischte sich in Violas Ohren mit dem Chor der Sirenen. Auf der Staatsstraße SS17 preschte ein Konvoi aus Rettungswagen herbei und näherte sich der Kreuzung, die nach Onna führte. Viola wandte den Kopf und stellte verwundert fest, dass sie wegen zweier weggerissener Häuserreihen bis zur Staatsstraße blicken konnte. Ambulanz war ein gutes Zeichen, es bedeutete Hoffnung auf Überlebende. Vielleicht hatten der

Bagger und die eifrigen Helfer endlich ihren Sohn befreit. Wie von der Tarantel gestochen, spurtete Viola zur Ruine ihres Hauses, so schnell es die Trümmerhaufen zuließen, und Marlena rannte hinterher. Doch schon am Anfang der Via dei Angeli hielt sie ein Feuerwehrmann auf.

»Lassen Sie uns durch. Dort drüben ist mein Haus und mein Sohn«, schrie Viola ihn wütend an. Ihre Stimme pendelte zwischen Frust und Flehen. In diesem Moment raste die Ambulanz an der Kreuzung vorbei und entfernte sich von Onna.

Der Wächter der Trümmer blieb hart. »Nein.«

Die Gefahr wäre zu groß, weil immer wieder Nachbeben das Dorf erschüttern würden und instabile Gebäude einstürzen könnten. Viola schreckte die Gefahr nicht ab, sie musste zu ihrem Sohn. Marlena rief ihren Mann Luigi an, der kurz darauf mit dem Polizeiwagen herbeiraste und die Ausnahme möglich machte.

Beim Anblick der Ruinen würgte es Viola, ihr Magen rebellierte. Während der Bagger gegen die verkeilten Dachteile kämpfte, musste sie hinter den Absperrbändern bleiben. Erneut überfielen sie seltsame Gedanken. Den Frühjahrsputz hätte sie sich sparen können, auch ihr Trümmerwühlen im Morgengrauen wirkte sinnlos. So wie sich der Bagger plagte, hätten ihre schwachen Hände nie eine Chance gehabt.

Wenn eine Schicht abgetragen war und die Maschine verstummte, preschte Viola vor. Was galten schon Verbote in dieser Ausnahmesituation? Erfolglos versuchte sie, dem unbekannten Müllberg den vertrauten Grundriss überzustülpen. Wenig später folgte die traurige Erkenntnis – wieder keine Spur von Manuele.

Luigi kam zu Viola und versicherte, alles Menschenmögliche für ihren Sohn zu tun. Das war er ihr und seinem Freund Riccardo schuldig. »Wir finden Manuele«, versuchte er ihr Mut zu machen.

Der Dinosaurier mit Start- und Stoppknopf übernahm wieder das Ruder und fraß die nächste Schicht. Plötzlich gestikulierte einer der Retter wild mit den Händen, woraufhin der Baggerfahrer stoppte. Luigi stieg auf den Schuttberg, auf dem mehrere Männer an einer Platte herumwerkelten. Offenbar hatten sie darunter etwas entdeckt. Viola wollte gerade ebenfalls zu den Helfern emporklettern, als Luigi mit enttäuschtem Gesicht und einem zersplitterten Bilderrahmen in der Hand zurückkehrte.

»Leider wieder nichts. Nur das hier«, murmelte er und reichte die verstaubte Holzhülle Viola, ehe er über die Trümmer zurück zu den anderen Rettern stieg.

Der Bilderrahmen war hinüber, das Schutzglas zersplittert, nur die Fotografie einigermaßen heil. Vorsichtig befreite Viola das Bild von Scherben und Staub. Dann saugte sie den abgebildeten Palmenstrand an der Adria auf und die glückliche Familie, die es nicht mehr gab.

Der Bagger wühlte weiter und brachte noch eine stumme Bekannte zurück ans Tageslicht: Clarissas Puppe. Viola schloss das lädierte Spielzeug – ein Bein fehlte, eine Hand war kurz davor abzufallen – in ihre Arme. Mehrmals hatte die stolze Puppenmama Clarissa ihr eingetrichtert: »Wenn ich mal nicht da bin, musst du dich um Maxi kümmern, Oma!« Andere Enkel wären Viola ohne Frage lieber gewesen als eine einbeinige, verstaubte Puppe, aber sie hatte es ihrem Mädchen versprochen. Sie drückte das Plastikbaby so fest an sich, dass auch noch die angebrochene Hand abfiel. Viola bückte sich und fischte nach dem abgefallenen Unterärmchen.

Als sie den Zigarettenstummel am Fußboden erblickte, hatte ihr Gehirn einen Aussetzer. Viola traf eine überstürzte Entscheidung.

KAPITEL 28

»Die Stadt sieht aus wie nach einem Luftangriff mit B52-Bombern«, berichtete Fotograf Chris Helgren, der die Kriege im Irak und Bosnien miterlebt hat. [64] [Vgl. Focus.de (6.4.2009)]

L'Aquila, 6. April, später Vormittag

Die Bombe hatte direkt neben Karina eingeschlagen – zumindest sah es so aus. Vor Schreck ließ sie ihren Stift fallen. So etwas hatte sie noch nie gesehen.

Ein einzelner Sprengsatz reichte gar nicht aus, höchstens ein Bombenhagel konnte ein Viertel derart übel zurichten. Die zermalmte Hausmasse neben den mit Rissen und Löchern übersäten Wohnkomplexen erinnerte Karina an Kriegsbilder aus Nürnberg. Die 1945 vom Bombenhagel ausgelöschte Altstadt und L'Aquila 2009 lagen plötzlich nahe beieinander, obwohl sie 54 Jahre und 810 Kilometer trennten.

Eine Waschmaschine, ein Fotoalbum und ein Fetzen Stoff, an dem ein Suchhund schnüffelte, machten Karina bewusst, dass sie vor keinem Mahnmal im Museum, sondern in einer gerade geborenen Geisterstadt in Italien stand. Staub klebte in Karinas Mund und Nase, sodass sie husten musste. Sie fragte sich, wie das die Hilfskräfte aushielten, die pausenlos in den Schuttbergen schufteten.

Acht Stunden nach dem verheerenden Erdstoß suchte eine Vielzahl staubiger Helden in den Ruinen weiter nach Vermissten. Dazwischen flitzte ein Fernsehteam umher, das die Tragödie offenbar mit einer Hetzjagd auf krasse Bilder verwechselte. Selten schämte sich Karina für fremde Kollegen; diesmal wäre sie gern im Boden versunken. Die meisten Journalisten tasteten sich mit Respekt an die erschütterte Stadt und ihre obdachlosen Bewohner heran. Doch es ging auch anders, wie jenes Fernsehduo vorführte. Schockiert von diesem Verhalten und der Zerstörung, beeindruckt von der Hilfsbereitschaft, stolperte Karina weiter.

Auf einmal rempelte sie ein höchstens fünfzehnjähriger Junge im Schlafanzug an, er wankte schimpfend auf den Trümmerberg.

»Papa, jetzt komm raus!« Der Junge stellte sich neben eine Gruppe Männer und trampelte auf der Stelle. »Warum geht nichts voran?«

Ein Feuerwehrmann stellte sich neben den Teenager und klopfte ihm auf die Schulter. »Das Schwierige, mein Junge, ist so zu graben, dass nicht noch mehr einstürzt. Aber ich verspreche dir, wir geben nicht auf, bevor wir deinen Vater draußen haben.«

Plötzlich sah Karina ihren eigenen Vater unter Trümmern liegen, er hatte die Augen geschlossen und bewegte sich nicht. Zum Glück war es nur ein Hirngespinst. Aber was wäre, wenn er morgen wirklich nicht mehr lebend aus seinem Haus käme? Bei den letzten Telefonaten hatte sie sich nicht mit Ruhm bekleckert und ihm einiges an den Kopf geworfen. Gleich morgen wollte sie ihn anrufen.

Als Nächstes traf Karina auf ein Trio mit gesenktem Blick, das seine Rollkoffer hinter sich herzog und bereitwillig von der furchtbaren Nacht, den Erdbeben und der verzweifelten Suche nach Bekannten erzählte. Trotz Verbot wären sie zurück in ihre zerfallene Wohnung gegangen und hätten das Nötigste zusammengerafft. Jetzt wollten sie zu Freunden, die in einem Dorf in der Nähe lebten und ihnen Unterschlupf boten.

»Wie kommt ihr dorthin?«, fragte Karina.

»Zu Fuß, wie sonst?«, meinte einer der drei achselzuckend.

Auf seinem Auto habe sich das Nachbarhaus ausgebreitet. »Via Sant'Andrea, die Straße ist sicher ein Foto wert.« Die Koffer rollten weiter.

Der Katastrophenhelfer, der Karina wenig später vor die Füße lief, nannte weitere Brennpunkte der Zerstörung: die Via Venti Settembre, ein Großteil von L'Aquilas Altstadt, das Dorf Onna sowie etliche andere Orte in der Umgebung. Zwar zauberte der hilfsbereite Bursche aus Venetien keinen Stadtplan hervor, malte aber dafür eine Skizze. »Übrigens schwappt eine gigantische Hilfswelle herbei und auch der Ministerpräsident wird heute noch in L'Aquila aufkreuzen.«

Da zeigte sich einmal wieder, dass die Italiener ein Volk der Krisenbewältiger waren und in der Katastrophe zusammenstanden, dachte Karina. Dass der Ministerpräsident sofort alle Termine abgesagt hatte, um selbst ins Elend zu reisen, rechnete sie dem Politiker, der sonst mit dummen Sprüchen und Skandalen Schlagzeilen machte, hoch an.

Karina lief weiter Richtung Zentrum, der Weg zog sich. Auf einmal hielt eine verstaubte Vespa neben ihr. Ein Lockenkopf, höchstens 35 Jahre alt, klappte sein Helmvisier hoch und fixierte ihre Riesentasche. »Das Ding sieht schwer aus. Magst du mitfahren?« Er wischte seine Locken aus dem Gesicht und stellte sich als Cesare aus Lucoli vor.

Karina schüttelte ihm die Hand. »Danke, die Tasche ist tragbar. Ich habe keine Steine drin«, meinte sie mit Blick auf die Haufen am Straßenrand. Sie klärte ihn über ihren Reporterjob auf und rechnete mit dem Rückzug des Mitfahrangebots, doch das Gegenteil trat ein.

»Journalistin?« Cesare überflutete sie mit Informationen über gefährliche Konstruktionen, unfähige Behörden und falsche Versprechen. »Du musst unbedingt zum Studentenwohnheim und nach Onna. Ich bringe dich gern hin.«

»Onna, ist das der Ort, den es so schlimm getroffen hat?«

Cesare nickte. »Schlimm ist untertrieben ...« Seine Oma habe bis gestern in dem Dorf gelebt, das nun nicht mehr existierte. Jetzt müsse er ihre Leiche identifizieren, seine Mutter schaffe das nicht.

Karina schluckte. Sie hatte sich selten so unwohl in ihrer Reporterrolle gefühlt. »Das ist ja furchtbar. Es tut mir leid«, stammelte sie.

»Mach dir keinen Kopf. Du hast sie nicht auf dem Gewissen.« Cesare blickte ins Leere. Er hatte keine Eile nach Onna zu kommen, diesen unschönen Auftrag schnappte ihm keiner weg. Daher kam ihm die Tour mit der Journalistin gerade recht. Er zog sein Helmvisier zu und Karina stieg auf. Während die Vespa den beweglichen Slalomparcours aus Rettungswagen und verstörten Menschen umfuhr, fragte sie sich, was wohl in all den Köpfen vorging.

Am Fuß der Hangstraße »Via Pioggio Santa Maria« stoppte Cesare die Vespa vor dem Haus, in dem bis zum Vortag seine Tante gewohnt hatte. Von den drei Etagen war nur noch das Dachgeschoss übrig, das auf dem Boden lag.

Der Anblick fegte Karina fast um. Es war, als hätte ein Monster das Gebäude aus den Fundamenten gerissen, zerfetzt und zerstückelt, bevor es mit seinen Riesenfüßen die Reste zerstampft hatte. Dabei hatte sich das Untier so verausgabt, dass auch die anderen Häuser rundherum Seitenhiebe und Querschläger abbekommen hatten. Neben den auf einen Meter Schutt reduzierten drei Stockwerken wirkte das Nachbarhaus wie ein Prachtbau, obwohl es durch Risse und fehlende Fassadenteile in jeder normalen Straße als Bruchbude aufgefallen wäre.

»Deine Tante«, stotterte Karina. »Hat sie überlebt?«

»Ja, weil sie weggefahren ist«, erwiderte Cesare.

»War das Gebäude so hoch wie das dort drüben?«

Cesare nickte. »In etwa, ein bisschen niedriger.«

Zögernd holte Karina die Kamera aus der Tasche, sie musste Bilder machen. Das war nie ihre Stärke gewesen, sondern eher eine notwendige Pflicht und angesichts der Kulisse zögerte sie erst recht. Cesare bemerkte es. »Du brauchst Bilder? Ich bin Hobbyfotograf!«

Dankbar reichte sie ihm den Apparat und Cesare kletterte erleichtert über die Reste eines Balkongeländers. So verlängerte sich die Schonfrist, bis er nach Onna musste.

Während die Kamera klickte, erzählten die Umstehenden Karina vom letzten Wunder. »Es ist noch keine halbe Stunde her«, betonte einer der Helfer und berichtete mit einem Lächeln von einer Frau, die sie schwer verletzt, aber lebend befreit hatten. Das machte Mut und trieb die Retter an, weiter an der gepressten Hausmasse zu graben, obwohl ihnen bereits der Schweiß von der Stirn tropfte.

»Das ist wirklich ein Wunder!« Karina nickte anerkennend und starrte auf den Schutt. Ihre Frage »Sind noch Menschen verschüttet?« löste eine Diskussion aus.

»Drei werden noch vermisst«, erwiderte einer der Helfer. »Mindestens fünf«, entgegnete ein anderer, bevor ein unheimliches Schweigen begann.

Nach einer Weile setzte Karina an: »Und wie alt war das Haus?« Einige sagten, es wäre ein Bau aus den 60ern, andere meinten aus den 70er Jahren. »Also keine 50 Jahre alt«, fasste Karina ernüchtert zusammen – von wegen nur altes Gemäuer stürzte ein.

Langsam plagte sich Cesares Vespa den Berg hinauf zur Via Venti Settembre, die sich zwischen der zerstörten Altstadt auf der einen und einem Steilhang auf der anderen Seite emporwand. Der weite Blick über das Tal, durch das sich der Fluss Aterno und eine verschlafene Bahnlinie schlängelten, interessierte an diesem Tag niemanden.

Nach einer Kurve erreichten sie das Studentenwohnheim. Obwohl Karina das erste Mal vor dem Gebäude stand, erkannte sie es sofort; zu oft hatten die Fernsehsender in den letzten Stunden dessen löchrige Fassade gezeigt. Im Katastrophen-TV hatte Karina jedoch weder den Staub gefühlt, der ihr das Atmen erschwerte, noch die Angst gehört, die aus starren, stummen Gesichtern schrie, noch die Gefahr gespürt, der sich alle Retter aussetzten, die sich in die instabilen Gebäudereste wagten.

Cesare stieg von der Vespa und hielt Ausschau. Nach ein paar Minuten stürmte ein Bekannter auf ihn zu und sie fielen sich in die Arme.

»Boris! Mann, bin ich froh dich zu sehen!« Cesare klopfte dem Kumpel erleichtert auf die Schulter. Jeder Schlag löste eine Staubwolke aus.

»Was ist mit Enzo, Alessio ...?« Cesare zählte etliche Namen auf. »Wie viele haben sie bisher lebend rausgezogen?«

Drei Finger klappten an Boris Hand hoch. »Acht sind noch drin«, ergänzte er leise. Nun ratterte auch er eine Reihe von Namen herunter.

»Erzähl ihr davon. Sie ist Journalistin.«

Boris blickte Karina mit müden Augen an und erzählte.

Es begann mit den Rissen im Wohnheim, die bei jedem Erdstoß wuchsen, und Nägeln, die sich mit dem Daumen in die Wände drücken ließen. Mehrere Studenten meldeten dies der Hausverwaltung, weil sie sich Sorgen machten. Wenig später zerbröckelte ein Pfeiler in der Mensa. Wieder schlugen Studenten Alarm, bis ein Techniker ins Wohnheim kam und die Schäden inspizierte. Als eine Studentin ein Zertifikat zur Erdbebensicherheit des Gebäudes sehen wollte, erklärte man ihr: »L'Aquila zittert, aber es stürzt nicht ein [...]. Bevor dieses Haus zusammenfällt, muss ganz L'Aquila einstürzen. Das ist die sicherste Zone der Stadt.«[65] [Vgl. Saviano: Vieni via con me]

Wirklich beruhigt habe das die Wenigsten. Die Risse wuchsen weiter. »Wir haben die Verwalter regelrecht belagert und genervt, aber nichts ist passiert.« Boris Gesicht verfinsterte sich. »Wenn möglich habe ich die Nächte anderswo verbracht, nur nicht in diesem Haus.« Übers Wochenende wären viele Studenten zu den Eltern gefahren, andere wären bereits in die Osterferien abgereist.

Als in der letzten Nacht, wenige Stunden vor dem Todesstoß zwei Vorbeben das Unheil angekündigt hatten, war ein Großteil der Wohnheimbewohner geflüchtet und hatte die eisige Nacht unter freiem Himmel verbracht. So waren am Ende relativ wenige Studenten im Nordflügel gewesen, als ihre Zimmer wie Dominosteine herabgefallen sind.

Während Boris berichtete, blickte Karina fassungslos auf den Todestrakt, dessen schiefe Fassade die Tragödie noch verdeckte. Spätestens jetzt hatte sie die tiefsten Abgründe erreicht, dachte sie.

Rom, 6. April, später Vormittag

Hätte der Friseur nicht gerade ihre Haare in Form gebracht, wäre Gianna explodiert. Die Redaktion nervte und Karina ging nicht ans Telefon. Was trieb ihre Ghostwriterin nur in den Abruzzen? Sie würde sich doch nicht erlauben, mit einem Kerl abzuhängen. Als das Radio im Friseursalon Beweise für Karinas Unschuld lieferte – das Mobilfunknetz wäre überlastet und die Erde bebte weiter – kippte Giannas Wut zu großer Sorge: Hoffentlich war Karina nichts zugestoßen.

Onna, 6. April, später Vormittag

Onna begann direkt hinter den Schienen. Die hochgeklappten Bahnschranken und das weiße Ortsschild waren noch unversehrt. Doch neben den Gleisen belagerte schon die erste Ruine den Boden. Schräg gegenüber kämpften ein wuchtiges Haus, das mehr Risse als Fenster zählte, und sein schiefer Balkon still gegen die Schwerkraft.

Cesare hielt vor dem Ortsschild und klopfte gegen das Blech mit der Aufschrift »Onna – Frazione di L'Aquila«, Vorort von L'Aquila.

»Ciao Oma, ciao Onna, Vorhölle von L'Aquila«, murmelte er nur. Ob sie ihm helfen könne, fragte Karina leise. Cesare schwieg und stieg wieder auf seine Vespa.

Hinter einem mit Rissen durchsetzten Haus verbot ein rot-weißes Absperrband die Weiterfahrt. Karina rechnete schon mit dem Schlimmsten und war trotzdem geschockt. Eine Panzerarmee hätte das Dorf nicht so stark verwüsten können.

Eine dicht bebaute Straße, in der ein Sprengsatz explodiert war, eine Siedlung, in die ein Kleinflugzeug abgestürzt war, ein Schlafzimmer, in das ein Lkw gerast war – das hatte sie in Nordbayern innerhalb eines Jahres erlebt. In Onna kam alles in einer Sekunde auf zehn Metern zusammen.

Monster nannten viele in L'Aquila das Erdbeben – wer Onnas zerstörte Dorfstraßen sah, wusste sofort warum.

Hinter einer Kurve hielt Cesare an. »Wir sind da.«

Karina kletterte langsam vom Sitz. Es roch nach Gas, Wasser tropfte aus einer aufgeplatzten Leitung. Die Stille war so bedrückend, dass Karina meinte, den Schmerz zu spüren, der wie der Staub über dem Dorf lag. Was für ein heftiger Erdstoß musste das gewesen sein. Kein Stein schien mehr auf dem anderen zu stehen. Wohin sie auch blickte, überall türmten sich Schuttberge gen Himmel. Teils verschmolzen Gassen und Häuserreihen sogar zu einem Schuttgebirge.

Die erschöpften und verbissenen Gesichter würde Karina so schnell nicht vergessen. Eine Seniorin irrte zwischen grauen Ruinen und grünen Wiesen umher; ein Paar umarmte sich vor einem Haus, aus dem ein Stock herausgeplatzt war, Teile des Daches hingen in der Luft. Zwei Männer trugen eine in Tücher gewickelte, auf eine Leiter gebettete Leiche zur Sargreihe hinter den Bäumen.

»Das war es dann wohl mit Omas Schmuckstück«, seufzte

Cesare. Nach außen gab er sich cool, doch seine Fassade fiel, als er beim breitgewalzten Häuschen der Großmutter ankam. Der Kleiderschrank und andere vertraute Möbel, die aus den Trümmern ragten, schleuderten ihn auf den Boden der Tatsachen zurück. »Die rote Bluse habe ich ihr erst neulich mitgebracht«, flüsterte Cesare und rührte sich nicht mehr vom Fleck. Er brauchte ihren Körper gar nicht zu identifizieren, sie war es – sicher.

Mit Cesares Tränenausbruch war Karina völlig überfordert. Wie sollte sie einen eben noch so starken Kämpfer trösten, der jetzt wie ein kleines Kind heulte? Ein älterer Herr in Feuerwehruniform nahm ihr die Last ab, er trat heran und schloss Cesare in die Arme. Beide weinten.

»Drüben haben wir bisher drei Schwerverletzte rausgezogen, deine Oma war leider nicht dabei«, sagte der Alte und klopfte ihm auf die Schulter, die nächste Staubwolke löste sich. Dann verschwanden beide.

Karina lief allein weiter und landete am Rande der Via dei Martiri. »Straße der Märtyrer« übersetzte sie das Straßenschild. Als Karina an einer zerstörten Hauswand eine Tafel mit 17 Namen und dem Datum 11. Juni 1944 entdeckte, ahnte sie Schlimmes und ging schnell weiter. Noch wusste keiner, dass sie Deutsche war.

Noch wusste sie nicht, dass ihr eigener Großvater im Zweiten Weltkrieg in Italien stationiert gewesen war.

KAPITEL 29

»Als ich um 11 Uhr im antiken Dorf ankomme, existiert Onna nicht mehr. Es ist weggerissen, als wäre ein Wirbelsturm darüber hinweggefegt. Von den alten Häusern sind nur Geröllhaufen übrig […]. Am Ende der Straße umarmen sich auf einer Wiese völlig verzweifelte Männer und Frauen vor einigen Särgen. Es sind zwölf Särge, viel zu wenig für 40 Tote.«[66] Giuseppe Caporale [aus: Caporale: L'Aquila non è Kabul]

Onna, 6. April 2009, Mittag

Klein und unschuldig lag der Zigarettenstummel vor Viola. Natürlich konnte der Winzling nichts dafür; es war allein ihre Schuld und doch war er ein fieser Komplize.

In jener Nacht, die alles verändert hatte, hatte sie ihren Mann wecken wollen. Aber sie hatte es nicht getan, um heimlich zu rauchen, obwohl sie offiziell schon vor Wochen damit aufgehört hatte. Daher saß ihre Nikotinsucht mit auf der Anklagebank.

Das Urteil war bereits gefällt: lebenslang getrennte Wege. Viola schwor sich, nie mehr eine Zigarette anrühren.

****

Betreten stapfte Karina über den Schutt. Nachdem sie von der Via dei Martiri wusste, ging ihr das Schicksal des kleinen Dorfes Onna und seiner Bewohner noch näher – noch dazu, weil jeder, dem sie begegnete, eine unfassbare Tragödie erlebt hatte.

Wenige Stunden vor dem Beben war der angehende Carabinieri Lorenzo nach Florenz aufgebrochen. Als er zurückkehrte, traf er seinen 22-jährigen Bruder, der zur Oma nach Onna gezogen war, und seine Mutter, die als Lehrerin in Rom arbeitete und beide in Onna besucht hatte, nicht mehr an.

Der 6. April 2009 zerstörte auch das Leben der Familie Pezzopane: Obwohl die vierfachen Eltern alles versuchten, konnten sie nur eine ihrer drei Töchter retten. Ihre jüngste Tochter, Susanna Maria Celesta, 16 Jahre, begrub das Elternhaus im Schlaf. Wenige Häuser weiter starb Susannas 26-jährige Schwester Benedetta unter den Trümmern, Arm in Arm mit ihrem Verlobten. Er war am Abend extra nach Onna gekommen, um sie zu überraschen.[67] [Vgl. il Centro: Le vittime del terremoto (Gedenkseite)]

Die grausame Willkür schien Karina sinnlos zu sein. Warum lebten die einen und die anderen nicht? Warum zerfielen manche Häuser und andere nicht? Nachdenklich blickte sie in den blauen Himmel, von dem die Frühlingssonne strahlte, während das Dorf seine Toten hinter zartgrünen Bäumen aufreihte. Obwohl es dreimal soviel Verstorbene wie Särge gab, war die Sargreihe viel zu lang.

Eigentlich wollte Karina nur weg von Onnas kläglichen Resten. Da entdeckte sie zwischen den Schutthaufen eine Frau mit verweinten Augen und einer einbeinigen Puppe im Arm. Die Art, wie diese das Spielzeug an sich drückte, während sie auf den Bagger in der Ruine vor sich starrte, ließ keine Zweifel: Die Frau hatte mindestens ein Kind verloren.

Langsam ging Karina auf die Fremde zu. Sie wollte die trauernde Frau trösten. Doch die richtigen Worte dafür zu finden, darauf bereitete einen keiner vor – kein Kollege, kein Kurs, kein Lehrbuch.

✯✯✯✯

Viola starrte auf den Bulldozer, der sich durch ihr Haus fraß. Nur tatenlos zuzusehen, schmerzte sie. Aber ihr Verstand wusste, dass die Baggerschaufel ergiebiger arbeitete als schwache Menschenhände. Viola war dankbar, dass dieses Maschinenwesen und sein Dompteur ihr Clarissas Puppe und das Familienfoto gebracht hatten. Beides bewahrte sie wie einen Schatz. Immer wieder schickte sie Stoßgebete zum Himmel, dass wenigstens ihr Sohn überlebte, als plötzlich eine fremde Frauenstimme mit Akzent an ihr Ohr drang.

»Kann ich irgendwas für Sie tun?« Karina holte tief Luft. Der erste Satz war der schlimmste und endlich herausgepresst. Die Reaktion der dunkelhaarigen Frau war minimal.

Viola wandte den Kopf und musterte die Fragestellerin: blond, klein, eigenartige Aussprache, aufmerksame Augen. Sie versuchte das Gesicht einzuordnen und kam zu dem Schluss, dass sie die junge Frau im Dorf noch nie gesehen hatte, sonst würde sie sich an deren seltsames Italienisch erinnern. Da kam Viola ein Geistesblitz: Sicher war die Blonde eine Studentin aus dem Ausland, sicher eine Bekannte von Valenzia.

»Du weißt etwas von Valenzia?«

Karina war überrascht, wie plötzlich die traurigen Augen voller Hoffnung aufblitzten. »Valenzia? Nein, leider nein.« Sie stellte sich als Reporterin vor und streckte ihr die Hand hin. Die Finger der Frau, die sich als Viola vorstellte, waren eiskalt und kraftlos. Sie ähnelten Puppenfingern. Ob sie ihr ein paar Fragen stellen dürfe, fragte Karina vorsichtig.

Viola zuckte mit den Achseln. »Sicher.«

»Besteht noch Hoffnung für Ihre Familie?«

»Für meinen Sohn ja, sonst nein.« Violas Augen starrten wieder auf die Puppe in ihrem Arm, dann auf den Schuttberg. Eine Träne kullerte über ihre Wange, ihr Blick verharrte auf der Baggerschaufel.

Eine ganze Weile standen beide wortlos hinter dem Absperrband. Vielleicht waren es zwei Minuten, vielleicht zwanzig. Seit Karina Onnas Boden berührt hatte, schien die Zeit stillzustehen. Sie wollte mit anpacken, irgendetwas

Sinnvolles tun. Doch Karina wusste nicht recht wie. Unter welchem Schutt war es noch sinnvoll zu graben? Alles, was sie bisher für ungemein wichtig gehalten hatte, wirkte plötzlich unwichtig, verglichen mit dem Leid der Frau neben ihr. Selten war es Karina so schwer gefallen, ihren Job zu machen und die richtigen Fragen zu stellen. Sie ergriff besser die Flucht.

»Ich will Sie nicht weiter stören«, murmelte Karina und reichte Viola die Hand zum Abschied. Sie war auf vieles gefasst – dass die Fremde weiter in wortloser Starre verharrte oder gar in Tränen ausbrach. Doch Viola überraschte sie, packte ihre Hand und fing an, zu erzählen.

Ihre Tochter hätte immer wieder unter dem Schutt geschrien, aber die Retter waren zu spät gekommen und hatten sie und ihren Mann nur noch tot aus dem Schutt ziehen können. Die Leiche der Kleinen hatte Viola nicht anschauen können, weil sie ihre Clarissa als fröhliches Mädchen in Erinnerung behalten wollte. Nur die Puppe Maxi war noch da – und ihr Sohn, den noch immer die Trümmer des Hauses gefangen hielten.

Karina bekundete ihr Mitgefühl und kniff die Lippen zusammen. »Das Leben kann so verdammt ungerecht sein!«

Erst jetzt fiel ihr auf, dass der Puppe in Violas Arm sowohl ein Bein als auch eine Hand fehlten und sie ein Loch im Kopf hatte. Wenn ein Plastikbaby die Diagnose »schwer verletzt« verdiente, dann dieses.

Violas Hände krampften um die Puppe, während die Worte weiter aus ihr heraussprudelten. »Seit Wochen hatten wir wegen der Erdbeben gestritten und diskutiert. Riccardo hatte mich immer beruhigt – bis zum Mittwoch.« Sie hätte auf ihren Mann hören sollen, er hätte so recht gehabt, aber sie hatte ihm nicht geglaubt. Sie hätte stutzig werden und trotz der Kälte nicht darauf beharren sollen, im Haus zu schlafen. »Dann wären sie noch ...« Violas Stimme brach ab und drückte die Puppe fester an sich.

Karina hörte die meiste Zeit nur zu. Sie war überrumpelt, erschüttert und fasziniert, dass ihr die Fremde das Herz ausschüttete, auch wenn sie Mühe hatte, die Puzzlestücke zusammenzusetzen. Selten stellte sie Fragen. »Wer hat Sie gerettet? Waren Sie im selben Zimmer?«

»Du kannst ruhig ›Du‹ sagen.«

Als Viola weitersprach, verlor ihr blasses Gesicht jegliche Farbe. Wie durch ein Wunder hätte sie sich selbst befreit. Da sie in jener Nacht schlecht geschlafen hatte, war sie ins Wohnzimmer gegangen, während der Rest ihrer Familie oben in den Schlafzimmern geträumt hatte. Viola stiegen Tränen in die Augen.

Karina kramte nach einem Taschentuch und reichte es ihr stumm. Zum ersten Mal bekam ein fast verjährtes Unglück den Ansatz eines Sinnes. Seitdem Karina jenen furchtbaren Verkehrsunfall erlebt hatte, wusste sie, wie es war, wenn einem von einer Minute auf die andere ein geliebter Mensch entrissen wurde.

Erneut standen beide schweigend vor den Ruinen, mehrere Bagger brummten um die Wette. Karina ließ einige Minuten verstreichen, bevor sie nachhakte: »Du hattest vorhin nach einer Valenzia gefragt, ist das deine Schwester?«

Viola schüttelte den Kopf: »Nein, Valenzia studiert in L'Aquila und ist unser Kindermädchen. Vor allem meine Clarissa hat sie geliebt.«

»Hat sie auch im Studentenwohnheim an der Via Venti Settembre gewohnt?«

Viola schüttelte den Kopf. »Sie stand auf der Warteliste, weil die Zimmer dort sehr begehrt waren, und hat daher mit ein paar Freundinnen in der Nähe eine WG gegründet.«

Karina schluckte. Sie erinnerte sich, dass es mehrere Gebäude rund um die Via Venti Settembre ebenfalls heftig getroffen hatte. Die Wahrheit schön zu lügen, hatte keinen Sinn; früher oder später würde es Viola erfahren. Schonend versuchte sie, das Grauen zu schildern.

»Ich komme gerade aus L'Aquila ...« Karina versuchte ermutigende Worte zu finden. »Es ist heftig, aber es gibt immer wieder Wunder. Vorhin erst haben sie eine Frau gerettet, auf die drei Etagen gestürzt sind. Und die Retter suchen weiter, bis alle draußen sind.« Sie blickte Viola an, versuchte in ihrem bleichen Gesicht zu lesen.

»Die Studenten im Wohnheim haben mehrmals Alarm geschlagen, aber nichts ist passiert!« Viola ballte ihre Hand zur Faust. »Das muss in der Zeitung stehen und dass die CGR uns hinters Licht geführt hat. Mein Mann ...« Viola stockte.

Karina wurde hellhörig. »Ich verstehe nicht ... CGR?«

Viola war den Tränen nahe. Es war zu früh. Sie musste selbst erst all das begreifen, was geschehen war und was Riccardo ihr gesagt hatte.

Karina kritzelte ihre Telefonnummer auf einen Zettel und reichte ihn Viola. »Ruf einfach an, wenn du darüber reden willst.«

Zögernd nahm Viola das Papier, faltete es, steckte es in die Hosentasche und murmelte, dass sie kein Telefon mehr hätte. Plötzlich versteifte sich ihr Blick: »Geh nie im Streit auseinander, Karina!« Sie hätte den Fehler gemacht, jetzt war es zu spät. Sie bereue es zutiefst.

Karina fühlte sich ertappt. Mit ihrer Familie ging sie selten nicht im Streit auseinander.

Plötzlich passierte alles in einer Sekunde. Der Bagger stoppte abrupt und ein Schrei schallte durch die Luft.

»Da ist er«, brüllte einer der Männer hinter dem Schutthügel hervor und Viola fuhr herum. Luigi rief ihr aufgeregt zu: »Komm schnell, wir haben ihn! Ich glaube, er lebt. Ja, er lebt!«

Wie vom Blitz getroffen, stürzte Viola los. Ehe sich Karina versah, hielt sie die einbeinige Puppe im Arm. Viola kletterte auf den Trümmerhaufen und verschwand hinter dem Schuttwall, wo sie offensichtlich den Jungen gefunden hatten. Karina hörte nur noch Stimmengewirr. Irgendwer rief nach dem Notarzt. »Schnell, schnell! Ein Hubschrauber. Er muss sofort in eine Spezialklinik nach Rom.« Kurz darauf dröhnte Martinshorn. Ein Rettungswagen raste zum Ende der befahrbaren Straße und zwei Ärzte sprangen heraus. Als sie den Jungen mit einer Trage von der Ruine wegbrachten, erhaschte Karina einen Blick auf den notdürftig verarzteten Kinderkopf mit Platzwunde. Der Rest des kleinen Körpers war von Decken verhüllt. Er sah bemitleidenswert aus.

Viola hetzte der Trage nach, ohne sich noch einmal umzudrehen. Karina wollte hinterher, stolperte jedoch und ließ vor Schreck die Puppe fallen. Beinahe wäre sie gestürzt, fing sich gerade noch ab.

»Viola, die Puppe«, schrie Karina hinterher. Doch das Martinshorn und der Rettungshubschrauber, der hinter den Bäumen landete, übertönten alles, auch das Klingeln ihres Smartphones.

Rom, 6. April 2009, Mittag

Gianna saß wie auf heißen Kohlen, während Karinas Smartphone wieder ins Leere klingelte. Ihre Sorge um die Mitbewohnerin und um ihre eigene Karriere wuchs. Schließlich holte Gianna ihren Joker aus der Tasche und drehte die Visitenkarte ihrer neuen Hoffnung nervös hin und her. Cosimo könnte der Nervensäge von Redaktionsleiter einen Maulkorb verpassen. Aber hatte sie den Zeitungschef schon so um den Finger gewickelt, dass sie eine Bombe wie ihren Deal platzen lassen konnte?

Onna, 6. April 2009, Mittag

Der Helikopter, zu dem die Sanitäter den halb toten Jungen gebracht hatten, hob ab. Gleich darauf flogen die Türen des Polizeiwagens zu, in den Viola und der Carabinieri gestiegen waren, und das Auto preschte von der Wiese. Aufgewühlt blickte Karina ihnen nach.

Zurück blieben Trümmer, Trauer, tausende Fragen und die lächelnde Puppe mit dem abgerissenen Bein und Unterarm. Karina suchte den Boden nach den fehlenden Gliedmaßen ab, fand jedoch nichts. Dafür stach ihr das verschmutzte Foto sofort ins Auge. Sie hob den Fetzen Papier auf und betrachtete das Bild. Kein Zweifel, es zeigte Violas Familie am Palmenstrand. In der Mitte stand ein Mann um die dreißig, das war sicher Riccardo. Einen Arm hatte er um Viola gelegt, auf dem anderen hielt er ein kleines Mädchen. Der Junge, der mit dem Rücken an seinem Papa lehnte, hob stolz einen Ball in die Kamera. Er ähnelte in keiner Weise dem Patienten, den die Retter gerade weggetragen hatten.

Karina packte Puppe und Foto in ihre Tasche und nahm sich vor, beides zu Viola in die römische Klinik zu bringen, in die der Rettungshubschrauber ihren Sohn flog. Welches Krankenhaus das war, wusste Karina nicht, aber sie würde es herausfinden.

Da schellte ihr Telefon, aus dem gleich Giannas hektische Stimme plärrte. »Endlich! Geht's dir gut? Entweder das Netz ist tot oder du nimmst nicht ab! Was ist los? Der Chef macht Stress. Er will eine Story, die unter die Haut geht.«

Erschütternde Geschichten kannte Karina mittlerweile zuhauf. Nach kurzem Überlegen zählte sie zwei davon auf.

In Onna lebte eine an Leukämie erkrankte Mutter, der nach dem 6. April nicht nur der Krebs, sondern auch der Tod ihres Mannes und ihrer beiden Söhne, drei und vier Jahre jung, die Kraft raubten.

Der 22-jährige Landwirt Fabio hatte am Sonntagnachmittag noch die Schafe geschoren und ein Feld beackert. Am nächsten Tag wollte er sich den Mais vornehmen. Wegen der Erdstöße verbrachte er die Nacht bei seiner Oma, um sie zu beruhigen. Das Haus begrub beide. »Er war ein außergewöhnlicher junger

Mann – ›un ragazzo d'oro‹ – ein Goldjunge«, sagte sein Vater, der überlebt hatte.[68] [Vgl. il Centro: Le vittime del terremoto]

Gianna erschrak. »Wie furchtbar, das ist wirklich heftig.« Die Stille, die folgte, war völlig untypisch für die Plaudertasche. Da Karina für ein stummes Telefonat die Zeit fehlte, legte sie abrupt auf, als Cesare, der Vespafahrer, seufzend vorbeilief.

»Hey Cesare, kann ich dir irgendwie helfen?«

»Nein«, seufzte er. Die Identifikation seiner toten Oma rückte näher, da müsse er alleine durch. Sie umarmten sich zum Abschied.

Das erste Mal seit Langem wünschte sich Karina, keinen Artikel schreiben zu müssen. Sie machte kehrt und marschierte in die Straße der Märtyrer zurück.

★★★★

Vom Lenkrad blickte Luigi immer wieder zu Viola, die teilnahmslos auf dem Beifahrersitz kauerte. Es stand nicht wirklich gut um ihren Sohn Manuele, soviel wusste sie. Luigi hatte versucht, ihr das möglichst schonend beizubringen.

»Wenn du irgendetwas brauchst, sag es. Wir helfen gerne.« Selbst der erprobte Katastrophenhelfer Luigi, der schon in seiner Jugend mit anderen Freiwilligen in Krisenregionen mitgeholfen hatte, wusste angesichts dieser Tragödie nicht, was er sonst sagen sollte.

Plötzlich fuhr Viola auf. »Die Puppe! Die ist noch dort.«

Vor Schreck riss Luigi das Lenkrad herum. Das Auto kam auf die Gegenfahrbahn und rammte beinahe einen Lkw. Dessen Fahrer trat gleichzeitig auf Bremse und Hupe. Luigi holte tief Luft, das war knapp gewesen.

»Sollen wir umkehren?«

»Nein, natürlich nicht«, erwiderte Viola und versank wieder in ihrer Starre, während der Polizeiwagen L'Aquila hinter sich ließ. Ihr Sohn kämpfte ums Überleben und hatte damit auf jeden Fall Vorrang vor der Puppe seiner toten Schwester.

Dass die Ärzte Manuele wiederbelebt hatten, hatte Viola gesehen. Dass ihre Fahrt nach Rom wohl umsonst war, wusste nur Luigi.

KAPITEL 30

»Es war eine angekündigte Tragödie!«, sagte die Präsidentin der Provinz L'Aquila.[69] [Süddeutsche Zeitung (7.4.2009)]

L'Aquila, 6. April, Mittag

Bei ihrem zweiten Besuch in der »Straße der Märtyrer« steuerte Karina wieder auf das Gebäude mit dem Gedenkstein zu, das paradoxerweise weniger zerstört wirkte als die anderen Häuser im Dorf. Zwar wirkte es wie in zwei Teile gesprengt, aber es stand immerhin noch.

Gerade als Karina die Inschrift des Mahnmals beäugte, kam eine ältere Frau auf sie zu. Karina zögerte, bevor sie vorsichtig fragte: »Was ist damals passiert?«

Die Seniorin blickte sie mit traurigen Augen an. »NS-Soldaten haben 17 Onnesen erschossen und Bomben hinterlassen – als Rache für einen toten Deutschen, den es gar nicht gab!«

Mit Onnas Ruinen direkt vor Augen fühlte sich Karina plötzlich mitschuldig. Warum war ein solch sinnloses Blutvergießen nur zustande gekommen?

Über Giannas Anruf, der ihr einen Grund lieferte zu verschwinden, hatte sie sich selten so gefreut. Zumindest freute sich Karina, bis die aufgebrachte Mitbewohnerin loslegte.

»Wieso legst du einfach auf? Was treibst du dort?«

Diese zwei Sätze genügten und Karina war völlig genervt.

»Liebe Gianna, nur weil du andere hintergehst, ist nicht die ganze Welt ein Betrüger! Stell dir vor, ich stolpere durch Trümmerfelder, in denen Helfer nach Verschütteten graben.

Fahr du doch selbst her! Dann kannst du deine Artikel auch gleich selbst schreiben!«

Die Ansage saß, Gianna wurde kleinlaut. »So war das nicht gemeint. Ich bin nur furchtbar gestresst«, hauchte sie und schaltete auf Schleimspur um. »Sag mal, hast du Reporterheldin der Trümmer schon einen Artikel, den du mir schicken kannst? Der Chef will …«

Karina war klar, dass der Chef eine ergreifende Geschichte wie die Tragödie von Violas Familie wollte, mit erschütternden Fotos eines zertrümmerten Hauses. Die Details hatte Karina zwar im Block, trotzdem sträubte sie sich, darüber zu schreiben. Das Schicksal der Fremden ging ihr zu nahe. Und es gab noch ein Problem: Geschichten lebten von Bildern mit Menschen, doch von Viola hatte sie nur das Familienfoto.

Während der ganzen Fahrt zurück nach L'Aquila zerbrach sich Karina den Kopf darüber, was sie tun sollte, nachdem sie das Bild abfotografiert hatte. Das Fernsehteam, das sie mitnahm, hatte keine Bedenken, es zu veröffentlichen.

»Wo liegt das Problem?«, fragte Kameramann Gigi, der hinter dem Steuer saß. Kaum hatte Karina das Foto aus ihrer Tasche gefischt, stieß Gigis Kollegin einen Freudenschrei aus. »Das ist die Frau mit der Puppe, die wir interviewt haben, Gigi. Das Bild musst du abfilmen!«

Da plärrte Gigis Telefon los und der Kleintransporter hielt ruckartig an einem Feldweg an. Karina ließ das Foto schnell verschwinden. Kaum hatte Gigi das Handy am Ohr, verzog er das Gesicht und murrte. »Wir sind seit vier Uhr auf den Beinen, ist das unbedingt notwendig?«

Es war notwendig, wie er nach dem Auflegen genervt ausführte: »Die ausgeschlafenen Penner in der Zentrale wollen nun doch Interviews mit Studenten, die sie erst gecancelt hatten, und noch dazu den Ministerpräsidenten, der gleich in die Kaserne kommt! Also fahren wir jetzt nach Coppito.«

»Die wissen echt nicht, was sie wollen«, schnaubte Gigis Kollegin wütend.

Karina grübelte weiter wegen des Fotos, während der Kleintransporter wendete und zur Kaserne der Finanzpolizei im Ortsteil Coppito raste. Das Gelände der Guarda di Finanza, eine der wenigen Bauten ohne Schäden, war wie ein Hochsicherheitstrakt abgeschirmt.

»Das sieht aus wie ein Gefängnis«, kommentierte Karina.

»Fast richtig. Hier drillt die Finanzpolizei ihre Zöglinge. Seit dem Erdbeben ist die Kaserne aber vor allem das Koordinationszentrum, in der diverse Pappnasen aus und eingehen«, erklärte Gigi. Sowohl die Stadtverwalter als auch die Regenten der Provinz waren wegen Einsturzgefahr ihrer Gebäude dorthin umgezogen.

»Schulen, Kirchen, das Rathaus – ist denn hier alles zerstört?«, fragte Karina irritiert. Gigis Kollegin nickte und zeigte ihr eindrucksvolle Schuttgipfelpanoramen auf ihrer Privatkamera. Auf einem Foto der Präfektur hingen über deren zerbröckelten Eingangssäulen noch die drei Wörter »Palazzo del Governo« – schief, zerbrochen und zum Absturz freigegeben.

»Letzte Woche haben die Verantwortlichen noch verkündet, dass alle Gebäude sicher wären«, seufzte der Kameramann bitter.

Obwohl vor der Kaserne in Coppito keinerlei Trümmer lagen, hatte Gigi auch bei der zweiten Runde noch keinen Parkplatz gefunden. Beim dritten Wendemanöver überholte sie die Eskorte des Ministerpräsidenten. Prompt platzierte Gigi den Wagen an Ort und Stelle und startete zur Jagd auf den Politiker. Ehe sich Karina der Meute anschloss, musste sie dringend eine Toilette aufsuchen.

Als sie erleichtert vom WC-Besuch zurückkehrte, umringten bereits Dutzende Reporter, Mikrofone und Bodyguards den Ministerpräsidenten. Groß war er nicht gerade. Obwohl er nur zwei Meter neben ihr stand, sah sie ihn kaum, hörte ihn dafür umso lauter. Sie lauschte eine Weile und machte sich Notizen, doch diesmal ließ der Politclown keine verbalen Kracher los. Im Gegenteil – er wirkte sogar sympathisch, verstand es die Zuhörer auf seine Seite zu ziehen. Als er samt seinem Gefolge weiterzog, kapselte sich Karina ab und steuerte auf eine noch kleinere Frau zu, die wichtig aussah und laut schimpfte: »Vor dem Erdbeben hat es genug Vorboten gegeben. Aber der Alarm der vergangenen Wochen wurde völlig unterschätzt.« Worauf die Präsidentin der Provinz L'Aquila anspielte, verstand Karina noch nicht. Als die Schimpfende die Zustände des örtlichen Krankenhauses anprangerte, war für Karina schnell klar: Dem »Ospedale San Salvatore« musste sie einen Besuch abstatten.

Als sie nach einem langen Fußmarsch endlich den Betonklotzcampus der Universität erreichte, der in die Klinik überging, glaubte Karina ihren Augen nicht zu trauen. Hatte sie sich im Ort oder in der Zeit geirrt? Was sie sah, passte zu afrikanischen Flüchtlingslagern oder zum Jahr 1909, aber nicht zu Italien 2009.

Vor der teils betongrauen, teils ziegelroten und von Rissen und Löchern gezeichneten Fassade belagerten sowohl Angehörige als auch Reporter die zahlreichen Patienten. Dazwischen sprangen gestresste Ärzte und Pfleger umher.

Der Direktor des Krankenhauses machte seinem Ärger Luft. »Ich bin hergekommen, um Notfälle zu behandeln und was musste ich machen? Die Evakuierung anordnen.« Schwerverletzte Patienten konnten die Ärzte vor Ort gar nicht behandeln, sondern mussten sie an andere Kliniken überweisen. »Wir arbeiten in einem von neun OP-Räumen, acht sind unbenutzbar, nahezu alle Geräte beschädigt. Fast 90 Prozent des Gebäudes sind unbenutzbar«, berichtete der Direktor verzweifelt. Unter freiem Himmel und ohne Geräte wäre es extrem schwierig, Verletzte angemessen zu versorgen. Dazu habe es über Stunden keinen Tropfen Wasser gegeben, bis endlich ein Lkw mit Flaschennachschub eintraf. Nach einer nervenaufreibenden Nacht übergab der Direktor am Nachmittag das Zepter an den Zivilschutz, der die Klinik vom Parkplatz in ein Feldlazarett umsiedelte.[70] [Vgl. il Centro (7.4.2009)]

Einige Verletzte hatten nicht einmal ein Bett, sondern lagen mit den Matratzen direkt auf dem Boden, saßen im Rollstuhl oder auf sonstigen fahrbaren Untersätzen. Andere standen einfach da, unentschlossen, ob die stechende Sonne oder der Schatten neben einsturzgefährdeten Mauern besser war. Es roch seltsam, nach einem Mix aus Apotheke, Toilette und Umkleide. Ab und zu wehte ein Hauch Desinfektionsspray vorbei.

Manche Patienten brüllten ihren Ärger lautstark heraus, während Pfleger auf Rollwagen nach Medikamenten und Verbänden wühlten. Andere ertrugen die Not still und ohne Murren, so wie ein junger Mann, der wie in Trance auf einer Mauer kauerte.

Vor zwei Jahren war der 19-Jährige vor dem Krieg in Afghanistan, der ihm seine Familie geraubt hatte, nach Italien geflohen. In jener Nacht des 6. Aprils war er zwischen Bauschutt aufgewacht. »Das ganze Haus schien zu explodieren. Überall Schreie, Staub, Schutt. Ich habe nichts gesehen, nur den Arzt, der kam und Erste Hilfe geleistet hat«, erzählte der Afghane einem Reporter der Lokalzeitung »il Centro«, die in einer Sonderausgabe auf 40 Seiten über die Tragödie berichtete.[71] [Vgl. il Centro (7.4.2009)]

Inmitten der Not überraschten immer wieder kleine und große Wunder – so wie die Geschichte einer jungen Frau, die kurz vor dem Erdbeben per Kaiserschnitt ihr Baby geboren hatte. Als die Erde um 3:32 Uhr bebte, floh sie barfuß mit dem Säugling auf dem Arm und der Infusionsflasche in der Hand ins Freie. Kurz darauf stürzten Teile des Krankenhaustraktes zusammen.[72] [Vgl. FAZ (9.4.2009)]

Karinas Kugelschreiber füllte ihre Blockseiten mit unglaublichen Eindrücken. Dabei staunte sie, wie das Klinikteam trotz des Chaos den Überblick behielt und sein Bestes gab. Ihr Vater wäre mit der Situation völlig überfordert gewesen und schreiend davon gerannt, wenn er allein die provisorisch über einen Patientenkopf gelegte Pappe gesehen hätte. Karina rätselte, ob die Pappe den Verletzten vor der prallen Sonne und neugierigen Blicken schützen oder Ungeziefer und groben Schmutz von dessen Wunde abhalten sollte.

Nun war der Punkt erreicht, an dem Karina lieber helfen wollte, statt die Leidenden weiterhin mit Fragen zu belästigen. Spontan bot sie einer Pflegerin, die überfordert wirkte, ihre Hilfe an.

»Du bist sicher Medizinstudentin«, mutmaßte die Pflegerin, als Karina geübt einen Verband anlegte. Keinen interessierte, ob sie dazu befugt war. Die Ärzte hatten alle Hände voll zu tun und die Patienten waren froh, wenn ihnen überhaupt jemand half.

»Fast. Ich bin Tochter eines Chirurgen«, erwiderte Karina. Oft hatte sie ihre Schulferien als Praktikantin in der Klinik verbracht, weil sie ihren Vater dort häufiger antraf als zu Hause.

In der provisorischen Open-Air-Klinik auf dem Parkplatz ging den Ärzten und Pflegern die Arbeit nicht aus, der Patientenstrom riss nicht ab. Manche Verletzte erzählten unglaubliche Geschichten, wie sie sich aus einstürzenden Häusern befreit hatten. Andere starren stumm in die Luft, während Karina sie verarztete.

»Ich dachte, ich verblute«, seufzte ein junger Bursche, als sich Karina seines blutenden Arms annahm.

Nachdem sie eine Stunde lang Wunden gereinigt, Pflaster geklebt und Verbände gewickelt hatte, brauchte sie eine Pause. Erschöpft stellte sich Karina an den Rand des Parkplatzes und bewunderte die Chaosbewältiger der Klinik unter freiem Himmel. Doch so sehr die Hilfswelle und Solidarität der Menschen Karina beeindruckten, so sehr schockierte sie die Tatsache, dass ein Zufluchtsort wie das Krankenhaus selbst SOS funken musste. Gerade die Einstürze der neueren Gebäude waren ein Skandal, dem sie auf den Grund gehen musste. Ob es im Klinikgebäude wirklich so schlimm aussah, wie ihr einer der Patienten beschrieben hatte?

Karina packte die Neugier. Obwohl sie wusste, dass es riskant war, musste sie die Schäden mit eigenen Augen sehen.

Die erste Tür war verschlossen, die zweite von einem Gitter versperrt. Auf der Rückseite, die von den Parkplätzen nicht einzusehen war, erwischte sie endlich einen offenen Seiteneingang. Sie spitzte durch die Tür, bevor sie sich in den Flur wagte. Kurz zögerte Karina, dann schlich sie tiefer ins Gebäude, das nur spärliches Tageslicht erhellte. Es dauerte nicht lange, bis sie fand, was sie suchte.

Der beschädigte Trakt war zwar keine Ruine wie Onnas Häuser, aber auch kein Ort, an dem Mediziner arbeiten konnten. Sie stellte sich die Reaktion ihres Vaters vor. »Hier operieren?« Er hätte ihr einen Vogel gezeigt. Als sich abgestürzte Deckenteile und herausgesprengte Mauern vor ihr aufbauten, wollte sie freiwillig nicht mehr weiter.

Bei diesem Beton stimmte etwas nicht, an mehreren Stellen zerbröselte er wie Sand. Teils ragten aus den Pfeilern Eisenstangen heraus, umgeknickt wie Streichhölzer. Auch ohne Erdbeben wären einige dieser Wände irgendwann eingekracht, mutmaßte Karina. Experten konnten mehr dazu sagen, also packte sie ihre Kamera aus und blitzte los – dem Skandal auf der Spur.

Auf einmal hatte Karina das Gefühl, dass sie jemand beobachtete. Suchend blickte sie sich um und rief: »Hallo, ist da jemand?«

Keine Antwort, nur ein minimales Echo kam zurück. Sollte jemand hinter der eingerissenen Mauer stecken? Karina lauschte auf jedes Geräusch, jede Bewegung und suchte nochmals die Gänge ab.

»Braucht jemand Hilfe?« Niemand antwortete. Doch das mulmige Gefühl und die Unruhe blieben. Sie packte die Kamera weg und ergriff die Flucht.

Der Rückweg zog sich viel länger als erwartet. Karina erwischte eine falsche Abzweigung und irrte umher, lief drei Gänge vor und zwei zurück. Ihr war nicht aufgefallen, dass sie so tief ins Gebäude eingedrungen war. Plötzlich überkam sie eine unerklärliche Hast. »Mach schnell!« Sie rannte, doch sie war nicht schnell genug.

KAPITEL 31

»Zu den Skandalen in L'Aquila gehört [...] auch ein völlig illegales Krankenhaus. Im Jahr 2000 wurde es feierlich eingeweiht, obwohl es gar nicht hätte eröffnen dürfen. [...] Das Krankenhaus tauchte bis zum 6. April 2009 nicht einmal auf den Flurkarten auf. Für den Staat hat die Immobilie nicht existiert.«[73] [Vgl. Caporale: L'Aquila non è Kabul]

L'Aquila, 6. April 2009, früher Nachmittag

Alle Wege führten an diesem 6. April nicht nach Rom. Abgestürzte Brücken, instabile Tunnel und aufgerissene Straßen schränkten das Wegenetz um L'Aquila erheblich ein. Selbst Teile der Autobahn waren zwölf Stunden nach dem Erdbeben noch gesperrt. Kolonnen von Hilfstransporten drängten nach L'Aquila, umgekehrt flüchteten Tausende aus der Stadt und suchten bei Bekannten Unterschlupf.

Eine solche Irrfahrt in die Hauptstadt hatten weder Luigi noch Viola bisher erlebt. Doch sie hatten keine Wahl: Um zu Manuele in die Klinik zu gelangen, mussten sie verstopfte Umwege in Kauf nehmen.

»Zum Glück steht der Rettungshubschrauber nicht im Stau«, murmelte Luigi und blickte zu Viola. Seit einer Viertelstunde starrte sie Löcher in die Luft. Ihre Hände zupften an einem Taschentuch. Während die Autoschlange die kurvige Bergstraße hinaufrollte, haderte Luigi mit sich. Sollte er Viola vorwarnen, wie ernst die Lage war? Der befreundete Notarzt hatte ihn kurz zur Seite gezogen, bevor der Helikopter mit Manuele und einem weiteren Schwerverletzten an Bord abgehoben hatte. »Wir tun unser Möglichstes und fliegen den Jungen in die Spezialklinik in Rom, in der ich lange gearbeitet habe. Dort gibt es hervorragende Ärzte«, hatte der Notarzt geflüstert und nach kurzer Pause hinzugefügt: »Trotzdem steht die Chance, dass er überlebt, leider nur bei eins zu zehn.« Ernüchtert hatte Luigi seinem Freund nachgeblickt, während er zum Hubschrauber gehetzt war.

Noch war der Kampf um Leben und Tod nicht verloren, dachte Luigi und drückte aufs Gaspedal. Er entschied, Viola nichts zu sagen, und schaltete stattdessen das Blaulicht ein – sie hatten keine Zeit zu verlieren. Der Polizeiwagen jagte an den Blechkolonnen vorbei, doch immer wieder bremsten entgegenströmende Hilfskonvois Luigis Überholmanöver. Er tätigte einige Telefonate. »Wie komme ich am schnellsten nach Rom? Wo ist die Autobahn wieder frei?« Luigi nahm die Auffahrt, die ihm der Kollege nannte. Endlich lichtete sich der Verkehr und das Blaulicht verstummte, dafür heulte der Motor auf. Violas Schweigen hingegen blieb.

Auf den ersten Kilometern plärrte noch das Autoradio, bis Luigi es ausstellte, weil er es nicht mehr ertragen konnte. Wer brauchte Berichte, wenn er den Horror hautnah miterlebte?

Obwohl die Bäume am Straßenrand vorbeiflogen, meinte Viola nicht voranzukommen. Sie sah nur tiefe Abhänge, trostlose Wälder und dunkle Röhren. Das Licht am Ende jedes Tunnels bemerkte sie nicht. Ihr Gehirn war leer, sie fühlte nichts. Wie würde sie ihren Sohn in der Klinik vorfinden? Was konnte sie tun? Sie fühlte sich furchtbar hilflos und wollte nicht wahrhaben, dass ihr Mann und ihre Tochter tot waren.

»Die Hälfte der Strecke haben wir geschafft«, meinte Luigi und wartete vergeblich auf eine Reaktion. Violas Gesicht regte sich nicht, wirkte bleich wie eine Maske. Gedankenverloren strich sie über ihre zerrissene Hose. Luigi wusste nicht, welches Thema er anschneiden sollte, alles wirkte unpassend. Das Einzige, was er guten Gewissens sagen konnte, wiederholte er mehrfach: »Egal, was passiert, Marlena und ich sind für dich da – Tag und Nacht!«

Über Violas Gesicht huschte ein Lächeln. Sie hatten viel gemeinsam erlebt, kannten sich, lange bevor die Kinder gekommen und durch die beide Familien noch enger zusammengewachsen waren. Gemeinsam waren sie ans Meer gefahren, hatten Gipfel erstürmt und Feste gefeiert.

Plötzlich durchbrach Violas Stimme das Schweigen. »Wie ist das möglich? Wie kann es sein, dass ein Ort über Nacht weg ist?« Fragen über Fragen quälten sie. Wie sah die Zukunft aus, wenn schon der heutige Tag unfassbar war?

Luigi starrte auf die Straße. Wenn er nicht gerade vor seinen Gedanken flüchtete, führte er im Kopf ähnliche Kämpfe. »Ich weiß es nicht, Viola. Ich begreife es auch nicht.«

Dass alte Gebäude, Kirchen und Stadtmauern aus dem 14. oder 18. Jahrhundert einstürzten, war nicht schön, aber zu erklären – eine andere Zeit und Bauweise. Bei den zerstörten neuen Bauten war es dagegen ein Skandal, wie Luigi betonte: »Es darf nicht sein, dass ganze Viertel und Häuser wie das Studentenwohnheim in sich zusammenfallen!«

»Warst du am Wohnheim?«, unterbrach ihn Viola. »Der Nordflügel ist eingestürzt, oder?«

Luigi nickte, er rang nach Worten. Von seiner Frau wusste er, dass Valenzia womöglich eine der Verschütteten war. Auch er kannte die Studentin gut, die fast zur Familie Inventati gehörte. »Vielleicht war sie nicht drin. Viele Studenten sind in der Nacht nach den beiden Erdstößen geflüchtet.«

»Aber Valenzia hätte sich längst gemeldet.«

»Vielleicht ist ihr Telefon kaputtgegangen, vielleicht ist sie verletzt.« Normalerweise wünschte Luigi das keinem, aber in dieser Tragödie war verletzt weniger schlecht als tot.

Die Sonne strahlte vom wolkenlosen Himmel und kitzelte Violas Haut. In der Ferne deuteten sich die Umrisse der Ewigen Stadt an.

»Vielleicht«, seufzte Viola und schöpfte wieder ein wenig Hoffnung. Wie sollte sich Valenzia bei ihr melden? Sie selbst war unerreichbar, abgeschnitten von modernen Kommunikationsmitteln. »Kannst du im Krankenhaus anrufen und fragen, ob sie dort ist?«

»Das kann ich versuchen, aber versprich dir nicht so viel. Dort herrscht das totale Chaos.« Luigi berichtete von seinem nächtlichen Ausflug in die örtliche Klinik. Etwa eine Stunde nach dem Beben war er dort eingetroffen, mit seiner brüllenden Tochter Martina auf dem Arm.

Da seine Zwillinge öfters einen Arzt brauchten, kannte Luigi den Weg zur Kinderstation im Schlaf. Diesmal war er nicht einmal in deren Nähe gekommen. »Kaum hatte ich den Flur betreten, sind uns schreiende Patienten entgegengestürmt, zum Teil barfuß und in dünnen Kitteln. Die Pfleger haben Betten mit Verletzten nach draußen geschoben. Ein Blick nach oben und ich wusste warum: Alle hatten Angst, dass gleich die Decke runterkommt. Wir sind sofort wieder raus.« Immerhin den Anblick der schlimmsten Wunden hatte Luigi seinem Kind ersparen können. Während eine gestresste Ärztin die Kleine versorgt hatte, hatte er sich mit einem Krankenpfleger unterhalten.

Der Pfleger hatte eine furchtbare Nacht hinter sich. Er wollte zu seiner Familie, doch niemand wusste, wann an diesem irren Tag Schichtwechsel war – ob es überhaupt einen geben würde. Erst nach Stunden der Ungewissheit erreichte der Pfleger seine Familie: Sie lebten. Jedoch hatten sie wie Tausende Andere kein Dach mehr über dem Kopf und flüchteten sich ins Ferienhaus von Freunden. »Fahrt ohne mich«, sagte der Pfleger. Er wisse nicht, wann er wegkomme.[74] [Vgl. il Centro (7.4.2009)]

»Ständig sind neue Notfälle hinzugekommen. Die Ärzte mussten die Patienten draußen auf dem Parkplatz behandeln, bei vier Grad Celsius.« Luigis Stimme stockte, er starrte in die Luft. Was für ein Unding, dass ein Zufluchtsort wie eine Klinik selbst zum Notfall wurde.

»Das stimmt, es war echt kalt heute Nacht«, seufzte Viola. »Wie geht es Martina jetzt?«

»Körperlich gut. Ihr Arm hat zwar stark geblutet, doch es sah schlimmer aus, als es letztlich war. Was aber in ihrem kleinen Kopf vorgegangen ist, weiß ich nicht.« Luigi holte tief Luft. »Direkt neben uns hat eine Ärztin ein Mädchen notdürftig versorgt. Die Kleine, höchstens drei Jahre alt, hat immer wieder nach der Mama und Geschwistern geschrien, während Freunde der Familie sie getröstet haben und die Ärztin mit anderen Krankenhäusern telefoniert hat. ›Ihr müsst das Mädchen aufnehmen, sie braucht dringend Untersuchungen‹, hat die Ärztin gefleht. Die Dreijährige hat geweint, als ob sie ahnte, dass sie ihre Familie nicht wiedersehen würde. Da hat mir Martina zugeflüstert: ›Papa, ihre Mama und Geschwister sind im Himmel, oder?‹«

Luigi stoppte das Erzählen, als sie sich Roms Vororten näherten und das Chaos auf der Autobahn seine volle Konzentration erforderte. Der Feierabendverkehr hatte bereits eingesetzt. Zwischen quietschenden Reifen und gewagten Überholmanövern kämpften Drängler und Hupen um die Vorherrschaft auf der Straße. Weit hatten sie es nicht mehr zur Spezialklinik Remus, die im Westen der Stadt lag.

»Ob Manuele auf der Intensivstation liegt?«, fragte Viola.

»Ich hoffe, dass er überhaupt noch lebt«, wäre Luigi beinahe herausgerutscht. Während er von der Autobahn abfuhr, murmelte er: »Wir werden es gleich erfahren.«

Viola hing gedanklich noch in L'Aquila. »Wie alt ist das Krankenhaus San Salvatore? Sie haben es doch erst saniert und wiedereröffnet.«

»Stimmt, 2000, vor neun Jahren.« An die Eröffnung selbst erinnerte sich Luigi kaum. Dafür hatte er die unfassbare Geschichte, die ihm ein Kollege erzählt hatte, noch ganz genau im Kopf.

Ungefähr ein Jahr nach seinem Amtsantritt wollte Marzetti, der neue Klinikdirektor, im Inneren des Ospedale San Salvatore eine Art Bar eröffnen, um den Besuchern noch besseren Service zu bieten. An jenem Tag im Jahr 2007, als er alles in die Wege leiten wollte, kam der damalige Verantwortliche des Technikbüros zu ihm und sagte: »Du kannst keine Bar eröffnen, weil dem Krankenhaus die Benutzungserlaubnis fehlt.«

Der Klinikdirektor war sprachlos. Das konnte nicht sein, das wäre ein nationaler Skandal. Sofort machte sich Marzetti auf die Suche, um die Unterlagen zu prüfen. Wie er feststellen musste, stimmte das, was der Technikverantwortliche gesagt hatte: Er war der Direktor einer Klinik, die seit über sechs Jahren geöffnet war, ohne dass es dafür eine Genehmigung gab.[75] [Vgl. Caporale: L'Aquila non è Kabul]

KAPITEL 32

»Du denkst in dem Moment nicht, das ist ein Erdbeben. Du denkst gar nichts. Du verlierst die Kontrolle über deinen eigenen Körper, er gehorcht dir nicht mehr. Er reagiert einfach.«[76] Judith Kühl, ehrenamtliche Koordinatorin der Hilfsorganisation Humedica [Vgl. www.humedica.org]

L'Aquila, 6. April, Nachmittag

Das Labyrinth aus Gängen hielt Karina gefangen. Sie rannte, so schnell sie konnte, aber der Flur nahm einfach kein Ende. Plötzlich ging es los. Es kam aus der Tiefe und zugleich von oben und schüttelte sie durch. Irgendetwas bröckelte auf ihren Kopf. Der Boden unter ihren Füßen wackelte so heftig, dass sie fast stürzte. Sie war nicht mehr fähig, klare Gedanken zu fassen. Ihr Gehirn weigerte sich zu akzeptieren, dass ein festes Gebäude auf einmal wackelte wie ein Auto, das über Pflaster holperte. Angst hämmerte in Karinas Kopf. Endlich rückte die Tür wieder ins Blickfeld, doch der rettende Ausgang war noch zu weit entfernt. Adrenalin schoss durch ihren Körper. Ihre Beine rannten von selbst. Das Krachen hinter sich hörte Karina zwar, aber sie realisierte nicht, dass sie nur knapp einem abstürzenden Deckenbalken entkam. Sie rannte nur noch. Sie rannte zur Tür, ins Freie, einfach raus. Schnaufend erreichte sie den Ausgang. Endlich draußen. Ihr Herz raste.

Erst nach einigen Sekunden blickte Karina zurück und verstand: Was sie letzte Nacht in Rom erlebt hatte, war nicht der Rede wert gewesen. Das gerade eben war ein richtiges

Erdbeben gewesen, mit der Stärke 4,2 auf der Richterskala, wie sie später erfuhr – und dennoch lange nicht so intensiv wie der verheerende Erdstoß in der Nacht zuvor. Dieser hatte es je nach Bericht auf eine Magnitude zwischen 5,8 und 6,3 gebracht. In Asien und der USA hatten in den letzten Jahren noch deutlich stärkere Beben gewütet, dabei aber keine solche Katastrophe verursacht.

»Das gleiche Erdbeben hätte in Japan oder Kalifornien wahrscheinlich nicht einmal ein einziges Todesopfer gefordert«, betonte Franco Barberi, Exchef des Zivilschutzes und Vorsitzender der Risikokommission in einem Interview.[77] [Vgl. FAZ, 8.4.2009]

Allein die Stärke des Erdbebens am 6. April 2009 löste große Verwirrung aus. Denn anders als das Istituto Nazionale di Geofisica e Vulcanologia (INGV) am Gran Sasso, das dem Hauptbeben am 6. April zunächst die Magnitude ML = 5,8 auf der Richterskala zuschrieb, gab das United States Geological Survey die Momentmagnitude MW=6,3 an. Erst später bestätigte auch das italienische INGV-Institut diesen Wert.[78] [Vgl. Giuliani/Fiorani: L'Aquila 2009, vgl. INGV sowie vgl. U.S. Geological Survey (6.4.2009)]

Bevor Karina das Beben im Kliniktrakt erlebt hatte, hatte sie sich den Kopf zerbrochen, ob die Italiener ihre Messinstrumente nicht geeicht hatten. Jetzt war ihr völlig egal, ob die Verfechter der Stärke 5,8 oder 6,3 richtig lagen. Dass der Boden plötzlich bebte, war für sie, als ob die Schwerkraft aussetzte, als ob Schnee auf einmal heiß wäre und Feuer eiskalt. Am meisten machte ihr jedoch der Kontrollverlust zu schaffen – ohne Vorwarnung riss es einem den Boden unter den Füßen weg.

Rom, 6. April, Nachmittag

Der Ton von Giannas Vizechef wurde rauer, sie solle endlich Texte liefern. Alle Welt grabe erschütternde Dramen aus, nur sie präsentiere das, was jeder Fernseher zeigte. »Bist du überhaupt in der richtigen Stadt?«, fragte er zynisch. L'Aquila hatte mehr als 70.000 Einwohner, da würde sie es doch schaffen, eine Geschichte aufzutreiben, die unter die Haut gehe und die sonst keiner hätte. Gianna setzte auf ihren Anfängerbonus und bekam eine Stunde Aufschub.

»Wenn du dann nichts hast«, drohte der Vizechef, »solltest du überlegen, ob der Job das Richtige für dich ist.«

L'Aquila, 6. April, später Nachmittag

Nach dem Beben im Krankenhaustrakt brauchte Karina eine ganze Weile, bis sie wieder klar denken konnte. Unruhig streifte sie durch die Gegend und landete schließlich an einem kleinen See nahe der Klinik. Am Lago Vetoio ließ sie sich nieder und stürzte sich in die Arbeit, um sich abzulenken. Das klare Wasser des Sees blitzte in der Sonne, während Karina auf der Wiese ihr Smartphone mit erschütternden Geschichten fütterte. Für den unberührten Fleck Natur hatte sie keine Augen, bis ihre Texte samt Trümmerbildern an Gianna ausgeliefert waren. Violas Familienfoto, das Karina abfotografiert hatte, enthielt sie Gianna bewusst vor.

Mit dem Beben ließen sich Dutzende Seiten füllen, obwohl Karina erst am Anfang der Jagd stand. Es gab so vieles, das sie nachforschen wollte. Doch für aufwendige Recherchen fehlte ihr gerade die Zeit. Zuerst musste sie für den Artikel, den Nürnberg wollte, deutsche Augenzeugen auftreiben – am besten mithilfe eines Carabinieri. Der Nächste, der ihr vor die Füße lief, war fällig. Kaum hatte Karina die Hauptstraße erreicht, erspähte sie eine Uniform und schritt zur Tat. »Buongiorno.«

Ein unerwartet junger Mann, der sie deutlich überragte, drehte sich um und nahm seine Zigarette aus dem Mund.

»Was kann ich für die junge Dame tun?«

Der Carabinieri-Neuling namens Filippe wusste nicht viel über die zerstörte Altstadt und die Zeltstädte, überspielte sein Unwissen aber gekonnt und bremste mit seinem Charme Karinas Fragenoffensive aus. Seine blauen Augen waren der perfekte Kontrast zu den dunklen Haaren und brachten sie völlig aus dem Takt.

»Auf der Piazza d'Armi bauen Helfer des Zivilschutzes gerade Zelte auf«, berichtete Filippe, zog an seiner Zigarette und deutete in Richtung Zentrum. »Ich muss auch dorthin und kann dich begleiten.«

Karina verlor, abgelenkt von den blauen Augen, mehrmals den Faden. Auch der Carabinieri verhaspelte sich, während er erzählte. »Ich wollte Ostern eigentlich mit deiner, äh, meiner Familie in Apulien feiern. Aber das fällt aus, das hier wird eine längere Sache.«

Er verstand es, selbst Unangenehmes taktvoll zu verpacken, während er wie ein Schlot qualmte. »Du siehst aus, als wärst du von weiter her«, meinte er augenzwinkernd und wie auf Knopfdruck kehrte sein Lächeln zurück.

Während sie von ihrer deutschen Heimat erzählte, lauschte Filippe aufmerksam. Plötzlich unterbrach er sie: »Ich setze große Hoffnungen auf dich. Als Reporterin kannst du Menschen, die keine Stimme mehr haben, über Landesgrenzen hinweg Gehör verschaffen.«

Stumm gingen sie weiter, bis eine Ambulanz auf sie zuraste. Karina stieß einen Schrei aus und sprang zur Seite. Was für ein verrückter Tag. Kurz darauf trottete eine Gruppe in Pyjamas wie hypnotisiert an ihnen vorbei.

»Warum haben sie Schlafanzüge an?«, fragte Karina.

»Die meisten dürfen nicht mehr in ihre Häuser – Einsturzgefahr«, erklärte Filippe und seine Begleiterin schluckte.

»Wie viele sind betroffen?«

»Vielleicht 50.000, vielleicht 70.000 – schwer zu sagen.«

Angesichts dieser Notsituation hatte Karina Verständnis für verdreckte Kleider. Im Modeland Italien interessierte an diesem Tag sowieso keinen, wer was anhatte oder halb nackt herumlief.

Auf halber Strecke zur Piazza d'Armi schellte wieder ihr Smartphone. Gianna wollte wissen, wo der Artikel bliebe. »Schau in dein Postfach, ich habe ihn dir geschickt«, murrte Karina. »Wie, da ist nichts? Ich ruf dich gleich zurück«, würgte sie Gianna ab.

Filippe grinste und steckte sich die nächste Zigarette an. »Um den Job beneide ich dich nicht, ständig der Zeitdruck.« Seine Aussage untermalte er mit beiden Händen.

»Um deinen beneide ich dich auch nicht«, entgegnete Karina und begann, den netten Carabinieri bei ihren Recherchen einzuspannen. »Ich suche deutsche Betroffene. Kannst du mir da helfen?«

Dieser bezaubernden Reporterin würde Filippe jeden Gefallen tun, auch wenn er keine Ahnung hatte, wie er es anstellen sollte. »Für dich werde ich welche finden.« Auch die zweite Bitte schlug er ihr nicht ab. Die kleine Blonde suchte die römische Klinik, in die sie den verletzten Sohn einer Bekannten gebracht hatten. Dass sie den Nachnamen nicht wusste und ihm den Vornamen erst nennen konnte, nachdem sie ihren Block durchwühlt hatte, wunderte den jungen Carabinieri. Trotzdem versprach er sein Möglichstes zu tun und verpasste beinahe sein Ziel, weil er so auf seine Begleiterin fixiert war.

»Ist das da nicht die Piazza d'Armi?«, fragte Karina und zeigte auf die weite Fläche, auf der neben einem Karussell eine blaue Zeltstadt emporwuchs. Filippe wandte den Kopf.

»Stimmt, wir sind da.« Er zeigte auf das Karussell und seufzte: »Die Reste des Frühjahrsmarktes.«

Bevor sich ihre Wege trennten, tauschten sie Telefonnummern aus. Karina wollte weiter zum Studentenwohnheim und der Carabinieri sollte einen Kollegen ablösen.

»Ich melde mich«, versprach Filippe und drückte ihr zum Abschied das übliche Küsschen auf die Wange. Karina war bemüht, sich nicht anmerken zu lassen, wie sehr sie der Schmatzer irritierte, und stürmte davon. Zwar hatte sie nur wenige Fakten im Block, aber das Gespräch mit dem Carabinieri wirkte wie Licht im Katastrophengrau. Filippe war wirklich reizend. »Zuerst sind alle nett«, konterte ihr chronisches Misstrauen gegenüber Fremden eines gewissen Geschlechts. Oft genug war sie auf die Schnauze gefallen.

✯✯✯✯

Binnen weniger Stunden stampften Freiwillige aus ganz Italien Dutzende Zeltstädte in L'Aquila und den umliegenden Dörfern aus dem Boden. Das Camp an der Piazza d'Armi, auf der Jung und Alt vor Kurzem noch ein Frühlingsfest gefeiert hatten, vereinte nun die unterschiedlichsten Kulturen. Es glich einem Schmelztiegel der Heimatlosen. Im ersten Moment erinnerte der Trubel dort an ein Open-Air-Festival. Doch am 6. April 2009 hatten die Camper keine Wahl, ob sie dabei sein wollten oder nicht. Ihr Zuhause war zerstört, ihre Stadt zerfallen und ihre Zukunft völlig ungewiss.[79] [Vgl. Caporale: L'Aquila non è Kabul]

Karina wagte sich in eines der blauen Zelte auf der Piazza d'Armi, in denen die Schlafplätze oft nur Zentimeter trennten. Keinerlei Privatsphäre, keine Kommode, kein Badezimmer – zu beneiden waren die »Camper« nicht. Das zusammengepferchte Zeltleben wäre ein angenehmer Albtraum, erklärte ihr ein junger Afrikaner: »Es ist eng und laut, aber besser als nachts draußen zu frieren.«

Spontan fasste Karina den Entschluss, Kleider aus ihrem Schrank zu spenden.

Als Nächstes stolperte ihr Anna-Maria, eine dunkelhaarige Schönheit in hässlicher Helferkluft, vor die Füße. Die junge Südtirolerin, die zur Freiwilligenarmee der Protezione Civile gehörte und bereitwillig erzählte, schickte der Himmel. Nicht nur, dass Anna-Maria als Südtirolerin deutsch sprach, ihre Oma wohnte auch noch im Allgäu. »Ich wollte helfen und bin heute früh sofort mit unserer Truppe hergefahren. Und ich bereue meinen Entschluss nicht. In der Not müssen alle zusammenrücken.« Ihre Hand zeigte auf einen Pulk junger Leute, die sich in den Armen lagen und weinten. Das Team von Anna-Maria war dabei Essensausgaben und eine provisorische Stromversorgung aufzubauen.

»An Toiletten mangelt es noch«, seufzte Anna-Maria und verzog das Gesicht. Dass ihre Blase drückte, war eindeutig.

»Dringend?« Karina fragte sich, wie das die anderen Zeltstadtbewohner aushielten. Sie empfahl Anna-Maria die Kaserne in Coppito.

»Danke, aber das ist zu weit.« Kurz darauf schrie ein Kollege nach der Südtirolerin und beendete damit ihr Gespräch.

»Es gibt viel zu tun«, rief Anna-Maria. Zum Abschied tauschten sie noch Handynummern aus; Kontakte waren nie verkehrt. Wer wusste schon, welche Artikel morgen gewünscht waren?

Da bis zur Altstadt kein ruhiger Fleck zu finden war, machte Karina den nächstbesten Steinbrocken am Straßenrand zu ihrer Schreibwerkstatt. Die Anrufe aus Nürnberg trieben sie zur Eile, der Redaktionsschluss drängte.

In zwei Minuten und drei Zeilen war Anna-Maria eingebürgert; dank ihrer Allgäuer Oma ging sie als Deutsche durch. Um 17:53 Uhr drückte Karina endlich auf »Senden«. Dass Text und Bilder den Postausgang nicht verließen, bemerkte sie nicht.

****

Das Glück kam Filippe zur Hilfe: Dank Vitamin B hatte er unerwartet schnell das gesuchte Krankenhaus in Rom ausfindig gemacht. Auch sein zweiter Auftrag war schnell erfüllt: Ein Kollege hatte einen Bekannten, der wiederum über zwei Ecken eine Deutsche kannte. Euphorisch verkündete der Carabinieri seinen Erfolg per Telefon. Karina war überaus begeistert, bis er einhakte: »Allerdings lebt diese Lydia seit 25 Jahren hier, sie ist mehr Italienerin als Deutsche.«

»Wenn es weiter nichts ist«, erwiderte Karina. Für ihre Zeitung wäre dies kein Problem – einmal deutsch, immer deutsch. »Wo finde ich die Frau?« Filippe bot an, sie hinzubringen. Doch Karina zog einen Anruf vor, um Zeit zu sparen. Sie wollte schnell zurück nach Rom.

Dass die ausgewanderte Deutsche eine ungewöhnliche Frau war, merkte Karina schnell. Nach dem Erdbeben hatte sie Freunden Unterschlupf geboten. Dennoch dauerte ihr Telefonat keine drei Minuten. Lydia war kurz angebunden und vertröstete sie auf irgendwann. Nur mit Mühe holte Karina einen Besuchstermin heraus.

»Heute geht's gar nicht. Wenn es sein muss, morgen früh um elf Uhr«, murrte Lydia und legte auf.

»Warten Sie!« Zu spät. So hatte sich Karina das nicht vorgestellt. Lydias Adresse hatte sie zwar, aber die Uhrzeit für das Interview passte ihr gar nicht. Um elf Uhr am nächsten Tag, da wollte sie längst in Rom sein und nicht in einem von Pinienwäldern umringten, zerstörten Bergdorf. Eine teure Taxitortur hin und zurück kam genauso wenig infrage, wie in einer Massenunterkunft zu übernachten.

Ihre Laune besserte sich auch nicht, als ein Anruf aus Nürnberg kam. Der Exchef wartete noch immer auf ihren Artikel, weil die gestörte Datenautobahn keine E-Mails durchließ. Sie gab ihren Text telefonisch durch und versuchte mehrmals ihre Fotos zu schicken, weil diese das meiste Geld brachten – ohne Erfolg. Immerhin wollte er die Geschichte über Lydia am Folgetag unbedingt haben.

Dass sie seit Stunden nichts gegessen hatte, fiel Karina erst auf, als ihr Magen rebellierte. Mit dem Hunger kam die Erinnerung an ihre Trattoria-Schicht. Angesichts des Verkehrschaos und der Straßensperren war es undenkbar, dass sie rechtzeitig dort aufkreuzte. Sie musste absagen.

»Das fällt dir aber früh ein«, schimpfte Eros durchs Telefon. »Wo soll ich schnell einen Ersatz für euch kriegen?«

»Wieso euch?«, fragte Karina verwundert.

»Luca hat auch abgesagt!« Eros nahm wie immer kein Blatt vor den Mund. »Seid ihr zufällig beide in L'Aquila?«

Karina erschrak. Woher wusste er, wo sie war?

»Du hast Einfälle«, rief sie empört. Obwohl sie Luca fast alles zutraute, fand sie keinen Grund, der ihn nach L'Aquila führte. Sicher hatte sie Eros falsch verstanden oder er spielte auf die Wette an, die sie belauscht hatte.

»Sag das nächste Mal nicht so kurz vorher ab!« Damit knallte Eros den Hörer auf die Gabel. Das roch nach Ärger. In nächster Zeit durfte sich Karina keine Schnitzer erlauben, wenn sie ihren Schlemmerjob behalten wollte.

Von Minute zu Minute wurde Karinas Tasche schwerer und drückte auf ihre Schulter. Auch ihre Füße schmerzten bereits und Karina würde noch weitere Wege in L'Aquila zurücklegen. Schließlich musste sie noch eine Unterkunft suchen, weil sie das Interview mit Lydia zwang, über Nacht zu bleiben. Noch verbannte Karina den Gedanken daran. Sie wusste nicht wohin – genauso wenig wie tausend andere.

Giannas Anruf riss Karina aus ihren Grübeleien. »Der Chef will Text. 150 Zeilen aber zackig«, brüllte die Ungeduld in Person in ihr Ohr.

»Jetzt mach mal keinen Stress, Gianna«, erwiderte Karina. Da der Internetempfang immer noch nicht funktionierte, sprach Karina auch diesen Artikel ins Telefon. Die Fotos kämen sobald wie möglich.

»Eine wichtige Sache noch, Gianna: Du musst unbedingt meine deutschen Spuren entfernen. Ich hatte keine Zeit zum Überprüfen!«

»Sicher.« Kurz nachdem Gianna aufgelegt hatte, hatte sie die Sprachkorrektur jedoch schon wieder vergessen.

KAPITEL 33

»Zwischen den Trümmern in Paganica liegt auch die Festbeleuchtung. Sie wurde wie immer lange im Voraus für die drei Feiertage um Ostern aufgehängt, die dem Heiligen San Giustino und der Madonna d'Appari gewidmet sind. Doch [...] die Straßen des Dorfes, durch die die Prozession ziehen sollte, sind jetzt Gefahrenzone ›Zona Rossa‹.«[80] Giustino Parisse [aus: Parisse: Quant'era bella la mia Onna]

Rom, 6. April, später Nachmittag

Die Spezialklinik Remus kam Viola vor wie ein Labyrinth. In den schier endlosen Gängen hinter dem pompösen Eingangsportal verlor sie mehrmals die Orientierung. Trotz des Klinikplans, den ihr die Dame am Empfang ausgehändigt hatte, fand sie sich nur mit Mühe und Luigis Hilfe zurecht. Treppe hinauf, den Flur entlang, abbiegen, die nächsten Stufen. Viola war heilfroh, dass sie sich nicht allein durch das verwinkelte Krankenhaus kämpfen musste.

Luigi hatte es nicht eilig, er stolperte neben Viola her. Die Schrecken der letzten Nacht und deren Folgen lasteten auf ihm. Wie konnte er Viola auffangen, wenn auch ihr Sohn es nicht schaffte? Während sie durch die Gänge irrten, wanderten seine Gedanken in sein Heimatdorf Paganica.

Das Erdbeben hatte in Paganica deutliche Spuren hinterlassen und zahlreiche Gebäude zerstört, darunter ein Nonnenkloster sowie die Barockkirche. Um die Chiesa Immacolata Concezione, in deren Dach und Wänden große Löcher klafften, reihten sich in weitem Bogen rote Plastikstühle, die warnen sollten, sich der einsturzgefährdeten Kirche zu nähern. In deren Schatten umhüllte ein weißes Zelt die fünf Todesopfer der 5.000-Einwohner-Gemeinde. Es wären wohl noch viel mehr gewesen, wenn nicht so viele die Nacht draußen verbracht hätten, weil jemand Alarm geschlagen hatte, erzählte man sich. Andere hatten sich noch wie durch ein Wunder aus einstürzenden Häusern gerettet.[81] [Vgl. Parisse: Quant'era bella la mia Onna sowie vgl. Zeit Online (6.4.2009)]

Luigi hätte nie damit gerechnet, dass das eigene Haus – seit Generationen im Besitz der Familie – beinahe zur Todesfalle geworden wäre. Wenn Riccardo ihn nicht dazu gedrängt hätte, wären sie in der eisigen Nacht sicher nicht ins Auto gezogen – zusammen mit zwei Quälgeistern, die froren und nörgelten. Als um 3:32 Uhr ihr Wagen wie auf einem Trampolin hüpfte, hatte Luigi als Erster realisiert, wie knapp sie dem Tod entronnen waren. Riccardo hatte sie gerettet. Umso tragischer war es, dass er selbst und seine Tochter nicht überlebt hatten. Warum waren sie im Haus geblieben? Luigi beließ es bei unausgesprochenen Gedanken. Er wagte nicht Viola zu fragen – nicht jetzt auf dem Weg zur Intensivstation.

»Sie wollen zur IV?«, erwiderte der Pfleger, den Viola angesprochen hatte. »Das ist doch die Station für besonders schlimme Fälle.«

Viola schluckte. Sie versuchte ihre Ängste auszuschalten und sich die Route einzuprägen, die sie der übermüdete Pfleger lotste. »Am Flurende links, nach 20 Metern rechts ins Treppenhaus. Im vierten Stock ist es der Gang links, dort nach zehn Metern rechts abbiegen.«

Ungeduldig hetzte Viola über die Flure, sie wollte unbedingt zu ihrem Sohn. Nur wenige Meter trennten sie noch von ihm.

Endlich erreichten sie die gesuchte Station. Viola fühlte sich, als hätte sie eine Weltreise hinter sich gebracht, während sie die Tür zur Station öffnete. Wieder hallten die Worte des Pflegers durch ihren Kopf: »Die Station für besonders schlimme Fälle.« Viola holte tief Luft, der Geruch in den Fluren behagte ihr nicht. Sie zögerte, bevor sie ans Schwesternzimmer trat und klopfte. Eine betagte Schwester mit kurzem, in Wellen gelegtem Haar öffnete. Auf ihrem Kittel stach das Namensschild Laura hervor.

»Wir möchten zu Manuele Inventati. Ich bin die Mutter.«

Schwester Laura holte eine mit Namen und Zahlen beschriebene Papierliste hervor. Ihr Zeigefinger flog über die Zeilen, während sie »Ventati« murmelte. Nach einigen Sekunden war sie am unteren Ende der Liste angelangt.

»Wie war der Name? Ventati?«

»Manuele Inventati«, wiederholte Viola mit übertriebener Deutlichkeit, während ihr Gehirn ratterte. Waren sie doch auf der falschen Station gelandet? Verunsichert suchte sie nach Gründen, warum ihr Kind nicht auf dieser Liste auftauchte, bis sie die energische Stimme der Schwester zusammenzucken ließ: »Ach so – Inventati, mit ›In‹ vorneweg.« Wieder hastete der Finger über die Tabelle. Luigi hielt die Luft an. Wenn Manueles Name in dieser Liste nicht auftauchte, war das ein schlechtes Zeichen.

»Seit wann soll Ihr Sohn auf dieser Station liegen?«, fragte Schwester Laura.

»Er müsste vor einer Stunde mit dem Rettungshubschrauber aus L'Aquila eingetroffen sein«, antwortete Luigi.

»Ach so, einer von den Erdbebenpatienten. Sagen Sie das doch gleich! Da kann ich lange suchen«, seufzte sie und holte eine Mappe mit anderen Zetteln hervor. Wenn er erst vor einer Stunde angekommen wäre, wäre der Junge in jener Liste noch nicht vermerkt. »Wie alt?«

»Elf Jahre«, antwortete Viola und Lauras Finger tanzten über ein anderes Papier. »Das dürfte er sein.« Luigi fiel ein tonnenschwerer Brocken vom Herzen. Die Fahrt war doch nicht umsonst gewesen.

»Können wir zu ihm?« Viola zitterte vor Aufregung. Seit Stunden wartete sie auf diesen Augenblick.

»Nehmen Sie bitte dort drüben Platz. Ich muss erst mit dem Oberarzt sprechen«, sagte die Schwester, deutete auf eine Reihe Stühle vor einer kahlen, weißen Wand und verschwand.

Viola dachte nicht daran, sich zu setzen, sondern spazierte unruhig auf und ab. Höchstens noch ein paar Minuten, bis sie ihren Jungen wiedersah. Dass er schwere Verletzungen erlitten hatte, stand außer Frage, aber diese würden wieder heilen. Das Entscheidende war, dass ihr Kleiner die Katastrophe überlebt hatte. Die Zeit, bis die Schwester zurückkehrte, kam Viola furchtbar lange vor.

»Signora und Signor Inventati«, rief Schwester Laura. Luigi wollte den Irrtum aufklären, doch Viola bremste ihn mit mahnenden Blicken und dezenten Gesten. Solange Luigi als Manueles Vater galt, würden sie ihm den Zutritt nicht verwehren und er konnte sie begleiten. Genau das brauchte Viola gerade am meisten – eine vertraute Person an ihrer Seite, die sie stützte.

»Was hat der Oberarzt gesagt?«, wollte Viola wissen.

»Besuche sind heute nicht mehr möglich. Der Junge ist in einem sehr kritischen Zustand, er wird gleich operiert!«

Viola bekam einen Kloß im Hals. Erst jetzt realisierte sie, wie ernst es um ihren Sohn stand. Es war keineswegs sicher, dass er in einigen Wochen wieder über ein Fußballfeld stürmen würde. Während die Ärzte um Manueles Leben kämpften, fühlte sich Viola hilfloser denn je. Trotzdem wollte sie sich nicht mit der zurückweisenden Antwort abfinden. Sie würde alles tun, um zu ihrem Kind zu kommen.

»Aber kurz kann ich doch zu meinem Sohn? Wenigstens einen kurzen Moment!«

»Ich kann verstehen, dass Sie ihn sehen wollen. Aber das ist nicht möglich, weil er schon auf die Operation vorbereitet wird«, sagte Schwester Laura energisch.

»Wie stehen seine Chancen?«, wollte Viola wissen.

»Sein Zustand ist kritisch. Aber wir haben hervorragende Mediziner, die alles Menschenmögliche tun.«

Viola war den Tränen nahe. Ihre Zuversicht stürzte in sich zusammen, wie ihr Haus. Aber sie sah ein, dass es im Moment keinen Sinn machte, weiter mit der Schwester zu diskutieren. Das Einzige, was ihr blieb, war ausharren, bangen und beten, bis die Operation vorüber war und sie endlich zu ihrem Sohn durfte.

»Am besten kommen sie morgen wieder«, riet Laura.

»Wir können nicht heim, da sind nur noch Trümmer«, seufzte Viola. Die Schwester schluckte, das hatte sie befürchtet. Die beiden waren nicht die Ersten aus L'Aquila – die Abruzzen hatten bereits Dutzende Verschüttete und Verletzte nach Rom geschickt. Hubschrauber hatten etliche Schwerverletzte gebracht. Die Patienten mit leichteren Blessuren waren selbst ins Auto gestiegen, weil sie nicht in L'Aquilas zerstörtes Krankenhaus wollten.

»Hier bleiben können Sie eigentlich nicht«, fuhr Schwester Laura fort. »Die Operation wird mindestens vier Stunden dauern. Und nachts ist die Intensivstation für Besucher geschlossen – eigentlich.«

»Aber wo sollen wir hin?« Viola blickte Luigi entmutigt an. Er legte seine Hand auf ihre Schulter und wandte sich an die Schwester.

»Sie verstehen sicher, dass wir jetzt nicht nach L'Aquila zurückfahren und morgen früh wiederkommen können. Ist keine Ausnahme möglich?«

Laura überlegte. »Ich werde sehen, was ich tun kann. Gehen Sie doch solange in die Cafeteria und essen oder trinken etwas. Sie liegt ein Stockwerk tiefer am Ende des Ganges.« Derweil würde sie eine Übernachtung auftreiben.

»Wann können wir mit einem Arzt sprechen?«, hakte Luigi nach. Viola warf ihm dafür einen dankbaren Blick zu. Sie selbst fühlte sich zu entkräftet, um weitere Fragen zu stellen, und war kaum noch in der Lage sich auf den Füßen zu halten.

»Ich kann nichts garantieren.« Im faltigen Gesicht der Schwester glaubte Viola, echtes Mitgefühl zu erkennen. »Aber nach der Operation kann ich doch zu meinem Kind, Schwester?«

Lauras Schweigen verhieß nichts Gutes.

KAPITEL 34

»Jetzt, in der Stunde der Katastrophe, strafen die Italiener all jene Lügen, die kritisieren, sie kümmerten sich nur um das Wohl ihrer Familien, ihrer Clans und vergäßen darüber das Allgemeinwohl. Ganz Italien ist nun in L'Aquila, zumindest mit dem Herzen.«[82] Stefan Ulrich, SZ-Korrespondent [aus: Arrivederci, Roma!, Ullstein Verlag]

L'Aquila, 6. April, früher Abend

Aus Karinas Abstecher ins zerstörte Zentrum von L'Aquila wurde nichts mehr. »Zona Rossa« – Gefahrenzone, Zutritt verboten – warnten Schilder, die neben Männern in Militäranzügen Eindringlinge abhielten. Also kehrte sie wohl oder übel um und begab sich auf die Suche nach Violas vermisster Freundin Valenzia.

Kurz bevor Karina das zerfallene Studentenwohnheim erreichte, klingelte es in ihrer Tasche. Die Nürnberger Redaktion teilte ihr mit, dass alle E-Mails endlich angekommen waren. Karina atmete auf und hoffte, dass auch Gianna versorgt war und damit deren Telefonterror nachließ. Von Violas Geschichte war der Nürnberger Exchef ganz angetan, ihm fehlte lediglich noch ein Gesicht dazu. Mit schlechtem Gewissen zog Karina ihren Trumpf »Familienfoto« aus dem Ärmel.

Zurück vor dem Mahnmal fahrlässiger Baukunst, der Casa dello Studente, gesellte sich Karina zu einer Gruppe Heimatloser, die vor Kälte zitternd beobachtete, wie ein Kran auf und ab fuhr.

Der Kampf gegen Tod und Trümmer lief am Studentenwohnheim weiter auf Hochtouren. Ein Bewohner des eingestürzten Nordflügels lotste die Retter zu den verwüsteten Zimmern der Verschütteten. Bisher war es ihnen gelungen, zwei Studenten lebend herauszuholen. Bis sie jedoch zu allen Verschütteten vordrangen, sollten noch drei Tage vergehen.

Der zur Hälfte eingestürzte Häuserkomplex gegenüber sah ebenfalls übel aus. Bagger, Retter und Angehörige gaben dort bei der Suche nach Vermissten ihr Bestes. Nach Stunden fanden sie zwei Schwestern und ihre Mutter. Die Ältere, 27, holte ein Rettungshubschrauber; sie fiel ins Koma. Die Jüngere, 23, und ihre Mama holten Särge. Der Vater begleitete seine älteste Tochter in die Klinik nach Rom, wo sie nach vier Tagen starb. Der verzweifelte Witwer und andere, die im eingestürzten Gebäude gewohnt oder gearbeitet hatten, hegten bald einen Verdacht: Die Arbeiten am Nachbarhaus – vor allem der Bau einer Tiefgarage, der über Monate ihr ganzes Haus erschüttert hatte – könnten zum Einsturz beigetragen haben. Der eingefallene Teil lag direkt neben dem Aushub für die Garage.[83] [Vgl. Travaglio/Vauro: Sangue e Cemento sowie vgl. Caporale. L'Aquila non è Kabul]

Erschüttert wankte Karina weiter. Was musste dieser Mann, der innerhalb einer einzigen Minute seine ganze Familie verloren hatte, jetzt nur durchmachen?

Karina starrte auf den Boden, bis ihr Blick an riesigen Turnschuhen hängen blieb, die ihr irgendwie bekannt vorkamen. Der Bursche, zu dem sie gehörten, lehnte erschöpft am Straßenrand. Sein Gesicht sah sie nicht, weil er die Knie angewinkelt, die Arme aufgestützt und den Kopf darin vergraben hatte. Karina ließ den Blick über seine verdreckten Klamotten schweifen. Den Pullover erkannte Karina sofort; genau den hatte ihr Trattoria-Kollege Luca auch. Überhaupt sah der junge Mann mit den großen Füßen, langen Beinen und Armen ihm sehr ähnlich. Karina kniff die Augen zusammen und musterte ihn genau. Aber sie fand keinen Grund, warum sie den Riesenrömer in L'Aquila treffen sollte, und ging weiter.

Die Stolperfalle vor sich bemerkte Karina erst, als es zu spät war. Sie verlor das Gleichgewicht und fiel der Länge nach auf den Asphalt. Mehrere Augenpaare folgten ihrem Sturz. Auch Lucas vermeintlicher Doppelgänger schreckte hoch und starrte sie an.

Obwohl die Umstehenden Hilfe anboten, rappelte sich Karina alleine auf. Der Schmerz hielt sich in Grenzen, umso größer war ihr Ärger über das eigene Ungeschick. Für eine Perfektionistin wie sie waren der peinliche Sturz vor Publikum und die aufgerissene Hose viel schlimmer als das blutende Knie. Sie wischte den Dreck ab, zog ein Pflaster hervor und sammelte die herausgepurzelten Innereien ihrer Tasche auf.

»Sieh mal einer an. Was machst du denn hier?« Karina erkannte die Stimme sofort. Als sie den Kopf wandte, schwanden die letzten Zweifel. Es war doch Luca – der Kerl, der die Frechheit besaß, eine Wette auf sie abzuschließen.

»Das kann ich dich genauso fragen!« Sie erschrak selbst über ihren forschen Ton und Lucas Aussehen. Der Staub zwischen seinen Haaren ließ sie grau schimmern. Seine Augen sahen aus, als ob er geweint hätte. An seiner linken Hand klebte verkrustetes Blut, etwas Undefinierbares verschmierte seine Hose. Luca wirkte übernächtigt, ausgelaugt, völlig fertig und ähnelte mehr einem Penner als sich selbst. Sie erkannte ihn kaum wieder. Auf einmal war ihre Wut wie weggeblasen. Vorsichtig fragte sie: »Was hast du angestellt?«

Äußerlich zeigte Lucas Gesicht keine Regung, aber hinter der Fassade tobte das Chaos. Dass der blonde Zwerg aufkreuzte, passte ihm gar nicht. Er hatte mehr als genug Probleme zu bewältigen, Karina hatte ihm gerade noch gefehlt. Was wollte der wandelnde Schminkkoffer hier? Für die Rolle einer freiwilligen Helferin war sie zu eitel, zu akkurat, zu zielorientiert, dachte er. Außerdem hasste sie

Zelte, Matsch und Menschenmassen und noch etwas machte ihn stutzig.

Karina spürte, wie Lucas Blick an ihr entlangwanderte und auf Bauchhöhe haften blieb. Bestürzt stellte sie fest, mit welcher Leichtigkeit er sie verunsicherte. Angriffe auf ihr Äußeres waren ihr persönlicher Super-GAU. Während er sie kritisch musterte, schmolz ihr sonst so ausgeprägtes Selbstbewusstsein wie Eis in der Sonne. Nervös strich sie sich eine Strähne aus dem Gesicht. »Was ist?«

Luca runzelte die Stirn und fragte mit übertrieben ernster Stimme. »Ich wusste gar nicht, dass du noch mit Puppen spielst!«

Karina senkte den Blick. Aus ihrer Tasche spitzte, ungefähr auf Bauchhöhe, das zerstörte Spielzeug von Violas Tochter heraus. Peinlich berührt und doch erleichtert – er hatte nicht an ihrem Outfit herumgenörgelt – gab sie zurück: »Weißt du, ab und zu kommt diese Spielsucht über mich und dann kann ich nicht anders und hole die Puppen raus.« Ein Lächeln kehrte auf Lucas staubiges Gesicht zurück. Dann stand er auf – entschlossen, trotz der Tragödie keine Schwäche zu zeigen.

»Alles klar mit deinem Knie? Bei der nächsten Landung solltest du vorher das Fahrwerk ausfahren«, neckte er sie. »Übrigens hast du dich vertan: Deutschland ist weiter im Norden! Oder was führt dich hierher?«

Karina blickte zum wieder auferstandenen Sprücheklopfer empor, dessen Gesicht trotz seiner Scherze traurig wirkte. Ohne Absatzschuhe kam sie sich neben Luca vor wie ein Liliputaner.

»Danke für den Tipp, Profipilot, aber das war volle Absicht. Ich bin hier gelandet, um eine Ladung Steine abzuholen.« Der Satz war noch nicht zu Ende gesprochen, da fragte sie sich, was sie eigentlich für einen Blödsinn redete, und schwenkte zu einer Gegenfrage um. »Warum bist du eigentlich hier?«

Angesichts des Grauens sah Luca nur zwei Optionen: lachen oder heulen. Da er um jeden Preis verhindern wollte, dass er vor seiner Kollegin in Tränen ausbrach, setzte er seine unsichtbare Clownmaske auf. »Zum Wellnessurlaub bin ich hier, baden im Trümmermeer!«

Sein Sarkasmus verschlug Karina kurz die Sprache. Sie grübelte noch, wie sie ihm den wahren Grund seines Aufenthalts aus der Nase ziehen konnte, da startete Luca schon zum Angriff. »Und du, warum hast du dieses Flugziel gewählt?«

Nervös zupfte Karina an ihrem Ärmel. Was sie nach L'Aquila geführt hatte, konnte sie nicht verraten. Damit würde sie Gianna verraten und sich selbst den Geldhahn zudrehen. Irgendeinen Grund musste sie aber vorschieben, Luca gehörte definitiv zur Fraktion der Hartnäckigen. Also tischte Karina ihm den ausgeschmückten Vorwand »Ich berichte für eine deutsche Zeitung« auf. Kritisch blickte Luca sie an, er kaufte ihr die Geschichte nicht ganz ab.

Plötzlich stürmte ein junger Mann im Pyjama direkt auf Luca zu. »Hier steckst du also!« Der Unbekannte zog erstaunt die Augenbrauen hoch, als er Karina neben ihm entdeckte.

»Hallo. Wer bist denn du? Ich bin Pasquale.« Er musterte Karina genau. Sein Blick sprach Bände. »Könnt ihr euer Rendezvous für eine wichtige Sache namens Essenfassen unterbrechen?« Sein akutes Nahrungsbedürfnis untermalte ein lautes Magenknurren. Auch Karina hatte einen Bärenhunger, musste aber eines klarstellen: »Essen ist eine gute Idee, Pasquale, aber das hier ist kein Rendezvous!«

Rom, 6. April, früher Abend

Sehr zufrieden legte Gianna auf. Der Vizechef hatte ihren L'Aquila-Artikel, den sie nicht geschrieben hatte, in höchsten Tönen gelobt. Jetzt hatte sie sich eine heiße Badewanne verdient, bevor sie sich endlich wieder ins römische Nachtleben stürzte. Gianna wollte längst ihr neuestes Glitzertop und den dazu passenden Minirock ausführen.

L'Aquila, 6. April, früher Abend

Die Sonne war schon hinter den Gipfeln verschwunden, als das Trio das Camp neben dem Rugbystadion erreichte. Laut Luca lag es nur einen Steinwurf vom zerstörten Zentrum entfernt. Konkret bedeutete das zwanzig Minuten Fußmarsch. Zum Essen bekamen sie dort nur mittelgroße Portionen, für Karina kein Drama – Hauptsache vegetarisch. Pasquale hingegen hätte mehr Menügänge bevorzugt. Etwa ein Dutzend Menschen wuselten in der mobilen Küche herum, um Hunderte hungrige Mägen zu füllen. Ein Ende der Schlange war nicht abzusehen.

»Dort drüben geht's schneller«, rief Pasquale und zeigte auf eine Zeltkantine mit angeblich kürzerer Warteschlange. Obwohl Karina Zweifel hatte, liefen sie hinüber. Warten mussten sie so oder so.

»Zumindest sind die Portionen größer«, meinte Luca, den Karina selten so wortkarg wie an diesem Abend erlebt hatte.

»Groß nennst du das? Die könnten doppelt so groß sein. Schau dir die winzigen Schüsselchen an«, beschwerte sich Pasquale.

Auf dem ganzen Platz roch es nach Knoblauch und Tod. Erstaunt stellte Karina fest, dass die als chaotisch verschrienen Italiener im heillosen Durcheinander eine halbwegs geordnete Schlange bildeten. »Bekommt hier jeder einfach so ein Essen? In Deutschland müsstest du erst einen Antrag stellen.« Karina malte sich aus, wie sie im Rathaus mehrmals Wartenummern zog, um erst einen Essensmarkenantrag abzuholen – nur gegen Ausweis versteht sich. Nach einigen Bürowechseln würde sie schließlich die ausgefüllten Seiten abgeben und nach Stunden endlich eine Essensmarke erhalten, die in genau einem Zeltlager gültig wäre. In L'Aquila war dagegen alles unkompliziert chaotisch.

»Klar, heute darf jeder mitfuttern«, erwiderte Pasquale. »Wie soll es sonst gehen? Das Rathaus ist genauso Schrott wie alle anderen Ämter.«

Wer nach langem Anstehen endlich eine Portion erobert hatte, balancierte die gefüllte Plastikschüssel zu einem Speiseplatz seiner Wahl. Die Auswahl an freien Stellen war groß, aber wenig komfortabel: Wer schnell war, sicherte sich einen Platz im Zelt, auf der Stadiontribüne oder belagerte eine der seltenen Bänke. Die anderen setzten sich auf Trümmer, zertrampelten Rasen, kalten Asphalt oder blieben stehen.

»Woher kennt ihr euch?«, wollte Pasquale auf einmal wissen.

»Aus Rom, von Eros' Trattoria«, meinte Luca ungewohnt redefaul. Mit seinen Gedanken war er ganz wo anders. »Ach, du hilfst noch bei deinem Cousin aus?« Dass Pasquale mit Luca in L'Aquila Informatik studiert hatte, war eine Überraschung für Karina. Im Gegensatz zu ihm wäre Luca das absolute Zahlengenie, betonte Pasquale. Der Geehrte nahm das Lob stumm hin und Karina fragte sich, was sie noch alles von Luca nicht wusste.

»Schaut mal, die dort hinten gönnen sich ein Candle-Light-Dinner«, rief Pasquale und deutete in die Ferne. Dort hatte sich ein Pärchen mit Kerzen in eine Zeltmuschel zurückgezogen. »Wollt ihr nicht auch?«

»Halt einfach die Klappe«, fauchte Luca plötzlich. Karina und Pasquale waren gleichermaßen überrascht von seinem Ausbruch. Langsam und wortlos arbeiteten sie sich zur mobilen Küche vor, in der eine beleibte Frau eine rote Pampe in ihrem Riesentopf umrührte.

»Was tischen die Köche eigentlich auf?«, durchbrach Karina das Schweigen. Pasquale erhaschte einen Blick in die Schüsseln der Vorbeigehenden. »Ich würde sagen, Spaghetti Bolognese mit extra viel Knoblauch.«

Karina verdrehte die Augen. »Igitt. Gibt's nichts für Vegetarier?« Dass Luca wirklich schlechte Laune hatte, zeigte sein Kommentar: »Deine Extrawürste wieder! Fahr doch heim oder friss Gras!«

»Sehr witzig«, murrte Karina. Die Zeltküche war ein weiterer Tiefpunkt des Katastrophentages. Sie suchte fieberhaft nach fleischlosen Alternativen. Weder wollte sie ihre achtjährige Vegetarierkarriere für eklige Fleischnudeln beenden noch eine spontane Nulldiät starten. Zur Not mussten ihre mitgebrachten Kekse daran glauben. Da erblickte Karina Plastikschüsseln mit Suppeninhalt. »Ich bin mal kurz weg.« Damit ließ sie Pasquale und Luca stehen.

Die Suppenschlange fand Karina schnell. Um zu sehen, ob das Anstellen die Mühe wert war, drängte sie sich nach vorn. Sie ignorierte den Zorn einiger Umstehender und fragte den fleißigen Helfer am Schöpfer: »Ist das vegetarisch?«

»Nein, das nicht«, erwiderte dieser und lächelte sie an, während er mit einem Schöpflöffel in einem anderen Topf herumrührte. »Aber das hier.« Für hübsche Blondinen hätte er immer die richtige Suppe, posaunte er lächelnd. Karina beließ es bei einem Danke.

Mit ihrer Plastikterrine kehrte sie zur Fleischfresserschlange zurück. Doch Luca und Pasquale waren verschwunden. War sie am falschen Ort? Im Laufe des Tages war sie an über zehn wachsenden Zeltstädten vorbeimarschiert, die alle ähnlich aussahen. Sie irrte umher, bis sie Pasquale rufen hörte: »Hier sind wir!« Er winkte sie zu einer Bank.

Erstaunt lief Karina über die zertrampelte Wiese. Die Herren hatten sich verdoppelt. Alle Vier waren ungefähr gleich alt und so wie sie miteinander umgingen, kannten sie sich nicht erst seit fünf Minuten. Ohne das Essen zu unterbrechen, rutschten sie zusammen und machten für Karina 30 Zentimeter Bank neben Luca frei. Sie zögerte, setzte sich letztlich aber doch zum verstummten Besserwisser, der ihr zwei Scheiben Ciabatta in den Schoss legte.

Die Unbekannten stellten sich als Oscar und Mattia vor, während sie weiter Matschnudeln in sich hineinschaufelten. Karina nutzte die Chance, ein paar Fragen zur Nacht und den Erdbeben loszuwerden.

»Erdbeben sind in der Gegend nicht ungewöhnlich«, meinte Mattia mit vollem Mund. »Abzuhauen, war für uns deshalb kein Thema gewesen.«

»Ich hätte nie gedacht, dass ein so starkes Beben kommt«, stimmte ihm Oscar zu. »Bis zur letzten Nacht.« Angst sprach aus seinem Gesicht. »Das ganze Bett schaukelte plötzlich hin und her, die Bücher fielen aus dem Regal und von der Decke bröckelte Putz. Und dann war der Strom weg und alles stockdunkel.« Gebannt lauschte Karina Oscars Bericht. »Da habe ich nicht mehr nachgedacht und bin im Schlafanzug auf die Straße gerannt.«

Von Minute zu Minute kühlte die Luft spürbar ab. Die Kälte trieb Karina trotz Jacke Gänsehaut auf ihre Arme, sie zitterte sogar.

»Warte, du kannst meine Jacke haben«, bot Luca an. Doch die Frierende dachte nicht daran, mit dieser unförmigen, dreckigen Übergröße herumzulaufen. Wie sah das denn aus? Außerdem kam das Angebot von Luca, also musste sie quasi ablehnen. »Nein danke. Ich friere gern!«

Da es inzwischen dämmerte, wurde die Frage nach dem Nachtquartier brisanter. Karina erkundigte sich nach den Plänen der anderen. »Zelt«, erwiderte Mattia knapp. »Und wo pennst du?«

»Gute Frage«, meinte Karina. Sie wollte auf keinen Fall in einer dieser Massenunterkünfte übernachten. Auf einmal erinnerte sie sich an die versprochenen, kostenlosen Hotelzimmer. »Wo sind diese Hotels, die der Ministerpräsident angepriesen hat?«

Also doch, dachte Luca und sah seinen Verdacht bestätigt. Er musste Karina einige Fragen stellen, aber nicht vor den anderen. Daher sagte er nur: »An der Küste. Am besten du läufst gleich los, vielleicht bist du dann vor Ostern dort.«

»An der Adriaküste?« Karinas Stimmung war am Nullpunkt angelangt, was sie sich aber nicht anmerken ließ. »Wenn es weiter nichts ist, ich dachte schon in Alaska! Gibt's hier wenigstens Duschen?«

Mit einem Blick zum Himmel kündigte Luca an: »In spätestens einer Stunde bekommst du deine Dusche.« Leise fügte er hinzu. »Hoffentlich haben wir alle draußen, ehe die Sintflut kommt!«

Karina verstand die Worte, aber nicht den Inhalt. »Was meinst du damit?«

Luca antwortete nicht, sondern schüttete hastig seine Nudelreste in den Mund. Auch Mattia verschlang wie ein Tier seinen Tellerinhalt. Als Sieger aus dem Wettessen ging Luca hervor, er sprang als Erster auf. »Fertig?«

Mattia nickte und stürmten mit Luca zusammen los.

»Wohin geht ihr?« Karina bekam wieder keine Antwort, bis sich Pasquale erbarmte. »Sie graben weiter. Unter den eingestürzten Häusern liegen noch etliche Menschen, aber sie kommen nicht an sie ran.« Karina zog die Augenbrauen hoch, als Pasquale kauend weitersprach. Nun lüftete sich das Rätsel, warum Luca so müde, schlecht gelaunt und verdreckt war. Seit dem frühen Morgen half er, Verschüttete zu befreien.

»Die Feuerwehr und all die anderen Helfer haben echt viele rausgeholt. Nur sie noch nicht.« Pasquale biss sich auf die Zunge.

»Wen meinst du?«, hakte Karina nach.

»Das soll er dir selbst sagen«, druckste Pasquale herum und lenkte ab. Anfangs hätte auch er mit gegraben, aber jetzt wären die Profis vom Zivilschutz dran. Luca und Mattia sahen das jedoch anders.

Auf einmal verstummte nicht nur Pasquale, sondern die gesamte Zeltstadt. Karina blickte in erstarrte Gesichter, ein heftiger Wind pfiff um ihre Ohren. Die Bank wackelte ohne ihr Zutun.

»Nicht schon wieder«, stöhnte Oscar auf. Jetzt erst bemerkte Karina das Grollen und das Zucken der Wiese unter ihren Füßen. Von Sekunde zu Sekunde wurden die unheimlichen Wellen im Boden stärker. Karina schnappte nach Luft. Panik überfiel sie.

KAPITEL 35

»In einer Woche ist Ostern, aber das zählt jetzt nicht mehr. Es ist im Moment niemandem wichtig. Es ist noch nicht mal Zeit zum Weinen, es ist noch zu früh. Vorher gilt es, zu retten, was noch übrig ist. Und zu versuchen, zu verstehen, was da geschehen ist.«[84] Giuseppe Caporale [aus: Caporale: L'Aquila non è Kabul]

Rom, 6. April, Abend

In der Cafeteria saßen kaum Menschen. Nur zwei der silbernen Rundtische waren besetzt. Viola ließ sich auf einem Platz am Fenster nieder, das zur Innenseite des Kliniktraktes zeigte. Im Grunde war egal, wo sie saß und was sie tat – ihr Leben hatte in der letzten Nacht seinen Sinn verloren. Wie versteinert starrte sie durch die Scheibe, während sich Luigi auf den Stuhl neben sie setzte. Sie sprachen kein Wort.

Viola konnte keinen klaren Gedanken fassen. Der Schock lähmte ihre Muskeln und ihr Gehirn. Sie wünschte sich nichts sehnlicher, als diesem Albtraum zu entfliehen. Doch es gab kein Entrinnen.

Nach einer Weile schreckte sie Luigis Stimme auf. »Magst du lieber Schinken oder Mozzarella?«

Viola hatte weder bemerkt, dass er aufgestanden war, noch dass er zwei Wasserflaschen, eine Zeitung und zwei belegte Panini auf den Tisch gelegt hatte. Einen Moment blickte sie den Freund an, als wäre er ein verirrter Geist. Dann rang Viola sich zu einer Antwort durch. »Egal.«

Obwohl sie den ganzen Tag nichts gegessen hatte, fehlte ihr der Appetit. Nicht nur ihr Kopf streikte, auch ihr Körper spielte verrückt. Ihr Hungergefühl war ausgeschaltet, der Puls raste, immer wieder überfielen sie Schweißausbrüche.

Luigi reichte ihr das Mozzarella-Brötchen, das hätte zumindest seine Frau gewählt. Zögernd nahm Viola es in die Hand und zwang sich, ein kleines Stück abzubeißen. Lustlos kaute sie darauf herum. Immerhin lenkte sie der Dreikampf aus abbeißen, kauen und schlucken vom Warten ab. Ihre Hände zitterten wie die einer Greisin.

»Frisch ist was anderes«, murmelte Viola tonlos. Die Brothülle schmeckte auf ihrer Zunge wie Pappkarton. Als ihr Luigi seine Tüte hinschob, schüttelte Viola den Kopf. Sie wollte kein anderes Brötchen. Sie wollte ihr Leben vor dem Erdbeben zurück.

Die Zeiger auf der Uhr über der Theke hüpften in Zeitlupe. Wie die Kellnerin die Cafeteria geputzt und geschlossen hatte, war Viola entgangen. Verstört und völlig apathisch lehnte sie auf dem unbequemen Stuhl am Fenster. Luigi zuckte zusammen, als sie plötzlich den Kopf wandte und fragte: »Wie lange wird die Operation dauern?«

»Gute Frage«, erwiderte Luigi. Er überlegte angespannt, was er aussprechen sollte und was besser nicht. Solange die Ärzte noch operierten, war nicht alles verloren. Nervös spielte er mit seiner leeren Papiertüte; sein Panino war längst vertilgt. Viola dagegen kaute nach einer halben Stunde noch an ihrem zweiten Bissen herum.

»Die Klinik hat hervorragende Ärzte«, versuchte Luigi Optimismus zu verbreiten.

»Sicher.« Daran zweifelte Viola nicht. Doch was nutzten die besten Mediziner, wenn die Lage aussichtslos war? Sie musste an den letzten Papst denken, den sie vor vier Jahren in einer anderen Klinik in Rom wiederbelebt hatten. Ausgezeichnete Ärzte hatten alles versucht, um den Pontifex ins Leben zurückzuholen – und konnten am Ende doch nichts ausrichten.

Im zehnten Stock der Gemelli-Klinik in Rom, die 1964 eröffnet hat und heute etwa 5.000 Beschäftigte und 20.000 Besucher pro Tag zählt, ist eine Suite eigens für den Papst reserviert – inklusive Kapelle, Küche und Zimmern für seine engsten Angestellten. Papst Johannes Paul II. ließ sich zwischen 1981 und 2005 zehnmal dort behandeln. Deshalb bezeichnen manche Medien die Gemelli-Klinik als den »dritten Vatikan«, nach dem Vatikan selbst und der päpstlichen Sommerresidenz.[85] [Vgl. Stern.de (25.2.2005)]

Zwei Monate nach dem Wiederbeleben war der Papst mit fast 85 Jahren dennoch gestorben – ausgerechnet Anfang April. Viola starrte aus dem Fenster. An Todestage und Begräbnisse wollte sie jetzt nicht denken.

Luigi kramte in seiner Hosentasche, holte seinen Geldbeutel heraus und drückte Viola 50 Euro in die Hand. Fragend blickte sie ihn an. Was er wollte, begriff sie erst, als er ergänzte: »Dass du nicht betteln musst.«

»Zeit dafür hätte ich ja«, meinte Viola nüchtern. Sie hatte keinerlei Termine mehr, weder heute, noch in den nächsten Wochen. Eine passende Methode, um die Zeit totzuschlagen und ihre Grübeleien, Trauer und Schuldgefühle auszuschalten, suchte sie noch.

Wieder fuhr Luigis Hand in die Tasche. Diesmal fischte er ein Mobiltelefon heraus. »Damit du wieder erreichbar bist.« Als Viola zögerte, das Telefon anzunehmen, fragte er ironisch: »Mir genügt das Arbeitshandy völlig, oder willst du lieber den Polizeifunk?«

»Heute ausnahmsweise nicht.«

Das Handyverbot auf der Station hielt Viola nicht davon ab, ihre Eltern, die noch im Stau steckten, zu informieren, dass sie sich die Fahrt nach Onna sparen und die Remus-Klinik in Rom ansteuern sollten. Als Nächstes rief sie ihre Schwägerin und ihren Bruder an, der sie bereits im Fernsehen gesehen hatte. Plötzlich bekam Viola Zweifel: In ihrem Schockzustand hatte sie den Journalisten womöglich zu viel erzählt. Sie wollte keine Karriere als unfreiwilliger Medienstar. Luigi musste vor allem die Klatschblätter wie Figata zurückpfeifen. Dummerweise war sie sich nur noch beim Namen der Blonden sicher, nicht aber bei den anderen Zeitungs- und Fernsehreportern, die sie interviewt hatten.

Luigi ging sein Kontaktnetzwerk durch und hängte sich an die Strippe. Über drei Ecken kam er zum Figata-Vizechef. Dort war keine Karina bekannt. Vermutlich hatte Viola die Zeitung oder den Namen verwechselt oder die Begegnung hatte gar nicht stattgefunden. Die Realität wirkte an jenem 6. April ohnehin so surreal, Wunsch und Wirklichkeit verschwammen. Es war auch gut, dass Viola und Luigi noch nicht alle Details der Wahrheit kannten.

Aus der Ferne verfolgten diverse Unternehmer das Treiben in den Kratern in und um L'Aquila genau. Für sie war der 6. April 2009 alles andere als eine Katastrophe. »Die Erde bebt noch und schon jetzt teilt sich die Mafia die Aufträge auf«, brachte es Petra Reski in der deutschen Wochenzeitung »Die Zeit« auf den Punkt. In der Erdbebenregion seien laut der parlamentarischen Anti-Mafia-Kommission vor allem zwei Auswüchse des organisierten Verbrechens am Werk: die Camorra aus Kampanien sowie die Sacra Corona Unita aus Apulien.

Schon seit Jahrzehnten schlugen die Clans aus öffentlichen Bauaufträgen Kapital und versuchten mit allen Mitteln vom Strom der privaten und staatlichen Hilfsgelder zu profitieren. 30 Millionen Euro kündigte allein Berlusconi für die Abruzzen an, weitere Millionen sollten aus dem EU-Solidaritätsfond für Naturkatastrophen folgen.[86] [Vgl. Die Zeit (9.4.2009)]

✯✯✯✯

Die Notoperation dauerte tatsächlich fast fünf Stunden. Vor allem Manueles innere Verletzungen verlangten den Ärzten einiges ab. Fast wäre er verblutet, mehrmals stand er an der Schwelle zum Tod. Hoch konzentriert arbeiteten sich die Ärzte durch den kleinen, geschundenen Körper, bis die wichtigsten Organe wieder zusammengeflickt waren. »Wenn er bis morgen überlebt, müssen wir noch mehrmals ran«, stimmten die Chirurgen überein.

****

Das Warten zermürbte Viola, das Hoffen und Bangen raubte ihre letzte Kraft. Sie wandelte wie ein Gespenst durch den Tag, als wäre sie nur eine Hülle ihrer selbst. Schuldgefühle keimten in ihr auf. »Wegen mir sind wir im Haus geblieben. Ich bin schuld«, flüsterte sie leise.

Luigi blieb und teilte stumm ihren Schmerz; dafür war ihm Viola mehr als dankbar. Schweigend saßen sie im Wartebereich vor der Intensivstation. Während die Müdigkeit sie überfiel, flehte und hoffte sie weiter auf das große Wunder – darauf, dass alles ein furchtbarer Irrtum war und sie morgen in ihr heiles Zuhause zurückkehrten. Auch wenn sie Riccardos lebloses Gesicht gesehen hatte, sperrte sie sich gegen die niederschmetternde Wahrheit.

Auf einmal humpelte ein Mann um die Ecke, den Viola nur zu gut kannte. Trotz all seiner Schrammen, Wunden und Verbände hätte sie ihn inmitten von Tausenden Patienten sofort entdeckt. Sie wollte aufspringen und ihren Mann umarmen, küssen und nie wieder loslassen. Doch ihre Beine gehorchten nicht; Viola war wie an den Stuhl gefesselt, unfähig sich zu bewegen. Sie versuchte, seinen Namen zu schreien, aber auch ihre Stimme versagte. Mit aller Kraft kämpfte sie gegen die gelähmten Muskeln – erfolglos. Da wandte er seinen verwundeten Kopf und schenkte ihr ein Lächeln. Die wenigen Worte, die sie hörte, waren wie ein seltsames Versprechen.

»Gib nicht auf! Wach auf! Du bist nicht allein, Viola! Du

kannst zu ihm rein, Viola!«

Dann zerfiel Riccardo zu Staub und ihr Traum zerplatzte wie eine Seifenblase. Zwei warme Hände rüttelten Viola aus dem Schlaf.

»Viola, wach auf!«

Als sie die Augen aufschlug, erblickte sie Schwester Laura und Luigi vor sich, der sanft ihre Schultern schüttelte. Sie war tatsächlich auf dem unbequemen Stuhl eingeschlummert. Ernüchtert stellte sie fest, dass ihr Traum realer wirkte als der ganze Tag. »Gib nicht auf! Du bist nicht allein, Viola!« Sie klammerte sich an Riccardos Worte.

Die Operation wäre beendet, verkündete die Schwester und sie hätte auch zwei ausrangierte, defekte Liegen für sie aufgetrieben, allerdings in einer Art Abstellkammer. Viola setzte zur Frage an: »Können wir …«

Schwester Laura kam ihr zuvor: »… mit dem Arzt sprechen – ja, zu ihrem Sohn leider noch nicht.«

Viola sprang auf. Erst als sie zur Seite blickte, bemerkte sie die drei Wartenden, die sich auf der Stuhlreihe niedergelassen hatten. Zwei senkten ihre Köpfe, einer schnarchte. Viola erinnerte sich nicht, wann sie gekommen waren. Hatte sie solange geschlafen?

»Kommen Sie.« Die Aufforderung der Schwester war kein zweites Mal nötig.

Der Weg führte in ein Zimmer am Ende des Gangs. Vor den kahlen Wänden beugte sich ein hagerer Mann in dunkelgrünem Kittel über ein Waschbecken. Er stand mit dem Rücken zu ihnen und wusch sich die Hände. »Das ist Professor Ianelli«, stellte Laura ihn vor.

Endlich wurde Viola die Frage los, die ihr seit Stunden auf den Nägeln brannte: »Professor, wie geht es meinem Kind? Wann kann ich endlich zu ihm?«

KAPITEL 36

»Mangel herrscht überall: Es gibt keinen Strom, kein fließendes Wasser, keine Restaurants, keine Lebensmittelläden, keine Hotels, kein eigenes Bett. Immerhin wurden heute zahlreiche nagelneue Toiletten herangeschafft, Mangelware in den zahlreichen Zeltlagern, wo Tausende Gerettete auf bessere Zeiten harren.«[87] Spiegel.de (8.4.2009)

L'Aquila, 6. April, Abenddämmerung

Endlich kehrte wieder Ruhe in den Boden. Stumm und mit zitternden Händen löffelte Karina die Reste aus ihrer Suppenterrine, während ihre Gedanken um die Erdbeben kreisten. Bisher hatten die Nachbeben nur Angst und Schrecken ausgelöst. Aber was würde passieren, wenn ein noch stärkerer Erdstoß als der um 3:32 Uhr folgte?

Nach dem Essen waren ihre Plastikteller leer, die Herren jedoch alles andere als satt. Vor allem Pasquale hätte leicht die doppelte Portion verputzt. »Die Vorspeise war okay. Aber was essen wir jetzt?« Er hielt sich den Magen.

»Also, ich stelle heute keine Ansprüche«, erwiderte Oscar. »Ich esse alles!« Angewidert verzog Vegetarierin Karina das Gesicht. Gegen ein Dessert hätte sie jedoch nichts einzuwenden, also schloss sie sich den Essensjägern an. Die begrenzten Möglichkeiten waren schnell durchdiskutiert: an einer anderen Notküche anstellen, an unzerstörten Häusern klingeln, Gras futtern oder in einen Supermarkt einbrechen.

»Einbrechen ist überflüssig«, stellte Oscar klar. »Die meisten Läden stehen sowieso offen, weil die Wände eingestürzt sind. Beim Markt unten am Fußballstadion haben sich vorhin schon andere bedient.«

Diebstahl ging Karina zu weit. »Geht's noch? Scheint so, als wären euch die toten Tiere nicht bekommen. Aber wenn die Pasta so geschmeckt hat, wie sie ausgesehen hat, wundert mich das nicht.« Ihre Laune besserte sich schlagartig, als sie an einem Zeltlager vorbeikamen, in dem ein Mann mit Mikrofon die Namen künftiger Campbewohner ausrief. Da wurde ihr klar, dass sie sich nicht beschweren brauchte. Sie musste nur eine Nacht in der Geisterstadt aushalten. Im Gegensatz zu all den Heimatlosen hatte Karina noch ein Zuhause und würde bald wieder im eigenen Bett schlafen.

Pasquale hatte noch eine Idee. »Leute, wir fahren irgendwohin!«

»Irgendwohin ist ein toller Vorschlag. Irgendwo gibt's sicher irgendwann irgendetwas zu essen«, konterte Luca, der völlig überraschend neben Karina auftauchte. Keiner hatte ihn kommen hören.

»Schon wieder da?«, meinte Pasquale.

Luca trat vor ihn und hielt die Hand auf. »Ich brauche meinen Autoschlüssel!«

Pasquale wühlte in seinen Taschen, kramte links und rechts, fand aber nichts. »Bist du sicher, dass ich ihn habe?«

»Absolut sicher. Jetzt sag nicht, dass du ihn verschlampt hast!« Luca trat ungeduldig von einem Bein aufs andere.

Mit einem Mal wurden Nahrungs- und Schlüsselsuche zur Nebensache, schon die ersten Tropfen verhießen nichts Gutes. Unvermittelt prasselte der Regen los und ergoss sich in Sturzbächen über ihre Köpfe, als ob der Himmel seine Pforten öffnete.

»Jetzt kriegst du deine Dusche, sogar gratis und ohne Anstehen«, knurrte Luca vorwurfsvoll Karina zu. Durch die Regenströme brüllte sie zurück: »Na klar, es regnet nur wegen mir! Übrigens habe ich extra viel Wasser bestellt, weil es im Sonderangebot war.«

Luca stürmte bereits hinter Pasquale und seinem Schlüssel her. Karina hetzte ihnen nach zu einem nahen Zelt, in dem Dutzende Unterschlupf suchten. Noch bevor sie unter die Plane schlüpfte, war sie patschnass. Selbst ihre Tasche triefte vor Wasser, schwer wie ein Kartoffelsack. »Hoffentlich überlebt mein Smartphone das«, seufzte Karina. Erstmals beneidete sie die Feuerwehrleute neben sich um ihre hässliche Kluft, die sich als erstaunlich wasserabweisend erwies.

»Ist dein Zelt dicht?«, fragte Oscar in Lucas Richtung.

»Wir werden es sehen«, antwortete der Gefragte nervös. »Was ist jetzt mit dem Schlüssel, Pasquale?«

»Wieso dein Zelt?«, rief Karina dazwischen.

Der vorwitzige Pasquale, der endlich den gesuchten Schlüssel hervorzog, antwortete für Luca. »Lagerleiter Luca lässt nette Leute in seiner Zeltstadt übernachten!«

»Erzähl keinen Mist«, murrte Luca, während Karina ihn fragend anstarrte. Doch er hatte anderes im Kopf als zu antworten, packte den Schlüssel, zog seine Kapuze über den Kopf und stürzte trotz Regen davon.

Immer mehr Menschen drängten sich unter der Zeltplane zusammen, auf die weiter dicke Tropfen prasselten.

»Und jetzt auch noch Starkregen«, stöhnte eine Seniorin mit durchnässtem Haar. »Als wäre das Leid hier noch nicht groß genug!«

Karina musste an das auf den Parkplatz ausgelagerte Krankenhaus denken. Hatten sie die Patienten rechtzeitig ins Trockene gebracht? Den Mann neben ihr plagten ähnliche Sorgen. »Was ist mit Simone und den anderen vor der Klinik?« Ein Bekannter beruhigte ihn, der Zivilschutz hätte inzwischen ein überdachtes Feldlazarett aufgebaut.

Kurzzeitig atmete Karina auf, bis sich noch mehr Leute ins Zelt quetschten. Klatschnasse Fremde zusammengepfercht auf engstem Raum – das war schlimmer als die Metro zur Rushhour. Umringt von tropfenden Körpern, die sie fast alle überragten, bekam Karina Panik.

»Ich muss raus«, rief sie Pasquale und Oscar zu und kämpfte sich ins Freie. Da sie ohnehin durchnässt war, störte Karina die Flut von oben weniger als die Enge.

Sie stapfte über die Wiese, die einem Sumpfgebiet glich. Wohin wusste Karina nicht, sie fühlte sich kraftlos und fror. Während der Regen über sie herfiel, wirkte ein trockener Zeltschlafplatz verlockend – zumindest besser als eine Nacht im Freien. Als ihr linker Schuh im Matsch stecken blieb, zog sie kurzerhand auch den anderen aus. Was machte das schon? Nasse Füße hatte sie sowieso. Ihr war inzwischen vieles egal. Nur Stürze in den Dreck wollte sie vermeiden.

Während sie mit gesenktem Blick über den Matschrasen stapfte, versiegten plötzlich die Regenströme. Überrascht hob Karina den Kopf und entdeckte über sich Lucas Schirm, dessen grelles Gelb im Scheinwerferlicht leuchtete.

Der schon wieder, dachte sie und wollte losdonnern: »Du beraubst mich meiner Dusche.« Da fiel ein Lichtstrahl auf Pasquales Gesicht, verwundert verkniff sich Karina ihren Kommentar. Bei ihm konnte sie Milde walten lassen. Er war kein Besserwisser, der unlautere Wetten abschloss. An sich brauchte sie keinen Schirm mehr, so nass, wie sie war, aber er würde vielleicht ihr Smartphone retten.

Nach ein paar Metern auf der steinigen Straße zog Karina ihre matschigen Schuhe doch wieder an – besser nasse Füße als Scherben in der Ferse.

Luca blieb ihr auch nicht erspart. Mit Regenjacke und Plastiktüte unter dem Arm kam er angehetzt. Da Pasquale und Karina trödelten, hatte er sie auf der Straße Richtung Zentrum schnell eingeholt.

»Hast du schon ein Nachtquartier?«, fragte Luca sie und erntete eine Grimasse. Ungern gestand Karina ihre Unterkunftsnot: »Keines, das deine Wellnessoase toppt.«

»Du kannst froh sein, wenn du überhaupt einen Schlafplatz bekommst«, setzte Luca ihrer Niederlage noch eins drauf. Obwohl der Zivilschutz Tausende Zelte aufgestellt und alle denkbaren Resthallen nutzte, gäbe es nicht genügend Notunterkünfte. Viele Obdachlose, die nicht zu Bekannten oder in Hotels an der Küste flüchten konnten, aber noch ein unzerstörtes Auto besaßen, nächtigten auf Rücksitzen oder gar im Kofferraum.

»Besser als mit dir in einem Zelt zu schlafen«, rutschte Karina heraus. Luca blickte sie an.

»Wie du meinst«, sagte er leise und spurtete los.

Karina ahnte nicht, dass sie bis zum Ende dieses Tages mangels Alternativen allerlei tun würde, was sie sonst unter keinen Umständen getan hätte.

Die Erde hörte nicht auf, zu beben. Jedes Mal erlebte Karina einen neuen Schock, wenn die Wiese bockte, als ob die Schwerkraft Aussetzer hatte. Das erschütterte nicht nur ihr Gleichgewicht, sondern auch ihr Urvertrauen. Unter freiem Himmel waren die seismischen Wellen im Boden nur unheimlich, im dicht bebauten Zentrum aber lebensgefährlich.

Pasquale und Oscar gaben ihre Essensjagd endgültig auf, als sich ein vermisster Kumpel meldete, der sie am Ende der Via Venti Settembre treffen wollte. Karina schloss sich an, was sollte sie auch sonst tun. Da das Militär immer mehr Teile des einsturzgefährdeten Stadtkerns absperrte, war der Weg durch L'Aquila eine Kombination von Umwegen.

Der Anruf der Nürnberger Redaktion wirbelte Karinas Pläne durcheinander. Der Chef fragte, ob sie weitere Geschichten liefern könnte. »Du bist sicher länger vor Ort!«

Ein unhörbarer Aufschrei durchfuhr Karinas Körper. »Oh, nein!« Was sollte sie sagen? Dass sie eine heiße Dusche, eine bequeme Matratze, trockene Schuhe und Klamotten wollte, war wenig förderlich für die Karriere. Soeben war ihre Rückfahrt nach Rom in unbestimmte Ferne gerückt.

»Natürlich bin ich vor Ort«, meinte sie zähneknirschend. Nachdem sie die Themen besprochen hatten, legte Karina auf. Vor der Nacht graute ihr am meisten. Die Nachbeben waren das eine, die Massencamps das andere Problem. Kein Bad, nicht mal ein Spiegel, weder Klamotten noch Schuhe, keinerlei Privatsphäre – das war ihr absoluter Albtraum. Karina bedauerte zutiefst alle, die auf die lieblosen, blauen Baracken angewiesen waren. Wie hielten sie das nur aus?

✯✯✯✯

Seinen Schirm überließ Luca Karina und Pasquale gern, Hauptsache er hatte Ruhe. Er hetzte die Collemaggio-Allee entlang und wäre Minuten vor den beiden Trödlern in der Via Venti Settembre angekommen, hätte er nicht einen Bekannten getroffen, der ihm hinter tropfenden Bäumen etwas zutiefst Schockierendes zuflüsterte.

Die marode Substanz vieler Gebäude war durchaus bekannt. Die Region Abruzzen und der Zivilschutz hatten bereits 2006, drei Jahre vor dem fatalen Erdbeben, bei der Gesellschaft Collabora Engineering, später in Abruzzo Engineering umbenannt, eine teure Untersuchung wichtiger Gebäude beauftragt. Diese Studie stufte 137 Bauten als kritisch ein. Auf dieser Liste, die die Tageszeitung »il Centro« veröffentlicht hat, tauchten sowohl das Studentenwohnheim als auch die Scuola De Amicis und das Krankenhaus San Salvatore auf.

Allein um das Studentenwohnheim erdbebensicher zu machen, sah die Gesellschaft 1,47 Millionen Euro vor. Für den Sitz des Universitätsrektorats in der Altstadt, den Palazzo Carli, hätte es 5,8 Millionen Euro gebraucht. Die Rekordsumme von 50 Millionen Euro veranschlagten die Gebäudeprüfer für das Krankenhaus San Salvatore, bei dem sie eine Reihe eklatanter Baumängel festgestellt hatten. Doch kein einziger Euro wurde für die Sanierungen bereitgestellt.[88] [Vgl. il Centro (29.4.2009)]

Ungläubig starrte Luca seinen Bekannten an. Dieser nickte ihm traurig zu. »Du hast richtig gehört: Jeder Einsturz hat Gründe, nichts war Zufall. Und die Verantwortlichen wussten Bescheid.«

Luca war so schockiert, dass er seinen gelben Schirm nicht vorbeiziehen sah. Obwohl das Gespräch jede Menge wertvolle Hinweise lieferte, dauerte es ihm zu lange. Er hatte keine Zeit zu verlieren. Die Stimmen aus den Trümmern trieben ihn zur Eile. Als Luca weitereilte, hatten die Schauer nachgelassen. Dafür sanken die Temperaturen weiter ab – sie lagen kaum noch über dem Gefrierpunkt.

Verwundert stellte er fest, dass ihn die beiden Trödler überholt hatten. Dass Karina fror, sah er von Weitem. In ihren nassen Klamotten bibberte sie vor sich hin, während Pasquale den gelben Regenschirm über sie hielt. Eine Frostnacht zwischen L'Aquilas verregneten Ruinen wollte Luca selbst blonden Nervensägen ersparen. Daher beschloss er ihr erneut sein verstecktes Sechsmannzelt als Nachtquartier, seine Jacke und trockene Klamotten anzubieten, die er in der Tüte unter dem Arm trug. Er kam näher: »Du sieht aus, als wäre dir kalt.«

Karina fuhr herum und entdeckte verwundert, dass Luca seine Jacke auszog. »Und du, als würdest du schwitzen«, entgegnete sie.

Luca ahnte bereits, bevor er ihr das Angebot unterbreitete, dass die blonde Sturheit auf Stummelbeinen ablehnen würde. Und er behielt recht. Zuerst zögerte Karina noch. Obwohl sie sich wie ein Eiszapfen fühlte, siegte letztlich ihr Trotz. Schon aus Prinzip würde sie nicht in seinem Zelt übernachten.

»Nein, danke.« Kaum hatte sie die Worte ausgesprochen, bereute sie es.

»Wie du meinst«, sagte Luca nur und bog mit seiner Tüte zum Spielplatz unterhalb der Via Venti Settembre ab. Eigentlich konnte es ihm egal sein, was Karina tat. Er selbst hatte auch nicht vor, diese Nacht in seinem heimlich aufgestellten Zelt zu schlafen – zumindest nicht, bevor er endlich auch »sie« befreit hatte. Das konnte jedoch noch Stunden dauern.

Karinas Muskeln zitterten von Kopf bis Fuß. Die frostige Kälte fraß sich durch ihre nassen Klamotten. Hätte Luca noch einmal gefragt, hätte sie ohne Widerstand sogar seine hässliche Jacke angenommen. Doch er war plötzlich wie vom Erdboden verschluckt, stellte Karina teils verärgert, teils besorgt fest. Dieser Kerl blieb ihr ein Mysterium. Wenn er sich nützlich machen konnte, haute er ab. Typisch. »Wo ist Luca hin?«, fragte sie Pasquale, der ihr den Schirm in die Hand drückte und auf den Spielplatz am Hang zeigte. Nur wer sehr genau hinsah, entdeckte hinter dem Sandkasten das einsame, von Bäumen verdeckte Zelt, das in sicherem Abstand zu den Häusern am Hang lehnte. Zwanzig Meter darüber führte die Via Venti Settembre hinweg.

Der Baggerlärm war so laut, dass sie Pasquale kaum verstand. »Dort hinten im Zelt ist er. Du bleibst hier? Wir müssen weiter, ein tot geglaubter Freund wartet.« Er schob Oscar an und weg waren sie.

Karina blieb zähneknirschend zurück und rang sich zu ihrem Gang nach Canossa durch, der sie hinter die Bäume zu Lucas Zelt führte. Dort krabbelte der Zeltherr gerade unter der Vorzeltplane hervor, schloss den Reißverschluss und wollte verschwinden. Als er Karina sah, weiteten sich seine Augen. »Du hast es dir anders überlegt?«

Das Nicken fiel ihr schwer. »Ich friere doch nicht gern.«

Luca betrachtete ihre nassen Klamotten. »Vorne links liegt eine Tüte mit trockenen Sachen: Bediene dich – oder auch nicht.« Er deutete auf das Zelt. »Die Anprobe ist frei und der blaue Schlafsack hinten auch. Aber mach innen bloß nichts nass, lass dein Schwimmzeug draußen!«

»Sicher, ich ziehe mich jetzt hier draußen aus, Spaßvogel«, gab Karina zurück. Luca verzog keine Miene.

»Ich dachte eher an das Vorzelt. Aber draußen ist auch okay. Soll ich helfen?«

»Nein, danke. Ich kann mich selbst von Klamotten befreien«, erwiderte sie schnippisch.

Im Weggehen blickte Luca sich kurz um und dachte, wie schwer es Sturköpfe doch manchmal hatten.

KAPITEL 37

»Alles endet in der Nacht des furchtbaren Erdstoßes. Ich höre kein Radio, ich schaue kein Fernsehen. Einige Abende danach sehen meine Augen das Bild der Pfarrkirche: Dort haben meine Mutter und mein Vater geheiratet, dort bin ich getauft worden, dort habe ich mit meinen Leuten die Statue der Madonna der Gnaden angebetet. Sie sagen mir, sie müssen sie wegbringen. Sie war dort in ihrer Nische seit 1400.«[89] Giustino Parisse [aus: Parisse: Quant'era bella la mia Onna]

Rom, 6. April, später Abend

Gemütlich war etwas anderes. Viola blickte sich in dem spärlich eingerichteten Zimmer um, in das sie die Schwester gelotst hatte. Außer einer Krankenliege, einem fahrbaren Rollcontainer und dem Waschbecken befanden sich in dem Zimmerschlauch noch zwei überfüllte Aktenschränke sowie ein Schreibtisch mit drei Stühlen. Eine einzelne Pflanze streckte ihre Blätter dem Fenster entgegen. Fotos oder Bilder gab es keine, auf der kahlen, weißen Wand klebten lediglich zwei Poster, die die wichtigsten Strukturen des menschlichen Körpers zeigten. Die abgebildeten Organe fand Viola so ekelerregend, dass sie den Kopf ruckartig abwandte. Sie fragte sich, wie oft der Oberarzt hier Angehörige schwerverletzter Patienten empfing. Es war kein angenehmer Ort für unangenehme Gespräche.

Nach den Ereignissen der Nacht fühlte sich Viola völlig hilf- und ratlos. Was brachte dieser Tag noch alles? Die Zeit schien still zu stehen. Welcher Wochentag und wie spät war es? Irgendwo auf dem Gang lärmte ein Fernseher, Viola hielt sich die Ohren zu. Eigentlich wollte sie gar nichts mehr von der Tragödie hören und sehen. Nur die Lokalzeitung, die Luigi besorgt hatte, hatte sie kurz durchgeblättert. Über die eigene blutende Heimat zu berichten, musste besonders schwer sein. Viola rechnete es dem Team hoch an, dass sie es trotzdem gemacht hatten. Die Zeitung führte ihr neu vor Augen, wie weit die Katastrophe reichte.

103 Kommunen in den Abruzzen hatte das Erdbeben getroffen, 49 davon waren regelrecht verwüstet und hatten daher Anspruch auf staatliche Notfallhilfen. In der Provinz L'Aquila waren das neben der Hauptstadt L'Aquila 36 weitere Städte und Dörfer. In den Nachbarprovinzen Pescara und Teramo waren sieben beziehungsweise fünf Kommunen betroffen, die teils 50 Kilometer vom Epizentrum entfernt lagen.[90] [Vgl. il Sole24ore (17.4.2009)]

Professor Ianelli wandte sich um. Das Erste, was Viola auffiel, waren die kraftvollen, zugleich feingliedrigen Hände des Oberarztes, der einen kleinen Ranzen vor sich herschob. Ansonsten wirkte sein Äußeres unauffällig – graue Haare, eingefallene Wangen, faltige Stirn. Trotzdem strahlte der hagere Mittfünfziger mit Bauchansatz eine seltsame Autorität aus, noch bevor ein Wort über seine Lippen kam. Ianelli wanderte zu dem mit Papierstapeln belagerten Schreibtisch und setzte sich mit der kahlen Wand im Rücken. Seine Hand wies Viola und Luigi an, es ihm gleichzutun. Manche Nachrichten überbrachte er Angehörigen besser im Sitzen. Die beiden ließen sich nieder und die Mutter des Patienten blickte ihn erwartungsvoll an. Ihre Augen folgten Ianellis Chirurgenhänden, die einen silbernen Kugelschreiber aufnahmen, drehten und wendeten.

Schlechte Botschaften zu überbringen, war Ianelli gewohnt. Wohler fühlte er sich jedoch in seinem Reich –

dem Operationsraum. Dort war er der König und musste niemandem Rechenschaft ablegen, was er warum tat. Stattdessen konnte er sich voll auf gestörte Körperfunktionen konzentrieren, um Unmögliches zu schaffen. Diesmal hatten ihn die schweren Verletzungen des Patienten durchaus herausgefordert.

Ianellis Mundwinkel zuckten, während er weiter mit dem Stift herumspielte. Er wollte dieses Gespräch schnellstmöglich hinter sich bringen und zurück in den OP-Saal.

»Ihrem Sohn geht es den Umständen entsprechend«, hallte seine tiefe Stimme durch den kühlen Raum. Der König hatte gesprochen; nach dem nichtssagenden Einstieg ratterte er die medizinische Fachdiagnose herunter. »Der Patient hat eine komplexe Beckenfraktur mit Sakroiliakalgelenk-Luxation. Außerdem hat die äußere Gewalteinwirkung eine Leberruptur und Nierenperforation verursacht.« Ianelli machte eine kurze Verschnaufpause.

Vor Verzweiflung wusste Viola nicht, was sie sagen sollte. Unruhig zupfte sie am Ärmel ihres verdreckten Pullovers, während ihr Körper zitternd nach einer Zigarette verlangte. In ihrem Stuhl war sie so tief gesunken, dass es kaum noch tiefer ging.

Der Oberarzt redete in zügigem Tempo weiter. »Infolge des massiven Blutverlusts ist ein hypovolämischer Schock eingetreten. Trotzdem konnten wir den Kreislauf stabilisieren.« Ianellis Stimme stockte. Er, der Perfektionist, hatte vergessen die subtrochantäre Femurfraktur, einen komplizierten Oberschenkelbruch, zu erwähnen. Wie ihm das nur passieren konnte.

Von der Diagnose hatte Viola wenig verstanden. Irgendetwas war mit Manueles Leber.

»Ich konnte nicht ganz folgen. Was heißt das jetzt konkret? Wird mein Junge wieder gesund?« Ihre Stimme zitterte vor Aufregung, während sie sich vorzustellen versuchte, was ihr Kind gerade durchmachte. Erst war Manuele lebendig unter Trümmern begraben, anschließend rannten wildfremde Menschen in grünen und weißen Kitteln um ihn herum, die ihm Medikamente und Infusionen einflößten. Wie hatte ihr Junge reagiert, als er aus der Narkose erwacht war? Zu gern hätte sie ihn von allen Qualen abgeschirmt oder ihm zumindest seine Schmerzen abgenommen.

Der Oberarzt war nun tatsächlich bemüht, sich verständlich auszudrücken, was ihm aber nur in Ansätzen gelang.

»In unserer Klinik arbeiten die besten Spezialisten. Komplexe Frakturen sind hier keine Seltenheit. Im konkreten Fall ist die Letalität jedoch hoch«, berichtete Ianelli sachlich.

Viola hatte nicht wirklich verstanden, dass der Arzt von erhöhter Sterblichkeit gesprochen hatte. Das erkannte Luigi an ihrem Gesichtsausdruck und ihrer Aussage: »Mein Sohn ist ein Kämpfer, er schafft das!«

Bereits als Baby hatte Manuele die Mediziner überrascht. Mit gerade einmal zwei Kilo war er als zerbrechliches Frühchen ins Leben gestartet. Die Entwicklungsrückstände hatte der Zappelphilipp erstaunlich schnell aufgeholt. Seither war Viola mit Manuele nur ein einziges Mal in einer Klinik gewesen. Kurz nach seinem siebten Geburtstag hatte sich ihr Junge beim Fußballtraining den Unterarm gebrochen. Trotz heftiger Schmerzen war Manuele tapfer gewesen und hatte die Zähne zusammengebissen. Erst in der Klinik hatte ihr Sohn wie am Spieß geschrien: Seine Angst vor den Spritzen war größer gewesen als die Schmerzen. Das war inzwischen vier Jahre her. Wie würde ihr Sohn den Klinikaufenthalt jetzt überstehen? Viola musste schnellstmöglich zu ihm.

Der Professor näherte sich dem Ende seines Vortrags. Als er gerade ausführen wollte, dass ein Stück des zersplitterten Beckenknochens nur knapp an der Aorta vorbeigeschrammt war, unterbrach ihn Viola: »Wie lange dauert es, bis er wieder gesund wird?«

Die kurze Stille, die folgte, wirkte auf sie geradezu bedrohlich. Angespannt starrte sie auf den Oberarzt, der den

Stift nun endgültig aus seiner Hand legte. »Es wird alles getan, was möglich ist, Signora.«

Ianelli machte noch eine Pause, bevor er im nächsten Satz die Bombe platzen ließ. »Aber bedingt durch das Schädel-Hirn-Trauma, genauer gesagt durch die Compressio Cerebri mussten wir ihn in ein künstliches Koma versetzen.«

Jetzt war es heraus. Viola rang nach Luft. Ihre Hände zitterten und ihr Puls raste.

KAPITEL 38

»In der Via Campo di Fossa ist [...] anstelle eines Wohnhauses mit sieben Etagen nur noch ein Trümmermeer zu sehen. Trümmer und Blut. ›Ich bitte euch! Rettet sie! Dort unten sind meine Mutter, mein Vater, mein Bruder. Macht etwas‹, ruft ein Mädchen mit angeschwollenem Gesicht, kaum aus einem Zementhaufen herausgeklettert.«[91] Giuseppe Caporale [aus: Caporale: L'Aquila non è Kabul]

L'Aquila, 6. April, später Abend

Nicht für eine Million Euro Schmerzensgeld hätte sich Karina unter normalen Umständen in diese Klamotten gequält. Sie wühlte in Lucas Tüte und stöhnte – nur Männergrößen. Die unpassenden Stücke hatten aber alle einen unschlagbaren Vorzug: Sie waren trocken.

Das geringste Übel aus der Tüte zu wählen, forderte Karina genauso heraus wie das Umziehen im engen Vorzelt. Immerhin ersparte ihr die Taschenlampe die Details der zu langen Hose und des Pullovers, der ihr fast bis zum Knie ging. Im neuen Outfit fühlte sie sich wie eine eingefrorene Vogelscheuche, die langsam wieder auftaute.

Ungern bettete Karina ihre Markenklamotten vor das Zelt, alternativ konnte sie diese gleich den Dieben in die Tasche packen. Sie tat es trotzdem, weil sie nicht in einer Wasserlache schwimmen wollte.

Erleichtert stellte Karina fest, dass auch ihr Smartphone die Dusche überlebt hatte. Ohne Technikwunder wären auch Vogelscheuchen aufgeschmissen. Das Fiasko zeigte sich erst, als sie ihre E-Mails prüfte. Der Regen trug keine Schuld, es war menschliches Versagen – ein ungewollter Klick mit fatalen Folgen. In der Eile hatte sie die E-Mail mit Violas Familienfoto nicht nur nach Nürnberg, sondern auch nach Rom an Giannas Postfach geschickt.

»Die blöde Automatik, die einfach Adressen ergänzt«, schimpfte Karina und ahnte, dass die Figata-Truppe ausgerechnet dieses Bild wählen würde. Sie musste das Foto zurückpfeifen. Dafür blieb ihr eine Stunde, ehe die Druckmaschinen loslegten.

Sofort wählte sie Giannas Nummer, doch das Handynetz streikte erneut. Karina schnappte sich blind eine Jacke von Luca, die sie an einem anderen Tag als untragbar eingestuft hätte, steckte ihre Kamera in die Tasche und huschte auf der Jagd nach Netzempfang aus dem Zelt.

Draußen lärmten aus allen Richtungen rastlose Bagger. Staub und der Leichengeruch lagen in der Luft, die der Wind unangenehm frostig machte; wenigstens regnete es nicht mehr. Um sich aufzuwärmen, hüpfte Karina mit dem Smartphone am Ohr umher. Hoffentlich sah sie in diesem furchtbaren Aufzug keiner, der sie kannte. Die Hose rutschte, die grün-weiße Jacke schlackerte an ihr herum. Das kräftige Nachbeben, das die Häuser und Bäume zum Wackeln brachte, bemerkte Karina diesmal nicht.

Nachdem sie zu Giannas Mailbox durchgedrungen war und zwei Notrufe hinterlassen hatte, gab sie das Telefonieren auf und kehrte ins leere Zelt zurück.

Kritisch inspizierte sie den fremden Uralt-Schlafsack. Mit Luxus hatte Karina nicht gerechnet, trotzdem war das muffige Quartier mit dem harten Untergrund und der nutzlosen Isomatte ein weiterer Tiefpunkt des Tages. Da sie keine Wahl hatte – dieses Nachtlager oder draußen frieren – hielt sich Karina die Nase zu und schlüpfte in den Sack. Sie schloss die Augen, zitterte sich warm und versuchte zu schlafen. Ihr Hirn musste am nächsten Tag funktionieren.

Gegen halb elf Uhr nachts – Karina dämmerte gerade vor sich hin – gesellte sich ein Schwung junger Männer zu ihr ins Zelt, Luca war nicht dabei. Im schwachen Licht einer Taschenlampe fiel ihnen die Unbekannte im Schlafsack zunächst gar nicht auf. Dafür wunderten sich die vier Kerle über eine Reihe seltsamer Geschehnisse. »Wem gehören die Klamotten vor dem Zelt?« – »Wer hat meinen Rucksack verschoben? Der stand da hinten!« – »Dieser Regenschirm lag vorhin noch nicht da!«

Kurz darauf entdeckte der Rucksackbesitzer die blonde Störquelle. »Guckt mal, da liegt jemand!« Als die vier zu ihr krabbelten, fühlte sich Karina endgültig wie Schneewittchen bei den vier Zeltzwergen. »Wer ist das?« – »Woher kommt sie?« – »Keine Ahnung, Luca kennt viele.«

Da Karina weder auf falsche Märchen noch auf dumme Fragen Lust hatte, setzte sie ihren Scheinschlaf fort. Zum Glück war das Quartett selbst müde und verlor rasch das Interesse an ihr.

Mit gedämpften Stimmen unterhielten sich zwei Mitschläfer noch eine Zeit lang über das Erdbeben. Plötzlich raschelte es und einer der beiden fragte entrüstet: »Du ziehst dich aus?«

»Aber die schläft doch und es ist dunkel.«

»Pst, seid endlich ruhig! Ich will schlafen«, zischte es aus dem Schlafsack nebenan.

Vorübergehend kehrte Ruhe ein, bevor das große Schnarchen anfing. In einem Sägewerk wäre Karina eher eingeschlafen. Anfangs hielt sie sich noch die Ohren zu und versuchte, zu schlafen. Doch das Grunzen, Schnaufen und Luftablassen nahm kein Ende. Von Minute zu Minute steigerte sich ihr Frust. Was für abartige Geräusche Männer im Schlaf machten. Karina schwor sich: nie wieder einen Freund – dazu dieser Geruch aus Muff, Knoblauch und Schlafschweiß. Immer wenn Karina dachte, schlimmer geht es nicht mehr, erlebte das Schnarchkonzert einen neuen Höhepunkt. Sie wäre auf der Stelle geflüchtet, wenn sie gewusst hätte, wohin. Irgendwann passierte das scheinbar Unmögliche; sie schlief trotz allem ein.

✯✯✯✯

Mitten in der Nacht erwachte Karina von einem seltsamen Knurren und Zappeln. Ein Ellenbogen stieß sie in die Seite. Zuerst war sie völlig verwirrt. War sie noch in Rom oder in Deutschland? Ihr Puls raste, der Rücken ziepte, der Kopf hämmerte. Es dauerte, bis sie ihre Gedanken sortierte und L'Aquila, das Erdbeben und das enge Zelt wieder in ihr Bewusstsein rückten.

Der Schwitzgestank der fremden Schläfer neben ihr bohrte sich in ihre Nase, noch dazu war ihr der Nachbar auf die Pelle gerückt. Ausweichen konnte Karina nicht, sie lag bereits an der feuchten Zeltwand. Als eine schwitzende Hand auf ihren Arm klatschte, war Schluss. Das ging zu weit. Sie musste raus, sofort – egal, wie kalt es draußen war. Das Zelt hatte zum Glück zwei Fluchtwege.

Draußen empfing Karina, kaum dass sie Lucas Jacke übergeworfen hatte, ein ohrenbetäubendes Krachen. Der plötzliche Lärm war beängstigend, als würde hinter den Bäumen ein Haus explodieren. Was war da los? Sie hetzte über den Spielplatz, um nachzusehen.

Willkommen zurück im Weltkrieg, dachte Karina, als sie um die Ecke in die Straße »Via Campo di Fossa« einbog, deren Name übersetzt »Feld am Graben« bedeutet. Mitten in der Straße tat sich tatsächlich ein gewaltiger Graben auf, der ein Auto verschlungen hatte. Karina näherte sich vorsichtig. Etwas oberhalb lag neben dem Asphalt ein halb im Boden versenkter Schrottplatz, eine Ruine, in der sich Eisenstangen wie Fäden um Steine und Betonbrocken schlangen. Darin wühlten Bagger und eine Reihe Retter im Scheinwerferlicht, während die Notstromaggregate surrten.

»Ihr müsst weiter links«, rief ein entkräfteter Halbwüchsiger den Hilfskräften zu, die mit Schaufeln und Hacken über den Schutt kletterten. »Da ist die Küche, daneben kommt Mamas und Papas Schlafzimmer.« Der Teenager mit den staubgrauen Haaren deutete auf eine Stelle im Schutt, während er in seinem zerrissenen Pyjama vor Kälte zitterte.

Fassungslos starrte Karina auf den Jungen, bis ihr Blick langsam seinem Fingerzeig folgte. Von Schlafzimmer und Küche fehlte jede Spur. Um in der Trümmermasse noch Wohnräume zu erkennen, brauchte es viel Fantasie oder ein sehr gutes Gedächtnis. Karina schüttelte den Kopf. Sie konnte nicht begreifen, dass sieben Stockwerke einfach zur Seite gekippt waren und sich nun über den Asphalt und geparkte Autos verteilten.

In diesem Moment rannte eine Frau Mitte vierzig, so schnell, wie es ihre Absatzschuhe zuließen, die Straße herab. Mit aufgerissenen Augen blieb sie stehen. »Das kann nicht sein!«, wiederholte sie mehrmals. »Wo ist das Haus hin?« Kopfschüttelnd sank sie auf die Knie und verbarg ihr Gesicht in ihren Händen. Vorsichtig näherte sich Karina ihr. »Kann ich Ihnen helfen?«

Die Frau hob den Kopf und starrte ins Leere. »Meine Tochter«, stammelte sie. »Wir müssen sie rausholen!«

Karina schluckte und half der Frau auf. »Wo sollen wir suchen?«

»Hier drüben, glaube ich«, stöhnte die Frau, stieg auf den Schutt und fing an, die Reste einer Mauer wegzuschieben. Karina folgte ihr. Da sie sowieso wie eine Vogelscheuche herumlief, konnte sie auch gleich Maulwurf spielen.

Bald stießen die ungeübten Hände jedoch an ihre Grenzen. Verzweifelt versuchten die zwei Frauen andere Brocken wegzuwuchten, bis ein Stück Beton abbrach. Karina taumelte und stürzte den Schuttberg hinab. Den Schmerz spürte sie erst, als sich ein Schatten über sie beugte, sie hochzog und zurechtwies: »Lass das! Du …«

Mehr verstand Karina nicht, weil hektische Schreie die müde Stimme übertönten. »Holt einen Arzt!«

Obwohl Karina nur ein paar Minuten gegen die Trümmer gekämpft hatte, fühlte sie sich gerädert – wie eine Ameise, die Berge versetzen wollte. Sie wunderte sich nicht mehr, dass die Hilfskräfte so fertig aussahen. Mittlerweile arbeiteten an den meisten Ruinen nur noch Profis, um weitere Einstürze durch unkoordinierte Helfer zu verhindern. Das Trümmerfeld in der Via Campo di Fossa war dagegen nicht abgesperrt. Dort lag bereits alles am Boden.

Irritiert starrte Luca noch immer auf seine Jacke, die Füße bekommen hatte. Verfolgte ihn Karina oder was wollte die blonde Nervensäge schon wieder? Über Steine stolpern reichte ihr offenbar nicht, sie kämpfte auch noch mit Betonbrocken. Das konnte nicht gut gehen, er hatte ihren Sturz kommen sehen. Trotzdem half Luca ihr aufzustehen. Je schneller sie stand, desto eher verschwand sie. Sie gehörte nicht hierher.

»Lass das! Du bist hier fehl am Platz«, hatte er Karina zurechtgewiesen. Doch statt zu verschwinden, packte sie ihren Fotoapparat aus, der noch in der Jackentasche steckte, und verewigte das Elend mit der Kamera. Ihr Chef wollte Bilder. Trotz des Scheinwerferlichtes gelangen ihr beeindruckende Aufnahmen der gespenstischen Szene.

»Hast du es endlich? Es nervt!«, fuhr Luca sie an.

Karina fuhr herum, an jedem anderen Ort hätte sie ihm Kontra gegeben. Wie konnte ein einzelner Mensch nur so abstoßend und anziehend zugleich sein? So gereizt wie in dieser Nacht hatte sie Luca bisher nie erlebt. Karina packte die Kamera weg, entfernte sich und beobachtete das Geschehen aus zweiter Reihe. Kurzzeitig war sie sauer, weil Luca auf dem Schuttberg hantierte, es ihr jedoch verbot. Aber das Wühlen war kein Spaß, sie konnte im Grunde gut darauf verzichten.

Für Luca stand dagegen fest: Er musste die alpinen Hilfstruppen, die sonst Lawinenopfer befreiten, im Kampf gegen Zeit und Schutt unterstützen. Sie hatten tatsächlich eine Stimme aus den Trümmern gehört und waren nah an ihr dran. Ein Arzt stand schon bereit. Allerlei Hände, Pickel und Schaufeln hantierten an der Stelle. Es kam Luca vor, als ob sich seit Stunden in der Via Campo di Fossa immer die gleichen üblen Szenen abspielten. Nur die Schreie, die aus den Trümmern drangen, wurden weniger und die Hoffnung auf Überlebende schwand von Minute zu Minute. Seitdem ihn um halb vier Uhr nachts der Notruf seines Freundes Mattia erreicht hatte und er eine gute Stunde später in L'Aquila aus dem Auto gesprungen war, meinte Luca in einer Endlosschleife des Grauens gefangen zu sein. Dass es viele der Verschütteten nicht schaffen würden, hatte ihm schon eine Szene am frühen Morgen klargemacht.

»Auseinander, geht auseinander«, brüllte ein Feuerwehrmann, der mit zwei Kollegen grabend nach der richtigen Stelle suchte. »Vorwärts, sag mir, wo sie sind«, bat er das Mädchen, das gerade aus den Trümmern gekrochen war. »Komm, sag, wo sie sind.«

»Dort, bei der Küche«, sagte sie und zeigte auf einen Punkt im Geröll, während ihr Tränen über die Wangen flossen.

Eine Minute verging, dann raste ein Mann mit einem Mofa herbei und rannte auf die Trümmer zu. Jemand hielt ihn auf: »Wohin gehen Sie ... Da dürfen Sie nicht hin!«

»Ich suche meinen Sohn«, rief er verzweifelt. »Vielleicht hat er in diesem Haus hier geschlafen, in der Wohnung eines Freundes.« Doch diese Leere, die jetzt vor ihm lag, glich mehr einem Bombenkrater. Keiner wusste, was er ihm antworten sollte.

Der Mann blieb dort stehen, mit dem Helm in der Hand, und starrte erschüttert auf das tote Wohnhaus.

»Mindestens 30 Menschen liegen noch darunter«, erwiderte ein älterer Helfer, der völlig verzweifelt und verdreckt von Teer und Staub war.[92] [Vgl. Caporale. L'Aquila non è Kabul]

Karina konnte ihre müden Augen nicht von Luca lassen, er wirkte entschlossen und erschöpft, unsicher und stark. In mancher Hinsicht mochte er ein Besserwisser sein. Aber das, was er und die anderen in diesem Graben des Grauens leisteten, verdiente größten Respekt. Sie setzten ihr eigenes Leben ein, um andere aus einsturzgefährdeten Ruinen zu befreien. Dabei kannten viele Retter die Verschütteten nicht einmal. Bei Luca war sich Karina dagegen sicher, er grub nach »ihr«, wie Pasquale gesagt hatte. Aber wer war »sie«?

»Attenzione! Achtung«, rief einer der Einsatzkräfte. »Halten Sie durch, wir sind gleich bei Ihnen!«, schrie ein anderer. Wie Karina schlussfolgerte, hatten sie tatsächlich Leben unter den Trümmern gefunden; eine Stimme so zart, dass sie jeder Windhauch übertönte. So schnell wie möglich arbeiteten sich die unermüdlichen Helfer zu ihr vor, wuchteten Mauerstücke zur Seite, setzten Betonblöcke um. Das Flüstern wurde lauter. Karina glaubte, einen Hilferuf zu hören. Trotzdem dauerte es noch fast eine Stunde, bis die Retter endlich eine Person herausholten.

Währenddessen legte der Wind erneut zu. Er war der Vorbote eines weiteren starken Nachbebens, das die Fundamente der Stadt durchschüttelte. Als an der Bruchstelle zum Nachbarhaus Schränke und Wände nahe dem Abgrund schaukelten, geriet Karina in Panik. Sie spürte die Gefahr hautnah. Trotz des Bodenzitterns schauten die meisten Helfer nicht einmal auf, sondern konzentrierten sich voll darauf, die Stimme zu befreien.

»Beeilt euch«, brüllte einer der Retter.

»Eine Hand«, rief ein Kollege. Der Hilfstrupp rückte enger zusammen.

»Die Stimme kam von weiter links.«

»Aber hier ist die Hand.«

Nach der Hand legten die Retter den Arm frei. Stück für Stück, Körperteil für Körperteil holten sie mehr aus den Trümmern. Dann kam der Schock. An der befreiten Hand hing nur ein lebloser Körper, die verunstaltete Leiche einer jungen Frau. Das Gesicht war entstellt und verstaubt, doch die markanten Wangenknochen und die Augenpartie ließen keine Zweifel, dass sie es war. Luca wollte es nicht wahrhaben. All die Lebensfreude und Energie war von ihr entwichen.

Die Helfer beugten sich über die Fundstelle. Sie prüften den Puls der leblosen Gestalt, hantierten über dem starren Brustkorb und diskutierten über Wiederbelebung.

»Zu spät, sie ist schon kalt«, sagte einer.

Luca stürzte sich trotzdem auf sie. Das Stimmengewirr hörte er nicht. Er musste sie zurückholen, doch sie zogen ihn weg. Mit Händen und Füßen wehrte er sich, bis seine Kraft nachließ. Wie gelähmt starrte er auf die Reste eines Lebens, in das er so viel Hoffnung gesetzt hatte. Als ein Helfer den entstellten Körper mit einem Tuch zudeckte, wurde ihm schwindlig. Luca schwankte, seine Knie gaben nach. Er flüsterte: »Das war's. Vorbei.«

Karina entging Lucas stiller Zusammenbruch, sie war zu sehr mit dem Drumherum beschäftigt. Die Frau, die nach ihrer verschollenen Tochter suchte, zitterte, bis sie all ihren Mut zusammennahm und nähertrat. »Nein, das ist nicht meine Tochter.«

Trotz des ernüchternden Fundes ließen sich die Helfer nicht entmutigen und setzten ihren Kampf fort. »Kommt, wir müssen weitergraben, Tote reden nicht!«

Luca kämpfte nicht mehr mit, er war am Ende. Karina entdeckte, wie er davon taumelte. Wohin ging er? Hatten sie seine Bekannte gefunden? Woher kannte er sie? Sie hatte so viele Fragen. Ihre Hoffnung auf ein Wunder im Graben der Via Campo di Fossa war in weite Ferne gerückt. Sie war überzeugt, dass auch der Rest der Truppe nun die Suche aufgeben würde. Doch die Feuerwehrleute machten weiter und zogen noch in jener Nacht eine junge Frau, leicht verletzt, aus den Trümmern. Als das Wunder geschah, verfolgte Karina bereits einen anderen Ruinenkrimi in der Via Sant'Andrea.

Luca war am Boden zerstört, während er langsam vorwärts torkelte. Karina hätte ihn schnell eingeholt. Doch sie wusste weder was sie sagen, noch wie sie mit ihm umgehen sollte. Also hielt sie Abstand, bis er stehen blieb und sich gegen eine noch intakte Hauswand lehnte. Er tat ihr leid, wie er so geknickt vor ihr stand. Karina fehlten die Worte, trotzdem hatte sie das Gefühl irgendetwas sagen zu müssen.

»Alles okay?« Die Frage war nicht so gemeint, wie sie Luca wahrnahm, von oben herab, kalt, als hätte sie gesagt: »Jetzt hab dich nicht so, ist doch halb so schlimm.«

Da rastete Luca völlig aus. »Was willst du eigentlich von mir? Steck deine Kamera sonst wo hin und lass mich in Frieden. Du und deine sensationsgeile Meute, haut einfach ab!« Er blickte sie nicht an, sondern starrte ins Leere. Verzweiflung stand auf seinem versteinerten Gesicht.

Karina schlich bestürzt davon. Sie zog die Kapuze weiter zu und versuchte, sich in der übergroßen Jacke zu verstecken. Hatte er recht?

KAPITEL 39

»Eine von vielen Geschichten ist die des Stadtviertels Pettino [...], das vollständig auf einer aktiven Verwerfung, einem zehn Kilometer tiefen Bruch des Erdbodens, errichtet wurde – in einem Gebiet mit höchstem Erdbebenrisiko.«[93] Giuseppe Caporale [aus: Caporale: L'Aquila non è Kabul]

Rom, 6. April, Nacht

»Koma«, wiederholte Viola leise und starrte regungslos auf die kahle Wand hinter dem Oberarzt. Sie hatte nicht erwartet, dass ein einziges Wort sie so aus der Bahn werfen würde. Zum zweiten Mal an diesem unfassbaren Tag brach eine Welt zusammen.

Immer wenn Viola das Wort »Koma« hörte, musste sie an das Schicksal von Signora Anziani denken. Die Ehefrau ihres einstigen Nachbarn war nach einem Autounfall knapp dem Tod entronnen und ins Koma gefallen. Die Ärzte hatten alles versucht, damit die Schwerverletzte wieder erwachte – vergeblich. Von Zeit zu Zeit hatte Signora Anziani stumme Signale gesendet, wie ein kaum spürbarer Händedruck oder ein Zucken der Mundwinkel. Trotz ihres Dauerschlafes hatten die Mediziner versichert, dass die Komapatientin mehr von der Fürsorge mitbekam, als ihre Familie meinte. Fast vier Monate hatten Verwandte und Freunde am Bett der einst so lebenslustigen Dame gehofft und gebangt, gesungen und geschrien. Am meisten hatte ihr Mann gelitten. Täglich hatte er seine Gattin besucht, ihre Hand gehalten, ihr von den kleinen Wundern des Lebens erzählt und versucht sie mit Engelsgeduld, warmen Worten und verzweifelten Bitten zurückzuholen. Doch sie war nicht zurückgekommen. Als Signora Anziani mit 57 Jahren aus dem Leben schied, bemerkten es die Pfleger zunächst nicht. Ihr Tod wäre eine Erlösung gewesen, sagten sie.

Dass Professor Ianelli die ganze Zeit unbeirrt weitergeredet hatte, fiel Viola erst auf, als er schwieg. Eigentlich machte es keinen Unterschied, ob sie zuhörte oder nicht, solange dieser Experte nur medizinische Spezialausdrücke absonderte. Als wollte der Oberarzt dies bestätigen, verschlüsselte er auch seine nächste Botschaft. »Bedingt durch die Leberruptur und komplexen Frakturen im Abdomen sind gastrointestinale Blutungen aufgetreten, die den hypovolämischen Schock hervorgerufen haben.«

Gratulation, Ihre Zuhörer haben wieder nichts verstanden, dachte Viola halb frustriert, halb wütend. Sie hatte längst den Faden verloren. Da kam ihr Luigi zu Hilfe. »Soll das heißen, Dottore, dass die Organverletzungen und Knochenbrüche zu inneren Blutungen geführt haben, weshalb das Gehirn nicht mit genug Sauerstoff versorgt wurde?«

Ianelli runzelte die Stirn. »Medizinisch ist es nicht korrekt.« Aber ganz daneben lag er auch nicht.

Überrascht blickte Viola zu Luigi, sie war dankbar für seine Übersetzungshilfe. Später wollte sie ihn fragen, warum er sich so gut auskannte. Dass Luigi in jungen Jahren als freiwilliger Helfer für das Rote Kreuz gearbeitet hatte, wusste sie nicht.

»Meinem Kind geht es also nicht gut«, flüsterte Viola und schlug von der Diagnose erschüttert die Augen nieder. Wie gern hätte sie ihren Sohn vor allen Torturen bewahrt. Sie wünschte ihm so sehr, dass er keine Schmerzen spürte und dass ihn die Ärzte bald in diese Welt zurückholten. Obwohl Viola die Antwort fürchtete, musste sie die eine Frage stellen: »Wann wird Manuele wieder aufwachen?«

Ianelli holte tief Luft. Im Laufe seiner Klinikzeit hatte er gelernt, Mütter mit Samthandschuhen anzufassen, da er weder Wutausbrüche noch Angriffe mit Handtaschen riskieren wollte. Der Professor hatte schon vieles erlebt. Daher fuhr er mit seiner Hinhaltetaktik fort und pries die erstklassige Arbeit seines Chirurgenteams an. »Zum jetzigen Zeitpunkt kann keiner sagen, was in einer Woche sein wird. Aber wir haben exzellente Mediziner. Durch deren erstklassige Arbeit konnte die Letalität, die bei komplexen Beckenfrakturen in Kombination mit gastrointestinalen Blutungen in der Regel bei 70 Prozent liegt ...«, Ianellis Stimme bebte voller Stolz, »um ein Zehntel gesenkt werden.«

Letalität gesenkt, war das nun gut oder schlecht? Viola wandte sich entmutigt zu ihrem Dolmetscher Luigi.

»Was heißt das?«

Luigi hatte verstanden. 70 Prozent Letalität, also Sterblichkeit, bedeutete im Klartext: in siebzig von hundert Fällen überlebte der Patient das Trauma nicht. Wenn ein Zehntel von 70, also sieben, weniger starb, waren das noch 63 Patienten, die die Ärzte nicht retten konnten. So knallhart konnte Luigi das der besten Freundin seiner Frau nicht weitergeben, also formulierte er es geschönt.

»Eigentlich sah es wegen der schweren Verletzungen nicht gut für Manuele aus.« Luigi räusperte sich. »Aber durch die OP sind seine Überlebenschancen stark gestiegen.«

Gefasst nickte Viola ihrem Dolmetscher zu. Manueles Leben stand also auf der Kippe, sie hatte es bereits befürchtet. Auch erstklassige Ärzte waren keine Wunderheiler.

Als plötzlich der Piepser an Ianellis Kittel losging, sprang der Professor erleichtert auf und lief zur Tür.

»Ein Notfall, ich muss weiter«, meinte der Mediziner knapp und stürmte aus dem Zimmer. Er war froh, dass er dieses Gespräch an dieser Stelle beenden konnte. Obwohl der Oberarzt einiges gewohnt war und mit stark rationalen, zielorientierten Gedankengängen die Schicksale seiner

Patienten normalerweise von sich fernhielt, wollte ihm das diesmal nicht gelingen. Seit ihm sein ehemaliger Kollege, der jetzt als Notarzt durch die Abruzzen hetzte und mehrere Betroffene näher kannte, das Grauen geschildert hatte, bekam Ianelli die Tragödie nicht mehr aus dem Kopf. Umso mehr sehnte er sich nun nach der angespannten Stille des hoch konzentrierten Arbeitens im OP-Saal. Er würde das Unmögliche schaffen – für die Eltern des halb toten Jungen und alle anderen Erdbebenopfer.

Seine zwei Gesprächspartner blieben verdutzt zurück. Viola war wie benommen, als sie hinter Luigi den Raum verließ. Auf dem Flur rannte sie ein anderer Weißkittel beinahe über den Haufen. Atemlos presste der Arzt ein »Entschuldigung« hervor, während er bereits weiter stürzte. Alle auf der Station hatten es plötzlich extrem eilig. Türen flogen auf, Ärzte und Schwestern hetzten über die Gänge. Irgendwie ahnte Viola, dass die Aufregung ihrem Sohn galt.

Der Doktor, der sie fast gerammt hatte, rief über den Flur einer Schwester zu: »Schnell, hol den Oberarzt. Wo ist Ianelli?«

»Schon im OP!«

Viola hastete hinter dem Arzt her und flehte immer wieder: »Bitte lassen Sie mich zu meinem Kind! Bitte!«

»Das geht gerade wirklich nicht«, sagte der gehetzte Mediziner nur und signalisierte der Schwester mit einer Kopfbewegung, dass sie sich um die Frau kümmern sollte.

Während Viola immer wieder verzweifelt nach ihrem Sohn schrie, schob sie die Schwester mit sanfter Gewalt ins Schwesternzimmer.

Luigi blieb allein und wie hypnotisiert auf dem Gang zurück. Wie konnte er Viola nur helfen? Als er in seiner Hosentasche nach einem Taschentuch kramte, fiel ihm ein abgerissener Zettel in die Hände. Er las nur »Pettino 1703« und schluckte. Im Grunde war die Tragödie schon lange angekündigt gewesen.

Vor mehreren Wochen hatte ihn ein pensionierter Kollege, den Luigi zufällig getroffen hatte, auf eine ungeheure Tatsache aufmerksam gemacht.

Ein ganzer Stadtteil L'Aquilas wurde auf einer aktiven Verwerfung errichtet, einem etwa zehn Kilometer tiefen Bruch im Erdboden, an dem tektonische Platten aneinander vorbeischrammen. Jenes Stadtviertel heißt auch genauso wie die Verwerfung: »Pettino«. Als sich diese Verwerfung beim Beben 1703 aufgezogen hatte, hat sie die halbe Stadt dem Erdboden gleichgemacht. Obwohl das bekannt war, ließ man dort Wohnviertel errichten. Heute ist Pettino sogar der am dichtesten bevölkerte Teil der Stadt. Etwa 25.000 Menschen leben dort.[94]

[Vgl. Caporale: L'Aquila non è Kabul]

Verwerfung gelten als besonders gefährlich, weil an diesen Bruchflächen der Gesteinsbereiche keine kontinuierliche Bewegung stattfinden, sondern sich Spannungen aufbauen, die sich durch Erdbeben wieder lösen. »Für die Gefährdungsberechnung sind Verwerfungen wichtig, weil dort die großen und zerstörerischen Beben stattfinden.«[95] [Vgl. Deutsche Physikalische Gesellschaft e.V.]

Eigentlich hatte Luigi die zuständigen Behörden und seinen Freund Riccardo, der an der Quelle der Informationen saß, nochmals auf die Gefahr hinweisen wollen. Doch im Alltagstrubel war sein Vorhaben untergegangen. Jetzt war es zu spät. Luigi konnte noch nicht begreifen, dass sein bester Kumpel tot war. Er kämpfte gegen die Tränen und starrte auf den Boden. Jetzt musste Luigi selbst der Sache auf den Grund gehen – für Riccardo, dessen Tochter und all die anderen Toten, die am 6. April 2009 nicht hätten sterben müssen.

✯✯✯✯

Im Operationsraum drei ging derweil der Kampf um Leben und Tod in die entscheidende Runde. Ein halbes Dutzend

Mediziner und Pfleger waren eilig dem Ruf des Piepsers gefolgt und in den OP gehetzt. In kurzer Zeit war ihre Hektik höchster Konzentration gewichen. Alle wussten: Jede Sekunde zählte, jeder Handgriff musste sitzen. Sie wechselten kaum ein Wort, die Nerven waren zum Zerreißen gespannt.

Oberarzt Ianelli ergriff die Initiative und setzte den ersten Schnitt. Jetzt war er wieder in seinem Element. Alles deutete auf einen Riss in der Arteria Iliaca Externa, der Beckenschlagader, hin. Für Ianellis erfahrene Chirurgenhände keine große Sache. Nachdem er den Riss beseitigt hatte, fiel der Blutdruck des Patienten jedoch weiter. Die Suche nach der Ursache kostete wertvolle Zeit. Ianellis Kollegen stöhnten auf. Aber seine Erfahrung hatte den Oberarzt gelehrt, dass der Kampf noch nicht verloren war. So schnell gab er nicht auf. Ianellis Eifer steckte die Kollegen an.

KAPITEL 40

»Aber in all dem Schmerz füllen in den folgenden Tagen zwei Geschichten die Seiten meines Notizbuches und schaffen es einer in die Knie gezwungenen Stadt Hoffnung zurückzugeben. Zwei junge Frauen werden wie durch ein Wunder 23 und 42 Stunden nach dem Erdbeben aus den Trümmern befreit und zum Symbol der Zähigkeit und Lebenskraft.«[96] Giuseppe Caporale [aus: Caporale: L'Aquila non è Kabul]

L'Aquila, 6. April, Mitternacht

Kraftlos lehnte Luca an der Hauswand und starrte auf die gegenüberliegende Gebäudefront mit den Balkonen. Trotz der Dunkelheit sah er die Risse, die sich durch die Mauern fraßen. Diese Wände hatten dem Erdstoß widerstanden – im Gegensatz zu ihrem Palazzo am Ende der Straße. Mehrfach hatte er sie gewarnt, sie war dennoch geblieben. Warum, fragte sich Luca. Warum nur? Dass manche Häuser einstürzten und andere nicht, war kein Zufall, davon war er schon vor dem Gespräch hinter den Bäumen überzeugt gewesen.

Er konnte und wollte nicht glauben, dass er gerade ihre Leiche ausgegraben hatte – das musste ein Albtraum sein.

Bis zuletzt hatte er gehofft, dass sie doch zu einer Freundin gegangen war und überlebt hatte, wie ihre Bekannte aus dem Studentenwohnheim.

Vor zwei Tagen hatte Luca mit ihr noch Pläne geschmiedet, in jener Küche, von der nur noch Schutt übrig war. Den engen Raum mit der Kochnische hatte sie raffiniert genutzt. Sie hatte ein Talent, aus wenig viel zu machen. Sie war so anders, ganz anders als die kleine Blonde mit dem großen Nervpotenzial, die ständig im unpassendsten Moment aufkreuzte. Die hatte hier nichts zu suchen, sie war mehr Störquelle als Hilfe. Wer brauchte schon Medien? In wenigen Wochen war sowieso alles ausgeschlachtet – es sei denn, Politiker nutzten die Tragödie für ihren Wahlkampf.

Auf einmal sprang Luca auf. Er wollte weg, möglichst weit weg. Weg vom Todesgraben, all den Trümmern und weg von diesem furchtbaren Tag – zurück zum Samstag. Er torkelte die Straßen entlang bis zur Via Sant'Andrea. Dort hoffte er seinen Freund Mattia zu treffen, der nach seiner Schwester suchte, und auf ein Wunder.

Von einem Einsturz am Ende der Via Sant'Andrea wusste Luca, vom zweiten Drama gegenüber nicht. Vage erinnerte er sich an die beiden vierstöckigen Gebäude, die sich über Nacht in Massengräber verwandelt hatten.

Es war kurz vor Mitternacht. Scheinwerfer erleuchteten die Krater, in denen Uniformierte nach einem verborgenen Atem oder einer versteckten Stimme suchten. Bei der linken Ruine sammelte sich eine Menschentraube am Rand, die versuchte, seitlich in das eingestürzte Haus einzudringen. Genau in dem Moment, in dem Luca seinen Freund Mattia dort erblickte, schallte ein Schrei durch die Nacht.

»Ruhe!« Mehrmals brüllte der Feuerwehrmann, bis seine Kollegen signalisierten, dass sie die Stimme aus dem Schutt wieder hörten. »Hierher!« Einer der Männer zeigte auf einen Berg aus Steinen, zerbröckeltem Beton und bestimmte die Stelle, an der sie weiter gruben.

Auch Mattia hatte Luca inzwischen entdeckt und rannte ihm entgegen. »Und?«

Luca schluckte, seine traurigen Augen lieferten die Antwort. »Finito. Vorbei. Der Kampf ist verloren. Und hier?«

»Oh, nein!« Mattia schlang seine Arme um Lucas Schultern und drückte den Freund fest an sich. Ihm war klar, was sie Luca bedeutet hatte und welch entsetzliche Leere sie hinterlassen musste. Es gab keine Worte, diesen Schmerz zu lindern.

Erst nach langer Pause erinnerte sich Mattia an Lucas Frage und seufzte leise: »Hier suchen sie noch. Verlängerung.« Vor über vier Stunden hatten die Retter einen Nachbarn seiner Schwester herausgeholt – schwer verletzt und durstig. Dank dessen Hinweisen war es gelungen, eine weitere Person unter den Trümmern zu orten. Mattia zeigte auf die Truppe, die sich an der Ruine zu schaffen machte.

Die Verschüttete war bei vollem Bewusstsein, aber in ihrem Trümmergefängnis so verkeilt, dass die Retter nur langsam zu ihr vordrangen. Noch redete sie und machte genaue Angaben: »Ich bin im Bett, nahe dem Fenster. Auf mir liegt ein Schrank, mein Fuß tut mir weh.« Dass ein ganzes Wohnhaus auf sie herabgestürzt war, erfuhr die Studentin erst hinterher.[97] [Vgl. Caporale: L'Aquila non è Kabul]

Die Nacht war tiefschwarz und eiskalt. Mattia und Luca streiften um die Ruinen, um sich aufzuwärmen. Wie gern hätten sie die Rettung beschleunigt, doch sie konnten nichts tun. Die Einsturzgefahr war so groß, dass selbst erprobte Höhlenretter der alpinen Hilfstruppen jeden Schritt abwägten, um keine weiteren Zusammenbrüche zu riskieren. Schlimm genug, dass die Erde nicht aufhörte zu zittern. Trotz heftiger Nachbeben, Kälte und stockender Bergung dachte keiner ans Aufgeben.

Mehr als fünf Stunden sollte die knifflige Befreiungsaktion dauern. Erst nach zwei Uhr, fast 23 Stunden nach dem verheerenden Erdstoß um 3:32 Uhr, wurde das Wunder Realität. Die Retter zogen einen zitternden Körper aus dem Trümmergrab.

Eine Sekunde herrschte angespannte Stille, bis die Mumie zum Leben erwachte und mit gebrechlicher Stimme fragte: »Wo bin ich?«[98] [Vgl TG1 (20.4.2009)]

Das Klatschen war erst der Anfang. Jubel und Euphorie wie beim Siegestreffer im Fußballstadion breiteten sich aus. »Geschafft, sie lebt!« Mattia realisierte das Wunder erst, als er einen Blick auf die Gerettete erhaschte. Seine Schwester war es nicht, trotzdem keimte neue Hoffnung auf. Wenn sie es geschafft hatte, schafften es seine Schwester und die anderen Verschütteten auch.

Wie eine Siegesbeute trug der Hilfstrupp Marta, die befreite Studentin, zum Krankenwagen, vor dem sie ihre Familie und weiterer Applaus empfingen. Alle Augen richteten sich auf das brünette Wunder auf der Trage. Sofort drängten sich Kameramänner um die Gerettete, die noch fest damit rechnete, dass auch ihre drei Mitbewohnerinnen überleben würden. »Ich habe bis zum Schluss daran geglaubt«, sagte Marta später. In Gedanken an das nahende Examen, das sie unbedingt bestehen wollte, hatte sie ihre Retter bedrängt, unbedingt ihren Computer auf dem Schreibtisch mitzunehmen. Dass sie aus einer Ruine lebend herauskam, war der Studentin zu diesem Zeitpunkt nicht klar.

Unter den Trümmern hatte Marta sich in den ersten Stunden noch mit ihren Mitbewohnern unterhalten, »Seid ihr noch da?« – »Ja, wir sind noch da.« Allmählich war eine Stimme nach der anderen verstummt. Draußen hörte sie Rettungswagen und Menschen schreiend vorbeihetzen, berichtete die Gerettete. »Dann wurde es still und ich habe geschrien.«[99] [Vgl TG1 (20.4.2009) und vgl. Caporale: L'Aquila non è Kabul]

Karina beobachtete das seltsame Spektakel aus einigen Metern Entfernung. Die Menschen klatschten, als ob sie Sportler bei Olympia anfeuerten. Wie seltsam wirkte es, dass ihr Applaus keinem strahlenden Athleten, sondern einer ermatteten Gestalt auf einer Trage galt. Die Gerettete musste etwa so alt sein wie sie selbst. Karina überkam eine Welle des Mitgefühls. Sie wollte die junge Frau gern schützen – vor der Kälte und all den aufdringlichen Blicken. Plötzlich fiel der Name Valenzia. Hatte Karina richtig gehört oder war es mehr Wunschdenken, weil sie wusste, dass die vermisste Bekannte von Viola so hieß? Karina hatte genug gesehen. Sie konnte ihren Text auch schreiben, ohne dass sie der Belagerten mit dem Kugelschreiber in der Nase bohrte. Sie sehnte sich nach Normalität und flüchtete in eine Seitenstraße.

Plötzlich stand Luca neben ihr. Er hatte sich wieder gefangen, bereit sein heiteres Spiel inmitten der Tragödie fortzusetzen. »Entschuldige, das vorhin, das war nicht so gemeint. Ich habe überreagiert.«

»Schon okay. Ich habe es schon vergessen.« Das stimmte nicht, Karina würde noch lange an seine Vorwürfe denken. Dennoch blickte sie Luca mitfühlend an. Obwohl er sich bemühte, seinen Schmerz zu verstecken, gelang es ihm nicht. Er hatte mindestens eine Person verloren, die ihm sehr nahegestanden war, davon war Karina überzeugt.

Eigentlich wollte sie ihm nur ein wenig Trost zusprechen, stattdessen machte sie zwei Schritte auf ihn zu und umarmte ihn. Auch seine Arme schlossen sich unerwartet eng um sie. Als Karina seinen warmen, zitternden Körper an ihren gepresst spürte, durchfuhr es sie wie ein Stromschlag. Was geschah da gerade? Erschrocken befreite sie sich und wich zurück.

Auch Luca machte einen Satz zur Seite. So etwas durfte kein zweites Mal passieren. Er ergriff die Flucht. Karina zögerte, dann stürmte sie hinter ihm her. Erst an der Via Venti Settembre holte sie ihn ein und presste ein »Es tut mir so leid« hervor.

Stumm und durcheinander liefen sie nebeneinander her. Nach Minuten des Schweigens stellte Karina endlich die Frage, über die sie sich seit Stunden den Kopf zerbrach.

»Woher hast du sie gekannt?«

Luca wirkte geistesabwesend und verfiel in eine Art Starre. Entweder er hatte sie nicht gehört oder er wollte nichts sagen. Wortlos gingen sie weiter. Karina wusste überhaupt nicht mehr, wie sie mit dem unberechenbaren Vertrauten umgehen sollte. Im einen Moment kam er mit überspitztem Sarkasmus um die Ecke, im nächsten brach er vor Verzweiflung fast in Tränen aus. Sie wollte ihm helfen, ihn aufmuntern, fühlte sich aber völlig überfordert, bis sie sah, dass Blut von seiner Hand tropfte.

»Was hast du denn da? Du blutest ja!«

»Ach, das ist nichts«, spielte Luca die Verletzung herunter.

»Lass mal sehen.« Sofort erwachte in der Chirurgentochter die fürsorgliche Ader, die sie sonst gut zu verstecken wusste. Als sie Lucas Hand begutachten wollte, zog er sie weg. So leicht ließ sie sich nicht abwimmeln. Wenn Karina sich etwas in den Kopf setzte – und das Versorgen akuter Wunden zählte dazu – zog sie das konsequent durch. Das Ergebnis war eine Rangelei. »Zisch ab«, herrschte Luca sie an. Doch sein Abschiebeversuch zeigte keine Wirkung. Karina hielt ihm ihre blutbefleckte Hand unter die Nase. »Von wegen nicht schlimm. Schau her: Das kommt von dir!«

»Das hört schon wieder auf.« Luca hasste Ärzte in jeglicher Form. Wegen der kleinen Schramme, die in der Tat einen unerklärlich starken Blutstrom verursachte, würde er sich nicht der Willkür eines Medizinmannes aussetzen, und schon gar keiner selbst ernannten Ärztin wie Karina.

»Jetzt stell dich nicht an wie ein Neandertaler in der Notaufnahme!« Während sie auf ihn einredete, deutete ihre Hand zum grauen Zelt mit der Aufschrift »Croce Rossa«, das auf dem Platz Villa Communale vor ihnen aufgebaut war. Luca versteifte sich. »Nein danke, kein Bedarf.«

Karina versuchte ihn an seiner heilen Hand mitzuziehen, hatte jedoch keine Chance. Körperlich war sie ihm völlig unterlegen.

»Na gut, dann gehe ich eben allein«, meinte sie genervt und rannte auf das Zelt zu, während sich Luca auf einer nassen Bank am Platz niederließ. Bisher erwies sich seine Regenjacke als erstaunlich wasserdicht. Skeptisch beobachtete er, wie Karina am Sanitätszelt eine Person ansprach. Was hatte sie vor? Bevor die beiden unter der Plane des Zeltes verschwanden, hob Karina ihre Hand und zeigte auf ihn.

Keine fünf Minuten später tauchte sie wieder auf – mit einer Erste-Hilfe-Box in der Hand. Schnurstracks marschierte sie mit ihrer Beute auf Luca zu. Er rollte skeptisch die Augen, er hatte nicht die geringste Ahnung von ihren Medizinergenen. »Was bitte hast du vor?«

Karina platzierte die Box auf der nassen Bank neben Luca und holte flink ein Desinfektionsspray und Tücher heraus.

»Ich werde den störrischen Patienten jetzt verarzten.« Es klang wie eine Kampfansage. Die Härte verschwand aus ihrer Stimme, als sie weitersprach. »Mit einer Blutvergiftung ist nicht zu spaßen. Nach der Wühlerei in den Trümmern ist bestimmt Dreck in der Wunde.«

Luca hatte keine Lust, sich seiner Kollegin auszuliefern, die ihre Fähigkeiten deutlich überschätzte. Zugegeben arbeitete seine Kollegin in der Trattoria stets penibel, aber das verlieh ihr noch keinen Doktortitel. Er suchte einen Fluchtweg, den Karina ihm jedoch versperrte.

»Keine Widerrede im Lazarett. Mach mal deine verletzte Hand und den Unterarm frei. Oder soll ich aufschneiden?« Flink hatte sie eine Schere in der Hand und deutete auf sein verdrecktes Oberteil.

Entsetzt schaute er Karina an, sie meinte es offenbar ernst. »Bloß nicht, den Schadensersatz könntest du dir nicht leisten«, konterte er, ohne sich vom Fleck zu bewegen.

»Bist du schwerhörig?« Sie stemmte die Hände trotzig in die Hüften.

»Dir ist also immer noch kalt. Du willst doch nur meine Jacke«, kam prompt sein Gegenangriff. Sie ging nicht darauf ein. Luca ahnte, dass sie nicht locker lassen würde, bis er nachgab; also streifte er widerwillig seine Jacke ab.

Ehe sich Luca versah, hatte sich Karina neben ihm niedergelassen und seine blutende Hand auf ihren Oberschenkel gezogen. Angespannt beobachtete Luca ihre flinken Finger, stellte aber rasch fest, dass sie das nicht zum ersten Mal machte. Er rätselte, woher sie die Routine hatte. Vielleicht hatte sie Medizin studiert oder als Arzthelferin gearbeitet. Doch dazu war sie eigentlich zu jung, wenn das stimmte, was er wusste. Seine Rechnung ging nicht auf, also hakte er nach: »Seid ihr deutschen Journalisten so gefährlich, dass ihr gleich lernt, Opfer zu verarzten?«

Sie hob den Kopf. Ihre Blicke trafen sich kurz. »Nicht ganz, mein Vater ist Chirurg.« Nachdenklich fügte sie hinzu. »Eine Zeit lang war ich Dauerpraktikantin in seiner Klinik.«

»Freiwillig?« Luca zog die Augenbrauen hoch, undenkbar für ihn.

»Natürlich freiwillig. Meinen Vater hab ich ja sonst kaum gesehen. Er war eigentlich nie zu Hause«, murmelte sie. Bevor sie tiefer in ihre Familiendramen vordringen musste, lenkte sie schnell ab. »Tut das weh?«

Luca schüttelte den Kopf und wunderte sich, wie verwandelt sie wirkte. War das noch der launische Sturkopf mit dem Modetick? Hinter der bröckelnden Fassade kam eine ganz andere Person zum Vorschein. »Jetzt halt bitte still«, wies Karina ihn sanft zurecht und tupfte weiter die Wunde ab. Sie war bemüht, alles um sich herum auszublenden – ihren Patienten genauso wie die Tragödie. Vor allem er irritierte sie. In Gedanken versuchte sie Luca in einen Senior zu verwandeln, zumindest die grauen Haare stimmten.

Auf einmal drehte er sich weg und wischte mit seiner unverletzten Hand etwas aus dem Gesicht. Das Schweigen kam ihr verdächtig vor. Es war das erste Mal, dass Karina ihn wirklich weinen sah. Völlig unverhofft gewährte Luca ihr für einen kurzen Moment Einblick in seine geschundene Seele. »Ich bin nicht hergekommen, um Tote auszugraben und Särge wegzutragen«, flüsterte er leise. Karina schenkte ihm ein trauriges Lächeln, jeglicher Ärger war wie weggeblasen. Vorsichtig strich sie über seinen Arm.

»Ständig mehr Tote, zuerst hieß es noch zehn, inzwischen sind es über 100.« Seine Stimme brach ab. Auf einmal wirkte der große Besserwisser so verletzlich. Doch der Moment hielt nicht lange an. Er richtete sich auf und setzte wieder seine unsichtbare Maske auf. »Fertig?«

»So gut wie. Lass das aber noch von einem echten Arzt anschauen«, beendete sie ihre Behandlung. »Gegen Tetanus bist du geimpft?«

Luca hatte keine Ahnung, bejahte aber trotzdem die Frage. »Und hat der Doktor auch ein Impfpräparat gegen aufdringliche Krankenschwestern?«, zog er Karina auf. Luca war aufgefallen, dass ihm seine Behelfsärztin dicht auf die Pelle gerückt war.

Kaum hatte er das Wort »aufdringlich« ausgesprochen, rückte Karina zur Seite. Augenblicklich erinnerte sie sich, warum sie Reporterin und nicht Ärztin geworden war, sie verabscheute den Körperkontakt mit Fremden. Luca war zwar kein Fremder, aber bei ihm war Nähe noch gefährlicher. Ihr Blick verfinsterte sich.

»Selbst wenn es solche Impfstoffe gäbe, würden die nicht bei Besserwissern mit Arztphobie wirken!«

Der Kommentar traf den Nagel auf den Kopf. Doch Luca leugnete natürlich. »So ein Quatsch, ich gehe doch gern zum Arzt. Aber Kompliment, wie schnell du zum Biest umschalten kannst!«

Da klingelte Karinas Handy und sie sprang auf. »Das ist sicher ein Anruf aus Deutschland«, murmelte sie und verschwand auf die andere Straßenseite. Dieses Gespräch war nicht für Lucas Ohren bestimmt. In sicherer Distanz nahm sie den Anruf an.

Ihre Geheimnistuerei kam Luca sehr verdächtig vor, also folgte er ihr. Vorsichtig pirschte er sich an und hörte, wie sie entzürnt telefonierte: »Du musst dafür sorgen, dass dieser Artikel so nicht erscheint! Sonst haben wir ein echtes Problem!«

Luca spitzte erstaunt die Ohren. Von wegen eine deutsche Zeitung – das war eindeutig italienisch. Offensichtlich gehörte auch sie zu denjenigen, die entschieden, was Italiens Medien zeigten und was nicht. Und nicht nur das: Womöglich wollte Karina noch von einer ganz anderen Sache ablenken. Er war sich mittlerweile sicher, dass sie ihm einiges verschwieg.

KAPITEL 41

»Ich sehe einen Jungen, der barfuß und verzweifelt zwischen den Trümmern gräbt. Ich weiß nicht, wer er ist, nur dass er für sieben Personen zum Engel wurde. Zum Lebensretter.«[100] Giuseppe Caporale [Vgl. Caporale: L'Aquila non è Kabul]

Rom, Dienstag, 7. April 2009, 0:40 Uhr

Ermattet erreichten Violas Eltern erst nach Mitternacht die Spezialklinik Remus in der Hauptstadt. »Endlich am Ziel. Was für ein Verkehrschaos«, seufzte Violas Mutter Rosa. Noch nie hatten sie so lange für die 400 Kilometer von ihrem Heimatdorf in der Toskana bis nach Rom gebraucht.

Der Haupteingang der Klinik war bereits verschlossen. »Zugang nur über die Notaufnahme« verkündete ein Schild. Rosa klopfte gegen das Fenster der Nachtwache, bis ihnen diese den Seiteneingang öffnete. Rosa bedankte sich und schob ihren Mann Giosué weiter, der dem Pförtner jedoch erst die Schrecken ihrer Fahrt auf die Nase binden musste.

»Wir sind nicht vom Fleck gekommen, überall Helferkonvois. So was haben Sie noch nie gesehen!« Der Pförtner verzog müde das Gesicht.

Auf ihrem Weg über die düsteren Flure begegneten Violas Eltern nur wenigen Pflegern. Die meisten Stationen der Klinik waren leer, die Lichter gedämpft, eine bedrückende Stille herrschte. Obwohl Rosa und Giosué zügig gingen, meinten sie nicht voranzukommen.

»Von wegen am Ziel«, stöhnte Violas Vater auf. Am meisten störte ihn der Geruch, der wie lästiges Ungeziefer in seiner Nase klebte. So hatte sich auch Rosa das Wiedersehen mit ihrer Tochter nicht vorgestellt, Tod und Trauer statt Ferien und Freude.

Als Violas Mutter am Morgen ihren Espresso aufgesetzt hatte und in Gedanken den neuen Tag durchgegangen war, war die Welt noch in Ordnung gewesen. Sie war früh aufgestanden, um den Osterbesuch ihrer Tochter samt Familie vorzubereiten: einkaufen, backen, die Zimmer herrichten.

Während der Espresso auf dem Herd dampfte, dachte Oma Rosa an ihre stürmischen Enkel, die mit ihren Streichen wieder Leben ins Haus brachten. Zwar lebte ihr Sohn im Nachbarort, doch dessen zwei pubertierende Töchter bekam sie nur noch selten zu Gesicht. Die kleine Clarissa fieberte dagegen jedem Ausflug zur Oma freudig entgegen.

Rosa goss sich ihren Espresso in die Tasse. Ehe sie sich setzte und in einen Keks biss, schaltete sie den Fernseher ein. Schlagartig wechselte der Tag seine Farben.

»Bei dem schweren Beben in den Abruzzen sind zahlreiche Häuser eingestürzt. Tausende sind obdachlos, das historische Zentrum ist zerstört. Hilfskräfte aus ganz Italien sind auf dem Weg nach L'Aquila«, schallte es aus dem TV.

Die Worte trafen Rosa wie ein Blitz. Vor Schreck verschluckte sie sich am Keks, der ihr regelrecht im Halse stecken blieb. Abruzzen, L'Aquila, Viola – sie musste sich verhört haben. Doch die grausamen Bilder bestätigten die Hiobsbotschaft. Wie hypnotisiert stand Rosa auf, schwankte zum Fernseher und drehte ihn lauter. Der Moderator wiederholte: »Mehrere Tote haben die Helfer bereits aus den Trümmern geborgen.« Rosa sank auf den Stuhl. Die Acht-Uhr-Nachrichten klangen für sie wie das Urteil eines unbarmherzigen Richters, der eine ganze Region verurteilte und mit Folter der übelsten Form bestrafte. Dass es bei dem Ausmaß der Katastrophe in irgendeiner Form auch ihre Familie getroffen hatte, war eine logische Konsequenz.

Trotzdem klammerte sich Rosa an die Hoffnung, dass es nicht so war, und griff zitternd zum Telefon. Weder über das Festnetz noch auf Violas Handy nahm jemand ab; entweder tutete das Besetztzeichen oder eine Computerstimme verkündete: »Teilnehmer nicht erreichbar.« Rosa versuchte es unzählige Male. Bald fürchtete sie das Schlimmste.

Als Violas Mutter nun, um ein Uhr nachts, die Station erreichte, hielt sie inne. Was würde sie erwarten? Zögernd öffnete Rosa die Schwingtür.

Viola sah die ganz in schwarz gehüllte Gestalt zuerst. Trotz der streng hochgesteckten Haare, dem unbekannten dunklen Mantel und Rock erkannte Viola sie sofort und rief: »Mama!« Sie sprang vom Stuhl auf und lief ihr entgegen. Für eine Sekunde vergaß Viola alles um sich herum – Luigi, der neben ihr döste, den trostlosen Klinikflur und vor allem den furchtbaren Tag, der hinter ihr lag.

Rosa schloss ihre Tochter in die Arme, als hätten sie sich Jahre nicht gesehen. Tränen flossen und Viola kuschelte sich an ihre Mutter wie ein Kleinkind, das Schutz suchte.

Ihren Vater, der einen Rollkoffer hinter sich herzog und sich wie immer im Hintergrund hielt, bemerkte Viola erst nach mehreren Minuten. Selbst er, der sich schwertat Gefühle zu zeigen, wischte sich mit einem Taschentuch durch das Gesicht. Mit Tränen in den Augen bot er ihr seine Schulter zum Anlehnen, die Viola dankend annahm. Der bedingungslose Beistand der Familie – besser gesagt dessen, was von ihr noch übrig war – gab Viola neuen Auftrieb, als würde sich die ungeheure Last nun auf mehreren Schultern verteilen.

»Manuele?« Mehr brauchte Rosa nicht zu fragen.

»Im Koma«, flüsterte Viola leise, ihre Schultern sackten ab. Ihre Mutter legte tröstend den Arm um sie. Den ganzen Weg hatte Rosa für ihre Tochter gebetet und hörte auch jetzt nicht auf.

Was für ein übler Albtraum, dachte Luigi, als er die Augen öffnete. Er hatte von einem furchtbaren Erdbeben geträumt, das seine ganze Stadt zum Einsturz brachte. Überall lagen Trümmer und abgedeckte Leichen herum. Als er um sich blickte und Violas zerrissene Hose sah, erinnerte er sich wieder – der Albtraum war leider real.

Luigi holte tief Luft und stand kopfschüttelnd auf. Das durfte nicht wahr sein. Schlaftrunken trat er zu den weinenden Frauen, die sich in den Armen lagen. Nun, da Viola ihre Eltern um sich hatte, konnte er sich verabschieden und sich um seine eigene Familie kümmern. Viola nickte ihm zum Abschied dankbar zu; ihr Blick sagte mehr als tausend Worte.

Als Luigi die Station verließ, fiel ihm das Ticken einer Uhr auf. Er fühlte sich um Jahre gealtert. Hastig bog er um die Ecke und rannte fast mit einem Mann zusammen, den er flüchtig aus L'Aquila kannte. Den gestandenen Herren hatte Luigi noch nie weinen gesehen. Er bremste ab und fragte, ob er etwas für ihn tun könne. Der Bekannte schüttelte den Kopf und begann leise: »Ich habe heute in L'Aquila einen Engel kennengelernt. Barfuß hat er meiner Mutter das Leben gerettet.«

Der »Engel« hieß Gentjan, war etwa 20 Jahre alt, von albanischer Herkunft, studierte Informatik an der Universität L'Aquila und arbeitete nebenher als Kellner. Nach dem Beben war er barfuß aus dem Haus geflüchtet und auf die Straße gerannt, die von einem Dach und den Trümmern eingestürzter Häuser versperrt war. Aus einem Stück Haus, das noch stand, hörte der Student eine ältere Dame um Hilfe schreien. Der junge Mann zog sie durch das Fenster nach draußen.

Aus einem abgesunkenen Dachboden kam die Stimme einer Studentin. Sehen konnte er sie nicht, also versuchte der junge Mann, sie zu beruhigen, und täuschte vor, dass die Rettungskräfte bereits kämen. Als er nach oben blickte, entdeckte er eine andere Frau, die sich an eine Ecke im dritten Stock klammerte. Er redete auf sie ein, sich durch die abgebrochene Mauer nach draußen zu beugen und auf ihn fallen zu lassen. Sie hatte Angst und wollte ihren Mann, der unter einem Balken und einem Schrank begraben lag, nicht zurücklassen. Aber nachdem die Erde erneut heftig zitterte, sprang sie doch. Der Student fing sie auf und bremste ihren Aufprall mit seinem Körper.

Er hörte noch andere Rufe und grub weiter. Am Ende hatte er sieben Menschen gerettet.[101] [Vgl. Caporale, L'Aquila non è Kabul]

Der fesselnde Bericht wirkte auf Luigi wie ein Licht in dunkler Nacht. Inmitten der Tragödie leisteten Menschen jeder Nationalität und jeden Alters Übermenschliches. Mit neuer Hoffnung eilte Luigi davon.

✯✯✯✯

Rosa konnte sich nichts Schlimmeres vorstellen. Ihre eigene Tochter war Witwe, ihre Enkelin Clarissa und ihr Schwiegersohn Riccardo waren tot. Es gab keine Worte, die das unsagbare Leid ausdrückten, das in jener Nacht über ihre Familie hereingebrochen war. Vor Trauer schluchzend schloss Rosa ihr großes Mädchen in die Arme – ein nutzloser Versuch, Viola vor der grausamen Realität abzuschirmen. Miteinander schrien Mutter und Tochter ihren Schmerz heraus, bis sich eine innere Leere ausbreitete.

Entkräftet ließ sich Viola auf einem Stuhl im Flur nieder. Sonst stets elegant gekleidet und voller Energie, wirkte sie nur noch wie ein Schatten ihrer selbst. Noch immer trug sie die zerfetzten Sachen, mit denen sie gegen die Trümmer gekämpft hatte. An einem normalen Tag wäre ihr nie in den Sinn gekommen, so auf die Straße zu treten. Da Rosa befürchtet hatte, dass Violas Kleiderbestand auf null geschrumpft war, hatte sie ihre eigenen Schränke geplündert. Sonst konnte sie wenig tun, außer beten. Nun schob sie den mitgebrachten Koffer vor die Füße ihrer Tochter. Darin steckte eine Auswahl an Trauerkleidung – schwarze Röcke, Hosen und Oberteile.

»Such dir etwas aus, mein Kind.«

Während Viola ihre Fetzen auf der Toilette gegen saubere Kleider tauschte, holte ihre Mutter Dutzende Dosen und Tüten aus dem Koffer. Sie wusste, dass ihre Tochter bei Stress keinen Bissen hinunterbrachte. Als Viola zurückkam und das Picknick ohne Wiese erblickte, blinzelte sie ungläubig. Ihre Mutter hatte allerlei Leckereien auf den Stühlen am Klinikflur verteilt – neben Käse, Wurst und Oliven belagerten Ciabatta und Bruschetta die Sitze.

»Du brauchst etwas Vernünftiges in den Magen. Essen ist wichtig, um Kraft zu tanken«, meinte Rosa und packte die letzten Sachen aus, darunter Violas Lieblingsgebäck Cantuccini.

Obwohl Viola außer dem halben Panino den ganzen Tag nichts gegessen hatte, verspürte sie keinen Hunger, ihr Magen rebellierte. Als sie jedoch sah, wie liebevoll ihre Mutter alles anrichtete, zwang sie sich zu einem Anstandshappen.

Nicht nur Viola staunte über das vielfältige Picknick, sondern auch die Nachtschwester, die zum Kontrollgang über die Station aufbrach.

»Was bitte tun Sie hier?«, schallte ihre empörte Stimme über den Gang.

»Wir gönnen uns einen Imbiss«, antwortete Giosué, der gerade um die Ecke kam, als hätte er das Essen gerochen.

»Hier ist kein Park zum Picknicken«, wies die Schwester ihn zurecht.

»Ach Schwester, setzen Sie sich doch zu uns und essen Sie mit. Essen hält Leib und Seele zusammen«, lud sie Violas Vater ein.

Die Schwester kaute unschlüssig auf ihrem Kaugummi. »Ihnen ist aber klar, dass Sie das nicht jeden Tag machen können!«

»Natürlich«, versicherte Rosa. Wie die nächsten Tage weitergingen, hing ohnehin davon ab, ob ihr Enkel die Nacht überlebte.

»Was möchten Sie? Wir hätten zum Beispiel Antipasti und Cantuccini«, begann Giosué und reichte ihr einen Pappteller mit Plastikbesteck.

»So geht das wirklich nicht.« Die Schwester winkte ab und wandte sich zum Gehen. »Wenn, dann hole ich richtiges Geschirr aus dem Schwesternzimmer!«

Während sie verschwand, schlichen zwei mitleiderregende Gestalten mit hängenden Köpfen, verstaubten Haaren und zerrupften Kleidern vorbei. Die Frau stützte sich auf ihren Begleiter; beide schlurften langsam vorwärts und bremsten erst vor dem Koffer, der am Boden lag. Rosa, die auf einem der Sitze Platz genommen hatte, blickte auf.

»Sie sehen hungrig aus. Essen Sie doch mit!«

Die Frau zögerte, ihre traurigen Augen inspizierten das ungewöhnliche Picknick. »Oh, danke, gern.« Sie erklärte leise, dass sie gerade vom Besuch ihrer schwerverletzten Mutter kämen. Sie hätten eine Odyssee hinter sich und wären bereits seit halb vier Uhr morgens auf den Beinen.

Viola wusste sofort, was die Fremde meinte: 3:32 Uhr.

KAPITEL 42

»Regen und eisige Temperaturen erschwerten jedoch den Helfern in L'Aquila und den umliegenden Dörfern den Einsatz. Und der Wettlauf gegen die Zeit endete immer wieder mit trauriger Gewissheit. […] Mehrfach erschütterten Erdstöße in der Nacht das Katastrophengebiet und verängstigten die Überlebenden.«[102] Spiegel.de (7.4.2009)

L'Aquila, Dienstag, 7. April 2009, 3 Uhr

Plötzlich prasselten Steine auf Karina herab; eine Mauer stürzte über ihr zusammen. Erst als sie aufsprang und mit dem Kopf gegen die Zeltplane stieß, realisierte Karina, dass sie das Kunststoffdach über sich nicht fürchten brauchte. Ihr Gehirn verknüpfte schlicht die unfassbaren Eindrücke dieser Tragödie, die zertrümmerten Existenzen und die verzweifelten Gesichter zu einem Albtraum. Wenn sie diese Nacht neben den Schnarchern nur schon überstanden hätte. Von Müdigkeit getrieben war Karina nach ihrem Ausflug in die Via Campo di Fossa widerwillig ins muffige Zelt zurückgekehrt.

Dass sie noch keine 24 Stunden in der zerstörten Stadt verbrachte, konnte sie kaum fassen. Sie fühlte sich wie in einem Horrorfilm gefangen, der seit Monaten andauerte. Wie der Abend wohl verlaufen wäre, wenn sie Luca nicht begegnet wäre? Hätte ihr vorher jemand prophezeit, dass sie mit fünf Kerlen in einem Zelt, das nicht ganz dicht war, schlafen würde, sie hätte denjenigen für verrückt erklärt. Doch der Regen, die Kälte und das bevorstehende Interview mit der ausgewanderten Deutschen hatten ihren Widerstand gebrochen.

Nach ein paar Minuten flackerte eine Taschenlampe. Der Zeltherr kehrte zurück, wie Karina an seinem Räuspern erkannte. Ohne Umwege warf sich Luca auf das letzte freie Stück Zeltboden und löschte das Licht. Karina öffnete die Augen, die sich nur langsam an das Dunkel gewöhnten, und spähte vorsichtig zum anderen Zeltende. Als sich Luca unvermittelt aufrichtete und ein anderes winziges Licht anging, zuckte Karina zusammen, sodass ihr Schlafsack raschelte. Ein stummer Schrei »Oh nein!« untermalte ihr Kopfkino. Sie bildete sich ein, dass sich sein Gesicht in ihre Richtung drehte. Hatte er bemerkt, dass sie wach war? Sie wagte nicht mehr sich zu bewegen und kämpfte gegen ihren Hustenreiz.

Was für ein Zufall. Luca konnte sein Glück kaum fassen. Er hatte nicht damit gerechnet, etwas zu finden, bis er praktisch darüber gestolpert war. Der Umweg hatte sich mehr als gelohnt. Nun musste er den Fund schnellstmöglich in Sicherheit bringen. Fast wäre ihm ein Polizist in die Quere gekommen, das war gerade noch gut gegangen.

Das Geräusch vom anderen Ende des Zeltes ließ ihn aufhorchen. Bewegte sich dort drüben etwas? Im Dunkeln konnte er kaum etwas erkennen. Das Geraschel könnte von Karina kommen. Wenn er nur wüsste, was sie hier trieb und auf wessen Seite sie stand. In seiner Rechnung war sie die große Unbekannte.

In dieser Nacht konnten viele nicht schlafen. Tausende hatten binnen einer Minute alles verloren, 70.000 Menschen in den Abruzzen konnten nicht mehr ins eigene Haus zurück. Einige fanden Zuflucht bei Bekannten, andere schliefen in Autos oder verbrachten die erste Nacht nach dem fatalen Beben in Notcamps – teils sitzend und durchnässt. Wieder andere wachten im Krankenhaus bei Angehörigen.[103] [Vgl. il Centro (7.4.2009)]

Während die Evakuierten noch versuchten zu begreifen, was ihnen zugestoßen war, grübelten anderenorts schon Firmenbosse und Politiker, wie sie die Katastrophe zu ihrem Vorteil nutzen konnten.[104] [Vgl. Guzzanti: Draquila]

✯✯✯✯

Gegen vier Uhr ergriff Karina endgültig die Flucht aus dem muffigen Zelt. Wenn es nicht so kalt und sie nicht so müde gewesen wäre, hätte sie die Nacht im Freien durchgemacht. Der Schnarcherchor übertönte, dass sie aus dem Schlafsack schlüpfte und den Reißverschluss am Zelt öffnete. Sie warf noch einen Kontrollblick zu Luca, der zu schlafen schien, und spähte nach draußen.

Viel Kälte und wenig Mondlicht bot die Nacht. Dass die Luft derart frostig war, hatte Karina nicht erwartet. Trotzdem huschte sie aus dem Zelt und rannte über den Spielplatz, bis ihr Schienbein mit voller Wucht gegen etwas Steinhartes stieß. Als der Schmerz ihr Bein durchfuhr, bereute sie, keine Taschenlampe dabei zu haben.

Während sie langsam die Treppe vom Spielplatz zur Straße emporhumpelte, fegte ein starker Wind durch die Baumwipfel. Karina spürte erneut, wie der Boden wackelte, und sah die Häuser bedrohlich schwanken. Ein unheimliches Geräusch drang an ihre Ohren. Sie wollte wegrennen, wusste aber nicht wohin.

Dieses Nachbeben sollte nicht das einzige bleiben, das Karina bei ihrem Streifzug durch das nächtliche L'Aquila überraschte. Eigentlich hatte sie gedacht, dass die Erdbeben, je öfter man sie erlebte, an Schrecken verloren. Doch das Gegenteil war der Fall.

Die Kälte trieb Karina voran. Sie wollte zum Domplatz, der guten Stube der Stadt, von der sie viel gehört hatte. Den Weg dorthin kannte sie nicht und sie kam auch nicht ansatzweise in dessen Nähe. In mehreren Straßen bauten sich unüberwindbare Schuttberge sowie Warnschilder vor ihr auf. Niedergeschlagen und ratlos umkreiste sie die ausgestorbene Altstadt.

»Haben Sie keine Bleibe?«, fragte Karina zwei umherirrende Frauen, die den Kopf schüttelten.

»Das dort war bis gestern unser Haus, aber sie lassen uns nicht mehr hinein«, sagte die Größere bitter und deutete auf ein Gebäude mit weggebrochener Außenmauer und Blick ins Wohnzimmer. Im spärlichen Licht der Straßenlaterne erkannte Karina, dass auf dem schiefen Schrank hinter dem halb zerbrochenen Kronleuchter eine Madonnenstatue lehnte. Tiefe Risse durchzogen die noch vorhandenen Wände, Kabel und Eisengestänge baumelten in der Luft. Das Haus ähnelte einem schwerverletzten Patienten, der ausblutete und dessen letzte Stunde geschlagen hatte. Vor der Ruine sperrte ein Militärfahrzeug die Straße ab.

»Das ist eine Frechheit, unser Haus steht offen und wir dürfen nicht mal zurück und unsere Sachen holen«, schimpfte die kleinere Frau und ballte ihre Hände zur Faust. Obwohl sie vermutlich keine 40 Jahre alt war, schimmerten ihre dunkelbraunen Haare grau.

Die zwei Männer im Militärfahrzeug ließen nicht mit sich reden, egal mit welchen Argumenten die Frauen sie bombardierten.

»Zona Rossa heißt: Hier ist kein Zutritt!« Der Blick des Soldaten verfinsterte sich. »Nur für die Feuerwehr gelten Ausnahmen. Stadtbewohner müssen sich in Wartelisten eintragen und dürften auch dann nur in Begleitung der Feuerwehr, der ›Vigili del Fuoco‹, in ihre Häuser zurück.«

»Halten Sie besser die Plünderer ab statt der Leute, die hier wohnen! Die Diebe halten sich garantiert nicht an eure Verbote«, brüllte die Größere los.

Das ganze Zentrum von L'Aquila glich einer Geisterstadt, an dessen Rand verzweifelte Menschen spukten. Ein älterer Mann mit lichtem, grauen Haar reagierte überhaupt nicht, als Karina ihn ansprach. Eine andere Frau brach in Tränen aus und umarmte sie. Karina wusste nicht, wie ihr geschah, und fragte sich, ob Leid ansteckend war. Immer mehr menschliche Abgründe taten sich vor ihr auf. Die Trauer schien wie ein Hochwasser die zerstörten Straßen zu fluten und dabei alles zu erfassen, was ihr in die Quere kam.

Immer wieder stieß Karina auf unermüdliche Rettungskräfte, die im Scheinwerferlicht mit Schaufeln, Eimern und Händen weiter nach Verschütteten gruben. An einem Trümmerberg nahe L'Aquilas Wahrzeichen 99 Cannelle fraßen sich neben einem Dutzend Helfern zwei Bagger durch den Schutt. Karina hielt inne und starrte auf die erschöpften Zweibeiner, die trotz Kälte und Müdigkeit weitermachten; sie gingen an ihre Grenzen und noch weiter. Aus einer Laune heraus, applaudierte Karina. Wenn sie schon nicht mithalf, konnte sie die Helfer zumindest anspornen: »Ihr seid echt klasse! Weiter so!«

Der Applaus erntete verwirrte Blicke. Karina kam sich vor wie ein schlecht gekleideter Animateur auf dem Schlachtfeld. Doch im Moment war ihr egal, ob sie sich zum Affen machte. Was jeder Einzelne dieser Menschen leistete, verdiente höchsten Respekt. Karinas Auftreten, vor allem die übergroßen Klamotten, war ohnehin mehr als peinlich; aber in einigen Stunden war sie weg. Je länger sie durch L'Aquilas finstere Nacht lief, desto mehr taten ihr alle leid, die nicht abhauen und ihr bisheriges Leben weiterführen konnten.

Plötzlich hörte Karina ein Rascheln. Sie drehte sich um und bemerkte im Dunkeln etwa zehn Meter hinter sich eine dunkle Gestalt, die im Schatten einer Mauer verschwand. Karina ärgerte sich über ihren Leichtsinn und stürmte weiter. Wie riskant war es, nachts allein durch dunkle Gassen einer fremden Stadt zu rennen – ohne Licht und vor allem ohne Orientierung. Erst an der nächsten Ecke wagte Karina, sich umzudrehen. Die Figur war verschwunden oder sie hatte sich das Ganze nur eingebildet. Nach diesem Tag wunderte sie nichts mehr.

Da sie entsetzlich fror, rannte sie auf Irr- und Umwegen zurück zum Zelt, zu dem sie eigentlich nicht mehr wollte. Aber sie hatte wenig Alternativen, wenn sie nicht die ganze Nacht frierend vor Geistern fliehen wollte.

Kurz vor dem Spielplatz, auf dem das Zelt stand, meinte sie wieder eine Gestalt hinter sich weghuschen zu sehen. Aber wer sollte sie verfolgen? »Das macht keinen Sinn«, ermahnte sie sich. Sie schob ihre Angst auf den Ausnahmezustand. Vorsichtig stieg Karina die dunkle Treppe zum Spielplatz hinab – diesmal ohne Stürze und Kollisionen – und schlich leise zurück zum Zelt. Wirklich warm war es darin nicht, dafür umso geräuschvoller. Ihre fremden Zeltkumpanen begrüßten sie mit Fauchen und Schnaufen.

Als sich ihre Augen an die Dunkelheit gewöhnt hatten, machten sie zwei Details stutzig. Erstens stand die Zeltplane bei Lucas Schlafplatz zur Hälfte offen, zweitens war er vor ihrem nächtlichen Ausflug genau anders herum auf dem Zeltboden gelegen. Du siehst Gespenster, ermahnte sich Karina, während sie sich warm zitterte. Wahrscheinlich war er kurz zur Toilette gewesen.

Am anderen Ende des Zeltes lag noch jemand wach. Luca war keine halbe Minute vor ihr angekommen, gerade noch rechtzeitig. Fast hätte sie ihn erwischt. Eines war ihm klar: Er musste sie unbedingt im Auge behalten.

KAPITEL 43

Rom, Dienstag, 7. April, frühmorgens

Benommen torkelte Viola über den tristen Klinikflur. Sie hatte keine Ahnung, wie lange sie geschlafen hatte. Aber sie wusste eines, sie wollte endlich zu ihrem Sohn. Das war ihr letzter Gedanke vor dem Einschlafen gewesen und ihr erster beim Aufwachen. Nachdem sie und ihre Mutter die Spuren des nächtlichen Picknicks vom Gang beseitigt hatten, hatte die gesättigte Nachtschwester sowohl Viola als auch ihre Mutter im Abstellraum bei den ausrangierten Betten einquartiert. Zuerst hatte Viola abgelehnt. Erst nachdem sie Rosa überredet hatte, abwechselnd zu schlafen und vor der Intensivstation Wache zu halten, hatte sie eingewilligt.

Nun stand Viola allein mit einer Kompanie aus Fragen auf dem Gang. Wie ging es ihrem Sohn? Wo war ihre Mutter? Sowohl ihre Eltern als auch sämtliche Pfleger und Ärzte waren unauffindbar. Am Ende war alles nur ein böser Albtraum und das verheerende Erdbeben hatte nie stattgefunden. Niedergeschlagen suchte sie nach Antworten, bis eine gehetzte Schwester an ihr vorbeischoss.

»Schwester Laura«, rief Viola ihr nach. Es war tatsächlich Laura, die kurz stoppte.

»Hier herrscht das totale Chaos, gerade kam ein neuer Notfall.« So schnell, wie die Schwester aufgetaucht war, so schnell, war sie wieder weg.

Ernüchtert hielt Viola inne, wieder warten. Offenbar war sie gefangen in einer Endlosschleife, in der sich zermürbende Ungewissheit und Hiobsbotschaften abwechselten. Mit nichts als 50 Euro in der Hosentasche und Kleidern, die ihrer Mutter gehörten, wurde Viola so richtig bewusst, dass sie vor dem Nichts stand. Sie hatte alles verloren. Sie besaß weder eine Bürste noch einen Stift und war völlig auf ihre Eltern, Freunde und Fremde angewiesen. Nur ihre Erinnerung konnte ihr keiner nehmen.

Als wenig später ein Weißkittel auf den Gang trat, stürmte Viola zielstrebig auf ihn zu. »Herr Doktor, wie geht es meinem Sohn?«

Verdutzt blickte sie der Arzt an, Schweiß stand ihm auf der Stirn. Er wusste offenbar nichts oder mimte den Unwissenden. »Warten Sie auf den Professor, der kann Ihnen mehr sagen.«

Fast platzte Viola der Kragen, wieder vertrösteten sie die Mediziner. Sie hatte die Nase voll vom ständigen Warten. »Wo ist mein Kind jetzt? Ich muss zu ihm!«

»Im OP-Saal?« Es klang mehr wie eine Frage als eine Antwort.

»Schon wieder eine Operation? Warum sagt mir das keiner?« Ihr Tonfall wurde forscher. Irgendetwas lief hier falsch, sie hatte für ihr Kind doch keinen OP-Daueraufenthalt gebucht. Viola wollte auf der Stelle ihr Leben, das Leben vor dem Erdbeben, zurück.

»Seine Herztöne hatten ausgesetzt«, fuhr der Arzt fort.

Aus Violas Gesicht entwich das letzte bisschen Farbe. Nur mit Mühe unterdrückte sie den Drang zu schreien – was für ein katastrophaler Tagesbeginn.

****

Für den Ministerpräsidenten ließ sich der Tag eins nach der Tragödie durchaus als Erfolg verbuchen. Vor laufender Kamera hatte er Erdbebenopfern die Hände geschüttelt, ihnen Trost, Soforthilfe sowie unrealistische Wunder versprochen und – noch wichtiger – die Sklaven seines Medienimperiums hatten angemessen darüber berichtet. Vor allem das Fernsehen spielte seine

Rolle gut. Der Anfang seines Wahlkampfspots war geglückt; darauf galt es, in den nächsten Tagen aufzubauen. Bis zu den Europawahlen am 7. Juni 2009 musste er noch Wählerstimmen für sich gewinnen. Dafür hatte er noch Trümpfe in der Hinterhand.[105] [Vgl. Guzzanti: Draquila]

✯✯✯✯

Auf dem Rückweg zur Station hätte sich Rosa beinahe verlaufen. Nachdem dieser kleinkarierte Oberarzt einen Aufstand wegen des Picknicks gemacht hatte, hatten Violas Eltern die restlichen Beweisstücke ihres Nachtmahls schnell zum Auto gebracht.

Dort seilte sich Giosué wie so oft ab. »Ich brauche frische Luft«, ließ er seine Frau wissen und verschwand. Rosa nickte, mit Trauer konnte ihr Gatte nicht umgehen. Als sie das Auto abschloss, wanderte gerade die Sonne über die Ausläufer der Apenninen. Während Rosa das Naturspektakel betrachtete, kam ihr eine Idee: Kürzlich hatte sie gelesen, dass Komapatienten auf vertraute Stimmen und Musik reagierten. Sie schloss das Auto wieder auf und wühlte im Handschuhfach, bis sie Manueles Kassetten und CDs herausfischte, die sie dort als Notfallreserve für lange Fahrten mit nörgelnden Enkeln gebunkert hatte. Mit Hörspielen und Kindermusik im Brotkorb eilte Rosa zurück zur Station.

Die Nachtschwester, die gerade ihre Schicht beendete, kam ihr auf dem Flur entgegen. Sie erkannte Rosa sofort.

»Guten Morgen«, rief sie laut und fügte leise hinzu: »Nochmals danke für das Essen. Woher hatten Sie den guten Käse?«

»Von einem kleinen Bauernhof bei Camaiore.«

Als die Schwester den Kassettenkorb entdeckte, fragte sie verwundert: »Was ist das?«

»Das sind Hörspiele für meinen Enkel«, antwortete Rosa.

»Aber liegt der nicht im Koma?«

»Schon, aber vielleicht wacht er damit wieder auf.«

Die Nachtschwester runzelte die Stirn. Manche Leute hatten Ideen. Keiner außer dieser Großmutter rechnete damit, dass der Junge mit den schlimmen Verletzungen demnächst die Augen wieder aufschlug.

Obwohl Rosa die negativen Gedanken am Gesicht der Schwester ablas, ließ sie sich nicht entmutigen. »Wissen Sie, ich bin überzeugt, dass es eine höhere Macht gibt – eine Macht, die mehr vermag als wir Menschen.«

Ihre überzeugte Antwort stimmte die Schwester nachdenklich. In der Klinik liefen immer mal wieder komische Leute herum, aber nur wenige Verrückte waren so nett wie diese Frau. Ihre Tante war auch so eine, die täglich mit Gottes Eingreifen und Wundern rechnete.

****

Als die nächste Ärztin um die Ecke hetzte, witterte Viola ihre Chance und fragte auch sie: »Dottoressa, wie geht es meinem Sohn? Kann ich zu ihm?« Nach einer Pause fragte sie verängstigt: »Wird er wieder aufwachen?«

Die Ärztin blickte sich um, niemand war in der Nähe. Eigentlich dürfe sie nichts dazu sagen, aber sie war selbst Mutter eines Achtjährigen. Unter dem Siegel der Verschwiegenheit verriet sie: »Manche Kollegen gaben dem Patienten wenig Chancen.« Professor Ianelli dagegen wäre überzeugt, das Unmögliche zu schaffen und den kleinen Patienten trotz seiner schlimmen Verletzungen durchzubekommen.

Viola schüttelte den Kopf, ausgerechnet der Oberarzt. Das hätte sie diesem so kühl wirkenden Mann gar nicht zugetraut. »Kann ich mit ihm sprechen? Und wann kann ich endlich zu meinem Sohn?« Ihre Stimme bebte.

»In einer Stunde endet die Nachtschicht des Professors, da sprechen Sie ihn besser nicht an«, erklärte die Ärztin nachdenklich. »Jedenfalls ist es gelungen, den Zustand ihres Sohnes zu stabilisieren.«

»Kann ich zu meinem Kind?«, fragte Viola verzweifelt. So oft wie möglich bettelte sie um Einlass in Manueles sterile Arena. Die Antwort der Ärzte war bisher stets negativ; sein Gesundheitszustand ließe keine Besuche zu. Doch diese Medizinerin war anders. Zuerst zögerte sie noch und blickte Viola mitfühlend an. Da sie den Wunsch der hartnäckigen Mutter bestens nachvollziehen konnte, gab sich die Ärztin einen Ruck. »Es geht eigentlich nicht wegen …«

»Nur in den Vorraum, nur eine Minute«, flehte Viola.

Ihr Mitgefühl siegte und die Ärztin lenkte ein. »Also gut, nur eine Minute! Aber nur mit Mundschutz und nur …«

Den Rest hörte Viola nicht mehr. »Danke.«

Mit Haar- und Mundschutz, einer Art Schwesternkittel, Schuhüberziehern und Handschuhen drang Viola in das Innere der Station vor. Sie wunderte sich über den strengen Hygienezwang, sie durfte doch angeblich nur in den Vorraum. Besser sie fragte nicht, sondern schlurfte – verhüllt, als würde sie in einen Atomreaktor geschleust – hinter der Ärztin her. Vor der silbernen Schiebetür stoppte diese und holte tief Luft: »Ihr Sohn ist nicht ansprechbar. Und noch etwas: Er sieht nicht so aus, wie Sie ihn das letzte Mal gesehen haben.«

Was die Ärztin mit der seltsamen Warnung sagen wollte, konnte sich Viola nicht recht vorstellen – bis die Schiebetür beiseite fuhr.

Als sie ihren Sohn durch die Glasscheibe sah, wurde ihr schlecht. Unzählige Schläuche schlängelten sich um den kleinen Körper, der mit Nadeln, Pflastern und Elektroden überzogen und an eine Armee aus Apparaten angeschlossen war. Verkrustetes Blut klebte an seinem geschwollenen kahlen Kopf, sein dichtes Haar war bis auf einige Stummel abrasiert.

Fassungslos starrte Viola auf das fremd wirkende Wesen im Krankenbett, das sie wegen der Infektionsgefahr lediglich durch ein Fenster betrachten durfte. Die klägliche Gestalt, die nur Medizingewalt am Leben hielt, konnte unmöglich derselbe Junge sein, der noch vor zwei Tagen voller Energie über den Fußballplatz gefegt war. Der Anblick zerriss Viola fast das Herz. Ihr kleiner Junge steckte in den Fängen einer riesigen Krake, die ihm Medikamente einflößte, seine Herztöne überwachte, für ihn atmete – als müsste sie den Rest Leben, das noch in Manuele steckte, aus ihm herauskitzeln. Viola konnte kaum mit ansehen, wie ihr Sohn litt. Zu gern hätte sie ihm diese Qual erspart oder ihm zumindest einen Teil der Tortur abgenommen.

Die Zeit schien still zu stehen und doch verflogen die Minuten. »Sie müssen wieder raus«, drängte die Ärztin und schob Viola aus dem Zimmer. So gern hätte Viola ihren Sohn wenigstens einen Augenblick berührt, ihn vorsichtig über die Hand oder den Arm gestreichelt, doch das war unmöglich. Die Ärztin schob sie zur Tür. Viola sträubte sich, sie wollte nicht weg.

Zum Abschied wünschte sie ihrem Kind einen schmerzfreien Schlaf. »Kämpfe, mein Kleiner. Gemeinsam schaffen wir das irgendwie.« Wie wusste Viola selbst nicht. Schweren Herzens verließ sie den Raum.

✯✯✯✯

Rosa traute ihren Augen nicht, als sie am Klinikkiosk die Titelseiten überflog. Alle Zeitungen zeigten grauenhafte Fotos aus L'Aquila, aber das Boulevardblatt Figata präsentierte sogar das Gesicht ihrer Tochter.

Ungläubig blinzelte Violas Mutter, griff zum Zeitungsstapel und zog drei Exemplare heraus, um sicherzugehen, dass es sich nicht um einen Druckfehler handelte. Am liebsten hätte sie den ganzen Stapel genommen, um ihre Tochter vor fremden Augen zu schützen. Zitternd kramte Rosa das Geld für die Zeitungen heraus. Auf dem nächsten freien

Stuhl ließ sie sich nieder und breitete ein Exemplar aus. Auf zehn Sonderseiten zum »Jahrhundert-Erdbeben« übertraf ein erschütterndes Foto das andere. Auf die dritte Seite hatte es der ungewöhnlich lange Artikel über Viola geschafft, sonst geizte die Figata-Zeitung mehr mit Text und gab imposanten Bildern den Vorzug. Am meisten setzte Rosa die Fotografie von Viola, Riccardo und ihren Enkeln am Adriastrand zu, die aussah wie aus dem Familienalbum entrissen. Rosa war verwirrt, wie kam das Bild in diese Zeitung? Auch von einem Interview hatte Viola nichts gesagt.

Ein weiteres Foto zeigte das Haus der Familie, von dem nur noch eine Ruine übrig geblieben war. Entsetzt betrachtete Rosa den Trümmerberg, sie erkannte die Gasse kaum wieder. Bisher hatte sie sich das ganze Ausmaß der Katastrophe nicht vorstellen können. Nun drang die Tragödie auf einen Schlag tief in ihr Leben ein und zerfetzte ihre vertraute Welt.

Mit einer Mischung aus Abscheu und Neugier saugte Rosa das Grauen der Bilder auf. Eigentlich hatte sie nicht vor, sich durch die Buchstabenwüste zu quälen. Doch die Reportage, die Violas Leid mit anderen Schicksalen verknüpfte, fesselte Rosa. Sie fühlte sich, als würde sie selbst durch die zerstörte Stadt laufen und die Erde unter ihren Füßen zittern – die Verzweiflung zum Greifen nahe. Auf den nächsten Seiten fand sie Lobeshymnen für den Ministerpräsidenten, der einen Staatsbesuch in Russland abgesagt hatte, um sofort in die Abruzzen zu reisen.

Nachdem Rosa den Schock verdaut hatte, raffte sie sich auf und eilte zurück zur Station. Sie musste ihrer Tochter sofort die Zeitung zeigen.

KAPITEL 44

L'Aquila, Dienstag, 7. April, 8 Uhr morgens

Ein Grunzen war das Erste, was Karina hörte. Verwirrt schlug sie die Augen auf und stellte ernüchtert fest, dass sich noch die gleiche graue Zeltplane über ihr spannte und ihr Rücken schmerzte. Sie setzte sich auf – die unbequeme Liegefläche machte jeden Langschläfer zum Frühaufsteher.

Das Zelt hatte sich geleert, nur in einem querliegenden Schlafsack schnarchte noch ein Kerl. Es war Luca, der so tief schlief, dass er weder auf das Rascheln noch auf Karinas Magenknurren reagierte. Die unfreiwillige Diät am Vortag machte ein Frühstück wünschenswert. Je größer ihr Hunger wurde, desto mehr ärgerte sich Karina, dass sie nicht mehr Reiseproviant eingepackt hatte. Auch für ihre morgendliche Schönheitskur fehlten die Zutaten; sie musste sich auf Waschen mit Feuchttüchern und Schminken ohne Spiegel beschränken.

Als Karina ihr Smartphone einschaltete, schwemmte es eine regelrechte SMS-Flut an. Elf Nachrichten und sieben Anrufe hatte sie verpasst, darunter eine Nürnberger Nummer des Stadtblatt-Verlags, ihre Zimmernachbarin Aurora und – ganz überraschend – ihr Vater. Sie solle sofort zurückrufen, hatte er auf die Mailbox gesprochen. Karina entschied, sich später bei ihm zu melden.

Ein lauter Knall lockte sie zum Zeltausgang. Vorsichtig blinzelte sie in die Morgensonne, noch immer hingen Staub und seltsame Gerüche in der Luft. Der Krach kam wohl von einer der Bruchbuden an der Via Campo di Fossa, die ein Bagger gerade in die Einzelteile zerlegte. Karina hörte

Stimmengeflüster und lugte um das Zelt. Auf den Bänken am Spielplatz stopften vier junge Männer Gebäck in sich hinein, einer von ihnen war Mattia.

»Fragt sie doch selbst«, meinte er mit vollem Mund.

Geballtes Testosteron am frühen Morgen und auf nüchternen Magen – das packte Karina nicht. Sie legte ihre noch vom Vortag feuchten Kleider zum Trocknen in die Sonne und wollte flüchten. Doch das Quartett hatte sie schon entdeckt. Sofort war Karina umringt von neugierigen Gesichtern, die wissen wollten, wer sie war, woher sie kam und was sie hier tat. Karina erklärte knapp, dass sie für eine deutsche Zeitung berichtete, Luca aus Rom kannte und startete gleich die Gegenfragen. »Wieso habt ihr das Zelt gerade hier aufgestellt?«

Die Antwort »keine Einsturzgefahr umliegender Häuser« leuchtete ein. Zwar vermutete Karina weitere Gründe, die aber keiner nannte.

Luca lauschte im Zelt. Dass Frau Reporterin aus ihrem Aufenthalt ein Rätsel machte, bestätigte seinen Verdacht: Sie hatte etwas zu verbergen.

Nach kurzer Zeit hatte Karina genug von der Ausfragerei. Sie müsse dringend zu einem Interview, gab sie vor, obwohl sie frühestens in zwei Stunden beim Haus der ausgewanderten Deutschen aufkreuzen sollte. Ohne sich umzudrehen, eilte Karina davon.

Rom, Dienstag, 7. April, Vormittag

An diesem Morgen erschien Gianna ungewohnt früh in der Redaktion, weil sie L'Aquilas Folgen nicht abschätzen konnte. War ihr Deal aufgeflogen? Kaum hatte sie ihre Designerjacke abgelegt, bestellte sie der Vizechef ins Büro. Letzterer war Gianna nur halb so wohlgesonnen wie der attraktive Chef, der ausgerechnet diese Woche Urlaub hatte. Die acht Meter Gang kamen ihr sehr lang vor.

Langsam schritt sie ins Büro des Vizechefs. Dass die Tür offenstand, wertete Gianna als schlechtes Zeichen; gleich würde sie aus der Redaktion fliegen, da war Türenschließen überflüssig. Sie rechnete mit vielem, aber nicht mit dieser Reaktion des Vizechefs: »Ein super Artikel!«

Angetan war er vor allem vom Familienfoto, das sie aufgetrieben hatte. Gianna atmete auf; das war noch einmal gut gegangen. Prompt kam jedoch ein Dämpfer.

»Du warst beim Schreiben wohl sehr abgelenkt: Der Text strotzt nur so vor Fehlern«, rügte sie der Vizechef. Gianna hielt vor Schreck die Luft an.

L'Aquila, Dienstag, 7. April, Vormittag

Kaum war das Zelt außer Sichtweite, durchwühlte Karina ihre Tasche. Nach dem dritten Rein- und Rausräumen gab sie auf, der Zettel mit Lydias Adresse blieb verschollen. Kleinlaut rief sie Filippe an, der sich erneut als charmanter Retter entpuppte. Der Carabinieri nannte ihr nicht nur die Straße, sondern begleitete sie sogar zu Lydias Haus.

»Die halbe Stadt ist gesperrt«, erklärte Filippe, als er Karina abholte. Was sie erst für einen Vorwand hielt, stellte sich bald als untertrieben heraus. Das Militär riegelte inzwischen die Altstadt großflächig ab.

Gemeinsam stapften Filippe und Karina den Hügel zu Lydias Haus empor, als ein Mann, den Filippe offenbar kannte, auf sie zustürmte.

»Ciao Filippe. Kennst du schon die Geschichte von der Häkeloma?«

In L'Aquilas Vorort Tempera erlebten die Retter eine Überraschung: Sie befreiten aus einem zerstörten Haus eine 98-Jährige, die häkelte. Obwohl das Beben sie im Schlaf überrascht und herabstürzendes Geröll sie auf ihrem Bett eingezwängt hatten, blieb die alte Dame die Ruhe selbst. Sie häkelte zum Zeitver-

treib und aß gelegentlich Kekse, bis die Hilfskräfte sie nach 30 Stunden endlich herausholten.[106] [Vgl. FAZ (9.4.2009)]

»Eineinhalb Tage lang hat sie gehäkelt? Du machst Witze!« Karina konnte es kaum glauben, selbst als Filippes Bekannter es erneut bestätigte. »Die Alte ist der Wahnsinn. Sie hat nur ein paar Schrammen und ist fit wie ein Turnschuh«, ergänzte er und zog weiter, um das Wunder zu verbreiten.

»Den Durchhaltewillen dieser Frau kann ganz Italien brauchen«, meinte Filippe nachdenklich, während sie weiter zu Lydias Haus liefen. Karina nickte und freute sich doppelt über das wahre Märchen – für die Frau und den Artikel, den sie darüber schreiben würde.

Der Besuch bei der etwa fünfzigjährigen Lydia begann holprig – ein Fehlstart auf beiden Seiten. Der strenge Blick und die hochgesteckten Haare erinnerten Karina sofort an ihre launische Lateinlehrerin, die sie nie hatte leiden können. Sie hatte ihr Urteil in Sekunden gefällt und die kühle Begrüßung der ausgewanderten Deutschen bestätigte es noch.

»Hallo. Was genau wollen Sie eigentlich?« Lydia ließ Karina spüren, dass sie ihre Zeit sinnvoller nutzen konnte und verschwand im Garten. Karina blieb vor der Haustür zurück und rollte mit den Augen. Trotz der langjährigen Anpassungszeit hatte die Offenheit der Italiener wohl nicht auf diese Miesmuschel abgefärbt.

»Einmal deutsch, immer deutsch«, murmelte Karina und folgte ihr in den Garten. Erst als Stimmengewirr an ihr Ohr drang, registrierte sie die drei Zelte, die zwischen einer Baumreihe aufgestellt waren. Im Vergleich zu den Massencamps im Tal wirkten sie wie Bonsais neben einem Urwald. An einer Wäscheleine flatterten Kleider im Wind, während hinter dem Zelt mehrere Menschen um einen Plastiktisch saßen, an Gebäck knabberten und die Köpfe still in die Sonne reckten.

Gerade, als sich Karina zu ihnen gesellen wollte, flitzte Lydia mit einem überladenen Karton aus dem Zelt und stürmte zum Haus. Sie drehte sich kurz um und brachte ein forsches »Komm mit!« über die Lippen. Karina folgte ihr ins Haus und begann mit einer möglichst unverfänglichen Frage. »Sie lassen Ihre Nachbarn im Garten zelten?«

»So ungefähr.« Lydias Stimme klang nun freundlicher. Sie nahmen in der Wohnküche Platz, in der sich dreckige Teller und Tassen stapelten.

»In diesem Haus sind zurzeit einfach zu viele Menschen«, seufzte Lydia, die sehr geschafft wirkte, mit Blick auf die Geschirrberge. »Kaffee?«

»Gern.«

Der Espresso schmeckte herrlich, Karina genoss jeden Schluck und griff mehrmals in die Keksdose. Nachdem ihr Heißhunger gebannt war, fand Karina die Landsmännin gar nicht mehr so übel.

Mit der Zeit taute Lydia auf und wurde gesprächiger. Sogar ein Lächeln huschte ab und zu über ihre Lippen.

»Mein Mann und ich haben einige Jahre im Zentrum von L'Aquila gelebt«, erzählte sie. Daher kannten sie etliche gut, die seit dem Vortag kein Dach mehr über dem Kopf hatten. Da ihre kleine Villa keine Schäden zeigte, hatten sie spontan allen obdachlosen Bekannten Asyl angeboten. Mit einem solchen Ansturm hatten sie jedoch weder gerechnet noch waren sie dafür gerüstet.

»Viele wussten einfach nicht, wohin«, seufzte Lydia. Als der Raum knapp wurde, habe sie Zelte aufgetrieben und im Garten aufgebaut.

Inzwischen war Lydia auf Karinas Sympathieleiter weit nach oben geklettert. Auf ihrem Notizblock malte sie ein großes Ausrufezeichen, ehe sie fragte: »Und wie haben Sie selbst die letzte Nacht erlebt?«

Lydia zögerte und blickte aus dem Fenster. »Wir waren oben im Schlafzimmer und sind von den Stößen aufgewacht.

Das Beben war relativ lang, 30 oder 40 Sekunden, und extrem heftig. Ich hatte wirklich Angst, ob die Mauern halten.« Lydia kreuzte die Arme vor ihrem Körper, als wolle sie sich vor einem unsichtbaren Feind schützen. »Aber mein Mann hat mich beruhigt. Er ist Bauingenieur und hat dieses Haus selbst gebaut. Für mich war es trotzdem wie ein Wunder, dass alles heil geblieben ist. Uns beiden war klar, dass es unten in L'Aquila anders aussieht.«

Lydia überlegte, wie sie die traurige Wahrheit aussprechen sollte. Doch da sprang die Küchentür auf und eine kleine, quirlige Fünfzigjährige mit flottem Kurzhaarschnitt tippelte ins Zimmer. »Lydia, hast du etwas zum Aufwischen? Francesca hat ihre Kaffeetasse zerstört.«

Lydia erhob sich und verschwand aus dem Zimmer. Die Kurzhaarige bemerkte Karina erst, als sie ihren Stuhl zur Seite rückte.

»Ach, ein Neuzugang. Hallo, ich bin Elvira, eine entfernte Cousine. Du suchst sicher auch Unterschlupf!« Ihr flottes Sprachtempo ließ keinen Raum für Widersprüche. Wild gestikulierend sang Elvira Lobeshymnen auf die Hausherrin. »Lydia ist ein Schatz, kümmert sich rührend um alle, bekocht und versorgt uns – besser als in jedem Hotel.« Ihr Lächeln verschwand, während ihre Hände durch die Luft tanzten. »Ich hoffe, sie hält durch, sie leistet Unglaubliches.« Ihre gehetzte Stimme brach ab, als Lydia mit Eimer und Lappen in der Hand die Tür aufschob.

»Danke, du bist die Beste!« Die Kurzhaarige umarmte Lydia flink und riss ihr die Putzsachen aus der Hand.

Dass Lydia die Energie ausging, sah auch Karina. Mit gekrümmtem Rücken, schlaffen Schultern und erschöpfter Stimme gestand sie, dass sie mit den Kräften am Ende war. Karina versuchte das Gespräch in eine positive Richtung zu lenken und sprach aus, wie sie die Solidarität beeindruckte.

»Einheimische geben ihr letztes Hemd und aus ganz Italien rollen Konvois herbei. Die Hilfe ist überwältigend.«

Aus ganz Italien strömten freiwillige Helfer nach L'Aquila. Auch Stars, Sportler und Firmen sagten Spenden für die Erdbebenopfer zu, sodass beinahe ein Wettstreit um die originellste Hilfsaktion entbrannte. Zum Beispiel spendete Popstar Madonna eine halbe Million Dollar, weil die Eltern ihres Vaters Silvio Ciccone in Pacentro, 60 Kilometer südöstlich von L'Aquila, gelebt hatten, ehe sie 1919 nach Amerika ausgewandert waren. Ein Sieneser Bankchef versprach in einer Fernsehdiskussion, den Wiederaufbau der Basilika San Bernardino in L'Aquila zu sponsern, weil dort ein Heiliger aus der Stadt Siena begraben war. Ein Mobilfunkanbieter wiederum schenkte Zehntausenden Kunden in der Krisenregion einen Zehn-Euro-Gutschein.[107] [Vgl. FAZ (9.4.2009)]

Lydia verbarrikadierte sich hinter einer Mauer des Schweigens, sodass Karina erneut das Thema wechselte.

»Wann waren Sie das letzte Mal in Deutschland?«

»Das ist lange her.« Früher habe sie ab und zu ihre Tochter besucht, die erst nach Deutschland, bald nach Amerika gezogen sei.

»Und Sie? Haben Sie überlegt zurückzukehren?« Für den Artikel war Lydias Antwort unwichtig, für Karina war sie wie ein Wegweiser.

»Keinen Moment. Italien ist ein tolles Land, mit liebenswerten Leuten«, schwärmte die Auswanderin. »Aber was im Schatten abläuft, ist abartig.« Ruckartig sprang Lydia auf, holte Schnapsgläser und bot ihrem überrumpelten Gast einen Schnaps und das Du an. »Grappa, Ramazzotti?«

Gegen duzen hatte Karina nichts einzuwenden, Alkohol lehnte sie dagegen ab, nicht nur, weil es erst 11:30 Uhr war. Sie hatte seit Jahren keinen Tropfen mehr getrunken.

Lydia merkte schnell, dass diskutieren zwecklos war, und kippte den doppelten Grappa hinunter. Nun war sie an der Reihe mit Fragenstellen.

»Welcher Mann hat dich hierher geschleppt?«

Karina blickte erstaunt auf. Was für eine dumme Frage. Immer diese Vorurteile, als ob alle Blondinen nur Liebhabern nachjagten. Um eine Grundsatzdiskussion über die Männerwelt zu umgehen, konterte sie: »Ramazzotti war es definitiv nicht, eher Dolce, Gabbana und ihre Kollegen.«

Lydia runzelte die Stirn und musterte kritisch Karinas unpassende Kleider. Dass Designer solche Übergrößenmode entwarfen, war ihr neu. »Nur falls du eines Tages hier sesshaft werden willst: Überlege dir gut, wo du einziehst«, warnte Lydia plötzlich mit mütterlichem Beschützerinstinkt. Auf Deutsch verriet sie Karina, dass ihr Mann die Branche gewechselt hatte, weil ihm die Machenschaften den Schlaf geraubt hatten. Nicht selten hätten beim Bau Vertreter des organisierten Verbrechens ihre Finger im Spiel, denen es nicht auf Qualität, sondern auf Profit ankam.

Karina saugte jedes Wort auf und machte sich eifrig Notizen, während Lydia fortfuhr. Egal ob privat oder Staat – bei vielen Baustellen werde an allen Ecken und Enden gespart, minderwertige Materialien verwendet und das Debakel mithilfe korrupter Beamter verschleiert. »Mit Bestechungsgeld erklären sie selbst Müllhalden zum Musterhaus.«

»Aber das ist grob fahrlässig in einem Erdbebengebiet!«, rief Karina empört. »Mit deinem Mann muss ich mich genauer unterhalten.«

»Komm ein anderes Mal wieder«, seufzte Lydia und zeigte Karina den Weg zur Tür, sie habe noch viel zu tun.

Der Abschied fiel unerwartet herzlich aus. Anfangs hatte Karina damit gerechnet, dass Lydia sie aus dem Haus jagen würde. Doch sie hatte sich völlig in ihr getäuscht.

Auf dem Rückweg von Lydias Haus kam Karina am Rande der Altstadt Luca entgegen. Was für ein Zufall, dachte sie. Was für ein komischer Anblick, dachte er. In seiner Hose, die an ihr schlabberte, wirkte sie wie eine Prinzessin in der Kluft eines Bauarbeiters. Ihre Haare wellten sich. Er musste zugeben, dass ihm der blonde Zwerg weniger aufgetakelt noch besser gefiel.

»Guten Morgen. Gut siehst du aus. Was treibst du hier?« Für kurze Zeit gelang es ihm, das Grauen vom Vortag aus dem Kopf zu verbannen.

Karina fuhr herum und quittierte mit finsterem Blick das Kompliment, das in ihren Ohren wie blanker Hohn klang. Selten hatte sie sich so unwohl gefühlt. Die schreckliche Nacht, keine Dusche, kein Make-up und der Zwang, in einem Müllsack herumzulaufen, kratzten an ihrem Selbstbewusstsein. Beleidigt herrschte sie ihn an.

»Willst du mich veräppeln? Hast du deine Kontaktlinsen oder den Verstand verloren?«

Ihre Reaktion amüsierte Luca. Mit ihrer Eitelkeit und Sturheit war die Dame doppelt gestraft. »Das war ausnahmsweise kein Scherz.«

Verwirrt wich sie einen Schritt zurück und antwortete verärgert. »Auf deine blöden Sprüche kann ich echt verzichten!« Sie machte kehrt und verschwand in der nächsten Gasse.

Wie Luca erwartet hatte, kehrte sie bereits nach zwei Minuten zurück. Auch in den nächsten drei Straßen kam Karina nicht weit, weil sich die Zahl von L'Aquilas Sackgassen in den letzten Stunden vervielfacht hatte. Beim vierten Fehlversuch hatte sie endgültig die Schnauze voll.

Luca schlenderte gemächlich auf sie zu: »Wenn du zurück zur Via Venti Settembre willst, geht es da drüben am schnellsten.«

Karina folgte ihm missmutig.

KAPITEL 45

»Die aufrüttelnde [Fernsehsendung] Annozero riss das Propaganda-Orchester des Regimes nieder wie ein Tsunami. [...] Berlusconi schäumte vor Ärger: ›Das öffentliche Fernsehen darf sich nicht so verhalten.‹«[108] Marco Travaglio, Journalist [Vgl. Travaglio/Vauro: Sangue e Cemento]

Rom, Dienstag, 7. April, Mittag

Wut stieg in Marlena auf, als sie mit ihrem zerbeulten Zweitwagen auf den Parkplatz der Spezialklinik Remus in Rom einbog und das Autoradio den grandiosen Einsatz des Zivilschutzes im Erdbebengebiet feierte. Keine Frage, was die Feuerwehr und viele andere Helfer geleistet hatten, war großartig; sie hatten Hunderte lebend aus den Trümmern gezogen – teils nach 20 oder 30 Stunden. Aber es gab auch jede Menge Schattenseiten, über die kaum jemand sprach.

Marlena stellte das Radio aus und parkte den Wagen, der deutliche Spuren abgestürzter Trümmer trug. Beulen durchzogen die Karosserie, die Heckscheibe drohte bei jedem Schlagloch zu zerspringen. Doch Violas Freundin hatte andere Sorgen. In den letzten 24 Stunden hatte Marlena mehr Ruinen und Särge gesehen als in ihrem ganzen Leben zuvor. Ihr eigenes Haus, Baujahr 1753, war unbewohnbar. Vorerst konnten sie zwar bei der Schwägerin in Pescara leben, aber wie sollte das Leben überhaupt weitergehen?

Am meisten ärgerte sich Marlena über die Experten, die vor einer Woche noch »keine Gefahr« verkündet hatten. Jetzt glich die Region einer Kriegslandschaft. Wären sie nicht gewarnt worden, wäre Marlenas Familie in jener Nacht im Haus geblieben, statt bei vier Grad Celsius im Auto zu schlafen. Ein Platz im Sarg wäre ihnen sicher gewesen, so wie ihr Eigenheim jetzt aussah und so langsam, wie die Retter kamen. Was für ein Unrecht! Ihren Ärger hatte Marlena auch einem Fernsehteam in die Kamera gesprochen, das im Gegensatz zu den meisten endlich kritisch hinterfragte, wie so ein Desaster überhaupt passieren konnte.

Warum fordert ein moderates Beben so viele Opfer und bringt ein modernes Krankenhaus zum Einsturz? Weshalb hatte der Zivilschutz nach monatelangen Erdbeben keinen Notfallplan für die Region? Diesen berechtigten Fragen widmeten sich nur wenige italienische Fernsehsender. Einer, der nachhakte, war der TV-Journalist Michele Santoro. Er wurde sogar selbst zur Zielscheibe und als »Leichenfledderer« beleidigt, weil er nicht so unkritisch berichtete, wie es die anderen von Berlusconi kontrollierten TV-Sender vormachten. In deren Reportagen war allein die Natur für die Tragödie verantwortlich, während fehlerlose Helfer und Regierende den bestmöglichen Beistand leisteten.[109] [Vgl. TAZ, (16.4.2009)]

Santoro jedoch unterbrach diese Lobeshymnen mit seiner TV-Sendung Annozero, in der er Betroffene aufforderte, zu erzählen, was alle sahen, aber kaum einer sagte. Als dort ein Mann aus L'Aquila kritisierte, dass die Verantwortlichen unfähig gewesen wären, in den entscheidenden Stunden die Helferarmee zu koordinieren, rügten viele Mediaset-Medien Annozero als erbarmungslose Show, die wie ein Aasgeier die Gesellschaft zersetze.[110] [Vgl. Travaglio: Sangue e Cemento]

✯✯✯✯

Marlena öffnete die Tür zur Station IV. Die ganze Fahrt von L'Aquila nach Rom hatte sie versucht, sich auf den Moment vorzubereiten, in dem sie Viola wieder gegenüberstand. Das

Erdbebenmonster hatte zwar auch in ihrem Bekanntenkreis gewütet, aber wenigstens war ihre Familie noch am Leben.

Zuerst erkannte Marlena die in schwarz gehüllte Gestalt nicht, die mit geschwollenen Augen und ungekämmten Locken auf dem Stuhl kauerte. Diese zeigte nichts von dem, was Viola noch vor zwei Tagen charakterisiert hatte: Eleganz, Tatendrang und Lebensfreude.

In sich versunken starrte Viola auf die Uhr auf der anderen Seite des Gangs, deren Zeiger auf 12:30 Uhr vorrückten. Wo waren die letzten Stunden geblieben? War das wirklich der 7. April, der Tag nach der Tragödie? Nach dem Kurzbesuch bei Manuele war sie ganz durcheinander. Erst die zitternde Stimme der Freundin weckte sie aus ihrer Starre.

»Viola«, rief Marlena zögerlich.

Überrascht wandte Viola den Kopf und richtete sich auf. Die beiden umarmten sich und Viola ließ ihren Tränen freien Lauf. Eine ganze Weile standen sie schweigend im Gang und hielten sich einfach fest.

Schließlich durchbrach Marlena die Stille; sie hatte einiges zu berichten. Ihrem Mann Luigi war es gelungen, Victor Anziani, den früheren Nachbarn von Familie Inventati zu finden. »Wenn du eine Unterkunft in Rom brauchst, kannst du dich jederzeit bei ihm melden«, verkündete Marlena und fischte einen Notizzettel aus ihrer Jackentasche, auf dem zwei Telefonnummern und eine Adresse in Rom standen. Viola nickte und nahm dankend das Papier.

Die Suche nach Clarissas verschollener Puppe verlief dagegen bisher erfolglos, erklärte Marlena. »Und da ist noch etwas.« Ihre Stimme stockte. Sie hatte eine Neuigkeit, die im ersten Moment wie eine gute Nachricht klang. Violas vermisstes Kindermädchen Valenzia war nicht im zerstörten Studentenwohnheim gewesen. Das hatte ihr die Bekannte bestätigt, die Valenzia am Sonntagabend besucht hatte.

Viola atmete auf. Doch an Marlenas Gesichtsausdruck erkannte sie, dass etwas nicht stimmte. »Was ist mit ihr?«

»Am Abend ist Valenzia zurück in ihre Wohnung.« Marlena schluckte. Sie wusste nicht, wie sie anfangen sollte. »Ihr Haus in der Via Sant'Andrea ist …«

»… auch eingestürzt?«, führte Viola den Satz fragend fort. Als sie das kaum sichtbare Nicken ihrer Freundin erkannte, sackte ihr Kopf ab. »Haben sie Überlebende herausgeholt?«

»Zwei.« Leise ergänzte Marlena. »Nach Valenzia suchen sie noch.« Langsam sank Viola auf einen Stuhl am Gang.

»Oh nein«, stöhnte Rosa, die gerade vom Kiosk zurück war und sich den beiden unbemerkt genähert hatte. Viola fuhr herum. Als sie das betroffene Gesicht ihrer Mutter erblickte, fragte sie voller Sarkasmus: »Hast du auch noch schlechte Nachrichten?«

Rosa nickte und griff zu ihrer Handtasche.

»Und zwar?« Viola war inzwischen vieles egal.

»Ich bin gerade am Kiosk vorbeigekommen«, begann Rosa, zog eine der Zeitungen aus der Tasche und reichte sie ihrer Tochter. Viola drehte sich der Magen um, als ihr das eigene Gesicht auf der Titelseite entgegenstarrte. Nachdem am Vortag ihr ganzes Dorf zusammengekracht war, stürzte nun ihre persönliche Schutzmauer ein.

»Ich beschwere mich sofort und verklage diese Schmierfinken«, wetterte Rosa. Für ihre einzige Tochter hätte sie alles getan und sich mit jedem angelegt. »Oder hat dich ein Journalist angesprochen?«

»Sogar mehrere.« Viola dachte an das aufdringliche Fernsehteam, den vorsichtigen Reporter mit der tiefen Stimme und die Blonde mit dem seltsamen Akzent. Im Nachhinein verstand sie selbst nicht mehr, warum sie so viel erzählt hatte – vor allem der Blonden.

Viola blätterte die Zeitung durch und überflog den Inhalt. Ihr Familienfoto vom Adriastrand, das den noch ausführlicheren Artikel auf Seite drei bebilderte, gab ihr den Rest. Verzweifelt pfefferte sie die Zeitung auf den Boden und hätte am liebsten losgebrüllt. Ihr Leben war zerstört.

KAPITEL 46

L'Aquila, Dienstag, 7. April 2009, Nachmittag

Luca hatte schon wieder recht. In der provisorischen Kommandozentrale im Stadtteil Coppito würde sie eine Mitfahrgelegenheit nach Rom finden, hatte er vermutet und so war es auch. Der verdreckte Transporter, der Materialnachschub holen sollte, hatte noch genau einen Platz frei, den Karina kritisch inspizierte, ehe sie ihre Tasche samt Puppe ablud.

Die Wartezeit, bis der Transporter endlich losfuhr, wusste Karina zu nutzen. Von einem ruhigen Fleck aus rief sie ihre Freundin Tamara in Nürnberg an und berichtete von ihrer rastlosen Nacht, bis ein in eine Zeitung vertiefter Greis mit Hut sie anrempelte.

»Passen Sie doch auf!«, schimpfte Karina und beendete ihr Telefonat mit Tamara. Der Greis senkte das Papier und blickte sie ermahnend an.

»Kein Grund, panisch zu werden«, ertönte seine rauchige Stimme, ehe sein Gesicht wieder hinter den Seiten verschwand. Dass der alte Mann in der aktuellen Figata-Ausgabe blätterte, registrierte Karina erst, als er ihr die Titelseite entgegenstreckte. Der Schock folgte prompt: Violas Geschichte samt Foto war Schlagzeile.

»Darf ich mal sehen?« Karina wartete die Antwort nicht ab, sondern riss dem überraschten Mann die Hälfte der Zeitung aus der Hand.

»Was fällt dir ein, freche Göre? Wir sind hier nicht in Rom«, schimpfte er und stieß einen Seufzer aus. Erst das furchtbare Beben und nun klaute die Jugend am helllichten Tag Zeitungen. Reflexartig griff sich der Greis an den Kopf, seinen Hut würde die blonde Diebin nicht bekommen, eines der wenigen Dinge, die ihm noch geblieben waren. Im Ernstfall würde er den Hut mit Gehstock und seinen letzten Zähnen verteidigen. Der alte Mann ging in Kampfposition.

Fassungslos fixierte Karina den Titel und stieß einen Schrei aus, der in einen Schimpfwortregen mündete. Dabei wünschte sie denjenigen, die das verzapft hatten, abwechselnd Epidemien und Weisheit. Auf Seite drei wurde es nicht besser. Dort hatten sie das Familienfoto abgedruckt, obwohl sie Gianna bedrängt hatte, das zu verhindern. Schimpfend drückte Karina dem verdutzten Grauhaarigen die Zeitung wieder in die Hand und preschte davon. Der Greis schüttelte den Kopf, er verstand nichts mehr – außer dass die vermeintliche Diebin nicht auf seinen Hut scharf war.

Karina griff zum Handy, sie musste sich sofort Gianna vorknöpfen. Dass deren Name und nicht ihrer in der Autorenzeile stand, machte das Fiasko nicht besser. Schließlich würde sie Viola die Puppe zurückbringen. Karina musste der leidgeprüften Mutter wieder in die Augen sehen.

Rom, Dienstag, 7. April 2009, Nachmittag

Vor lauter Lorbeeren ernten vergaß Gianna fast das Mittagessen. Während sie in einer Miniportion Ravioli herumstocherte, stellten ihr die Kollegen unangenehme Fragen, wie sie den Tag in L'Aquila erlebt hätte. Doch sie konnte sich jedes Mal glaubhaft herausreden.

Giannas Erfolg hatte jedoch auch eine Kehrseite: Karina war stinksauer und weigerte sich, weiterhin Texte für sie zu schreiben. Zugleich wuchs bei einigen Kollegen der Neid, zumal der Fotograf, der auch in L'Aquila gewesen war, wilde Gerüchte streute. Er war äußerst entrüstet, dass keines seiner Bilder auf dem Titel thronte.

✯✯✯✯

Die Rückfahrt nach Rom kostete Karina den letzten Nerv, obwohl sie nicht am Steuer saß. Der Stau war so undurchdringlich, dass sogar Ambulanzwagen feststeckten. Offenbar belagerten zu viele Helferkolonnen die zerstörte Region.

Als sie der Transporter nach vier Stunden Odyssee nahe dem Vatikan absetzte, wollte Karina nur noch unter die Dusche. Doch als sie den Wegweiser »Spezialklinik Remus« entdeckte, änderte sie spontan ihre Pläne. In dieser Klinik könnte sie Viola antreffen, die dort um ihren Sohn bangte, und endlich die lästige Puppe abgeben. Karina folgte dem Schild und lief gedankenversunken durch Häuserschluchten und Asphaltwüsten. Die irritierten Blicke auf ihre verdreckten Kleider bemerkte sie ebenso wenig wie die Bäume, die im milden Frühlingswind raschelten und anders als die meisten Pflanzen in den Bergen der Abruzzen bereits grünten. An diesem Tag trennten Rom und L'Aquila nicht nur 600 Höhenmeter, sondern ganze Welten.

Keine 40 Stunden war Karina fort gewesen und doch schien sich alles verändert zu haben. Wie naiv, egoistisch und oberflächlich war sie am Vortag losgezogen, wie ernüchtert, schockiert und überwältigt kam sie zurück – mit einer Fülle unfassbarer Eindrücke im Gepäck.

Der Weg zur Klinik zog sich, zumal Karina nicht die kürzeste Strecke erwischt hatte. Auf den Rat eines Einheimischen hin kürzte sie durch einen Park ab, an dem die Züge vorbeidonnerten. Wegen des Lärms überhörte sie fast den Anruf des gestressten Stadtblatt-Redaktionsleiters, der einen dringenden Auftrag hatte: ein Interview mit dem Erdbebenjäger. Zuerst zögerte Karina, obwohl ihre Neugier auf den umstrittenen Seismologen wuchs. Doch es gab ein großes »Aber«, sie musste dafür zurück nach L'Aquila. Ungeduldig drängte der Redaktionsleiter: »Also, was ist? Wir brauchen das Interview bis morgen 17 Uhr, okay?«

Karina überlegte. Wenn eine 98-Jährige 30 Stunden in ihrem eingestürzten Haus häkelnd überstand, würde sie wohl ein weiteres Interview in L'Aquila auf die Reihe kriegen. Sie sagte zu. Doch so schnell, wie erhofft, erreichte sie den Erdbebenpropheten nicht, der seit dem 6. April ein gefragter Mann war. Erst kurz vor der Klinik ging der Seismologe ans Telefon und sagte einem Termin am nächsten Tag zu.

Karinas Vater hingegen hob ungewohnt schnell ab.

»Na endlich rufst du zurück«, rief er aufgebracht. »Was fällt dir ein, direkt ins Epizentrum zu fahren?« Die Rüge war seine Art Besorgnis auszudrücken.

»Woher weißt du, dass ich in L'Aquila ...«, setzte Karina an, da fuhr ihr Vater bereits dazwischen: »Ich habe deinen Artikel gelesen und ich kenne dich schon ein paar Jahre. Sieh zu, dass du dort verschwindest! Dort kann jederzeit ein noch schlimmeres Beben kommen. Es wäre nicht das erste Mal, dass ein Nachschlag kommt, so wie damals in Friaul!«

Am 6. Mai 1976 bebte die Erde in Friaul mit der Stärke 6,4 auf der Richterskala. Vier Monate später, am 15. September, folgte dort ein weiteres Beben der Stärke sechs.[111] [Vgl. www.6aprile.it]

Angesichts des Befehlstons ihres Vaters fiel es Karina schwer, sich zu beherrschen. Aber sie hatte sich fest vorgenommen, ihn nicht wieder mit Schimpfworten zu beschießen – sie hatte schließlich nur einen Vater. Also ignorierte sie den verbalen Angriff.

»Mir geht es gut. Danke der indirekten Nachfrage, Vater. Und dir?«

Er hielt sich nicht mit Unwichtigem auf, sondern ließ gleich die Bombe platzen. »Ich sitze praktisch schon im Flieger nach Italien!«

Karina war baff. Erst erzählte ihr der Vater, wie gefährlich sie lebte, und nun reiste er selbst ins Katastrophenland. Sicher hatte sie sich verhört. Wenn ihr Vater freiwillig nach Italien flog, wäre dies das neunte Weltwunder.

»Wohin fliegst du, Dad?«

Als Berthold Kork seiner Tochter eröffnete, dass er eine Hilfsorganisation unterstützen werde, glaubte sie erst recht ihren Ohren nicht zu trauen. Das passte ganz und gar nicht. Das war, als ob der nicht gerade für Keuschheit bekannte Ministerpräsident ankündigte, ins Kloster zu gehen.

»Wir starten, sobald alle Medikamente verstaut sind«, seufzte er genervt. Dutzende Hände wären seit einer Stunde dabei, Pillen aus sperrigen Schachteln in Tüten umzufüllen, weil sie ein Platzproblem im Miniflieger hatten, in dem außer dem Piloten und zwei Ärzten auch noch Reporter mitfliegen mussten.

Karina hörte wieder den versteckten Vorwurf: Gerade sie als seine Tochter hätte einen gescheiten Beruf wählen sollen – zum Beispiel Chirurg. Sie biss sich auf die Zunge.

»Wieso schickt die Organisation überhaupt Leute?«

Sie hatte noch genau im Ohr, wie der Ministerpräsident verkündete, Italien käme gut ohne die angebotene Hilfe der Nachbarländer klar.

»Was der sagt, stimmt doch selten«, konterte ihr Vater – und selbst wenn, für Ärzte wie ihn galten keine Grenzen.

»Aber wieso fliegst du her, Dad? Ich verstehe es nicht!«

»Das ist doch logisch.« Die Hilfsorganisation hatte reichlich Spendengelder, einen flugbereiten Piloten samt Maschine, dazu Medienvertreter, die über sie berichten würden, und eine Ärztin, die bereit war nach L'Aquila zu fliegen. Genau jene Medizinerin war eine neue Kollegin von Kork und er hatte ihr den Gefallen getan, sie zu begleiten.

Karina fehlten die Worte. Ihr Vater machte tatsächlich ernst. Er stieg ins Flugzeug, kurz bevor sich ihr Smartphone-Akku verabschiedete.

✯✯✯✯

Als der Vizechef Gianna erneut in sein Büro zitierte, schwante ihr Übles; nun folgte der Absturz nach dem Höhenflug. Dass ihr Schwindel so schnell aufflog, hatte sie nicht erwartet. Während sie an die Bürotür klopfte, fing sie an gedanklich ihren Schreibtisch zu räumen.

Nach ihrem Eintreten schloss der Vizechef diesmal die Tür. Er redete nicht lange um den heißen Brei herum: »Wir machen dir ein Angebot: Wir schicken dich als Erdbebenreporterin nach L'Aquila! Wenn du dich dort bewährst, ist deine Karriere im Verlag programmiert.«

Gianna machte große Augen. Sie sollte allen Ernstes aus den Zeltstädten berichten und dort wohnen. Das kam überhaupt nicht infrage, nachdem Karina ihr weitere Dienste versagte.

✯✯✯✯

Wenige Tage nach dem 6. April war Giuseppe Caporale bereits »der Journalist des Erdbebens«. Er habe alles stehen und liegen lassen müssen, um für seine Zeitung »La Repubblica« in L'Aquilas Reste zu ziehen. Selbst die Straßenschilder in der Ruinenstadt waren verschwunden und von Schildern ersetzt, die auf die neuen Strukturen hinwiesen: die Organisations-Notfallzentren COM (Centri organizzativi dell'emergenza), die Kontroll- und Kommandozentrale Dicomac (la Sala di controllo e comando) und die Zeltstädte (tendopoli).

Derweil kamen aus ganz Italien 11.000 Freiwillige, die alle 15 Tage wechselten und eine Art Tagegeld für ihren Dienst bekamen. Caporale sollte in der über Nacht geborenen Zeltstadt bleiben, um zu berichten und »die Schuldigen des Desasters zu finden, das Italien zum Weinen gebracht und die Welt bewegt hat«.[112] [Vgl. Caporale: L'Aquila non è Kabul]

✯✯✯✯

Was für ein Bau, staunte Karina, als die Remus-Klinik in Sichtweite rückte, die mehr einer Kleinstadt als einem Krankenhaus glich. Wie die Schilder verrieten, umfasste die Klinik auch Forschungs- und Kongresszentren sowie eine eigene Kirche und Bank. Allein der Eingang, über den sich eine filigrane Glaskonstruktion spannte, wirkte pompös.

Als sie das Gebäude betrat, meinte Karina Getuschel zu hören, das ihr galt, weil sie in Lucas Übergrößen über die Flure hetzte. Dabei wunderten sich die Passanten mehr über den eingedellten Puppenkopf, der aus ihrer Tasche ragte.

Der Klinikkiosk kam wie gerufen. Da Karina eine ausgiebige Artikelanalyse für vorteilhaft hielt, bevor sie Viola gegenübertrat, sicherte sie sich ein Figata-Exemplar. Ihre Note war schnell vergeben: unbefriedigend. Den Titel fand sie unpassend, das Familienfoto zu groß geraten. Sie inspizierte den Text und stellte fest, dass er deutlich verändert worden war. Drei Absätze, in denen sie kritische Fragen aufgeworfen hatte und der Ministerpräsident schlecht wegkam, waren komplett entfallen.

Karina kochte vor Wut und schimpfte über die Fehler der anderen, obwohl sie wusste, dass sie selbst auch mitschuldig war. Hätte sie Violas Bild nur nie abfotografiert und versendet. Doch sich eigene Fehler einzugestehen, war nicht ihre Stärke.

KAPITEL 47

»Das sind so Momente, in denen einem der Boden unter den Füßen wegrutscht, auch wenn man als Journalist schon einiges an Elend erlebt hat. Meine Kollegin und ich möchten dableiben und zusammen mit dieser Frau bangen, hoffen, trauern. Wir fragen sie, ob wir sie irgendwie unterstützen können. Sie schüttelt den Kopf.«[113] Stefan Ulrich, SZ-Italien-Korrespondent [aus seinem Buch: Arrivederci, Roma!]

Rom, Dienstag, 7. April 2009, Abend

Ungläubig starrte Viola auf die Zeitung in ihren Händen. Als Jugendliche hatte sie sich oft gewünscht, einmal wie die großen Stars die Titelseiten zu erobern. Jetzt hatte Viola es geschafft und war den Tränen nahe.

Nachdem der erste Schock verdaut war, schlug sie nochmals die Figata-Ausgabe auf. Den Artikel zu lesen, schaffte sie nicht. Die Bilder ihres zerstörten Dorfes waren schlimm genug. Als Viola die Zeitung weglegen wollte, blieben ihre Augen am Namen »Gianna« in der Autorenzeile hängen. Sie hätte schwören können, dass sich die Journalistin als Karina vorgestellt hatte. In ihrer Hosentasche suchte Viola nach dem Zettel mit deren Telefonnummer, der kurz darauf auf den Boden flatterte. Als sie ihn aufhob, stand dort eindeutig: »Karina«.

✯✯✯✯

Stolz auf den Erdbebenartikel war Karina nicht mehr. Je näher sie Viola kam, desto mehr plagte sie das schlechte

Gewissen. Auch wenn sie nichts Böses beabsichtigt hatte, war der Artikel misslungen. Aber sie wollte nicht alles auf andere abschieben, das wäre einfach nur feige.

Die große Frage war, ob Viola den Artikel gesehen hatte; hoffentlich nicht. Aber wenn die Frau nichts ahnte und Karina alles beichten musste, war das nicht besser. Zu gern hätte sie gewusst, in welcher Verfassung sie Viola vorfinden würde und ob ihr Sohn noch lebte.

Während Karina zur Station irrte, stellten sich ihr die unsichtbaren Ungeheuer Reue und Angst in den Weg. Zusammen mit ihrem Outfit des Schreckens brachten sie ihre sonst so ausgeprägte Selbstsicherheit zum Schmelzen. Als sie zum zweiten Mal umkehren musste, fragte sie sich, ob das ein Sinnbild für ihr Leben war. Hatte sie sich völlig verirrt?

✯ ✯ ✯ ✯

Von Compressio Cerebri hatte Viola noch nie etwas gehört. Bei Schwester Laura fand sie Hilfe. »Das ist eine Gehirnquetschung. Meistens kommt diese Verletzung nach Autounfällen oder eben bei Verschütteten vor«, erklärte Laura, während sie ein riesiges Medizinlexikon aus einem der Schränke im Schwesternzimmer zog.

Entgegen der Vorschrift hatte die Schwester ihr nach langem Flehen Einblick in Manueles interne Patientenakte gewährt, in der Ianelli und seine Kollegen ungeschönt den Ernst der Lage schilderten, in medizinisches Fachchinesisch verschlüsselt. Manches erklärte die Schwester aus dem Stegreif, oft musste sie zum Lexikon greifen.

Laura zuckte zusammen, als ihr neuer Kollege die Tür zum Schwesternzimmer aufriss. Eigentlich sollte der Azubi das Mittagessen verteilen, dabei konnte er wenig anrichten.

»Da ist Besuch«, meinte er knapp und genervt.

»Wer ist es?«

»Eine Puppe!«

Erfreut richtete sich Viola auf. Sie war überzeugt, dass gleich Luigi hereinspazieren und ihr Clarissas Lieblingsspielzeug übergeben würde. Als nicht der Freund, sondern die Journalistin auftauchte, gefror Violas Gesicht. Auf deren Besuch und weitere Interviews konnte sie gut verzichten.

Die Puppe hätte ruhig größer sein können, fand Karina. Zu gern hätte sie sich dahinter versteckt, als sie die Figata-Ausgabe auf dem Tisch im Schwesternzimmer entdeckte. Dass ihr Viola beim Wiedersehen nicht vor Freude um den Hals fiel, war klar. Trotzdem irritierte Karina deren traurigerer Blick, den sie sofort auf sich bezog.

»Hallo«, begann Karina und versuchte, ihre Unsicherheit zu überspielen. Das ersehnte Loch im Linoleum tat sich nicht auf. Statt im Boden zu versinken, legte sie das Spielzeug auf den Tisch. »Hier die Puppe und das Foto.« Karina wollte sich entschuldigen, fand aber keine Worte.

Violas Gesicht regte sich kaum, wortlos nahm sie die zerbeulte Puppe und den Fetzen Erinnerung an sich. Einerseits war sie froh über die Rückkehr des Spielzeugs, andererseits bestätigte ihr eben dieses die Realität des Todes erneut.

Im Zimmer herrschte angespannte Stille, sodass Karina glaubte, die Staubkörner fallen zu hören. Noch begnügten sich sowohl die Schwester im weißen Kittel als auch die ganz in Schwarz gekleidete Frau, die Viola sehr ähnlich sah, mit der Zuschauerrolle. Trotzdem war Karina auf lautstarke Vorwürfe gefasst. Recht schnell stellte sie fest, dass Stille ebenso schlimm sein konnte – wenn nicht sogar schlimmer.

»Es tut mir leid«, presste Karina hervor. Stotternd ergänzte sie, dass Violas Geschichte auch in einer deutschen Zeitung auftauchen würde. »Es ist vieles schiefgelaufen.«

»Das kannst du laut sagen!« Viola bewegte ihren Kopf Richtung Tür, was Karina als Aufforderung verstand zu gehen. Wie gern wollte sie der leidgeprüften Frau helfen und ihr Mut zusprechen, aber sie fand keine passenden

Worte. Was hätte sie schon sagen können? Sie war nur eine fremde Vogelscheuche in Männerklamotten, die ungefragt in Violas Privatsphäre eingedrungen war.

Als die Dame in Schwarz streng fragte, wer Karina eigentlich sei, ergriff sie schnell die Flucht. »Ich muss gehen. Alles Gute«, murmelte Karina noch und verschwand.

An den Weg aus der Klinik erinnerte sich Karina später nicht mehr. Sie musste gerannt sein, jedenfalls kam sie außer Atem im Freien an.

Violas Mutter und die Schwester schauten der Flüchtenden verwundert hinterher. Von dem, was sie gerade gesehen hatten, verstanden sie nur die Hälfte. Kaum war die Blonde aus der Tür, fragte Rosa: »Wer war das? Kennst du sie?«

Viola zeigte auf die Zeitung vor sich. »Das war die, die diesen Artikel verfasst hat!« Erst jetzt fiel ihr ein, dass sie die Reporterin fragen wollte, warum »Gianna« und nicht »Karina« über dem Artikel stand.

»Wie bitte? Und die traut sich noch hierher?« Wenn Rosa das eher gewusst hätte, hätte sie der jungen Dame kräftig die Meinung gesagt. So ging es wirklich nicht.

Wenig später öffnete sich die Tür zum Schwesternzimmer erneut. Diesmal rechnete Viola mit der Reporterin und wurde von Marlena überrascht, die gerade mit ihrem Mann Luigi telefoniert hatte.

»Ach, du bist es«, seufzte Viola.

»Wen hast du erwartet?«, fragte Marlena verwundert. Noch mehr Erstaunen stand auf ihrem Gesicht, als sie die zerstörte Puppe in Violas Arm entdeckte. »Woher kommt die Puppe?«

»Die Journalistin war da.«

»Wie bitte? Erzähl!«

»Da gibt es wenig zu sagen«, meinte Viola knapp, »außer dass sie aufgekreuzt ist, die Puppe, das Foto und noch eine Zeitung gebracht hat.«

Marlena wusste nicht, was sie mehr erstaunte – Violas Reaktion oder die Tatsache, dass ausgerechnet die Reporterin Clarissas Puppe aufgetrieben hatte. Auch Marlena hatte Überraschendes zu berichten.

»Habt ihr schon gehört? Es gibt Gerüchte, dass sie den G-8-Gipfel von Sardinien nach L'Aquila verlegen wollen!«

»Was?« Viola war mehr als skeptisch. »Wo sollen die Politiker hin? Hier ist doch alles zerstört! Und was bringt das? Die debattieren drei Tage hinter verschlossenen Türen und hauen wieder ab.«

»Das bringt schon etwas: Die Mächtigen der Welt würden die Not hier sehen!« meinte Marlena.

»Aber überlegt mal, was das kostet!« mischte sich Rosa ein. »Dann hätten sie in Sardinien Hunderte Millionen in den Wind geblasen!«

Seit Monaten bereitete der Zivilschutz den G-8-Gipfel 2009 auf der schmucken Insel La Maddalena im Norden Sardiniens vor, die nach langem Ringen um die Ortswahl am 29. August 2008 den Zuschlag bekommen hatte. Im Frühjahr 2009 war ein Großteil der Gebäude bereits hergerichtet und für die Mächtigen der Welt mit höchsten Sicherheitsstandards ausgerüstet. 740 Millionen Euro hatte die Regierung Berlusconi für die Maßnahmen im Norden Sardiniens bewilligt. Hinzu kamen 100 Millionen Euro für den Ausbau der Startbahn des Flughafens Costa Smeralda bei Olbia.[114] [Vgl. www.alguer.it (2.9.2008)]

Viola hielt den Umzug des G-8-Gipfels für unmöglich und Schwachsinn. Aber im Grunde war ihr sowieso alles egal – bis die hilfsbereite Ärztin erneut vor ihr stand und erklärte, dass Manuele die erste Hürde genommen hatte und der Oberarzt einen Besuch erlaube.

»Ich will Ihnen keine falschen Hoffnungen machen«, fuhr die Medizinerin mit ernster Miene fort. Auch wenn die akute Lebensgefahr gebannt wäre, müsse man auf alles gefasst sein. Die Intensivstation werde Manuele so schnell nicht verlassen. »Man kann noch nicht sagen, wann Ihr Sohn wieder aus dem Koma aufwacht. Aber Sie können ihn jetzt besuchen.«

Die Worte zerschmetterten die Pflänzchen der Hoffnung, die gerade in Viola aufkeimten. Sie schluckte. So hatte sie ihr Gebet, dass Manuele überlebte, nicht gemeint. Ob Gott etwas falsch verstanden hatte? Vielleicht hatte sie sich nicht deutlich genug ausgedrückt. Die Aussicht, dass ihr elfjähriges Kind lebenslang ans Bett gefesselt blieb, trübte die Freude seiner Mutter über die Besuchserlaubnis.

Zum zweiten Mal zog Viola die Schutzmontur über. Während sie Mundschutz, Kittel und Handschuhe zurechtrückte, wandte sich die Ärztin an sie.

»Denken Sie daran: Falls jemand fragt, sind Sie das erste Mal hier. Sonst kann ich gleich kündigen.« Ihre Kollegen durften nie erfahren, dass sie, die einzige Ärztin auf der Station, eine Angehörige heimlich in die Intensivstation geschleust hatte.

Viola nickte, sie hatte verstanden. »Keine Sorge, von mir erfährt niemand etwas.«

Der Anblick ihres Sohnes war auch diesmal nicht besser. Schläuche über Schläuche belagerten Manueles schwachen Körper, der mit Luft und Infusionen vollgepumpt wurde. Die tropfenden Flüssigkeiten und das monotone Fauchen der Beatmungsmaschine vereinten sich mit dem Piepen des Apparats, der die Herztöne registrierte, zu einer seltsamen Trauermelodie. Der Kampf ging weiter.

Am meisten belastete Viola, dass sie ihrem Sohn nicht helfen konnte. Sie durfte ihn noch immer nicht berühren. Würde Manuele seine Augen eines Tages wieder aufschlagen und über den Rasen toben oder müsste sie ihn noch als Grauhaarige im Rollstuhl durch Rehazentren schieben? Ihr Blick haftete am Krankenbett, noch zeigte Manuele keinerlei Regung. Er wirkte wie ein makaber inszeniertes Ausstellungsstück im Museum – mehr Mumie als Mensch.

Eine aggressive Duftwolke aus Desinfektionsmittel stach in ihre Nase, als ein verhüllter Pfleger zu Manuele ins Zimmer trat und eine Infusionsflasche austauschte. Viola blieb der Zutritt noch verwehrt. Hier zählte nicht, dass sie die Mutter des kleinen Patienten war und ihn mit Worten und Berührungen hätte aufmuntern können. Sie war zur bedrohlichen Infektionsquelle herabgestuft worden.

Schlagartig überfiel Viola eine beklemmende Angst, die Luft blieb ihr weg. Auf einmal kamen die Wände und die Decke näher, der Raum schien sie zu zerquetschen. Sie musste raus. Die Ärztin bemerkte Violas Atemnot und führte sie eilig nach draußen.

KAPITEL 48

»Bei einem Beben der Stärke 5,3 auf der Richterskala wurden am Dienstagabend zahlreiche Gebäude in L'Aquila noch mehr beschädigt, darunter die Kathedrale. In Rom liefen Menschen aus Angst auf die Straßen, ein Mann erlag einem Herzinfarkt.«[115] Süddeutsche Zeitung (9.4.2009)

Rom, Dienstag, 7. April 2009, Abend

Mit den öffentlichen Geduldsproben Bus und Metro ratterte Karina auf Umwegen zurück ins Zentrum. Luftlinie lag die Klinik keine zehn Kilometer von ihrer Wohnung entfernt, doch das römische Transportsystem bescherte ihr einige Umwege. Karina passierte auch eine Großbaustelle, die sich laut der Tafel des Bauträgers bald in Mietskasernen verwandeln sollte. Noch war dazu viel Fantasie notwendig. Die lärmenden Bagger, die das einstige Fabrikgebäude in seine Einzelteile zerlegten, lenkten Karinas Gedanken nach L'Aquila und wühlten ihr Gedankenchaos erneut auf. Dass ein Erdbeben über Nacht 65.000 Menschen obdachlos machte und eine ganze Stadt und Dutzende Dörfer völlig zerstörte, war für sie unfassbar.

Als Karina die letzten Stufen zur WG hinauf keuchte – ihr Husten wurde von Stunde zu Stunde stärker –, kam ihr Gianna entgegen und fragte erschrocken: »Geht es dir gut? Du siehst scheußlich aus. Was sind das für Klamotten? Mein Chef will neue Texte über das Erdbeben.«

Was Gianna und deren Chef wollten, war Karina mittlerweile herzlich egal. »Lass uns später reden«, meinte sie und rannte an Gianna vorbei in ihr Zimmer. Nach 30 Stunden L'Aquila fragte sich Karina in mehrfacher Hinsicht, ob sie weitermachen wollte wie bisher.

Kaum hatte Karina die Tür hinter sich geschlossen, zog sie Lucas Leihklamotten aus. Die heiße Dusche und frische Kleidung machten aus ihr einen anderen Menschen. Sie genoss jeden Tropfen des heißen Wasserstrahls und den Duft des Duschgels – was für ein Luxus. Trödeln war jedoch nicht drin, weil ihre Trattoria-Schicht sie zur Eile trieb.

Oberflächlich betrachtet war in der Trattoria alles wie immer. Köstlicher Duft drang aus der Küche, gestresste Kollegen eilten im Gastraum herum, der Chef zählte an der Theke sein Geld. Für Karina war der Alltag jedoch nicht mehr derselbe. Ihr Hirn hatte an reichlich Katastrophenmaterial und Grundsatzfragen zu knabbern. Zum ersten Mal war ihr egal, was andere über ihr Aussehen dachten.

Als sie sich Eros näherte, schreckte er hoch und verstaute hastig die Geldkassette und einige Papiere in der abschließbaren Schublade. »Auch mal wieder da?«

»Ich bin gar nicht da, ich tue nur so«, gab Karina zurück.

»Auch gut. Hauptsache, du kannst Teller tragen.« Der Chef runzelte belustigt die Stirn und kam auf den Vortag zu sprechen. »Wegen gestern: Sag künftig nicht so kurzfristig ab. Es nervt, wenn die Hölle los ist und das halbe Team fehlt.« Damit war für den Chef die Sache erledigt; er war aufbrausend, aber nicht nachtragend. Sein fragender Seitenblick forderte sie lediglich auf, ihr Fehlen zu erklären. Doch Karina schwieg und täuschte einen Hustenanfall vor, der in einen echten überging. Sie war erleichtert, dass Luca mit Abwesenheit glänzte, sonst hätte er bestimmt die irreführende Tatsache verbreitet, dass sie beide die letzte Nacht im selben Zelt verbracht hatten.

Beim Tischdecken für die angekündigte 50-Personen-Feier kreisten Karinas Gedanken wieder um L'Aquila. Wo all die

Evakuierten heute essen und schlafen würden? Erst als die Gäste, allesamt Mitarbeiter einer Bank, jeden Winkel des kleinen Lokals in Beschlag nahmen, schickte der Stress ihre Grübeleien für eine Weile in die Warteschleife.

Beim Servieren des Desserts fielen Sätze, die Karina an diesem Abend nicht hören wollte. »Das war eine angekündigte Tragödie«, sagte einer der Anzugträger und richtete seine Krawatte. Bald diskutierte er mit Kollegen, was ein Erdbeben kostete und wer wie stark davon profitierte.

Karina verschwand eilig in der Küche, um einen Schluck Wasser zu trinken. Gerade als sie die nächsten Dessertteller auflud, kreuzte überraschend Luca auf. Karina starrte ihn an wie einen Geist. Hoffentlich erzählte er den anderen nichts von ihrem L'Aquila-Ausflug. Sein Blick wirkte leer, sein Gang kraftlos, die Augen noch trister als am Morgen. Sie hätte ihn gern getröstet. Doch stattdessen sagte sie in wenig freundlichem Ton: »Was machst du hier?«

»Willst du mich loswerden?« Lucas Mund bewegte sich kaum, als er sprach. Er müsse etwas erledigen und dringend mit seinem Cousin sprechen. Morgen fahre er zurück in die Abruzzen. »Willst du mit?«, fragte Luca und rechnete schon damit, dass sie ablehnte.

»Nein, danke«, antwortete Karina reflexartig. Dann fiel ihr wieder ihr Interview mit dem Erdbebenjäger ein und die Grundsatzfrage, ob sie den Deal mit Gianna beenden sollte. Sie musste sich schnell entscheiden.

Luca wandte sich ab und steuerte auf den Chef zu. Kritisch beobachtete Karina, wie sich die Cousins ungewohnt lange umarmten. Eros klopfte dem geknickten Riesen auf die Schulter und meinte: »Kopf hoch, du Held!« Dann verschwanden beide im Nebenzimmer.

Was die beiden wohl diesmal besprachen, fragte sich Karina, während sie weitere Teller auf ihre Arme stapelte. Als sie zurück in den Gastraum trat und der Trattoria-Fernseher zu Geld- und Blutspenden für die Menschen in den Abruzzen aufrief, gab sich Karina geschlagen: Alle Welt drängte sie offenbar zurück nach L'Aquila.

Als der Zivilschutzchef im TV ein Interview gab, musste Karina an ihren Vater denken. Ob er schon in den Abruzzen gelandet war und wie der Zivilschutzchef durch blaue Zeltstädte stapfte? Die beiden ähnelten sich, sowohl vom Aussehen als auch von der Art. Beide waren geschätzte Ärzte und Männer der Tat. Einen großen Unterschied gab es: Von ihrem Vater kannte Karina sämtliche Unarten und Schattenseiten, vom Zivilschutzchef hingegen nicht.

Der 1950 in Rom geborene Guido Bertolaso galt als Ausnahmeerscheinung in Italien. Seit 2001 stand der Arzt an der Spitze des italienischen Zivilschutzes und regierte über dessen Stab von 700 Beschäftigten sowie dessen Freiwilligennetz mit Zehntausenden Helfern. »Wie effizient das funktioniert, hat sich nach dem Erdbeben von L'Aquila im April 2009 gezeigt, [... als] Bertolaso den Alltag der über 60.000 Evakuierten organisiert« hat. Als Dank dafür, dass er auch die Müllkrise in Neapel beseitigt hatte, machte Berlusconi den Zivilschutzchef zum Staatssekretär. »Manche halten ihn für den mächtigsten Mann der Regierung. Neider hat Bertolaso auch deswegen, weil in seiner Behörde kein Mangel an Geld herrscht; Not kennt eben keine finanziellen Fesseln.«[116] [Vgl. Schweizer Tagesanzeiger (20.2.2010)]

★★★★

Als Karina hustend und mit dem Smartphone am Ohr im Innenhof verschwand, trieb Luca die Neugier hinterher. Sie bemerkte ihn nicht, da sie zu sehr in ihr Telefonat vertieft war. »Nein, ich komme nicht mit! Basta«, schrie sie auf Italienisch, bevor sie wieder ins Deutsche wechselte. Der Name des Ministerpräsidenten fiel und Luca zog seine Schlüsse.

»Du kommst mit, sonst ...«, plärrte eine dominante Männerstimme aus dem Telefon, die Karina offenbar etwas aufzwängen wollte. Sie wehrte sich: »Wir reden morgen in L'Aquila. Ciao!« Kaum hatte sie aufgelegt, überwältigte Karina ein neuer Hustenanfall.

»Brauchst du Hilfe?«, schallte Lucas Stimme durch den Hof. Bedrohte Zwerge weckten seinen Beschützerinstinkt.

Erschrocken fuhr Karina herum. »Äh, nein. Alles bestens.« Sie blickte zum Riesen empor, der nun etwas weniger deprimiert wirkte. Dann gab sie sich einen Ruck. »Kannst du mich morgen doch mit nach L'Aquila nehmen?«

Luca wunderte sich über ihre Kehrtwende und zögerte kurz, eigentlich wollte er sich Karina vom Leib halten. Trotzdem bot er an: »Zwei Plätze sind noch frei.«

»Mir reicht einer.«

»Sicher? Für dich und dein ganzes Gepäck bräuchtest du doch eher drei.«

Karina verzog das Gesicht. »Keine Sorge, ich habe keine Schuhgröße 46 wie du. Wann fährst du los?« Sie einigten sich auf einen Treffpunkt am Bahnhof Roma-Tiburtina, an dem sonst auch die Linienbusse nach L'Aquila abfuhren.

»Wegen der Rückfahrt ...«, setzte Luca an, doch Karina hörte es nicht mehr. Sie war bereits auf dem Weg nach drinnen.

Die Bankiersgesellschaft löste sich früh auf und hinterließ reichlich Trinkgeld; solche Gäste waren gern gesehen. Obwohl sich Karina nach drei Stunden Finanzhaie bedienen geschlaucht fühlte, ließ sie sich überreden, mit einigen Kollegen in deren Stammkneipe weiterzuziehen. Luca hatte sich bereits vorher abgeseilt. Während sich die anderen am Tresen amüsierten, konnte Karina ihren Blick nicht vom Fernseher in der Ecke abwenden, der neue Gräuel und Wunder aus L'Aquila verkündete.

»Gebt mir ein wenig Wasser«, flüsterte die 21-jährige Studentin Eleonora aus Rimini, als sie die Feuerwehr aus Bergamo und

Venedig nach 42 Stunden aus dem Staubinferno befreite. Fast zwei Tage nach dem Erdbeben wurde sie als letzte Überlebende geborgen – nur dank der Professionalität und Hartnäckigkeit der Hilfskräfte, die mit Hunden, Bulldozern und Baggern den ganzen Tag Steinbrocken und Zementblöcke versetzt hatten. Für viele andere kam jede Hilfe zu spät. Unter den 309 Opfern befanden sich insgesamt 53 Studenten sowie 20 Kinder.[117] [Vgl. Caporale: L'Aquila non è Kabul]

Bald drehten sich auch bei der Trattoria-Crew alle Gespräche um die Katastrophe. Bisher hatte Karina keinen Ton gepfiffen, dass sie selbst in L'Aquila gewesen war, und dabei würde sie es auch belassen.

Überraschend kam ihr Kollege Nicola, der vorwitzige Koch, auf ihren Figata-Artikel zu sprechen. »Einige Sätze klangen so holprig, als hätte sie ein Ausländer formuliert.« Nicola richtete seinen Blick direkt auf Karina, die zusammenzuckte. »Du hättest das besser formuliert!«

Erleichtert lachte Karina auf, die Situation war zu komisch. »Wenn du meinst«, sagte sie und dachte: »Wenn du wüsstest!«

»Warte, ich zeige es dir.« Nicola rutschte vom Hocker und machte sich auf die Suche nach dem Zeitungsstapel, der im Gang zur Toilette lag.

»Nicht nötig, ich glaube es dir auch so«, rief Karina ihm nach und hoffte, dass er die Zeitung nicht fand. Tatsächlich kehrte Nicola mit leeren Händen zurück. Dafür zauberte der Barkeeper ein halb zerknülltes Exemplar hervor und reichte es über den Tresen. Karina hielt die Luft an.

Zunächst fiel keinem auf, dass über dem Artikel der Name ihrer Mitbewohnerin stand. Bevor sich das änderte, leerte Karina zügig ihr Glas und verabschiedete sich.

»Du gehst schon?« Natalia blickte sie irritiert an.

»Ich muss morgen früh raus«, meinte Karina nur und verschwand durch die Tür. Prompt folgte ihr Natalia nach draußen. »Was ist los? Du bist heute so seltsam«, fragte die Kollegin und zündete sich eine Zigarette an. Die Luft hatte deutlich abgekühlt.

Karina fragte sich, was Natalia wusste und ob Luca etwas verraten hatte. Einen Moment überlegte sie doch von L'Aquila zu erzählen, aber wo sollte sie anfangen und wo aufhören? Es würde Stunden dauern von den unglaublichen Erlebnissen zu berichten, die sie selbst erst verarbeiten musste. »Das erzähle ich dir ein anderes Mal.«

Karina wollte nur noch ins Bett. Doch im Wohnzimmer wartete bereits Aurora, um sie zur Rede zu stellen.

KAPITEL 49

»Die Deutschen ließen in Onna [im Juni 1944] Opfer und Trümmer zurück. Es dauerte 65 Jahre, das Dorf wieder aufzubauen. Am 6. April hat die Gewalt des Erdbebens erneut alles zerstört. Die Deutschen kehrten zurück, diesmal um zu helfen.«[118] Giustino Parisse [Vgl. Parisse/Scimia: Indagine su un massacro]

Rom, Dienstag, 7. April 2009, Abend

Marlena überredete Viola zu einem Abendspaziergang im Park, der die Remus-Klinik umgab. Die frische Luft würde ihrer Freundin gut tun, dachte sie. Schweigsam umrundeten die Frauen die Grünfläche auf dem Hügel, von der sich ein weiter Blick über die Stadt bot, in der nach und nach die Lichter der Nacht angingen.

»Rom schläft nie«, durchbrach Marlena die Stille.

Viola sagte nichts, bis sie plötzlich am ganzen Körper zitterte. Wie ein Sturm brachen die Ereignisse der letzten 48 Stunden über sie herein. Sie konnte und wollte nicht mehr, so sehr drückten sie Wut, Angst und Schuldgefühle zu Boden. All die Sorge um ihre Familie hatte nichts gebracht. »Warum? Wieso ausgerechnet in dieser Nacht?« Viola brach zusammen und ihre elenden Schreie hallten durch die Dämmerung.

Am meisten machte Viola sich selbst Vorwürfe. Sie war schuld, dass sie im Haus geblieben waren, das zum Grab ihrer Familie geworden war, und hatte damit das Todesurteil für Riccardo und Clarissa gefällt. Viola weinte, bis sie keine Tränen mehr hatte. So gut es ging, bemühte sich Marlena die Freundin zu stützen. Nach einer Weile bedrückenden Schweigens fragte Marlena: »Hast du der Reporterin von Riccardos Enthüllung erzählt?«

»Ich konnte nicht.«

»Hast du ihre Nummer? Dann rufe ich sie an!« Marlena hatte noch etwas, das sie loswerden wollte.

Voller Skepsis kramte Viola den Zettel hervor.

»Sie schreibt für Figata. Du glaubst doch nicht, dass dieses Klatschblatt kritische Sätze abdruckt! Geh zu unserer Lokalzeitung, die schenken dir Gehör!«

Marlena speicherte die Nummer in ihrem Handy ein und kratzte sich am Kopf. Die Lokalzeitung würde auch ohne sie kritisch berichten, aber Marlena wollte größere Kreise erreichen, vor allem das Ausland. »Schreibt diese Reporterin nicht auch für deutsche Zeitungen?«

Viola nickte. »Das hat sie zumindest gesagt.«

Am Klinikeingang trennten sich ihre Wege. Marlenas Kinder warteten bei der Schwägerin auf sie und außerdem sollte sie ihre Mutter in deren einsturzgefährdetes Haus begleiten.

»Das ist irre«, empörte sich Marlena. »Du musst dich bei der Feuerwehr in Listen eintragen, ewig warten und dann führen sie dich wie einen Verbrecher in dein eigenes Zuhause!« Ihre Stimme wurde leiser.

Viola ahnte, mit welchen Gedanken die Freundin spielte. Es gab Wege, die Listen zu umgehen. »Mach keine Dummheiten, Marlena! Die Wände können jeden Moment einstürzen!«

»Das weiß ich doch. Wir werden gut aufpassen.«

Einsicht klang anders. Viola verstand nun, warum sie Luigi eindringlich gebeten hatte, seiner Frau ins Gewissen zu reden. Mit allen Mitteln versuchte sie, Marlena davon abzubringen. »Das ist zu gefährlich. Denke an dein ungeborenes Baby! Die paar Sachen sind es nicht wert, dass du das Risiko eingehst!«

»Es sind nicht nur ein paar Sachen«, entgegnete Marlena. »Da drin liegt Mamas ganzes Leben und meine Kindheit!«

»Ich verstehe dich. Ich versteh dich sogar gut. Trotzdem ist es mehr als leichtsinnig.« Viola rang um Fassung. »Ich dachte auch, in der einen Nacht am 6. April würde nichts passieren.«

★★★★

Lange haderte Viola mit sich, ob sie ihren Sohn – das einzige Kind, das ihr geblieben war – allein lassen und bei ihrem früheren Nachbarn Victor Anziani übernachten sollte. Dessen Familie wohnte ganz in der Nähe, für Roms Verhältnisse um die Ecke. Ihre Mutter bestärkte sie darin und versprach die Nacht bei Manuele zu bleiben. »Du musst auch auf dich schauen. Wenn du bis zum Umfallen wach bleibst, hilft das keinem.« Rosa strich ihrer Tochter durch das Haar.

Plötzlich überkam Viola ein weiterer Zitteranfall. Ihr war übel und ihr Körper geriet außer Kontrolle. Ihr Puls raste und alles um sie herum begann, sich zu drehen. Erneut überfiel sie diese beklemmende Angst vor der Enge trotz des weiten Klinikflurs. Voller Sorge beobachte Rosa, wie ihre Tochter mit Atemnot kämpfte. »Was ist mit dir, Kind?«

»Ich muss raus hier«, stammelte Viola. Ihre Mutter packte sie und schleifte sie auf schnellstem Weg zum Ausgang.

Erst unter freiem Himmel beruhigte sich Violas Körper. Vor dem 6. April hatte sie nie Ängste in geschlossenen Räumen erlebt. Doch der Schmerz jener Nacht ging tief – so als hätte die lebenslustige Frau bei der Tragödie einen Teil von sich selbst verloren.

Nach diesem Vorfall zögerte Rosa nicht mehr und wählte Victors Nummer. In der Klinik würde ihre Tochter selbst noch zum Notfall.

Keine Stunde nach Rosas Anruf humpelte Victor, von seiner Enkelin gestützt, über den Flur. Violas Vater, der überraschend wieder aufgetaucht war, hatte beide zur Station gelotst.

»Du und deine Eltern, ihr könnt solange bei uns wohnen, wie ihr wollt«, versicherte der Senior und reichte Viola seine zitternde Hand.

Viel Gepäck hatte Viola nicht, als sie die Station verließ. Ihr ganzes Hab und Gut passte in die Seitentasche des Rollkoffers, den sie hinter sich herzog. Als der Trolley in der Tür hängen blieb, fielen Viola wieder die zwei Koffer ein, die Riccardo wenige Stunden vor dem Erdbeben im Auto verstaut hatte. Ihr Wagen parkte hinter dem Spielplatz. Vielleicht war er weniger zerstört als ihr Haus und Viola konnte etwas retten. Sie wollte ohnehin schnellstmöglich zurück nach Onna.

Beim Abendessen bei Familie Anziani brachte Viola kaum einen Bissen hinunter; ihre Geschmacksnerven waren wie betäubt. Aus Höflichkeit würgte sie trotzdem einige Bissen des Kuchens hinunter, den die Schwiegertochter ihres Gastgebers extra gebacken hatte.

»Es schmeckt vorzüglich«, lobte der Senior, während seine Schwiegertochter den restlichen Kuchen verteilte. Viola stocherte noch an ihrem ersten Stück herum, nickte aber zustimmend.

Vor allem Victor kümmerte sich rührend um Viola. Er würde seiner langjährigen Nachbarin nie vergessen, wie sie ihm beigestanden hatte, als seine Frau im Koma lag. Sie hatte ihn bekocht und ins Krankenhaus gefahren. In jener Zeit war er mehr im Hause Inventati gewesen als in den eigenen vier Wänden. »Damals warst du mir eine große Stütze«, sagte der erschöpfte Herr mit fester Stimme. Nun sei es an der Zeit, sich zu revanchieren.

Familie Anziani, die dreizehn Köpfe und vier Generationen umfasste, bemühte sich sehr um Viola – jedes Familienmitglied auf seine Art. Sie gaben viel und verlangten wenig, auch wenn der Alltag in ihrem zu klein geratenen Haus nun noch mehr im Chaos versank.

Einerseits war Viola froh über die Ablenkung, andererseits unsagbar traurig über das turbulente Familienleben, das sie den Verlust ihrer Lieben noch deutlicher spüren ließ. Was hätte sie für einen einzigen Tag mit ihrer Tochter und ihrem Mann gegeben. Immerhin hatte sie noch Manuele, über dessen Zustand ihr Oma Rosa stetig Berichte ablieferte.

Nicht jeder nett gemeinte Versuch der Familie Anziani, Viola aufzumuntern, glückte. So kam einer von Victors Enkeln mit dem Rat, dem Übel das Beste abzugewinnen. »Andere zahlen einen Haufen Geld, um so einen radikalen Neustart zu vollziehen. Du bekommst den Reset praktisch umsonst.«

Wenig später entfachte eine einfache Frage des Urenkels Beppe sogar einen Familienstreit. Da Viola in seinem Zimmer einquartiert war und der Fünfjährige deswegen bei der Schwester schlafen musste, fragte er ungeduldig: »Wann ziehst du wieder aus?«

Darauf hätte Viola gern selbst eine Antwort gehabt. Letztlich hing alles von Manuele ab. Es konnte noch Wochen oder gar Monate dauern, die ihr Kind an die Klinikapparate gefesselt blieb.

»Beppe sei still! So etwas fragt man nicht«, wies ihn seine Mutter zurecht. »Entschuldige dich auf der Stelle.«

Doch Beppe zeigte sich uneinsichtig. »Im Zimmer meiner Schwester ist es viel zu eng und öde. Dort kann ich nicht mal mit meinem Piratenschiff spielen«, schimpfte das Energiebündel und stampfte aus dem Zimmer.

»Das sind deine Gene«, schrie Beppes Mutter ihren Ehemann an, der den Angriff nicht auf sich sitzen ließ.

»Das ist deine Erziehung«, schoss er zurück. Damit war der Startschuss für das Familienkrach-Spektakel gefallen. Bald brüllten fast alle im Raum – außer Viola und Victor. Er fasste sie am Arm, führte sie auf den Balkon zum Innenhof und flüsterte: »Spätestens jetzt schalte ich mein Hörgerät aus.«

Stumm setzten sich beide auf die Stühle neben dem Oleander und zogen die Tür zu. Ohne Worte verstand Viola, dass dies die Momente waren, in denen Victor seine Frau besonders stark vermisste. Viola standen Tränen in den Augen. Plötzlich begann Signor Anziani leise. »Es ist nicht das erste Mal, dass unser Dorf Onna dem Erdboden gleichgemacht wurde.«

Viola blickte fragend auf. Der alte Mann schloss die Augen und versetzte sich zurück in den Juni 1944, der sich für immer in sein Gedächtnis eingebrannt hatte. Er war 15 Jahre alt gewesen, als er vor 65 Jahren Zeuge des Massakers wurde. Es war das erste Mal, dass er jemandem die ganze Geschichte erzählte, über die er einfach nicht hinwegkam. Zum besseren Verständnis holte er weit aus.

Im September 1943 drangen NS-Fallschirmjäger in die Abruzzen vor, um Benito Mussolini aus dem Hotel Campo Imperatore am Gran Sasso zu befreien. Die Bewacher des gestürzten Diktators, den Hitler zum Staatschef der neugegründeten Sozialrepublik Italien einsetzte, leisteten kaum Widerstand.

Bald darauf lieferte sich die Linie Gustav des deutschen Heeres zahlreiche Schlachten mit den Alliierten, die nach ihrer Invasion in Sizilien gen Norden vordrangen. Onna diente den Deutschen in dieser Zeit als Kompanielager. Aus den Öfen am Dorfplatz kam das Brot, das die Soldaten an der Front verpflegte. Acht Monate lang lebten die Dorfbewohner und Soldaten friedlich zusammen – bis zum Juni 1944.

Nach der Niederlage in der Schlacht bei Cassino trat die Linie Gustav den Rückzug an. Fortan machten täglich Soldaten in Onna Station, um sich zu stärken und nachts ihren Marsch gen Norden fortzusetzen. Um den Transport ihrer Waffen und Ausrüstung zu erleichtern, stahlen sie Pferde. So kam es am 2. Juni 1944 zu einer folgenreichen Auseinandersetzung.

Zwei deutsche Soldaten raubten die Pferde von Silvio Papola, die sein Sohn Mario auf der Weide hütete. Mario sprang sofort auf sein Fahrrad und raste ins Dorf, um Alarm zu schlagen. Dort traf er den Vater und seine Schwester, die 17-jährige Cristina. Die junge Frau mit starker Persönlichkeit überzeugte ihre Eltern und den Bruder, um ihre Pferde zu kämpfen. Sie fanden die Soldaten am Dorfplatz mit weiteren gestohlenen Tieren. Auch ein anderer Pferdeherr kam zum Platz Pica Alfieri und stellte sich wie die Familie Papola den Soldaten in den Weg, um die Tiere zurückzuholen. In jener schweren Zeit waren die wenigen Nutztiere ein wichtiges Kapital. Der Streit um die Pferde ging schließlich in ein Handgemenge über, bei dem sich ein junger Mann aus Onna besonders zur Wehr setzte. Im Getümmel fielen mehrere Schüsse. Obwohl es auf beiden Seiten weder Tote noch Verletzte gab, verbreitete sich unter den Soldaten das Gerücht, ein Deutscher wäre dabei gestorben, was ihnen einen Grund für eine blutige Rache lieferte.

Nach dem Schusswechsel hatten es die Soldaten auf die Familie Papola abgesehen. Der Vater und sein Sohn flüchteten in einen Stall und beide entkamen, die 17-jährige Christina schaffte es jedoch nicht. Sie wurde auf offener Straße erschossen, weil sie sich weigerte, den Namen und das Versteck des jungen Mannes Preis zu geben, der es gewagt hatte sich den Soldaten zu widersetzen. Der Tod der jungen Frau reichte den erzürnten Soldaten nicht.

Neun Tage später kamen sie zurück. Am 11. Juni, einem regnerischen Sonntag, gegen 17 Uhr, nahmen die Deutschen 20 Männer aus Onna gefangen und sperrten sie in ein Haus am Dorfeingang. Die Soldaten forderten die Herausgabe des jungen Rebellen und gaben vor, als Gegenleistung die Männer freizulassen.

Da der gesuchte Rebell nicht aufzufinden war, brachten die Frauen des Dorfes dessen Schwester und Mutter, um ihre eigenen Männer zu befreien. Die meisten konnten sie dennoch nicht retten. Die NS-Soldaten erschossen sowohl die Mutter als auch die Schwester des vermeintlichen Verräters sowie 14 der eingesperrten Männer und sprengten danach elf Häuser. Denn die NS-Logik verurteilte Onnas Dorfbewohner gleich doppelt, weil sie sich wegen der gestohlenen Pferde aufgelehnt und zudem Widerstandskämpfer in den Bergen mit Lebensmitteln versorgt hatten.

Insgesamt starben 17 Dorfbewohner bei diesem Massaker im Alter von 15 bis 53 Jahren: Cristina Papola (17), Rosmunda Ludovici (25), Bartolina De Paulis (53), Zaccaria Colaianni (38), Luigino Ciocca (15), Ermenegildo Di Vincenzo (38), Antonio Evangelista (19), Renato De Felice (44), Giuseppe Marzolo (29), Mario Marzolo (24), Alfredo Paolucci (25), Domenico Paolucci (31), Osvaldo Paolucci (21), Igino Pezzopane (16), Pasquale Pezzopane (18), Pio Pezzopane (17), Gaudenzio Tarquini (19).

Nachdem die deutschen Soldaten 1944 Tote und Trümmer zurückgelassen hatten, dauerte es Jahrzehnte, um Onna wieder aufzubauen.[119] [Vgl. Parisse/Scimia: Indagine su un massacro]

Viola war schockiert. Sie kannte das Mahnmal in der Via dei Martiri gut, das an jenes Massaker erinnerte. Hunderte oder gar Tausende Male war sie daran vorbeigekommen, aber all die brutalen Details hörte sie zum ersten Mal. Und jetzt war ihr geliebtes Dorf erneut zerstört. Was hatten sie nur getan, dass es Onna zweimal so heftig traf? Erschüttert starrte Viola den alten Mann an und versuchte sich vorzustellen, was jenes grauenhafte Erlebnis in einem Jungen von 15 Jahren angerichtet hatte. Sie sah Victor an, dass er noch heute darunter litt.

»Ich warte seit 65 Jahren auf Gerechtigkeit«, seufzte der alte Mann. Noch ahnte keiner, dass ausgerechnet das Erdbeben dieses dunkle Kapitel von Onnas Geschichte wenden sollte.

KAPITEL 50

Rom, Mittwoch, 8. April 2009

Viel zu früh und schwer bepackt kam Karina am Treffpunkt mit Luca an. Rund um Roms Bahnhof Tiburtina tobte der morgendliche Berufsverkehr gleich auf mehreren Ebenen, als sie aus dem Metroschacht stieg und den Zebrastreifen unter den Brückenschleifen überquerte.

Dass Ostern nahte, zeigten Riesenschokoladeneier in den Armen der Passanten. Karina starrte auf ein lila Osterei mit buntem Schopf, das wie ein in Glitzerpapier gewickelter Rugbyball wirkte. Ihr war übel. Noch hatte sie nicht verdaut, dass ihr Buchstabendeal aufgeflogen war.

Als Karina am Vorabend nach der Trattoria heimgekommen war, hatte sie Aurora mit den Worten empfangen: »Ich weiß Bescheid!« Karina war es nicht gelungen, ihren Schock zu verbergen.

Verdacht geschöpft hatte Aurora schon länger, aber erst der Anruf von Giannas Friseur, dass diese ihr Modemagazin im Salon vergessen hatte, brachte den gesuchten Beweis. Gianna konnte kaum mittags beim Friseur in Rom und zeitgleich in L'Aquila gewesen sein. Als Aurora auch noch Giannas Artikel in die Hände gefallen war, löschte das ihre letzten Zweifel.

Karina hatte sich nicht herausgeredet. Sie war überführt und wollte einen Schlussstrich ziehen – mit allen Konsequenzen. Doch Aurora überzeugte sie vom Gegenteil und versicherte, nichts zu verraten; denn nur so hatte sie ein Druckmittel gegen ihre Cousine. Trotzdem blieb bei Karina ein ungutes Gefühl. Wenn die Lawine erst einmal ins Rollen gebracht war, konnte sie keiner mehr stoppen.

Bis Luca aufkreuzte, hatte Karina viel Zeit zum Grübeln. Eines stand fest: Sie musste sich unbedingt mit Viola aussprechen. Beim Besuch im Krankenhaus hatte Karina nichts von dem herausgebracht, was sie eigentlich hatte sagen und fragen wollen. Sie hoffte auch, dass Viola ihr einiges zu den Hintergründen der Katastrophe erklären konnte.

Ungeduldig blickte Karina immer wieder auf die Uhr, während der Lärm der Großstadt – der krasse Kontrast zur Totenstille in L'Aquila – auf sie einhämmerte. Eine halbe Stunde verspätet schaukelte Lucas Klapperkiste mit voll beladenem Kofferraum um die Kurve.

Als Luca ausstieg und seine schwer bepackte Mitfahrerin sah, schlug er die Hände über dem Kopf zusammen. Eine Handtasche, zwei Reisetaschen und eine Riesentüte – damit hatte Karina mehr Gepäck dabei, als die meisten Überlebenden insgesamt noch besaßen.

»Guten Morgen. Eine Tasche kannst du mitnehmen, der Rest bleibt hier«, begrüßte er sie mürrisch.

»Wie bitte?« Karina zeigte sich uneinsichtig. »Auf der Rückbank ist noch jede Menge Platz.«

»Es steigen gleich zwei Mitfahrer zu. Was ist in der Tüte?«

»Kleiderspenden. Zur Not nehme ich sie auf die Beine. Deine Klamotten sind übrigens noch beim Waschen.«

Er zuckte mit den Achseln und brummte: »Also gut, die Kleidertüte kann mit, aber nur eine der Taschen. Welche?«

Zögerlich deutete Karina auf die Größte. Luca packte die Tasche und marschierte murrend zum Kofferraum.

»Und was mache ich jetzt mit der anderen?«

»Die lädst du wieder bei dir zu Hause ab.«

Karina ging zur Beifahrertür. Über Nacht hatte Luca reichlich schlechte Laune getankt oder er war wegen seiner Wunde beim Arzt gewesen. Sie fragte ihn.

»Natürlich war ich nicht beim Arzt«, erwiderte er, als wäre das eine Straftat. Karina runzelte die Stirn und erwiderte ironisch: »Du hast völlig recht, eine Blutvergiftung sollte man am eigenen Leib erlebt haben.«

Der Fiat rollte durch den dichten Verkehr zu Karinas WG. Dass Luca nun wusste, wo sie wohnte, störte sie nicht mehr. In den letzten zwei Tagen hatte sie ihn neu schätzen gelernt. Als sie wieder ins Auto stieg, rief sie ihm zu: »Gratulation. Nun weißt du, wo ich wohne!«

Luca blickte sie nicht einmal an, sondern trat gleich aufs Gaspedal. Bis zur nächsten Kreuzung wechselten sie kein Wort. Dort krachte beinahe ein mächtiger Mercedes in die Fahrerseite, weil Luca eiskalt eine rote Ampel überfuhr. Ein Pkw machte wegen ihm eine Vollbremsung, aber Luca raste weiter. Karina fuhr mit der Hand zum Deckengriff über der Autotür und schimpfte: »Du fährst wie ein Wahnsinniger!«

Luca erwiderte nichts, sondern gab weiter Gas. Die Reifen quietschten, Autos hupten und Karinas Finger krampften um den Griff. Laut wies sie ihren Chauffeur an. »Jetzt hör auf zu rasen!«

Das Tempo verringerte sich kaum, Luca starrte weiter geradeaus. Karina versuchte es erneut: »Was ist los? Ob wir zehn Minuten früher oder später da sind, darauf kommt es echt nicht an. Die Hilfskräfte machen einen tollen Job und der Zivilschutz hat alles unter Kontrolle!«

Als ob sich ein Schalter umlegte, drehte Luca den Kopf zu ihr. Sein Blick durchbohrte sie. »Alles unter Kontrolle? Jetzt hör mal zu, du naiver Sonnenschein! Weißt du, was ich sehen musste?« Er holte tief Luft. »Da stehen Hunderte herum, wollen helfen, aber es klappt nichts, gar nichts! Niente! Alle wühlen planlos. Keine Koordination, keine Bagger oder was sonst helfen könnte, weil die samt tausender Helfer in Endlos-Konvois hinter Straßensperren stehen, während vor dir die Leute unter den Trümmern wegsterben. Du hörst sie schreien, bis die Schlacht verloren ist!«

Das Auto geriet auf die Gegenfahrbahn und schrammte fast einen Lkw, Luca riss das Lenkrad herum.

»Und diese Vollpfosten, die koordinieren müssten«, fluchte er weiter, »die sind nur damit beschäftigt, ihren eigenen Arsch zu retten und ihre Fehler zu vertuschen. Echt stark, ein überperfekter Einsatz. Ich könnte kotzen!«

Wieder wich Luca im letzten Moment einem Wagen aus. Karina schloss die Augen, presste sich in den Sitz und hielt die Luft an.

»Schau bitte auf die Straße«, sagte sie leise, während die Hochhäuser der römischen Vorstadt an ihnen vorbeizogen.

Als die beiden Mitfahrer, zwei freiwillige Helfer, zustiegen, besserte sich die Atmosphäre und auch Lucas Fahrstil. Er ließ sich nichts mehr anmerken und konzentrierte sich auf die Straße. Trotzdem wechselte Karina auf die Rückbank und klinkte sich aus dem Gespräch aus.

»Ob wir mit dieser Karre heil nach L'Aquila kommen?«

Dass sein Beifahrer Eric berechtigte Zweifel an der Fahrtüchtigkeit seines Autos äußerte, nahm Luca gleichgültig hin. »Geh doch zu Fuß.«

»Früher oder später werden wir es ohnehin schieben«, fügte Eric hinzu. »Deshalb nimmt Luca uns doch mit!«

»Du hättest auch fahren können. Aber du hast doch Angst, dass dein neuer Wagen im Trümmerregen eine Delle bekommt«, warf der Dritte ein.

Je näher sie L'Aquila kamen, desto ernster wurden die Themen. »Der Papst hat nun die Sondererlaubnis erteilt, dass am Karfreitag die Totenmesse gehalten werden darf«, erklärte Eric.

»Sondererlaubnis?« Nun mischte sich Karina doch ein.

Verwundert musterte Eric die Unwissende auf dem Rücksitz. »Karfreitag ist der einzige Tag im katholischen Kirchenjahr, an dem keine Messe gefeiert werden darf, weil dieser Tag an die Kreuzigung Jesu erinnert. Deshalb braucht es für das Staatsbegräbnis übermorgen in L'Aquila eine Ausnahmegenehmigung des Vatikans«, führte Eric aus.

»Sie ist ein deutscher Export der evangelischen Fraktion«, erklärte Luca ihre Unwissenheit.

»Kommt der Papst auch?«, hakte Karina nach.

»Erst nach Ostern«, erwiderte Eric. »Er will die Arbeit der Katastrophenhelfer nicht stören.«

Papst Benedikt XVI. schickte seinen Privatsekretär Georg Gänswein und den Kardinal Tarcisio Bertone als seine Vertreter zum Staatsbegräbnis nach L'Aquila. Persönlich plante er ebenfalls einen Besuch in der Erdbebenregion, um den Betroffenen Trost zuzusprechen. Dabei wollte er auch in Onna Station machen. Er wusste vom dunklen Kapitel der Geschichte, das sein deutsches Heimatland mit dem Ort im Aterno-Tal verband. Jahre zuvor, noch bevor Ratzinger 2005 das höchste Amt der katholischen Kirche einnahm, war er schon einmal in Onna gewesen. Dabei hatte er vor dem Denkmal in der Straße der Martiri niedergekniet und gebetet, erzählt man in Onna.[120]

[Vgl. il Centro (9. 4. 2009)]

✯✯✯✯

Erst ein Nachtlager, dann ihren Vater suchen, ehe sie zum Interview mit dem Erdbebenpropheten aufbrach – so lautete Karinas Programm für ihren zweiten L'Aquila-Aufenthalt. Den Besuch in Violas Ruinenort Onna hob sie sich für den nächsten Tag auf.

Schon bei der Hinfahrt über diverse Dörfer – Luca war seltsame Schleichwege gefahren, ganz anders als der Taxifahrer – hatte sich Karina gefühlt, als drehte ein Regisseur ein Endzeitdrama in ausgestorbenen Straßenzügen. Ab und zu kreuzten dort Uniformierte auf, die Gefahrenzonen abriegelten und einsturzgefährdeten Bauten Erste Hilfe leisteten. Lucas Anklagen hatten Karina aufgerüttelt: Sie sah das Sichtbare und Verborgene seither mit anderen Augen.

Nachdem die zwei Mitfahrer bei der Kaserne in Coppito aus dem Auto gesprungen waren, hatte Luca sie nahe der Piazza d'Armi abgesetzt und düste weiter zum Zentrum. Karina schaute ihm nach, bevor sie weiterlief. Der nette Carabinieri Filippe war ein Grund, warum sie ausgerechnet an der Piazza d'Armi Asyl suchte.

Am Camp traf Karina jedoch nur Gitterzäune und eine genervte Einlasskontrolle: »Du kannst hier nicht rein!«

»Aber ich war hier gestern schon drin!«

Da schallte aus einem Zelt ein mehrsprachiger Streit und Karina fragte sich, wen sie hier wovon abhalten wollten – die Eingesperrten vom Flüchten oder die Vorbeilaufenden vom Eindringen.

Der Kontrolleur trat einen Schritt näher: »Das Camp hier ist ein Schmelztiegel und steckt voller Konflikte. Such dir was anderes!«

Karina überlegte, ihren Carabinieri-Joker anzurufen, entschied sich aber dagegen – sie war nicht wild auf Kulturkämpfe. Aber wohin dann? Was sollte sie tun, wenn sie kein Nachtlager fand? Das Letzte, was Karina wollte, war wieder bei Luca anzuklopfen. Als Nächstes versuchte sie ihr Glück in Coppito, dem Stadtteil, in dem sie in wenigen Stunden ihr Interview führen sollte. Der Weg zog sich, bis endlich blaue Zelte auf einem Sportplatz unweit der Universität auftauchten.

»Journalisten haben hier nichts zu suchen«, wimmelte sie der Kerl ab, der über den Eingang zum Camp wachte. Es kostete Karina einige Überredungskunst, bis er eine Ausnahme genehmigte und ihr ein Zelt zuwies. Zufrieden stapfte sie durch die Reihen blauer Zelte mit der Aufschrift »Protezione Civile« – Zivilschutz. Die etwa fünf mal fünf Meter großen Konstrukte hatten sogar eine Art Fenster mit Rollos, besser gesagt Gucklöcher mit Kunststofffetzen, stellte Karina überrascht fest. Von außen wirkten die neuen Bleiben für Evakuierte recht geräumig. Als Karina aber das

Zelt betrat, das sie für ihr Nachtquartier hielt, änderte sie ihre Meinung. Ihr Blick wanderte über zehn eng stehende Liegen, in denen traurige Gestalten kauerten. Dazwischen waren ein Campingtisch und Klappstühle gequetscht, für mehr Privatsphäre hatte es in diesem kläglichen Hausersatz nicht gereicht.

»Suchst du wen?«, fragte einer der Zeltbewohner und richtete sich auf.

»Eigentlich suche ich nur ein Nachtquartier«, erwiderte Karina und fühlte sich, als wäre sie direkt in ein fremdes Schlafzimmer geplatzt. Sofort gestikulierte der Mann wild mit den Händen. »Keine Chance. Wir sind voll! Versuche es nebenan bei den Senioren.«

Karina zog gern ab und hoffte, dass nicht jedes Zelt so vollgestopft war und unangenehm roch. Aus dem Nachbarzelt lugte eine alte Dame von dürrer Statur in den Wolkenhimmel. Ihr von Falten gezeichnetes Gesicht strahlte trotz trauriger Augen Zuversicht aus. Als sich Karina näherte, wandte sie den Kopf, während ihre zitternde Hand die hängende Zelttür aufhielt.

Auf Karinas Frage, ob noch ein Bett frei wäre, druckste die alte Dame herum. Die freie Liege wäre eigentlich für eine Verschollene aus dem Seniorenheim reserviert. Aber dann trat sie doch einen Schritt zur Seite und winkte Karina ins Zelt. »Komm rein. Einen Jungspund wie dich können wir Alten brauchen, das werden die anderen schon verstehen.«

Karina runzelte die Stirn. Das passte zu ihrer aktuellen Glückssträhne: Sie landete im Altenheimzelt, wo sie sich schon Verbände wickeln, nach verlorenen Gebissen und Haftcreme suchen sah. »Ich bleibe sowieso nur zwei Nächte«, erklärte Karina und folgte der Seniorin, die sich als Simona Petra vorstellte, ins Zelt.

Prompt blieb die Alte stehen und fragte irritiert: »Nur zwei Nächte? Was machst du dann?«

»Übermorgen schlafe ich wieder zu Hause.«

Am Karfreitag sollte Karina noch über das Staatsbegräbnis berichten, danach war sie erlöst.

»Na, du bist optimistisch, Kind.« Die Seniorin runzelte die Stirn. Karina tat, als hätte sie das Wort »Kind« überhört und musterte ihre neue Bleibe, die nicht viel mehr als acht Betten bot. Auf sieben davon lagen Flaschen, Plastiktüten, aber auch ein Hörgerät.

»Die anderen sitzen drüben in der Sonne«, erklärte Simona und bot ihr an zu zeigen, wo im Zeltlager die Waschmaschinen schleuderten, wo man Pflaster bekam und sich erleichterte.

»Später gern«, erwiderte Karina und ließ sich auf die freie Liege fallen, die alles andere als bequem war. Am Wichtigsten waren aktuell die Toiletten und die hatte sie schon gesehen – im Gegensatz zu Schränken, Kommoden und Ähnlichem, in denen sie ihre voluminöse Tasche verstauen könnte. Also hakte sie nach: »Wo haben Sie ihre Sachen, Signora?« Ihre Frage erntete nur ein müdes Lächeln.

»Du hast Vorstellungen«, meinte Simona und runzelte die Stirn. »Wie alt bist du, Kind?«

»Sechsundzwanzig.« Und damit definitiv kein »Kind« mehr.

»Sag doch Du. Du könntest meine Enkelin sein.« Nach kurzer Pause fuhr die alte Dame fort. »Weißt du, ich bin achtundsiebzig und das, was ich noch besitze, passt in einen Briefumschlag. Wie bei den meisten hier.« Simona fischte mit einer Hand in ihrer Jacke.

»Du hast gar nichts mehr? Alles ist weg?«, fragte Karina entsetzt. Und sie hatte gedacht, der unbequeme Schlafplatz in Lucas stinkendem Schnarcherzelt wäre nicht zu toppen.

Die Dame nickte. »Aber es wird jeden Tag besser. Gestern haben wir noch im Sitzen geschlafen, zusammengepfercht in einem feuchten Zelt. Und das war schon besser als die erste Nacht. Die haben wir Alten im Freien auf dem Domplatz verbracht, mit ein paar Decken, eng aneinander gekuschelt.«

Während Karina sie irritiert anblickte, zog Simona ihr Kuvert aus der Jacke und holte eine Halskette heraus, an der ein Kreuz baumelte. »Das ist mir geblieben, Omas Kette und mein Glaube.«

Karina sagte nichts, ihre eigenen Sorgen schrumpften plötzlich auf Ameisengröße. Betroffen blickte sie auf ihr Gepäck. Zu einem anderen Zeitpunkt hätte sie über ihre miese Kleiderauswahl geklagt. Doch hier zwischen den Obdachlosen war sie peinlich berührt über den Wohlstand, der in ihren Taschen steckte.

»Hier, Simona«, meinte Karina und reichte der Zeltkumpanin ihre Fleecejacke und dicke Socken. Immerhin passte nun ihre Tasche unter die Liege.

Die Jacke war der abgemagerten Frau zu weit. Trotzdem freute sich Simona wie ein kleines Kind, bis ihr Blick plötzlich traurig wurde. »Als Dank hätte ich dir gern einen Kuchen gebacken. Aber aktuell passe ich nicht mehr in unsere Küche – da müssen erst ein paar Bagger die oberen Stockwerke abtragen.«

Irritiert blickte Karina die alte Dame an. Nach einer kurzen Pause meinte sie: »Du kannst doch etwas für mich tun, Simona. Und zwar kannst du auf meine Sachen aufpassen, solange ich telefoniere.«

Karina hatte einige Rückrufe abzuarbeiten. Unter der ersten unbekannten Nummer meldete sich eine gewisse Marlena, die sich als Violas Freundin outete. Erst durchfuhr Karina ein Schreck – bestimmt wollte sich Marlena über ihren missglückten Figata-Artikel beschweren. Doch Violas Freundin hatte andere Absichten und weckte mit wenigen Worten Karinas Neugier: »Ich habe eine Titelstory.« Sie verabredeten sich für den nächsten Abend – ein Treffen, von dem sich Karina einige Enthüllungen erhoffte.

Das Gespräch mit Gianna hielt sie so kurz wie möglich. Karina sagte zu, einen Artikel über das Staatsbegräbnis zu liefern. Aber sie sprach nicht an, dass Aurora ihren Deal aufgedeckt hatte. Die Uhr tickte so oder so.

Auch das Telefonat mit ihrem Vater dauerte nicht lange, da er sehr beschäftigt klang. Wo er gerade wäre, wollte Karina wissen.

»In einer Zeltstadt«, erwiderte er schnaufend.

»Echt? Ich auch. Nur gibt es davon über hundert! Wo genau bist du?«

»Camp Bazzano oder so ähnlich. Komm doch rüber.«

»Du bist gut. Komm doch du! Ich bin nicht motorisiert und in Coppito – am anderen Ende der Stadt, zehn Kilometer entfernt.«

»Ich muss hier bleiben, morgen fliegen wir schon zurück. Ansonsten sehen wir uns Ostern in Deutschland!«

»Bist du an Ostern nicht auf einem Ärztekongress?«

»Es hat sich etwas Neues ergeben«, meinte Berthold Kork geheimnisvoll und hatte es auf einmal sehr eilig. »Ich muss aufhören. Ciao!«

Genervt legte Karina ihr Handy weg, dessen Akkuleistung so tief gesunken war wie ihre Laune. Für den nächsten Tag nahm sie sich vor, ihren Vater in Bazzano aufzusuchen.

Der Camprundgang mit Simona dauerte nicht lange, bot aber auch nicht viel: ein Mensazelt, eklige WC-Häuschen, Container mit Vorräten und notdürftigem Zeltinventar. Steckdosen, die sie aber nicht verwenden durfte, hätte es zum Beispiel in der Zeltküche gegeben. Der Koch dachte nicht daran, eine Ausnahme zu machen. »Wo kommen wir da hin, wenn jeder sein Handy in unserer Küche auflädt?«

Bäder und Lichter, die nachts den Weg zum WC wiesen, gäbe es ebenfalls nicht, erklärte Simona. »Das soll aber bald kommen.« Warten konnte und wollte Karina nicht. Ihr Akkunotstand trieb sie in die Kaserne, der einzige Ort, der ihr spontan als Stromquelle einfiel. Von ihrem Camp lag der Trakt nur einen Steinwurf entfernt.

In der Kaserne der Guarda di Finanza war das Chaos an diesem Mittwoch besonders groß. Der Grund war Italiens Ministerpräsident, der schon diverse Camps besucht hatte.

Karina hegte eine tiefe Abneigung gegen den 72-Jährigen, der es auf unerklärliche Weise viermal an die Landesspitze geschafft hatte. Allein seine Aussage, man könne Vergewaltigungen nicht verhindern, weil die Frauen in Italien zu schön wären, schrie nach einer Zwangskastration. Aber es gab tatsächlich Leute, die dieser Politik-Clown beeindruckte, wie einen älteren Herrn, der regelrecht von ihm schwärmte.

»Wir haben ihm so viel zu verdanken. Er hat uns in die Küstenhotels eingeladen.«

Gerade als Karina dem Mann ihre Meinung geigen wollte, kam der Ministerpräsident samt Gefolgschaft um die Ecke. Im Rampenlicht, umringt von Bodyguards und Kameras, fühlte sich der Politiker sichtlich wohl. Karina zückte Block und Stift, wenn sie ohnehin dabeistand, konnte sie auch mitschreiben. Was er zur Situation in L'Aquila sage, fragte eine Reporterin und hielt dem Ministerpräsidenten ihr Mikrofon unter die Nase.

»Es fehlt an nichts. Es gibt warmes Essen, Decken für die Nacht und medizinische Versorgung. Natürlich ist die Überdachung für die Nacht absolut provisorisch. Aber man muss es eben nehmen wie ein Campingwochenende!«[121] [n-tv.de (8.4.2009)]

Erbost stiefelte Karina davon. Dieser taktlose Clown riet den leidgeprüften Menschen allen Ernstes, die Zeit in den Zeltstädten als Urlaub zu sehen. Das war blanker Hohn. Zu gern hätte sie den Ministerpräsidenten in eine Zeltplane gewickelt auf den Mond geschossen und gerufen: »Nehmen Sie es wie einen Campingausflug!«

Auf dem Weg nach draußen lief sie Eric, der ebenfalls mit Luca und ihr nach L'Aquila gefahren war, über den Weg.

»Du glaubst nicht, was euer Ministerpräsident gerade geliefert hat«, platzte sie heraus. Eric hob kaum sichtbar die Augenbrauen. »Meinst du seinen Campingvergleich?«

Gleichgültig zuckte Eric mit den Achseln. Fassungslos starrte Karina ihn an: Wie konnte er da so ruhig bleiben?

Wie sie bald feststellte, war vielen im Camp der Spruch nicht mal ein Achselzucken wert. Kopfschüttelnd steckte Karina ihr Smartphone an der nächstbesten Steckdose an.

Für seinen Ausspruch »Nehmt es wie ein Campingwochenende« erntete der Ministerpräsident in ganz Deutschland reichlich Kritik und Spott. Eine »italienische Lachnummer« fand der Fernsehsender n-tv. »Der Polit-Lümmel« nehme trittsicher jedes Fettnäpfchen mit, kommentierte die Ostsee-Zeitung.

Die Nürnberger Zeitung sparte nicht mit Sarkasmus. Bei Berlusconis Art des positiven Denkens verliere alles seinen Schrecken. Wer demnach keine Beine habe, spare sich das Schuhekaufen und wer nach dem Erdbeben kein Haus mehr habe, dürfe den vom Staat gesponserten Campingurlaub genießen. Berlusconi würden Katastrophen nicht aus dem Konzept bringen – er sei selbst eine.

Politiker müssen bei ihren Aussagen aufpassen, warnte »Die Glocke« und führte auch das Beispiel eines deutschen Ministers an. Dieser hatte einem Arbeitslosen geraten, sich zu waschen und zu rasieren, dann fände er einen Job. Zwar würden in Deutschland solche Debatten schnell ausarten, »seien aber für die öffentliche Meinungsbildung unabdingbar«. In Italien kontrolliere hingegen Berlusconi einen Großteil der Medien.[122] [Vgl. n-tv.de (8.4.2009)]

KAPITEL 51

Onna, Mittwoch, 8. April 2009

»Heute sage ich ihr die Wahrheit.« Mit diesem Vorsatz stieg Viola am Mittwoch neben ihrer Mutter ins Auto. Sie war froh, dass ihr Vater bei Manuele im Krankenhaus blieb und sich Rosa ans Steuer setzte. Mit der Tür ins Haus fallen wollte Viola aber nicht. Daher schwieg sie, bis ihre Mutter ein Gespräch begann.

»Gibt es in Onna auch ein Camp?«

»Am Montag haben sie zumindest Zelte aufgebaut«, meinte Viola leise und rätselte, was sie während ihrer beiden Kliniktage verpasst hatte. Sie malte sich aus, wie eine Horde Plünderer, Journalisten und Retter durch die Reste ihrer Vergangenheit stapften, um Wertsachen, Tragödien und weitere Leichen aus den Trümmern zu ziehen. Trotz allem zog es Viola an den Ort des Grauens zurück.

Während der Fahrt setzte sie mehrmals an, ihrer Mutter zu beichten, was ihr so schwer auf dem Herzen lag. Doch sie fand einfach keine Worte. In Onna ergab sich bestimmt eine bessere Gelegenheit.

Die Hiobsbotschaften rissen auch zwei Tage nach dem Erdbeben nicht ab, die Zahl der Todesopfer war bereits auf 274 gestiegen. Obwohl die Chance, Verschüttete lebend zu bergen, von Minute zu Minute sank, gruben 8.500 Hilfskräfte weiter, während zahlreiche Nachbeben die Region erschütterten. »Hier gibt es keine Überlebenden mehr«, sagte ein Hundeführer, der sich mit seinen vierbeinigen Kollegen durch die Trümmer eines Hauses in L'Aquila arbeitete.

Wie Schakale reisten derweil Plünderer an, die das Leid der anderen schamlos ausnutzten. Polizei und Carabinieri hatten alle Hände voll zu tun, die Habseligkeiten der Evakuierten zu schützen. In Onna verhafteten die Ordnungshüter zwei Männer, die sich mit Diebesgut im Wert von 80.000 Euro aus dem Staub machen wollten.[123] [Vgl. Stern.de (8.4.2009)]

✯✯✯✯

Onnas Dorfleben spielte sich inzwischen auf einer Weide ab. Neben parkenden Autos schlichen Gestalten mit hängenden Köpfen um ein paar Zelte. Nur wenige hatten nach dem Erdbeben ihr Heimatdorf verlassen und waren zu Bekannten oder in Hotels an der Küste gezogen. Die meisten wollten möglichst nahe an den Ruinen ihrer Häuser bleiben.

»Viola!« Eine Dorfbewohnerin stürzte auf Viola zu und umarmte sie. Während ein Hubschrauber über ihnen kreiste, sprach ihr die Bekannte, die um Jahre gealtert schien, Trost und ermunternde Worte zu. Über Riccardos und Clarissas Schicksal wusste sie Bescheid. Sie selbst suchte verzweifelt nach ihrer Schwester. »Von ihr fehlt jede Spur.«

Tröstend legte Viola ihr einen Arm um. Nach einer Weile erkundigte sie sich nach Valenzia: »Hast du etwas von Irenas Nichte gehört?«

Die Bekannte holte tief Luft. »Aus den Trümmern ihres Hauses hat die Feuerwehr drei Überlebende herausgeholt – und elf Tote. Ob Valenzia lebt, konnte mir bisher keiner sagen.« Sie senkte ihren Blick.

»In welche Klinik sind die Überlebenden gekommen?«

»Verschieden. Die einen sind nach Pescara gekommen, die anderen nach Teramo oder Avezzano.«

Viola stöhnte. »Hervorragend, in alle Richtungen verstreut.« Nachdem sie in den Kliniken angerufen hatte, wusste Viola genauso wenig wie zuvor und beschloss daher, vor Ort nachzufragen. In Teramo kannte sie einen Arzt, Pescara würde Luigi übernehmen, weil dort seine Schwester wohnte. Somit blieb nur Avezzano. Vor ihrem Abstecher in die dortige Klinik stand für Viola noch ein anderer schwerer Gang an.

Obwohl sie ihre Mutter und zwei Feuerwehrleute begleiteten, fühlte sich Viola auf dem Weg zur Ruine ihres Hauses sehr einsam. Besonders bedrückte sie die unheimliche Stille, die über den Schuttbergen lag.

»Als hätten Bomben eingeschlagen«, stammelte Rosa schockiert. Obwohl ihr letzter Besuch im Ort nur wenige Wochen her war, erkannte sie Onna nicht wieder. Anstelle der schmucken Kirche ragten Mauerreste empor, lediglich die rote Telefonzelle daneben hatte standgehalten. An den Dorfplatz und die Häuschen rundherum erinnerten nur noch Steinhaufen mit Brettern, die sich wie abgebrochene Riesenstreichhölzer in die Wolken spießten. Einen Moment wünschte Rosa, ihr Mann wäre an ihrer Stelle hier und sie in Rom bei ihrem Enkel geblieben.

Als sich Viola der Via dei Angeli näherte, durchfuhr sie ein Schauer. Von Weitem sah sie all das, was nicht mehr war: die Italienfahne eines Nachbarn, Irenas vor Blumen überquellender Balkon und die Wäsche, die auf den Leinen zwischen den Häusern flatterte. Binnen Sekunden hatte sich ihr geliebtes Dorf in Schutt aufgelöst, in dem nun Bagger herumwühlten. Der aufgewirbelte Staub brachte Viola zum Husten, während sie auf die Stelle starrte, wo ihre Küche gewesen war. Wie oft hatte sie hier Espresso gekocht, Kuchen gebacken und ihren ausgehungerten Männern Spaghetti gemacht. Nie wieder würde dort Kaffeeduft in ihre Nase steigen und ihr das Brummen des Kühlschranks auf die Nerven gehen. Nie wieder würde sie ihrer Tochter im Wohnzimmer auf dem unbequemen Sofa Kinderbücher vorlesen.

Viel konnten sie von Violas altem Leben nicht retten: Lediglich ein eingedelltes Fotoalbum, ein verstaubtes Schulheft von Manuele und den zerrupften Plüschhund ihrer Tochter zogen sie unter dem Schuttberg hervor. Viola hoffte, dass ihr die beiden Koffer, die ihr Mann in jener Nacht zum Auto getragen hatte, wenigstens noch ein Andenken an Riccardo brachten. Es musste nicht viel sein – ein Stück Stoff oder zumindest ein Papier mit seiner Handschrift.

Hinter der halb eingefallenen Mauer am Spielplatz musste ihr Wagen stehen. Viola beschleunigte ihre Schritte, ihre Mutter eilte gefolgt von den beiden Feuerwehrleuten hinterher. Unter einer dicken Schicht aus Staub und Schutt tauchten die Umrisse des Pkws auf. Zuvor hatte Viola stets gebangt, dass die Klapperkiste ansprang. Nun, da das Auto ein Wrack war und der Zündschlüssel unauffindbar, interessierte sie nur noch die kostbare Kofferfracht.

Das verschüttete Auto freizuräumen erwies sich als knifflige Aufgabe, bei der sich selbst die Feuerwehrmänner schwertaten. Erst mit vereinten Kräften und Schaufeln gelang es, an die Koffer zu kommen. Die beiden Männer trugen das Gepäck sogar bis zu Rosas Wagen. Dort wollte Viola sofort Riccardos und Manueles Koffer öffnen, doch ein Anruf ihres Vaters platzte dazwischen. Aufgeregt rief er: »Manuele hat die Finger bewegt.«

»Wirklich?« Viola konnte es kaum glauben.

»Halleluja«, seufzte die Oma erleichtert. Offenbar zeigte ihre Idee, dem kleinen Komapatienten seine Kassetten vorzuspielen, Wirkung.

Viola war überrumpelt. »Erzähl, Papa. Was war los?«

Giosué war kein Mann der großen Worte. »Der Schwester ist ein Infusionsbeutel auf Manueles Arm gefallen, da hat sich seine Hand bewegt.«

Zitternd hielt Viola das Telefon fest. »Er hat wirklich seine Hand bewegt?«

»Ja, zwei Finger an der rechten Hand.«

»Was sagen die Ärzte dazu?«

»Nichts. Alle sind beschäftigt«, erwiderte Giosué tonlos.

»Ich muss sofort zu Manuele«, seufzte Viola, hob den Kopf und blickte in den blauen Himmel vor den verschneiten Gipfeln. Der Anruf ihres Vaters brachte neue Hoffnung in das Tal der Tränen.

Doch vor ihrer Rückfahrt nach Rom hatte Viola noch ein Versprechen einzulösen. Sie sollte ihre beste Freundin Marlena in deren Geburtsort Raiano begleiten. Dort, gut 50 Kilometer von L'Aquila entfernt, trugen sie zwei Tage vor dem Staatsbegräbnis das erste Erdbebenopfer zu Grabe.

In L'Aquila hatte Carmelina Iovine ihr Leben verloren. In Raiano, ihrem Heimatdorf, eröffnete die 22-Jährige mit ihrem Sarg einen Trauermarsch, der sich in den nächsten Tagen durch die gebeutelte Region zog. Ganze Dörfer geleiteten die Erdbebenopfer auf ihrem letzten Weg.

Rote Rosen schmückten Carmelinas weißen Sarg, dem ihre schwarzgekleidete Familie folgte. Unter freiem Himmel nahmen die Angehörigen, die ihre verweinten Augen hinter dunklen Sonnenbrillen versteckten, von Carmelina Abschied, weil alle Kirchen des Ortes unbegehbar waren.

Im Dezember wäre Carmelina 23 Jahre alt geworden. Sie war eine fröhliche junge Frau gewesen, beliebt und hilfsbereit, voller Träume und Pläne. Ihr Studium hatte sie bereits abgeschlossen und vor Kurzem einen Spezialisierungskurs in L'Aquila begonnen. Am Sonntag hatte sie trotz der Erdstöße darauf bestanden, zu ihrem Freund Matteo nach L'Aquila zu fahren. Seit vier Jahren waren sie zusammen – bis zum bitteren Ende, als das Haus über ihren Köpfen einstürzte.[124] [Vgl. il Centro: Le vittime del terremoto (Gedenkseite) sowie vgl. AbruzzoSvegliati (19.4.2009)]

KAPITEL 52

»Die ›falschen Nachrichten‹ zu einem verwüstenden Erdstoß in den Abruzzen hatte Giuliani auf Grundlage seiner Radonanalysen verbreitet. Die Methode wird von den Autoritäten der Regierung als stümperhaft bezeichnet, aber von Dutzenden Universitäten in der ganzen Welt aufmerksam verfolgt.«[125] Marco Travaglio [Vgl. Travaglio/Vauro: Sangue e Cemento]

L'Aquila, Mittwoch, 8. April 2009

Mehr als neugierig stürmte Karina dem Interview mit dem Erdbebenjäger entgegen. Dessen umstrittenes Radon-Warnsystem hielt sie immer noch für kompletten Unsinn. Wie sollte ein geruchloses, radioaktives Gas, das Tag für Tag aus dem Erdinneren strömte, der Vorbote eines Erdbebens sein? Da konnte man gleich Wolken beobachten. Nicht umsonst hatte die Wissenschaftselite Italiens ein vernichtendes Urteil über den Forscher gefällt.

Kurz bevor sie den Laden erreichte, den der Seismologe ihr am Telefon beschrieben hatte, meldete sich Filippe bei ihr und fragte nach einem Treffen. Karina musste ihn wohl oder übel vertrösten. »Ich muss gleich zu einem Interview. Aber ein andermal gern. Alles okay bei dir?«

»Du bist immer auf Achse«, rief Filippe mit gespielter Empörung. »Da muss ich wohl noch etwas leiden, bis du zurückrufst!« Karina legte lächelnd auf. Als sie den Laden betrat, ahnte sie nicht, wie aufgewühlt sie dieses Gebäude wieder verlassen würde, sodass sie nicht mehr an Filippe denken würde.

Im Geschäft stellte sich Karina einer jungen Verkäuferin vor, die gerade einen Mann bediente und sie kurz darauf in den Keller führte. Die von Gerümpel übersäte Treppe hinterließ genauso einen bleibenden Eindruck wie die Forschungsstation selbst, die Karina eine Spur zu feucht und dunkel war. Als Ordnungsfanatikerin hätte sie die mit Computern, Kabeln und sonstigen Geräten überfrachtete Kellerwerkstatt sofort als Filmkulisse empfohlen, entweder als Laboratorium eines Genies oder als Kulisse eines Horrorfilms.

Ihr erster Eindruck, als sie dem Erdbebenpropheten die Hand schüttelte, war gut. Er wirkte sympathisch, aber traurig und hatte tiefe Augenringe. Dass er wieder jene Regenjacke trug, über die Karina oft den Kopf geschüttelt hatte, war ihr inzwischen egal. Sie begann mit der Frage, wie er und seine Leute das Beben überstanden hätten.

Seine Bekannten wären alle am Leben, erwiderte er. »Drei unserer fünf Stationen sind aber außer Gefecht gesetzt. Bis wir wieder starten können, wird es dauern.«

Karina wusste, dass er als Techniker im Labor des Nationalinstituts für Nuklearphysik unter dem Gran-Sasso-Massiv arbeitete und jede Minute seiner Freizeit für sein Warnsystem opferte. Über dessen Anfänge war sie aber nicht informiert. »Wie sind Sie auf Radon gekommen?«

»Eine Kollegin im Gran-Sasso-Labor hat mich mehrmals auf seltsam hohe Radonwerte hingewiesen. Jeweils am Tag danach haben die Zeitungen von einem starken Erdbeben berichtet.« Der Verdacht eines Zusammenhangs verhärtete sich, als er die Sache genauer untersuchte.

Anfangs wirkte der Hobbyforscher müde und geschafft. Doch er blühte auf, sobald er sein System vorstellen konnte. Er schwärmte regelrecht vom Potenzial der unscheinbaren 70 mal 70 Zentimeter großen, grauen Kästen, die er »Radon-Meter« nannte. Sie wären das Kernstück des Systems. »Im Gegensatz zu anderen Instrumenten saugen sie das Gas nicht aus dem Boden, sondern messen den natürlichen Radon-Austritt. Alle zwei Stunden kommen die Daten, die unser System in Relation zu anderen Werten setzt.«

Der Erdbebenjäger redete ruhig und verständlich, sodass Karina trotz ihres beschränkten Physikwissens folgen konnte, bis er sich in Details verlor, wie den Zerfallsprodukten von Radon und deren Eigenschaften. Prompt hakte sie ein. »Wie lange können Sie Erdbeben vorhersehen?«

»Etwa sechs Stunden, bevor sie auftreten. Dabei haben wir eine Fehlerquote von zwei bis drei Prozent, was das Epizentrum angeht. Unser Ziel ist es, diese Spanne auf mindestens einen Tag Vorlauf zu verbessern.«

»Einige Forscher sagen, dass der Radonaustritt im Vorfeld eines Bebens auch sinken kann«, griff Karina angelesenes Wissen auf.

»Das stimmt.« Der Erdbebenprophet ließ sich nicht aus der Ruhe bringen. »Daher brauchen wir mindestens drei Stationen. Bei der, die am weitesten vom Epizentrum entfernt ist, kann die Radonmenge auch sinken.«

Obwohl der Vortrag fundiert wirkte, hielt Karina an ihren Zweifeln fest. Selbst meisterhafte Konstrukte stürzten ein, wenn die Basis falsch war. Doch ihr fehlte die Kompetenz, das beurteilen zu können. Skepsis war trotzdem von Vorteil, weil es sie davor bewahrte, eigene Irrtümer zugeben zu müssen. Sie fuhr mit ihren Fragen fort: »Wie wollen Sie Alarm schlagen, ohne dass Panik ausbricht?«

»Wir müssen lernen mit den Beben zu leben, wie es andere Länder vormachen«, erwiderte der Hobbyforscher. »Das könnte aussehen wie beim Wetterbericht: Wenn Meteorologen vor Regen oder Gewitter warnen, packt man seinen Regenschirm ein oder verzichtet auf Aktivitäten im Freien. In Japan lernen schon Schüler, wie sie sich bei Erdbeben verhalten müssten. In Italien gibt es dagegen viel zu tun. Kaum wird eine Generation verschont, sind Erdbeben aus dem Kopf.«

In L'Aquila setzte die Politik viel daran, die Gefahr über Jahrzehnte zu verschleiern. Dabei war bekannt, dass die Abruzzen ein hoch gefährdetes Erdbebengebiet sind und historisch gesehen sogar zu den am meisten betroffenen Regionen Italiens zählen. Allein im 20. Jahrhundert ereignete sich dort eine Reihe heftiger Erdstöße: 1904 und 1915 traf es die Stadt Avezzano sowie den Gemeindeverbund Marsica, 1933 die Gegend um das Majella-Gebirge, 1943 erschütterte ein Beben weite Teile der Abruzzen, 1958 und 2009 bebte in L'Aquila die Erde.[126]

[Vgl. Travaglio/Vauro: Sangue e Cemento]

Immer wieder klickte der Seismologe auf dem Monitor herum, rief komplexe Zahlenkonstrukte und Grafiken auf. Fasziniert von seiner detaillierten Arbeitsweise hatte Karina Mühe, an ihren Zweifeln festzuhalten. War er doch ein verleumdetes Genie? Mit Fragen versuchte sie, ihn aus der Reserve zu locken.

»Wieso widersprechen Ihnen so viele Wissenschaftler, dass Erdbeben nicht vorhersehbar wären?«

Der Hobbyforscher kratzte sich an der Nase. »Den Begriff ›unvorhersehbar‹ gibt es in meinem Wortschatz nicht. Jedes Naturphänomen im Universum hat eine Ursache. Wenn es gelingt, diese Ursache zu erforschen, kann man auch die Wirkung vorhersagen. Leider hat sich in Italien auf dem Gebiet der Seismologie in den letzten 30 Jahren wenig getan – ganz anders als in den USA oder Japan. Selbst Mexiko oder Chile sind besser vorbereitet.«

Karina setzte ihre Fragenoffensive fort. »Die Elite Italiens fällt ein vernichtendes Urteil über Ihr System. Wie erklären Sie das?«

»Das hat mehrere Gründe.« Der Erdbebenforscher räusperte sich. »Ein Problem ist, dass wir ein System nutzen, das sehr zuverlässige Analysen macht, das aber keiner kennt. Die Daten aus zehn Jahren experimenteller Forschung bestätigen das. Das System hat bisher nie versagt.«

Von wegen nie versagt, da hatte Karina anderes gehört. Nicht umsonst hatte ihn die Stadt Sulmona eine Woche vor der Tragödie in L'Aquila anzeigt. »Und was ist mit dem falschen Alarm von Sulmona?«

Sulmona war das Stichwort. »Ich habe nicht Alarm geschlagen«, rief der sonst so beherrschte Mann, der nun mühsam um Fassung rang. Dann erzählte er seine Version der Geschichte. »Es war so: Nachdem am Sonntagmorgen ein Beben Sulmona erschüttert hatte, bat mich der Bürgermeister seinen Kollegen dort zu kontaktieren, was ich getan habe. Da ich erst Daten auswerten musste, konnte ich ihn erst am Nachmittag beruhigen, dass am Sonntag nichts mehr passieren würde. Ich habe versprochen, die Situation weiterhin zu überwachen.« Er machte eine Pause. »Am nächsten Tag hat er mich anzeigt wegen falschen Alarms, den ich nie gegeben habe. Dafür habe ich auch Zeugen.«

»Warum sollte der Bürgermeister Sie anzeigen?« Das Ganze kam Karina sehr seltsam vor.

»Jemand muss ihn um diesen Gefallen gebeten haben.«

Karina kritzelte kryptische Kürzel auf ihren Block. »Sie meinen, Sie werden als Spinner dargestellt, weil Sie kein Wissenschaftler sind?«

»Das ist einer der Gründe. Ich bin nur ein einfacher Techniker, besitze weder Professor- noch Doktortitel. Eine so wichtige Entdeckung könnte Wissenschaftler diskreditieren, die dafür bezahlt werden ein solches System zu entwickeln.«

Erst nach dem großen Erdbeben von San Francisco 1906 bildete sich die Seismologie als Wissenschaft heraus. Eines der wichtigsten Ziele der Forscher war seither die Vorhersage von Erdbeben. »Bis in die 1970er Jahre konzentrierten sie sich auf das Aufspüren eines Vorläufersignals, [... wie] Vorbeben, Veränderungen des Grundwasserpegels, seismische Ruhe vor einem großen Beben oder Freisetzungen des Gases Radon, das durch Risse im Gestein entweicht.«[127] [Vgl. Deutsche Physikalische Gesellschaft e.V.]

Karinas Spürnase witterte, dass noch viel mehr dahintersteckte, also bohrte sie weiter: »Wie haben Sie Ihr System eigentlich finanziert?«

Obwohl er, was irgendwie möglich war, selbst zusammen bastele, wie sein Keller bestätigte, kämen einige Hunderttausend Euro zusammen, erklärte der Erdbebenprophet. »Mit einer weiteren Million könnten wir die Abruzzen und die umliegenden Regionen überwachen.«

Vor Kurzem hätte Karina noch gesagt, eine Million konnte man auch sinnvoller aus dem Fenster werfen – für Klamotten zum Beispiel. Doch die letzten drei Tage hatten einige ihrer Ansichten ins Wanken gebracht. Eine Frage, die sie brennend interessierte, hatte sie noch nicht gestellt: »Wenn Sie vor der Tragödie wussten, was passiert, warum haben Sie nicht Alarm geschlagen?«

»Ich hatte den Bürgermeister von L'Aquila gewarnt, dass sich etwas aufstaut. Aber ich konnte nicht offen reden.«

»Wieso haben Sie die Menschen nicht gewarnt?« Herausfordernd blickte sie ihn an.

Er presste seine Lippen zusammen. »Die Anzeige hat mich stark verunsichert. Sie haben mein Telefon überwacht und mir mit Gefängnis gedroht, wenn ich erneut Alarm schlagen sollte. Also habe ich nur meine Familie und Freunde gewarnt, aber ich hätte die Anzeige ignorieren sollen.« Seine Stimme stockte. Er war den Tränen nahe und wischte sich mit dem Ärmel über die Augen.

Karina starrte ihn an, seine Reaktion war definitiv nicht gespielt. Verzweiflung sprach aus seinen Augen, er hatte Mühe die Tränen zurückzuhalten. Seine Stimme zitterte und er ballte seine Fäuste. »300 Menschen sind gestorben! Ich hätte sie retten können. 300!«

»Aber …«, Karina fehlten die Worte. Was lief nur in dieser Stadt verkehrt? Hier gaben sich ausgerechnet all diejenigen die Schuld, die nichts Böses beabsichtigt hatten. Es folgte eine bedrückende Stille.

Nach einer Weile fuhr Karina mit einer unverfänglichen Frage fort: »Was haben Sie in Zukunft vor?«

»Das System entwickeln wir in jedem Fall weiter. Unser Ziel ist es, gefährdete Regionen zu überwachen, um Leben zu retten. Dafür hoffen wir, bald Unterstützer in der Industrie zu finden. Gern stellen wir unsere Daten für wissenschaftliche Analysen zur Verfügung.«

Karinas Hirn ratterte auf Hochtouren. »Warum stellen Sie Ihr System nicht dem Zivilschutz vor?«

»Das habe ich bereits getan. Man hat mich als Idiot und Lügner beschimpft.« Seinem Gesicht war zu entnehmen, wie sehr die Demütigung an ihm nagte. Er biss sich auf die Lippe. Dann holte er weit aus. Was Karina nun erfuhr, ließ einiges in einem anderen Licht erscheinen.

Rom, Mittwoch, 8. April 2009

Nach einem Wellnesstag im Schönheitszentrum stattete Gianna ihren Eltern einen Besuch ab. Voller Stolz empfing ihre Mutter sie mit Küsschen und Kaviar. Über Giannas glänzende Karriere wusste längst das ganze Viertel Bescheid.

Vom Lob der Eltern euphorisiert, spielte Gianna im wohlig warmen Wohnzimmer ernsthaft mit dem Gedanken, selbst nach L'Aquila zu fahren. Dann konnte ihr Karina nicht mehr vorwerfen, dass sie keine Ahnung hätte. Doch die Fernsehbilder genügten Gianna. Unter keinen Umständen würde sie in einem Zelt nächtigen, unter dem die Erde bebte. Das sollte Karina tun, Gianna musste sie nur bei Laune halten.

L'Aquila, Mittwoch, 8. April 2009

Nach einer guten Stunde verließ Karina den Keller des Hobbyseismologen. Er hatte noch viel zu tun und weitere Reporter standen bereits Schlange.

Im Freien sog Karina die kühle Luft ein, ihr Schädel dröhnte. Was für ein starker Tobak, das musste sie erst verdauen. Leider klang das, was sie inoffiziell erfahren hatte, so furchtbar plausibel. Verwirrt trottete Karina durch weitere zerstörte Straßen.

Anfangs war die entscheidende Frage für sie gewesen: Wird es in den nächsten Stunden ein Erdbeben geben? Doch das spielte nun keine Rolle mehr. Egal, ob seine Methode stimmte oder nicht, der Mann hatte mehr begriffen als viele andere. Vor allem hatte er ihr Abgründe aufgezeigt, die sonst keiner aussprach. Karina meinte, eine Neuauflage des Kampfes von David gegen Goliath zu erleben.

Sie tat etwas, was sie in ihrer Karriere als zweihändige Schreibmaschine beim Stadtblatt bisher nie getan hatte: Sie bat um Aufschub für ihren Artikel.

»Sicher?« Der Blattchef warnte sie vor, dass er das Interview später nicht mehr bräuchte und auch keine anderen Italienartikel von ihr. Trotzdem lenkte Karina nicht ein. Nach den Erlebnissen der letzten Tage und all dem, was sie im Keller des Seismologen gehört hatte, konnte sie nicht einfach zum Alltag übergehen. Zwar fehlten ihr Fakten, um zu beurteilen, ob das Unglaubliche stimmte, aber sie nahm sich fest vor, Licht ins Dunkel zu bringen.

KAPITEL 53

»Zwei Opfer, eine 53-jährige Mutter und ihre 18-jährige Tochter, starben erst am Donnerstagabend: Sie hatten sich über die Anweisungen des Zivilschutzes hinweggesetzt und wollten in ihrem schwerbeschädigten Haus im evakuierten Zentrum von L'Aquila Kleider und Wertsachen holen – da brachte ein starkes Nachbeben das Haus ganz zum Einsturz [...].«[128] Frankfurter Rundschau (10.4.2009)

L'Aquila, Donnerstag, 9. April 2009

Marlena und ihre Mutter scherten sich nicht um die Verbote. Als ihnen die Wächter den Zutritt zu L'Aquilas evakuiertem Stadtkern versperrten, zogen die beiden zunächst ab. Nur wenige Straßen weiter versuchten es Mutter und Tochter erneut; dort waren keine Wachposten positioniert. Flink durchbrachen sie den Zaun und drangen in das Sperrgebiet »Zona Rossa« ein.

»Das wäre geschafft«, sagte Marlena zu ihrer Mutter. Ohne Umwege eilten sie zu deren Wohnung inmitten der Altstadt. Bis vor drei Tagen hatten im schmucken Gebäude, dessen Last nur noch auf fragilen Pfeilern ruhte, ein Dutzend Menschen gelebt. Jetzt lag die Haustür zersplittert neben dem Eingang, die Treppe war mit Schutt belagert und zum Teil weggebrochen. Marlena zögerte, ehe sie sich auf die Stufen wagte und vorsichtig die Treppe emporstieg.

»Pass auf, wo du hintrittst, Mama. Überall sind Stolperfallen.« Als sich Marlena umdrehte, um zu sehen, wo ihre Mutter blieb, rutschte ihr Fuß ab und sie geriet ins Straucheln. Im letzten Moment fasste Marlena einen Rest des Treppengeländers, der sie vor einem Sturz bewahrte.

»Puh, das war knapp.«

Mit klopfendem Herzen und außer Atem erreichte Marlena den zweiten Stock, in dem sie einst aufgewachsen war. Traurig schüttelte sie den Kopf. »Schau dir das an!« Mehrere Wände waren weggebrochen und gaben den Blick in die verwüsteten Nachbarwohnungen frei. In einem Zimmer waren sowohl die Lampen als auch die Hängeschränke abgestürzt und die Schubladen einer Kommode sowie deren Inhalt war auf dem Boden verteilt.

»Furchtbar! Wir sollten uns beeilen«, trieb Marlenas Mutter an. Sie hatte einen bröckelnden Pfeiler entdeckt und auch andere tragende Stützen sahen mitgenommen aus.

Ohne Schlüssel in ihre Wohnung einzudringen, war nicht schwer, wenn man einmal den Aufstieg gemeistert hatte. Die Mauer, die bisher das Treppenhaus vom Flur getrennt hatte, stand nur noch zur Hälfte. Während die Frauen die Trümmer beiseiteschoben, um sich einen Weg ins Wohnzimmer zu verschaffen, war beiden die Gefahr durchaus bewusst. Trotzdem kehrten Mutter und Tochter nicht um. Der Wunsch Kleider, Wertsachen und persönliche Erinnerungsstücke zu retten, war größer als die Angst. Bald kniete Marlenas Mutter vor einer Schublade und wühlte darin, bis ihr die Tränen in die Augen stiegen.

»Was ist, Mama?«, fragte Marlena und kletterte über ein abgestürztes Deckenstück zu ihrer Mutter, die ein altes Foto ihres verstorbenen Ehemanns herauszog.

»Wenigstens die Bilder von deinem Vater sind uns geblieben«, seufzte sie und presste die Fotografie an sich. »Schade, dass er seinen neuen Enkel nicht mehr kennenlernt.« Liebevoll blickte sie ihre schwangere Tochter an.

Marlena fand weitere Fotos, die sie als kleines Mädchen mit ihren Eltern zeigten – eine Zeit, in der alles noch so einfach erschienen war. Von den Erinnerungen überwältigt, sank sie auf den Boden. Als Marlena den Blick nach oben richtete, stieß sie entsetzt einen Schrei aus. In der Decke über ihr klaffte ein großes Loch, in das ein aufgeschlitztes Bett hineinragte. »Mama, beeile dich!«

Eigentlich hatten die Frauen nicht mehr lange bleiben wollen. Doch die Minuten vergingen wie Sekunden, bis sie fanden, was sie suchten. Letztlich wühlten sie eine Stunde lang in umgestürzten Schränken und Kommoden, durchsuchten Schuttschichten, bis sie Fotoalben und Schatullen mit dem Familienschmuck in den Händen hielten.

Gerührt blickte Marlena auf die unersetzlichen Schätze, als ein ohrenbetäubender Krach sie aufschreckte. Ehe sie reagieren konnte, gaben die Pfeiler nach und die Decke raste auf sie herab.

✯✯✯✯

Am Donnerstag brach Karina nach dem Mittagessen von L'Aquila nach Bazzano auf. Das Tramperglück war mit ihr – in Form einer jungen Frau, die sie direkt zum Camp brachte. Dort musste sie nicht lange nach ihrem Vater suchen. Direkt vor ihren Augen lud ein Quartett, dessen orangefarbene Leuchtwesten mit deutscher Aufschrift ihr sofort ins Auge stachen, Pakete aus einem Transporter. Obwohl er ihr den Rücken zuwandte, entdeckte Karina ihren Vater sofort, weil keiner so laut schimpfte wie er.

»Wie gut, dass dich hier keiner versteht«, rief sie ihm zu. Erschrocken drehte sich Berthold Kork um. Als er seine Tochter erkannte, huschte ein Lächeln über sein Gesicht, das ungewohnt jugendlich wirkte. Karina biss sich auf die Zunge. »Hast du dich liften lassen?« war nicht die beste Einstiegsfrage. Sicher lag es daran, dass sie ihn länger nicht gesehen hatte.

Schnellen Schrittes eilte Kork zu seiner Tochter und umarmte sie herzlich; das tat er selten. Dass er noch immer ihr Vater war, bewies gleich sein erster Satz.

»Du siehst fertig aus! Schläfst du im Zelt?«

Entgegen ihrer Gewohnheit war Karina kaum gestylt. Sie trug wenig Schminke und ein zerknittertes Shirt, hatte die Haare notdürftig hochgesteckt. Das konnte sie nicht leugnen.

»Stimmt und wo schlaft ihr?«

»Bisher haben wir in einem Hotel in Rom übernachtet. Aber gleich fliegen wir zurück.«

»Jetzt schon? Die Katastrophe ist doch noch lange nicht zu Ende.«

»Mag sein, aber wir sind nicht mehr gefragt. Es gibt Ärzte, die gern in eingestürzten Kliniken arbeiten. Denen überlassen wir das Feld und den Koordinatoren, die nun die Spenden unter die Obdachlosen bringen.«

»Verstehe.« Ein weiser Entschluss ihren Vater abzuziehen, dachte Karina. Er war ein hervorragender Chirurg, scheiterte aber ohne Haushaltshilfe im Alltag.

Plötzlich lächelte ihr Vater sie an: »Und du bist hier, weil du genug von Italien hast und mit uns zurückfliegen willst?«

»Da muss ich dich enttäuschen, die Italiener haben mich selten so beeindruckt wie jetzt im absoluten Ausnahmezustand. Ich bleibe hier. Basta!« Karina stemmte trotzig die Hände in die Hüften.

Korks Ton wurde schroff: »Ich bin dein Vater, und solange du die Füße unter meinen Tisch stellst, bestimme ich. Du kommst mit!«

»Falls es dir nicht aufgefallen ist: Ich wohne seit drei Jahren nicht mehr bei dir«, konterte sie trotzig.

»Aber ich zahle dein Studium!«

»Weißt du, Dad, ich habe nun andere Geldquellen und in L'Aquila fällt es mir außerdem schwer, Geld auszugeben!« Sie setzte ein spitzbübisches Grinsen auf. Wenn er ernst machte, würde sie eben das träge Studium beenden, das schmerzte sie nicht mehr. Außerdem hatte Gianna ihr Ghostwritergehalt deutlich erhöht.

»Ach ja? Welche Geldquellen?«

Karina grinste weiter. »Reporter sind hier sehr gefragt, im Gegensatz zu Ärzten.« Das musste sie ihm einfach ins Gesicht schleudern.

»Ich warne dich, Tochter!« Sein Gesicht verfinsterte sich. »Fall nicht auf falsche Versprechen von Italienern rein!«

Es war an der Zeit ein anderes heißes Thema anzuschneiden, fand Karina. »Aber jetzt sag. Was hat sich ergeben, dass du, der Kongressverfechter schlechthin, den Medizinerkongress schwänzt?«

Jetzt lächelte er geheimnisvoll, wie ein Pubertierender auf Wolke sieben. Karina schwante Übles, ihr Vater hatte bisher kein gutes Händchen bei der Beutewahl bewiesen.

»Du hast eine neue Freundin?« Sie blickte zu den beiden Frauen aus dem Helferteam und hoffte, dass er Nein sagte. Doch das tat er nicht.

»Es gibt Wichtigeres als Vorträge.« Das waren ganz neue Töne aus dem Mund des oft gebuchten Referenten. »Also, Karina, du hast noch eine Stunde, dich richtig zu entscheiden und mitzukommen.«

»Ich habe mich entschieden. Ich bleibe«, war ihr letztes Wort. Der Abschied fiel so aus, wie ihn die Trotzköpfe seit Jahren praktizierten: Beide stiefelten wortlos, wütend und überzeugt, das Richtige zu tun, davon. Karinas gute Vorsätze hatten längst die Flucht ergriffen.

****

Bei Temperaturen knapp über dem Gefrierpunkt mussten Zehntausende Obdachlose die Nächte in Autos und Zelten verbringen. Hunderte Nachbeben – die heftigsten erreichten die Stärke 5,3 auf der Richterskala – versetzten die Menschen in den Abruzzen immer wieder in Angst und Schrecken. Zusätzlich verbreiteten Unbekannte per SMS Panik, woraufhin die Behörden warnten, es könnten Plünderer sein.

Manche kehrten trotz Zugangsverboten in ihre beschädigten Häuser zurück, sodass Nachbeben weitere Todesopfer forderten. Da auch das Leichenhaus in L'Aquila unbenutzbar war, wurde ein Gebäude bei der Finanzpolizei dazu umfunktioniert.[129] [Vgl. Süddeutsche Zeitung (9.4.2009)]

✯✯✯✯

Der Aufschrei der Frauen ging im lauten Krachen der Mauern unter, die Mutter und Tochter samt ihrer mühsam befreiten Schätze unter sich begruben. Erst später entdeckten Polizisten das eingestürzte Haus. »Oh nein!«, stieß einer von ihnen hervor, er ahnte Schlimmes.

Erst nach mehrstündiger Suche drangen sie zu den Leichen der beiden Frauen vor.

Der Polizist, der Viola die Hiobsbotschaft überbrachte, war nicht zu beneiden. Ihr entsetzter Schrei hallte bis ins Nachbardorf. Noch Minuten später zitterte Viola am ganzen Körper. Wäre ein Messer in Reichweite gewesen, hätte sie für nichts garantiert.

»Das kann nicht wahr sein! Nicht auch noch Marlena!« Viola machte sich schwere Vorwürfe, erneut hatte sie versagt. Wie sicher war sie gewesen, dass ihre beste Freundin, ihre Warnung verstanden hatte – ein Trugschluss.

Was hatte sie nur getan, dass es sie so knüppeldick traf? Ob das eine Strafe Gottes war, fragte sich Viola. In letzter Zeit hatte sie den Bezug zum Glauben verloren, die Reste vertrockneten gerade wie eine entwurzelte Palme in der Wüste. Und die aktuellen Ereignisse trugen nicht dazu bei, Violas Vertrauen in Gottes Pläne zu stärken. Sie konnte einfach nicht begreifen, dass er diese Tragödie zuließ und seinen Menschenkindern beim Sterben zusah, ohne einzugreifen.

Hatte Gott am 6. April geschlafen? Wo war er, als ihr Leben zerbrach? Auf einmal kam Viola die oft zitierte Geschichte von Hiob in den Sinn. Hatte dieser Mann nicht auf einen Schlag alle Kinder verloren? Seine sieben Söhne und drei Töchter hatten gemeinsam im Haus des Ältesten gefeiert, als ein Wirbelsturm über sie hinweggefegt war. Das Haus war eingestürzt, keiner hatte überlebt. Vor Verzweiflung zeriss daraufhin Hiob seine Kleider und schor sich den Kopf. Im Schutt sitzend flehte er zu Gott und trauerte wochenlang. Als wäre das noch nicht genug gewesen, wurde Hiob auch noch krank und Geschwüre zerfraßen seinen Körper. Eine schier endlose Zeit litt er unvorstellbare seelische und körperliche Qualen, es war ein Test, eine Versuchung. Der Teufel war überzeugt, dass sich Hiob von Gott abwenden würde, wenn das Leiden nur schlimm genug wäre. Aber Hiob hielt trotz allem an seinem Glauben fest. Er zweifelte, aber verzweifelte nicht. Er klagte Gott an, stellte ihn zur Rede und Gott antwortete. Er traute Hiob viel zu.

Dunkel erinnerte sich Viola, wie Hiobs Geschichte ausgegangen war. Das Ende gefiel ihr gar nicht. Vor allem blieb die entscheidende Frage offen, auf die sich Viola so sehnlichst eine Antwort wünschte: Warum?

KAPITEL 54

»Die Wahrheit wird nicht gesagt«, betonte der Zivilschutzchef in einem Telefonat am 9.4.2009.[130] [Vgl. Repubblica (25.10.2012)]

L'Aquila, Donnerstag, 9. April 2009

Nach dem Streit mit ihrem Vater stürmte Karina wütend aus dem Zeltlager. Sie ärgerte sich über ihn und über sich selbst. Eigentlich wollte sie doch netter zu ihm sein – das war gänzlich misslungen. Über Feldwege eilte sie nach L'Aquila zurück. Sie erreichte gerade den Stadtrand, als ihr Smartphone schellte. Filippes Nummer erinnerte sie sofort an ihr nicht gehaltenes Rückrufversprechen.

»Hi du, es tut mir echt leid, dass ich mich nicht gemeldet habe. Das Interview gestern hat länger gedauert.«

»Ich dachte schon, du hast mich vergessen«, tönte seine enttäuschte Stimme, deren Tonfall aber schnell umschwenkte. »Aber so leicht wirst du mich nicht los. Ich habe heiße Infos für dich!«

»Wirklich? Um was geht es denn?« Karinas Neugier wuchs.

»Das kann ich dir am Telefon nicht sagen. Wir müssen unter vier Augen reden«, betonte Filippe. »Aber ich muss erst etwas organisieren und rufe dich morgen wieder an.«

✯✯✯✯

Im Dorf Campotosto, das nördlich von L'Aquila auf 1.500 Meter Höhe liegt, wuchs die Sorge, ob die Mauern des angrenzenden Stausees Lago di Campotosto halten würden. Ein star-

kes Nachbeben hatte am Gründonnerstag etliche Gebäude im Ort zerstört, die teils aus dem gleichen Baumaterial bestanden wie die Staumauern des größten Gewässers der Abruzzen. Die Vermutung lag nahe, dass die staatliche Risikokommission deswegen am 9. April 2009 erneut tagte. Vor deren Treffen in Rom erhielt eines der Kommissionsmitglieder, der Wissenschaftler Enzo Boschi, einen Anruf, den die Staatsanwaltschaft Florenz wegen Korruptionsermittlungen zum G-8-Gipfel abhörte.

»Sie haben mich gefragt: Wird es neue Erdstöße geben?«, sagte der Zivilschutzchef Guido Bertolaso in diesem Telefonat. »Die Zusammenkunft von heute zielt auf genau das ab, also ist es klar, dass die Wahrheit nicht gesagt wird.« Weiter wies er Boschi an: »Am Schluss macht ihr eure Presseerklärung mit den üblichen Sachen darüber, was man über dieses Thema und mögliche Widersprüche sagen kann. Aber keiner wird über die wirklichen Gründe der Tagung sprechen. Okay?«

Welches die wirklichen Gründe der Tagung und die nicht genannte Wahrheit waren, ging aus dem Telefonat nicht hervor. Nicht einmal Boschi schien es zu begreifen. »Entschuldige, Guido, ich verstehe nicht ...«

Zum Ende stellte Bertolaso nochmals sicher, dass die Wissenschaftler in seinem Sinne handelten. »Wenn ihr fertig seid, rufst du mich an und sagst mir, was ihr gesagt habt. Ja?« Boschi erwiderte darauf: »Keine Sorge. Du weißt doch: Unsere Haltung ist extrem kooperativ. Wir geben unsere Pressemeldung erst heraus, nachdem wir sie dir vorgelegt haben.«[131] [Vgl. Repubblica (25.10.2012)]

✯✯✯✯

Allen Warnungen und Bruchbuden zum Trotz lief Karina vorbei an den Absperrgittern ins zerstörte Zentrum von L'Aquila. Was sollte jetzt, da die halbe Stadt schon eingestürzt war, noch passieren?

Sie verließ die breite Hangstraße und bog in eine der engen, von Geröll belagerten Gassen ab, obwohl das Gitter mit dem Schild »Zona Rossa« den Zutritt klar untersagte. Niemand bemerkte, wie sie sich durch den Spalt zwischen Zaun und demolierter Hauswand zwängte.

Mit zusammengekniffenen Lippen inspizierte Karina die immense Zerstörung und drang immer weiter in das zertrümmerte Herz der Geisterstadt vor, bis ihr ein Schuttberg den Weg versperrte. Sie starrte auf das benachbarte Häuserwrack, das nur noch auf brüchigen Betonpfeilern ruhte.

Gerade als sich Karina fragte, ob die Bewohner des nicht mehr vorhandenen Hauses lebend entkommen waren, fingen plötzlich die Mauerreste an zu wackeln. Eine Sekunde verharrte ihr Blick auf den schwankenden Ruinen, als ob sie damit die brüchigen Gebäude halten könnte. Schon schlugen direkt neben ihr Mauerstücke auf den Asphalt, eine Glasscheibe krachte zu Boden und zersplitterte. Karina drehte sich um und stürzte davon. Ihr Puls raste, während sie einen sicheren Weg durch den Trümmerregen suchte.

Da fiel er ihr wieder ein – der Jäger der Erdbeben. Wie oft hatte sie sein Warnsystem als Hirngespinst abgetan und sich über ihn lustig gemacht. Doch das war vor dem unfassbaren Gespräch im düsteren Keller gewesen.

So schnell es der Schutt auf den Straßen zuließ, hetzte Karina davon. Sie rannte um ihr Leben, weg von den Ruinen und lädierten Gebäuden, denen nur ein winziger Todesstoß fehlte. Sie rannte auch vor ihrer eigenen Überheblichkeit und ihren Vorurteilen weg, die ebenfalls ins Wanken gerieten. Ihr oberflächliches Leben hatte eine Tiefe bekommen, die sie so nicht für möglich gehalten hatte.

Auch als die Erde nicht mehr bebte, zitterte Karinas Körper weiter. Dass sie die sichere Hauptstraße erreicht hatte, beruhigte sie wenig. Sie sehnte sich nach einem Vertrauten, der ihr die Angst nahm. Da sie in L'Aquila nicht viele Anlaufstellen hatte, näherte sie sich instinktiv dem Spielplatz, auf dem Lucas Zelt gestanden hatte. Als sie von der Straße herab einen Blick zwischen die Bäume warf, war das heimliche Privatcamp verschwunden. Nur zwei Säcke lehnten noch im Gras. Enttäuscht lief sie dennoch zur Treppe, die zum Spielplatz hinabführte. Dort parkte am Gehsteig im Halteverbot Lucas unverkennbare Klapperkiste. Karina näherte sich und inspizierte den überladenen Kofferraum, dessen Fracht mit einer Plane abgedeckt war. Bemüht darunter zu spähen, bemerkte sie nicht, wie Luca näherkam. Während er die unerwünschte Inspektorin kritisch beäugte, beschleunigte er seinen Schritt.

»Was suchst du?«, fuhr er Karina schroff an. Sie zuckte zusammen.

»Hast du mich erschreckt. Wo ist euer Zelt hin?«

»Überlege dir gut, in welche Dinge du deine Nase steckst. Du wärst nicht die Erste, der ihre Neugier zum Verhängnis wird.« Sein Ton wurde weicher. »Wir mussten weg. Und wo schläfst du jetzt?«

»In Coppito.« Ihre Antwort überraschte Luca.

»Du wolltest doch zur Piazza d'Armi?« Er fragte sich, was sie zu diesem Ortswechsel bewogen hatte. Der war ihm genauso wenig geheuer, wie die Tatsache, dass sie um seinen Kofferraum schlich. Luca traute ihr inzwischen sogar zu, dass sie ihn aufgebrochen und durchwühlt hätte, wenn er nicht gekommen wäre. Das wäre mehr als fatal gewesen.

»Ich habe mich umentschieden wegen eines Interviews.«

»Was für ein Interview?«

In seinem Beisein hatte sie bisher nichts davon erwähnt. Karina setzte ihr Pokerface auf. »Ein sehr interessantes Interview mit einem Seismologen.« Kurz überlegte sie, ihm mehr zu erzählen und nach seiner Einschätzung zu fragen. Aber sie war überzeugt, dass er ihr sowieso nicht helfen konnte.

»Dem Erdbebenpropheten aus Coppito?«

Erstaunt hob Karina den Kopf. »Kennst du ihn näher?«

»Ich habe häufiger in seinem Laden eingekauft. Was hat er dir erzählt? Das Interview würde ich gern lesen. Wann erscheint es?«

Karina tippelte unsicher von einem Bein aufs andere. Ungern wollte sie zugeben, dass sie es gecancelt hatte. Das klang nach Niederlage und die gab sie ungern zu, also lenkte sie ab. »Ich muss dich enttäuschen, die Artikel in deutschen Zeitungen sind leider nicht italienisch.«

»Ich kann deutsch«, posaunte Luca prompt heraus. Können war etwas dick aufgetragen. Die seltsamen Zischlaute konnte er kaum aussprechen, aber er verstand das meiste.

»Echt? Du kannst deutsch?« Karina erschrak. Allmählich wurde die Lage brenzlig. Auf Deutsch fuhr sie fort: »Dann werde ich extra für dich alles versuchen, um eine Zeitung aufzutreiben, aber das ist hier schwierig.« Keinen Strich würde sie tun, um ein Interview zu beschaffen, das gar nicht erschien.

Luca schöpfte prompt Verdacht. Ihr Gesichtsausdruck sprach Bände. »Nur keine Mühen«, antwortete er und wechselte wieder ins Italienische. »Mit der Digitalversion bin ich voll zufrieden. Die schicken deine Kollegen sicher.«

Jetzt hatte Karina den Salat. Lügen hatten eben doch kurze Beine. Nervös blickte sie auf die Uhr und erkannte ihr nächstes Problem.

»Mist so spät!« Wo war nur die Zeit hin? Pünktlich schaffte sie es nicht mehr zum Treffen mit Marlena. Sechs Kilometer in zwanzig Minuten, da kämen selbst Topathleten ins Schwitzen. Sie hoffte, dass Marlena wie alle Italiener nicht besonders pünktlich kam. Sie durfte die Frau, die sie womöglich der Lösung einiger Rätsel näherbrachte, nicht verpassen. »Ciao, ich muss weg.«

Luca interessierte brennend, wohin sie plötzlich musste. »Soll ich dich fahren?« Karina blickte auf ihre Armbanduhr. Sie war hoffnungslos zu spät und erschöpft. »Das wäre cool. Vorausgesetzt du rast nicht wieder wie ein Verrückter!«

»Das mache ich doch nie«, meinte er augenzwinkernd, schloss die Autotür auf und sie stiegen ein. »Und? Wo soll es hingehen?«

»Nach Tempera, zum Camp«, erwiderte Karina knapp.

»Schläfst du fremd? Ist Coppito nicht mehr genehm?« Luca drehte den Zündschlüssel um und das Auto setzte sich in Bewegung.

»Nicht ganz. Ich bin dort verabredet.« Auf Details verzichtete Karina. Ihr entging nicht, dass Luca sie kritisch beäugte. Bewusst lenkte sie das Gespräch in eine andere Richtung. »Habt ihr eigentlich noch eine Trümmerschlacht gewonnen?«

Luca schüttelte den Kopf und biss sich auf die Lippe. Minuten des Schweigens verstrichen, nur der Motor heulte.

»Du kanntest ein Opfer recht gut, oder?«, durchbrach Karina die Stille und hoffte endlich mehr über die geheimnisvolle Frau zu erfahren. Lucas Blick ging ins Leere. Mit verdächtig schwacher Stimme presste er hervor. »Nicht nur eines.« Er kämpfte mit den Tränen.

»Das tut mir so furchtbar leid«, seufzte Karina. Wenn sie nur gewusst hätte, wie sie ihm helfen konnte. »Willst du darüber reden?«

Zunächst kam keine Reaktion, dann schüttelte Luca fast unmerklich den Kopf. Karina war die Letzte, der er von ihr erzählen würde. Doch seine Beifahrerin ließ nicht locker und setzte erneut zur Frage an: »Kann ich denn irgendetwas für dich tun?«

»Ja«, stieß Luca unerwartet laut hervor. »Halt einfach die Klappe!«

Karina schluckte. Sie wechselten kein einziges Wort mehr, bis sich der Wagen dem Ortsrand von Tempera näherte. Dort hielt Luca an. Karina bedankte sich und wollte gerade aussteigen, als ihr Fahrer sie zurückhielt. »Warte. Du hast hinten Schmutz an der Jacke. Soll ich ihn wegputzen?«

»Unbedingt«, erwiderte sie leicht irritiert. Karina setzte sich wieder auf den Beifahrersitz und drehte ihm den Rücken zu. Erst strich er vorsichtig, dann kräftig über ihre Schultern – eine seltsame Situation. Karina spürte ein angenehmes Kribbeln, das sie überhaupt nicht brauchen konnte. »Wirst du heute noch fertig?«

»Schon passiert und so sauber wie frisch aus der Waschmaschine.«

Hastig stieg Karina aus. Luca wendete seinen Wagen und beobachtete dabei im Rückspiegel, wie sie am Camp vorbei in Richtung des zerstörten Dorfes eilte. Was trieb diese Deutsche nur für ein Spiel?

Karina hetzte zum Treffpunkt. Sie vermutete, dass Marlena ihr dort etwas zeigen wollte. Was das sein konnte, rätselte sie noch. Vielleicht wieder ein neues Puzzleteil, das ihr half, das Bild zusammenzusetzen.

Ihr Treffpunkt lag an einer Abzweigung unweit des Camps. Wenn Marlena in fünf Minuten nicht kam, wollte Karina sie anrufen. Bis dahin inspizierte sie das fremde Dorf, das immerhin noch mehr Häuser als Ruinen besaß. Staub hing in der Luft.

Nach wenigen Minuten wühlte Karina ungeduldig in ihrer Tasche und musste bestürzt feststellen, dass ihr Smartphone fehlte. Entweder war sie blind, vergesslich oder sie hatte es verloren. In Gedanken ging sie nochmals alle Orte ab, die sie zuletzt passiert hatte. Bestimmt war es ihr bei ihrem Sprint in der Altstadt aus der Tasche gefallen.

Ohne ihr Fenster zur Welt war Karina aufgeschmissen, weil sie weder telefonieren noch Artikel versenden konnte. Besonders heikel war der Ersatzartikel, den sie den Nürnbergern als Ausgleich für das geplatzte Interview zugesagt hatte. Wenn ihr dagegen Giannas Bericht über das Staatsbegräbnis erspart bliebe, wäre ihr das recht. Nun, da sie mehrere Betroffene persönlich kannte, ging ihr die Tragödie viel näher, als sie zugeben wollte.

Überraschend tauchte mit einiger Verspätung nicht Marlena, sondern Viola auf. Mit verschränkten Armen und starrem Blick näherte sie sich. Karina sah schon von Weitem, dass Viola geweint hatte. Vorsichtig erkundigte sie sich, was passiert war. »Wie geht es deinem Sohn?«

»Er liegt im Koma.«

»Koma? Wie furchtbar. Ich hoffe sehr, dass er es schafft.«

Viola sagte nichts, ihr Gesicht glich einer starren Maske. Unbeholfen verlagerte Karina das Gewicht von einem Fuß auf den anderen.

»Eigentlich hatte ich deine Freundin Marlena erwartet.«

Plötzlich versteifte sich Violas ganzer Körper, sie war den Tränen nahe. »Marlena wird nicht mehr kommen«, presste Viola hervor. Ihre verheulten Augen verkündeten eine weitere Tragödie.

»Wie meinst du das?« Karina ahnte Schlimmes.

Schluchzend rang Viola nach Worten: »Marlena und ihre Mutter sind vorhin in ihrem eigenen Haus gestorben.«

KAPITEL 55

»Er will einen Platz in der ersten Reihe«, sagte Berlusconis Sekretär Gianni Letta.[132] [Vgl. Repubblica (18.1.2012)]

L'Aquila, Donnerstag, 9. April 2009

Nachts war das Licht im Camp Coppito rar, Leuchten gab es nicht. Trotz der Dunkelheit wählte Karina ein Loch im Zaun statt des offiziellen Eingangs. Auf dumme Fragen der Lagerleitung, wo sie so lange gewesen war, konnte sie verzichten. Sie fühlte sich wie ein Einbrecher, als sie durch das Zaunloch schlüpfte und zum Zelt schlich. Während Karina sich bemühte, den größten Matschlöchern auszuweichen, ließ sie diesen furchtbaren Tag Revue passieren.

Die Ausbeute der letzten 24 Stunden war düster: Ihr Smartphone war weg, Marlena tot und Viola am Boden zerstört. Eigentlich hatte Karina mit den beiden Frauen über Abgründe und Skandale sprechen wollen, von denen sie im Keller erfahren hatte. Doch angesichts der neuen Tragödie um Marlena waren Karina die Worte im Hals stecken geblieben.

Dass sie Lucas Angebot angenommen hatte und mit ihm nach Tempera gefahren war, wunderte sie selbst. Immer öfter spukte er in ihrem Kopf herum. Filippe hingegen rief stets im ungünstigsten Moment an. Dabei war sie einem Treffen mit ihm nicht abgeneigt, und zwar nicht nur, weil sie auf seine heißen Infos scharf war. Aber jetzt konnte sie ihn nicht einmal zurückrufen, seine Nummer hatte sie nur im Smartphone – verflixt und zugenäht.

Plötzlich leuchtete der Schein einer Taschenlampe vor einem Zelt auf. Karina erschrak, hatte sie die Lagerleitung ertappt?

»Ich wollte gerade die Carabinieri rufen«, rief eine aufgeregte Stimme und die zitternde Simona tauchte auf. »Geht es dir gut? Ich habe mir Sorgen gemacht!«

Erleichtert drehte sich Karina zur alten Dame um und lächelte sie an. Jemand hatte sie vermisst, das kam doch recht selten vor. Sie war eher das Gegenteil gewohnt, nachdem sie ihr überforderter, geschiedener Vater als Kind des Öfteren in der Schule vergessen hatte.

»Keine Sorge. Es gibt hier Tausende, denen es schlechter geht«, erwiderte Karina und hakte sich bei Simona ein. Schnell hatte sie die feinfühlige Seniorin ins Herz geschlossen und sprach sie daher mit »Nonna«, Oma, an. Die Rolle als Leihenkelin gefiel ihr. »Und wie geht es dir, Nonna?«

»Es geht so. Ich weiß jetzt zumindest, was mit meiner Kartenspielpartnerin Vittoria ist.« Simonas forschen Tonfall konnte Karina im ersten Moment nicht einordnen. »Wo hast du sie gefunden?« Hoffentlich nicht auf der Liste der Toten.

Nachdem Simonas Sorge um die vermisste Freundin stetig gewachsen war, hatte Karina die alte Dame am Vormittag in die Kaserne in Coppito geschleppt, die Koordinationsstelle des Chaos. In einer mit Tischen und Menschen überfrachteten Halle, die einem Ameisenhaufen glich, hatten sie beim dritten Uniformierten endlich Glück – und Pech. Zwar waren sie bei ihm an der richtigen Stelle, doch die Gesuchte tauchte auf keiner seiner Listen auf. Nachdem er dreimal die Seiten abgesucht hatte, holte der Hüter der Totenlisten ein Blatt mit Nummern hervor. »Alter und Besonderheiten?« Die Zahlen standen für unidentifizierte Tote.

»Vittoria ist 81 Jahre alt, sehr lebenslustig, trägt gern bunte Halstücher«, berichtete Simona. Doch die Frage zielte mehr auf Goldzähne, künstliche Gelenke und anatomische Besonderheiten ab. Der Verwalter suchte Dinge, die Knochen unterschieden. Simona hob entrüstet den Kopf.

»Darüber spreche ich nicht.«

»Dann kann ich nichts machen«, meinte der Uniformierte. Dennoch war er um Optimismus bemüht und berichtete von einer Vermissten, die nach drei Tagen lebendig aufgetaucht war. Simona hatte genug, ihr schwacher Trost schwand von Stunde zu Stunde.

Nun war Vittoria also aufgetaucht. »Wo ist sie?«, fragte Karina, weil sich Simona mit der Antwort Zeit ließ.

»Sie sitzt im Camp in Pianola fest«, flüsterte die alte Dame, um die anderen nicht zu wecken.

Karina atmete auf, bis ihre Gedanken wieder zu ihrem verschwundenen Smartphone wanderten. Auch Simona bemerkte, dass ihre Ersatzenkelin etwas belastete.

»Was ist, Mädchen?«

»Mein Smartphone ist weg. Ausgerechnet heute!« Karina fragte sich, wie sie den nächsten Tag durchstehen sollte. »Weshalb ist das so schlimm?« Simona bemühte sich stets, die Sorgen anderer ernst zu nehmen, auch wenn sie diese nicht immer nachvollziehen konnte.

»Das Ding ist mein Telefon, mein Terminkalender – eigentlich ist es mein zweites Hirn.« Beim Aufzählen wurde Karina erst bewusst, wie aufgeschmissen sie ohne ihr Smartphone war.

»Weißt du, Mädchen«, begann Simona ruhig. »Früher konnten wir ohne diese Klingeldinger leben. Das war auch schön, nicht so gehetzt.« Je näher die alte Frau ihre Ersatzenkelin kennenlernte, desto heimatloser wirkte das Mädchen auf sie, das angeblich zwei Zuhause hatte – eins in Rom und eins in Deutschland. Simona hingegen wusste, wo sie hingehörte, auch wenn ihre Heimat L'Aquila in Schutt und Asche lag.

»Aber früher war doch alles anders«, konterte Karina.

»Meinst du? Ich glaube nicht. Egal, ob früher oder heute, jeder muss im Leben seine Prioritäten setzen.«

Karina starrte in den schwarzen Himmel. Womöglich hatte Simona recht, vielleicht sollte sie ihre Prioritäten neu überdenken. Angesichts der Tragödie – die meisten hatten alles verloren – war der Verlust eines Smartphones unbedeutend.

✯✯✯✯

Karina Smartphone lieferte dem Finder eine Reihe aufschlussreicher Informationen. Wenn er es zurückbrachte, hatte er fast einen Finderlohn verdient. Trotz der ordentlichen Struktur dauerte es, bis er sich zurechtfand. Was er entdeckte, hätte er nicht für möglich gehalten. Vor allem eine SMS machte ihn stutzig: »Lösche mich aus deinem Adressbuch.«

✯✯✯✯

In wenigen Stunden begann der Karfreitag mit dem Staatsbegräbnis für über 200 Tote. Simona fand sehr schnell in den Schlaf, Karina nicht. Zu viele Stimmen und Bilder schwirrten durch ihren Kopf, vor allem Violas Schicksal. Was musste diese Frau nur alles durchmachen? Trotzdem kämpfte sie weiter und sorgte sich mehr um andere als um sich selbst. Sie hatte sogar darauf bestanden, Karina nach ihrem Treffen in Tempera zurück nach Coppito zu bringen. An einem anderen Tag hätte sich Karina über den Fahrservice, der ihr einen langen Fußmarsch ersparte, mehr gefreut. Doch in dieser seltsamen Nacht, die über L'Aquila hereingebrochen war, war vieles anders.

Erst beim dritten Versuch war es Viola gelungen, die Fahrertür aufzusperren. »Keine Sorge, das Auto ist nicht geklaut. Es gehört meinen Eltern.«

»Sind deine Eltern … « Karina zögerte.

»Sie sind am Leben.«

Mehr wagte Karina nicht zu fragen, nach Lucas deutlicher Ansage, sie solle die Klappe halten. Dabei hätte sie noch einige Fragen an Viola gehabt oder zumindest gern ihre Hilfe angeboten. Doch sie schwieg besser und stellte dabei fest, wie lang ihr die wenigen Kilometer nach L'Aquila vorkamen.

»Das mit dem Artikel tut mir leid«, setze Karina schließlich an, als L'Aquilas Ortsschild ins Sichtfeld rückte. Viola hatte bewusst den Weg durch die verlassene, zum Teil gesperrte Stadt statt der Umgehung gewählt. Denn sie hatte beschlossen, sich den Schrecken zu stellen und nicht länger zu flüchten.

Nachts wirkte das zerstörte L'Aquila regelrecht gespenstisch. Im abgesperrten Zentrum, dessen Rand die Hauptstraße an zwei Stellen streifte, leuchtete kein einziges Licht. Als ein entgegenkommendes Auto sein Fernlicht auf die aufgeschlitzten Häuser warf, wandte Karina erschrocken den Kopf. Der Anblick war mehr als unheimlich. Die auf das Gerippe reduzierten Gebäude glichen Skeletten, aus deren Löchern sie tote Augen anstarrten.

»Der Artikel ist egal«, meinte Viola nach langer Pause. Vieles war ihr nicht mehr wichtig, andere Dinge dafür umso mehr; vor allem die Momente und Begegnungen mit Menschen. Aber auch Riccardos Notizblock, seine T-Shirts und andere Erinnerungen, die sie aus dem Koffer geholt hatte, hatten einen unschätzbaren Wert.

Karina lagen noch so viele Fragen auf der Zunge, doch die Situation war einfach unpassend. Bevor sie aus dem Wagen stieg, bedankte sich Karina bei ihrer Chauffeurin und wünschte ihr viel Kraft für den nächsten Tag.

Viola blickte sie an und seufzte leise: »Warum muss das Begräbnis ausgerechnet am Karfreitag sein?«

✯✯✯✯

Die Beerdigung der Erdbebenopfer bereitete auch dem Ministerpräsidenten Sorgen. Wegen der internationalen Medienpräsenz galt es, einen beeindruckenden Auftritt hinzulegen. Deshalb erhielt sein Sekretär den Auftrag, ihm einen Platz in Reihe eins, direkt hinter den Särgen, im Rampenlicht der Kameras zu sichern, wie aus einem abgehörten Telefonat hervorgeht, das die Zeitung »La Repubblica« veröffentlicht hat.

Am Donnerstag, dem 9. April 2009, klingelte gegen 15:30 Uhr bei Zivilschutzchef Guido Bertolaso in der Kaserne von Coppito das Telefon. Nach kurzer Diskussion über das Staatsbegräbnis kam Berlusconis Sekretär Gianni Letta zum Punkt. »Er will einen Platz in der ersten Reihe.« Doch das stünde auf der Kippe, da sich sowohl der Staats- und Senatspräsident als auch die Präsidenten der Abgeordnetenkammer und des Verfassungsgerichts angekündigt hätten. »Berlusconi wäre dann der Fünfte ...«, so Gianni Letta.

»Nein«, erwiderte Bertolaso. »Es ist kein Staatsbegräbnis, es ist eine Trauerfeier.« Daher habe der Senatspräsident geplant, erst am Samstag zu kommen, und der Kammerpräsident am Sonntag.

Irgendetwas lief falsch, denn am nächsten Tag zum Begräbnis kamen sowohl der Präsident der Abgeordnetenkammer als auch der Senatspräsident. Damit wäre Berlusconi eigentlich der Fünfte gewesen, der er nicht sein wollte. Doch der Ministerpräsident hatte vorgebeugt und eine andere Strategie gewählt: Er mischte sich nicht unter die Staatsvertreter, sondern unter die Hinterbliebenen – in der ersten Reihe.[133] [Vgl. Repubblica (18.1.2012) sowie Abruzzo24ore.tv]

KAPITEL 56

»Da stehen sie, in vier furchtbar langen Reihen, auf dem weiten Platz einer Polizeikaserne am Rande L'Aquilas: 205 Särge mit Leichen der Erdbebenopfer. In den braunen Särgen liegen die Erwachsenen, in den weißen die Kinder, das jüngste war fünf Monate alt.«[134] Süddeutsche Zeitung (11.4.2009)

L'Aquila, Karfreitag, 10. April 2009

Ausgerechnet in der hässlichen Kaserne musste sie von ihren Bekannten Abschied nehmen, dachte Simona, als sie und Karina sich den tristen Mauern näherten.

»Es ist wirklich eine Schande, dass das Begräbnis an diesem trostlosen Ort stattfindet«, machte Simona ihrem Unmut Luft. »L'Aquila hat so viele wunderschöne Kirchen.«

»Die aber leider alle zerstört sind«, ergänzte Karina seufzend.

Wortlos liefen beide an der etwa drei Meter hohen Mauer mit Stacheldraht entlang, die das Gelände von unerwünschten Besuchern abschirmte. Der Eingang war genauso kahl, betongrau und unwirtlich wie der ganze Innenhof, auf dem die Finanzpolizei von Zeit zu Zeit Paraden abhielt.

Immer mehr Trauernde, 5.000 bis 10.000 schätzte Karina, strömten in den Kasernenhof. Während bedrückendes Gemurmel und Schluchzen an ihr Ohr drang, entdeckte sie in Reihe eins die versammelten Politiker diverser Parteien. Immerhin bei diesem traurigen Anlass zeigten sich die sonst Zerstrittenen vereint. Nur einen fand Karina erst auf den zweiten Blick, den Ministerpräsidenten, der sich unter die

Opfer gemischt hatte. Dort schüttelte er Hände, umarmte Hinterbliebene und wischte sich Tränen aus dem Gesicht. Ihm schien das Ganze sehr nahezugehen, dachte sich Karina.

Bevor sie sich einen Platz in der Masse suchten, bestand Simona darauf, sich von ihren toten Bekannten zu verabschieden. Wie die alte Dame bestürzt feststellte, kannte sie unerwartet viele Namen und Gesichter auf den Särgen. Tief bewegt schritt Karina hinter Simona her, die immer wieder verharrte, Rosen ablegte und betete. Auch Karina litt mit, obwohl sie keines der Opfer persönlich gekannt hatte.

An einem Sarg, der unter einem Blumenmeer verschwand, blickte Simona lange auf ein eingerahmtes Foto, auf dem eine Fünfzigjährige mit strenger Frisur lächelte – offenbar eine Ordensschwester. Mit zitternder Stimme flüsterte Simona: »Sie hat in einem Heim gearbeitet und sich in jener Nacht über fünf Kinder geworfen.«

Der weite Umhang der Schwester habe den todbringenden Staub von den kleinen Lungen abgehalten. Dieser furchtlose Einsatz hatte sie das Leben gekostet, aber die fünf Kinder gerettet.[135] [Vgl. Stern (10.4.2009)]

Simona kniete nieder, schloss die Augen und faltete ihre Hände. Erschrocken ertappte sich Karina, Stichpunkte notieren zu wollen, obwohl sie dank des verschollenen Smartphones keinen Artikel schreiben musste. Langsam ging sie weiter und beobachtete mit aufeinander gepressten Lippen die Trauernden, die in der nächsten Reihe einem so jung Gestorbenen ihr Lieblingsspielzeug mitgaben – ein kleines Motorrad und ein Stofftier. Ein Trikot der Nationalmannschaft bedeckte den Sarg des Vaters, daneben kniete eine alte Dame. In ihren Schoß kletterte ein kleines Mädchen, nachdem es eine Blume auf den Sarg gelegt hatte.

Plötzlich entdeckte Karina auch Viola. Trotz der Sonnenbrille mit den dunklen Gläsern erkannte sie ihr Gesicht. Mit hängenden Schultern, gestützt von einer Frau, die ihre Mutter sein musste, hielt Viola regungslos inne, die Hände zum Gebet gefaltet. Vorsichtig berührte ihre Hand den braunen Sarg.

✵✵✵✵

Die Flaggen von Rom bis L'Aquila wehten am Karfreitag auf Halbmast, auf mehreren Flughäfen hielten Menschen Schweigeminuten ab. Ganz Italien blickte am 10. April 2009 auf den ungemütlichen Kasernenhof der Finanzpolizei in L'Aquila. Mangels Alternativen, weil keines der zerstörten oder einsturzgefährdeten Gotteshäuser in den Abruzzen für das Staatsbegräbnis gerüstet war, übernahm der Exerzierplatz in Coppito die Funktion einer Freilichtkirche. Vier Fernsehsender übertrugen die traurigen Bilder live in die Wohnzimmer von Südtirol bis Sizilien. Der rechteckige Kasernenplatz war mit vier Bahnen rotem Teppich ausgelegt, die grauer Asphalt voneinander trennte. Darauf waren 205 der Opfer aufgebahrt – und die Zahl der Toten sollte weiter steigen. Jeder einzelne Sarg erzählte eine Lebensgeschichte, die völlig unerwartet geendet hatte.[136] [Vgl. Süddeutsche Zeitung (11.4.2009)]

Von den Tausenden Menschen, den Politikern, Reportern und Angehörigen, die nach und nach ihre Plätze einnahmen, bekam Viola wenig mit. Sie fühlte sich allein und verlassen, einsam und leer – trotz der Massen. Eine kleine Trauerfeier in stiller Würde hätte sie sich gewünscht. Doch Onnas Dorfkirche war unbegehbar und so mutierte auch das Begräbnis zum Medienspektakel. Von unzähligen Kameras begleitet, musste sie sich in der tristen Kaserne von L'Aquilas Toten, von einem Stück ihrer selbst und von ihrem alten Leben verabschieden.

Mehr als vierzig Erdbebenopfer hatte Viola persönlich gekannt, darunter drei Menschen, die ihr wichtiger gewesen waren als ihr eigenes Leben. Ihren Mann Riccardo, mit dem sie – wie mit keinem anderen – Freud und Leid geteilt hatte, ihren kleinen Sonnenschein Clarissa und ihre beste Freundin musste sie gehen lassen.

Zuerst trat Viola an Marlenas Grab. Dort kniete bereits Luigi, über dessen Wangen Tränen liefen, während er das Holz küsste. Noch nie hatte sie den Mann ihrer besten Freundin so verzweifelt gesehen. Überhaupt sah er über Nacht um zwanzig Jahre gealtert aus. Seine Schwester samt Familie stand geschlossen hinter ihm. Die beiden Zwillingstöchter klammerten sich verängstigt und verwirrt an ihren Vater. Während Viola über das Holz streichelte, löste sich die kleine Rosella von ihrem Papa und legte ein selbst gemaltes Bild und ihren Teddy auf den Sarg.

»Was machst du da?«, fragte ihre Zwillingsschwester.

»Ich schenke Mama meinen Teddy, damit sie wen zum Spielen hat.«

Luigi schwieg, er war wie in einer anderen Welt versunken. Als er sich erhob, wollte Viola ihn mit einer Umarmung trösten, doch er wich zurück. Vorwurfsvoll und verzweifelt zugleich stellte Luigi die Frage, die ihm keine Ruhe ließ: »Warum hat sie das gemacht? Wieso sind sie zurück in das verdammte Haus?«

»Ich dachte auch, ich hätte es ihr ausgeredet.« Viola machte sich Vorwürfe, dass sie ihre schwangere Freundin nicht davon abgehalten hatte.

»Auf dich hat sie doch sonst gehört«, seufzte Luigi und schlug die Hände über dem Kopf zusammen. Beide hatten sie es versucht und nichts bewirkt. Warum war Marlena so leichtsinnig gewesen und wieso war gerade da ein Nachbeben gekommen? Sich vom Sarg seiner Frau zu erheben, kostete für Luigi immense Kraft. Aber er durfte ihr noch nicht folgen, seine zwei Töchter brauchten ihn dringender denn je. Er nahm die Schwestern an der Hand.

An der Seite ihrer Mutter schritt Viola zu Riccardos Sarg, auf dem Clarissas weißer Kindersarg stand. Ihren eigenen

Mann und ihre erst fünfjährige Tochter gleichzeitig zu begraben, war eines der schlimmsten Dinge, die sie sich vorstellen konnte.

Der unsagbare Schmerz, die Ohnmacht und diese Ungerechtigkeit, die sie ertragen musste, drückten Viola zu Boden. Am schlimmsten war die Anklage, die sie gegen sich selbst erhob. Wenn sie auf ihren Mann gehört hätte, wäre die Familie aus dem Haus geflohen und er sowie ihre Tochter noch am Leben und Manuele nicht auf der Intensivstation. Viola gab sich die Schuld an ihrer Familientragödie. Immerhin musste ihr Junge dieses Massensterben nicht miterleben, auch wenn Viola ihn ungern allein gelassen hatte. Während ihre Mutter sie in ihrer schwersten Stunde stützte, war ihr Vater bei Manuele geblieben.

Plötzlich sah Viola ihre kleine Familie wieder vor sich, wie sie ihren Ausflug zum Gran Sasso startete und sich auf den Bergen mit Schneebällen bewarf. Nie hätte sie gedacht, dass sie so bald Abschied nehmen musste. Warum? Es machte alles keinen Sinn.

✯✯✯✯

Eltern waren plötzlich ohne ihre Kinder und Kinder ohne ihre Eltern. Während der Kardinal zur Trauergemeinde sprach, sortierte Karinas Kopf die Eindrücke – ein nutzloser Versuch, die Tragödie von sich fernzuhalten. Sie kannte inzwischen zu viele Gesichter, hatte zu viel gesehen und gehört. Sie war längst ein Teil des Dramas geworden.

Mit melancholischen Klängen begann die Messe. Karina hätte einen Stehplatz mit kurzem Fluchtweg am Rand bevorzugt, weil sie Menschenmassen hasste. Trotzdem folgte sie Simona ins Innere der Trauergemeinde.

Als der deutsche Papstsekretär die Grußworte des Pontifex übermittelte, fragte sich Karina, ob sein Akzent die Italiener von der eigentlichen Botschaft ablenkte. Bisher hätte Karina nicht gezögert, der Kirche sofort den Anti-Oscar für

Mitgliederrekrutierung zu verleihen. Die deutschen Kirchen mit eiskalten, unbequemen Bänken und lustlosen Pfarrern schreckten mehr Interessenten ab als andere Organisationen, lautete ihr Urteil, auch wenn sie im letzten Jahr keine drei Gottesdienste besucht hatte. Wie oft hatte sie gedacht, das religiöse Getue gehe völlig vorbei an den Menschen. Doch diesmal, fernab jeder Kirche, wirkte es anders. Nicht wenige der Trauernden hier fanden offenbar wirklich Trost in Gottes Botschaft.

Da Karfreitag war, stand Jesu Hinrichtung am Kreuz im Fokus – keine leichte Kost. Sie hatten den Sohn Gottes geschlagen, bespuckt, aufs Übelste erniedrigt und gequält – Mobbing, Verrat und Folter in einem. Oft hatte sich Karina gefragt, wieso man Jahr für Jahr das brutale Abschlachten so betonen musste. Angesichts der traurigen Realität – Karina mochte sich nicht vorstellen, wie es war, langsam unter einem Trümmerberg zu verenden, während die Helfer an der Rettung scheiterten – war der grausame Tod Jesu gar nicht mehr fern.

Als der Kardinal weiter predigte, lüftete sich das Rätsel des Grauens. Zwar fuhr die Weisheit nicht vom Himmel, trotzdem verstand Karina in Ansätzen, warum die blutrünstige Ostergeschichte ein Grund zum Feiern war. Das Beispiel der Ordensschwester führte es ihr vor Augen: Die göttliche Heldentat war es, sich für andere zu opfern. Die eine rettete das Leben von fünf Kindern statt ihr eigenes. Der andere ließ sich an ein Holzkreuz nageln, um dem Rest genau das zu ersparen. Das war die gute Nachricht an Ostern, nicht die Schokoladeneier.

Auch für den Satz des Kardinals »Wir sind alle Sünder« fand Karina eine Übersetzung.

Jeder, selbst der angeblich Perfekte, häufte im Laufe des Lebens Fehler an, für die es nur eine gerechte Strafe gab. Doch einer hatte für alle bezahlt und verschonte die, die sein Angebot annahmen.

Dass Gottes Bodenpersonal diese komplexe Botschaft jedes Jahr wiederholte, lag wohl daran, dass nicht jeder sie auf Anhieb begriff. Was mochten die Angehörigen denken? Sie blickte zu Simona, die mit geschlossenen Augen und gefalteten Händen neben ihr stand. Da überkam Karina eine Welle des Mitgefühls für die Hinterbliebenen, denen so viele geliebte Menschen entrissen wurden. Sie war tief erschüttert und bewegt.

Als Karinas Blick durch die Menge schweifte, entdeckte sie zwischen hängenden Köpfen Luca. Selbst aus der Ferne wirkte er betrübt. Ihre Blicke trafen sich und eine Weile starrten sie sich an.

»Möge der Herr jede ihrer Tränen trocknen!« Als der Kardinal samt Gefolge zum Segnen der Särge schritt, stimmte der Männerchor in das Kyrie ein. Wie auf Kommando startete das Blitzlichtgewitter der Fotografen, endlich bewegte sich etwas vor der Kulisse der schneebedeckten Gipfel. Karina war froh, dass sie nichts schreiben musste. Zugleich überkam sie das Bedürfnis, Luca zu trösten und mit ihm zu sprechen – vielleicht wusste er mehr, als sie dachte. Doch der Riese war auf einmal verschwunden.

✯✯✯✯

»Ich befehle der Heiligen Jungfrau all die Menschen und Familien an, die diese Tragödie so schwer getroffen hat. Das Beben von Montag haben wir bis in den Vatikan gespürt«, las der Privatsekretär Georg Gänswein aus der Grußbotschaft des Papstes. Darin lobte er die Katastrophenhilfe als Vorbild, wie man in der Gemeinschaft selbst tiefe Krisen durchstehe. Bei dieser schweren Prüfung habe Italien bewiesen, dass es von Solidarität und Brüderlichkeit geprägt sei. Im Namen des Heiligen Vaters bekundete der Papstsekretär den Trauernden sein Mitgefühl und sagte die Hilfe der Pfarreien und Klöster zu.[137] [Vgl. Rete 4 (10.4.2009) und vgl. Süddeutsche Zeitung (11.4.2009)]

Inmitten der Trauer verspürte Viola einen Hauch von Trost, den sie nicht erklären konnte und sehnsüchtig aufsog. Trotzdem war sie mit der Predigt, die der zweite Mann im Vatikan hielt, nicht ganz konform. Sie hätten mehr auf die Opfer eingehen und wenigstens die Namen der Toten vorlesen können – jetzt da endlich einmal wieder die Stadt versammelt war. Viola entdeckte etliche Bekannte, die seit dem Erdbeben verschollen waren. Wenn sie nur die Zeit zurückdrehen könnte, dann blieben heute viele Särge leer.

Eines Tages würde sie es ihrem Sohn sagen müssen. Wenn Manuele aus dem Koma erwachte, woran sie fest glaubte, würde er bald nach seinem Papa und seiner kleinen Schwester fragen. Zum Glück musste Viola ihrem Sohn heute noch nicht antworten. Sie hätte Manuele nicht erklären können, wohin sie fuhr. Für vier Reihen mit mehr als zweihundert Särgen gab es keine nette Umschreibung.

Viola starrte auf die Kerzen, die im Wind flackerten. Das war der Moment, in dem sie entschied, ihr Geheimnis nicht länger zu verheimlichen, sondern ihre Fehler und Irrtümer zuzugeben. Ein Satz in der Predigt sprach genau das aus, was Viola am meisten bewegte.

»Mein Gott, mein Gott, warum hast du mich verlassen?«, zitierte Kardinal Bertone die Frage, die Christus am Kreuz gestellt hatte. Er fügte hinzu, dass Gott abwesend wirken und der Schmerz als hässliche und sinnlose Gewalt erscheinen könne. »Trotzdem leidet Gott mit uns und für uns.«[138] [Vgl. Süddeutsche Zeitung (11.4.2009)]

KAPITEL 57

»Um die Kinder in den Camps zu beschäftigen und von der Katastrophe abzulenken, war sich niemand für irgendetwas zu schade.«[139] Judith Kühl, ehrenamtliche Koordinatorin der Hilfsorganisation Humedica [Vgl. www.humedica.org]

L'Aquila, Karfreitag, 10. April 2009

Ein Riese wie Luca konnte sich nicht in Luft auflösen. Daher durchkämmte Karina trotz der Menschenmassen den Kasernenhof – angefangen an der Stelle, an der sie ihn zuletzt gesehen hatte. Sie war guter Dinge, Luca zu finden. Er war einfach zu groß, um nicht aufzufallen.

Bei der zweiten Runde entdeckte sie tatsächlich einen Riesen, der an einer Wand lehnte und ihr den Rücken zuwandte. Als sie ihn ansprach, drehte sich ein bärtiger Fremder mit Tränen in den Augen um. »Entschuldigung«, presste Karina hervor und machte kehrt.

»Wie lange willst du suchen?«, fragte Simona ungeduldig.

»Nur noch kurz.« Karina umkreiste ein letztes Mal den tristen Innenhof, bevor sie den Rückzug antrat. Luca blieb verschwunden. Ungern gab Karina auf.

Auf dem Rückweg zum Zeltlager schwiegen sich die beiden Frauen an; die Trauerfeier nagte an der alten genauso wie an der jungen. Karina versuchte sich nicht anmerken zu lassen, wie aufgewühlt sie war. Eigentlich hatte sie nach dem Begräbnis die Segel streichen wollen. Doch sie war sich bei einigem nicht mehr so sicher.

Infolge des Erdbebens am 6. April 2009 durften 65.704 Menschen vorerst nicht mehr in ihre zerstörten oder einsturzgefährdeten Häuser. Etwa ein Drittel der Obdachlosen fand bei Bekannten Unterschlupf. 48.818 der Evakuierten brachte der Zivilschutz folgendermaßen unter: 28.845 Personen wohnten in Privathäusern und Hotels, die anderen 19.973 Evakuierten lebten auf unbestimmte Zeit in Zelten. Die 179 Camps, »Tendopoli« genannt, die der Zivilschutz wie Kleinstädte organisierte, beherbergten inklusive der Helfer 33.457 Menschen.[140]

[Vgl. Caporale: L'Aquila non è Kabul]

✯✯✯✯

Bald bereitete Karinas Smartphone dessen Finder noch mehr Kopfzerbrechen. Wer war diese Frau, wenn sie solche Kontakte hatte? Eine Sache machte ihm besonders Sorgen. Wenn das bisher nicht aufgeflogen war, zeugte es vom meisterhaften Zusammenspiel der einen Seite oder der völligen Blindheit der anderen.

✯✯✯✯

Nachdem Simona eine Bekannte getroffen hatte, die noch den seltenen Luxus eines intakten Hauses besaß, brach sie mit in deren Dorf auf. Karina lehnte es ab, mitzukommen, weil sie Ruhe suchte. Ziellos schlenderte sie einen Feldweg entlang. Was sollte sie jetzt tun? Sie war hin und her gerissen. Ihr ursprünglicher Plan sah vor, noch am selben Tag nach Rom zurückzudüsen. Doch vorher wollte sie mit Viola reden, Filippe wiedersehen und Luca löchern. Dazu musste Karina die drei aber ohne Smartphone erst einmal aufspüren.

Ihr erster Weg führte zur Lagerleitung, bei der Karina Verlängerung beantragte. Ausgerechnet der Campwächter, mit dem sie schon bei ihrer Ankunft aneinandergeraten war, streckte ihr den Kopf entgegen.

»Wer sonst? Die Journalistin will eine Zugabe. Wie viel Tage dürfen es sein?«, murrte er.

»Sagen wir eine Woche. Dann bin ich garantiert weg!«

Im Inneren des Camps empfingen Karina bunte Ostereier und Clowns mit roten Nasen, die versuchten, die Kleinsten von der Tragödie abzulenken. Ein Clown drehte gerade einer Luftballongiraffe den Hals um, während einige Kinder voller Hingabe mit Wassermalfarben panschten und Ostereier bemalten. Andere Sprösslinge bestaunten die Animateure und ihre Zaubertricks.

Karina wollte sich gerade davonstehlen, als ihr erst ein buntes Plastikei, dann das zugehörige Kind vor die Füße purzelte. Mit den zerbrechlichen Minimenschen konnte sie wenig anfangen. Obwohl Karina eine Schwester hatte, war sie praktisch als Einzelkind aufgewachsen, weil sie seit der Scheidung beim Vater und Susi bei der Mutter gelebt hatte.

»Da!« Das Mädchen mit den braunen Locken, höchstens drei Jahre alt, hielt ihr stolz ein dreckiges Ei hin.

»Toll! Deine Mama wird sich sicher freuen«, erwiderte Karina und setze ein Geh-doch-bitte-weg-Lächeln auf. Hauptsache das Wesen mit den verdreckten Händen verschwand schnell und hing ihr nicht an der Hose.

Irgendwie fand Karina die Sprösslinge mit den unschuldigen Gesichtern schon putzig, aber eben auch anstrengend. Noch schlimmer waren Babys. Die fand Karina solange süß, bis ihr klägliches Geheule losging und die braune Pampe aus dem Strampelanzug quoll. Bis Kinder in ein Alter kamen, wo sie sich verständlich artikulierten, musste man für ihren Geschmack zu oft Windeln wechseln und Geschrei ertragen. Trotz ihrer Abneigung zog Karina die Kleinen an wie ein Magnet.

Auch der Lockenschopf mit dem Ei dachte nicht daran weiterzuziehen, sondern streckte ihr mit flehendem Blick beide Ärmchen entgegen. Als Karina sich weigerte das Mädchen hochzunehmen, krallte sich die kleine dreckige Hand in ihr Hosenbein.

»Schön, Anna. Du hast schon ein Kindermädchen gefunden«, meldete sich eine attraktive Frau mit Sonnenbrille zu Wort, die hinter dem Mädchen auftauchte.

Ehe sich Karina versah, hatte sie ihr einen rosa geblümten Kinderrucksack in die Hand gedrückt und erklärte: »Du kannst sicher kurz auf meine Nichte aufpassen? Ich muss etwas erledigen, aber in zehn Minuten bin ich zurück.«

Karina wollte widersprechen, doch die Frau kam ihr zuvor. »Danke fürs Aufpassen! Und eines noch …« Sie trat näher, weil die Kleine mit dem Ei das Geflüster nicht hören sollte. »Anna hat noch nicht begriffen, dass ihre Mama, meine Schwester, nicht mehr da ist.«

»Sie ist Waise?«, stellte Karina fragend fest. Die Frau nickte, beugte sich zu ihrer Nichte und gab dem Mädchen einen Abschiedskuss.

Waisenkind noch vor der Einschulung, was für ein trauriges Schicksal, dachte Karina. Dieser Fall war ohne Frage eine Ausnahme und sie somit gezwungen auf das unberechenbare Miniwesen aufzupassen. Obwohl Karina nicht wusste, wie man mit einem Kind umgeht, das nach seiner toten Mama rief, klappte das Aufpassen unerwartet gut. Zum Glück konnte die Kleine noch kaum sprechen und fragte nicht, wann ihre Mutter wiederkam. Wenn das Mädchen heulte, ließ sie sich mit Grimassen beruhigen. Am besten gefiel es der Kleinen leider, wenn Karina die Zunge rausstreckte und Zootiere nachahmte.

Die zehn Minuten, bis Klein-Anna wieder abgeholt wurde, dauerten am Ende fast eine Stunde. Ihre Tante bedankte sich überschwänglich, nicht ohne Hintergedanken: »Du kannst sicher öfter aufpassen?«

Karina setzte zu einem »Nein, auf keinen Fall!« an, doch aus ihrem Mund kam ein »Ja, klar!«.

An ihr verschollenes Smartphone verschwendete Karina

kaum noch einen Gedanken. Sie hatte das Camp abgesucht, bei verschiedensten Stellen nachgefragt, was sollte sie noch tun? Es hatte auch Vorzüge nicht erreichbar zu sein – vor allem Giannas Anrufe vermisste sie nicht. Seitdem sie gleich am Morgen nach dem Verlust vom Telefon einer hilfsbereiten Frau ihre Kontakte aus Rom und Nürnberg über das Dilemma informiert und alle Aufträge gecancelt hatte, leistete sie ihren Zwangsurlaub ab. Was ihr Sorgen bereitete, war die Tastensperre mit Geheimcode, die sie aus Bequemlichkeit nicht aktiviert hatte.

✯✯✯✯

Was für ein starkes Stück, dachte der vorübergehende Hüter von Karinas Smartphone. Jetzt kam er dem Geheimnis näher. Ein Kontakt räumte letzte Zweifel aus, dass sie in gewisse Netze verstrickt war. Nun musste schnell etwas geschehen.

✯✯✯✯

Zumindest im Seniorenzelt war Karinas Verlängerung ein Grund zur Freude. »Du darfst gern noch länger bleiben«, betonte Simona und erhielt breite Zustimmung des Seniorenclans. Ihre Ersatzoma war nur wenige Minuten vor Karina ins Zelt gekommen und verteilte gerade den Schokoladenkuchen ihrer Bekannten.

»Passt auf, dass der Wächter das nicht sieht«, warnte Simona. »Fast hätte er meine Tasche beschlagnahmt.«

Karina verzichtete, ihr war nicht nach Kuchen zumute. Ohne großen Appetit, dafür erstaunlich schnell stopfte Karina das Abendessen, Spaghetti Napoli und Salatbeigabe, in sich hinein. Diesmal wartete sie nicht, bis Simona und die anderen ihre Teller geleert hatten. Sie musste dringend Schlaf nachholen und das ging am besten, wenn keiner neben ihr schnarchte. »Buona notte, ich geh schlafen.«

»Jetzt schon?« Verwunderte Gesichter blickten ihr entgegen. Gähnend nickte Karina und verließ das Essenszelt. Sie rechnete nicht damit, dass plötzlich zwei Verschollene zugleich auftauchten.

Vor ihr stand Luca. Die letzten Tage und die Trauerfeier hatten deutliche Spuren auf seinem Gesicht hinterlassen.

»Hi. Wir müssen reden«, bestimmte er.

Karina erlebte ein Wechselbad der Gefühle. Einerseits freute sie sich, ihn zu sehen und auch, dass er mit ihr reden wollte. Den Moment hatte sie praktisch herbeigesehnt. Andererseits brachte sie, jetzt da er vor ihr stand, keinen Ton heraus. Sie redete sich ein, sie wäre einfach zu müde, um weitere Ausraster seines Superhirns zu verkraften. Stumm starrte sie ihn an, bis ein vertrauter Klingelton losplärrte. Genervt zog Luca das vermisste Smartphone aus seiner Jackentasche und reichte es der verdutzten Besitzerin.

»Dein Handy schreit schon die ganze Zeit nach dir.«

Im ersten Moment glaubte Karina ihren Augen nicht zu trauen, im nächsten überwältigte sie die Freude. Sie fiel Luca um den Hals – soweit das angesichts des Größenunterschiedes möglich war. Es sah eher nach einem Überfall auf seine Oberarme aus.

»Danke, du bist genial«, rief sie. Das Klingeln hörte auf.

Erschrocken wich Luca zurück. »Geht's noch?«

»Klar können wir reden, aber später!« Jetzt, da ihr Handy endlich zurück war, musste sie ganz dringend telefonieren.

»Es ist extrem wichtig. Ich muss jetzt mit dir reden«, betonte Luca und blickte sie streng an.

»Ja, gleich, nur drei oder vier Telefonate.«

Luca gab es auf, Frau Sturkopf zu überzeugen, die schon die erste Nummer wählte und auf Deutsch losschoss.

»Hi Tamara. Ich hatte ein Problem, mein Smartphone war weg. Du musst mir helfen.«

»Hi du Verschollene, bist du auch wieder aufgetaucht? Wieso brauchst du Hilfe?«

Gerade als Karina zur Antwort ansetzte, kam ihr in den Sinn, dass Luca deutsch verstand. Prompt machte sie einen Rückzieher. »Das müssen wir später bereden. Ich melde mich wieder.«

Der zweite Anruf ging an Aurora, mit der Karina am nächsten Abend verabredet war. Noch vor einer Woche war sie ganz wild auf den neuesten Kinofilm und Roms Nachtleben gewesen. Inzwischen war ihr die Partylaune vergangen. Als sie absagte, murrte Aurora enttäuscht: »Ziehst du jetzt ganz nach L'Aquila? Liegt das an einem Kerl?«

»Zweimal ein klares Nein«, widersprach Karina. »Ich passe auf Sprösslinge auf und schreibe wieder Artikel.«

»Du spielst Babysitter?« Aurora hielt das für einen Scherz. Karina und Kinder passten nicht zusammen.

»Bei Waisen mache ich eine Ausnahme«, flüsterte Karina.

Schweigen am anderen Ende der Leitung. »Ehrlich, ich finde es stark, dass du da mithilfst«, meinte Aurora nach einer Weile. Karina sagte nichts, sie hatte nicht den Eindruck zu helfen.

Das Telefonat mit Filippe hätte Stunden gedauert, wenn sie seine Charmeoffensive nicht mehrfach ausgebremst hätte. Sie verabredeten sich für Montagvormittag, dann wollte er sie in eine geheimnisvolle Geschichte einweihen. Gut gelaunt legte Karina auf. Als sie sich umdrehte, war Luca verschwunden. Bevor sie weitere Anrufe tätigte, schrieb sie ihm eine SMS: »Danke für das Smartphone, es muss mir aus der Tasche gefallen sein. Wann reden wir? Morgen?«

Wenig später ließ ein erneutes Nachbeben die Erde erzittern, ein Raunen ging durch das Camp. Karina bekam die Wellen im Boden jedoch gar nicht mit. Sie erschütterte gerade etwas anderes, Lucas Antwort-SMS. »Dein Smartphone ist dir nicht aus der Tasche gefallen. Ich kenne jetzt dein Geheimnis.«

✵ ✵ ✵ ✵

Ausgerechnet ein Toter brachte am Karfreitag neue Hoffnung: Es war der Engelspapst Coelestin V. Dessen Glassarg retteten Helfer unbeschadet aus dem eingestürzten Altarraum der Basilika Santa Maria di Collemaggio. Für die Gläubigen in den Abruzzen war das ein Zeichen: »Das Erdbeben konnte L'Aquila zerstören, aber seine Bürger nicht besiegen«.[141] [Vgl. Süddeutsche Zeitung (11.4.2009)]

Dass die Gebeine des Papstes Coelestin – dem einzigen Kirchenoberhaupt, das je außerhalb Roms, nämlich in L'Aquila gekürt worden war – die Katastrophe überstanden hatten, machte auch Viola Mut. Die Menschen in den Abruzzen hatten seit jeher harte Zeiten durchgemacht und sie würden auch dieses tiefe Tal gemeinsam durchschreiten.

Nach dem Staatsbegräbnis hatte Viola vor allem eins – ungewohnt viel Zeit. Für das Osterfest hatte sie in diesem Jahr nichts vorzubereiten, da ihre Familie keinerlei Wünsche mehr äußerte und weit zerstreut war. Ihr Mann und ihre Tochter wohnten auf dem Friedhof in Paganica, während ihr Sohn auf der Intensivstation in Rom festhing. Angesichts dessen störte es Viola kaum, dass ihre Küche, in der sie sonst für Ostern gekocht und gebacken hatte, unter einem Berg aus Steinen versunken war. Auch der traditionelle Großeinkauf fiel aus. Osterdeko und Schokoladeneier waren überflüssig. Das Einzige, was eine Witwe brauchte, waren Blumen für die Gräber ihrer Lieben und einen Berg aus Hoffnung, der nicht groß genug sein konnte.

Mit gemischten Gefühlen machten sich Viola und ihre Mutter zum Krankenhaus in Avezzano auf. Würde sie dort endlich Valenzia finden? Lebte die Studentin überhaupt noch? Zumindest hatte Viola beim Staatsbegräbnis keinen Sarg mit ihrem Namen gefunden. Trotzdem wuchsen die Zweifel, nachdem die Vermisste in keiner der anderen Kliniken aufgetaucht war. Avezzano war ihre letzte Chance.

Mit ihrer Mutter sprach Viola auf der Fahrt keine zehn Worte. Es war kein Tag zum Reden, zumal sie ihr noch immer nicht die Wahrheit gestanden hatte. Die Klinik hatten sie schnell gefunden – im Gegensatz zu einem freien Parkplatz. Violas Mutter entschied: »Ich warte im Auto. Nimm dir so viel Zeit, wie du brauchst«, meinte Rosa, ehe sie den Wagen vor der Feuerwehrausfahrt parkte.

Unruhig ging Viola zum Eingang und reihte sich in die Schlange an der Information ein. Während sie warten musste, beobachtete sie die Menschen, die kamen und gingen. Aus der Ferne entdeckte sie immer wieder Bekannte aus L'Aquila, Überlebende und Tote, die sich jedoch beim Näherkommen in Fremde verwandelten.

Endlich war Viola an der Reihe. Die eine Frage zu stellen, ob Valenzia in der Klinik läge, fiel ihr äußerst schwer. Die Frau an der Information wiederholte den Namen und seufzte: »Aus L'Aquila haben wir einige.«

Wenige Tage nach dem Erdbeben hatten die Krankenhäuser des Klinikverbundes ASL Avezzano-Sulmona bereits 167 Patienten aus L'Aquila aufgenommen. Allein in Avezzano waren 97 Verletzte eingetroffen, in der Klinik von Sulmona 33, in Pescina 26 sowie in Tagliacozzo elf Patienten.[142] [Vgl. L'Unione sarda.it (10.4.2009)]

Die Frau tippte etwas in die Computertastatur. Ungeduldig folgten Violas Augen den Fingern. Hatte wenigstens ihr Kindermädchen überlebt?

KAPITEL 58

»Ich weiß, und ich habe Beweise. Ich weiß, wie halb Italien gebaut wurde. Mehr als halb Italien.«[143] Roberto Saviano [Saviano: Gomorrha]

L'Aquila, Ostersamstag, 11. April 2009

Dass die Kleinen bei den Schokoladenmonstern große Augen machten, wunderte Karina nicht. Welches Kind träumte nicht davon, ein Schokoei zu naschen, das größer als sein ganzer Kopf war? Trotz der Berge von Ostergebäck und Rieseneiern in Glitzerpapier, die Firmen und Bäckereien aus dem ganzen Land gespendet hatten, war das Zeltleben am Ostersamstag alles andere als ein Zuckerschlecken. Die süßen Seelentröster, die die Freiwilligen in den Camps verteilten, halfen weder gegen den Verlustschmerz noch gegen die fehlende Privatsphäre und am wenigsten gegen zerstörte Lebensträume. Genauso wenig milderten sie die Kälte der Nacht, das Schnarchen in den Zelten und den Gestank der Toiletten.

Angesichts der Umstände hatte Karina ihre Ansprüche bereits deutlich heruntergeschraubt. Die Dixie-Kolonie ihrer Zeltstadt fand sie aber nach wie vor abartig. Da sich morgens zwar nicht der Gestank, aber der Andrang in Grenzen hielt, mutierte sie zur Früh-WC-Gängerin.

Am Ostersamstag fiel ihr das Aufstehen leicht. Karina hatte wieder den Großteil der Nacht wach gelegen, weil ihr Lucas Nachricht den Schlaf geraubt hatte. Was wusste er? Würde er sie verraten? Sie grübelte noch, während sie mit zugehaltener Nase vorsichtig durch den Matsch zur Toilette watete – eine Bauchlandung war das Letzte, was sie wollte. Nach drei Schritten waren ihre Schuhe komplett vom Morast bedeckt. Genervt formulierte sie ihre Bewertung für ihren unfreiwilligen Campingurlaub: »Völlig überlaufenes Camp mit furchtbaren Feldbetten, viel zu laut, undichte, eiskalte Zelte ohne Heizung; Rückzugsorte nicht vorhanden; zum WC-Gang Nasenzwicker und Gummistiefel mitbringen; Vegetarier-Essen: na ja. Nur die Landschaft ist grandios, wenn man die Trümmer ausblendet – und die Leute sind super. Nicht von der Masse täuschen lassen: Die 20.000 Camper, die hier sind, haben keine Wahl. Fazit: Wenn du Alternativen hast, steig woanders ab.«

Das Beste am Toilettengang war, ihn hinter sich zu haben. Während Karina im Schneckentempo aus der Matschmulde floh, kroch der rote Feuerball über die Gebirgskette und schickte die ersten Strahlen ins Tal. Karina hielt inne und bewunderte das Naturschauspiel. Es wirkte wie eine Oase mitten im Krieg. Selbst wenn die Sonne vom Himmel lachte, blieben die Aussichten für die Obdachlosen tiefschwarz.

Die meisten ausländischen Medien bereiteten an Ostern ihren Rückzug vor. Nach dem Begräbnis waren schon die ersten Kamerateams abgerückt. Nur wenige Zeitungen stationierten eigene Krisenreporter im Erdbebengebiet. Für Figata sollte Gianna in L'Aquila antanzen. Doch ihr war es nach vielen Telefonaten gelungen, Karina zu überreden, wieder Texte zu liefern. Neben mehr Gehalt war ein weiterer Grund, dass Karinas Artikel beim Stadtblatt seit dem gecancelten Interview nicht mehr gefragt waren. Der alltägliche Ausnahmezustand in den Camps interessierte nicht mehr und zur Osterfeier in L'Aquila schickten Presseagenturen fertige Texte. Dafür brauchte er den vom Sparberater überwachten Geldtopf nicht zu öffnen, hatte der Chef erklärt. »Das Thema ist durch, das hatten wir fünf Tage lang.«

Erst als Personalausfälle Löcher in seine Themenpläne rissen, orderte er doch einen Italienbericht: Zeitbomben aus Beton. »Eine schwarze Geschichte, um die 120 Zeilen.«

Optimistisch zog Karina los in die Kaserne. Dort erfuhr sie einiges unter der Hand, aber sobald sie offizielle Aussagen wollte, wurden die Ansprechpartner rar. Die Perfektionistin in ihr verlangte, tiefer in das komplexe Thema vorzudringen, bevor sie ihre Zeilen tippte. Also rief sie beim Stadtblatt an und bat um mehr Zeit.

»Du sollst keine Doktorarbeit schreiben«, konterte der Chef vom Dienst, reduzierte aber dann doch den Umfang: »90 Zeilen, aber beeil dich.« Das Blatt war so gut wie druckfertig und wegen ihres Artikels wollte der Chef seinen Feierabend nicht hinausschieben.

Grübelnd lief Karina durch die Kaserne, bis der Geistesblitz kam: Lydias Mann Mario, der Bauexperte, würde ihr bestimmt weiterhelfen. Das Glück war auf ihrer Seite. Zum einen sammelte Mario sie unterwegs auf und erklärte ihr, dass man über gewisse Dinge nicht in hellhörigen Zeltlagern redete. Zum anderen scheute er sich nicht, bei sich zu Hause Klartext zu reden, während Lydia sie bewirtete.

»Das Problem fängt damit an, dass viele Arbeiter mangelhaft ausgebildet sind«, begann der ehemalige Baulöwe. Zudem würden private Häuser oft schwarz und ohne Kontrolle gebaut. Auch unter öffentlichen Gebäuden und den neueren Betonbauten gäbe es tickende Zeitbomben. »Eigentlich macht man mit Beton nichts falsch. Er verzeiht viele Fehler, außer wenn zu viel gepfuscht wird«, begann Mario.

Berüchtigte Baufirmen nutzen aus Kostengründen häufig Eisen minderwertiger Qualität. Sind die Eisenstäbe glatt statt geriffelt, hat der Beton daran kaum Halt und kann keine Zugkräfte aufnehmen, was die Stabilität eines Bauwerks erheblich beeinträchtigt. Auch bei der Betonmischung wird oft gepfuscht. Stimmt das Verhältnis von Zement, Sand und Kies nicht, wirkt sich das gerade bei tragenden Säulen fatal aus – noch dazu, wenn der Säulenquerschnitt zu klein bemessen wird, um Geld zu sparen.[144] [Vgl. Torelli: Sangue e Cemento (Il film)]

Das war nur der Anfang. Die schwarzen Schafe liefen nämlich nicht nur in der Baubranche herum, sondern auch in der Politik, führte Lydias Mann aus. Korruption, Illegalität, organisiertes Verbrechen – einige hatten keine Skrupel, sich bei der Auftragsvergabe zu bereichern. Am Ende brachte das Reichtum für wenige und großen Schaden für viele.

So schockierend es auch klang, mit der Ruinenstadt vor Augen hatte Karina keine Zweifel mehr, dass Mario recht hatte. Gern wäre sie tiefer ins Thema vorgedrungen, doch im Moment fehlte ihr schlicht die Zeit. Die Abgabefrist drängte. Sie könne gern später wiederkommen, bot ihr Lydias Mann zum Abschied an und drückte ihr ein Buch über die Baumafia in die Hand. Im Kapitel über Zement steckte nicht zufällig ein Lesezeichen.

Dass Lydia darauf bestand, Karina zurückzufahren, hatte mehrere Gründe. Der Wichtigste war, den richtigen Namen ihres Mannes nicht zu nennen.

»Sonst gerät er wieder in die Schusslinie«, erklärte die niedergeschlagene Lydia und manövrierte den Wagen aus der engen Parklücke. »Und du solltest auch aufpassen.«

»Wie meinst du das?«, fragte Karina nach. Lydias Blick wanderte in ihren Schoss, in dem Marios Buch lag.

»Lies am besten alles, nicht nur das Zementkapitel.«

Nach zwei Anläufen mehr zu erfahren, gab Karina auf. Das Einzige, was Lydia noch offenbarte, war ihr persönliches Versagen: Schweren Herzens hatte sie mehrere Bekannte weggeschickt.

»Mir ist alles über den Kopf gewachsen.« Aus Lydias Stimme klang der tiefe Frust über eine persönliche Niederlage.

»Das ist doch nicht schlimm. Du leistest Großartiges«, versuchte Karina, sie aufzubauen. Aber Lydia blieb dabei:

Sie hatte versagt. In L'Aquila lief wirklich vieles verkehrt, dachte Karina entrüstet, als sie am Rande des Zentrums aus dem Wagen stieg. Genau diejenigen, die am wenigsten dafürkonnten, nahmen die Schuld auf sich. Dagegen zogen sich diejenigen, die diese Tragödie zu verantworten hatten, heimlich aus der Affäre.

Am Anfang der Via Venti Settembre ließ sich Karina in einer demolierten Bushaltestelle nieder. Seit dem 6. April fuhr kein Bus mehr die Altstadt an. Während sie ihren Text ins Smartphone tippte und sich mal wieder eine richtige Tastatur herbeisehnte, bohrten auf der anderen Straßenseite zwei Bagger in den Resten eines vierstöckigen Wohnhauses, dessen Dach seit Montagnacht den Boden berührte.

Bevor Karina ihren Artikel abschickte, entschied sie mit ihrem neuen Wissen das Studentenwohnheim zu inspizieren, das ganz in der Nähe lag. Sie musste nicht lange suchen. Aus der Ruine des eingestürzten Flügels ragten verbogene Eisenstangen heraus. Auch wenn Karina keine Expertin war, fiel ihr nach dem Gespräch sofort auf, wie der Beton an mehreren Stellen abgebröckelt und abgeplatzt war.

Als der Lärm der Bagger verstummte, die auf der Straßenseite gegenüber hantierten, hörte Karina eine weinerliche Frauenstimme.

»Jetzt sind alle draußen, acht Studenten haben es nicht geschafft«, schluchzte eine Dame und klemmte einen Strauß in ein Absperrgitter vor der Ruine.

Eine unsagbare Wut stieg in Karina auf. Hunderte Menschen – darunter viele Kinder und Leute in ihrem Alter – mussten sterben, weil zugunsten des Profits an der Sicherheit gespart wurde. Während sie auf die Ruine starrte, verirrten sich ihre Gedanken erneut zu Luca. Wie viele der Toten, die unter diesen Trümmern gestorben waren, hatte er gekannt? Er tat ihr leid und doch war Karina stinksauer. Wenn er ihr Geheimnis kannte, musste er ihr Smartphone durchsucht haben – eine bodenlose Frechheit. Überraschend trat der Adressat ihrer stillen Schelte an ihre Seite.

»Hi. Wir müssen reden.« Lucas Stimme klang müde.

Erstaunt wandte Karina den Kopf und blickte ihn vorwurfsvoll an. »Allerdings.« Sie holte tief Luft und wetterte los: »Was fällt dir eigentlich ein? Wieso spionierst du mich aus und durchsuchst mein Smartphone?«

»Weil du dich so verdächtig aufgeführt hast.« Wie ein Fels in der Brandung stand Luca da.

Wütend und zugleich verunsichert funkelte Karina ihn an. »Was meinst du mit ›verdächtig‹?«

»Deine Geheimniskrämerei und die Anrufe haben dich verraten. Ich weiß jetzt, dass du eine von denen bist!«

»Von denen? Du meinst die, die gewissen Politikern in den Arsch kriechen?« Dass sie einen Volltreffer gelandet hatte, sah sie an Lucas Gesichtsausdruck. »Unterstell mir doch gleich, dass ich für die Mafia arbeite. Das tue ich seit 1870 und morgen zünde ich eine Atombombe.« Nach der Fassungslosigkeit kochte die Wut hoch. »Du hast einen Dachschaden!«

Zynisch erwiderte er: »Dachschäden kommen in den besten Häusern vor!« Nun kam Bewegung in Lucas Gesicht. »Dann erkläre mir mal, was es mit dem Deal auf sich hat, wieso du dem Zivilschutzchef Mails schickst und nachts durch die Gegend schleichst.«

»Du hast mich verfolgt?«, blaffte ihn Karina an. »Nur weil ich in einem Zelt voller Schnarchzapfen nicht schlafen kann, bin ich doch kein Gangster«, rief sie empört. »Und der Deal …«, sie musste es ihm wohl oder übel sagen, bevor er sie verhaften ließ. »Also hör zu: Ich schreibe Artikel für meine talentlose, im Geld schwimmende Mitbewohnerin, weil sie das nicht auf die Reihe bekommt. Sie bezahlt mich dafür und schreibt ihren Namen drüber! Das ist alles.«

Luca zog die Augenbrauen hoch, er hatte da deutliche Zweifel. »Für welche Zeitung?«

»Figata.« Nervös strich Karina sich eine Strähne aus dem Gesicht. »Ich weiß, völlig objektive Berichte, nur die kritischen Absätze streichen sie raus.«

»Und euer Deal fällt niemandem auf?« Das konnte Luca nicht glauben.

»Bisher nicht. Meine Mitbewohnerin hat da ihre Tricks.«

Luca ging zur nächsten Sache über, bei der sie sich nicht herausreden konnte. »Wieso schreibst du dem Zivilschutzchef eine SMS, dass du später kommst?«

Das war in der Tat eine Sache, die im falschen Hals landen konnte, dachte Karina. »Ich weiß, es klingt komisch, aber das ist mein Vater.«

»Wie bitte?«

»Nein, nicht genetisch.« Karina legte sich ins Zeug, um das Missverständnis zu klären. »Pass auf, ich habe meinen Vater nur unter dem Namen des Zivilschutzchefs eingespeichert, weil das Dads Spitzname ist. Weißt du, er ist quasi sein deutsches Abbild: auch Arzt, Macher und Befehlshaber.«

Luca glaubte ihr nicht. »Du kannst mir viel erzählen.«

Wenn Karina wollte, dass er ihr wieder vertraute – und das wollte sie –, musste sie Beweise liefern. Sie reichte ihm ihr Smartphone. »Ruf ihn an.«

Der Riese trat einen Schritt zurück und machte keine Anstalten das Smartphone zu nehmen. »Was soll das bitte bringen?«

»Ruf an. Dann siehst du, wer rangeht.« Als Luca noch immer zögerte, legte sie nach. »Jetzt komm, mein Smartphone und du, ihr kennt euch doch schon. Dad kann auch italienisch. Frag ihn zum Beispiel, ob seine Schwester ein paar Klamottenpakete nach L'Aquila schicken kann.«

Nach kurzem Zögern nahm Luca das Telefon und wählte.

»Ja, was ist, Tochter?«, meldete sich eine mürrische deutsche Stimme. Als Luca auf Italienisch nach der Schwester fragte, wechselte Doktor Kork genervt die Sprache. Er habe kaum noch Kontakt zu ihr. »Wer sind Sie überhaupt und wieso rufen Sie von Karinas Handy an? Lassen Sie die Finger von ihr!«, brüllte Berthold Kork.

Luca legte schnell wieder auf. Nun ahnte er, woher Karina ihren aufbrausenden Trotzkopf hatte. »Das ist dein Vater? Sehr nett!« Offenbar war er wirklich zu misstrauisch gewesen. Am 6. April war Luca sein Grundvertrauen in die Menschen verloren gegangen.

Karina verzog das Gesicht. »Ja, er ist nett, nie aufbrausend und gar nicht stur.« Sie brach ihre vor Ironie strotzende Aufzählung ab. »Okay, nun kennst du meinen Vater. Jetzt zu dir und der Wette!«

»Welche Wette?« Luca starrte sie irritiert an.

»Na, deine Wette mit Eros! Du erinnerst dich bestimmt!«

»Welche konkret?«, fragte er irritiert. Fast jede Woche schloss er mit seinem Cousin Wetten ab.

»Wie bitte? Ihr wettet öfter«, rief Karina entrüstet. »Immer Wetten dieser Art?«

»Natürlich, eigentlich wetten wir ständig!«

»Das glaube ich jetzt nicht!« Karina hatte Mühe sich zu beherrschen. »Konkret meine ich den Tag, nachdem die Risikokommission …«

»Ach, die«, druckste Luca herum. An jene Wette erinnerte er sich sogar, weil er verloren hatte und deshalb die extrem teuren Karten für das Rückspiel besorgen musste. »Bei dem Juve-Spiel hat Eros mich abgezockt.«

»Ihr wettet um Fußball?« Jetzt fiel es Karina wie Schuppen von den Augen. Wenn das stimmte, hatte auch sie sich kräftig vertan. Aber statt ihren Irrtum zuzugeben, flüchtete sie lieber. »Ich muss weiter«, meinte sie und rauschte davon.

Karina konnte sich nicht mehr auf Zement und Baupfusch konzentrieren. Was Luca ihr unterstellt hatte, erschütterte sie zutiefst. Dass er ihr Smartphone durchsucht hatte, kam einem Einbruch gleich. Aber wenn sie ehrlich war, verletzte sie am meisten, dass er ihr so misstraute. Karina landete wieder am Ende der Via Sant'Andrea bei den einst vierstöckigen Massengräbern. Obwohl Bagger einen Teil abgetragen hatten, entdeckte sie Indizien, die sie suchte; zerbröckelter Beton und Eisenstangen, die sich wie Spaghetti umeinanderschlangen.

Auf einem herrenlosen Stuhl, der mitten auf der Straße stand, gab sie ihrem Artikel den letzten Schliff. Kaum war er verschickt, schnappte sie sich Marios Buch und begann zu lesen. Es dauerte nicht lange, bis ihr ein eiskalter Schauer über den Rücken lief.

»Zement. Erdöl des Südens. Ursprung aller Dinge. In Süditalien existiert kein Wirtschaftsimperium, das nicht aus der Baubranche hervorgegangen ist. [...] Der Bauunternehmer ist Mittelsmann und Raubvogel in einem. Er verfügt über die Engelsgeduld dessen, der bürokratische Unterlagen verfasst und [...] wie ein Raubvogel streift er über unauffälliges Gelände, um sich urplötzlich darauf zu stürzen und es für einen Spottpreis an sich zu reißen. [...]

Ich weiß, und ich habe Beweise. Ich weiß, wie halb Italien gebaut wurde. Mehr als halb Italien. Ich kenne die Hände, die Finger, die Projekte. Und den Sand, mit dem Wohnblocks und Wolkenkratzer hochgezogen wurden [... darunter] Mietskasernen in den Abruzzen.«[145] [Roberto Saviano: Gomorrha]

Das organisierte Verbrechen hatte in L'Aquila mitgebaut – da stand es schwarz auf weiß in einem drei Jahre vor dem Erdbeben publizierten Buch. Für Profit gingen jene Drahtzieher also über Leichen, las Karina heraus. Warum ausgerechnet der Sand so tückisch sein sollte, verstand sie noch nicht. Das minderte aber nicht die Brisanz, die jene Worte vor der Kulisse der völlig zerstörten Wohnhäuser bekamen. Die Ruinen wirkten auf einmal wie Zeitbomben; Zeitbomben aus Beton, die das Erdbeben zur Explosion gebracht hatte.

KAPITEL 59

»Viele ihrer Bekannten sind tot, ihr Heimatort ist praktisch verschwunden. Dennoch will sie auf keinen Fall wegziehen. Was sie vom Staat und den Helfern erwartet? Sie deutet auf die Schuttberge: ›Dass unsere Häuser wieder aufgebaut werden – und zwar genau hier.‹«[146] Süddeutsche Zeitung (8.4.2009)

Rom, Ostersamstag, 11. April 2009

Auf jeder Station stank es anders, dachte Viola, als sie den Flur im Krankenhaus von Avezzano entlangeilte und ein seltsamer Medikamentenmix in ihre Nase drang. Viola wollte den Aufenthalt schnell hinter sich bringen, bevor sie wieder einen klaustrophobischen Anfall bekam.

Seit drei Minuten wusste sie, dass in dieser Klinik eine Valenzia aus L'Aquila lag. Ob es ihre Valenzia war, konnte jedoch keiner sagen. »Die junge Dame kam bewusstlos hier an. Es hat zwei Tage gedauert, bis wir überhaupt ihren Vornamen erfahren haben«, hatte sie die Stationsschwester aufgeklärt und gleich eine Warnung hinterher geschickt: »Ihr Zustand ist sehr instabil. Als sie von ihrer toten Tante erfahren hat, ist sie zusammengebrochen. Also vermeiden Sie bitte Schreckensnachrichten.«

Viola stieß einen Seufzer aus. »Ich verstehe: Nur gute Nachrichten – davon gibt es genug.« Dass aus ihrer Stimme pure Ironie sprach, bemerkte die Schwester nicht. »Umso besser.«

Zögernd klopfte Viola an die Tür und zog sie auf. Vier Betten mit vier Patienten reihten sich im schmalen Zimmer aneinander. Weder das geschiente Bein noch der Kopfverband gehörten zu Valenzia, das erkannte Viola sofort. Sie wollte schon frustriert umkehren, als sie im letzten Bett vor dem Fenster, über der Halskrause, ein gequältes Lächeln entdeckte. »Viola. Schön, dass du kommst.« Valenzias Stimme klang freudig, aber auch sehr schwach.

»Valenzia, du bist es wirklich! Du glaubst nicht, wie ich mich freue, dich zu sehen.« Zu gern hätte Viola sie umarmt, wagte aber nicht, die Patientin mit der Halskrause und dem Gipsarm anzufassen. Da es der Kranken nicht gelang, sich allein aufzusetzen, half Viola ihr die Kopfstütze am Bett aufzurichten und fragte dabei: »Wie geht es dir?«

»Ich fühle mich benebelt von all den Schmerzmitteln. Und mein Arm hängt an mir, als gehöre er nicht mehr mir. In den Beinen zwickt es ab und zu. Ach, lassen wir das.« Sie stockte. »In den nächsten Wochen versuche ich mich als einarmige Rollstuhlrennfahrerin«, witzelte sie im Flüsterton. Von den wenigen Worten wirkte Valenzia sehr geschafft. »Bitte entschuldige, wenn ich Unsinn erzähle. Die Tabletten haben mein halbes Gedächtnis gelöscht. Ich weiß nur noch, dass ich der Feuerwehr alles zu verdanken habe. Das sind wahre Helden! Vor allem einer …« Valenzias geschwollene Augen leuchteten voller Dankbarkeit.

Viola zwang sich, das Lächeln der Studentin zu erwidern, und legte ihre Hand vorsichtig auf Valenzias heilen Arm, an dem ein Infusionstropf hing. »Ist dein Freund nicht auch bei der Feuerwehr?«

»Stimmt. Salvatore war es auch, der seine Kollegen gedrängt hat, nochmals zu unserem Haus zu gehen, obwohl sie es schon fast aufgegeben hatten.« Ihre Stimme stockte erneut, sie musste husten. »Ganz ehrlich hatte ich nach den Stunden dort unten selber kaum noch Hoffnung.« Sie schloss ihre Augen und atmete tief ein. »Aber wir reden nur von mir. Wie geht es dir, Viola?« Die nächsten Fragen waren absehbar; Viola schnürte es die Kehle zu. Was sollte sie sagen? Keine Schreckensnachrichten lautete der Auftrag der Oberschwester. War die Wahrheit zu hart? Sie begann mit den weniger schlimmen Details.

»Ich konnte mich wie durch ein Wunder selbst befreien und hatte nur ein paar Kratzer.«

Valenzia atmete auf. »Und wie geht es deinem Mann und den Kindern? Warum hast du Manuele und Clarissa nicht mitgebracht?«

Viola hatte die Warnung der Schwester noch im Ohr. Trotzdem konnte sie nicht so tun, als wäre alles in bester Ordnung. »Weißt du, Valenzia ...«, stotterte sie. Die junge Frau schaute sie mit fragenden Augen an. »Ja?«

»Manuele ist auch im Krankenhaus.«

»Hier? Was hat er denn?«

»Er liegt in Rom und hat einige Verletzungen. Er muss noch eine Weile dort bleiben.«

Da sprang die Tür auf und ein riesiger Blumenstrauß, der kaum durch die Tür passte, schob sich ins Zimmer. Dahinter streckte Valenzias Freund Salvatore seinen Kopf hervor, gefolgt von der strengen Oberschwester.

»Junger Mann, was fällt Ihnen ein? Was soll die Patientin mit diesen Massen an Blumen?«

Salvatore überlegte nicht lange, befreite ein Bündel und drückte die Blumen der Schwester in die Hand. »Die sind für Sie.« Spontan verteilte er auch an die Patienten in den anderen Betten kleine Sträuße und stürmte dann ans Krankenbett vor dem Fenster. Valenzia strahlte ihn an. Er beugte sich über ihre Halskrause und drückte ihr vorsichtig einen Kuss auf die Wange. »Du verzeihst mir doch, Schatz, dass ich einige deiner Blumen als Bestechung opfern musste.«

»Ausnahmsweise. Aber du hast Viola vergessen.«

Kurz darauf hielt auch Viola einen bunten Strauß in der Hand. Das war ihre Chance, die Verliebten allein zu lassen und sich davon zu stehlen. »Ich komme dich bald wieder besuchen«, meinte Viola zum Abschied und verließ zügig das Zimmer. Zumindest hatte die Tragödie für Valenzia ein Gutes. Sie wusste jetzt, was sie an ihrem Freund hatte. Das junge Paar hatte neu zueinandergefunden.

Auf dem Gang holte Viola die Oberschwester ein, die den Duft der Blumen einsog.

»Wie lange muss Valenzia hier bleiben?«

»Die Patientin mit dem Blumenfreund? Zwei bis drei Wochen mindestens! Aber sagen Sie, Sie sind doch auch aus L'Aquila? Die Patientin hat wirres Zeug erzählt.« Sie stockte und zog Viola ins Schwesternzimmer. »Ist es wahr, dass es im Vorfeld trotz heftiger Erdstöße keine Notzelte gab? Und dass sie verängstigte Leute wenige Stunden vor der Tragödie wieder in ihre Häuser geschickt haben?«

Die Oberschwester war entsetzt, als Viola ihr die Gerüchte bestätigte.

»Die Chorsänger von Berlusconi und Bertolaso« haben tagelang wiederholt, dass man L'Aquila nicht aufgrund der Alarme von Giuliani evakuieren könne. Aber das ist ein Betrug: Zwischen der Evakuierung der Provinzhauptstadt und dem Überhaupt-nichts-Tun liegt ein großer Unterschied. Man hätte zumindest eine Notfallübung anberaumen, einen Evakuierungsplan entwerfen, eine Warnung oder eine Analyse herausgeben können, prangerte der Journalist Marco Travaglio an.

Tatsächlich haben dort, wo der Zivilschutz nichts tat, Giuliani und andere private Bürger eingegriffen. Viele sind nach den Erdstößen am Abend des 5. April auf die Straßen gelaufen und haben im Auto geschlafen. Wenn andere von der Evakuierung der Präfektur gewusst hätten, wären sicher noch mehr ihrem Vorbild gefolgt – und hätten sich gerettet.[147] [Vgl. Travaglio/Vauro: Sangue e Cemento]

☆☆☆☆

Seit fünf Tagen pendelte Viola zwischen zwei Orten – ihrem totenstillen Ruinendorf und Italiens lärmender Hauptstadt.

Zugleich reiste sie zwischen drei Welten umher: ihrem alten Leben vor dem Beben, der zerstörten Gegenwart und der Hoffnung auf eine bessere Zukunft.

Als sie mit ihrer Mutter am Samstagnachmittag wieder in der Remus-Klinik ankam, hatte sie den Eindruck, als wäre sie gar nicht weg gewesen. Der Klinikzirkus gab seine gewohnte Vorstellung. Als Erste begrüßte sie Schwester Laura. »Endlich bist du zurück, Viola. Dein Sohn hält uns ganz schön auf Trab!« Leise ergänzte sie: »Und der Opa noch mehr.«

Mehr brauchte die Schwester nicht zu sagen. Rosa und ihre Tochter wussten beide, dass Giosué, Typ Einzelgänger und Eigenbrötler, die Situation restlos überforderte. Das sahen sie ihm sofort an, als er zu ihnen trat. Sein Haar schimmerte noch grauer, die Sorgenfalten gruben sich noch tiefer als sonst in seine Stirn. Nach einer kurzen Begrüßung samt Kuss für die Gattin verließ Giosué fluchtartig die Station. Endlich raus aus der Klinik – 30 Stunden Dauerpräsenz in einer Masse Weißkittel kamen für ihn übelster Folter gleich. Viola wusste zu schätzen, was ihr Vater geleistet hatte.

Auf einmal stand eine neue Pflegepraktikantin vor Viola und drückte ihr ein weiteres Zeitungsexemplar mit ihrem Titelbild in die Hände. »Das sind doch Sie auf dem Titel! Das habe ich extra aufgehoben.«

Viola bemühte sich, gute Miene zum nervigen Spiel zu machen und entsorgte das Blatt heimlich im nächsten Abfall. Dabei fiel ihr wieder das Namensrätsel der Reporterin ein: Karina hatte die Fragen gestellt, Gianna den Text geschrieben. Bei nächster Gelegenheit würde sie Karina-Gianna mit dem Fehler konfrontieren, aber nicht jetzt. Im Moment war sie mit der nervenaufreibenden Warterei ausgelastet.

Immer wieder erzählten die Schwestern Viola, wie sehr sie ihre Stärke bewunderten. Viola zuckte mit den Achseln. »Was soll ich sonst tun? Mir die Kugel geben? Das liegt in der Natur des Menschen, wenn du es von allen Seiten abbekommst, wächst dein Kämpferwille erst recht.« Nach außen ließ sie sich nicht anmerken, dass sie täglich harte Gefechte mit der ungewollten Zukunft ausfocht.

Auf Oberarzt Ianelli, seinen rauen Tonfall und seine soziale Inkompetenz war ebenfalls Verlass. Nachdem er per Zufall den CD-Spieler mit den Kinderkrimis entdeckt hatte, tobte er vor Zorn. »Wie können Sie die Intensivstation mit Kinderkassetten beschallen? Das hier ist kein Spielzeugladen!« Er war ein absoluter Verfechter der Schulmedizin und Musiktherapien für Komapatienten passten nicht in sein Raster.

Viola wunderte sich nicht, dass Ianelli, obwohl er einen Ehering am Finger trug, an Ostern arbeitete. An der Stelle seiner Gattin hätte sie den anstrengenden Mann gerade an Feiertagen in den OP geschickt.

Der Chirurg zog ab und Luigi kam. Der Kontrast zwischen dem egozentrischen Oberarzt mit dem selbstbewussten Gang gegenüber dem verzweifelten Witwer mit gesenktem Kopf konnte kaum größer sein.

»Hallo die Damen«, sagte Luigi mit gedämpfter Stimme, bevor er erst Viola, dann ihre Mutter umarmte. Rosa entschuldigte sich wenig später, sie musste zur Toilette und wollte etwas zum Essen besorgen.

»Schön, dass du kommst, Luigi«, Viola warf ihm ein trauriges Lächeln zu. Keiner konnte ihren Schmerz besser nachvollziehen als ein Leidensgenosse, der ebenfalls seinen Partner verloren hatte.

Luigi schlug vor, sich draußen die Füße zu vertreten. Für einen Spaziergang im Park war Viola nicht aufgelegt, zumal sie dort noch vor vier Tagen mit Marlena entlang gelaufen war. Also schlurften Viola und Luigi über den tristen, schwach beleuchteten Flur. Die farbenfrohen Aquarellbilder nahm keiner der beiden wahr. Sie redeten wenig. Als sie sich dem Gangende näherten, begann Viola: »Wie geht es dir?«

Luigi antwortete ausweichend. »Ich hatte noch einiges in Rom zu erledigen. Bis auf Weiteres bin ich jetzt beurlaubt.«

Viola nickte verständnisvoll. Angesichts der Lage war das wohl das Beste; gerade jetzt brauchten seine zwei Töchter ihren Vater dringend.

Das Sprechen bereitete Luigi große Mühe. »Die Zwillinge sind bei meiner Schwester in Pescara. Dort werden wir die nächste Zeit leben. Aber so bald wie möglich kommen wir zurück.« Trotz allem wollte Luigi lieber heute als morgen in sein Dorf Paganica zurück. Dort war er geboren, dort wollte er bleiben. Im Moment war er allerdings froh, wenn er nicht mit seinen Töchtern die Nächte bei Temperaturen um den Gefrierpunkt in einem Zelt ohne Heizung verbringen musste. Sein Wunsch heimzukehren war symptomatisch für viele. Keiner wollte die zerstörte Heimat verlassen.

»Wie geht es den Zwillingen?«, fragte Viola.

»Martina schreit oft wie am Spieß und Rosella leidet still, sie frisst alles in sich rein.« So wie er selbst es tat. »Gestern hat sie mich gefragt, was sie machen kann, dass Mama wiederkommt.« Luigis Gesicht war von Leere gezeichnet. Viola nahm seine Hand und drückte sie. Ihre Tochter sagte gar nichts mehr – leider.

Nach einer Weile wandte sich Luigi zu ihr. »Wie geht es Manuele?«

»Besser wäre gelogen.« Viola holte tief Luft. »Zumindest stellt er zurzeit keine heiklen Fragen.«

Am schmutzigen Fenster endete der Flur – und auch ihr Wortwechsel. Schweigend blickten sie nach draußen. Es war, als ob die dreckige Scheibe sie von der lauten, unbekümmerten Welt dort draußen abschirmte und ihnen die Sicht auf den grünenden Park versperrte, in dem die Natur dem Frühling entgegenfieberte. Das wilde Leben der Hauptstadt pulsierte in der Ferne. Rom schien Jahrzehnte weit weg. Eine Träne glitt über Violas Wange, sie schnäuzte sich in ihr Taschentuch. Luigi dagegen konnte nicht weinen, seine Wunden waren zu frisch. Der Schmerz saß zu tief und betäubte jegliche Gefühle.

»Ich ärgere mich so«, begann Viola geknickt. »Warum habe ich den Experten mehr geglaubt als Riccardo, meinem eigenen Mann?«

Sie wollte gerade vom Telefonat erzählen, da kam ihr Luigi zuvor. »Es klingt einfach unglaublich, dass sich Wissenschaftler aufhetzen lassen, bewusst zu lügen.«

»Du wusstest von dem Telefonat?« Viola war baff.

Luigi nickte. Bisher hatte er Viola nicht in seine Gedanken eingeweiht. Leise gestand er, wie der verzweifelte Riccardo am Samstagabend, eineinhalb Tage vor dem verheerenden Beben, zu ihm gekommen war und ihn in der Halbzeitpause eingeweiht hatte. »Er hat selbst gehofft, dass er sich täuscht. Keiner hat damit gerechnet, dass das fatale Erdbeben kommt.« Er zögerte. »Wir haben Riccardo zu verdanken, dass wir leben.«

Viola schnappte nach Luft. Riccardo hatte seinen besten Freund gewarnt, aber sie, seine eigene Frau, hatte ihm erst nicht zugehört und dann nicht geglaubt. Es war zum Schreien. »Er wollte es mir die ganze Zeit sagen, aber ich war so sauer, dauernd die Überstunden. Ich dachte, er hätte ein Verhältnis.«

»Das hatte er definitiv nicht«, bekräftigte Luigi. Riccardo hatte ihn eingeweiht und um Rat gefragt, was er tun sollte, weil das zeitfressende Projekt ihm immer mehr die Augen über die Baupraxis, Auftragsvergabe und Abgründe der Politik öffnete. »Deshalb wollte er das Projekt abgeben, aber damit hätte er keine Chance mehr auf den neuen Posten gehabt.« Im Stillen warf sich auch Luigi Versagen vor.

Viola unterdrückte weitere Tränen. Von all dem hatte sie keine Ahnung gehabt. Sie war zu sehr mit ihren eigenen Sorgen beschäftigt gewesen. Was hatte Riccardo ihr noch alles sagen wollen?

KAPITEL 60

»Statt sich Verzweiflung und Tatenlosigkeit hinzugeben, machen sich die Menschen mit Würde und Tatkraft auf einen Weg, von dem sie wissen: Es wird ein Kreuzweg sein.«[148] Süddeutsche Zeitung (11.4.2009)

L'Aquila, Ostersonntag, 12. April 2009

Ein Osterfest dieser Art hatte Karina noch nicht erlebt. Ausschlafen und Fernsehen standen sonst auf ihrem Osterprogramm. Wenn ihr Vater keinen Notdienst hatte, kam noch ein Restaurant- oder Kinobesuch hinzu. Ab und zu flüchteten sie auch zum Skifahren in die Berge. In einen Gottesdienst hatte Karinas Vater sie nie geschleppt.

Simona dagegen drängte sie freundlich, aber vehement zur Ostermette. Da Karinas Ausrede, sie wäre nicht katholisch, nicht zog, fügte sie sich ihrem Schicksal. Wenn das ihrer Adoptivoma so wichtig war, dann folgte sie ihr eben zum zweiten Gottesdienst innerhalb von drei Tagen – ein neuer Rekord für Karina. Auf den Weg ins Mensazelt, das als Ersatzkirche diente, klärte Simona sie über die Sitten der Katholiken auf. Doch Karina hörte nicht zu, ihr Kopf kämpfte zu sehr mit Betonzeitbomben und Luca. Sie grübelte, warum er so misstrauisch war und was er ihr verheimlichte.

Neben der alten Dame nahm Karina auf einer der Bierbänke im Zelt Platz und starrte irritiert auf das unansehnliche Etwas, das neben dem Rednerpult aufgetischt war. Der Schrecken hatte lädierte Arme und Beine und trug einen Büschel Grünzeug auf dem Kopf, dessen verdorrte Ausläufer in die Fratze ragten. Die erdbebengeschädigte Jesusfigur war nicht das Einzige, was Karina in den nächsten zwei Stunden Kopfzerbrechen bereitete. Vor allem eine Frage wurde sie nicht los: Wenn es einen Gott gab, wie konnte er diese Tragödie und all das Leid zulassen?

Die Predigt brachte ihr keine Antwort. Dass Karina einiges nicht verstand, lag auch an der Masse der nicht alltagsgebräuchlichen Ausdrücke. Beim Beten schloss sie die Augen und nickte fast ein. Sie war nach der kurzen Nacht einfach zu müde. Als ihre Banknachbarn den Gesang zum Abendmahl anstimmten, schreckte Karina wieder auf. Sie überlegte noch, was das Abendmahl überhaupt bedeutete, als der Priester wieder das Wort ergriff.

»Viele sind von uns gegangen. Aber bei aller Trauer darf man nicht vergessen, dass jeder einmal stirbt. Auch Himmel und Erde werden eines Tages vergehen. Nur die Liebe hört niemals auf.«

Das sagt der Richtige, dachte Karina. Was wusste bitte ein kinderloser Single über Liebe? Streng blickte der Priester in ihre Richtung und ergänzte: »Aus Liebe hat Gott das größte aller Opfer gebracht.«

Angesichts des Leides in L'Aquila fand es Karina gerechtfertigt, dass jeder ein Opfer brachte. Spontan kam ihr in den Kopf, nach Onna zu gehen, um sich dort der deutschen Vergangenheit zu stellen. Doch den Gedanken verwarf sie schnell, es musste ja nicht gleich Folter sein.

Als der Priester sich dem Wunder der Auferstehung widmete, ertappte sich Karina beim Kopfschütteln – zu grotesk war der Anblick. Die ausgezehrte Jesusfigur mit dem Kompost auf dem Kopf stand im totalen Widerspruch zum ewigen Leben. Was dachten wohl die, die Familie und Freunde verloren hatten? Karina musterte die Anwesenden, auf deren Gesichtern sich ein Hauch der Hoffnung spiegelte. Woher nahmen sie nur die Kraft weiterzukämpfen?

Kaum war die Messe beendet, sprintete Karina aus dem Zelt – endlich Frischluft und hoffentlich bald ein Mittagessen. Zuvor mussten fleißige Hände aber noch die Behelfskirche für das Massenmahl umrüsten. Spontan packte Karina mit an. Als die Bänke zurechtgerückt waren, kochten zumindest schon Nudeln in den Riesentöpfen.

Hungrig machte sich Karina auf die Suche nach Simona, die vor dem Waschmaschinenzelt mit Bekannten die Köpfe zusammensteckte.

»Sobald sie uns gelassen haben, bin ich in mein Haus zurück«, erzählte eine alte Frau. »Die Madonna stand dort im Regal, als wäre nichts gewesen und über meiner Tochter ist das ganze Zimmer eingestürzt.« Mitten im Satz brach sie schluchzend zusammen. Simona nahm sie in den Arm.

»Wenn alles einstürzt und so viele sterben, ist es menschlich zu zweifeln, meine Liebe. Wichtig ist nur, nicht zu vergessen, dass der Tod nicht das Ende ist.«

Karina stahl sich davon. Sie hatte genug von Ostern und der Tragödie. Vor allem konnte und wollte sie nicht an einen Gott glauben, der Menschen willkürlich sterben ließ.

Auf einem freien Stuhl vor einem der blauen Zelte entdeckte sie eine deutsche Zeitung. Wo kam die nur her? Prompt setzte sich Karina und blätterte durch die Seiten, bis sie an einem Artikel hängen blieb.

Das Erdbeben hat ihre Heimat in eine Trümmerlandschaft verwandelt und hunderte Leben ausgelöscht. Trotzdem halten die Menschen in den stark religiös geprägten Abruzzen »unerschütterlich an ihrem Glauben fest und suchen Trost in der Osterbotschaft der Auferstehung«.

Im Schatten der zerstörten Kirche »Chiesa delle Anime Sante«, vor der Bagger den Schutt entfernen, sitzt eine Frau von wenigen Tüten umgeben, in denen der Rest ihres Hab und Guts steckt. Während sie auf den Rosenkranz in ihrer Hand blickt, erzählt sie, wie alles um sie herum zusammenstürzte.

»Ich habe alles verloren, aber ich habe immer noch Gott.« Trotz der Tragödie wollen die Katholiken in L'Aquila Ostern feiern. Die Religion ist hier fester Bestandteil des Alltags, daran hat auch die Katastrophe nichts verändert. »Priester gehen durch die Zeltlager, in denen tausende Menschen Zuflucht gefunden haben, und spenden die Kommunion.« Einige Überlebende holten, sobald es ihnen möglich war, ihre Kruzifixe aus den Ruinen ihrer Häuser.

»Natürlich findet nicht jeder Betroffene Trost in der Religion. Immer wieder brechen Menschen, die ihre Lieben und das Dach über dem Kopf verloren haben, bitterlich weinend zusammen und zweifeln an Gott. Doch den meisten dient ihr Glaube als Stütze.«[149] [Vgl. Ftd.de (April 2009)]

✯✯✯✯

Im Zelt, in dem sie zuvor die Jesusfigur besungen hatten, verspeisten die Campbewohner nun ihr Ostermahl, bestehend aus Pasta und Hähnchen. Während Karina ihr Fleisch auf anderen Tellern verteilte und ihre Nudelreste futterte, hörte sie weitere unfassbare Geschichten. So hatte sich eine Familie in der Unglücksnacht an Vorhängen aus dem vierten Stock abgeseilt, weil das Treppenhaus abgestürzt war.

Karina kaute noch, als Simona sie bat, sie zum Friedhof zu begleiten. »Aber der liegt am anderen Stadtende«, gab Karina zu bedenken. Mit 78 Jahren konnte sich die alte Frau doch keinen solchen Gewaltmarsch antun, wenn schon Karinas junge Füße wehtaten.

»Das sind höchstens zehn Kilometer. Ist dir das zu weit, Mädchen?« Ihre Ersatzoma verblüffte Karina immer wieder.

»Ich hab mehr an dich und deine Beine gedacht, Nonna!«

»Weißt du, was ich früher gelaufen bin? Dann gehe ich eben allein!«

»Ich komme schon mit«, gab Karina nach und holte ihr Smartphone aus der Tasche. Ihr war die Idee gekommen, wie sie zwei Fliegen mit einer Klappe schlug. Sie würde einen als Zufall getarnten Fahrservice organisieren, der sie unterwegs aufsammeln und zum Friedhof bringen würde. Mit dem privaten Taxifahrer, der noch nichts von seinem Glück wusste, musste sie noch ein paar Worte wechseln.

Den kürzesten Weg zu wählen war nicht Simonas Art. Sie hatte genau im Kopf, welche Straßen sie gehen wollte und wo sie ihre Rastplätze fand. Doch die Bänke waren teils verschwunden oder bereits von Betonbrocken besetzt. Ab und zu blieb die alte Dame stehen und starrte auf abgestürzte Balkone und weggebrochene Mauern.

»Schade, dass du nicht eher gekommen bist«, seufzte Simona und schwärmte von ihrer Stadt vor dem Beben. Trotz aller Trauer strahlte sie eine Würde und Tatkraft aus, die Karina nur bewundern konnte.

»Woher nimmst du die Kraft neu anzufangen, Nonna?«

Simona lächelte geheimnisvoll. »Was soll ich sonst tun? Ich hab kein Haus zum Verkriechen. Vor allem meine Freunde und mein Glaube, der mich schon durch tiefe Täler geführt hat, helfen mir.«

»Wie kannst du jetzt noch an Gott glauben?«, fragte Karina verblüfft.

»Ich wüsste nicht, wie ich das sonst durchstehen würde.« Überzeugt sprach Simona weiter: »Das ist doch das Entscheidende: eine Hoffnung zu haben. Eine Hoffnung, dass diese Tragödie genauso wie der Tod Jesu eine Bedeutung hat, auch wenn wir vieles jetzt noch nicht verstehen.«

Simonas Zuversicht beeindruckte Karina, auch wenn sie einige Ansichten nicht teilte. Die Seniorin lebte doch in einer anderen Welt.

»Weißt du, Kind, mein Glaube an Gott und an Gerechtigkeit ist das, was mich trägt. Worauf baust du dein Leben?«

Bisher hatte Karina auf fast alles eine Antwort gehabt – bis sie mit all dem Unglaublichen in L'Aquila konfrontiert wurde. Nun fühlte sie sich, als hätte ihr ein Gutachter eröffnet, dass sie auf ihrer Baustelle das Fundament vergessen hatte. »An Gerechtigkeit glaube ich auch«, stotterte sie und war froh, dass Simona keine weiteren Fragen stellte.

Als sie sich der Autobahn näherten, die auf hunderten Betonstelzen von einer Bergkette zur anderen über L'Aquila hinweg führte, war ihr Geheimtaxi noch immer nicht in Sicht. Bevor sie unter die Brücke trat, beäugte Karina kritisch die Pfeiler, die wenig vertrauenserweckend wirkten. Lediglich eine Tatsache tröstete sie: Die für den Bau Verantwortlichen mussten auch Fernstraßen nutzen und dürften so an dieser Stelle mehr Wert auf Sicherheit gelegt haben – im eigenen Interesse. Gerade als sich Karina unter das Betonbauwerk wagte, kam der ersehnte Anruf.

»Pronto. Wo seid ihr?«

»Via Leonardo da Vinci, unter der Autobahn. Heißt das, du ...«, Karina biss sich auf die Zunge. Simona sollte keinen Verdacht schöpfen.

»In fünf Minuten bin ich da.«

Tatsächlich hielt kurz darauf ein Wagen neben ihnen an. Karina hatte Mühe ihre Freude zu verbergen. Keinen Meter würde sie mehr laufen, zu viele Blasen belagerten ihre Füße. Der Fahrer kurbelte das Fenster herunter.

»Wollen die Damen mitfahren?«

Simona identifizierte den jungen Mann gleich und sagte lächelnd: »Das gilt dir Kind.« Gern ließ sich die alte Dame aber zum Mitfahren überreden. Ihre Füße waren doch nicht mehr so fit.

Mit Lucas Auto wirkte der Weg zum Friedhof wie ein Katzensprung. Auf dem Friedhofsparkplatz herrschte ein Betrieb wie auf dem Jahrmarkt.

»Wann wollt ihr zurückfahren?«, fragte Luca.

»In drei Stunden«, erwiderte Simona, huschte aus dem Auto und verschwand hinter den Friedhofsmauern.

»Drei Stunden«, murmelte Luca und zog die Augenbrauen hoch. Immer wieder kamen Leute vorbei, während Karina auf dem Rücksitz ihre Blasen verarztete und mit ihren Schuhen kämpfte.

»Du brauchst nicht denken, dass ich wegen dir gefahren bin. Ich habe eine Schwäche für alte Damen.« Luca wandte den Kopf. »Was genau tust du da eigentlich?«

»Blasen behandeln«, erwiderte sie knapp und zwängte den Fuß wieder in den Schuh. »Und du, Mafiosi-Ankläger, bist mir noch eine Erklärung schuldig!« Dass sie sauer war, war nicht zu überhören. »Aber lass uns nicht hier auf dem Präsentierteller reden.« Wie ein Taxifahrer blickte Luca in den Rückspiegel und wartete auf Zielvorgaben.

»Bitte, wohin möchte die Signora?«

»Irgendwohin, wo es ruhig ist. Du kennst dich hier besser aus als ich!«

Die Klapperkiste ratterte langsam vom Schotterparkplatz und bog auf die Hauptstraße ab. In den nächsten Minuten fiel Karina einmal mehr auf, dass das Erdbeben überall seine Spuren hinterlassen hatte – in den Straßen, an den Gebäuden, an den Leuten und selbst an Lucas Fahrstil. Was sie nun zu hören bekam, war der Ansatz einer Entschuldigung, die Luca inzwischen für angebracht hielt.

»Wegen gestern: Ich habe mich geirrt, ich dachte, du bist skrupellos.« Das »Entschuldige« ging im Rauschen des Motors unter.

»Und damit meinst du, ist alles gut? Erst unterstellst du mir Hochverrat und jetzt soll ich vor dir auf die Knie fallen?«, plärrte Karina los, kämpfte aber gegen ihre Wut. Statt nachtragend zu sein, wollte sie künftig nach Ursachen forschen. »Wieso bist du so misstrauisch?«

»Ich habe zu oft den Fehler gemacht, den Falschen zu vertrauen und das bitter bereut.« Mehr sagte Luca nicht. Es schmerzte ihn, allein daran zu denken. Wenn er diesen Lügnern nicht geglaubt hätte, wären jetzt noch viele am

Leben. Am meisten ärgerte er sich, dass er extra noch in jenes Büro marschiert war. Er hatte solange genervt, bis endlich ein Gutachter die kritischen Stellen untersucht und die tödliche Entwarnung gegeben hatte.

Karina blickte ihren Fahrer noch immer fragend an. Gern hätte sie ihn geschüttelt, um mehr zu erfahren, wusste aber, dass es sinnlos war.

Je steiler die Straße wurde, desto langsamer schob sich Lucas Karre hinauf. Kurz vor Ortsende bog er auf einen Feldweg ab, der auf einen Trampelpfad mit Weideblick mündete. Ihr Vater hätte sein Auto über die Hoppelpiste tragen lassen, Luca dagegen hatte erst an einer steilen Abzweigung Erbarmen. Er stieg aus und zeigte einen Steilhang hinauf.

»Wir sind da – dort, wo es ruhig ist.«

Die Blasengeplagte verzog das Gesicht. Schon das Auftreten tat weh. »Da willst du hoch? Meine Blasen melden Protest an!«

»Komm, die zehn Meter wird die Topsportlerin wohl noch schaffen.«

Murrend quälte sich Karina den Trampelpfad hinauf. Aber der Aufstieg war es wert, wie sie feststellte.

»Wow, was für eine Aussicht!«

Der Rundumblick war atemberaubend. Umrahmt von bewaldeten Hügeln, dem verschneiten Gran Sasso und der Gebirgskette Sirente-Velino gegenüber schlummerte L'Aquila in der Sonne. Die Gipfel ragten wie Wächter über dem von zartem Frühlingsgrün überzogenen Kessel. Karina kam sich vor, als schwebte sie im Heißluftballon über dem Paradies, während der Wind mit ihren Haaren spielte. Die Tragödie im Tal schien Jahrzehnte entfernt. Nur Helikopterlärm, Martinshorn und die blauen Zeltlager trübten die Idylle.

»Als hätte es nie ein Erdbeben gegeben«, meinte sie besänftigt.

»Genau das ist das Problem«, wetterte nun Luca los. »Erst bricht alles zusammen und alle rufen: ›Nie wieder!‹ Sie verschärfen Vorschriften und Gesetze. Doch dann verschwinden Helfer und Zelte und alles gerät in Vergessenheit. Es wird weitergepfuscht wie zuvor, Geld in die eigene Tasche abgezwackt, Gesetze ausgehebelt, Hauptsache der eigenen Sippe geht es gut. Bis zur nächsten Katastrophe.«

Luca ließ sich ins Gras fallen und starrte ins Tal, Karinas Blick folgte seinem. Erst bei genauem Hinsehen entdeckte sie die Ruinen, in denen Bagger wühlten. Eigentlich war sie hergekommen, um ihrem Ärger über Lucas Vorwürfe Luft zu machen, doch er wirkte jetzt schon völlig fertig.

Nach einer Weile sagte sie: »Die Tragödie war also angekündigt?«

»Absolut. Im Grunde wussten alle Bescheid. L'Aquila ist nicht erst seit gestern Risikozone und es gab genug Warnungen im Vorfeld: hunderte Beben, Schäden, Studien ... «

»Studien? Aber warum haben sie dann nichts getan?«

»Es ist viel krasser, als du dir vorstellen kannst.« Luca redete sich in Rage. »In keinem anderen Land hat ein Erdstoß dieser Stärke in den letzten Jahren solche Schäden angerichtet.« Seine Muskeln verkrampften sich. »Keiner hätte sterben müssen, kein Einziger!«

Karina setzte sich neben ihm ins Gras. »Du meinst, schuld sind all die, die Bruchbuden gebaut und die Gefahr verschleiert haben.«

»Nicht nur. Auch die Politiker, Techniker und alle, die ihre Augen verschlossen haben. Im Grunde sind wir alle schuld, inklusive mir und dir.«

»Wie bitte? Ich?« Karina sprang entrüstet auf. »Ich doch nicht!«

»Klar du. Du machst im Kleinen genau denselben Mist. Du schaust auch nur auf dich.« Luca blickte ihr in die Augen.

»Das ist etwas anderes«, entrüstete sich Karina und verschränkte die Arme. Jetzt reichte es ihr aber wirklich. Nicht nur, dass alle Bescheid wussten, aber keiner etwas tat, nun sollte sie auch noch schuld sein.

»Du merkst oft gar nicht, wie du auf die Propaganda reinfällst und dich vor ihren Karren spannen lässt«, legte Luca nach.

Sie holte tief Luft. »Du willst doch nur von dir ablenken. Hast du den Deal schon auffliegen lassen?«

»Nein. Das ist deine Sache. Aber an deiner Stelle würde ich ihn sofort beenden.« Luca riss einen Halm ab und zerquetschte ihn zwischen den Fingern. »Jeder macht Fehler. Wichtig ist nur, dass du umkehrst, wenn du merkst, dass du dich verirrt hast!«

Karina wandte sich ab und lief weg. Nach einigen Metern machte sie kehrt und kam aufgebracht zurück. »Und wieso bist du schuld?«

Leise begann er: »Ich bin hier aufgewachsen, bis wir wegen Mamas Arbeit nach Rom ziehen mussten. Zum Studium bin ich zurück. Daher kenne ich viele.« Er stockte. »Aber ich habe nichts getan, obwohl ich von vielem wusste. Das ist mit das Schlimmste, wenn du wartest, bis die anderen etwas tun. Dann wird sich nie etwas ändern. Du musst den ersten Schritt machen!«

Karina staunte. Sie kannte Luca seit acht Monaten und sah ihn fast täglich, wusste aber im Grunde nichts von ihm. Über Privates hatten sie selten gesprochen. Dass er aus L'Aquila kam, hörte sie daher zum ersten Mal. Auf neue Überraschungen gefasst, fragte sie vorsichtig: »Was hast du jetzt vor? Wofür kämpfst du?«

Er schloss die Augen und senkte seinen Kopf. »Dafür, nicht zu vergessen und die Fehler nicht zu wiederholen.«

Als sie Luca so traurig und verzweifelt im Gras sitzen sah, war ihre Wut verflogen. Karina legte ihren Arm auf seinen und beide blickten schweigend in die Weite. Als ob Selbstkritik ansteckend wirkte, folgte Karina seinem Beispiel. »Ich habe mich auch geirrt.«

»Das aus deinem Mund«, rief er überrascht und blickte sie an. »Du machst Witze!«

»Nein. Ich habe mich in vielen Dingen und Menschen getäuscht«, gab Karina leise zu.

Luca drehte sein Gesicht zu ihr. Für einen Moment trafen sich ihre Blicke. Karina wartete auf einen Kommentar, doch Luca schwieg. Seine traurigen Augen sprachen für sich. Schnell wandte sich Karina ab und stand auf. Am Ende des Hügels entdeckte sie ein schwarzes Metallkreuz, hinter dem im Tal ein zerstörtes Dorf lag.

»Das Ruinendorf hinter dem Kreuz und den blauen Zelten, das ist Onna, oder?«

Luca nickte ihr zu und Karina machte den ersten Schritt.

KAPITEL 61

»Das Begräbnis der Opfer fand am Karfreitag statt, an dem Tag, an dem wir Christen dem Tod Jesu gedenken. Leider war es kein Ostern mit Auferstehung«, erinnerte sich Giustino Parisse im Herbst 2013.

L'Aquila, Ostersonntag, 12. April 2009

Das Gespräch mit Luigi und der Besuch bei Valenzia gingen Viola die ganze Nacht nicht aus dem Kopf. Dass sie Valenzia versprochen hatte wiederzukommen, brachte sie in eine Zwickmühle. Viola wollte weder einen Zusammenbruch der labilen Patientin riskieren noch ihr die Toten weiter verschweigen.

Das Kinderbett knarzte, als Viola sich aufsetzte. Der Mondschein warf sanfte Baumschatten auf die Gästeliege neben ihr, in der ihr Vater schnaufte. Die Gastfreundschaft der Familie Anziani war grandios – aber auf Dauer keine Lösung. Am liebsten wäre Viola zu ihrem Sohn gezogen.

Plötzlich flog die Tür auf und Beppe schlich ins Zimmer. Mit einer Taschenlampe bewaffnet, enterte er sein Piratenschiff. Der Sprössling zuckte zusammen, als Viola ihn ansprach: »Mach doch Licht, Beppe.«

Erschrocken wandte er den Kopf und erkannte die Stimme aus dem Dunkeln. »Kannst du nicht ausziehen? Ich will zurück in mein Zimmer. Meine Schwester ist so doof!«

Der Fünfjährige packte einige Piraten, ehe er das ganze Schiff in den Flur zerrte. Bald schallte ein Aufschrei durch das Haus; Beppes Vater war in die Piratenfalle getappt.

»Was tust du hier, Sohn? So nicht!«

So ging es wirklich nicht weiter, fand auch Viola. Das Familienchaos im römischen Zwergenhaus, in dem sich zu viele Menschen auf die Füße traten, setzte ihr zu. Wer einmal ein eigenes Haus besessen hatte, fühlte sich in einem Minizimmer nicht wohl, in dem sich Piraten, Ritter und Zootiere auf dem Boden wälzten – noch dazu, wenn der eigene Sohn bis vor Kurzem mit solchen Figuren gespielt hatte, nun aber sein Leben auf der Intensivstation verbrachte.

Zwar hoffte Viola fest darauf, dass Manuele eines Tages wieder ohne Ärzte leben konnte, doch im Moment war er weit davon entfernt. Noch wollte keiner bestätigen, dass ihr Sohn je aus dem Koma erwachte. Im Moment hielten ihn nur Maschinen am Leben.

Inzwischen durfte die engste Familie den kleinen Mann besuchen und ihm bei seinem stillen Kampf in der sterilen Arena zusehen. Viola hatte den Eindruck, als müsste sie ein Mikroskop auspacken, um die fürs bloße Auge unsichtbaren Fortschritte zu messen.

Prompt stand sie auf und rüttelte ihren Vater wach.

»Ich fahre jetzt in die Klinik. Kommst du mit, Papa?«

Er murrte schlaftrunken. »Hm, jetzt schon? Später.«

»Später fahren Mama und ich nach Onna.« Dort hoffte Viola auf einen Hauch von Normalität inmitten des Notstandes. Es war Ostersonntag, und auch wenn die Kirche zerstört war, wollte sie mit ihren Nachbarn Ostern feiern; diesmal in einem luftigen Zelt ohne Glockenläuten, ohne knarrende Kirchenbänke und ohne Orgel.

Gähnend kam Viola in der Klinik an, den Weg zur Station kannte sie inzwischen im Schlaf. Der Eindruck, dass außer ihr und ihrer Mutter Rosa niemand dort wäre, täuschte. Oberarzt Ianelli kreuzte kurz nach Viola auf, und ab da ging es Schlag auf Schlag. In wenigen Minuten strömte eine Flut aus Neuigkeiten auf sie ein.

»Der Patient mit den letalen Frakturen ist außer Lebensgefahr«, verkündete Professor Ianelli stolz und klopfte sich verbal auf die Schulter. Eindeutig sein Verdienst, dass die Lungen des Patienten wieder von allein ihren Dienst verrichteten.

Viola starrte den Oberarzt ungläubig an. Dann rief sie voller Freude: »Manuele ist außer Lebensgefahr. Er wird wieder gesund!«

»Langsam, langsam«, murrte Ianelli. Er hatte lediglich gesagt, außer Lebensgefahr, aber nicht von einer vollständigen Genesung gesprochen.

»Wann wird er aus dem Koma aufwachen?«

»Hören Sie«, brummte der Oberarzt und zählte, so neutral wie möglich, die gestörten Funktionen des kleinen Körpers auf. Die Nieren des Patienten streikten, die Blutwerte fuhren Achterbahn und auch der Kreislauf war alles andere als stabil.

Nun mischte sich auch Rosa ein. »Die Kassetten haben doch geholfen!«

Jetzt stieg Wut in Ianelli auf. Jeden, der wagte Hörspiele seiner Chirurgenkunst voranzustellen, lehrte der Oberarzt das Fürchten der Schulmedizin. Während er tobte, wechselten Rosa und ihre Tochter verunsicherte Blicke, wieder wurde eine große Hoffnung zunichtegemacht.

Ernüchtert ließ sich Viola auf einen Stuhl am Gang fallen, während sie ihre Gedanken zurück in jene Nacht führten, in der sie das Übel hätte abwenden können. Doch sie hatte die Gefahr völlig unterschätzt und den Falschen vertraut. Ihren Irrtum erkannte sie erst, als es zu spät war.

»Genau ich bin das erste Opfer der Inkompetenz, oder wenn man es so sagen will, der Oberflächlichkeit. In jener Nacht war ich sicher, dass nichts Dramatisches passieren würde. Ich habe mich geirrt und um dies zu bezahlen, müssen meine Kinder und ich mit ihnen die Folgen tragen, wenn auch in unterschied-

licher Weise«, schreibt der Journalist Giustino Parisse, dessen Sohn und Tochter am 6. April in den Trümmern ihres Hauses starben. Viele Kollegen hatten ihn danach gefragt, ob die Familie ihr Haus erdbebensicher gebaut hätte. Seine Antwort lautete stets: »Wir haben es so umgebaut, wie es den seismischen Richtlinien der 90er Jahre entsprach. Offensichtlich hat das nicht genügt, ohne dass es offensichtlich war.«[150] [Vgl. Parisse: Quant'era bella la mia Onna]

★★★★

»Wie soll es weitergehen?«, fragte Violas Mutter, kaum dass sie die Klinik hinter sich gelassen und auf Roms Autobahnring auffuhren.

»Ich weiß es nicht.« Zukunftsfragen verdrängte Viola bisher. Zu oft kroch Furcht vor morgen aus den Schutthaufen ihres alten Lebens. Die Politiker versprachen viel, aber in der Regel passierte wenig. Unschlüssig spielte Viola an den Knöpfen ihrer neuen alten Jacke herum, die sie jetzt, nach Jahren im Keller ihrer Eltern, wieder vor Kälte schützte.

»Wo werdet ihr wohnen? In Onna oder bei uns?«

»Ich weiß es nicht.« Nur eines wusste Viola, die Gastfreundschaft der Familie Anziani wollte sie nicht länger ausreizen. Doch die Alternativen überzeugten auch nicht. Sie wollte weder in einer Zeltstadt noch in einem Hotel, Hunderte Kilometer von ihrem Sohn entfernt, auf bessere Zeiten warten. Viola beschloss, ihre Freunde im Dorf um Rat zu fragen.

Sie hatten gerade ein Viertel der Strecke auf der A24 Richtung L'Aquila zurückgelegt, als ihnen ein schwerer Unfall, der einen kilometerlangen Stau nach sich zog, in die Quere kam. Mehrere Feuerwehr-, Ambulanz- und Polizeiwagen quetschten sich durch die Blechkolonne. Viola stieg aus, vielleicht konnte sie helfen. Zu Fuß schlängelte sie sich durch die stehenden Fahrzeuge und näherte sich den zermalmten Unfallwagen. Bei diesen Wracks waren eher Rettungsscheren und Spezialisten gefragt als ihre Hände. Die Feuerwehr hantierte bereits. Ein Polizist kam auf sie zu: »Gehen Sie zurück. Sie können nicht helfen.«

Traurig machte Viola kehrt. Sie war offenbar dazu verdammt, Menschen sterben zu lassen, ohne sie retten zu können.

Als sie sich zurück auf den Beifahrersitz setzte, plärrte im Auto das Radio und ihre Mutter wälzte eine Landkarte. Der Radiomoderator riet, ihre Strecke wegen des Unfalls zu meiden. Rosa seufzte: »Ausfahrten sind nicht in der Nähe. Uns bleibt nichts übrig, außer zu warten.«

Viola senkte den Kopf, kniff die Lippen zusammen und begann leise: »Ich muss dir etwas sagen. Ich habe Riccardo und Clarissa umgebracht!«

Ihre Mutter blickte erstaunt auf. »Aber, Viola. Sag so was nicht. Woher solltest du wissen, wann das Erdbeben kommt? Du hast sofort Hilfe geholt und alles getan, was du tun konntest!«

Viola schüttelte vehement den Kopf. »Nein, das habe ich nicht. Ich habe bestimmt, dass wir drinnen bleiben, obwohl Riccardo gedrängt hat, im Auto zu schlafen. Er wusste Bescheid.«

»Aber Kind. Mach dir keine Vorwürfe! Das bringt doch nichts.«

»Pass auf Mama: Riccardo hatte ein Telefonat mitgehört, aus dem eindeutig hervorging, dass das Treffen der Risikokommission nur ein Fake war, eine Medienoperation, um die Leute ruhigzustellen.«

Sie erzählte ihrer Mutter die ganze Wahrheit, Rosa lauschte schockiert. Das durfte nicht wahr sein. Der Staat hatte die Gefahr bewusst vertuscht und die Menschen in die Katastrophe laufen lassen.

»Bist du sicher, Viola?« Das war bestimmt nur die Spitze des Eisbergs. Rosa wollte gar nicht wissen, was noch alles hinter den Kulissen abging.

»Absolut. Mit jeder Minute mehr. Ich habe mich völlig geirrt.« Irgendwie fühlte sich Viola erleichtert, dass es heraus war, trotzdem stiegen ihr Tränen in die Augen. Was gäbe sie darum, die Zeit zurückdrehen zu können. Seit dem 6. April kam Viola ihr Leben vor wie eine Strafe, eine Strafe für das Versagen, dass sie ihre Familie aus Bequemlichkeit und Irrglauben in den Tod gedrängt hatte.

Ihre Mutter durchbrach die Stille. »Du hast das doch nicht mit Absicht getan. Jeder macht Fehler. Aber wer sie zugibt und wirklich bereut, dem wird vergeben.« Sie nickte ihrer Tochter aufmunternd zu.

»Es war nicht nur ein Fehler, Mama.« Viola tat sich schwer, die richtigen Worte zu finden. »Weißt du, unsere ganze Beziehung war gestört, von Misstrauen und Vorwürfen regelrecht vergiftet. Das stand wie eine Mauer zwischen Riccardo und mir.« Niedergeschlagen blickte Viola zu ihrer Mutter.

»Schau mich nicht so an. Ich liebe dich trotzdem, du bist mein Kind, egal was passiert.« Rosa beugte sich zu ihr und umarmte sie.

Über eine Stunde lang bewegte sich die Kolonne keinen Zentimeter. Endlich war die Straßensperre aufgehoben und der Stau löste sich langsam auf. Es war absehbar, dass sie viel zu spät in Onna ankommen würden. Nicht einmal ein Zeltgottesdienst inmitten ihrer Nachbarn war Viola vergönnt. Insgeheim hoffte sie auf eine Auferstehung in L'Aquila, obwohl ihr der Verstand sagte, dass es keine geben würde.

Der Anblick von Onna war nicht sehr aufbauend. Wenige Zelte vereinten die Überlebenden des Dorfes, die nun eine Art Nomadendasein fristeten. Der Wind brachte gelegentlich einem Zelt das Fliegen bei und machte den Evakuierten klar, dass es jederzeit noch schlimmer kommen konnte.

Viola ging durch das Camp, umarmte vertraute Überlebende und erkundigte sich nach Nachbarn, die sie nicht fand. Gesenkte Blicke und trauriges Schweigen genügten als Antwort. Die frohen Botschaften waren angesichts der horrenden Todeszahl rar gesät: Mindestens 38 Opfer sowie 50 weitere Verletzte bei 300 Einwohnern hatte Onna zu beklagen. Die Hinterbliebenen schweißte das umso mehr zusammen. Still teilten sie ihr Leid.

Bevor sie ihren Mann und ihre Tochter besuchte, machte Viola noch einen kurzen Abstecher ins alte Dorf, das wie die Vorstufe zum Friedhof wirkte – oder gar noch schlimmer. Das Haus, in dem im Zweiten Weltkrieg Onnas Märtyrer starben, war in zwei Teile zersprengt wie 1944. Viola erinnerte sich wieder an Victors Worte.

»Sollen wir zurück nach Onna?«, fragte Viola sich und ihren Mann, als sie auf dem Friedhof ankam. Voller Trauer kniete sich Viola vor das Holzkreuz, an dessen Stelle bald ihr Familiengrab stehen würde. Es gab so vieles, bei dem sie gern Riccardos Rat gehört hätte. Doch nun war erst sie an der Reihe. Ihr Geständnis war längst überfällig.

»Es tut mir so leid, Riccardo. Bitte verzeih mir! Ich habe dir Dinge unterstellt …« Ihre Stimme geriet ins Stocken. Viola traute sich kaum, es auszusprechen. »Ich dachte, du hättest eine Affäre. Wenn ich dir doch nur zugehört hätte. Warum hast du nichts gesagt von deinen Problemen?«

Sie streichelte über das Holzkreuz; was sollte sie auch sonst berühren. »Ich verstehe selbst nicht, wie konnte ich nur so blind und so taub sein? Es tut mir unsagbar leid, mein Liebster.«

Viola schloss die Augen und redete sich alles von der Seele; all ihre Ängste und Schuldgefühle, all ihren Schmerz und all das, was sie so bitter bereute. Ob Riccardo und Clarissa ihr eines Tages verzeihen würden?

Nach vorne zu blicken, fiel Viola schwer. Bald ging ihr Geständnis in ein Gebet über. Wenn einer noch helfen konnte, dann er.

»Ich weiß, dass das Leben nur im Licht des Glaubens weitergehen kann. Ich bin überzeugt, dass sie uns nicht aufgegeben haben. Vielleicht schauen sie auf zwei gebrochene Eltern herab, die versuchen, sich gegenseitig Kraft zu geben«, schrieb Giustino Parisse in Gedenken an seine verstorbenen Kinder. »Oft habe ich den Eindruck, dass sie bei uns sind. Dass sie uns in Wirklichkeit nie verlassen haben. Das ist das Rätsel des Glaubens.«

Ein befreundeter Geistlicher habe ihm einst gesagt: »Anscheinend gibt das Rätsel des Glaubens keine rationalen Antworten. Aber wenn es dieses Rätsel nicht gäbe, was wäre dann das Leben des Menschen?«[151] [Vgl. Parisse: Quant'era bella la mia Onna]

KAPITEL 62

»Die Ermittlungen werden sich […] schwierig gestalten: Eingestürzt oder einsturzgefährdet sind auch die öffentlichen Bauten, in denen die Baupläne und die Akten öffentlicher Bauvorhaben gelagert wurden.«[152] Frankfurter Allgemeine Zeitung (14.4.2009)

L'Aquila, Ostermontag, 13. April 2009

Der Gedanke zu flüchten überfiel Karina am Morgen, als sie sich aus dem quietschenden Bettprovisorium quälte. Sie wünschte sich sehnlichst eine Auszeit vom Zeltleben, von der grenzenlosen Langeweile und den frostigen Aprilnächten in Massenlagern ohne Privatsphäre. Auch die Perspektiven in den Camps waren bescheiden. Immerhin musste keiner verhungern, damit hörte der Luxus aber schon auf.

Erst eine Woche sollte es her sein, dass sie mitten in der Nacht vom Erdbeben aufgeschreckt und mit dem Taxi in die Katastrophe gerauscht war. Was für unglaubliche sieben Tage lagen nun hinter ihr.

Als Karina erkannte, dass sie leere Liegen angähnte und keiner außer ihr noch im blauen Zelt weilte, brach sie ihren Aufstehvorgang ab. Endlich hatte sie Ruhe und konnte Schlaf nachholen.

Gut zwei Stunden später weckte sie Filippes Anruf. »Wo bist du? Ich habe extra ein Auto organisiert und warte schon seit einer halben Stunde auf dich!«

»Mist«, entfuhr es Karina. Filippe und seine heißen Infos hatte sie nach dem turbulenten Sonntag ganz vergessen. Obwohl sie ihre Morgenwäsche in Rekordzeit absolvierte, musste Filippe noch eine ganze Zeit warten. Anmerken ließ er sich jedoch nichts, als Karina zu ihm ins Auto stieg.

»Wohin fahren wir?«, fragte sie neugierig.

»Lass dich überraschen!« Er bog auf eine ihr unbekannte Bergstraße ab, die stark anstieg.

»Ach komm, sag schon«, bettelte Karina ihn an. Geduld war nicht gerade ihre Stärke. Da Filippe hart blieb, schwenkte sie schnell um. »Du wolltest doch heiße Infos loswerden!«

Erneut vertröstete er sie. »Später. Hast du schon gehört? Der Staatsanwalt jagt die Täter, die diese Tragödie verschuldet haben!«

»Das wird bei der Menge der Einstürze Jahre dauern«, mutmaßte Karina.

»Definitiv, die öffentlichen Bauten, in denen die Pläne lagen, sind nämlich auch betroffen.«

Wenige Tage nach dem Erdbeben startete L'Aquilas Staatsanwaltschaft die Suche nach den Schuldigen, die dazu beigetragen hatten, »das Drama in ein Massaker mit 300 Toten zu verwandeln«. Der Staatsanwalt Alfredo Rossini betonte: »Das sind wir den Opfern und ihren Angehörigen schuldig.« Die Justiz werde genau prüfen, ob einige eingestürzte Gebäude mit Meeressand oder ohne Eisen errichtet wurden, wie mehrere Seiten signalisiert hätten.[153] [Vgl. Caporale: L'Aquila non è Kabul]

»Warum ist dieser Sand denn so problematisch?«, fragte Karina nach, worauf Filippe erwiderte: »Im Meeressand steckt Salz, das früher oder später die Bauten zersetzt.«

Nun erinnerte sich Karina an eine Betonbrücke in Nürnberg, der Streusalz so zugesetzt hatte, dass sie für rollende Schwergewichte gesperrt wurde. Aber Streusalz steckte sicher nicht in besagtem Volturno-Sand, der laut Marios Mafiabuch so kritisch war. Filippe lüftete auch dieses Rätsel.

»Die Sache ist die: Gewisse Unternehmer haben illegal und in großem Stil Sand aus dem Fluss Volturno abgebaut, um Kosten zu sparen. Bald war das Flussbett so ausgehöhlt, dass es Meerwasser zurückgeschwemmt hat.«

»Trotzdem haben sie weiter den Sand dort geholt und genutzt? Dann hätten sie ihn auch gleich aus dem Meer holen können!«

»Genau.« Unangekündigt hielt Filippe den Wagen an und beugte sich zum Handschuhfach, um einen Papierstapel herauszuholen. Dabei streifte er wie zufällig Karinas Beine, ehe er ihr die Zettel reichte. »Das habe ich dir organisiert«, betonte er nicht ohne Stolz.

»Was ist das?« Karina überflog voller Neugier die von Zahlen übersäten Seiten.

»Das ist die Kopie einer Studie«, erklärte Filippe.

Laut einer Untersuchung des Zivilschutzes war der Erdstoß stark genug gewesen, um 38.000 Gebäude zu zerstören, tatsächlich waren aber 60.000 beschädigt oder eingestürzt. Die Differenz erklärten Gutachter so, dass 22.000 Bauten nicht den Gesetzesnormen entsprochen hätten.[154] [Vgl. SZ,(14.4.2009)]

Karina las sich ungläubig in den Wust aus Text und Zahlen ein. »Wie bitte? Der Einsturz von 38.000 Häusern soll okay sein? Das ist doch abartig!«

»Nicht alle der genannten Bauten sind eingestürzt, manche sind nur beschädigt. Aber es stimmt schon, das System ist faul. Ein Cousin von mir kennt sich aus und sagt, ein Drittel der Branche wäre skrupellos.« Filippe fuhr wieder an und lenkte das Auto um die nächsten Kurven weiter den Berg hinauf. »Gleich sind wir am Stausee Campotosto.«

Stausee war das Stichwort. »Ich verstehe, wir fahren zum Staudamm«, meinte Karina. »Welches Geheimnis birgt dieser See?«

Nun rückte Filippe mit der Sprache heraus. »Ich habe erfahren, dass die Risikokommission am Gründonnerstag erneut getagt hat, nachdem bei Nachbeben im Dorf Campotosto mehrere Häuser eingefallen sind. Die Leute waren in großer Sorge, ob die Staumauern halten würden. Manche sagen, dass sich deshalb die Experten in Rom zusammengesetzt hätten. Aber ich vermute etwas anderes.«

Karina wollte gerade nachfragen, als nach einer Kurve eine gigantische Mauer auftauchte. Sie hielt den Atem an.

Wer an einen Staudamm denkt, stellt ihn sich aus Eisen und Zement vor. In Campotosto hatte man in den 1950ern für den künstlichen See drei Staumauern errichtet: Sella Pedicate, Rio Fucino und Poggio Cancelli. Letztere besteht aus Ziegelmehl und Steinen nahe gelegener Keller.

Wenn man nach Campotosto fährt, ist die Sperre von Sella Pedicale die, die am meisten beeindruckt. Nach einer Kurve der Staatsstraße 80 taucht deren enorme Betonmauer auf. Selbst die ruhigste Person der Welt bekäme ein wenig Gänsehaut, wenn sie an die Millionen Kubikmeter Wasser denkt, die hinter dieser riesigen Mauer liegen. Aber das ist ein Augenblick. Wieder einige Kurven später ist es der See, der auftaucht: schön, riesig und azurblau.«[155] [Vgl. Parisse: Quant'era bella la mia Onna]

Der Ort Campotosto, in dem Filippe den Wagen parkte, trug deutliche Spuren der Erdbeben – gespaltene Wände und einsturzgefährdete Gebäude ohne Dächer. An der Stelle, an der die Außenmauer eines Hauses hingehörte, öffnete sich der Blick in ein von zerstückelten Möbeln belagertes Wohnzimmer. Obwohl Karina inzwischen viele Facetten der Zerstörung kannte, erschütterten sie diese stets neu.

Sie stiegen aus und Filippe steckte sich eilig eine Zigarette an. Karina spürte ein starkes Unbehagen, überspielte aber ihre Angst. Wieso brachte er sie in die Berge an einen Stausee, der unter Umständen nicht dicht war? Rauchen konnte er auch im Tal. »Was sollen wir hier, Filippe? Willst du mir eine Flutwelle vorführen?«

»Keine Angst.« Er nahm einen kräftigen Zug.

»Habe ich doch nicht«, gab Karina vor und beäugte kritisch das Wasser. Im Ernstfall half es hier wenig, ein guter Schwimmer zu sein. Filippe unterbrach ihr Kopfkino.

»Noch einmal zur Risikokommission ...«

»Die hat sicher gesagt, keine Gefahr – was Experten offenbar immer vor Katastrophen sagen«, meinte Karina bitter.

»Ich habe einen Verdacht, warum die Kommission wirklich getagt hat.«

»Und zwar?« Karina schlug den Weg zurück zum Auto ein, sie hatte genug vom Stausee. Filippe folgte ihr und zündete die nächste Kippe an.

»Aber es ist nur ein Verdacht«, betonte er nochmals. »Laut einem Bekannten hat es beim Treffen der Risikokommission vor dem Erdbeben kein Protokoll gegeben. Das haben sie jetzt nachgeholt, zurückdatiert versteht sich.«

Karina wurde hellhörig. »Das heißt, sie haben Dinge, die sie vorher gar nicht gesagt haben, nachträglich niedergeschrieben, um ihren Kopf aus der Schlinge zu ziehen?«

Diesen Carabinieri musste sie sich warmhalten. Er hatte ein Gespür für Wichtiges und noch dazu beste Kontakte. Nur die Nikotinwolke, die ihn umgab, störte sie.

»So in etwa. Aber es ist nur ein Verdacht«, betonte Filippe. Trotzdem ließ sich Karina die Nummer seines Bekannten geben, der wiederum einen kannte, der an der Quelle saß. Dem musste sie nachgehen. Während sie noch grübelte, fragte Filippe: »Hast du eigentlich einen Freund?«

Nach den Fakten begann also nun der komplizierte, private Teil. Einmal Kopfschütteln rächte sich. Filippe redete nicht lange um den heißen Brei herum, sondern schmiedete gleich Zukunftspläne. »Komm mit mir nach Apulien! Da bauen wir ein Haus am Meer für uns und unsere Kinder.«

Die Wucht seiner Worte warf Karina fast um. Wenn einer schon so anfing, war alles zu spät. Wo war die Bremse?

»Ich muss dich enttäuschen. Kein Interesse.«

»Du willst kein Haus am Meer?«

Ein so leidendes Gesicht hatte Karina selten gesehen, die Spezies Romantiker existierte also doch. Sie schnaufte tief durch. Da der Carabinieri als Informant Gold wert war, durfte sie ihn nicht vergraulen, musste ihn aber zugleich auf Abstand halten. »Du bist echt nett, aber das wird nichts. Ich will keine Kinder.«

»Was nicht ist, kann noch werden«, säuselte Filippe.

Als er nach wiederholtem Erklären nicht kapierte, dass sie die schlechteste Wahl war, griff Karina zu drastischen Mitteln. »Bald gehe ich wieder nach Deutschland.«

Vor Schreck vergaß Filippe zu rauchen. »Oh nein! Warum denn das?«

Auf der Rückfahrt nach L'Aquila machten sich Karinas Finger selbstständig; schon war eine SMS verschickt, die sie bald bereute.

Wie gewünscht, setzte Filippe sie am Rande des Zentrums ab, nicht ohne zu fragen: »Wann sehen wir uns wieder?«

»Ich melde mich bei dir«, versicherte Karina und schlug die Autotür zu. Den einen war sie los, der Nächste stand gleich auf der Matte, weil sie ihn bestellt hatte. Sie ärgerte sich über sich selbst.

✯✯✯✯

An der Spitze des Klatschblattes Figata hatte es der junge Chef Cosimo nicht leicht. Doch der Schönling war geübt darin, sich gegen hartnäckige Widersacher zur Wehr zu setzen – zur Not mit unschönen Mitteln. An einem Projekt war er jedoch gnadenlos gescheitert. Aber auch dort hatte Cosimo bald eine Alternative gefunden.

Gianna ahnte nichts von dem, was ihre neue Flamme wirklich im Schilde führte. In ihrem Bauch flatterten zu viele Schmetterlinge, als dass sie misstrauisch geworden wäre.

KAPITEL 63

»Das Leben ist langsam geworden nach dem Beben. Es ist fast unheimlich, die ausgestorbenen Städte und Dörfer zu sehen.«[156] Judith Kühl, Koordinatorin der Hilfsorganisation Humedica

L'Aquila, Ostermontag, 13. April 2009

Im ersten Moment jagte der Anruf aus Avezzano Viola einen riesigen Schrecken ein. Sofort fuhr sie rechts ran und griff, kaum dass der Wagen stand, mit zitternder Hand zum Mobiltelefon. Dass sich die Oberschwester persönlich meldete, machte es nicht besser.

»Signora Inventati? Die Patientin Valenzia hat nach Ihnen gefragt.« Viola schluckte. Dieser eine Satz wirbelte all ihre Tagespläne durcheinander. Denn Valenzia hatte nicht mehr viele Angehörige: keine Geschwister, ihre Eltern waren vor Jahren verunglückt und ihre Tante hatten am 6. April Trümmer erschlagen. Daher entschied Viola, den geplanten Besuch bei ihrer Schwägerin Roberta zu verkürzen und am Nachmittag die Klinik in Avezzano anzusteuern.

»Ich komme heute noch vorbei«, sagte Viola zu. »Wie ist ihr Zustand?«

»Naja, sagen wir so«, seufzte die Oberschwester, »Todeslisten sollten Sie ihr keine vorlesen.«

Das Bergdorf Colle di Roio mit Blick auf die Stadt L'Aquila und den Gran Sasso, in dem Roberta seit ihrer Hochzeit lebte, hatte es ebenfalls heftig getroffen. Mit mulmigem Gefühl stellte Viola den Wagen auf einer zum Parkplatz umfunktionierten Wiese ab. Der Ortskern war abgesperrt, nur über Umwege kam sie zu Robertas Haus. Ihre Schwägerin kam ihr bereits entgegen.

»Schön, dass du da bist«, begrüßte Riccardos Schwester sie stürmisch, während ihr Mischlingshund an Violas Beinen hochsprang. Von jeher chaotisch veranlagt wirkte Roberta mit ihrer wilden braunen Mähne noch zerstreuter als sonst, als sie Viola um ihr eigenartiges Haus führte. Von einer Seite wirkte das Gebäude völlig heil, auf der anderen Seite fehlte dem Gebäude jedoch eine komplette Zimmerwand, die das zur Seite gekippte Nachbarhaus mit weggerissen hatte. Viola blickte irritiert auf die Einschläge.

»Hier bleibt ihr wohnen?«

»Natürlich! Unser Haus hat gehalten und dank der Mithilfe der Bruchbude nebenan ist das Wohnzimmer nun so lichtdurchflutet wie nie. Und die hässlichen Teller sind endlich weg«, erklärte Riccardos Schwester sarkastisch und zeigte auf einen Scherbenhaufen vor dem umgestürzten Schrank, den das Nachbarhaus samt der Außenmauer zu Fall gebracht hatte. »Ich wollte sie längst entsorgen, aber es ging nicht. Sie waren ein Geschenk der Nachbarn.«

Die beiden Frauen gingen ins Innere, die Hündin folgte ihnen. Bis auf das demolierte Wohnzimmer, Dreck und Scherben am Boden wirkte dort das meiste wie immer. In der Küche setzte Roberta Kaffee auf. Überraschend kippte ihre gute Laune ins Gegenteil.

»Du glaubst nicht, wer gestern angerufen hat.« Sie holte ihre Keksdose hervor.

»Keine Ahnung. Der Zivilschutz, der euch befohlen hat Obdachlose aufzunehmen, weil euer Haus noch Zimmer mit Wänden besitzt?«

Als der Dampf aus dem Espressokännchen stieg, nahm Roberta den Kaffee vom Herd und goss ihn in zwei Tassen.

»Fast. Mein Onkel aus der Irpinia hat sich gemeldet. Weißt du, was er gesagt hat?« Sie äffte eine tiefe Männerstimme nach. »So gut, wie es euch hier geht, muss man glatt neidisch werden. Der Staat schenkt euch Urlaub auf unbestimmte Zeit, wahlweise im Zeltlager oder in Küstenhotels, und während ihr ›Urlauber‹ endlose Freizeit genießt, bauen sie alles wieder auf – auf Staatskosten.« Roberta kippte wütend ihren Espresso hinunter. »In welcher Welt lebst du, habe ich ihn gefragt!«

»Wenn du den Versprechen der Politiker glaubst«, seufzte Viola und löffelte sich reichlich Zucker in die Tasse, »dann wohnen wir bald in Schlössern mit Vollpension.«

Roberta holte tief Luft, beugte sich zu ihrer Hündin und tätschelte sie. »Klar ist es abartig, dass mein Onkel selbst drei Jahrzehnte nach dem Beben in seiner Region noch in Containern dahinsiecht und mit Ratten speist. Aber es bringt doch nichts, wenn ganz Italien aus Solidarität in Notunterkünfte umzieht.«

Viola sagte nichts mehr. Nach all den Horrorgeschichten, die sie von anderen Katastrophen kannte, erwartete sie wenig von der Zukunft.

Gleich am Tag nach dem fatalen Erdstoß versprach Berlusconi den traumatisierten Menschen in L'Aquila einen zügigen Wiederaufbau. Etliche hegten daran jedoch Zweifel; sie hatten andere Erdbebengebiete Italiens vor Augen. Zwar war in Friaul nach den Beben 1976 der Wiederaufbau recht gut gelungen. Andere geschädigte Regionen in Süditalien raubten hingegen alle Illusionen: In der Irpinia hausten Überlebende fast 30 Jahre nach dem Erdbeben 1980, das 3.000 Tote gefordert hatte, noch in Baracken. Die große Frage, die sich viele in L'Aquila stellten: »Wird es hier wie in Friaul oder wie in der Irpinia werden?«[157]

[Vgl. Süddeutsche Zeitung (8.4.2009)]

Roberta war noch lange nicht fertig. »So und nun schalten wir auf den TV-Kanal, den es nicht gibt: Realität der Betroffenen in L'Aquila.« Roberta hatte professionell Theater gespielt und war eine begnadete Komikerin, die nicht mit Sarkasmus sparte.

»Vorhang auf für das Monster, das mitten in der Nacht zuschlägt und in Rekordzeit eine ganze Stadt zertrampelt. Da können selbst Hollywood-Ungeheuer nicht mithalten. Ebenfalls filmreif: Barfuß und im Pyjama rennen die Bewohner um ihr Leben oder seilen sich an Vorhängen aus den oberen Etagen ab. Als die Nacht dem Tag weicht, zeigt sich eine Kulisse, die jedem Kriegsschauplatz Konkurrenz macht – das sind Trümmer der Extraklasse!«

Viola warf ein: »Die grandiose Risikokommission hast du vergessen.«

»Oh nein, werte Experten, verzeiht. Ihr seid wirklich doppelt gestraft: Erst hält sich das Erdbeben nicht an eure Vorhersagen, ihr hattet doch Ruhe verordnet, und nun kommen Vorwürfe, dass Laien ohne Doktor- und Professorentitel die Gefahr viel besser eingeschätzt hätten als ihr.«

Mit ihrer Spontansatire schaffte es Riccardos Schwester, Viola für einen Moment aufzuheitern. Die Realität war so traurig, da war Sarkasmus erlaubt, fand sie. Bald wurde Violas Gesicht jedoch ernst.

»Riccardo hatte dich auch gewarnt?«

Roberta nickte und strich ihrem Hund wieder über das Fell. »Wir hatten wegen Ostern telefoniert.«

Als sie bemerkte, wie Viola mit den Tränen kämpfte, schlug sie einen Spaziergang vor. Viola willigte ein und sie gingen nach draußen. Zügig ließen die Frauen den Ort hinter sich – von Ruinen hatten beide genug. Sie bogen auf den Waldweg ab, der von dicht gewachsenen Pinien umrahmt war. Dort zeigte sich die Natur von ihrer besten Seite. Vögel zwitscherten, der Wind wiegte die Bäume, die Sonne spitzte durch die Wipfel.

»Ihr könnt gern zu uns ziehen«, bot Roberta an. »In ein paar Tagen hat ein befreundeter Handwerker die Wände geschlossen und unser Gästezimmer ist wieder nutzbar.«

»Danke für das Angebot«, seufzte Viola, »aber im Moment hängt alles an Manuele.« In den nächsten Tagen konnte viel passieren.

»Das muss so hart sein«, flüsterte Roberta und blickte erst in die Ferne, dann zu ihrer Schwägerin. »Kann ich etwas für dich tun? Hast du irgendeinen Wunsch?«

Viola schüttelte den Kopf. »Ich will nur eins: aus diesem Albtraum aufwachen.« Sie hielt kurz inne. »Aber wir müssen trotz allem nach vorne schauen.« Ob sie es selbst schaffte, wusste sie nicht.

Zum Abschied umarmten sich beide Frauen lange. Als Viola ins Auto stieg, spürte sie eine starke Übelkeit. Sie hatte Angst vor dem Besuch bei Valenzia – und nicht nur davor.

KAPITEL 64

»Die politische Klasse in den Abruzzen hat nie mit Ehrlichkeit und Transparenz geglänzt: 1993 wurde der gesamte Regionalausschuss wegen Amtsmissbrauchs verhaftet.«[158]

Marco Travaglio [Vgl. Travaglio/Vauro: Sangue e Cemento]

L'Aquila, Ostermontag, 13. April 2009

Als Treffpunkt schlug Luca den Spielplatz unterhalb der Via Venti Settembre vor. Verärgert über ihre eigene Kurzschlussreaktion stampfte Karina dorthin. Warum hatte sie ihm nur die SMS geschickt?

Als sie in die Via Campo di Fossa einbog, die Straße mit dem Häusergrab der geheimnisvollen Frau, sah Karina ihn schon von Weitem. Luca wirkte müde, nur seine Hände wirbelten durch die Luft, während er mit seinem Freund Mattia diskutierte. Beide waren so ins Gespräch vertieft, dass sie Karina nicht bemerkten.

Die ganze Zeit wollte sie mit ihm reden und jetzt, da er vor ihr stand, wäre sie am liebsten umgekehrt. Unentschlossen hielt Karina inne, ehe sie sich näherte und Mattia fragen hörte: »Trotzdem wollte sie nicht weg?«

»Wir haben ständig deswegen gestritten. Sie ist geblieben wegen ihrer Prüfungen.« Lucas Stimme brach ab.

»Ihr habt kurz vorher noch telefoniert?« Mattias leise Frage brachte Luca fast aus dem Gleichgewicht.

»Ja, zwei Stunden vor dem Beben. Sie hat noch gesagt: Mach dir keine Sorgen, Großer. Wir sehen uns morgen.« Luca starrte auf den Trümmerberg, der zur Hälfte abgetragen war, und ballte die Hand zur Faust. »Ich hätte sofort zu ihr fahren müssen.«

Die verzweifelte Wut, die in Lucas Gesicht stand, und der sanfte Ton, mit dem er von ihr sprach, trafen Karina hart. Das war in mehrfacher Hinsicht das Schlimmste, das sie sich vorstellen konnte.

»Oh nein«, entfuhr es ihr leise – und doch zu laut. Erschrocken über die unbemerkte Zuhörerin wandten sich Luca und Mattia zu ihr um. Eine angespannte Stille folgte.

Mattia fand als Erster seine Stimme wieder. »Du bist auch noch in der Geisterstadt, Karina?«

Seine Frage erntete ein leichtes Nicken. Sie wechselten einige belanglose Sätze über den alltäglichen Wahnsinn zwischen Zelten und Nachbeben. Wenig später verabschiedete sich Mattia und ging davon. Zurück blieben ein geknickter Riese und ein verstummter Zwerg, die sich anschwiegen. Noch vor zehn Minuten hatte Karina viele Fragen gehabt, jetzt fiel ihr keine einzige mehr ein. Stumm starrte sie mit Luca auf das siebenstöckige Haus, das nicht mehr da war.

Nach einer Weile flüsterte sie: »Du, das tut mir so leid.« Von Luca kam keinerlei Reaktion. Als sie auf seiner verletzten Hand ein Pflaster entdeckte, setzte Karina an: »Was macht deine Hand?«

Er zuckte mit den Achseln. »Amputiert ist sie nicht.«

Karina fand zur Ironie zurück. »Und ich dachte schon, welch gute Prothese! Wo schläfst du jetzt eigentlich?«

»Schlafen? Wird überbewertet. Mache ich seit einer Woche kaum noch.«

Karina versuchte, in Lucas Gesicht zu lesen. »Was hast du nun vor?«

»Beim Wiederaufbau helfen.«

»Hast du keine kleinere Aufgabe gefunden?« Auf Karinas Frage kam nichts zurück. Minuten der Stille verstrichen, bis Luca sich doch noch zu einer Frage durchrang.

»Du hast Probleme?«

»Stimmt.« Jetzt, als er es ansprach, erinnerte sich Karina wieder. Deshalb hatte sie ihm die SMS geschrieben. »Im Grunde sind es gar keine richtigen Probleme.« Im Vergleich zu dem, was Luca ertragen musste, durfte sie sich wirklich nicht beschweren. Erst, als er sie wiederholt ermutigte, begann Karina, vom Staudamm und der Angst vor einer weiteren Katastrophe in Campotosto zu berichten.

Luca hörte regungslos zu, bis er schließlich einwarf: »Und da hast du gleich an Vajont gedacht?«

»Was ist Vajont?« Davon hatte Karina noch nie etwas gehört. Luca schnaufte tief durch und holte aus.

In den 1950er Jahren startete in den Dolomiten, nördlich von Venedig, ein ehrgeiziges Staudammprojekt: In den Schluchten des Flüsschens Vajont sollte die damals größte Talsperre der Welt entstehen. Obwohl bei Teilflutungen des Sees mehrmals Hänge abrutschten, sich Erdbeben häuften und Anwohner protestierten, hielt das Ministerium am Bau fest und ließ lediglich Katastrophenszenarien berechnen. Nach mehreren Beben und seltsamen Geräuschen aus dem Berg wurde am 9.10.1963 der Albtraum Realität: Auf zwei Kilometer Länge stürzte Gesteinsmasse des Monte Toc in den See und löste eine Flutwelle aus, die über die Staumauer schwappte, Dörfer überflutete und mindestens 1.910 Tote forderte. Ab dem Jahr 1968 standen die Verantwortlichen in L'Aquila vor Gericht.[159] [Vgl. www.vajont.net]

»Warum war der Prozess ausgerechnet in L'Aquila?«, hakte Karina ein und versuchte, ihr Unbehagen zu verbergen.

»Gute Frage. Vermutlich, weil die Richter unbefangen sein sollten«, meinte Luca und blickte in ihr besorgtes Gesicht. »Jedenfalls haben sie den Stausee nie mehr geflutet. Nur die Mauer steht noch als Mahnmal.«

»Na, da bin ich ja beruhigt«, meinte Karina zynisch. So schnell würde sie kein Staudamm mehr sehen.

»Nächstes Problem? Ich habe nicht den ganzen Tag Zeit.«

»Wegen des Interviews mit dem Erdbebenpropheten …«, Karinas Stimme stockte, »da habe ich dich angelogen. Es ist nie erschienen.«

Luca blickte sie irritiert an. In seinem Gesicht las Karina sowohl Trauer als auch Wut, weshalb sie sogleich versuchte, zu erklären. »Ich war völlig verwirrt. Ich kann es einfach nicht glauben!« Sie drehte sich weg und blickte in den Himmel, an dem sich dicke Wolken zusammenzogen.

»Was kannst du nicht glauben?«

»Dass die Risikokommission nur getagt haben soll, um ihn als Trottel hinzustellen, weil ihm gewisse Leute eins auswischen wollen!«

»Das war ein Grund, aber meiner Ansicht nach ging es um viel mehr. Überlege mal: Was bringt dem Zivilschutz mehr Geld und Ansehen, das Vorbereiten des G-8-Gipfels oder das Aufstellen von Notfallzelten in den Bergen?«

Sein Vorwurf war heftig. Karina zog die Stirn hoch und wollte gerade weitere Enthüllungen aus dem Keller des Erdbebenpropheten loswerden, als Luca fortfuhr: »Letztlich wäscht eine Hand die andere – und oft das Geld gleich mit. Was meinst du, wer zahlt für die Forschung und wer bestimmt, wie viele Euros dorthin fließen?«

»Du meinst, Wissenschaftler sind dazu verpflichtet, zu verkünden, was ihre Geldgeber wollen?«

»Die einen schieben sich die Aufträge zu, die anderen reden so, wie es gewünscht wird – selbst wenn es ihrer eigenen Forschung und Logik widerspricht«, seufzte er bitter.

»Wenn klar ist, dass Erdbeben unvorhersehbar sind, ist es ebenso klar, dass auch ›Nicht-Erdbeben‹ unvorhersehbar sind. Also auf welcher wissenschaftlichen Basis haben die Intelligenzbestien der Risikokommission kontinuierlich gegenüber den Menschen in den Abruzzen wiederholt, dass laut der Wissenschaftsgemeinschaft keine Gefahr besteht?«

Wie Marco Travaglio erläutert, häuften sich in den Abruzzen bereits in den Jahrzehnten zuvor Anklagen und Prozesse gegen Politiker unter anderem wegen Amtsmissbrauchs, Bestechung und Missmanagement europäischer Fördergelder. 1993 wurde sogar der gesamte Regionalausschuss unter Hausarrest gestellt. Und die Reihe bestechlicher Politiker lässt sich bis in die Gegenwart fortsetzen.[160] [Vgl. Travaglio/Vauro: Sangue e Cemento]

»Für das Städtegrab hier in L'Aquila haben sie schon vor Langem den Grundstein gelegt«, murmelte Luca vor sich hin. »Da wird noch einiges ans Licht kommen!«

»Das geht schon ewig so?« Karina kickte wütend einen Stein vom Weg. »Eine Woche vorher hieß es noch: Die Verantwortlichen hätten alles unter Kontrolle und dann stürzt die halbe Stadt ein!« Sie redete sich in Rage, zog Filippes Kopien aus der Tasche und hielt sie Luca vor die Nase. Verwundert nahm er Karina den Stapel aus der Hand.

»Woher hast du das?«

»Von einem Bekannten. Der behauptet auch, die Risikokommission hätte nachträglich ein Protokoll ergänzt – zu dem, was bei der Tagung nicht gesagt wurde.«

»Das kann ich mir lebhaft vorstellen.« Luca wirkte nicht überrascht. »Es gab nämlich auch eine Art Liste der angekündigten Einstürze, eine Studie über Baumängel – vom Regionalausschuss selbst beauftragt.«

»Wie bitte?« Karina glaubte, ihren Ohren nicht zu trauen. Das wurde immer abstruser. »Woher weißt du das schon wieder? Sitzt du dem Staatsanwalt im Schoß?«

»Ich habe es mal versucht, aber das ist recht unbequem.« Ein wenig Ironie und Luca wurde wieder ernst. Die Wolken schickten plötzlich Tropfen herab und ein heftiger Wind fegte über den Platz. »Wir sollten gehen.« Luca sprintete los.

»Wohin?« Hastig zog Karina ihre Jacke über den Kopf und stürzte hinterher. Obwohl sie wie Einbrecher auf der Flucht rannten, kamen sie nass vor Lucas Auto an. Während er die Tür aufschloss und sie sich ins Trockene retteten, neckte er

Karina: »Musstest du schon wieder eine Dusche bestellen?«

Der Regen legte nach und hämmerte auf das Autodach.

»Natürlich, deine Duftnote war optimierbar«, gab sie zurück und versuchte ihre Frisur wiederherzustellen – ein nutzloses Unterfangen. »Aber jetzt raus mit der Sprache: Woher weißt du das alles?«

Luca wandte den Kopf. »Es gibt Quellen, die man nicht nennt, schon gar keiner Ausländerin, die für Klatschzeitungen arbeitet!«

Entschlossen richtete sich Karina auf und rief: »Heute mache ich Schluss damit!«

Luca setzte sein Pokerface auf. »Ich glaub nicht, dass du aufhörst.«

Das war für Karina ein weiterer Ansporn, den Deal zu beenden. »Du wirst noch staunen! Schau, die Dusche ist auch schon abbestellt.« Tatsächlich ließen die Sturzbäche nach. »Jetzt sag endlich, was Sache ist!«

Ihm gefiel es, sie auf die Folter zu spannen. »Vieles ist kein Geheimnis, es wird nur gekonnt vertuscht.« Luca blickte in den Rückspiegel und zuckte erschrocken zusammen. Karina entging sein Blick nicht, der einen Moment zu lange auf der Rückbank verharrte.

»Was ist da hinten? Sind Wanzen im Kofferraum?« Sie drehte sich um, entdeckte aber nichts Verdächtiges.

»Nein. Der Regen hat fast aufgehört«, versuchte er schnell abzulenken. »Welche Probleme rauben dir nun den Schlaf?«

»Ach, es ist sowieso alles sinnlos«, seufzte sie. »Ich brauche eine Auszeit, ich werde zurückgehen.« Gespannt wartete sie auf seine Reaktion.

»Na dann grüß die Trattoria-Kollegen.«

»Nicht nach Rom, nach Deutschland.«

»Du kannst doch gar kein Deutsch mehr, musst schon den Namen deines Vaters auf Italienisch schreiben«, scherzte Luca, machte aber keine Anstalten sie von ihrem Entschluss abzubringen. Daraus folgerte sie, dass es ihm egal war. Eigentlich hatte Karina auch nichts anderes erwartet, trotzdem war sie sehr enttäuscht. Da es kaum noch regnete, stieg sie mit einem knappen »Ciao« aus dem Auto. Lucas verwunderter Blick folgte ihr.

Genervt lief Karina davon und schimpfte vor sich hin. »Männer.« Der eine wollte gleich heiraten, ein Haus und Kinder. Der andere zuckte nicht einmal mit der Wimper, wenn sie das Land verließ. Beides passte ihr nicht.

★★★★

Gründe, den Deal mit Gianna zu beenden, hatte Karina mehr als genug. Als sie um 15:48 Uhr am Telefon den Schlussstrich zog, fiel Gianna aus allen Wolken.

»Was? Aber das kannst du mir nicht antun!« Ihre Stimme klang herzzerreißend. »Ich brauche dich!« Wenn Karina Ernst machte – angedroht hatte sie es oft genug – hatte Gianna ein echtes Problem. Ihre Verzweiflung war daher nicht gespielt. »Dann kannst du auch gleich für mich kündigen.«

»Das kannst du schon selber!« Karina blieb hart. Sie legte auf, bevor die Überredungskünstlerin sie umstimmte.

Auf die Gerüchte, Stars und Sternchen bei Figata konnten sie sehr gut verzichten. Fortan wollte sie Fakten und Skandale aufdecken, für Gerechtigkeit kämpfen und Schuldige finden.

★★★★

Kaum war Karina im Camp angekommen, passte Simona sie ab. »Was ist los, Mädchen? Du wirkst heute so niedergeschlagen. Und gestern bist du lange weggeblieben mit dem jungen Mann.«

»Wir hatten einiges zu klären«, meinte Karina knapp.

»Was für ein netter junger Mann, so hilfsbereit und gut aussehend.« Die alte Dame geriet ins Schwärmen. »Wenn ich noch etwas jünger wäre ... « Nun reichte es Karina. Das war das Letzte, was sie brauchte, eine Dame, und sei sie noch so alt, die ihr aufzählte, wie toll Luca war. Mit den Worten »Ich muss dringend meinen Vater zurückrufen!« verschwand Karina samt ihrem Smartphone hinter dem Zelt.

Auf ihren Vater, der mehrfach versucht hatte, sie zu erreichen, und seine Launen war Verlass. »Meldest du dich auch mal? Wer war der Kerl, der am Samstag angerufen hat?«, brummte er zur Begrüßung.

»Ein Bekannter.«

»Was heißt hier ›Bekannter‹? Fall nicht auf solche Typen rein! Die haben es faustdick hinter den Ohren. Sie versprechen viel und halten nichts.«

»Keine Sorge, der nicht. Der verspricht erst gar nichts«, sagte sie leise zu sich selbst und wechselte schnell das Thema, um ihren Frust zu verbergen. »Wie war Ostern bei dir?«

»Gut. Aber wo warst du? Bei deiner Mutter?«

»Nein, ich bin noch in Italien«, besänftigte ihn Karina.

Erleichtert schnaufte ihr Vater durch. »Wann kommst du endlich heim? Ich muss dir jemanden vorstellen!«

Karina wurde hellhörig. »Ach, deine neue Freundin! Wie heißt sie doch gleich? Wo hast du sie kennen gelernt?« Ihr Vater angelte sich vorzugsweise Weiber, die scharf auf sein Geld waren. Keine seiner letzten drei Kandidatinnen hatte sie akzeptiert.

»In der Klinik. Komm heim, dann stelle ich sie dir vor!«

Mehr konnte sie ihrem Vater trotz mehrerer Versuche nicht entlocken. Klinik konnte alles heißen – von blutjung und wild bis steinalt und runzlig. Die Neugier auf Vaters neue Freundin gab Karina den Schubs, der ihr noch fehlte. Morgen würde sie nach Rückflügen suchen, doch vorher musste sie noch einen Informanten zum Reden bringen.

KAPITEL 65

»Es ist, als wäre ich ein zweites Mal geboren«, erklärt eine Studentin, die 22 Stunden verschüttet war.[161] [Vgl. Abruzzolive.tv (23.4.2009)]

Avezzano, Ostermontag, 13. April 2009

Die Fahrt auf der Abruzzen-Autobahn lief diesmal ohne sichtbare Dramen ab. In Violas Kopf rumorte es hingegen heftig, während der Verkehr zügig durch die Tunnel rollte. Da ihre Mutter in der Klinik bei Manuele wachte, genoss Viola das Alleinsein und ließ ihre Gedanken in die Vergangenheit reisen, als ihr Dorf noch ein Dorf gewesen war. Und sie träumte hinter dem Lenkrad von einem besseren Land.

»Es wäre schön, sich ein Italien vorzustellen, [...] das in der Lage wäre, seismischen Wellen standzuhalten. Jedoch scheint es jedes Mal so, als würde man dieselbe Tragödie erleben«, erläutert Roberto Saviano. Als die Katastrophe über L'Aquila hereinbrach, waren fast 30 Jahre seit dem Beben in Irpinia 1980 vergangen. »Und wieder ist es, als würde man dieselben Dinge sehen, dieselben Dramen hören, dieselbe Verzweiflung fühlen [...] und dieselben Sachen erleben, die nicht funktionieren.«[162] [Vgl. Saviano: Vieni via con me]

* * * *

Dass sich Valenzia sehr über den Besuch freute, war nicht zu übersehen. Wenn ihre Beine mitgemacht hätten, wäre sie Viola entgegengelaufen. Doch nur mithilfe einer Schwester gelang es Viola, die junge Frau in den Rollstuhl zu heben.

Seit Tagen starrte Valenzia an die Zimmerdecke und wünschte sich daher, wieder den Himmel über sich zu sehen.

Bis der Rollstuhl so fuhr, wie Viola es wollte, brauchte sie einige Anläufe. In der Cafeteria, die auf demselben Stockwerk lag, gönnten sich die beiden Frauen eine Pause. Viola brauchte dringend einen Kaffee. »Möchtest du auch etwas?«

Valenzia schüttelte den Kopf. Ihr war übel von den Tabletten, die sie schlucken musste.

Flink holte sich Viola ihren Kaffee und schob den Rollstuhl an den hintersten Tisch der Cafeteria. »Du siehst schon viel besser aus.«

»Sag das mal meinem Körper. Der hat das noch nicht mitbekommen«, seufzte Valenzia und fuhr sich mit ihrer gesunden Hand durch die Haare. »Und nachts kommen die Albträume.«

Viola setzte sich neben sie auf einen knarrenden Stuhl und nahm einen Schluck Kaffee. Dann fasste sie Valenzias zitternde Hand, die den Rollstuhl umklammerte.

»Willst du darüber reden?«

Vorsichtig senkte Valenzia den Kopf, soweit es ihre Halskrause erlaubte, ehe sie leise begann: »Kurz nach dem Einsturz habe ich viele Stimmen gehört. Aber nach und nach wurden es weniger.« Sie sammelte sich. »Am meisten habe ich mit einer Nachbarin gesprochen. Sie war wie ich eingezwängt, unfähig sich zu bewegen, hatte Probleme zu atmen. Ich hatte immerhin den linken Arm frei.« Erneut brach Valenzia ab und holte tief Luft. »Die Nachbarin hatte sich um ihre Kinder gesorgt. Eines konnte sie mit dem Fuß berühren, doch es reagierte nicht darauf. Nach den Beben am Abend zuvor hat sie ihr Mann aus der Nachtschicht angerufen. Sie hatten lange diskutiert, was sie tun sollten. Ihr Mann überzeugte sie, dass das Haus sicher wäre, schließlich wäre es aus Stahlbeton.«

Viola fasste Valenzias Hand fester, während die junge Frau weitersprach.

»Die Familie war erst vor Kurzem eingezogen. Das war der Moment, in dem ich das erste Mal stutzig wurde: Wieso konnte ich mich mit einer Frau unterhalten, die drei Etagen über uns wohnt? Vermutlich war sie noch die Treppe hinuntergerannt, habe ich gedacht. Ich hätte nie geglaubt, dass unser ganzer Wohnkomplex, sieben Stockwerke, komplett einstürzen würde.« Valenzia schloss die Augen, Verzweiflung spiegelte sich auf ihrem Gesicht. »Irgendwann hat die Nachbarin über immer stärkere Schmerzen geklagt, die sie kaum noch aushielt. Das Letzte, was sie zu mir gesagt hat, war: ›Mädchen, ich schaffe es nicht. Aber du, du musst es schaffen.‹ Irgendwo in der Welt außerhalb der Trümmer ist dann ein Ambulanzwagen vorbeigerauscht. Danach habe ich keine Stimmen mehr gehört.«

Viola stiegen die Tränen in die Augen. Es war, als ob sie gerade den Überlebenskampf ihrer toten Tochter und ihres Mannes vorgeführt bekam. Was hatten die Kleine und Riccardo in ihren letzten Stunden durchgemacht?

»Ich kam mir vor wie in einem Horrorfilm – lebendig begraben. Aber ich habe mich gezwungen, wach zu bleiben, und immer wieder gebetet, geklopft und geschrien. Manchmal dachte ich, es bleibt jemand stehen. Aber sie haben wohl nur über das Haus geredet, das nicht mehr da war.« Valenzia machte wieder eine Pause und atmete tief durch. »Mit der Zeit war es, als ob mein Hohlraum schrumpfte, wegen der Schwellungen vermutlich. Ich konnte nicht einmal mehr den Kopf drehen und die Beine schmerzten immer stärker.« Die Augen der jungen Frau blickten zum Fenster, als suchte sie nach einem Fluchtweg.

»Wie haben sie dich gefunden?«, fragte Viola.

»Ich weiß es nicht mehr. Irgendwann kamen die Bagger und das Klopfen war sinnlos. Ich dachte, das war's. Ich muss eingeschlafen sein. Als ich wieder aufgewacht bin, habe ich Stimmen gehört: ›Wir müssen hier suchen.‹ Durch ein Loch ist ein Lichtstrahl gefallen, das war mein Hoffnungsfunken.«

In die Cafeteria zog kurz darauf ein ganzer Schwung junger Leute ein, heiter und zum Spaßen aufgelegt. Lachend nahmen sie zwei Tische entfernt Platz und zogen dabei einen jungen Mann mit Gipsarm auf. Ein kurzer Blick und Viola entschied: »Lass uns gehen.« Zu viel gute Laune vertrug sie gerade nicht.

Dankbar nickte Valenzia ihr zu. »Können wir an die frische Luft? Dort war ich lange nicht mehr.«

Viola holte die Jacken und ihre Sonnenbrille, um ihre Tränen hinter dunklen Gläsern zu verstecken. Prompt sprach sie Valenzia darauf an. »Was bedrückt dich?«

Wie sollte sie anfangen? Viola kniff die Lippen zusammen und rang nach Worten, während sie den Rollstuhl ins Freie schob. Die Luft war mild, eine leichte Brise wehte ihnen entgegen. Zwischen den Wolken kämpfte sich immer wieder die Sonne durch.

Irgendwie ahnte Valenzia, dass etwas Schlimmes passiert war. Da Viola schwieg, bohrte sie nach. »Geht es Manuele schlecht?«

Bei so einer direkten Frage konnte Viola die traurige Wahrheit nicht länger verschweigen. »Er liegt im Koma.«

»Oh nein.« Valenzias Schultern sackten ab. »Und was ist mit Clarissa?«

Viola biss sich auf die Lippe. Langsam schob sie den Rollstuhl zu einer Bank und ließ sich dort neben Valenzia nieder. Wenn schon, dann musste sie es ihr im Sitzen sagen. Sie schloss ihre Augen. »Meine Kleine …« Violas Stimme versagte. »Sie hat es nicht geschafft.«

Valenzias Hand fuhr zum Mund. Tränen schossen ihr beim Gedanken an das kleine Mädchen, das ihr so ans Herz gewachsen war, in die Augen. Trotz der Rollstuhlhürden versuchte sie, Viola zu trösten. Die Freundin beugte sich zu ihr. Lange lagen sie sich weinend in den Armen.

Nach einer Weile flüsterte Valenzia: »Und dein Mann?« Die bedrückende Stille, die folgte, verkündete die traurige

Wahrheit. Plötzlich drehte sich alles um Valenzia. Sie sackte zusammen.

****

»Sie hat es leider nicht geschafft«, der 24-jährigen Studentin mit den schwarzen Haaren versagte die Stimme, als sie von ihrer Mitbewohnerin Ilaria und deren Freund berichtete. Beide hatten die Nacht nicht überlebt, obwohl sie in derselben Wohnung nur wenige Meter neben ihr geschlafen hatten. »Ich hatte großes Glück«, betonte die gerettete Studentin voller Dankbarkeit. Nachdem das siebengeschossige Haus in der Via Campo di Fossa in L'Aquila über ihr zusammengefallen war, lag die Studentin unter einem Stützbalken, der herabstürzende Etagen und Brocken von ihr abhielt. 22 Stunden lang hoffte und bangte, betete und schrie die Verschüttete in ihrem Gefängnis. Erst nach einem langen Kampf gegen die Trümmer holten sie Feuerwehrleute aus Bologna lebend aus dem völlig zerstörten Haus heraus. Sobald die Überlebende von ihren Rettern erzählte, kehrte ein Lächeln auf ihr Gesicht zurück. »Sie sind meine Engel!«[163] [Vgl. Abruzzolive.tv (23.4.2009)]

****

»Valenzia, wach auf!« Viola klopfte ihr vorsichtig auf die Wangen – keine Reaktion. Sie schüttelte ihren Oberkörper, doch auch darauf reagierte die junge Frau nicht. In ihrer Verzweiflung hetzte Viola mit der zusammengesackten Freundin im Rollstuhl zur Station zurück. Der tadelnde Blick der Oberschwester sagte mehr als tausend Worte.

»Tun Sie etwas«, flehte Viola die Schwester an, die der Patientin eine Infusion verabreichte und alle Besucher aus dem Raum schickte. Nach einigen Minuten, die Viola voller Ungeduld und Sorge vor der Tür verbrachte, kam die Oberschwester wieder aus dem Zimmer.

»Wie geht es ihr?«, fragte Viola.

»Nicht so gut. Es dauert, bis die Infusion wirkt. Ein neuer Zusammenbruch, wie ich Ihnen gesagt habe.« Ihr strenger Blick ruhte auf Viola. Vorwurfsvoll fragte sie: »Was bitte haben Sie ihr erzählt?«

Viola kniff die Lippen zusammen. Nach kurzem Zögern erwiderte sie leise: »Nur die Wahrheit. Sie hat nach meiner toten Tochter und meinem toten Mann gefragt.«

Auf dem Rückweg fuhr Viola bewusst an Manueles Schule in Paganica vorbei. Dort hatte es begonnen – mit dem Treppeneinsturz. Sie hielt an und blickte auf das notdürftig abgesperrte Schulhaus. Überrascht entdeckte sie auf der Mauer davor Karina, die sich den Fuß hielt und die zerstörte Kirche gegenüber anstarrte. Viola hielt an und drehte das Fenster hinunter: »Alles okay?«

Karina blickte auf. Erst beim zweiten Hinsehen erkannte sie, wer sich hinter der Sonnenbrille verbarg. Erfreut nahm sie das Mitfahrangebot an und stieg in den Wagen.

»Wieso nennst du dich in der Zeitung eigentlich Gianna?«

Karina machte große Augen. Dass Viola das aufgefallen war, damit hatte sie nicht gerechnet. Zögernd packte Karina aus und offenbarte Viola, weil sie so aufmerksam zuhörte, weit mehr als den Deal. Sie begann damit, wie sie nach Rom gekommen war und dass sie erst in den Ruinen kapiert hatte, was wirklich zählte.

Viola sagte wenig, nickte lediglich ab und zu oder blickte sie erstaunt an.

Schließlich stellte Karina die Frage, die ihr seit Tagen auf den Nägeln brannte. »Du hast am Montag etwas angedeutet, wegen der Risikokommission.«

Ohne zu überlegen, fuhr Viola an den Straßenrand und stellte den Motor ab.

»Mein Mann hat ein Telefonat mitgehört, in dem der Zivilschutzchef Klartext geredet hat: Der Auftritt der Experten war ein Fake. Sie hatten von oben den Auftrag, die

Situation als unbedenklich einzustufen, um den umstrittenen Erdbebenpropheten anzugreifen und die Leute ruhigzustellen.«

Damit hatte Karina endgültig die Bestätigung, die sie gesucht hatte. Trotzdem war sie entsetzt. »Stimmt es auch, dass sie Geld statt für Forschung für Privatvergnügen verschleudert haben?«

»Das weiß ich nicht. Ich weiß nur, dass auch ich auf die Kommission reingefallen bin. Leider habe ich den Experten mehr geglaubt als meinem Mann.« Viola ließ den Kopf sinken. Schweigend beugte sie sich über das Lenkrad. Es dauerte, bis sie die Worte aussprechen konnte. »Aber ich will mich nicht herausreden: Es ist meine Schuld, dass sie gestorben sind.«

»Das ist doch nicht deine Schuld!« Karina dachte an jenen Abend in der Trattoria zurück, an dem die Experten Entwarnung gegeben hatten. »Jeder hat ihnen geglaubt. Keiner hat damit gerechnet, dass der verheerende Erdstoß noch kommt.«

»Aber hätten wir nicht wissen müssen, dass in einer Erdbebenregion immer eine Gefahr besteht?« Viola kratzte sich am Kinn. Je länger sie grübelte, desto weniger verstand sie ihr eigenes Verhalten. »Unsere Vorfahren waren Analphabeten, aber sie haben sich im entscheidenden Moment in Sicherheit gebracht. Ich dagegen habe mir von ein paar Grauhaarigen vormachen lassen, dass alles in bester Ordnung wäre.«

Mit leerem Blick starrte Viola auf das Lenkrad vor sich und faltete ihre Hände, sodass die Finger knackten.

Karina zuckte zusammen und wandte sich zu Viola: »Trotzdem bist nicht du an ihrem Tod schuld. Schuld ist das, was unsere Landsleute 1944 bei euch angerichtet haben.« Jetzt war es heraus. Verwundert wandte Viola den Kopf.

****

Wenige Tage nach den Erdbeben planten die Deutschen bereits ihren Hilfseinsatz in Onna. Das Technische Hilfswerk aus L'Aquilas Partnerstadt Rottweil schickte eine erste Abordnung in das kleine Dorf, um zu unterstützen, wo Not am Mann war.

Das Schicksal des Ortes rief auch den deutschen Botschafter in Rom auf den Plan. »Wenn wir unseren Einsatz auf Onna konzentrieren, haben wir eine einzigartige Chance, Geschichte zu verwandeln«, warb der Diplomat, Onnas Wiederaufbau zu unterstützen und so ein dunkles Kapitel der deutschen Vergangenheit zu erhellen.[164] [Vgl. Süddeutsche Zeitung (20.5.2009)]

KAPITEL 66

»Die Erfahrung von Erdbeben ist für Italiener nicht fremd. Und doch, jedes Mal, wenn sich eines ereignet, scheint es das erste zu sein [...]. Jedes Mal haben wir die Sensation, unvorbereitet zu sein.«[165] Roberto Saviano [Vgl. Vieni via con me]

L'Aquila, Dienstag, 14. April 2009

In jener Nacht ließ erneut ein heftiges Erdbeben der Stärke 4,9 auf der Richterskala die Feldbetten wackeln. Karina sprang auf, packte reflexartig ihre Jacke und rannte vor das Zelt. Wann hatten diese Schrecken endlich ein Ende? An Schlaf war nicht mehr zu denken.

Angesichts des Tages, der hinter ihr lag, hatte Karina nur noch einen Gedanken: Sie brauchte endlich eine Auszeit – weit weg von allem, auch von sich selbst.

Noch mehr als die Beben schockten sie die Tatsachen. Dass Verantwortliche ihre Macht missbrauchten, kam leider öfters vor. Doch dass der Staat seine Bürger wissentlich ins Verderben geschickt hatte, war für Karina der Gipfel. Wie konnte es sein, dass Tausenden ein solches Unrecht widerfuhr, das aber erfolgreich vertuscht wurde? Und sie hatte bei der Zeitung Figata auch noch mitgeholfen. Das hatte ihr ein Artikel klargemacht, auf den sie zufällig gestoßen war. Dieser übte Kritik an Italiens Medien, die einen Journalisten beschimpften, weil er unbequeme Fragen stellte.

»Mit Schlamm beworfen« habe er Helfer, die sich aufopferten, musste sich der italienische TV-Journalist Santoro anhören.

»Das Gegenteil stimmt«, hob Michael Braun in der Berliner Tageszeitung »TAZ« hervor. Santoro habe den Einsatz des Zivilschutzes in den Abruzzen durchaus gelobt. Jedoch verschwieg er nicht, dass einiges schlecht lief, etwa, dass in etlichen Bergdörfern Obdachlose tagelang vergeblich auf Hilfe warteten.

Während sie Santoro aufs Übelste beschimpften, schwiegen sich viele Medien in Italien über die eigentlichen Skandale aus. Sie berichteten jedoch gleich, als der Ministerpräsident an den Resten der »Bruchbuden« vorbeispazierte und verlauten ließ: Es gäbe »keine auf schuldhaftes Verhalten hinweisenden Mängel«.[166] [Vgl. TAZ (16.4.2009)]

Wie hielt Viola das nur aus? Je mehr Karina erfuhr, desto mehr bewunderte sie die gebeutelte Frau, die trotz allem der Zukunft die Stirn bot. Auch der Zusammenhalt in Violas Dorf, in dem jeder Tote beweinte, beeindruckte sie.

Rom, 15. April, kurz nach Mitternacht

Nach dem Fußballspiel kam Cosimo nach Mitternacht noch einmal ins Büro. Um ins E-Mail-Postfach einer Mitarbeiterin zu schauen, gab es für den Chef viele Wege. Sein erwähltes Modepüppchen ersparte ihm die Mühen, da ihr Passwort genauso hieß wie ihr Name plus Geburtsjahr, wie der Zettel verkündete, der hinter der Tastatur hervorspitzte.

Cosimo staunte, sämtliche Texte aus L'Aquila waren wie von Geisterhand eingeflogen. Sowohl der Sender der Mails, der das Kürzel »KarKor« trug, als auch ein Textlieferservice waren ihm unbekannt. Der Sache musste er nachgehen.

L'Aquila, 15. April, 2:07 Uhr

Erst nach zwei Uhr nachts kehrte Karina zurück ins Zelt und kuschelte sich in ihre Decke. Bis sie in den Schlaf fand, zählte sie viele Schafherden durch.

Seltsame Geräusche lotsten Karina vor das Zelt, vor dem sie ein Fernsehfeuerwerk begrüßte. Vor zahlreichen Kameras weinte ein kleiner Mann mit Bauhelm rührend Tränen.

»Warum heult er?«, fragte Karina mitfühlend. Einer der Umstehenden flüsterte ihr zu: »Weil er seine Wähler umgebracht hat.«

»Alles nur Show«, widersprach ein anderer mit Brille.

Nun meldete sich der Winzling mit Bauhelm selbst zu Wort. »Diesem Märchenland hilft es nur, wenn ich an der Macht bleibe! Wer sonst zaubert ein sorgenfreies 24-Stunden-TV-Leben?« Alle, die sich vom Fernseher weg bewegten, wären selbst schuld. Dort bekämen sie alles vorgesetzt, was sie bräuchten und wissen müssten. »Bald werden wir Häuser für die Fernseher bauen«, verkündete er stolz.

»Häuser, die den Leuten beim nächsten Erdbeben wieder auf den Kopf fallen?«, erwiderte Karina voller Sarkasmus.

»Nein! Tolle, erdbebensichere Häuser!«

Karina blieb skeptisch. »Wer baut und wer zahlt das?«

Mit der Antwort ließ sich der Winzling Zeit. »Das Märchenland zahlt, meine Leute und ehrenwerte Herren bauen. Und dank der Millionen, die in die Taschen fließen, können sie sich freikaufen. Also bringt es letztlich allen etwas.«

Karina schüttelte den Kopf. Dieser Mann litt unter Realitätsverlust. »Wie kann man ihn stoppen?«, fragte sie den Brillenträger neben sich. »Erledigt sich das von selbst?«

»Genau das ist das Problem«, erwiderte der Brillenträger. »Alle denken, eine Diktatur der Irren löst sich irgendwann von selbst auf. Aber genau das tut sie nicht, weil sie zu tief verwurzelt ist.«

Ein lautes Schnarchen unterbrach das Gespräch. Karina schreckte auf und fand sich im stockdunklen Zelt zwischen den alten Damen wieder. Sie hatte nur geträumt.

Am nächsten Morgen erinnerte sich Karina noch erstaunlich gut an den Winzling mit Bauhelm. Je länger sie über den Traum nachdachte, desto mehr wahren Kern entdeckte sie darin und desto mehr sehnte sie sich nach einer Auszeit vom Zeltleben. Höchste Zeit nach Flügen zu suchen. Da Karina das W-LAN im Zeltlager im Stich ließ, wandte sie sich an ihre Mitbewohnerin Aurora, die verschlafen ans Telefon ging.

»Hey Karina, was ist? Warum rufst du mich mitten in der Nacht an?«

»Es ist nach acht, von wegen mitten in der Nacht! Du meintest, wenn es wichtig ist, kann ich jederzeit anrufen.«

Aurora seufzte auf, dass die Deutschen einen immer beim Wort nahmen. »Also gut, was ist los?«

»Zwei Sachen: Erstens hab ich gestern den Deal mit Gianna beendet, zweitens …« Karina kam nicht dazu, weiter zu reden, weil Aurora dazwischenfuhr.

»Wie? Aber wieso das?« Sie klang schwer enttäuscht, sah sie doch ihr Druckmittel gegen ihre Cousine dahinsiechen.

»Ich habe Gianna mitgeteilt, dass ich nicht länger mitmache. Zweitens bräuchte ich einen Flug nach Deutschland, je eher, desto besser. Kannst du mir bitte einen buchen? Hier versagt das Netz.«

»Wow!« Aurora war baff. Ihr fehlten die Worte.

»Hast du schon was?«

»Langsam, langsam. Mein Rechner fährt gerade erst hoch.«

Rom, 15. April, Vormittag

Den meisten war sofort aufgefallen, dass sich Giannas Artikel von einem Tag auf den anderen rapide verschlechtert hatten. »Unlesbar«, urteilte ein kritischer Kollege und Cosimo schöpfte gleich Verdacht, dass »KarKor« keine Texte mehr lieferte. Am Mittwoch, als Gianna außer Haus war, nahm er sich erneut ihr Postfach vor. Die verräterischen E-Mails waren inzwischen verschwunden. Doch an eines hatte Gianna nicht gedacht.

Simona war die Zweite, die Karina nach dem Frühstück einweihte. Die alte Dame war erschüttert. »Wieso willst du weg, mein Kind?« Sie vermutete gleich, dass ein Streit mit jenem jungen Mann dahintersteckte. Doch Karina widersprach.

»Nein!« Dass Luca sie völlig aus dem Konzept brachte, hätte sie nie zugegeben, stattdessen sagte sie: »Ich muss einiges in Ordnung bringen, zum Beispiel mit meinem Vater.«

»Gute Idee. Nicht alles auf andere schieben, sondern bei sich selbst anfangen«, bestärkte sie Simona. »Aber ich werde dich vermissen.«

Als Karina ihre Sachen zusammensuchte, bestand die Seniorin darauf, ihr die geschenkten Kleider zurückgeben. Doch Karina wehrte ab. »Behalte sie bitte! Die passen sowieso nicht in meinen Koffer.« Sie kramte weitere Stücke aus der Tasche und reichte sie Simona.

»Aber du kommst doch zurück?« Die alte Dame blickte sie fragend an. Karina zuckte mit den Achseln.

»Ich weiß nicht.«

So einfach ließ Simona ihre Adoptivenkelin nicht gehen. Flink fasste sie einen Plan und interessierte sich plötzlich sehr für Karinas Smartphone. Gern erklärte Karina, was ihr Technikwunder alles beherrschte, und überließ es der alten Dame, während sie die Toilette aufsuchte.

Als Karina zurückkam, war Simona verschwunden. Erst nach einer Weile ertappte sie die alte Dame hinter einem Zelt mit dem Smartphone am Ohr.

Eine halbe Stunde später stand Luca vor ihr. Allein seine Anwesenheit machte Karina nervös.

»Warum bist du hier?«

Luca druckste herum: »Warum wohl. Wegen des Anrufs.« Er wollte ihr nicht sagen, was wirklich Sache war. Er hatte einen gewagten Plan, in dem sie eine wichtige Rolle spielte. Doch noch ahnte sie nichts davon – und das war gut so.

Karina blickte ihn perplex an. Sie konnte sich beim besten Willen nicht erklären, warum er vom Telefonat der Risikokommission wusste, von dem ihr Viola erzählt hatte. Aber er wusste vieles, was sie sich nicht erklären konnte.

Erst als sich Karina über den Zivilschutzchef aufregte, der die Tagung als Medienoperation missbraucht hatte, ging Luca auf, dass sie ein anderes Telefonat meinte als er. »Wovon genau sprichst du?«

»Vom Telefonat am Tag vor dem Treffen der Kommission. Das ist so abartig! Das ist der Beweis!« Sie überschlug sich fast beim Reden.

Schnell erkannte Luca die Sprengkraft des Telefonats und wollte Details wissen. »Hast du denn Beweise?« Während die Schaltkreise in seinem Gehirn auf Hochtouren ratterten, kam ihm ein neuer Gedanke. Keiner würde das vermuten. Die große Frage war nur, wie er die blonde Sturheit dazu brachte, ihm zu helfen.

Karina schnaufte. »Der Zeuge, der mitgehört hat, ist tot und der Zivilschutzchef wird sich nicht freiwillig an das Gespräch erinnern.«

»Wo fand das Telefonat statt?« Luca hakte weiter nach, bis Karina stutzig wurde.

»In der Präfektur. Ich dachte, du weißt Bescheid?« Während er sich am Kinn kratzte, starrte sie ihn fragend an. »Jetzt sag: was ist?«

»Ich denke nach, wie wir Beweise bekommen.« Luca überlegte fieberhaft und starrte in die Luft, bis er eine Lösung hatte. Ruckartig wandte er den Kopf und erwiderte Karinas durchbohrenden Blick. Wenn Signora Neugier auf etwas hereinfiel, dann darauf. Das Schauspiel begann. »Nun zu dir: Wieso willst du ausgerechnet jetzt weg?«

»Ach, jetzt stört es dich doch? Gestern war dir das noch herzlich egal«, schimpfte sie, um ihre Freude zu verbergen.

»Du erzählst viel, wenn der Tag lang ist. Ich hab es schlicht nicht ernst genommen, bis mich eine reizende Signora angerufen hat.« Luca blickte zur Seite, an der Simona stand und ihm zuzwinkerte.

Jetzt fühlte sich Karina doppelt übers Ohr gehauen und wollte erst recht abhauen. »Dass ich weggehe, hat viele Gründe. Vor allem brauche ich Abstand.«

»Und ich brauche eine Komplizin«, konterte Luca. So viel konnte er verraten. Er würde das Risiko eingehen müssen und sie einweihen – zumindest teilweise.

Karina dachte nicht daran, nach Lucas Pfeife zu tanzen. »Such dir einen anderen Komplizen. Mir traust du doch sowieso nur Übles zu!«

»Weißt du, deutsche Zwerge sind oft gar nicht so hinterlistig, wie sie vorgeben.« Luca zwinkerte ihr geheimnisvoll zu. Irritiert über sein Lächeln, das sie nicht zu deuten wusste, ließ Karina ihn stehen und rannte aus dem Camp. Egal, ob sie zu- oder abgesagt hätte, früher oder später würde sie beides bereuen.

✯✯✯✯

Die nächste heikle Aufgabe stand schon bevor: der Abschied von Filippe. Ungern stürzte sich Karina in die Höhle des Löwen, der offenbar verzweifelt eine Partnerin suchte. Sie wollte ihn unbedingt auf Abstand halten, aber als wertvollen Informanten keinesfalls verlieren.

Filippe begrüßte sie mit Küsschen und einem herzlichen Lächeln, das sich schlagartig in blankes Entsetzen wandelte, als sie ihm ihre konkreten Abflugpläne präsentierte.

»Ich fliege morgen um 19:35 Uhr.«

»Morgen schon? Wann kommst du wieder?«

»Gute Frage, vielleicht in ein paar Tagen, Wochen oder gar nicht.«

Filippe schaute betreten. »Gar nicht?« Jetzt musste er schnell handeln.

KAPITEL 67

»Es gibt noch viele Tage hinter dem Gran Sasso.« *Sprichwort aus den Abruzzen*

L'Aquila, Mittwoch, 15. April 2009

Jeder hatte offenbar ein paar Leichen im Keller, dachte Viola, während sie um nicht endende Schutthaufen kurvte und über Karina nachdachte. Ihr Gespräch am Vortag hatte einige Überraschungen ans Licht gebracht – die Ghostwritergeschichte und gescheiterte Italienkarriere waren erst der Anfang.

Auf den ersten Blick hatte die Singlefrau Karina, die Auslandsabenteuer austestete, wenig mit ihr gemeinsam – einer Witwe, die nur noch eine Ruine besaß. Aber je näher Viola die junge Deutsche kennenlernte, desto mehr fühlte sie sich mit ihr verbunden – trotz aller Unterschiede.

Auf der Fahrt nach Onna hatte Karina leise zugegeben, dass die letzten Tage ihr ganzes Leben erschüttert hatten.

»Weißt du, ich hatte immer genaue Ziele. Jetzt stellte ich auf einmal alles infrage.«

Viola musterte sie nachdenklich. »Und deshalb gehst du zurück nach Deutschland?«

Karina nickte zögernd. »Und wie geht es bei dir weiter? Ziehst du zu deinen Eltern?«

»Wohl kaum. Sie wohnen in der Toskana und ich will meinen Sohn auf keinen Fall allein lassen.« Viola klärte ihre Beifahrerin über seine gesundheitliche Achterbahnfahrt auf. Immerhin durfte Viola vermummt wie ein Astronaut nun an Manueles Bett treten, der noch in den Fängen der Medizinkrake hing.

»Hoffentlich werden die geplanten Ersatzhäuser, diese ›New Towns‹, schnell fertig, damit dieses furchtbare Zeltleben ein Ende hat«, überlegte Karina laut.

Viola schwieg. Dass sie am Stadtrand neue Häuserfestungen hochziehen wollten, gefiel ihr gar nicht. Das wirkte so, als hätten sie die Ruinen im Zentrum schon aufgegeben. Andererseits klang es verlockend, den eisigen Winter nicht im windigen Zelt, sondern in warmen Häusern zu verbringen.

Bereits wenige Stunden nach dem Erdbeben spielte Berlusconi, dessen Karriere in der Baubranche begonnen hatte, einen neuen Trumpf aus: das Immobilienprojekt C.A.S.E. Die vier Buchstaben stehen für Complessi Antisismici Sostenibili ed Ecocompatibili – was übersetzt »erdbebensichere Häuserkomplexe, haltbar und umweltverträglich« bedeutet.

Nach nur vier Monaten Bauzeit sollten diese 185 Wohnkomplexe für 20.000 Erdbebengeschädigte bezugsfertig sein – von der Waschmaschine bis zum LCD-Fernseher komplett ausgestattet. Kritiker sind überzeugt, dass die Pläne lange vor dem 6. April fertig in der Schublade lagen. Wie hätte sonst ein Projektverantwortlicher in der TV-Show ›Annozero‹ am 9. April bis ins Detail ausgefeilte Grundrisse und Zeichnungen in die Kameras halten können?[167] [Vgl. Caporale: Un buoco nero]

✯✯✯✯

Endlich näherte sich Viola dem anderen Teil ihrer Familie. Vor dem Friedhof einen Parkplatz zu finden, war schwerer als gedacht. Zu viele Besucher, Bulldozer und Trümmer versperrten die wenigen freien Flächen. Die Szene vor der Motorhaube wirkte auf Viola wie ein Sinnbild ihres Lebens: Ein langer, steiniger Weg lag vor ihr, der nur Schritt für Schritt und mit viel Geduld zu meistern war.

Nachdem sie das Auto fast am Ortsrand abgestellt hatte, lief Viola eilig zum Friedhof. Erstaunlich viele Bekannte hatten dasselbe Ziel. Sie nickten sich stumm zu. Auch andere Nachbarn, die Viola bisher vergeblich gesucht hatte, traf sie nun an. Die meisten hatten wie ihr Mann und ihre Tochter den Tag des Erdbebens auf ihrem Grab stehen.

»Ihr seid jetzt an einem besseren Ort!«, seufzte Viola hoffnungsvoll.

Schon als sie Clarissas und Riccardos Doppelgrab von Weitem erblickte, musste sie schmunzeln: Die Freunde hatten ihre Lieben ebenfalls nicht vergessen.

Zwischen dem bunten Meer aus Blumen steckten selbst gemalte Bilder von Clarissas Freunden aus dem Kindergarten und ein Teddybär. »Wir vermissen dich«, las Viola beim Näherkommen auf einem Zettel mit vielen Unterschriften. Daneben fand sie einen Fußball und ein Foto von Riccardo auf dem Fußballplatz. Zumindest in der Erinnerung ihrer Freunde und Familie lebten die beiden weiter.

Viola stellte einen frischen Rosenstrauß für ihren Mann und ein kleines Blumenstöckchen für ihre Tochter vor das Holzkreuz. Einen Moment starrte sie regungslos auf die bunt gestaltete Ruhestätte. Die Fragen bohrten sich wie schmerzhafte Stacheln in ihren Kopf. Weshalb war diese Tragödie geschehen? Warum mussten so viele sterben? Wieso hatte sie sich geweigert, jene Nacht im Auto zu verbringen? Das neue Leben kam Viola vor wie ein Kampf gegen Windmühlen.

Langsam kniete sich Viola nieder und berichtete ihrer zerrissenen Familie von Manueles Zustand, dem Klinikzirkus und den Immobilienplänen des Staates. Nach einer Weile fragte sie: »Was sollen wir tun?«

Während Viola auf eine Antwort aus der Stille lauschte, dachte sie an die gemeinsamen Jahre zurück.

Anfangs war sie skeptisch gewesen, zu Riccardos Familie in ein so kleines Dorf zu ziehen. Doch der herzliche

Empfang machte ihr das Eingewöhnen leicht, sie fühlte sich schnell zu Hause. Wie für ihren Mann, der dort aufgewachsen war, war Onna bald auch für sie ein kleines Paradies. Ein Paradies voller Glück, das seit dem 6. April 2009 mit einer doppelten Tragödie verbunden war. Doch was war eigentlich Glück?

Wie oft hatte sich Viola diese Frage in den letzten Tagen gestellt. Reichtümer brauchte sie definitiv nicht. Riccardo hätte das passende Zitat parat gehabt: Seid nicht hinter dem Geld her, sondern zufrieden mit dem, was ihr habt.

Da fiel Viola eine Karte ins Auge, die sie zuvor nicht bemerkt hatte. Sie hob das Stück Papier auf. Die Karte trug ein Sprichwort aus den Abruzzen, das sie gut kannte, aber fast vergessen hatte.

»Ci sono ancora tanti giorni dietro il Gran Sasso. Es gibt noch viele Tage hinter dem Gran Sasso.«

Für Viola war es wie ein Aufruf weiterzukämpfen.

KAPITEL 68

»Dann sagt sie mit auf einmal fester Stimme: ›Helft uns, dass wir nicht vergessen werden. Denn jetzt, am Anfang, unterstützen uns alle – später womöglich keiner mehr.‹«[168]

[Süddeutsche Zeitung, 8.4.2009]

L'Aquila, Mittwoch, 15. April 2009

Filippe hatte eigentlich versprochen, niemandem etwas davon zu sagen. Aber das war ein Notfall, das würde sein Bekannter verstehen. Ein kurzer Anruf genügte und Karina schluckte den Köder. »Okay, in einer halben Stunde bin ich an der Uni-Bushaltestelle«, versicherte sie.

Als Karina das Camp verlassen wollte, stellte sich ihr Simona in den Weg. »Warte, Kind!« Die Seniorin blickte sie reuig an und gab alles zu. Sie hätte Luca mit voller Absicht angerufen. »Ich dachte, wenn er kommt und sagt, dass du bleiben sollst, bleibst du. Ich lasse dich nicht einfach ziehen.«

Der alten Dame böse zu sein, schaffte Karina nicht lange. Sie musste sogar schmunzeln, weil ihre Ersatzoma sie mit allen Mitteln am Weggehen hindern wollte. Trotzdem musste sie Simona enttäuschen. Gerade Luca würde sie nicht am Abflug hindern. »Entschuldige Nonna, aber ich muss weiter. Ich habe noch etwas zu erledigen.«

Wie vermutet, wartete Filippe schon auf sie. Er lief Karina entgegen und umarmte sie. »Komm. Hier können wir nicht reden.« Filippe lotste sie auf einen einsamen Feldweg, der in ein Wäldchen führte. Plötzlich blieb er stehen, baute sich vor ihr auf und blickte sie streng an. »Du darfst auf keinen Fall irgendwem erzählen, woher du das weißt. Sonst bekomme ich echte Probleme!«

»Ich schweige wie ein Grab«, versicherte Karina. Das musste ziemlich brisant sein, wenn er darum einen solchen Aufstand machte.

Als sie außer Sichtweite der Straße waren, trat Filippe nah an sie heran und flüsterte ihr drei Sätze ins Ohr. Karina schüttelte sofort den Kopf.

»Da hast du dich verhört. Das kann man hier nicht machen. Guck dich um, hier ist alles zerstört.«

»Pst. Nicht so laut.« Filippe legte ihr den Finger auf den Mund. »Aber ich weiß es aus sicherer Quelle. Es wird kommen«, flüsterte er weiter. »Und ich sage dir: In spätestens zwei Wochen ist es offiziell.«

»Das wird nicht der Fall sein. Das ist hirnrissig. Überlege mal, was das kosten würde. Und sie haben schon Unsummen ausgegeben. Außerdem, was ist mit dem Thema Sicherheit? Da dreht jeder Bodyguard durch. Hier in diesem Chaos kannst du niemanden schützen.«

»Wieso? Die Leute sperren sie in die Camps. Das geht.«

»Wie lange sollen die Leute denn in den Zeltlagern bleiben? Das ist doch angeblich nur ein verlängertes Campingwochenende.«

»Ich schätze mal mindestens sechs Monate.«

»Ein halbes Jahr? In diesen Zelten? Das ist Folter!« Allein der Gedanke machte Karina wahnsinnig, die arme Simona, Viola und all die anderen Heimatlosen. »Aber Filippe. In zwei bis drei Monaten kann man etliche der leicht zerstörten Häuser wieder herrichten!«

»Wenn man wollen würde, könnte man das. Aber wie ich dir gesagt habe, es gibt andere Pläne.« Filippe rückte nicht von seiner Überzeugung ab. »Übrigens bereiten sie noch etwas vor.«

»Was denn?« Karina wurde hellhörig und trat näher zu ihm. Diesmal klebte Filippe länger an ihrem Ohr. Kaum dass er geendet hatte, blickte Karina ihn fassungslos an. Sie wusste nicht, was sie sagen sollte. Bevor sie einen Ton herausbrachte, legte er bereits nach.

»Das wird besonders wichtig, wenn die Menschen herausfinden, dass jetzt viel versprochen und später nichts geschehen wird.«

»Sag mal, Filippe: Hast du gestern zu viel getrunken?«

»Nein.« Seine blauen Augen blickten sie durchdringend an. »Das ist mein voller Ernst.«

Sie schüttelte den Kopf und murrte vor sich hin: »Wir schreiben das Jahr 2009 mitten in Europa, in Italien, dem Land des Cappuccino und Chianti. Und da soll der Staat seinen Bürgern verbieten, Kaffee, Cola und Wein zu trinken?«

»Warte mal ab. Du wirst staunen, wie schnell das kommen wird.« Er zwinkerte Karina zu.

»Aber die Leute werden sich das doch nicht gefallen lassen.«

»Ihnen bleibt nichts anderes übrig, sie sitzen am kürzeren Hebel. Das Essen und die Unterkunft bekommen sie schließlich vom Zivilschutz.« Da kam Filippe eine Idee. »Wollen wir wetten? Wenn ich recht habe, darf ich dich nach Apulien einladen – ansonsten hast du einen Wunsch frei.«

Karina blickte ihn an. Eigentlich wettete sie nie. Aber diesmal war sie felsenfest überzeugt und der Wetteinsatz ertragbar. »Okay. Wenn sie wirklich Kaffee und Cola verbieten und die ›Camper‹ einsperren, dann schaue ich mir dein Apulien einmal an.« Das würde sowieso nicht eintreten.

Ihre wenigen Sachen im Zelt hatte Karina schnell zusammengerafft. In Rom hatte sie dagegen mehr zu tun – packen, ihrer WG und der Trattoria-Crew Lebewohl sagen und für Viola ein Paket mit Kleidern in der Klinik abgeben. Sie hatte jede Menge schöne Sachen, die garantiert nicht mehr in ihren Koffer passten und Viola hatte so viel verloren.

Bis ihre Mitfahrgelegenheit, eine flüchtige Bekannte, allerdings endlich nach Rom aufbrach, blieb Karina viel Zeit, sich im Camp zu verabschieden.

Nicht nur die Damen im Seniorenzelt wünschten ihr alles Gute, sondern auch ein Mädchen aus der Zeltstadt.

»Darf ich mit?«, fragte das Kind.

Karina ging zu der Kleinen in die Hocke. »Weißt du, in Deutschland ist es gar nicht so toll. Dort ist es kalt und regnet ständig. Deshalb haben die Leute oft schlechte Laune.«

Davon ließ sich die Kleine nicht abschrecken. »Regen macht mir nichts aus und deutsch kann ich auch.« Stolz sagte sie: »Danke, Bratwurst!«

Schmunzelnd strich Karina ihr über den Schopf. »Deine Mama hat sicher etwas dagegen, wenn du weggehst!«

»Meine Mama nehmen wir mit!« Die Kleine nahm ihre Hand und zog Karina zum Nachbarzelt. Die Mutter hatte doch etwas dagegen.

Vor allem von Simona fiel Karina der Abschied schwer. Eine Woche lang hatten sie sämtliche Höhen und Tiefen des Zeltlebens geteilt, zusammen gelacht und Tote verabschiedet. Als Simona sie umarmte, hatte Karina Tränen in den Augen. Menschen, die sie erst vor Kurzem kennen gelernt hatte, waren ihr so sehr ans Herz gewachsen.

»Du kommst wieder«, sagte die alte Dame überzeugt. Das war der Moment, in dem Karina begriff, dass sie gescheitert war. Eigentlich hatte sie die Tragödie nie so nah an sich heranlassen wollen.

Rom, Mittwoch, 15. April 2009

Gianna versuchte mit allen Mitteln, ihre Textlieferantin zurückzuholen. Trotzdem blieb Karina hart. Ihre Antwort war kurz und schlagkräftig: »Nein, ich habe genug. Noch heute werde ich Italien verlassen.«

✯✯✯✯

In Rom drängte die Zeit. Ihren Pünktlichkeitsfanatismus hatte Karina selbst in L'Aquila nicht abgelegt. Hastig rannte sie durch die Wohnung und stellte erstaunt fest, wie viel sich dort in acht Monaten angesammelt hatte. Ihre Beutezüge in den Modeläden ließen grüßen. Während sie ihren Koffer vollstopfte, kam Gianna heim. Ohne Karina eines Blickes zu würdigen, preschte sie an ihr vorbei ins Bad. Aurora hingegen bestand darauf, sie zum Flughafen zu bringen.

Als Karina ihr Kleiderpaket für Viola in der Klinik ablieferte, hatte auch die Schwester einen Umschlag für sie. Voller Neugier riss Karina das Couvert auf. Darin steckte ein hastig beschriebener Zettel mit krakeliger Handschrift.

»Ciao Karina, hör nicht auf zu schreiben. Erzähl weiter, was du erlebt, gesehen und gehört hast. Jetzt unterstützen uns alle, aber das wird bald aufhören und wir werden in Vergessenheit geraten. Viola.«

Auf dem Weg zur Trattoria gönnte sich Karina ein letztes Eis in Rom. Diesmal kaufte sie sich ihr Waffelhörnchen bewusst selber und ignorierte die Männerwelt. Ihr spukte ohnehin einer zu viel durch den Kopf.

Auch die Viermillionenmetropole sah sie aus einem neuen Blickwinkel. Sie fragte sich, wie Rom gebaut war, ob die Hochhäuser und U-Bahn-Tunnel im Falle eines starken Bebens standhalten würden. Hinter welchen Fassaden hatten sich Profitgier und Machtmissbrauch bereits eingenistet?

Doch L'Aquila hatte Karina auch etwas anderes gezeigt: Nicht Mauern, sondern Menschen machten eine Stadt aus. Auch in Rom gab es einige von der netten Sorte, wenn man die Diebe ausblendete.

Am Platz Navona blieb Karina stehen, schloss einen Moment die Augen und lauschte der Geräuschkulisse. Obwohl sie sich eigentlich entschieden hatte, zögerte sie. Deutscher Dauerregen statt Italiens Sonne, mürrische Erbsenzähler statt chaotische Lebenskünstler – wollte sie das wirklich?

Als sie in der Trattoria ankam, wussten überraschender Weise bereits alle Bescheid. Luca war ihr zuvorgekommen. Auch er ging weg, wie sie von Natalia hörte. Karina war verwirrt und traurig. Was fiel ihm ein? Vor allem war sie schwer enttäuscht, dass er sich von allen verabschiedet hatte außer von ihr.

Nach einem längeren Gespräch mit Eros kam er doch noch zu ihr. Sie fuhr ihn an: »Du haust ab? Musst du mir alles nachmachen?« Hauptsache er merkte nicht, wie sehr sie ihn jetzt schon vermisste.

»Klingt so, als hast du etwas dagegen! Ich gehe zurück nach L'Aquila.«

Sein Entschluss überraschte Karina nicht wirklich. »Solange die Erde bebt oder für immer?«

»Für immer. Bis mir etwas auf den Kopf fällt. Ich bin kein Angsthase wie du!« Luca konnte sie nicht gehen lassen, bevor die Sache zu Ende gebracht war.

»Von wegen Angsthase! Weißt du, in Deutschland wird so fabelhaft gebaut, dass Gebäude ohne Erdbeben einstürzen. Erst vor ein paar Wochen hat eine U-Bahn-Baugrube ein paar Häuser verschluckt.«

Beim Bau der Kölner U-Bahn gab es bereits 2008 nahe dem historischen Stadtarchiv Zwischenfälle, wie einen Rohrbruch und Risse am Archivgebäude, auf die die Verantwortlichen jedoch nicht reagierten.

Am 3. März 2009 gegen 14 Uhr entdeckten Arbeiter in der offenen Baugrube vor dem Archiv einen Wassereinbruch. Sie flüchteten und schlugen Alarm. Im letzten Moment verließen Archivbesucher und Anwohner die Häuser, ehe das Stadtarchiv einstürzte und angrenzende Gebäude mitriss. Zwei Männer starben, 36 Wohnungen wurden zerstört. Bei den Ermittlungen zum Unglück kamen unter anderem gefälschte Messprotokolle, illegale Brunnen und Eisendiebstahl in großem Maße ans Licht.[169] [Vgl. Spiegel.de (3.3.2009) sowie vgl. Kölner Stadt-Anzeiger (20.3.2009)]

Überrascht weiteten sich Lucas Augen. Deutsche Baustellen hatte er sich bisher anders vorgestellt. Dann griff er in seine Hosentasche. Er hatte lange gezögert, ob er es tun sollte, sich aber in Anbetracht der Situation dafür entschieden.

»Ich habe noch etwas für dich«, meinte Luca und reichte ihr einen MP3-Player, den sie stirnrunzelnd entgegennahm.

»Was soll ich damit?«

»Hör es dir an!« Luca war fest überzeugt, dass ihre Neugier siegen würde. Schon nahm Karina die Kopfhörer und drückte auf die Starttaste.

»Ah, sage allen, die bei der Ferratella beschäftigt sind, wegen dieser Erdbebensache Bescheid«, begann eine Männerstimme. »Wir müssen sofort loslegen, ein solches Erdbeben gibt es schließlich nicht jeden Tag.«

»Nein … ich weiß«, erwiderte ein anderer Mann und lachte.

»So muss man es sagen … um Himmels willen … die armen Teufel.« Die Ironie in der Stimme war nicht zu überhören.

»Also gut, ciao«, sagte wiederum der andere. Aber sein Kollege legte noch nicht auf, sondern fügte hinzu: »Oder nicht?«

»Na sicher … heute Morgen um halb vier habe ich vor Freude im Bett gelacht«, erwiderte nun der Erste hocherfreut. Der Kollege stimmte ihm zu: »Ich doch auch … nun gut, ciao.«[170]

[Telefonat aufgezeichnet am 6. April 2009, vgl. Caporale: Il buoco nero]

Karina hatte einiges nicht verstanden und löcherte daher Luca. »Was ist Ferratella? Und wer sind diese Männer?«

»Das sind zwei nicht unbekannte Bauunternehmer. Und Ferratella ist eine süße Spezialität aus den Abruzzen«, erklärte Luca knapp.

Nach dem zweiten Anhören begriff Karina. Schockiert nahm sie die Stöpsel aus den Ohren und starrte Luca an.

»Wo hast du das her?« Irgendwie wurde er ihr unheimlich. Allein die Tatsache, dass dieses Telefonat existierte und abgehört worden war, bescherte Karina Gänsehaut. Noch mehr beunruhigte sie, dass Luca davon gewusst und es aufgetrieben hatte. Das ließ sich nur so erklären, dass er selbst damit zu tun hatte oder mit gewissen Kreisen vertraut war.

Wie erwartet, war Lucas Antwort nichtssagend.

»Dir das zu erklären, dauert zu lange. Du willst schließlich heute noch weg!«

»Wieso gibst du mir das dann?«, schnauzte Karina ihn an.

»Keiner hindert dich zu bleiben – im Gegenteil.« Luca lächelte ihr zu.

Sein Verhalten, vor allem sein Blick, war Karina gar nicht geheuer. Wenn die Person, die er vor neun Tagen verloren hatte, seine Freundin gewesen war, warum setzte er nun so viel daran, sie zurückzuhalten?

»Hör auf mit deinen Spielchen. Ich kann nicht mehr klar denken«, rief sie patzig, trat einen weiteren Schritt zurück und verschränkte die Arme.

Luca schnappte sich seinen MP3-Player und steckte ihn in seine Hosentasche. »Dann hau ab. Aber pass auf deinen hübschen Sturkopf auf.«

Eine Sekunde stand er unentschlossen vor ihr, musterte sie genau und wartete auf Reaktionen. Nichts passierte.

Unschlüssig starrte Karina zu ihm empor. Was hatte er vor? Worauf wartete er? Trotz allem hätte sie ihn zum Abschied gern umarmt, wagte aber nicht sich zu bewegen und hielt stattdessen die Luft an.

Plötzlich machte Luca einen Schritt auf sie zu. Er beugte sich zu ihr, drückte ihr hastig einen Kuss auf die Wange und verschwand. Bevor er die Tür hinter sich schloss, blickte Luca sich ein letztes Mal um. Was er sah, ließ ihn hoffen.

Völlig verwirrt blieb Karina zurück. Wie sollte sie diesen Abgang deuten? Abschiedszeremonien mit Küsschen waren zwischen Freunden in Italien normal. Aber nicht bei Luca. Er hatte ihr noch nie einen solchen Kuss verpasst.

✯✯✯✯

Cosimo konfrontierte Gianna mit allem, was er wusste, sodass ihr nichts anderes übrig blieb, als die Wahrheit zu sagen. Kleinlaut gab Gianna zu, dass eine Bekannte für sie in L'Aquila die Artikel getippt hatte.

Überstürzt sprang Cosimo auf und rannte zum Fenster. »Wenn das so ist.«, murmelte er. Er musste dringend mit dem Verlagschef reden.

✯ ✯ ✯ ✯

Beinahe hätte Karina in letzter Minute alles über den Haufen geworfen. Doch ihr Sturkopf war stärker. Außerdem hatte sie keine Wahl, sie musste unbedingt zurück nach Deutschland, bevor es zu spät war.

Ihre Koffer waren bereits auf dem Weg in den Flieger, als Karina durch den Duty-free-Shop spazierte. Bei Parfum und Taschen konnte sie sonst nie widerstehen, doch ihre Prioritäten hatten sich verschoben. Sie hatte nun ein anderes Ziel: die Suche nach Wahrheit und Gerechtigkeit. Im Buchladen fand sie, was sie suchte. Es gab genau ein Exemplar – ganz versteckt, als ob es nicht gefunden werden sollte.

Sie war so vertieft in das Buch, dass sie beinahe den Boardingaufruf für ihre Flugnummer überhörte. Erst als die anderen Passagiere bereits in den Flieger drängten, schreckte sie auf. Ein Mann wetterte im Vorbeigehen: »Die entscheidende Frage ist doch, wer ...«

Eilig packte Karina ihre Sachen und beendete den Satz für sich im Stillen: »Die entscheidende Frage ist doch, wer hat L'Aquila umgebracht?« Dem musste sie auf den Grund gehen, koste es, was es wolle – das war sie ihnen schuldig.

Karina ahnte in diesem Moment nicht ansatzweise, worauf sie sich einließ. Einige Personen würden alles tun, um zu verhindern, dass die Wahrheit an die Öffentlichkeit gelangte. Es stand zu viel auf dem Spiel. Aber Karinas Entscheidung war gefasst – und es gab kein Zurück mehr.

ENDE

Fortsetzung folgt

Band 2 vorbestellen:
laquila-band2@truemmer-von-laquila.de

DANKE

an alle, die dazu beigetragen haben, dass dieses Buch entstehen konnte.

Ein besonderer Dank geht nach L'Aquila, vor allem an Giustino Parisse.

Sara More

ANHANG

»WIE SCHÖN WAR MEIN ONNA«

von Giustino Parisse, April 2009

Wie schön war mein Dorf Onna vor diesem fürchterlichen Erdstoß. Der Mond erleuchtete die Gassen, die Straße der Schuster, die Straße Oppieti, die Straße der Märtyrer, die Straße Ludovici, die Straße Ruetta und die Straße der Hecken; darin tausend Jahre Geschichte und Millionen von Geschichten: Männer und Frauen, die dieses kleine Dorf im Aterno-Tal gebaut und geliebt haben. In jener furchtbaren Nacht haben wir alles verloren: die Menschenleben, die Häuser, unser Dorf.

Ich rieche nicht mehr die Gerüche: Als ich ein Kind war, gab es alle paar Schritte einen Stall. Unten lebten die Tiere, oben die Menschen. An Festtagen erfreute der Duft von frischen Tomaten, aus denen Tomatensoße gemacht wurde, den Gaumen, bevor wir das Essen verzehrten. Und dann die Stimmen, die Klangkolonie eines Dorfes einfacher Menschen.

In jener Nacht nach dem furchtbaren Erdstoß waren keine Stimmen mehr da. Der Mond erleuchtete die Stille. Der Schmerz war so stark, dass er die Stimmbänder zerbrach.

Jene Nacht war eine schöne Nacht. In meinem Haus waren zwei Engel, sie lagen in ihren Bettchen und ruhten. Ich habe auf die Geräusche eines normalen Morgens gewartet, wenn sie aufstehen und sich um das Bad zanken; und auf die Mama, die sie rief: Beeilt euch, es ist spät, die Schule erwartet euch; letzte Streicheleinheiten, letzter Zuspruch.

Dann der furchtbare Erdstoß. Der Lauf zu den Zimmern, der gebrochene Schrei: »Papa, Papa.« – »Domenico, Domenico, ich komme, ich komme. Halte durch, halte durch!« Staub, Steine, Verzweiflung. Von der anderen Hausseite schreit die Mama: »Maria Paola ist hier, ich fühle sie.« Ein Hoffnungsschimmer. »Ich komme und helfe dir.« Nein, es ist nur Hoffnung. Der furchtbare Erdstoß verzeiht nichts.

In jener Nacht umarmen sich ein Vater und eine Mutter auf einem Hausdach, das kein Dach mehr ist. Jenes Haus, das zu einem Grab wird, zum Grab deiner Träume, zum Grab deiner Kinder, für die du gekämpft hast und dann entdeckst du in jener Nacht, dass du sie nur in den Abgrund geführt hast.

Es ist deine Geschichte, die endet, und es ist dein Haus, das verschwindet, dein Dorf, das es nicht mehr gibt.

Dann kommen die Lichter des Tages, die spotten. Die Sonne scheint, im Hintergrund glänzt der Gran Sasso. Die Vögel besingen den Frühling. Du bist da, um die Leere anzuschauen. Dann kommen Freunde und Rettungskräfte. Und die Kette des Todes beginnt: Gabriella, Luana, Berardino, Susanna, Fabio und noch mehr, immer mehr, bis zur Zahl 38. Das waren meine Leute und sie sind noch immer meine Leute – auch im Tod.

Meine Kinder sind heraus aus den Trümmern. Nicht einmal den Mut habe ich, sie anzuschauen. Der Tod darf kein Gesicht haben. Das Leben muss siegen: die Erinnerung an ihr Lächeln, ihre vor Freude leuchtenden Augen, nicht das tödliche Grinsen eines zerstörten Gesichts.

Mama hat sich gerettet, das blutverschmierte Gesicht erkenne ich nicht wieder. Papa ist noch unter einem Gebirge aus Trümmern begraben. Man arbeitet daran, sie wegzubringen. Dann gehe auch ich weg. Ich flüchte vor dem Horror, ich flüchte vor meiner Geschichte, ich flüchte vor meinem Leben.

Alles endet in der Nacht des fürchterlichen Erdstoßes. Ich höre kein Radio, ich schaue kein Fernsehen. Dann einige Abende später sehen meine Augen das Bild der Pfarrkirche: dort haben meine Mutter und mein Vater geheiratet, dort wurde ich getauft, dort habe ich mit meinen Leuten die Statue der Madonna der Gnaden angebetet. Man sagt mir, dass man sie wegbringen muss. Sie war dort in ihrer Nische seit 1400, seitdem sie der Künstler Carlo von L'Aquila geschaffen hat. Wir sind Sünder, aber wir sind deine Kinder; Maria der Gnaden, bete für uns: Der Gesang wurde Millionen Male gesungen, mindestens zwanzig Generationen der Onnesen haben jene Statue berührt, haben jenes Jesuskind geküsst und gestreichelt, das in seinen Händchen ganz fest den kleinen Vogel hält.

Die Madonna geht davon und wird in einem Container aufbewahrt. Auch sie ist erdbebengeschädigt. Sie wird wieder zurückkehren, ja, sie wird wieder zurückkehren, wenn die Trümmer wieder auferstehen.

Die Straße der Märtyrer gibt es nicht mehr: 1944 war es die böse Hand des Menschen, die sie zum Symbol des Leides machte, des Menschen, der sich gegen den Menschen erbittert. Siebzehn Onnesen, mein Volk, niedergeschmettert vom Wahnsinn eines Krieges ohne Sinn.

Dieses Blutbad hat mich über 30 Jahre lang verfolgt: ich habe versucht zu verstehen, zu erklären, einen Grund zu suchen für diese so absurde Gewalt. Ich habe auch versucht, einen Anstoß zu geben, um Gerechtigkeit zu suchen. Heute beweint die Straße der Märtyrer andere Tote.

Vor vielen Jahren, als ich in der Geschichte meines Dorfes gegraben habe, bin ich in den Papieren des Pfarrarchivs auf etwas gestoßen. Das Datum des 2. Februar 1703 versetzt mir einen Schlag. Der Pfarrer jener Zeit schrieb, um die sechste Stunde kam ein fürchterlicher Erdstoß, die Pfarrkirche des Heiligen Apostel Paulus hat dem standgehalten, eine einzige Person ist gestorben.

Im Jahr 1753 wurde der Glockenturm gebaut, um eine Erinnerungsaufschrift für den Priester, der ihn errichten ließ, herum: Beneditus Pezzopan, Unda Prepositus.

Vor zwei Tagen haben die Feuerwehrleute dic große Glocke zwischen den Trümmern des Glockenturms geborgen. Sie haben sie in der Zeltstadt läuten lassen. Wird sie wiedergeboren?

Zu meinen Leuten sage ich, schaut nach vorne, ich weiß nicht, ob ich es schaffe, ich weiß nicht einmal, wie ich es geschafft habe, diese wenigen Gedanken zu schreiben.

Danke an meine zweite Familie, an die Freunde und Kollegen von »il Centro«. Danke an all diejenigen, die mir geholfen und mich in jenen Tagen getröstet haben.

Wie schön war mein Dorf Onna vor diesem fürchterlichen Erdstoß.

Giustino Parisse, April 2009

[171] [Aus: Giustino Parisse: Quant'era bella la mia Onna]

IM GEDENKEN AN

Colaiuda Vincenzo (n.a.), Brusco Luisa (28.02.1913), Testa Evandro (07.06.1913), Giustiniani Armando (30.04.1916), Magno Ada (05.10.1916), Lopardi Lolli Lidia (18.03.1917), Ricci Pierina (29.06.1917), Silvestrone Vittoria (20.11.1917), Pezzopane Iole (13.06.1918), Lippi Giuseppe (03.12.1918), Ciuffoletti Fernanda (08.02.1919), Belfatto Angela (02.10.1919), Ciocca Elena (03.10.1919), Miconi Giuseppe (19.03.1920), Muzi Liberio (26.04.1920), Marrone Maria Gilda (24.07.1920), Romualdo Maurizio Rocco (06.10.1920), Donati Delfino (26.11.1920), Cirella Chiarina (16.04.1921), Pastorelli Aleandro (19.07.1921), Berardi Achille (24.09.1921), Sidoni Emidio (08.01.1922), De Vecchis Panfilo (25.10.1922), Damiani Giovanna (04.04.1923), Aloisi Anna (07.06.1923), Zaccagno Armelio (07.09.1923), Marrone Maria Fina (29.10.1923), Vasarelli Vittoria (01.01.1924), Antonacci Giuseppa (31.01.1924), Di Filippe Rosina (26.02.1924), Mazzeschi Valeria (23.09.1924), De Nuntiis Maria Giuseppa (01.01.1925), Borrelli Margherita (17.03.1925), Di Vincenzo Caterina (05.05.1925), Rosa Antonina (07.05.1925), Papola Mario (26.08.1925), Sferra Ernesto (26.10.1925), Deli Serafina (18.11.1925), Colaianni Dora (23.03.1926), Calvisi Maria (31.05.1926), D'Andrea Vinicio (14.06.1926), Valente Mario (23.06.1926), Gasperini Vilma (29.08.1926), Colaianni Antonina (30.09.1926), Ricci Suor Lucia-Rosina (03.11.1926), Colaianni Ada Emma (11.12.1926), Cosenza Giovanni (20.12.1926), De Iulis Luigi (05.02.1927), Iberis Maria Incoronata (02.04.1927), Marrone Lina Loreta (15.04.1927), De Santis Angelina (20.04.1927), Pezzopane Tommaso (05.02.1928), Bafile Vittorio (22.02.1928), Leonetti Maria (21.03.1928), Cimini Anna (27.04.1928), Ferella Delia Solidea (05.05.1928), Cocco Anna (14.08.1928), Bernardi Gaetano(26.10.1928), Negrini Vincenza (25.02.1929), Vasarelli Giuseppina (02.09.1929), Mazzarella Anna (06.09.1929), Giallonardo Aurelio (16.06.1930), Testa Ivana 06.10.1930), Tamburro Marino (18.12.1930), Carli Augusto (03.01.1931), Canu Antonica (27.01.1931), Salvatore Antonio (10.02.1931), Andreassi Loreto (22.04.1931), Fiorentini Liliana (12.07.1931), Costantini Luigia (07.01.1932), Di Battista Giuliana (04.03.1932), Ferrauto Filippe (19.04.1932), Ranieri Oreste (24.04.1932), Cicchetti Adalgisa

(08.05.1932), Colaianni Daniele (30.11.1932), Carletto Cantalini Lidia (30.01.1933), Battista Ines (31.01.1933), Elleboro Liliana (17.02.1933), Del Beato Maria Laura (08.03.1933), Sbroglia Edvige (01.05.1933), Centi Pizzutilli Rocco (20.06.1933), Rotellini Silvana (11.09.1933), Colaianni Elisa (10.10.1933), Micarelli Carlo (08.12.1933), Fabi Domenica (12.02.1934), Nardis Cesira Pietrina (03.04.1934), Santilli Anna (09.07.1934), Chiarelli Achille (17.07.1934), Giannangeli Salvatore (25.09.1934), Parisse Domenico (31.10.1934), Scimia Maria (12.01.1935), Mastropietro Luisa (16.01.1935), Marcotullio Elide (11.02.1935), Papola Elena (24.02.1935), Loretelli Maria (25.04.1935), Longhi Laura (10.05.1935), Del Beato Marisa (04.07.1935), Sponta Aurora (25.02.1936), Balassone Silvana (17.07.1936), Biondi Elisabetta (19.07.1936), Andreassi Irma (27.09.1936), Bonanni Anna Bernardina (16.11.1936), Brunelli Giulio (10.01.1937), Di Stefano Odolinda (05.07.1937), D'Ignazio Assunta (11.11.1937), Alessandri Carmine (13.08.1938), D'Antonio Giannina (14.10.1938), De Vecchis Pasquale (12.12.1938), De Angelis Lisa (03.02.1939), Marcotullio Maria (06.11.1939), Zaninotto Sergio (04.09.1940), Bassi Agata (06.12.1940), Puglisi Paola (18.12.1940), Liberati Vincenzo (26.04.1941), Papola Arturo (09.05.1942), Marcotullio Bruno (13.05.1942), D'Ercole Alfredo (17.05.1942), Alloggia Silvana (09.11.1942), Di Stefano Domenica (23.01.1943), Fioravanti Claudio (28.03.1943), Carli Annamaria (18.01.1944), Smargiassi Francesco (26.02.1944), Cervo Francesca (06.08.1945), Monti Vicentini Erminda (11.11.1945), Cimorroni Concetta (28.11.1945), Corridore Rocco (05.04.1946), Liberati Vezio (12.06.1946), Biasini Giovanni (03.12.1946), Palumbo Suor Anna (09.06.1947), Centi Antonio (21.06.1947), Antonucci (Suor Gemma) Maria Assunta (16.09.1947), Di Giacobbe Maria (01.11.1947), Turco Giuliana (09.02.1948), Ianni Franca (17.03.1948), Cepparulo Teresa (08.05.1948), Sidoni Emanuele (10.06.1948), Zingari Guido (17.01.1949), Spagnoli Assunta (04.02.1949), De Paolis Anna Maria (17.04.1949), Bernardi Maria Pia (16.06.1949), Lisi Pasqualina (03.03.1950), Iovenitti Tommaso (08.08.1950), Olivieri Francesco (19.02.1951), D'amore Osvaldo (22.05.1951), De La Cruz De Acero Corsina Roberta (04.02.1952), Di Marco Stefania (12.02.1952), Innocenzi Piera (03.09.1952), Ciuffini Nadia (21.09.1952), Carpente Giovannino (01.01.1953), Massimino Patrizia (19.08.1954), Lippi Giovanna (01.01.1955), Fusari Luisa (16.01.1956), Vecchioni Dante (18.02.1956), Ascaride Paolo (11.06.1956), Zugaro Giuseppina (17.06.1956), Spagnoli Sandro (25.12.1957), Cavagna Marco (24.09.1958), Andreassi Maria Antonella (30.11.1958), Ciancarella Elvezia (13.12.1958), Paolucci Maria Gabriella (03.03.1959), Di Cesare Luca Maria (07.06.1959),

Calvitti Massimo (08.06.1959), Migliarini Roberto (06.12.1959), Tomei Paola (28.05.1960), Sabatini Serenella (07.09.1960), Basile Anna (24.11.1960), Enesoiu Adriana (11.05.1961), Mastracci Luana (05.12.1961), Muzi Lucilla (13.12.1961), Marotta Carmine (13.01.1962), Lomarco Walter Luis (06.08.1962), Tamburro Giuliana (09.01.1963), Capasso Iolanda (15.02.1963), Dottore Corrado (03.04.1963), Pace Flavio (22.04.1963), Gioia Piervincenzo (07.06.1963), Spaziani Claudia (07.06.1963), Italia Giuseppe (02.08.1963), Pastorelli Sonia (18.07.1964), Bernardi Loredana (21.04.1965), Hasani Refik (01.05.1965), Semperlotti Maria Grazia (17.09.1965), De Felice Antonio (14.01.1966), Visione Daniela (20.03.1966), Hasani Demal (15.12.1967), Abdija Nurije (09.11.1968), Ghiroceanu Laurentiu Costantin (19.12.1968), Russo Annamaria (24.01.1970), Passamonti Fabiana Andrea (06.07.1970), Franco Rosalba (18.09.1970), Antonini Maurizio (02.03.1971), Rossi Michela (27.04.1971), Guercioni Alberto (16.08.1973), Bobu Darinca (29.09.1973), Giannangeli Vincenzo (09.10.1973), Giugno Luigi (01.08.1974), Troiani Raffaele (19.01.1975), Tiberio Noemi (02.02.1975), Berti Valentina (11.02.1975), Rossi Valentina (22.04.1975), Cialone Katia (09.06.1975), Marzolo Giuseppe (11.04.1976), Bolognese Calvi Angela (04.05.1976), Giannangeli Riccardo (13.05.1977), Bronico Sara (06.07.1977), Cupillari Andrea (11.01.1978), Berardini Giovanna* (28.09.1978), D'Ercole Simona (23.05.1979), Carosi Claudia (25.05.1979), Koufolias Vassilis (08.09.1981), Strazzella Michele (22.10.1981), Cora Antonella (03.01.1982), Compagni Giovanni (11.03.1982), Verzilli Paolo (11.04.1982), Bruno Berardino (23.04.1982), Pacini Arianna (30.07.1982), Pezzopane Benedetta (16.08.1982), De Angelis Jenny (18.03.1983), Ciuffini Dario (16.04.1983), Tagliente Vittorio (11.07.1983), Iavagnilio Michele (20.09.1983), Ciolli Danilo (25.10.1983), Fiorenza Elpidio (26.10.1983), Della Loggia Lorenzo (02.12.1983), Zavarella Roberta (23.12.1983), Rambaldi Ilaria (24.01.1984), Moscardelli Federica (19.04.1984), Scipione Serena (05.05.1984), Antonini Giusy (09.07.1984), Marchione Francesca (08.08.1984), Mignano Maria Civita (20.08.1984), Romano Elvio (31.08.1984), Romano Giustino (06.09.1984), Di Simone Alessio (13.09.1984), Ranalletta Rossella (22.10.1984), Chiavaroli Giuseppe (11.02.1985), Esposito Francesco (16.02.1985), Riccardoi Armando (02.05.1985), Puliti Andrea (20.07.1985), Orlandi Argenis Valentina (01.01.1986), Persichitti Sara (02.01.1986), Cora Alessandra (08.01.1986), Cinì Lorenzo (01.06.1986), Vannucci Matteo (21.06.1986), Lannutti Ivana (03.07.1986), Carnevale Giulia (10.07.1986), Olivieri Francesca (03.08.1986), Bianchi Nicola (08.08.1986), Di Pasquale Alessia (10.08.1986), Antonini Genny (17.11.1986), Iovine

Carmelina (15.12.1986), Bortoletti Daniela (09.01.1987), De Vecchis Sara (01.02.1987), Di Marco Paolo (30.03.1987), Cruciano Angela Antonia (13.06.1987), Hamade Hussein (28.07.1987). De Felice Fabio (09.08.1987), Di Battista Martina Benedetta (14.08.1987), Natale Maurizio (07.12.1987), Terzini Enza (02.02.1988), Salcuni Martina (31.03.1988), Romano Carmen (24.05.1988), Alviani Marco (12.08.1988), Santosuosso Marco (05.09.1988), Sebastiani Lorenzo (28.09.1988), Di Pasquale Alessio (14.10.1988), Dal Brollo Alice (24.12.1988), Lunari Luca (15.03.1989), Urbano Maria (23.03.1989), Spagnoli Flavia (04.04.1989), Capuano Luciana (25.07.1989), Di Silvestre Gabriele (10.08.1989), Centofanti Davide (12.09.1989), Piacentino Ilaria (10.11.1989), Colonna Tonino (17.11.1989), Parabok Anna (25.07.1990), Fabaro Patrizia (08.05.1991), Nouzovsky Ondreiy (25.05.1991), Pace Ezio (11.06.1991), Parisse Domenico (07.08.1991), Germinelli Rosa (29.03.1992), Zelena Marta (15.07.1992), Bruno Filippe Maria (10.11.1992), Parisse Maria Paola (10.05.1993), Pezzopane Susanna Maria Celeste (04.10.1993), Cellini Luigi (17.11.1993), Germinelli Micaela (16.08.1995), Osmani Valbona (13.04.1996), Frati Mauran (13.01.1997), Germinelli Chiara (19.09.1997), Cinque Davide (22.10.1997), Ajrulai Alena (07.02.1998), Cialfi Loris (14.11.1998), Vittorini Fabrizia (03.06.1999), Cinque Matteo (05.08.1999), Antonini Stefano (10.08.1999), Milani Francesca (10.01.2000), Germinelli Giuseppina (05.01.2001), Chernova Marija (07.01.2001), Muntean Silviu Daniel (22.11.2002), De Felice Alexandro (30.01.2005), Boshti El Sajet (09.12.2005), Grec Marina (6.01.2006), De Felice Lorenzo (14.01.2006), Esposito Andrea (12.04.2006), Giugno Francesco (20.04.2007), Centi Ludovica (28.09.2008), Ghiroceanu Antonio Ioavan (12.11.2008).

Auch die hochschwangere Giovanna Berardini (1978) aus L'Aquila starb in der Nacht des Erdbebens. Geburtstermin war der 6. April 2009. Ihr Baby sollte Chiara heißen.

»EIN BRIEF AN MEINE KINDER«

von Giustino Parisse
Onna, April 2010

Vor einem Jahr habe ich meine Familie verloren, mein Dorf Onna und 40 seiner Einwohner. Und ich habe L'Aquila verloren. Nach einem Jahr ist der Schmerz, sofern möglich, noch stärker. Dies ist ein Brief an meine Kinder. Ich weiß nicht, ob sie ihn lesen werden. Aber ich hatte das Gefühl, ihn schreiben zu müssen.

Lieber Domenico, liebe Maria Paola,

heute Morgen habe ich geglaubt, wie jeden Morgen seit bereits einem Jahr, in meinem Halbschlaf die Geräusche einer glücklichen Familie zu hören: Türen, die sich öffnen, den Kaffeeduft, der aus der Küche strömt, das Schulbuch, das sich nicht finden lässt, die letzte Wiederholung vor der Abfrage und die Haustür, die sich schließt, die Türen des Autos, die zuschlagen und damit einen neuen Tag voller Kummer beginnen, aber auch voller Freude und Vertrauen in die Zukunft.

Seit einem Jahr höre ich keine Geräusche mehr, außer jenem Sprung im Herzen, wenn ich entdecke – auch wenn ich es nicht wahrhaben will – dass es eure Zimmer nicht mehr gibt und dass ihr dort unter jenen Trümmern eure Träume, eure Sachen gelassen habt; das Handy, um den Freunden Nachrichten zu schicken, der Computer um zu lernen und zu chatten, das Tagebuch, mit Notizen eines

Gedankens, eines Termins, eines Festes, auf das ihr nicht verzichten konntet.

In jener Nacht vor einem Jahr waren wir alle in jenem Haus, das wir für das schönste und sicherste der Welt gehalten haben. Ich war es, der euch das hat glauben lassen und ihr habt eurem Papa vertraut. Ich habe euer Vertrauen verraten.

Als du, Maria Paola, mir in jener verfluchten Nacht, gesagt hast: »Papa, hier werden wir alle sterben«, habe ich dich in Sicherheit gewogen und damit dein trauriges Schicksal besiegelt.

Jener Schrei, der um 3:32 Uhr aus dem Zimmer von Domenico kam, war nicht »Hilfe, Hilfe«, sondern er war »Papa, Papa«. In jener Nacht, war ich nicht in der Lage euch zu retten. Ich habe mich vor einem Gebirge aus Trümmern wiedergefunden, inmitten des Staubes, der den Atem blockiert, inmitten eines Albtraums, von dem ich nur die Umrisse sehen konnte.

Während ihr uns verlassen habt, waren Papa und Mama dort, um das Unmögliche zu versuchen, um nichts zu machen, weil nichts zu machen war, nicht einmal weinen und schreien. Wir waren am Leben, ich, der euch ein Grab aus Steinen gebaut hatte, war am Leben und ich kann mir immer noch nicht erklären, warum.

In diesen Monaten ist viel über Einstürze und Verantwortlichkeiten gesprochen worden. Ich habe die große Schuld, denen vertraut zu haben, die uns beschwichtigt haben – so wie ihr mir vertraut habt. Aber an eurem Tod bin ich am meisten schuld. Ich suche weder nach Alibis noch nach Rechtfertigungen, auch wenn ich erwarte, dass die Justiz rückhaltlose Aufklärung über jene Männer bringt und bestimmt, ob sie sich vor dem Erdbeben leichtfertig, oberflächlich und inkompetent verhalten haben. Was mich betrifft, hat der, der bestimmt hat, mich am Leben zu lassen, mich ohne Appell verurteilt. Ich bin nicht gestorben in jener Nacht, aber ich gehe langsam davon zwischen den Zweifeln, Gewissensbissen und Schuldgefühlen. Ihr habt nicht verdient, so zu sterben, und ich habe vielleicht nicht verdient, in dieser Welt zu bleiben.

Heute, ein Jahr danach, ist der Schmerz, stärker denn je. Jedes Mal, wenn ich an euch denke – und das mache ich jede Stunde, jede Minute, jede Sekunde – bitte ich euch zu allererst um Vergebung. Vor zwei Tagen habe ich euch – allein wie immer – auf dem Friedhof besucht. Ich habe sehr viele Blumen und kleine Gegenstände gefunden, die euch eure Cousinen und Freunde geschenkt haben. Das war der einzige Moment, in dem ich gelächelt habe: Sie haben euch nicht vergessen und das ist für mich der größte Trost.

In diesem Jahr bin ich in viele Schulen gegangen, um mit Jugendlichen zu sprechen, die mehr oder weniger euer Alter hatten. In jedem von ihnen habe ich eure Gesichter gesehen. Vor deinem Foto, liebe Maria Paolo, überwältigen mich oft die Emotionen.

Dieser Blick von dir, als du noch unter uns warst, war für mich deine Art mir zu zeigen, ob du eine Sache geschätzt oder nicht geschätzt hast, die ich dir gesagt habe oder die ich gemacht habe. Für mich hat nur dieses Urteil von dir gezählt und ich war mir sicher, dass es mich bis zum Sonnenuntergang begleiten würde, indem es mir heitere Augenblicke schenkte, ohne je aufdringlich zu sein, ohne jemals etwas zu verlangen. Du wusstest, dass du auf deinen Vater zählen konntest und ich umgekehrt wusste, dass ich auf dich zählen konnte. Ich erinnere mich an jenen Tag, der war, als wenn zwischen uns der Funke übersprang. Du weißt, dass ich nie ein Vater der Gute-Nacht-Küsse gewesen bin. Und das, glaube mir, finde ich auch nicht, bereuen zu müssen. Ich hatte nie das Gefühl, dir jede Sekunde sagen zu müssen, dass ich es gut mit dir meine. Du wusstest, dass ich es gut mit dir meinte, und das genügte uns beiden.

Im Mai 2007 haben Mama und ich große Angst bekommen. An deinem Hals hatten sie eine kleine Zyste entdeckt. Über drei Monate lang haben wir versucht zu verstehen, ob es eine ernste Sache war oder nicht. Am Ende haben uns die Ärzte beruhigt, aber trotzdem empfohlen sie zu entfernen. Du warst in einer sehr heiklen Situation, der chirurgische Eingriff hat mehr als drei Stunden gedauert. Wir haben den Atem angehalten. Als sie dich ins Zimmer gebracht haben, begann das Wiedererwachen nach der Narkose. Du hast vor Kälte gezittert und unverständliche Sätze gesprochen. Ich war dort bei dir und mir gelang es nicht, dich von der ängstlichen Unruhe zu befreien. Also habe ich eine der normalsten Gesten der Welt getan, ich habe deine linke Hand genommen und sie fest gedrückt. Zu sehen, dass du dich beruhigt hast, brachte mich zum Lächeln. Ich habe dich gefragt: Wie geht es dir? Gut, hast du mir geantwortet. Es hat nicht gestimmt, aber ich glaube, du hast es gesagt, weil du dich sicher und beschützt gefühlt hast. So wie du dich auch in jener Nacht sicher und beschützt gefühlt hast – und ich habe dein Vertrauen verraten.

Wenige Tage vor dem Erdbeben hattest du mich gefragt: Warum machen wir nicht mal einen Spaziergang? In deiner Stimme klang ein Hauch Ironie mit. Du wusstest genau, dass ich, auch um nur wenige Hundert Meter zu fahren, stets das Auto nahm. Und doch ist dieser Spaziergang, den ich nicht mit dir gemacht habe, eine der Qualen meiner Nächte.

Wenn alles glatt läuft, scheint es, dass wir nie die Zeit hatten, die wichtigen Dinge zu machen. Und dann, wenn dir die wichtigen Dinge fehlen, wirst du dir dessen bewusst, wie leer dein Leben war, während du das Nichts verfolgt hast, hin- und herlaufend von da nach dort, wie ein Kreisel.

Es gab einen Traum in meinem Leben, den ich dir nie

bekannt habe, obwohl wir manchmal über unsere kleinen Geheimnisse gesprochen haben. Oft, wenn ich im Auto saß, habe ich ein Lied gehört, das von einem Vater erzählt, der seine Tochter am Tage ihrer Hochzeit zum Altar führt. Das wäre die Sache, die mich glücklich gemacht hätte. Ich habe von diesem Moment geträumt, der – vielleicht in zehn oder zwanzig Jahren – einer der schönsten deines Lebens gewesen wäre, aber für mich wäre er noch schöner gewesen.

Dieser Tag wird nicht mehr kommen und das Band, auf dem das Lied aufgenommen war, ist zusammen mit dem ganzen Rest unter den Trümmern verschwunden.

Domenico, es ist schwer, von dir nur als einem Sohn zu sprechen. Während ich dir beim Großwerden zusah – und du warst schon ein großer Junge geworden – habe ich mich wiedergesehen mit meiner Schüchternheit, meinen Ängsten, aber auch mit einem starken Sinn für die Familie und mit einem Projekt, das wir gemeinsam angehen wollten.

Weißt du, wie oft ich in diesem Jahr an einen Satz von dir gedacht habe, den du mir immer gesagt hast, als du von der Schule heimkamst und mich auf dem Sofa fandest mit gerunzelter Stirn: »Was hast du gemacht, Papa? Worüber beschwerst du dich, du hast zwei sehr tolle Kinder« und mit ein wenig Selbstironie hast du hinzugefügt: »Vor allem der Junge.«

Erinnerst du dich, als du noch klein warst und wir uns gezankt haben, auch wenn wir das in Wirklichkeit eigentlich nur gemacht haben, um einander nahe zu sein und ein paar heitere Augenblicke zu teilen. Und über die Jahre haben wir jeden Abend gemessen, bevor du ins Bett gegangen bist, wie viel du gewachsen bist.

Wenige Monate vor dem Erdbeben hast du gejubelt: Ich bin größer als du. Ich erinnere mich noch wie ich dich, als du gerade wenige Monate alt warst, auf einem einzigen Arm gehalten habe.

Jetzt würde ich es nicht einmal mehr schaffen dich auf den Schultern zu halten. Und du warst es, der mir gesagt hat: Ich werde im Alter deine Stütze sein. Und ich habe dir scherzhaft geantwortet: Ja, im Kopf wirst du mir eine Stütze sein.

Im Jahr 2008, dem letzten Jahr unseres Lebens, fand wie immer das Pfarreifest statt. Dein Opa Domenico durfte die Statue der Madonna der Gnaden »mittragen«. Alle Träger durften die Gemeindeuniform anlegen. An jenem Tag hatten wir alle drei jene Uniform an und sie haben uns zusammen vor dem hölzernen Bild der Jungfrau fotografiert. Jenes Foto bewahre ich heute wie eine Reliquie, in jenem Foto liegen meine zerbrochenen Träume. Und geblieben ist mir nur die Einsamkeit.

Erinnerst du dich? Wir hatten zusammen einen Ort erschaffen, an den wir uns in Ruhe zurückziehen konnten, das war unsere Bibliothek. Du hast viel dazu beigetragen, alle Bücher zu katalogisieren. Es waren schon um die 5.000.

Wie viele Abende haben wir damit verbracht, um auf unserer Internetseite die Geschichte von Onna zu vervollständigen. Wir haben nicht gewusst, dass jene Fotografien, die du im Februar geschossen hast, in einem Buch enden würden, das dir, Maria Paola, Papa Domenico und meinen Onnesen gewidmet würde, die in jener Nacht für immer davon gegangen sind. Jenes war unser Leben. Und dann kam der Erdstoß und alles war zu Ende.

Heute, wenn sie mich fragen, was die Ziele meines Lebens sind, antworte ich, dass es dennoch und immer ihr seid. Niemand wird mein Leben und unsere Familie wiederherstellen können. Aber niemand wird aus meinem Gedächtnis die Erinnerung an euch löschen können. Auch wenn dies für mich ein Gefühl der Leere bedeutet, Tränen, Angst, Atem, der wegbleibt. Ich weiß nicht, ob ihr mir vergeben habt.

Ich weiß, dass ich, wie auch immer, eine Aufgabe gegenüber euch und allen habe, die gestorben sind. Ich will, dass eure Orte wieder erbaut werden. Nicht für mich. Ich habe wenig von der Zukunft zu erwarten. Jene Orte jedoch haben wir geerbt. Wir müssen sie wiederherstellen für die, die hier zurückkehren, um hier zu leben und sie sollen schöner und vor allem sicherer sein. Das sage ich mit einer Wut voller Bitterkeit, kein Elternteil darf mehr so leiden müssen, wie ich jetzt leide.

Niemand darf mehr unter den Trümmern sterben so wie ihr, Domenico und Maria Paola, und wie 306 weitere Menschen.

Jetzt, wo ich mit diesem Schreiben ende, mit Tränen in den Augen, verspüre ich den großen Wunsch euch zu umarmen. Ich kann es nicht, weil ihr nicht hier seid. Aber ich will euch sagen, dass mein Schmerz so groß ist, weil die Freude, die ihr mir gegeben habt, so groß war. Im Grunde kann ich glücklich sein, zwei Kinder wie euch zu haben.

Tschüss, euer Papa.
Bis zum letzten Tag. Bis zum letzten Atemzug.

Giustino Parisse

[172] [aus Parisse: Luce dei nostri occhi – Lettere ai mei figli]

FACT-Verzeichnis

1 Vgl. Hachmeister/Rager: Wer beherrscht die Medien? S. 344-351

2 Vgl. Parisse: Quant'era bella la mia Onna, S. 11f

3 Vgl. Becht/Talaron: Abruzzen, S. 20, S. 140 ff. sowie S. 180

4 Vgl. Ulrich: Camorra-Gegner Saviano: »Er kann mich mal der Erfolg.«, in: SZ (17.5.2010), URL: www.sueddeutsche.de/panorama/camorra-gegner-saviano-er-kann-mich-mal-der-erfolg-1.525282 (aufgerufen am: 6.1.2014)

5 Vgl. Torelli: Sangue e Cemento (Il film), ab Minute 11:36

6 Vgl. Arnold: Anhaltende Unwetter in Italien, NZZ (14.12.2008), URL: www.nzz.ch/aktuell/startseite/anhaltende-unwetter-in-italien-1.1421802 (aufgerufen am 20.12.2013) sowie vgl. Ulrich: Arrivederci, Roma! S. 164ff

7 Vgl. Abruzzo Turismo: Sciare in Abruzzo, S. 10-11

8 Vgl. Parisse: Quant'era bella la mia Onna, S.170

9 Vgl. Parisse/Scimia: Indagine su un massacro, S.25 ff

10 Vgl. Guzzanti: Draquila, ab Minute 2:40

11 Vgl. Caporale: L'Aquila non è Kabul, S.61ff

12 Vgl. o. A.: Crolla intonaco in scuola Paganica, Abruzzo24ore.tv (26.3.2009), URL: www.abruzzo24ore.tv/news/Crolla-intonaco-in-scuola-Paganica-chiusa-fino-a-lunedi/10255.htm (aufgerufen am 6.1.2014)

13 Vgl. Caporale: L'Aquila non è Kabul, S.62f

14 Vgl. Caporale: L'Aquila non è Kabul, S.62f

15 Vgl. Alberti: »Prevedo un terremoto«, in: Corriere della Sera (1.4.2009), URL: www.corriere.it/cronache/09_aprile_01/terremoto_psicosi_fbd94050-1e82-11de-9011-00144f02aabc.shtml (aufgerufen am 20.12.2013) sowie vgl. Caporale: L'Aquila non è Kabul, S. 62f

16 Vgl. Becht/Talaron: Abruzzen, S. 180

17 Vgl. Travaglio/Vauro: Sangue e Cemento, S. 14

18 Vgl. Caporale: L'Aquila non è Kabul, S.63f

19 Vgl. o. A.: Terremoto, Federico: Stiamo valutandi l'ipotesi di procurato allarme, in: Rete5.tv (30.3.2009), URL: www.rete5.tv/index.php?option=contenttask=viewid=14440 (aufgerufen am 20.12.2013)

20 Vgl. ebenda sowie vgl. Abruzzoblog.it (13.4.2009): Il terremoto anche a Sulmona?, URL: http://abruzzoblog.blogspot.de/2009/04/il-terremoto-anche-sulmona-federico.html (aufgerufen am 6.1.2014)

21 Vgl. Tribunale di L'Aquila: Pro. Pen. 253/10 R. G. Noti, S.62f

22 Vgl. ebd., S.28ff

23 Vgl. Caporale: L'Aquila non è Kabul, S. 58f

24 Vgl. Tribunale di L'Aquila: Pro. Pen. 253/10 R. G. Noti, S.61-63

25 Vgl. Tribunale di L'Aquila: Pro. Pen. 253/10 R. G. Noti, S.61-63

26 Vgl. Parisse: Quant'era bella la mia Onna, S. 170

27 Vgl. Presa Diretta: Terremoto in Abruzzo, RAI Tre (23.9.2009), URL: www.youtube.com/watch?v=vb4Afp5MdZo (aufgerufen am 7.1.2014)

28 Vgl. Tribunale di L'Aquila: Pro. Pen. 253/10 R. G. Noti, S.40-42

29 Vgl. ebd., S.46f

30 Vgl. ebd., S.45f

31 Vgl. ebd., S. 46-47

32 Vgl. ebd., S.49

33 Vgl. ebd., S.45

34 Vgl. ebd., S.47

35 Vgl. Protezione Civile: Legge 225, URL: www.protezionecivile.gov.it/jcms/it/legge_225.wp (aufgerufen am 7.1.2014) sowie vgl. Protezione Civile: Emergenze e grandi eventi: le nuove disposizioni, URL: www.protezionecivile.gov.it/jcms/it/view_cng.wp;jsessionid=78FBF173680E3D2FC34BA321421778A7?contentId=CNG26242 (aufgerufen am 7.1.2014) sowie vgl. Guzzanti: Draquila, (ab Minute 33:29)

36 Vgl. Parisse: Quant'era bella la mia Onna, S. 170f

37 Vgl. Messauro: 7 Giorni. La videocassetta che uccide, Byoblu.com (6.10.2010), ab Minute 5:04, URL: www.byoblu.com/post/2009/10/07/7-giorni-La-videocassetta-che-uccide.aspx (aufger. am 7.1.2014)

38 Vgl. Caporale: L'Aquila non è Kabul, S.66

39 Vgl. o. A.: In San Giuliano di Puglia starben alle Erstklässler, in: Spiegel (1.11.2002), URL: www.spiegel.de/panorama/erdbeben-in-italien-in-san-giuliano-di-puglia-starben-alle-erstklaessler-a-220972.html (aufgerufen am 8.1.2014)

40 Vgl. Effern: Prozess um Eissporthalle Bad Reichenhall, in: SZ (25.1.2008), URL: www.sueddeutsche.de/bayern/prozess-um-eissporthalle-bad-reichenhall-tragende-teile-die-fehlen-1.270241 (aufgerufen am 7.1.2014)

41 Vgl. Mattioli: „Ich hätte Alarm schlagen sollen“, in: Stern (9.4.2009), URL: www.stern.de/panorama/techniker-sah-abruzzen-erdbeben-voraus-ich-haette-alarm-schlagen-sollen-660573.html (aufgerufen am 10.1.2014) sowie vgl. Giuliani/Fiorani: L'Aquila 2009 – la mia verità sul terremoto, S.125ff

42 Vgl. Bojanowski: Der Riss durchs Land, in: SZ (7.4.2009, S.2). In: Dt. Botschaft/Rom: Italien in der dt. Presse 09.04.2009, S.9

43 Vgl. Parisse: Quant'era bella la mia Onna, S. 169

[44] Vgl. Mattioli: „Ich hätte Alarm schlagen sollen“, in: Stern (9.4.2009), URL: www.stern.de/panorama/techniker-sah-abruzzen-erdbeben-voraus-ich-haette-alarm-schlagen-sollen-660573.html (aufgerufen am 10.1.2014) sowie vgl. Giuliani/Fiorani: L'Aquila 2009 – la mia verità sul terremoto, S.125ff

[45] Vgl. Travaglio/Vauro: Sangue e cemento, S.19

[46] Vgl. Parisse: »Quant'era bella la mia Onna«, S.11

[47] Vgl. Guzzanti: Draquila, ab Minute 1:17:50 sowie vgl. Parisse: Quant'era bella la mia Onna, S. 170f

[48] Vgl. Bojanowski: Der Riss durchs Land, in: SZ (7.4.2009, S.2). In: Dt. Botschaft/Rom: Italien in der dt. Presse 09.04.2009,(S.9)

[49] Smoltczyk: Als würde eine U-Bahn durchs Haus rattern, in: Spiegel.de (6.4.2009), URL: www.spiegel.de/panorama/erdbeben-in-italien-als-wuerde-eine-u-bahn-durchs-haus-rattern-a-617574.html (aufgerufen am 28.6.2013)

[50] Vgl. RaiNews24 (6.4.2009, 5:42 Uhr): Le primi imagini, URL: www.youtube.com/watch?v=H8I20SoYSbk (aufger. am 10.1.2014)

[51] Vgl. Parisse: Quant'era bella la mia Onna, S.11

[52] Vgl. Torelli: Sangue e Cemento (Il film), ab Minute 0:13-1:40 sowie vgl. RaiNews24 (13.4.2009): Esclusiva. Le chiamate al 112 della notte del terremoto, URL: www.youtube.com/watch?feature=endscreen &NR=1v=1hQwTXGrkjA (aufgerufen am 10.1.2014)

[53] Vgl. Parisse: Quant'era bella la mia Onna, S.11ff

[54] Ulrich: Arrivederci, Roma!, S. 247

[55] Vgl. RaiNews24 (6.4.2009, 5:42 Uhr): Le primi imagini, URL: www.youtube.com/watch?v=H8I20SoYSbk (aufgerufen am 10.1.2014)

[56] Vgl. Parisse: Quant'era bella la mia Onna, S.11

[57] vgl. Guzzanti: Draquila, ab 1:17:50

[58] Vgl. Saviano: Vieni via con me, S. 124ff

[59] Ulrich: Arrivederci, Roma!, S.249f

[60] Vgl. Zöller: Stadt in Trümmern, in: Zeit-online.de (6.4.2009). In: Dt. Botschaft/Rom: Italien in der dt. Presse 09.04.2009, (S. 16)

[61] Vgl. Guzzanti: Draquila, ab Minute 8:33

[62] Vgl. Parisse: Quant'era bella la mia Onna, S.12

[63] Vgl. Saviano: Vieni via con me, S.123ff

[64] Vgl. o. A.: Über 92 Tote nach Erdbeben, in: Focus.de (6.4.2009), URL: www.focus.de/panorama/vermischtes/italien-ueber-92-tote-nach-erdbeben_aid_387696.html (aufgerufen am 16.1.2014)

[65] Vgl. Saviano: Vieni via con me, S.128f

[66] Vgl. Caporale: L'Aquila non è Kabul, S.18

67 Vgl. il Centro (Gedenkseite): Le vittime del terremoto, (Paolo Di Marco, Susanna und Benedetta Pezzopane), URL: http://racconta.kataweb.it/terremotoabruzzo/ (aufgerufen am 8.1.2014)

68 Vgl. il Centro, le vittime del terremoto (Fabio De Felice und Antonio De Felice) URL: racconta.kataweb.it/terremotoabruzzo/ (aufgerufen am 8.1.2014)

69 Vgl. Müller-Meiningen: Verheerendes Erdbeben in Italien, in: SZ (7.4.2009, S.1). In: Dt. Botschaft/Rom: Italien in der dt. Presse 07.04.2009, (S.02)

70 Vgl. Nerone: Die Klinik auf dem Parkplatz, in: Il centro: Ausgabe 7.4.2009 (S. 9)

71 Vgl. ebd. (S. 9)

72 Vgl. Piller: Häkelnd auf die Rettung gewartet, in: FAZ(9.4.2009, S. 9). In: Dt. Botschaft/Rom: Italien in der dt. Presse 09.04.2009,(S.02)

73 Vgl. Caporale: L'Aquila non è Kabul, S. 49

74 Vgl. Nerone: Die Klinik auf dem Parkplatz in: Il centro: Ausgabe 7.4.2009 (S. 9)

75 Vgl.Caporale: L'Aquila non è Kabul, S. 50

76 Mehr über den Einsatz der Hilfsorganisation Humedica in L'Aquila siehe Bericht von Judith Kühl: Erdbeben Italien: »Plötzlich lag unser Leben in Trümmern« , URL: www.humedica.org/berichte/2009/erdbeben-italien-leben-in-truemmern/ (aufgerufen am 22.02.2014)

77 Vgl. Piller: Nur das Gefängnis mit den Bossen hielt stand, in: FAZ:(8.4.2009). In: Dt. Botschaft/Rom: Italien in der dt. Presse 9.4.2009,(S.1ff)

78 Vgl. Giuliani/Fiorani: L'Aquila 2009 – la mia verità sul terremoto, S.87f sowie vgl. U.S.Geological Survey (6.4.2009): Magnitude 6,3, Central Italy , URL: http://earthquake.usgs.gov/earthquakes/eqinthenews/2009/us2009fcaf/#details (aufger. am 10.1.2014] sowie vgl. INGV: La sequenza sismica de L'Aquilano – Aprile 2009, URL: http://terremoti.ingv.it/it/ultimi-eventi/710-la-sequenza-sismica-de-laquilano-aprile-2009.html (aufgerufen am 10.1.2014]

79 Vgl.Caporale: L'Aquila non è Kabul, S.33/34

80 Vgl. Parisse: Quant'era bella la mia Onna, S.70

81 Vgl. Zöller: Stadt in Trümmern, in: Zeit Online (6.4.2009). In: Dt. Botschaft/Rom: Italien in der dt. Presse 09.04.2009,(S.16) sowie vgl. Parisse: Quanto era bella la mia Onna, S. 70

82 Ulrich: Arrivederci, Roma!, S.257

83 Vgl. Travaglio/Vauro: Sangue e Cemento, S. 98-100, sowie vgl. L'Aquila Kabul, S.54f

84 Vgl. Caporale: L'Aquila non è Kabul, S.10

85 Vgl. o. A.: Papst Johannes Paul II.: Mit Gripperückfall ins Krankenhaus, Stern (25.2.2005), URL: www.stern.de/panorama/papst-johannes-paul-ii-mit-gripperueckfall-im-krankenhaus-536958.html (aufgerufen am 11.1.2014)

86 Vgl. Reski: Wiederaufbau mit der Mafia, in: Zeit Online (9.4.2009). In: Dt. Botschaft/Rom: Italien in der dt. Presse 09.04.2009,(S.14)

87 Langer: »Meine Mutter liegt noch unter den Trümmern«, in: Spiegel.de (8.4.2009). In: Dt. Botschaft/Rom: Italien in der dt. Presse 08.04.2009, (S.15)

88 Vgl. Colantonio: L'Aquila, ecco la lista dei crolli annunciati – Uno studio del 2006: 137 palazzi a rischio, in: il Centro (29.4.2009), URL: http://ilcentro.gelocal.it/laquila/cronaca/2009/04/29/news/l-aquila-ecco-la-lista-dei-crolli-annunciati-uno-studio-del-2006-137-palazzi-a-rischio-1.4546512 (aufgerufen am 4.10.2013)

89 Parisse: Quant'era bella la mia Onna, S.12

90 Vgl. Il Sole24ore (17.4.2009): Ecco i 49 comuni abruzzesi che hanno diritto alle misure di sostegno, URL: www.ilsole24ore.com/art/SoleOnLine4/Italia/2009/04/terremoto-decreto-comuni-agevolati.shtml (aufgerufen am 10.1.2014)

91 Vgl. Caporale: L'Aquila non è Kabul, S.11

92 Vgl. ebd., S.11

93 Vgl. ebd., S.47

94 Vgl. Caporale: L'Aquila non è Kabul, S.47f

95 Schorlemmer: Erdbebengefährdung und Risiko, in: Deutsche Physikalische Gesellschaft e.V. (16.11.2012), URL: www.weltderphysik.de/gebiet/planeten/erdinneres/erdbebengefaehrdung-und-risiko/ (aufgerufen am 5.1.2014)

96 Vgl. ebd., S.19

97 Vgl. ebd., S.19f

98 Vgl. TG1 (TV-Bericht, 20.4.2009): Racconto di Marta Valente: URL: www.youtube.com/watch?v=qoIcDC7komo (aufgerufen am 8.1.2014)

99 Vgl. ebd.

100 Vgl. Caporale: L'Aquila non è Kabul, S.14

101 Vgl. ebd., S.14f

102 O. A.: Nachbeben verängstigen Überlebende, in: Spiegel (7.4.2009). In: Dt. Botschaft/Rom: Italien in der dt. Presse 07.04.2009, (S.28/29)

103 Vgl: il centro, (Ausgabe 7.4.2009): Catastrofe in Abruzzo (S.1ff) sowie vgl. Guzzanti: Draquila, ab Minute 8:33 und ab 1:11:42

104 Vgl.Guzzanti: Draquila, ab Minute 8:33 und ab 1:11:42

105 Vgl. ebd. und vgl. Bignami: I cacciatori di Aquilani, (Begleitbuch zum Film), S.35-40

106 Vgl. Piller: Häkelnd auf die Rettung gewartet, in: FAZ:(9.4.2009, S. 9). In: Dt. Botschaft/Rom: Italien in der dt. Presse 09.04.2009, (S.2f)

107 Vgl. ebenda

108 Vgl. Travaglio/Vauro: Sangue e Cemento, S.28

109 Vgl. Braun: Als »Leichenfledderer« geschmäht, in: TAZ (16.4.2009), URL: www.taz.de/!33283/ (aufgerufen am 2.1.2014)

110 Vgl. Travaglio/Vauro: Sangue e Cemento, S.27f

111 Vgl. Petrucci (27.6.2012): Ecco, tutti i terremoti, in: 6aprile.it, URL: www.6aprile.it/conoscere-i-terremoti/2012/06/27/ecco-tutti-i-terremoti-piu-forti-di-m-55-della-storia-ditalia.html (aufgerufen am 16.11.2013)

112 Vgl. Caporale: L'Aquila non è Kabul, S. 27

113 Ulrich: Arrivederci, Roma!, S.256

114 Vgl. o.A.: G8, Berlusconi unterzeichnet das Dekret, Alguer.it (2.9.2008), URL: http://notizie.alguer.it/n?id=19387 (aufger. am 4.1.2014)

115 Ulrich: Tage der Trauer. Süddeutsche Zeitung (9.4.2009, S.10). In: Dt. Botschaft: Italien in der dt. Presse am 9.04.2009, (S.8-9/19)

116 Vgl. Kreiner: Berlusconis Nothelfer ist in Not geraten, in: Tagesanzeiger (20.2.2010), URL: www.tagesanzeiger.ch/ausland/europa/Sex Skandal-Berlusconis-Nothelfer-ist-in-Not-geraten/story/17490489 (aufgerufen am 4.1.2014)

117 Vgl. Caporale: L'Aquila non è Kabul, S. 19-20

118 Vgl. Parisse: Quant'era bella la mia Onna, S.25

119 Vgl. Parisse/Scimia: Indagine su un massacro, S.8 ff

120 Vgl. il Centro, (Ausgabe 9.4.2009, S.14): Oggi la visita di Napoletano. E il Papa »Presto tra di voi«

121 O.A.: Wie ein Campingurlaub, n-tv.de (8.4.2009), URL: www.n-tv.de/panorama/Berlusconi-in-den-Abruzzen-article65826.html (aufgerufen am 14.1.2014)

122 Vgl. Kreutziger: Italienische Lachnummer, n-tv.de(8.4.2009), URL: www.n-tv.de/politik/pressestimmen/Berlusconi-besucht-LAquila-article294131.html (aufgerufen am 22.9.2013)

123 Vgl. o. A.: Retter geben die Hoffnung auf, in: Stern (8.4.2009], URL: www.stern.de/panorama/erdbeben-in-italien-retter-geben-die-hoffnung-auf-660558.html (aufgerufen am 5.1.2014)

124 Vgl. AbruzzoSvegliati: (19.4.2009) Ricordo di Carmelina Ilaria Sara [Mitschnitt TV-Bericht RAI TGR], URL: www.youtube.com/watch

?v=Ta3B_A8kulY (aufgerufen am 4.1.2014) sowie il Centro: Le vittime del Terremoto, Carmelina Iovine, URL: racconta.kataweb.it/terremotoabruzzo/scheda.php?id=256&nome=Iovine+Carmelina (aufgerufen am 4.1.2014)

125 Vgl. Travaglio/Vauro: Sangue e Cemento, S.13f

126 Vgl. ebd., S. 13

127 Vgl. Schorlemmer: Erdbebengefährdung und -risiko, Deutsche Physikal. Gesellschaft (16.11.2012), URL: www.weltderphysik.de/ gebiet/planeten/erdinneres/erdbebengefaehrdung-und-risiko/ (aufgerufen am 5.1.2014)

128 Straub: Staatsbegräbnis für die Opfer, in: Frankfurter Rundschau: (www.fr-online.de, 10.4.2009). In: Dt. Botschaft/Rom: Italien in der dt. Presse 10-13.04.2009, (S.5)

129 Vgl. Ulrich: Tage der Trauer, in: SZ (9.4.2009, S.10). In: Dt. Botschaft/Rom: Italien in der dt. Presse 09.04.2009, (S.8f)

130 Vgl. Caporale: L'ordine di Bertolaso dopo il sisma: »La verità non si dice«, in: Repubblica (25.10.2012), URL: www.repubblica.it/cronaca/2012/10/25/news/terremoto_aquila_intercettazioni-45259736/ (aufgerufen am 10.1.2014)

131 Vgl. ebd.

132 Vgl. Caporale: Il terremoto negato, in: Repubblica (18.1.2012), URL: http://inchieste.repubblica.it/it/repubblica/rep-it/2012/01/18/news/processo_g8_maddalena_-_terremoto_l_aquila_-_itercettazioni-28301923/ (aufgerufen am 10.1.2014)

133 Vgl. ebd. sowie vgl. o. A.: Letta e Bertolaso al telefono, Abruzzo24ore.tv (19.1.2012), URL: www.abruzzo24ore.tv/news/Letta-e-Bertolaso-al-telefono-un-posto-in-prima-fila-per-Berlusconi-al-funerale-del-terremoto/67328.htm (aufgerufen am 10.1.2014)

134 Ulrich: Mein Gott, warum hast du mich verlassen, Artikel, in: SZ (11.4.2009, S.14). In: Dt. Botschaft/Rom: Italien in der dt. Presse 10-13.04.2009, (S. 10f)

135 Vgl. Mattioli: Trauerfeier in L'Aquila, Stern (10.4.2009), URL: www.stern.de/panorama/trauerfeier-in-laquila-italien-weint-um-erdbebenopfer
-660724.html (aufgerufen am 5.1.2014)

136 Vgl. Ulrich: Mein Gott, warum hast du mich verlassen, Artikel, in: SZ (11.4.2009, S.14). In: Dt. Botschaft/Rom: Italien in der dt. Presse 10-13.04.2009, (S. 10f)

137 Vgl. ebd. sowie vgl. LaVoce.TV: Funerali di Stato, Rete 4 Mediaset (10.4.2009), URL: www.youtube.com/watch?v=fdmI9h21XYo (aufgerufen am 11.1.2014)

[138] Vgl. Ulrich: Mein Gott, warum hast du mich verlassen, in: SZ (11.4.2009, S.14), In: Dt. Botschaft/Rom: Italien in der dt. Presse 10-13.04.2009, (S. 10f)

[139] Mehr über den Einsatz der Hilfsorganisation Humedica in L'Aquila: Kühl: Erdbeben Italien, URL: www.humedica.org/berichte/2009/erdbeben-italien-leben-in-truemmern/ (aufgerufen am 22.2.2014)

[140] Vgl. Caporale: L'Aquila non è Kabul, S.183f

[141] Vgl. Ulrich: Die Osterbotschaft aus L'Aquila, in: SZ (11.4.2009, S.4). In: Dt. Botschaft/Rom: Italien in der dt. Presse 10-13.04.2009, (S. 9f)

[142] Vgl. o. A.: Terremoto: 167 feriti ricoverati negli ospedali di Avezzano, L'Unione Sarda (10.4.2009), URL: www.unionesarda.it/articoli/stampaarticolo.aspx?id=115561 (aufgerufen am 11.1.2014)

[143] Saviano: aus Gomorrha, S. 260

[144] Vgl. Torelli: Sangue e Cemento (Il film), ab Minute 27:35

[145] Vgl. Saviano: aus Gomorrha, S. 259f

[146] Ulrich: Aus den Trümmern kriecht Zukunftsangst, in: SZ (8.4.2009, S. 3). In: Dt. Botschaft/Rom: Italien in der dt. Presse 08.04.2009, (S. 7-10)

[147] Vgl. Travaglio/Vauro: Sangue e Cemento, S. 19

[148] Ulrich: Die Osterbotschaft aus L'Aquila, in: SZ (11.4.2009, S.4). In: Dt. Botschaft/Rom: Italien in der dt. Presse 10-13.04.2009, (S. 9f)

[149] Vgl. o. A.: Gläubige feiern Ostern zwischen Trümmern, in: Ftd.de (April 2009). In: Dt. Botschaft/Rom: Italien in der dt. Presse 10-13.04.2009, (S. 2)

[150] Vgl. Parisse: Quant'era bella la mia Onna, S.171

[151] Vgl. ebd. S.168

[152] Piller: In L'Aquila ermittelt nun der Staatsanwalt, in: FAZ (14.4.2009, S.7). In: Dt. Botschaft/Rom: Italien in der dt. Presse 14.04.2009, (S. 2f)

[153] Vgl. Caporale: L'Aquila non è Kabul, S.47

[154] Vgl. Müller-Meiningen: Das System ist faul, in: SZ (14.4.2009, S.10). In: Dt. Botschaft/Rom: Italien in der dt. Presse 14.04.2009, (S. 3f)

[155] Vgl. Parisse: Quant'era bella la mia Onna, S.161f

[156] Mehr über den Einsatz der Hilfsorganisation Humedica in L'Aquila: Kühl: Erdbeben Italien, URL: www.humedica.org/berichte/2009/erdbeben-italien-leben-in-truemmern/ (aufgerufen am 22.2.2014)

[157] Vgl. Ulrich: Aus den Trümmern kriecht Zukunftsangst, in: SZ (8.4.2009, S.3). In: Dt. Botschaft/Rom: Italien in der dt. Presse 08.04.2009, (S.7-10)

[158] Vgl. Travaglio/Vauro: Sangue e Cemento, S.32

[159] Vgl. Losso: Disastro del Vajont, (Comune di Longarone), URL: www.vajont.net (aufgerufen am 3.1.2014)

[160] Vgl. Travaglio/Vauro: Sangue e Cemento, S.13 sowie S. 32

[161] Vgl. Abruzzolive.tv (23.4.2009): Esclusivo Abruzzolive – 22 ore sotto le macerie. Valeria racconta, ab Minute: 1:18, URL: www.youtube.com/watch?NR=1&v=ugUu2NcYvwA&feature=endscreen (aufgerufen am 2.1.2014)

[162] Vgl. Saviano: Vieni via con me: S.132-133

[163] Vgl. Abruzzolive.tv (23.4.2009): Esclusivo Abruzzolive – 22 ore sotto le macerie. Valeria racconta, ab Minute: 1:18, URL: www.youtube.com/watch?NR=1&v=ugUu2NcYvwA&feature=endscreen (aufgerufen am 2.1.2014)

[164] Vgl. Sauer: Das Beben und seine Wunder, in: SZ (20.5.2009, S.7). In: Dt. Botschaft/Rom: Italien in der dt. Presse 20.05.2009, (S.11)

[165] Vgl. Saviano: Vieni via con me, S.120

[166] Vgl. Braun: Als 'Leichenfledderer' geschmäht, in: TAZ (16.4.2009), URL: www.taz.de/!33283/ (aufgerufen am 2.1.2014)

[167] Vgl. Caporale: Il buoco nero, S. 75f

[168] Ulrich: Aus den Trümmern kriecht Zukunftsangst, in: SZ (8.4.2009, S.3). In: Dt. Botschaft/Rom: Italien in der dt. Presse 08.04.2009, (S. 7-10)

[169] Vgl. o. A.: „Einsturz des Kölner Stadtarchivs: Alle weg, alle raus", Spiegel.de (03.03.2009), URL: www.spiegel.de/panorama/einsturz-des-koelner-stadtarchivs-alle-weg-alle-raus-a-611169.html (aufgerufen am 2.1.2014) sowie vgl. o.A.: Skandal um Baugrube der KVB, in: Kölner Stadt-Anzeiger (20.03.2009), URL: www.ksta.de/koeln-uebersicht/archiveinsturz-skandal-um-baugrube-der-kvb,16341264,12744990.html (aufgerufen am 2.1.2014)

[170] Vgl. Caporale: Il buoco nero, 2011, S.75

[171] Vgl. Parisse: Quant'era bella la mia Onna, S.11-13

[172] Parisse: Luce dei nostri occhi – Lettere ai mei figli]. S. 6-10

RECHERCHE-VERZEICHNIS

Neugierig? Wer mehr über die Themen wissen will, die dieser *Fact*-Fiction-Roman angerissen hat, für den bieten folgende italienische und deutsche Bücher, Berichte und Filme (alphabetisch geordnet) die Möglichkeit, tiefer einzutauchen und die Hintergründe zu beleuchten.

I. BÜCHER - ITALIENISCH

1. CAPORALE, Giuseppe: L'Aquila non è Kabul, Cronaca di una tragedia annunciata. *Castelvecchio Editore, Roma 2009. ISBN 978-88-7615-347-1*

2. CAPORALE, Giuseppe: Un buco nero – La lunga tragedia dell'Aquila: dalle rac-comandazioni e dalle tangenti al terremoto e agli scandali della ricostruzione. *1. Auflage 2011. Milano: Garzanti Libri s.p.a. ISBN 978-88-11-60124-1*

3. GIULIANI, Giampaolo con Alfredo Fiorani: L'Aquila 2009. La mia verità sul terremo-to. *Castelvecchio Editore, Roma 2009, ISBN 978-88-7615-372-3*

4. GUZZANTI Sabina/BIGNAMI, Alessandro: I cacciatori di Aquilani. *(Indivisibile dal dvd: Draquila – L'Italia che trema, ISBN 978-88-07-74063-3) 2.Auflage Feltrinelli Editore. Milano 2010*

5. PARISSE, Giustino: Luce dei nostri occhi – Lettere ai mei figli, *Editrice GraphiType, L'Aquila 2013*

6. PARISSE, Giustino: Quant'era bella la mia Onna, *il Centro/ Editrice Graphitype, L'Aquila 2009, ISBN 977-1592-906773*

7. PARISSE, Giustino/SCIMIA, Aldo: Indagine su un massacro – La strage nazista di Onna con le foto inedite dell'eccidio, *Editrice GraphiType, L'Aquila 2010, ISBN 978-88-89194-17-1*

8. SAVIAGNO, Roberto: Vieni via con me. *1. Auflage "Universale Economica". Feltrinelli Editore. Milano 2013. ISBN 978-88-07-88003-2*

9. TRAVAGLIO, Marco/VAURO: Sangue e cemento. Le domande senza risposta sul terremoto in Abruzzo, *1. Auflage 2009, Roma: Editori Riuniti, ISBN 978-88-359-8010-0*

II. BERICHTE/ARTIKEL - ITALIENISCH

1. ALBERTI, Francesco: "Prevedo un terremoto", E un ricercatore scatena la psicosi tra l'Aquila e Sulmona. Corriere della Sera (1.4.2009), *URL: www.corriere.it/cronache/09_aprile_01/terremoto_psicosi_fbd94050-1e82-11de-9011-00144f02aabc.shtml (aufgerufen am 20.12.2013)*

2. CAPORALE, Giuseppe: Il terremoto negato. Sono trecento le morti sotto le macerie ma il problema è la prima fila per Berlusconi. La Repubblica (18.1.2012), *URL: http://inchieste.repubblica.it/it/repubblica/rep-it/2012/01/18/news/processo_g8_maddalena_-_terremoto_l_aquila_-_itercettazioni-28301923/ (aufgerufen am 10.1.2014)*

3. CAPORALE, Giuseppe/DUSI, Elena: L'ordine di Bertolaso dopo il sisma: „La verità non si dice". La Repubblica (25.10.2012), *URL: www.repubblica.it/cronaca/2012/10/25/news/terremoto_aquila_intercettazioni-45259736/ (aufgerufen am 10.1.2014)*

4. COLANTONIO, Lorenzo: L'Aquila, ecco la lista dei crolli annunciati, Uno studio del 2006: 137 palazzi a rischio. il Centro (29.4.2009), *URL: http://ilcentro.gelocal.it/laquila/cronaca/2009/04/29/news/l-aquila-ecco-la-lista-dei-crolli-annunciati-uno-studio-del-2006-137-palazzi-a-rischio-1.4546512 (aufgerufen am 4.10.2013)*

5. COTTTONE, Nicoletta: Ecco i 49 comuni abruzzesi che hanno diritto alle misure di sostegno. il Sole24ore (17.4.2009). *URL: www.ilsole24ore.com/art/SoleOnLine4/Italia/2009/04/terremoto-decreto-comuni-agevolati.shtml (aufgerufen am 10.1.2014)*

6. INGV (4.2009): La sequenza sismica de L'Aquilano - Aprile 2009. *URL: http://terremoti.ingv.it/it/ultimi-eventi/710-la-sequenza-sismica-de-laquilano-aprile-2009.html (aufgerufen am 10.1.2014)*

7. NERONE, Walter: L'ospedale nel parcheggio. In: Il centro (7.4.2009, N. 96, Pagina 9)

8. Ohne Autor (o. A.): Catastrofe in Abruzzo. L'Aquila distrutta dal terremoto, Centinaia di vittime. il centro, (7.4.2009, N. 96, Pagina 1)

9. O. A.: G8, Berlusconi firma il Decreto. Alguer.it (2.9.2008), *URL: http://notizie.alguer.it/n?id=19387 (Aufgerufen am 4.1.2014)*

10. O. A.: Il Dopo Terremoto - L'Aquila, Letta e Bertolaso al telefono: un posto in prima fila per Berlusconi al funerale del terremoto. www.abruzzo24ore.tv (19.1.2012). *URL: www.abruzzo24ore.tv/news/Letta-e-Bertolaso-al-telefono-un-posto-in-prima-fila-per-Berlusconi-al-funerale-del-terremoto/67328.htm (aufgerufen am 10.1.2014)*

11. O. A.: Il terremoto anche a Sulmona? Federico: "Terrorismo". Abruzzoblog.it (13.4.2009), *URL: http://abruzzoblog.blogspot.de/2009/04/il-terremoto-anche-sulmona-federico.html (aufgerufen am 6.1.2014)*

12. O. A.: Oggi la visita di Napoletano. E il Papa “Presto tra di voi.” E’ atteso dopo Pasqua. il Centro, (9.4.2009, N.98, Pagina 14)
13. O. A.: Terremoto: 167 feriti ricoverati negli ospedali di Avezzano, L’Unione Sarda (10.4.2009). *URL: www.unionesarda.it/articoli/stampa articolo.aspx?id=115561 (aufgerufen am 11.1.2014)*
14. PETRUCCI, Giampiero: Tutti i terremoti più forti di M. 5,5 della storia d’Italia. 6aprile.it (27.6.2012), *URL: www.6aprile.it/conoscere-i-terremoti/2012/06/27/ecco-tutti-i-terremoti-piu-forti-di-m-55-della-storia-ditalia.html (aufgerufen am 16.11.2013)*
15. U.S.Geological Survey (6.4.2009): Magnitude 6,3 – Central Italy , *URL: http://earthquake.usgs.gov/earthquakes/eqinthenews/2009/us2009fcaf/details (aufgerufen am 10.1.2014)*

III. FILME/VIDEOS - ITALIENISCH

1. AbruzzoSvegliati: Ricordo di Carmelina Ilaria Sara [Mitschnitt TV-Bericht RAI TGR (Regionale)(19.4.2009). *URL: www.youtube.com/watch?v=Ta3B_A8kulY (aufgerufen am 4.1.2014)*
2. AGi: Crolla intonaco in scuola Paganica. Abruzzo24ore.tv (26.3.2009). *URL: www.abruzzo24ore.tv/news/Crolla-intonaco-in-scuola-Paganica-chiusa-fino-a-lunedi/10255.htm (aufgerufen am 6.1.2014)*
3. CAPORALE, Giuseppe: Bertolaso: ’La verità non la possiamo dire...’ La Repubblica (Lo Speciale Terremoto, 25.10.2012), *URL: http://video.repubblica.it/dossier/terremoto-in-abruzzo/bertolaso-la-verita-non-la-possiamo-dire/108822/107207 (aufgerufen am 10.1.2014)*
4. CAPORALE, Giuseppe/NANNI, Walter: Colpa Nostra. Due terremoti hanno sconvolto l’abruzzo: il sisma dell’Aquila e la corruzione. *Italia 2010 – documentario. 65 min.*
5. GUZZANTI, Sabina: DRAQUILA – Italia che trema, *2010, Alba Produzioni/Feltrinelli Editore, Milano. ISBN 978-88-07-74063-3*
6. IACONA, Riccardo: Terremoto in Abruzzo, RAI Tre, Presa Diretta: (23.9.2009), *URL: www.youtube.com/watch?v=vb4Afp5MdZo (aufgerufen am 7.1.2014)*
7. LaVoce.TV: Funerali di Stato, Rete 4 Mediaset (10.4.2009). *URL: www.youtube.com/watch?v=fdmI9h21XYo aufgerufen am 11.1.2014)*
8. MESSAURO, Claudio: 7 Giorni. La videocassetta che uccide. Byoblu.com (6.10.2010), *URL: www.byoblu.com/post/2009/10/07/7-giorni-La-videocassetta-che-uccide.aspx (aufgerufen am 7.1.2014)*
9. O. A.: Esclusiva. Le chiamate al 112 della notte del terremoto. RaiNews24 (13.4.2009), *URL: www.youtube.com/watch?feature=endscreen*

&NR=1&v=1hQwTXGrkjA (aufgerufen am 10.1.2014)
10. O. A.: Esclusivo Abruzzolive – 22 ore sotto le macerie. Valeria racconta, ab Minute: 1:18, Abruzzolive.tv (23.4.2009). *URL: www.youtube.com/watch?NR=1&v=ugUu2NcYvwA&feature=endscreen (aufgerufen am 2.1.2014)*
11. O. A.: Le primi imagini. RaiNews24 (6.4.2009, 5:42 ore). *URL: www.youtube.com/watch?v=H8I2oSoYSbk (aufgerufen am 10.1.2014)*
12. O. A.: Racconto di Marta Valente. TG1 (20.4.2009), *URL: www.youtube.com/watch?v=qoIcDC7komo (aufgerufen am 8.1.2014)*
13. Ottocentoquarantanove.de (849): La Commissione Grandi Rischi. (13.11.2012), *URL: www.youtube.com/watch?v=t-h1WtAWNbc (aufgerufen am 8.3.2014)*
14. Ottocentoquarantanove.de (849): Perché la Commissione Grandi Rischi. (13.11.2012), *URL: www.youtube.com/watch?v=_4c2yJsLinw (aufgerufen am 8.3.2014)*
15. Rete5.tv (30.3.2009 : Terremoto, Federico. Stiamo valutandi l'ipotesi di procurato allarme", *URL: www.rete5.tv/index.php?option=content&task=viewid=14440 (aufgerufen am 20.12.2013)*
16. SAVIAGNO, Roberto: Vieni via con me: Casa dello Studente, RAI II, *URL: www.youtube.com/watch?v=G49O_T6bQDo (aufgerufen am 8.3.2014)*
17. TORELLI, Thomas: Sangue e Cemento – un documentario di Gruppo Zero/Le domande senza risposta sul terremoto d'Abruzzo, *Gruppozero/xtendproduction/Editori riuniti, Roma 2009. ISBN 978-88-359-8010-0*
18. TRAVAGLIO, Marco: I veri killer dietro al terremoto. (25.7.2009), *URL: www.youtube.com/watch?v=X9j_ZNeB8kU (aufger. am 8.3.2014)*
19. 6aprile.it: VIDEO: Ecco le frasi che incastrano la commissione grandi rischi. (23.10.2012). *URL: www.6aprile.it/media/video/2012/10/23/video-ecco-le-frasi-che-incastrano-la-commissione-grandi-rischi.html (aufgerufen am 8.3.2014)*

IV. WEITERE QUELLEN – ITALIENISCH

1. Abruzzo Promozione Turismo: Sciare in Abruzzo – sci alpino. *3a edizione, 2011*
2. IL CENTRO speciale di 7/04/2009, *URL: http://download.kataweb.it/gruppoespresso/ilcentro_20090407.pdf*
3. IL CENTRO speciale di 8/04/2009. *URL: http://download.kataweb.it/gruppoespresso/ilcentro_20090408.pdf*

4. IL CENTRO speciale di 9/04/2009. *URL: http://download.kataweb.it/gruppoespresso/ilcentro_20090409.pdf*
5. IL CENTRO speciale di 10/04/2009. *URL: http://download.kataweb.it/gruppoespresso/ilcentro_20090410.pdf*
6. LOSSO, Andrea: Disastro del Vajont, home. Comune di Longarone, *URL: www.vajont.net (aufgerufen am 3.1.2014)*
7. O. A.: La legge 225/92: nasce il Servizio Nazionale. Protezione Civile. *URL: www.protezionecivile.gov.it/jcms/it/legge_225.wp (aufgerufen am 7.1.2014)*
8. O. A.: Emergenze e grandi eventi: le nuove disposizioni. Protezione Civile. *URL: www.protezionecivile.gov.it/jcms/it/view_cng.wp;jsessionid=78FBF17368oE3D2FC34BA321421778A7?contentId=CNG26242, (aufgerufen am 7.1.2014)*
9. O. A.: Le vittime del terremoto, (Gedenkseite) il Centro. *URL: http://racconta.kataweb.it/terremotoabruzzo/ (aufgerufen am 8.1.2014)*
10. PROCURA DELLA REPUBBLICA presso il TRIBUNALE DI L'AQUILA: Requisitoria scritta del pubblicco ministero: Pro. Pen. 253/10 R. G. Noti, *(Anklageschrift des Prozesses gegen die Commissione Grandi Rischi)*
11. TRIBUNALE DI L'AQUILA, Sezione Penale, Dottor Marco Billi: n. 253/10 R.G.N.R./n. 1497/10 R.G.G.I.P./n. 448/11 R.G. Dib./ n. 380/12 R. Sent. *La Sentenza di condanna per la commissione grandi rischi)*

V. BÜCHER - DEUTSCH

1. BECHT, Sabine/TALARON, Sven: Abruzzen,*2. überarbeitete Auflage. Michael Müller Verlag. Erlangen 2012. ISBN 978-3-89953-428-3*
2. HACHMEISTER Lutz, RAGER Günther: Wer beherrscht die Medien? Die 50 größten Medienkonzerne der Welt – Jahrbuch 2003. *Verlag C. H. Beck oHG. München 2002. ISBN 978-3-406-47622-8*
3. HEMMIE, Hagen: Rom – Latium.*7. erweiterte Auflage. Michael Müller Verlag, Erlangen, 2008. ISBN 978-3-89953-181-7*
4. SAVIAGNO, Roberto: Gomorrha – Reise in das Reich der Camorra, *8. Auflage. DTV, München 2011. ISBN 978-3-423-34529-3*
5. SEVERGNINI, Beppe: Überleben in Italien ... ohne überfahren, verheiratet, verhaftet zu werden.*2.Auflage. Wilhelm Heyne Verlag. München 2011. ISBN 978-3-453-64527-1*
6. ULRICH, Stefan: Arrivederci, Roma! *5. Auflage. Ullstein Buchverlage GmbH, Berlin 2010. ISBN 978-3-548-28143-8*

VI. BERICHTE/ARTIKEL - DEUTSCH

1. ARNOLD, Patricia: Anhaltende Unwetter in Italien – Rom kämpft gegen das schlimmste Hochwasser seit Jahrzehnten. Neue Züricher Zeitung (14.12.2008), *URL: www.nzz.ch/aktuell/startseite/anhaltende-unwetter-in-italien-1.1421802 (aufgerufen am 20.12.2013)*
2. BRAUN, Michael: Kritischer Journalist in Italien: Als „Leichenfledderer" geschmäht. TAZ (16.4.2009). *URL: www.taz.de/!33283/ (aufgerufen am 2.1.2014)*
3. EFFERN, Heiner: Prozess um Eissporthalle Bad Reichenhall: Tragende Teile, die fehlen. Süddeutsche Zeitung (25.1.2008), *URL: www.sueddeutsche.de/bayern/prozess-um-eissporthalle-bad-reichenhall-tragende-teile-die-fehlen-1.270241 (aufgerufen am 7.1.2014)*
4. KREINER, Paul: Sex-Skandal: Berlusconis Nothelfer ist in Not geraten. Schweizer Tagesanzeiger (20.2.2010). *URL: www.tagesanzeiger.ch/ausland/europa/SexSkandal-Berlusconis-Nothelfer-ist-in-Not-geraten/story/17490489 (aufgerufen am 4.1.2014)*
5. KREUTZIGER, Julia: „Italienische Lachnummer", Berlusconi besucht L'Aquila: n-tv.de (8.4.2009). *URL: www.n-tv.de/politik/pressestimmen/Berlusconi-besucht-LAquila-article294131.html (aufgerufen am 22.9.2013)*
6. MATTIOLI, Sandro: Techniker sah Abruzzen-Erdbeben voraus: „Ich hätte Alarm schlagen sollen". Stern (9.4.2009). *URL: www.stern.de/panorama/techniker-sah-abruzzen-erdbeben-voraus-ich-haette-alarm-schlagen-sollen-660573.html (aufgerufen am 10.1.2014)*
7. MATTIOLI, Sandro: Trauerfeier in L'Aquila, Italien weint um Erdbebenopfer. Stern (10.4.2009). *URL: www.stern.de/panorama/trauerfeier-in-laquila-italien-weint-um-erdbebenopfer-660724.html (aufgerufen am 5.1.2014)*
8. O. A: Archiveinsturz: Skandal um Baugrube der KVB. In: Kölner Stadt-Anzeiger(20.03.2009), *URL: www.ksta.de/koeln-uebersicht/archiveinsturz-skandal-um-baugrube-der-kvb,16341264,12744990.html (aufgerufen am 2.1.2014)*
9. O. A.: Einsturz des Kölner Stadtarchivs: „Alle weg, alle raus". Spiegel (03.03.2009), *URL: www.spiegel.de/panorama/einsturz-des-koelner-stadtarchivs-alle-weg-alle-raus-a-611169.html (aufgerufen am 2.1.2014)*
08. O. A.: Erdbebenstadt L'Aquila: Fünf Jahre und kaum ein Fortschritt. euronews.com (10.1.2014), *URL: http://de.euronews.com/2014/01/10/erdbebenstadt-l-aquila-fuenf-jahre-und-kaum-fortschritt/ (aufgerufen am 9.3.2014)*
11. O. A: Erdbeben in Italien, Retter geben die Hoffnung auf. Stern

(8.4.2009). *URL: www.stern.de/panorama/erdbeben-in-italien-retter-geben-die-hoffnung-auf-660558.html (aufgerufen am 5.1.2014)*
12. O. A.: In San Giuliano di Puglia starben alle Erstklässler. Spiegel (1.11.2002), *URL: www.spiegel.de/panorama/erdbeben-in-italien-in-san-giuliano-di-puglia-starben-alle-erstklaessler-a-220972.html (aufgerufen am 8.1.2014)*
13. O. A.: Italien: Über 92 Tote nach Erdbeben. Focus (6.4.2009). *URL: www.focus.de/panorama/vermischtes/italien-ueber-92-tote-nach-erdbeben_aid_387696.html (aufgerufen am 16.1.2014]*
14. O. A.: Papst Johannes Paul II.: Mit Gripperückfall ins Krankenhaus. Stern (25.2.2005), *URL: www.stern.de/panorama/papst-johannes-paul-ii-mit-gripperueckfall-im-krankenhaus-536958.html (aufgerufen am 11.1.2014)*
15. O. A.: Wie ein Campingurlaub, Berlusconi in den Abruzzen, n-tv.de (8.4.2009). *URL: www.n-tv.de/panorama/Berlusconi-in-den-Abruzzen-article65826.html (aufgerufen am 14.1.2014)*
16. SCHORLEMMER, Danijel: Erdbebengefährdung und Risiko. Deutsche Physikalische Gesellschaft e.V./Welt der Physik (16.11.2012),*URL: www.weltderphysik.de/ gebiet/planeten/erdinneres/erdbebengefaehrdung-und-risiko/ (aufgerufen am 5.1.2014)*
17. SMOLTCZYK, Alexander: Erdbeben in Italien: „Als würde eine U-Bahn durchs Haus rattern“. Spiegel (6.4.2009). *URL: www.spiegel.de/panorama/erdbeben-in-italien-als-wuerde-eine-u-bahn-durchs-haus-rattern-a-617574.html (aufgerufen am 28.06.2013)*
18. ULRICH, Stefan: Camorra-Gegner Saviano: „Er kann mich mal der Erfolg“. Süddeutsche Zeitung (17.5.2010), *URL: www.sueddeutsche.de/panorama/camorra-gegner-saviano-er-kann-mich-mal-der-erfolg-1.525282 (aufgerufen am 6.1.2014)*

VII. PRESSESCHAU DER DEUTSCHEN BOTSCHAFT IN ROM

„Italien in der deutschen Presse am 7.4.2009“, zusammengestellt durch das Pressereferat der Botschaft der Bundesrepublik Deutschland in Rom, *URL: www.rom.diplo.de/contentblob/2259836/Daten/379273/dt_07_04_09_pdf.pdf (aufgerufen am 6.11.2012)*
1. BOJANOWSKI, Axel: Der Riss durchs Land. Unter Spannung stehende Erdplatten bringen Italien von allen Seiten unter Druck – in den Risikozonen ist niemand sicher. Süddeutsche Zeitung (7.4.2009, S.2). *In: Dt. Botschaft: Italien in der dt. Presse am 7.04.2009, (S.9-11/29)*
2. MÜLLER-MEININGEN, Julius: Verheerendes Erdbeben in Itali-

en. 150 Tote, Zehntausende obdachlos. Süddeutsche Zeitung (7.4.2009, S. 1). *In: Dt. Botschaft: Italien in der dt. Presse am 7.04.2009,(S.6-7/29)*
3. O. A.: Erdbebengebiet in Italien: Nachbeben verängstigen Überlebende. Spiegel (7.4.2009). *In: Dt. Botschaft: Italien in der dt. Presse am 7.04.2009,(S.28-29/29)*
4. ZÖLLER, Martin: Erdbeben in Italien, Stadt in Trümmern. Zeit Online (6.4.2009). *In: Dt. Botschaft: Italien in der dt. Presse am 7.04.2009, (S.16-17/19)*

„Italien in der deutschen Presse am 8.4.2009", zusammengestellt durch das Pressereferat der Botschaft der Bundesrepublik Deutschland in Rom, *URL: www.rom.diplo.de/contentblob/2259838/Daten/380388/dt_08_04_09_pdf.pdf (aufgerufen am 14.11.2012)*
1. LANGER, Annette: Erdbeben in den Abruzzen: „Meine Mutter liegt noch unter den Trümmern". Spiegel (8.4.2009). *In: Dt. Botschaft: Italien in der dt. Presse am 8.04.2009 (S.15-16/20)*
2. PILLER, Tobias: Nur das Gefängnis mit den Bossen hielt stand. Nach dem Beben in den Abruzzen debattiert Italien über mangelnde Standfestigkeit. Frankfurter Allgemeine Zeitung (8.4.2009). *In: Dt. Botschaft: Italien in der dt. Presse am 8.4.2009, (S.1-3/20)*
3. ULRICH, Stefan: Aus den Trümmern kriecht Zukunftsangst. Süddeutsche Zeitung (8.4.2009, S.3). *In: Dt. Botschaft: Italien in der dt. Presse am 8.04.2009, (S.7-10/20)*

„Italien in der deutschen Presse am 9.4.2009", zusammengestellt durch das Pressereferat der Botschaft der Bundesrepublik Deutschland in Rom, *URL: www.rom.diplo.de/contentblob/2259840/Daten/381906/dt_09_04_09_pdf.pdf (aufgerufen am 14.11.2012)*
1. PILLER, Tobias: Häkelnd auf die Rettung gewartet, Im Erdbebengebiet der Abruzzen haben sich schier unglaubliche Geschichten ereignet – von Mut und Verzweiflung, von Glück und Durchhaltewillen. Frankfurter Allgemeine Zeitung (9.4.2009, S. 9). *In: Dt. Botschaft: Italien in der dt. Presse am 9.04.2009,(S.2-3/19)*
2. RESKI, Petra: Erdbeben in L'Aquila, Wiederaufbau mit der Mafia. Zeit Online (9.4.2009). *In: Dt. Botschaft: Italien in der dt. Presse am 9.04.2009,(S.14-15/19)*
2. ULRICH, Stefan: Tage der Trauer. Zehntausende in L'Aquila und den Dörfern sind obdachlos – Nachbeben versetzen die Menschen in Panik. Süddeutsche Zeitung (9.4.2009, S.10). *In: Dt. Botschaft: Italien in der dt. Presse am 9.04.2009,(S.8-9/19)*

„Italien in der deutschen Presse am 10.–13.4.2009", zusammengestellt durch das Pressereferat der Botschaft der Bundesrepublik Deutschland in Rom, *URL: www.rom.diplo.de/contentblob/2259842/ Daten/383053/dt_10_04_09_pdf.pdf (aufgerufen am 14.11.2012)*

1. O. A: Erdbeben in Italien, Gläubige feiern Ostern zwischen Trümmern. ftd.de (10.04.2009). *In: Dt. Botschaft: Italien in der dt. Presse am 10-13.04.2009, (S.2-3/13)*
2. STRAUB, Dominik: Staatsbegräbnis für die Opfer. Frankfurter Rundschau (10.4.2009). *In: Dt. Botschaft: Italien in der dt. Presse am 10-13.04.2009, (S.5-6/13)*
3. ULRICH, Stefan: Die Osterbotschaft aus L'Aquila, Nach dem Erdbeben zeigt sich Italien ungewohnt stark und geeint – doch wie lange noch? Süddeutsche Zeitung (11.4.2009, S.4). *In: Dt. Botschaft: Italien in der dt. Presse am 10-13.04.2009, (S.9-10/13)*
4. ULRICH, Stefan: „Mein Gott, warum hast du mich verlassen?" Mehr als 5000 Menschen nehmen auf einem Kasernenhof in L'Aquila Abschied von den Opfern des schweren Erdbebens. Süddeutsche Zeitung (11.4.2009, S.14). *In: Dt. Botschaft: Italien in der dt. Presse am 10-13.04.2009 (S.10-11/13)*

„Italien in der deutschen Presse am 14.4.2009", zusammengestellt durch das Pressereferat der Botschaft der Bundesrepublik Deutschland in Rom, *URL: www.rom.diplo.de/contentblob/2259844/Daten/ 383052/dt_14_04_09_pdf.pdf (aufgerufen am 14.11.2012)*

1. MÜLLER-MEININGEN, Julius: Das System ist faul, Staatsanwaltschaft ermittelt wegen Pfusch am Bau in der italienischen Erdbebenregion. Süddeutsche Zeitung (14.4.2009, S.10). *In: Dt. Botschaft: Italien in der dt. Presse am 14.04.2009 (S.3-4/5)*
2. PILLER, Tobias (tp): In L'Aquila ermittelt nun der Staatsanwalt. Frankfurter Allgemeine Zeitung (14.4.2009, S.7). *In: Dt. Botschaft: Italien in der dt. Presse am 14.04.2009 (S.2-3/5)*

„Italien in der deutschen Presse am 20.5.2009", zusammengestellt durch das Pressereferat der Botschaft der Bundesrepublik Deutschland in Rom, *URL: www.rom.diplo.de/contentblob/2277560/Daten/ 411554/dt_20_05__09_pdf.pdf(aufgerufen am 16.9.2013)*

1. SAUER, Ulrike: Das Beben und seine Wunder, Die Deutschen sind zurück in Onna – diesmal als Helfer. Süddeutsche Zeitung (20.5.2009, S.7). *In: Dt. Botschaft: Italien in der dt. Presse am 20.05.2009 (S.11/22)*

*»Helft uns, dass wir
nicht vergessen werden.«*